本书系国家社科基金一般项目（项目批准号06BZW028）研究成果，获省重点学科建设项目资助、衡阳师范学院"湖南省船山学研究基地"开放基金资助。

南朝学术文化与《文选》

Nanchao
xueshu wenhua
yu wenxuan

周唯一 著

人民出版社

目　录

第一章 《文选》结集的学术文化背景

第一节 南朝学术文化产生形成的历史根源

一、政治历史根源

学术文化同政治的关系十分紧密。梁启超在《先秦政治思想史》一书中说:"专言政治哲学,我国自春秋战国以还,学术勃兴,而所谓'百家言'者,盖罔不归宿于政治。"刘师培在《两汉学术发微论》一书中说:"故汉儒说经往往假经义以言政治。"周谷城在《中国政治史》一书中说:"研究学术,本是预备实用的。有学问的人,应该出而从事政治活动。"三人立言虽异,然旨意相同,都认为学术文化是离不开政治并为政治服务的。我们将政治作为南朝五家学术文化产生形成的历史根源来研究,路径应该是对的。但不能以南朝为限,而应该将目光放到南朝以前的晋魏汉先秦时期。它们才是南朝五家学术文化和政治的发祥地。若澄本清源,应于斯始。

先秦汉魏晋的政治状况如何?它对学术文化的诉求是什么?学术文化对它的回应又是什么?这就是本书需要解答的问题。

(一)先秦汉魏晋时期的政治特征

先秦汉魏晋时期是我国历史上时间跨度很长的大段落。在这一大段落中,由于社会形态几经变化,历代帝主多有更易,这就决定它们的政治有着不同的内容与特点。然而,在这不同之中,自有其相同的且具有普遍性与规律性的东西存在,那就是——

1.专制王权政统的绵延性。

作为一种既成的政治文化现象,专制王权政统之所以能够绵延几千年,在笔者看来,大致有五个方面的原因:一是周代确定的嫡庶制、分封制为它奠定了根基;二是宗室的贤明之士的避让义举为它提供了秩序的规范;三是隆君思想、

1

君权神授观念为它提供了理论的支撑；四是君主的生杀予夺以铁的手腕为它扫除了障碍；五是朝臣的依附和帮闲为它进行了大肆的推廓。

在上述五个方面中，最重要的还是制度。制度是体系，是规约，是法度。它并不是天生的，而是人们在社会实践中通过不断摸索、思考、总结之后创立出来的。王亚南曾于《中国官僚政治研究》中说："任何一种制度，就其积极作用而言，都有待于时间、经验的积累。"嫡庶制的创立，亦经历了这样一个阶段，且时间漫长，步履艰难。原其所以，是周以前的几个时期对王权继承的两个关键要素即"亲"与"尊"的体认，比周人存有差距。其实，这两个字并不难理解。所谓"亲"，无外乎宋微子开说的"父子有骨肉"（《史记·宋微子世家》），刘邦说的"人之至亲，莫亲于父子"（《汉书·高帝纪下》），强调父子血缘关系之重要。所谓"尊"，亦不外乎《礼记》说的："正君臣之位，贵贱之等"，强调上下尊卑之义不可缺。王权继承，若严依"亲"的要求，就会锁定在父子之间而不会旁及兄弟、叔侄；若严依"尊"的规约，就会进一步锁定在父嫡之间而不会顾念其他庶子。这是保证王权平稳过渡的基础。周人一眼就看穿了这一点，将它们拿来创立了嫡庶制，并由此发端，由嫡庶而生宗法、丧服、分封、君臣等制度，[①] 将古代的政治、礼制推向了极致。而周以前的人们却缺乏这样一种敏感，因而其王权继承未能进入一种较高的境界，留给周人的仅是一种时间经验的积累。五帝时期就是如此。其王权继承，《史记·五帝本纪》记载甚明。通过这些记载，我们发现它所叙诸帝始末，全系黄帝之子孙。"黄帝二十五子，得其姓者十四人"，得其帝位者，仅子昌意、玄嚣二家。昌意之子高阳，史称帝颛顼者，乃黄帝之孙，是黄帝的直接继承人。玄嚣之孙高辛，史号帝喾，是黄帝之曾孙，高阳之族子，高阳帝位的传人。帝喾死后，传位于子挚，挚不善，再传位于子尧，是为帝尧。帝尧之子丹朱不肖，则传位于虞舜。虞舜者，黄帝之九世孙，颛顼之七世孙，与尧同族，为尧之五世族孙。舜之子商均亦不肖，乃传位于禹。禹者，鲧之子，高阳之孙，昌意之曾孙，黄帝之玄孙也，于舜，则为五世族祖矣。五帝时期是所谓的"官天下"时期，实行的是禅让制，以让贤相标榜。然其所让之贤，全在黄帝家族内进行，全系黄帝的后代，而不是黄帝家族以外的其他贤人，范围显得非常狭窄。这与其说是"禅让"，不如说是一种地道的家族式的王权转让。其对"亲"的理解，

---

① 王国维：《殷周制度论》，见《王国维学术论著》，浙江人民出版社 1998 年版，第 56 页。

虽然讲究血统，但不论"父子骨肉"、"父子至亲"，以至于"父子无厚"，①致使家族血液的流淌，不是以父子为直线，从这一端流到那一端，而是流到孙子、侄子，或倒过来流到族祖那里去了，显得非常宽泛。因此，狭与泛便成了这一时期王权继承的显著特点。对于黄帝的这一"禅让"，王国维论之云：

> 殷以前无嫡庶之制，黄帝之崩，其二子昌意、玄嚣之后，代有天下。颛顼者，昌意之子；帝喾者，玄嚣之子也。厥后虞夏皆颛顼后，殷周皆帝喾后。有天下者，但为黄帝之子孙，不必为黄帝之嫡。世动言"尧舜禅让"、"汤武征诛"，若其传天下与受天下有大不同者。然以帝系言之，尧舜之禅天下，以舜禹之功，然舜禹皆颛顼后，本可以有天下者也。②

认为其"禅让"是颇富有家天下特色的。尽管这种禅让存在不足，但它给周人留下的道德规范与圣贤模式则是极其珍贵的。这是嫡庶制需要的精神食粮。

时至夏代，夏人留给周人的经验积累则是家以传子不重贤。将天下传给儿子，将父子骨肉、父子至亲当做自己继承的重要理念支配传子行为，既是对五帝禅让之举的彻底改变，也是对他们的泛亲观念的彻底否定，是家天下政治推行之后的必然结果。本来，自个体家庭产生之后，家庭作为生产生活单元，一家老少的栖身之所和社会细胞，其作用之大人人皆知。家的观念的自然形成，家庭关系的自然建构，父子骨肉、父子至亲的血脉相连的自然存在，父死子继、兄终弟及的继承方式的自然出现，也是人人尽晓的。夏人依顺这种自然的事理，将"家以传子"作为专制王权的继承原则提举出来，这就大大地强化了这些观念。而率先垂范者为夏禹。夏禹其人，以治水之功称誉于史，以舜的传人称之为帝，历来为人们所尊重。然其所传天下，却遭到了人们的非议。其原因，与他执意于父子至亲有关。《尚书·益稷》云："予创若时，娶于涂山，辛壬癸甲。启呱呱而泣，予弗子，惟荒度土功。"这是他同帝舜谈论当年治水时所吐露出来的真实之言，亦是目前尚能见到的夏禹爱子的重要文字。对此，人们可以有各种不同的理解，甚至可以把它视作"禹鬘洪水，过门不入"的注脚，然不管怎样，其对妻的愧意和对儿的爱怜，则是实实在在的。这是他传天下的感情基础，左右着他的传授行为。《史记·夏本纪》云："十年，帝禹东巡狩，至于会稽而崩。以天下授益。三年之丧毕，益让帝禹之子启，而辟居箕山之阳。禹子启贤，天下属意焉。

---

① 《邓子·无厚篇》，见《百子全书》第2册，岳麓书社1994年版，第1586页。

② 王国维：《殷周制度论》，见《王国维学术论著》，浙江人民出版社1998年版，第56页。

及禹崩，虽授益，益之佐禹日浅，天下未洽。故诸侯皆去益而朝启，曰：'吾君帝禹之子也。'于是启遂即天子之位，是为夏后帝启。"《战国策·燕策》云："或曰：'禹授益，而以启为吏，及老，而以启为不足任天下，传之益也。启与支党攻益而夺之天下。是禹名传天下于益，其实令启自取之。'"此外，《韩非子·外储右下》、《史记·燕召公世家》也有类似的记载。透过这些记载，我们所见到的夏禹的确是个注重父子骨肉而又不露声色的人物。为了传天下于启，他一是为启挑选了一个"佐禹日浅"、"天下未洽"的益作为接班人，结果弄得益待三年之丧毕，诸侯莫朝，只好避居箕山，将天下让给启。二是以启为吏，为启笼络天下，结成支党蓄势。由于启贤，故"天下属意焉"；由于势重，故"诸侯去益而朝启"。而这一切都是禹为启蓄意制造出来的名传天下于益而实假益之手传天下于启的绝妙之作。刘邦曾云："人有好牛马尚惜，况天下耶？"（《手敕太子》，《全汉文》卷一）帝王之性如此，禹欲改变此性而不传天下于启，难矣。

禹的这种做法，启心领神会。他得到天下之后，对"亲"的领悟，对"父子骨肉"的体认更为深切，传子不传弟亦更为果决而明快。《史记·夏本纪》所云"夏后帝启崩，子帝太康立"，即是这一情景的直接再现。更有甚者，他传子却不虑子之贤否。该纪云："太康失国，昆弟五人，须于河汭，作《五子之歌》。"孔安国注曰："（太康）盘于游田，不恤民事，为羿所逐，不得反国。太康五弟与其母待太康于洛水之北，怨其不反，故作歌。"古文《尚书·五子之歌》亦曰："太康尸位，以逸豫灭厥德，黎民咸贰，乃盘游无度，畋于有洛之表，十旬弗反。有穷后羿，因民弗忍，距于河。厥弟五人，御其母以从，徯于洛之汭。五子咸怨，述大禹之戒以作歌。"太康原是一个不肖之子。将天下传给不肖之子，其重子不重贤也就可见一斑了。这是他与尧舜不同之所在，虽遭后人诟病，却为嫡庶制"立适以长不以贤"之创立提供了样板。自此以后，在那长达471年的朝运中，他的子孙们将他的"家以传子"作为固定的模式把专制王权一代代地传了下去。夏亦成为先秦史上除周以外，传子次数最多的一个朝代（《史记·夏本纪》）。

当然，夏朝的这种做法，还未达到建制的高度。一来"父子骨肉"虽是他们继承中的重要理念，但帝王之家，妻妾盈室，王子满堂，为骨肉者其多。在这众多的骨肉中，谁得天下最合适？父亲对儿子喜爱有别，亲近有差，若喜爱的是少子，疏远的是长子，家以传子是传长还是传少？这些问题不解决，父子骨肉势必会被兄弟手足所代。更何况"兄终弟及"亦是"天下之通义"呢！二来还未触及到"尊"的层面。由于未顾及"尊"，众子孰尊孰卑、孰贵孰贱就会缺乏分辨，孰立孰不立就存在较大的随意性。这些均给周人留下了宝贵的经验和开拓的空间。

商朝的王权继承，总的看来"兄终弟及"重于"父死子继"，其所历三十代中，前者共有十六次，后者仅有十三次。其中，尤以中丁之后九世为甚。而九世之中，又以沃甲、祖丁、南庚、阳甲最乱。这四世，王权继承均在叔侄之间进行：沃甲崩，由侄祖丁立；祖丁崩，由从兄弟南庚立；南庚崩，由从侄阳甲立。造成这种混乱的原因，司马迁认为与"废适而更立诸弟子，弟子或争相代立"（《史记·殷本纪》）有关。中丁后，情况似乎有了好转，其表现就是，在阳甲至纣的十三帝中，"父死子继"出现七次，"兄终弟及"仅有五次。究其原因，恐要归之于傅说的功劳。傅说为相，"殷国大治"。大治者，应包括对"废适"的治理，也就是说他会将立嫡纳入正常轨道。这虽无直接材料证明，但可以从以下诸事得以旁证。一是傅说以后的王权继承，除出现了两次"兄终弟及"外，其余七次都是"父死子继"。这表明"家以传子"已走上正轨。二是《吕氏春秋·当务》和《史记·殷本纪》有关于立嫡方面的记载。如《当务》云："纣之同母三人，其长曰微子启，其次曰中衍，其次曰受德。受德乃纣也，甚少矣。纣母之生微子启与中衍也尚为妾，已而为妻而生纣。纣之父、纣之母欲置微子启以为太子。太史据法而争之曰：'有妻之子，而不可置妾之子。'纣故为后。"《殷本纪》云："帝乙长子曰微子启，启母贱，不得嗣。少子辛，辛母正后，辛为嗣。帝乙崩，子辛立，是为帝辛，天下谓之纣。"这两条资料于启与纣是否为同母兄弟存有抵牾，但在纣为妻（后）之子被立为嗣上则相同。它们所说虽是商末的情况，但"太史据法而争之"一语，则又告诉我们，在纣之前是有立嫡之法的。正因为有法存在，帝乙才不敢坚持己见，将纣立为嫡。此法既然早已有之，其确立恐与傅说有关，是他大治中的一种建树。若再与第一条参看，它们应是一个相依相存的整体，而不是一种偶然的巧合。三是《尚书·多士》有"惟殷先人有册有典"的说法，这表明商殷是一个重典册法度的朝代，注重立法恐怕是他大治的内容。若以上属实，[①]殷立嫡之法就为周之嫡庶制的创制提供了直接的经验。

上述一切，如众流归海，被周人纳入到了自己的运筹之中。他们将"父子至亲"、"父死子继"置于一种既符合人的生长顺序，又符合人的等级名分的范围

---

① 王国维：《殷周制度论》，见《王国维学术论著》，浙江人民出版社1998年版，第57页，自注中曾对此有所怀疑，说："然三说已自互异，恐即以周代之制拟之，未敢信为事实也。"

内进行了新的排列与组合,创立了被后儒尊为宪章法度的嫡庶制。何谓嫡庶制?史无明载。对它作出的解释,亦有今文、古文学家之分。人们常说的"立适以长不以贤,立子以贵不以长",则出自《春秋公羊传》,乃今文学家的说法;将"嫡"释为"为适夫人之子,尊无与敌,故以齿",将"子"说成是"子为左右媵及侄娣之子,位有贵贱,又防其同时而生,故以贵也",①则出自汉今文学家何休之口。而对"太子死,有母弟,则立之,无,则立长。年钧择贤,义钧则卜"和"王后无适,则择立长。年钧以德,德钧以卜"的说明,则分别见于《左传·襄公三十一年》和《昭公二十六年》,此乃古文学家的意见。今文、古文学家因所持家法不同,其说有异,且多有攻讦。比如对上引《左传》的解说,何休就以"今如《左氏》所言,年钧以德,德钧以卜,君之所贤,人必从之,岂复有卜?隐、桓之祸,皆由是兴,乃曰古制,不亦谬哉"而大加指责②。若除去这些门户之见,综合他们的说法,则知此制的基本价值是:一、这是一种高扬亲、尊大义的制度。讲究亲疏,讲究名分,是它立制的基本内核。二、将适子作为法定继承人,可以绝宗室子弟及其所私者之怨望,防其觊觎,进而可"防篡煞,压臣子之乱也"。③ 三、对继承中出现的意外,如"王后无子","太子死了"等情况,均有一定的规定,这些规定亦有息争的意义。四、为时人作宪,为后人立法,"自是以后,子继之法,遂为百王不易之制矣"④,保证了专制王权政统的绵延不息。亦自此以后,嫡庶制便成为一种重要的思想观念盘铭于周以后各代人们的心底,成为他们确立太子,判断继承中是是非非的重要宪章和法度。

第一,他们对太子地位、作用的认识非常明确。晋·里克说:"太子奉冢祀,社稷之粢盛,以朝夕视君膳者也,故曰冢子。"(《左传·闵公二年》)士蒍说:"太子,国之栋也,栋成乃制之,不亦危乎?"(《国语·晋语一》)汉·叔孙通说:"太子天下本,本壹摇天下震动。"(《汉书·叔孙通传》)汉文帝有司说:"豫建太子,所以重宗庙社稷,不忘天下也。"(《汉书·文帝纪》)这些言论,都不约而同地将太子的地位和作用看作与宗庙社稷、天下国家同等的重要,这就意味着,在人们的心目中,太子就是宗庙社稷、天下国家的象征,专制王权的继承是非他莫属的。

---

① 何休:《春秋公羊传注疏》,见《十三经注疏》下册,中华书局 1982 年版,第 2197 页。

② 陈立:《白虎通疏证·封公侯》引,见《新编诸子集成》第一辑,中华书局 1994 年版,第 149 页。

③ 陈立:《白虎通疏证·封公侯》引,见《新编诸子集成》第一辑,中华书局 1994 年版,第 147 页。

④ 王国维:《殷周制度论》,见《王国维学术论著》,浙江人民出版社 1998 年版,第 57 页。

第二，对立嫡不立庶的看法非常深刻。周宣王欲立鲁武公少子戏为太子，樊仲山父谏阻云："废长立少，不顺；不顺，必犯王命；犯王命，必诛之；故出令不可不顺也。"（《史记·鲁周公世家》）齐灵公欲废太子光而立仲姬之子为太子，仲姬说："不可，光之立，列于诸侯矣，今无故废之，君必悔之。"（《史记·齐太公世家》）这些论调极力强调立嫡立长顺，废嫡立庶乱，其看法与周初建制息争意图相一致，因而是深刻的。影响所及，帝王宗室子弟亦出现了一些深明大义而自觉维持专制王权继承秩序，严格按立嫡原则办事的人物。比如，楚平王之子子西知令尹欲废嫡立他为太子所云"是乱国而恶君王也。国有外援，不可渎也；王有适嗣，不可乱也。败亲、速雠、乱嗣，不详。我受其名。赂吾于天下，吾滋不从也，楚国何为？必杀令尹"（《左传·昭公二十六年》），吴季札父寿梦欲立他为太子所云"曹宣公之卒也，诸侯与曹人不义曹君，将立子臧，子臧去之，以成曹君，君子曰'能守节矣'。君义嗣，谁敢干君！有国，非吾节也。札虽不材，愿附于子臧之义"（《史记·吴太伯世家》），均以其恳切言辞，高风亮节有力地维持了嫡庶制的伦理秩序，因而素为后人所传颂。

第三，对太子确立的态度非常坚决。确立太子，历来是各代帝王登基时必做的一件大事。而嫡庶制是确立太子的重要宪章，亦是朝廷大臣用来衡量太子确立当与不当的重要依据。自周以还，帝王们大都能依章办事，王权过渡都非常平稳，尤其西晋更为突出，他们宁愿将白痴司马衷立为太子，扶为皇帝，也不愿更变此制而另立他人。这在历史上虽属罕例，但它足以表明帝王们的坚决与忠诚。当然，也有例外。如宋宣公有太子舆夷不用而传位于弟和，秦始皇有长子不立，而被少子胡亥诈立，晋献公废太子申生而立奚齐，曾在历史上产生过不良影响，然从总体上观照，它并不影响嫡庶制的代代相承。

由嫡庶制而衍生的另一重要制度就是分封制。如果说嫡庶制解决了专制王权由谁继承的问题，那么，分封则解决了宗室诸子弟的权益问题，那就是给他们一个爵号，一片领土，一些器物，一群居民，把他们分派到指定的地方去，让他们在那里繁衍生息，蕃屏王室。这在当时来说，是完全有可能的。周朝使者詹桓伯曾对鲁人说："我自夏以后稷、魏、骀、芮、岐、毕，吾西土也；及武王克商，蒲姑、商奄，吾东土也；巴、濮、楚、邓，吾南土也；肃慎、燕、亳，吾北土也。"（《左传·昭年九年》）如此辽阔的领土，给分封创造了条件。周朝分封，大的有两次，一次是在武王克商之后，受封的有宗室子弟、先圣王之后裔及功臣将士；一次是在周公摄政，平息武庚、管叔、蔡叔叛乱，并取得东征胜利之后，受封的是文王、

武王及周公的儿子。其详细情况,《左传》、《史记》均有记载,这里仅录一条以证之。《左传》定公四年云:

> 昔武王克商,成王定之,选建明德,以蕃屏周……。分鲁公以大路、大旗,夏后氏之璜,封父之繁弱,殷民六族,……使帅其宗氏,辑其分族,将其丑类,以法则周公。……分之土田陪敦、祝、宗、卜、史,备物、典策、官司、彝器;因商奄之民,命以伯禽而封于少皞之虚。分康叔以大路、少帛、綪茷、旃旌、大吕,殷民七族,……封畛土略。自武父以南及圃田之北竟,取于有阎之土以共王职。……分唐叔以大路、密须之鼓、阙巩、沽洗、怀姓九宗,职官五正。……

从中可看出分封的政治目的十分明确。大规模的分封,既满足了宗子们的权益欲望,又让他们远离宗室,蕃屏朝廷。自此之后,除秦朝之外,分封便成为一种常制而伴随着专制王权之始终。

　　2.设官分职政制的繁复性

如果说,嫡庶制、分封制从制度层面上确保了专制王权政统的绵延,那么,设官分职政制的设立则从辅弼层面上确保了专制王权政统的长远运行。因此,从其产生之始末来看,它伴随着专制王权的出现而出现。其源头似可追溯到唐虞之世。唐虞以前,《左传》虽有"黄帝氏以云纪,故为云师而云名;炎帝氏以火纪,故为火师而火名;共工氏以水纪,故为水师而水名;大皞氏以龙纪,故为龙师而龙名;少皞氏以鸟纪,故为鸟师而鸟名"(昭公十七年)的记载,但也只是一种传说而已,且徒有设官之名,而无分职之实。这种情况,唐尧之时亦存在。《史记·五帝本纪》云:"而禹、皋陶、契、后稷、伯夷、夔、龙、倕、益、彭祖自尧时而皆举用,未有分职。"既设官又分职,自虞舜始。王肃云:"唐虞之设官分职,申命公卿,各以其事,然后惟龙为纳言,犹今尚书,以出纳帝命而已。"(《陈政本疏》,《全三国文》卷二十二)

时至夏商,随着专制王权的确立,设官分职比唐虞日趋完备。《尚书·甘誓》云:"大战于甘,乃召六卿。"《盘庚》云:"邦伯师长百执事之人。"《微子》云:"父师少师。""卿士师师。"《酒诰》云:"越在外服,侯甸男卫邦伯;越在内服,百僚庶尹惟亚惟服。""侯甸男卫,矧太史友、内史友、越献臣百宗工。"这是些什么样的职官呢?孔安国注"夏之六卿"云:"天子六军,其将皆命卿。"(《史记·五帝本纪》)。《尚书正义》与孔同。蔡沈注此颇详,云:"六卿,六乡之卿也。按《周礼·乡大夫》:'每乡卿一人',六乡六卿。平居无事,则各掌其乡之政教禁令,而属于大司徒。有事出征,则各率其乡之一万二千五百人,而属于大司马,所谓军将皆卿者是也。意夏制亦如此。"① 孔安国注"邦伯师长百事"云:"国伯,二伯及州牧也;众长,公卿也。"孔颖达疏为:"邦伯,邦国之伯,诸侯师长,故为东西二伯及九州之牧也。郑玄注《礼记》云:'殷之州长曰伯,虞夏及周皆曰牧。'此殷时而言牧者。此乃郑之所约。孔意不然,故总称牧也。师训为众,众长,众官之长,故为三公六卿也。其百执事,谓大夫以下诸有职事之官皆是也。"(《尚书正义·盘庚下》)今人晁福林释"越在外服"云:

> 内服是商王直接统治的王畿地区;外服是由邦伯所管辖的地区,这些邦伯分为侯、甸、男、卫几种,其中许多很可能是方国部落首领的臣属于商者。卜辞所载的侯有近 50 个,最著名的有仓侯、舞侯、犬侯、侯告、侯专、杞侯等。甸,卜辞称为"田","多田(甸)",即指许多甸职官员。男,在卜辞中称为"任",著名者有而任、戈任、名任、卢任等。卫,作为一种武职,在卜辞中多称为"多射卫"、"多马卫"、"多犬卫"等,亦有单称为"卫"者。卜辞和金文所见商朝的内服官有五六十种,大概可以分为四类。一是"百僚庶尹"。包括地位很高的旧臣、老臣以及商王的近侍之臣。其中还有负责出纳王命的史官。二是"惟亚惟服"。主要是与商王关系密切的军职官员。三是"宗工"。指负责王室祭祀和某些具体事务的官员。四是"百姓里君"。指管理地方上的诸侯及普通民众的官员。②

通过他们的注释,可知夏商设官分职是较完备的。

设官分职至周便进入了文献足征、"郁郁乎文哉"的时代。一部《周礼》为我们提供了详细的信息。此书,汉人称为《周官经》,因其晚出,梁启超、顾颉刚视为伪书,可备一说。作者相传为周成王。其特点,一是规模宏大。它分为"天官"、"地官"、"春官"、"夏官"、"秋官"、"冬官"六类,其中,因"冬官"遗失,后人以《考工记》补之,故名曰:"冬官考工记"。二是旨意明确。它每类均以"惟王建国,辨方正位,体国经野,设官分职,以为民极"冠首,以示总的旨意,然后再分述所设属官的职责。如"天官"的职责是"乃立天官冢宰,使帅其属,而掌邦治,以佐王均邦国";"地官"是"乃立地官司徒,使帅其属,而掌邦教,以佐王安扰邦国"。三是设官分职具体。比如"天官",便设有"大宰"、"小宰"等属官

---

① 《新刊四书五经·书经集传》,中国书店 1994 年版,第 59 页。

② 晁福林:《夏商西周的社会变迁》,北京师范大学出版社 1996 年版,第 20 页。

六十种，每种都有明确的职掌与责任。大宰因"总御众官"，为百官之长，其职责就是掌建邦之六典，以佐王治邦国，以八法治官府，以八则治都鄙，以八柄诏王驭群臣，以八统诏王驭万民，以九职任万民，以九赋敛财贿，以九式均节财用，以九贡致邦国之用，以九两系邦国之民。小宰为大宰之副，其职责主要是"掌建邦之宫刑，以治王宫之政令"。小宰以下五十八官，均为宫中之官，主要负责供给王、后、世子的衣、食、住、行、用所需用品。由于《周官》设官繁复，分职苛细，先儒曾以"官冗事多，琐碎而烦扰"提出过批评，然在实际操作中，却又无不受其沾溉。"自汉以来，其规模之琐碎，经制之烦密，亦复如此，特官名不袭六典旧耳。固未见其为行《周礼》，而亦未见其异于《周礼》也"。① 可见影响之深远。它是古代官制之蓝本，亦是典章文物之精华。

春秋战国时期，设官分职多有变异。比如大宰之职，于宋降位于六卿之下。《左传·成公十五年》云："于是华元为右师，鱼石为左师，荡泽为司马，华喜为司徒，公孙师为司城，向为人为大司寇，鳞朱为少司寇，向带为大宰，鱼府为少宰。"又比如，《周礼》以天地四时之名为六卿，郑国却将"当国"、"为政"、"听政"列为六卿。《左传·襄公二年》云："于是子罕当国，子驷为政，子国为司马。"十年云："于是子驷当国，子国为司马，子耳为司空，子孔为司徒。"十九年云："子展当国，子驷听政，立子产为卿。""当国"，指秉专大政；"为政"，指执掌日常政务；"听政"，指与闻政事而不能专，均就职事而言。它们于官本无名，而郑人却名之为官，使之与司马、司空、司徒等旧名并称。此外，据陈茂同的研究，此时还出现了"相邦"、"元尉"、"御史"等新的职官，其职掌，相邦"辅佐国君办理军政大事"，元尉执掌中军，御史充任"国君秘书之类的差事"。②

秦代，设官新名迭出，有所谓的相国、丞相、太尉、御史大夫、奉常、郎中令、卫尉、太仆、廷尉、典客、少府、詹事等；分职甚为明确，如典属国"掌蛮夷降者"，主爵中尉"掌列侯"，监御史"掌监郡"，郡守"掌治其郡"，郡尉"掌佐守典武职甲卒"等等。③汉承秦制，虽无新的发展，但亦能根据朝廷政务之繁复于掾属有所增益。比如，他们于御史大夫下便增设了御史丞和中丞。而中丞的职责，除掌图籍秘书外，还掌"外督部刺史，内领侍御史十五员，受公卿奏事，举劾案章，

---

① 马端临：《文献通考·经籍七》，中华书局 1986 版，第 1554 页。
② 陈茂同：《中国历代职官沿革史》，百花文艺出版社 2005 年版，第 41、43 页。
③ 《汉书·百官公卿表》卷 19，中华书局 1962 年版。

盖居殿中,察举外法也"。① 同时还配置了数量不等的俸禄,以供百官日常生活之用。汉以后,每一帝朝官职的设置虽有出入,于官名、掾属、人员、俸禄上虽有修订,但其总体布局与规模未变。

综上所述,这一历史段落设官分职总的趋势是由简到繁、由不具体到具体。然而支撑这种繁复之存在并使之充满活力的却是那些微妙的君臣关系和人才的举用。它们才是这一政制的核心,决定着政制的质量和生命。君臣关系是人们常谈不衰的话题,围绕着君御臣、臣事君而展开,既含有道德的评价,又含有权力分配使用的争论。从道德层面上看,他们认为为君的要守君道,为臣的要守臣道;从权力分配使用上看,他们主张为君的要善于放权,为臣的要善于用权。然何谓君道?自《荀子》有《君道》篇面世之后,贾谊作《新书》、刘向作《说苑》均撰有《君道》之文。董仲舒《春秋繁露》的《立元神》、马融《忠经》的《圣君》、《白虎通》的《圣人》、《孔子家语》中的《贤君》,虽未直接以"君道"命篇,然实是谈论君道的文章。他们论君道,各执一言。如荀子尚群,将善养人、治人、显设人、藩饰人当做君道。贾谊好学,则引《诗》、《易》、《书》中之善言,将立德、报民、修身作为君道。刘向崇无,董仲舒主静,故将清静无为、廓然远见、卓然独立、谨本详始、安精养神视为君道。马融主忠,则将以圣德鉴于万邦、保社稷、光祖宗作为君道。《白虎通》主圣,则将"圣者,通也,道也,声也"三个方面作为君道。而《孔子家语》主贤,则将进贤、尊贤、民富等作为君道。此外,散见于其他著述篇章中的言论尚有不少。这些言论集中体现了如下的观念:一是天道方面,他们认为,"君者,天也,天可逃乎"(《左传·宣公五年》)、"天佑而子之,号称天子"(《春秋繁露·三代改制质文》),将君与天埒,认为为君之道要上体天道,下察地理,中摄人事,代天地人以立极,顺自然四时而成教。二是义务方面。他们认为天子以四海为家,"立天子以为天下,非立天下以为天子也;立国君以为国,非立国以为君也"②,要以天下国家为重,人民为重。三是治国方面,他们认为天子要善于用人、听言。而用人听言之道,则在于明视、明听、明断、明罚。以上三个方面,用荀悦的话加以概括,就是:"一曰承天,二曰正身,三曰任贤,四曰恤民,五曰明制,六曰立业。"③ 行此六端,君道成矣。

---

① 杜佑:《通典》上册,《职官六》,岳麓书社 1995 年版,第 343 页。

② 慎到:《慎子·威德》,见《百子全书》第 3 册,岳麓书社 1994 年版,第 2542 页。

③ 荀悦:《申鉴·政体》,见《百子全书》第 1 册,岳麓书社 1994 年版,第 859 页。

何谓臣道？若君为天，臣则为地。董仲舒说："臣之义比于地，故为人臣者，视地之事天也。"（《春秋繁露·阳尊阴卑》）由于天尊地卑，"臣以执事趋走为职"（《白虎通·致仕》），"顺从而复命，无所敢专，义不苟合，位不苟尊"①，是君御使的对象。如此以来，为臣之道，就是"在官惟明，莅事惟平，立身惟清"②，"上则能尊君，下则能爱民，政令教化，刑下如影；应卒遇变，齐给如响；推类接誉，以待无方，曲成制象"（《荀子·臣道》），要像个为臣的样子。而事君，要以忠为本，以谏为务。马融云："忠臣之事君也，莫先于谏。"③然如何谏？《孔子家语·辨政》说："忠臣之谏君，有五义焉。一曰谲谏，二曰戆谏；三曰降谏，四曰直谏，五曰讽谏"。五谏之中，又以讽谏为尚。孔子说，"吾从其讽谏矣乎！夫不谏则危君，固谏则危身，与其危君宁危身。危身而终不用，则谏亦无功矣。"（《孔子集语·六艺》）而欲讽谏有功，就得有巧妙的方法与技巧。在这方面，邹忌讽齐王纳谏，堪称典范。他以现身说法，通过不经意的自我解剖将讽谏之旨表达得淋漓尽致。这比起叔孙通直谏刘邦不易太子并欲"尸谏"来，不知高明了多少倍。

而君之御臣，没有比"选贤良，举笃敬，兴孝弟"更为重要的。刘向《说苑·君道》云："虽有尧舜之明而股肱不备，则主恩不流，化泽不行。故明君在上，慎于择士，务于求贤。"《尊贤》云："夫朝无贤人，犹鸿鹄之无羽翼也，虽有千里之望，扰不能致其意之所欲至矣。是故游江海者托于船，致远道者托于乘，欲霸王者托于贤。"此乃古代之常理。然在实际操作中，却有"五阻"存在："主不好士，谄谀在傍，一阻也；言便事者未尝见用，二阻也；壅塞掩蔽，必因近习然后见察，三阻也；訊狱诘穷其辞，以法过之，四阻也；执事适欲，擅国权命，五阻也。"④而去五阻之方，就是要礼贤下士，要有一套荐举之制。汉代察举制就是这样产生的。它自刘邦始，经惠帝、文帝、武帝、宣帝数代之努力，遂成定制，规定："御史、中执法、郡守必身劝勉，遣诣丞相府，署其行、义及年；有其人而不言者，免官"；"中二千石、礼官、博士议不举者罪"⑤。与此同时，汉文帝始开策试之举，对"诸侯王公卿郡守举贤良能直言极谏者，上亲策之，傅纳以言"（《汉书·文帝纪》卷四）。其后，武帝、昭帝、成帝踵事增华，大倡荐举之风。后汉又在策试的基础上，实

---

① 刘向：《说苑·臣术》，见《百子全书》第 1 册，岳麓书社 1994 年版，第 554 页。
② 马融：《忠经·守宰》，见《百子全书》第 1 册，岳麓书社 1994 年版，第 308 页。
③ 马融：《忠经·忠谏》，见《百子全书》第 1 册，岳麓书社 1994 年版，第 312 页。
④ 刘向：《说苑·君道》，见《百子全书》第 1 册，岳麓书社 1994 年版，第 548 页。
⑤ 杜佑：《通典》，卷 13，《选举》，岳麓书社 1995 年版，第 158、160 页。

行"四科取士"制。魏晋又建立了"九品中正制",将求贤之道推向了极致。

3.强国富民政绩之可塑性

在专制王权盛行的时代,土地和人民,则是国家经济的根本。没有这个根本,专制王权就失去了生存的条件,天下国家也就无所谓有,无所谓无了。因此,占有土地,扩大土地,拥有人民,增长人口生长,是历代统治者倍加关注的事情。他们通常运用政治的最高形式——战争来解决这个问题。然这不是一种最佳的选择。而最佳选择是什么呢?为此,引发了许多政治话语。其中,最富有谈机的是"安民"一类的话题。"安民"说,见于《尚书·皋陶》:"皋陶曰:'都:在知人,在安民。"然为何安民,他认为,安民应从创造一种和谐的人文社会环境始,说:"天叙有典,敕我五典五惇哉! 天秩有礼,自我五礼有庸哉! 同寅协恭和衷哉!天命有德,五服五章哉! 天讨有罪,五刑五用哉!""五典",就是指君臣、父子、兄弟、夫妇、朋友,社会就是由这样的人群组成。"五礼",就是指吉、凶、军、嘉、宾,社会就是用这样的礼仪来协调人群关系,营构社会秩序。"五服",就是指天子、诸侯、卿、大夫、士之服,社会就通过这种不同的服饰来辨明人的等级、位置和责任。"五刑",就是指墨、劓、剕、宫、大辟之刑,社会就是运用这些手段来远罪恶。它们囊括了社会生活的全部。一个社会若能惇五典,庸五礼,章五服,用五刑,那么这个社会就会变得和谐融洽。而这些,皋陶却将它归之于天,说成是天的意志、天的命令的结果,然揭去其神秘的面纱,裸露出来的却是社会发展的必然规律。当社会脱离野蛮走向文明的时代,这些都会自然形成。因此,这种自然形成就是天。天者,自然之谓也。其次,他认为要服从民心民意,说:"天聪明,自我民聪明。天明畏,自我民明威。达于上下,敬哉有土。"这里,他将"民"与"天"置放于同一层面上说,就含有"民心所存,即天理之所在","民之所欲恶,即天之所欲恶"的意思,具有人民即天,人民是国家政治的主体,是为政者必然依靠的对象的政治含义。顺从民心,民无骚扰,自然就能安居乐业,统治者亦自然有天下。其认识之深刻直接开启了保民、裕民、得民之说的出现。

保民、裕民,是周人的观念。《周书·康诰》云:"往敷求于殷先哲王,用保乂民。""别求闻由古先哲王,用康保民。""王应保殷民。""汝亦罔不克敬典,乃由裕民,惟文王之敬忌,乃裕民。"《梓材》说:"惟王子子孙孙永保民。"《无逸》说:"能保惠于庶民,不敢侮鳏寡。"《洛诰》说:"彼裕我民,无远用戾。""承保乃文祖受命民。"表现了强烈的保民、裕民意识。然如何保,如何裕,他们认为,一是向殷先哲王学习,二是不侮鳏寡。

而得民之论，是孟子、荀子的政治话语。孟子说："桀纣之失天下也，失其民也。失其民者，失其心也。得天下有道，得其民，斯得天下矣。得其民有道，得其心，斯得民矣。得其心有道，所欲与之聚之，所恶勿施尔也。"（《孟子·离娄上》）荀子说："用国者，得百姓之力者富，得百姓之死者强，得百姓之誉者荣。三得者具，而天下归之。三得者亡，而天下去之。天下归之之谓王，天下去之之谓亡。"（《荀子·王霸》）这便是后人"得民者得天下，失民者失天下"思想之滥觞。斯说一出，民只能得之，不能失之，便成为包括帝王在内的官场人物的共识而盘铭于他们的心底，令他们尊奉。作为一种政治话语，孟子、荀子的认识并不是停留在一种空洞的说教上，而是进一步提出了如何得民的方法。孟子认为欲得民，先要施仁政于民，"省刑罚，薄税敛"；次要使民不误农时，养生丧死无憾；再次要给老百姓一定的田产和充足的务农时间；最后要给老百姓一定的教育。如此，"天下之民至矣"。荀子认为欲得民，须"厚德音以先之，明礼义以道之，致忠信以爱之，赏贤使能以次之，爵服赏庆以申重之，时其事，轻其任以调齐之，潢然兼覆之，养长之，如保赤子。生民则致宽，使民得基理，辨政令制度，所以接天下之人"（《荀子·王霸》）。如斯，四海之民亦罔不归矣。

在政治领域中，与得民思想相烛照者，还有爱民、利民、富民之说。孔子说："古之为政，爱人为大。"又说："爱政而不能爱人，则不能成其身；不能成其身，则不能安其土；不能安其土，则不能乐天。"（《孔子家语·大昏解》）又说："明君必宽宥以容其民，慈爱以优柔之，而自得矣。"（《孔子家语·入官》）刘向《新序·杂事》记渔者言曰："君其尊天事地，敬社稷，固四国，慈爱万民，薄赋敛，轻租税者，君亦与焉。"《说苑·政理》记太公言曰："治国之道，使民之谊也，爱之而已矣。民失其所务，则害之也；农失其时，则败之也；有罪者重其罚，则杀之也；重赋敛者，则夺之也；多徭役以罢民力，则苦之也；劳而扰之，则怒之也。故善为国者遇民如父母之爱子，兄之爱弟，闻其饥寒为之哀，见其劳苦为之悲。"如此将对民的宽宥、慈爱放到哀鳏寡、养孤独、恤贫穷、薄赋敛、轻徭役、省刑罚、重农时等切身利益上去思考，这就抓住了爱民利民富民的实质。概言之，所谓爱民、利民、富民，就是要给老百姓有衣穿有饭吃。其标准就是仓廪实、衣食足。《管子·治国》说："粟也者，民之所归也，粟也者，财之所归也，粟也者，地之所归也。粟多则天下物尽至矣。"又说："入粟多则国富，国富则安乡重家。"《潜夫论·爱日》说："民之所以为民者，以有谷也。"《新书·忧民》说："王者之法，民三年耕而余一年之食，九年而余三年之食，三十岁而民有十年之蓄，……王者之法，国无九年之蓄谓之不足,无六年之蓄谓之急,无三年之蓄而曰国非其国也。"《淮南子·主术训》也有类似的说法。它们都将粮食丰足、仓廪充实视为百姓的最大的福祉,是深得强国富民之真谛的。同时,它也促进与强化了"以农为本"的经济观念之形成。

大家知道,农业历来是国民经济的主体,是解决仓廪实、衣食足的关键,故历代帝王都十分重视农业的开发与建设,粮食的种植与收藏。粮食以谷为主。谷者,五谷之总名,包括"稻、黍、稷、麦、菽"五种。谷的种植相传始于后稷,《尚书·舜典》有"弃,黎民阻饥,汝后稷,播以百谷"的记载。这是一门高深的学问,涉及谷种的选择、培育、种植、管理、收藏的各个方面。贾思勰在《齐民要术·种谷》一文中说:"凡谷,成熟有早晚,苗杆有高下,收实有多少,质性有强弱,米味有美恶,粒实有息耗。"讲的是谷种问题,是因谷种不同造成了这些差异。又说:"地势有良薄,山泽有异宜。顺天时,量地利,则用力少而成功多。任情返道,劳而无获。"讲的是种植、管理等事情,涉及了土地、天时、气候等问题。又说:"凡谷田,绿豆、小豆底为上,麻、黍、胡麻次之,芜菁、大豆为下。良地一亩、用子五升,薄地三升。谷田必须岁易。"讲的是因田下种等事项。由于谷田良薄不一,下种的数量也就有多有少。又说:"二月、三月种者为植禾,四月、五月种者为稚禾。二月上旬及麻、菩杨生种者为上时。三月上旬及清明节、桃始花为中时。四月上旬及枣叶生,桑花落为下时。"讲的是种植时间问题。"凡农之道,厚时为宝",务农不能不重。又说:"凡种谷,雨后为佳。遇小雨,宜接湿种;遇大雨,待秒生。"讲的是天气问题。这些都说明五谷种植牵涉的学问很多,需要有知识、经验、技术等积累;涉及面广,是一项系统的工程,而欲将它打造好,亦需要时间、知识、经验、技术的积累。而这一切,历代朝廷凡有经济眼光者亦非常重视,做了不少卓有成效的工作。

首先,他们重视季节、气候的观察与测试,为农业的科学开发与建设提供了知识的积累。最先做这一工作的是帝尧。《尚书·虞书》说:"乃命羲和,钦若昊天,历象日月星辰,敬授人时。分命羲仲,宅嵎夷,曰旸谷。寅宾出日,平秩东作。日中星鸟,以殷仲春。厥民析,鸟兽孳尾。申命羲叔,宅南交,平秩南讹,敬致。日永星火,以正仲夏。厥民因,鸟兽希革。分命和仲,宅西,曰昧谷。寅饯纳日,平秩西成。宵中星虚,以殷仲秋。厥民夷,鸟兽毛毨。申命和叔,宅朔方,曰幽都。平在朔易。日短星昴,以正仲冬。厥民隩,鸟兽氄毛。"羲和氏能在当时简陋情况下,仅凭着对天上星宿运行的观测,地下鸟兽生息的审察,就能将东西南北四个方位,春夏秋冬四个季节,春分、夏至、秋分、冬至四节物候大致验证下来,的确是科技史上一大奇迹。至周,它归属于大司徒负责。《周礼·大司徒》云:"以土圭之法测土深,正日景以求地中。日南则景短,多暑;日北则景长、多寒;日东则景夕,多风;日西则景朝,多阴。日至之景,尺有五寸,谓之地中,天地之所合也,四时之所交也,风雨之所会也,阴阳之所和也,然则百物阜安。"所谓土深,是指"南北东西之深",所谓"日南"、"日北"、"日东"、"日西"云云者,是讲土圭测试之法,"日南,谓立表处,大南近日也。日北,谓立表处,大北远日也。景夕,谓日跌景,乃中立表之处,大东近日也。景朝,谓日未中而景,中立表处,大西远日也。玄谓昼漏半而置土圭,表阴阳,审其南北。景短于土圭,谓之日南,是地于日为近南也。景长于土圭,谓之日北,是地于日为近北也。东于土圭,谓之日东,是地于日为近东也。西于土圭,谓之日西,是地于日为近西也。"[①] 土圭,尺有五寸。人们运用它就能测定四方之广袤,就能了解掌握太阳运行与四时、风雨、阴阳变化的一些情况,这也是科学史上的一大创造。由于其方法简单易行,故多为后人测日沿用。如《淮南子·天文训》所说的"正朝夕"和"欲知东西南北广袤之数者",《汉书·天文志》所言测夏至、冬至、春分、秋分之暑长短,均采用立表之法。立表测试,观天察象,使人们逐步掌握了天体运行的一些规律和一年四季十二个月星象、气候变化情况,至《吕氏春秋·月令》、《礼记·月令》、《淮南子·时则训》、《汉书》的《天文志》《律历志》、《后汉书》的《天文》《律历》时,呈现的则是比较完整的天文、物候记载。如《吕氏春秋·孟春记》所云"孟春之月,日在营室,昏参中,旦尾中。其日甲乙。其帝太皡。其神句芒。其虫鳞。其音角。律中太蔟。其数八。其味酸。其臭膻。其祀户。祭先脾。东风解冻。蛰虫始振。鱼上冰。獭祭鱼。候雁北(案,《礼记·月令》作"鸿雁来")……是月也,以立春",讲的就孟春之月的天文、物候情况。如此种种,都直接开启了人们的生产智慧,将农业的开发与建设引向了科学的道路。

其次,他们重视土地的测辨与使用,为农业的开发和建设提供了经验的积累。率先做这一工作的是夏禹。夏禹在"随山刊木,奠高山大川"过程中,先敷土别州,将天下分为冀、兖、青、徐、杨、荆、豫、梁、雍九州。九州的划分,蔡沈注引曾氏说,认为是"非用其私智。天文地理,区域各定。故星土之法,则有九

---

① 《周礼·大司徒》"以土圭之法测土深"郑司农注,见《十三经注疏》上册,中华书局1980年版,第704页。

野。而在地者，必有高山大川为之限隔，风气为之不通，民生其间，亦各异俗。故禹因高山大川之所限者，别为九州。又定其山之高峻，水之深大者，为其州之镇，秩其祭而使其国主之也。"① 也就是说，是夏禹根据天之星宿分野、地之民生民俗和高山深川来划分的。若此说不误，夏禹的划分既考虑了它们的自然特征，又考虑了它们的人文因素，显得比较全面和准确。九州之称亦自此始。他又根据土地的颜色、特性、肥瘠将九州的土壤分为九种，田地分为九等，说冀州"厥土惟白壤"，"厥田惟中中。"白壤就是白色的土壤。蔡沈注曰："颜氏曰：'柔土曰壤。'"② 意思是说，冀州的土壤呈白色且柔软。说兖州"厥土黑坟"，"厥田惟中下。"黑坟，就是黑色肥沃的土壤。《尚书正义》引马融注曰："坟，有膏肥也。"说青州"厥土白坟"，"厥田上下"。白坟，就是指白色的肥沃的土壤。坟义与前同。说徐州"厥土赤埴坟"，"厥田惟上中"。赤埴坟就是红色的有黏性的肥沃土壤。《尚书正义》曰："土粘曰埴。"说扬州"厥土惟涂泥"，"厥田惟下下"；荆州"厥土惟涂泥"，"厥田惟下中"。涂泥，就是指地下多水的土壤，《尚书正义》曰："涂泥，地泉湿"。豫州"厥土惟壤，下土坟垆"，"厥田惟中上"。前句意思是说，豫州的土壤有高下之分，高者柔软，下者黑而刚。《尚书正义》曰："高者壤，下者垆。垆，疏。"又曰："垆音卢。《说文》：'黑刚土也'。"梁州"厥土青黎，厥田惟下上"。青黎，就是指黑色的土壤。黎，黑也。雍州"厥土惟黄壤"，"厥田惟上上"。黄壤就是黄色的柔软的土壤。蔡沈注曰："黄者，土之正色。林氏曰：'物得其常性者最贵，雍州之土黄壤，故其田非他州所及。'"③ 如此细腻分辨，是有利于农业开发和五谷种植的。同时，它为周人继续从事这项工作奠定了基础。

周人将这一工作统摄于大司徒的职掌之下。《周礼·大司徒》云："以天下土地之图，周知九州之地域广轮之数，辨其山、林、川、泽、丘、陵、坟、衍、原、隰之名物。……以土会之法，辨五地之物生，……以土宜之法，辨十有二土之名物，……辨十有二壤，而知其种，以教稼穑树艺。以土均之法，辨五物九等，制天下之地征。"在这数项中，有接踵夏禹而来的，也有新增加的内容。这说明他们对土地辨识更科学了。

周之后，人们对土地重要性的认识更加明确。《管子·水地》云："地者，

---

① 《礼记正义》孔颖达疏，见《十三经注疏》上册，中华书局 1980 年版，第 1353 页。
② 《新刊四书五经·书经集传》，中国书店 1994 年版，第 36 页。
③ 《新刊四书五经·书经集传》，中国书店 1994 年版，第 49 页。

万物之本原,诸生之根菀也。"《尉缭子·战威》云:"地所以养民也。"《荀子·富国》云:"上得天时,下得地利,中得人和,则财货浑浑如泉源,汸汸如河海,暴暴如丘山。"《潜夫论·实边》云:"夫土地者,民之本也。"对土地的辨识,开发和利用也更关注,论说者甚多。比如《管子》的《水地》、《度地》、《地数》,《商君书》的《垦令》、《算地》,《吕氏春秋》的《任地》、《辨土》,《盐铁论》的《园池》,《潜夫论》的《务本》、《实边》,《齐民要术》的《耕田》均是这方面的重要作品,它们分别从不同的角度对这些问题进行了探讨。其中,又以《管子》最突出。它的《水地》、《度地》是从水地的关系来说如何择地、如何得地利的。《地员》提出了与夏禹不同的辨土方法,即将地与水、地与五音、地与种植联系起来,既辨其色,又识其肥,显得新鲜别致。《地数》则从土地的面积、地下矿藏来说地利,也与夏、周不同。至于《吕氏春秋》的《任地》、《辨土》、《齐民要术》的《耕田》讲土地的耕种,则更是土地辨识进一步细化、农耕经验日趋丰富之后的结晶。

此外,与辨土相类的,就是覗土。《国语·周语》云:"古者,太史顺时覗土,阳瘅愤盈,土气震发,农祥晨正,日月底于天庙,土乃脉发。"这里所说的"农祥晨正",指的是星辰运转的状况。农祥,即房星。房星是青龙七宿的第四宿,位在东方。然正月中它却出现在南方。于是太史便根据这一天象定此日为立春之日。这就是所谓的"晨正",晨,星名也,即房星。所说的"土乃脉发",指的是土温变化的情况,意思是说,随着阳气的积满厚盛,地温上升,地上的积雪冰冻开始融化。可见,覗土是分两步进行的,即先观天象,后察地脉,目的是确立耕种的季节。这是农耕初始时期人们生产经验不足所特有的现象。这种现象持续了多长时间,现不得而知,但若依《诗经·七月》的"一之日觱发,二之日栗烈,……三之日于耜,四之日举趾"的描述来看,则至周时似乎就不存在了。然张衡却将它写进了《东京赋》中,说:"及至农祥晨正,土膏脉起,乘銮辂而驾苍龙,介驷间以剡耜,躬三推于天田,修帝籍之千亩。"竟将它当做一种礼度来使用了。

最后,他们重视水渠的开凿与整治,为农业的开发和建设提供了技术的积累。中国是一个多水患的国家,如何化患为利?这既是一个历史问题,又是一个技术问题。历史上,尧命鲧治水,舜命禹治水,时间相距有年。技术上,鲧"障洪水"以"塞"为主,然"九载绩用弗成",被尧殛死于羽山。禹"随山刊木","决九川,距四海,浚畎浍,距川",以"疏"为要,战胜了洪水。这一塞一疏,一败一成,表现的虽是两种不同的路向、方法和结果,但从整体上看,治水不外乎塞、疏二途，故广为人们所用。汉代，人们在造渠溉田的同时整治黄河，有筑金堤以阻其决者，用的便是塞的办法；有凿渠分流，或复浚故道以畅其流者，用的就是疏的办法。正因为塞的办法可用，故被殛死的鲧后来还是被作为"有功烈于民者也"而受到人们的瞻仰与祭祀①。当然，夏禹也得到了这种殊荣。他的"浚畎浍"成为后人凿渠的不二法门。所谓"浚畎浍"者，蔡沈注曰："浚，深也。《周礼》一亩之间，广尺深尺曰畎；一同之间，广二寻深二仞曰浍；畎浍之间，有遂有沟有洫，皆通田间水道，以小注大。"②讲的是田间沟洫的疏浚。田间修渠，既可避水涝之灾，又可得干旱之利，还可得省时费力之功，具有较大的经济效益和社会效益，因而为后人所喜爱，他们每当开垦新的田园时，首先想到的就是排水灌溉，最先要做的事就是给沟洫安排一个合适的位置。而昔日为患的水，亦被人们视为"地之血气"而成为与粮食同等重要的东西备受重视。周时，这一工作设有"稻人"负责。《周礼·大司徒》叙稻人职掌云："以潴畜水，以防止水，以沟荡水，以遂均水，以列舍水，以浍写水，以涉扬其芟，作田。"其职责主要解决田间的排水与灌溉。周之后，水利开发与建设进入了一个新的时代。这时候，人们治水的经验多了，方法多了，眼光也就不再停留在田间沟浍的小打小敲上，而是投向了广阔的山川原野，投放在凿山开渠、引河溉田的大型工程上。据《史记·河渠书》、《汉书·沟洫志》、《通典》、《文献通考》等记载，自战国魏襄王之邺令史起引漳水溉邺、秦筑郑国渠、修都江堰以来，迄汉武帝时，"用事者争言水利"（《汉书·沟洫志》），于是兴修水利，便成了有汉一代农业开发的大事而热闹非凡，高潮掀天，充分展示了人民战天斗地、征服自然的英勇气概。其特点，一是规模宏大，如郑国渠，由韩国水工郑国所凿。它起自中山西邸瓠口，分泾水东流而入洰河，全长三百余里。都江堰，系秦国蜀郡太守李冰所建，它"穿二江成都中，双过郡下，以通舟船。"③白渠，为汉武帝太始二年赵中大夫白公所造，它"引泾水，首起谷口，尾入栎阳，注渭中，袤二百里。"（《汉书·沟洫志》）都是长距离的大型水利工程。它们穿山越岭，逶迤延绵，有着何等巨大的气势！二是动用了大量的人力、物力。如汉武帝时，由大司农郑当时奏请、齐人水工徐伯表执掌的全长二百余里的"引渭穿渠"工程，就动用了数万人力、花了三年时间凿通的；由

---

① 《礼记·祭法》云："鲧障鸿水而殛死……此皆有功烈于民者也。"《十三经注疏》下册，中华书局 1980 年版，第 1590 页。
② 《新刊四书五经·书经集传》，中国书店 1994 年版，第 28 页。
③ 杜佑：《通典》第一册，《食货二》，岳麓书社 1995 年版，第 20 页。

汉河东太守番系报请的"穿渠引汾溉皮氏、汾阴下,引河溉汾阴,蒲坂下"而作的渠田,亦动用了数万人建成的。三是获利当代,造福后人。贾让云:"若有渠溉,则盐卤下湿,填淤加肥;故种禾麦,更为秔稻,高田五倍,下田十倍;转漕舟船之便;此三利也。"(同上)三利之论,道尽了汉水利之兴的价值,也反映了当时的事实,如郑国渠"溉舄卤之地四万余顷,收皆亩一钟,于是关中为沃野,无凶年。"(同上)都江堰"溉灌诸郡,于是蜀沃野千里,号为陆海"①。白渠溉田四千五百余顷,民得其饶,为之歌曰:"田在何所?池阳、谷口。郑国在前,白渠起后。举臿为云,决渠如雨。泾水一石,其泥数斗。且溉且粪,长我禾黍。衣食京师,亿万之口。"(《汉书·沟洫志》)这种获利惠及后人,班固《西都赋》所云"郑白之沃,衣食之源",便是其生动形象的说明。

　　总之,这种以五谷种植为中心,以仓廪实、衣食足为目的而采取的上述方略,是有利于农业的开发与建设,有利于强国富民的。他们的政绩也就在这些认识和方略的推行中得到了表现,他们的统治运祚亦由此而得到了绵延。

（二）政治对学术文化的诉求

　　从以上所论,我们可以看到,先秦汉魏晋时期的政治特征之产生形成,都是人们在实践中不断探索、总结、完善的结果。它不仅清晰地展示了这些特征形成的规律,而且充分地说明了政治同学术文化的关系,即政治离开了学术文化的支持与帮助,就会因失去明确的方向而变得杂乱无章;学术文化离开了社会政治这块沃土,就会因失去生存发展的平台而无用武之地。因此,政治诉求学术文化,学术文化回应政治,既是历史的必然,又是它们自身发展的要求。这是因为:

　　一、政治是一种有意识有目的的活动。这种意识、目的的统一,是确保政治朝着既定方向有序运行的前提和基础,也就是说,历史上不存在无意识无目的的政治,政治是有思想性和功利性的。而这正是学术文化作用的结果,是政治学术化、学术政治化的必然产物。当年,尧舜治理天下,就具有这样的特点。《尚书·尧典》云:"克明俊德,以亲九族。九族既睦,平章百姓。百姓昭明,协和万邦,黎民于变时雍。"所记虽是尧如何处理同九族、百姓、万邦之间的关系,表述的却是学术文化造就的过程。其一,尧是一个洞知政治走向,对政治十分敏感的人。政治是什么?"政治就是掌握国事,指导国家,确定国家活动的方式、任务和内

① 杜佑:《通典》第一册,《食货二》,岳麓书社1995年版,第20页。

容。"①而在尧时,国家事务,国家活动的方式、任务和内容没有比处理好同九族、百姓、万邦的关系更为重要。《左传》说:"安定国家,必大焉先。"(襄公三十年)大者,大族也。《孟子》说:"为政不难,不得罪于巨室。"(离娄上)巨室,大家也。处理好同宗室、同大族之间的关系,便是治国、安邦的重点。而尧首倡"亲九族",就表明他对这一重点是明确的。在他看来,只有将九族的关系理顺了,平章百姓,协和万邦才有坚实的基础。否则,家不亲,百姓不和,万邦不协,天下就不会安宁。其二,尧治理天下是高度理性化的。支配这种理性的核心,就是明德支撑下的亲和。亲和也者,亲而和也。亲,以血缘为纽带,显现的是一种强烈的宗族情结。和,以家邦为桥梁,表现的是一种"天下一家"的政治理想。尧就是以这种情结、理想打通了同九族、百姓、万邦的关节,最终达到了"黎民于变时雍"的治理目的,将天下引向了一个弃恶向善的道德境界,成为古代以德齐家治国平天下的开创者和实践者,成为一种经典一种范式而烛照千秋。

舜治理天下,较之尧来,其方式、任务和内容都有了较大的改变。这是由此时的社会状况决定的。一是"黎民阻饥",没饭吃没衣穿;二是"百姓不亲,五品不逊",畿内民庶关系紧张,父子、君臣、夫妇、长幼、朋友关系没有理清;三是"蛮夷猾夏,寇贼奸宄",周边邻邦关系恶劣;四是"谗说殄行,震惊朕师",邪僻横行,伤绝善人之事令众震惊。面对这些状况,舜的治政纲领是:"食哉,惟时!柔远能迩,惇德允元,而难任人,蛮夷率服。"(《尚书·舜典》)其中,"食哉,惟时",是从经济发展层面来讲如何解决百姓衣食之苦。"时",一指"不违农时";二指四时、气节、物候,而这则属于科学技术问题。舜将解决百姓吃饭穿衣问题放在经济发展、科学技术层面来讲,就大大丰富了它的学术文化含量。"柔远能迩,惇德允元",是从道德层面来讲如何处理以上各种关系。而支撑这一层面的核心理念就是他的仁德统摄下的柔能。柔,宽而抚之也,主宽;能,扰而习之也,主猛。宽猛相济,乃治政常用之术。《左传》云:"惟有德者能以宽服民,其次莫如猛。夫火烈,民望而畏之,故鲜死焉;水懦弱,民狎而玩之,则多死焉,故宽难。"(昭公二十年)宽柔刚猛,利弊相兼,然统之以仁德,就会化弊为利,达于至境,所谓"抚之"、"习之"亦就井然,"近者悦,远者来"亦就必然。用道德的雨露阳光去哺育远近之人,是他德治的理想境界。而德的至境又在"惇"、"允"二字上。

---

① 《列宁文集》,俄文版第21卷,转引自罗森塔尔、尤金编,中共中央马克思、恩格斯、列宁、斯大林著作编译局译:《简明哲学辞典》,三联书店1973年版,第327页。

21

只有敦厚信允,人们才会皈依仁德,做一个有仁德的人。"难任人",则是从刑法层面来讲如何整治那些佞人。任人,佞人也。佞人的特点就是喜欢用谗说去败坏社会风气,用殄行去扰乱国家政治。对付这样的人,唯一的办法就是"难",就是动用刑法。而"蛮夷率服",则是从总体效应来讲天下治理应达到的目标。其意思是说,上述数项若治有成效,国家也就强盛了,社会也就太平了,人民也就安康了,"蛮夷猾夏,寇贼奸宄"也就迎刃而解了。可见,它所表露的又是一种攘外必先安内的政治思想。总之,这二十个字,字字千金,句句珠玉,是舜描绘的治国安邦的宏伟蓝图。蓝图之下,他再别具细目,以设官分职之形式,将这一使命一一分派到那些贤臣的头上。他命禹平水土,命弃播时百谷,命垂典六工,命益主山川,就是要他们分别承担"食哉惟时"的重任。命契敬敷五教,命伯夷典六礼,命夔典乐教胄子,就是要他们将"柔远能迩,惇德允元"的任务完成好。而他说的"直而温,宽而栗,刚而无虐,简而无傲",就是对"惇德允元"的具体细化与说明。他命皋陶典五刑,命龙作纳言,就是要他们去整治那些"任人"。如此一来,纲举目张,共同构建了他的政治学说的全部内容,表现了他的博大精深的政治思想。由此可知,任何一种有意识有目的政治能行之有序、有效,都是在一定的学术文化的支撑与帮助下完成的。否则,它就会变得茫然无知,零乱不堪。

二、政治是发展变化的。发展变化,是推动政治生生不息、开拓前进的动力。但怎样发展变化才符合天下治理的要求,同样需要学术文化的规约与指引。这里,不妨从天变、地变、人变三个方面作些说明。所谓天变、地变就是指大自然的变化给人类带来的危害。这种危害,早就存在。尧舜时期,"洪水滔天,浩浩怀山襄陵",就使人民昏垫垫弱。夏商时,"禹七年水","汤五年旱",亦使百姓"离凶饿甚矣"①。兹后,水灾、旱灾、风灾、冰灾、虫灾、地震不断如缕,时时威胁着人们的生命与安全,影响着政治的正常运转。于是谈天色变,论地胆寒,几成定式。汉人说《春秋》好言灾异,左氏好叙卜筮之言,便是这一情况的真实写照。而好言灾异,旨在不违天意;好叙卜筮,意在寻求拯救命运之方,两者各得其用,亦符合马斯洛说的"人即使危险临头也会探求知识"②的原理。《春秋》所志灾异,"日有食之"三十六次,大雨雪三次,大雨雹三次,大水九次,不雨三次,大旱二次,

---

① 《墨子·七患》引《夏书》、《殷书》,见孙诒让《墨子间诂》,中华书局2001年版,第28页。
② 弗兰克·戈布尔:《第三思潮:马斯洛心理学》,上海译文出版社1987年版,第46页。

螟二次，螽十一次，蜚一次，地震五次。《春秋》之后，《汉书》沿其体例，亦重灾异，记有"日有食之"四十四次，雨雪五次，雨雹一次，大水八次，大旱十四次，大风二次，螟一次，蝗七次，地震十一次。《后汉书》亦然，记有"日有食之"七十四次，雨雹十五次，雨水十八次，大风十八次，大旱二十五次，螟四次，蝗二十三次，地震五十三次，山崩九次，地陷四次，地裂七次。其受危害的程度，两《汉书》的大事记，帝皇诏书和《天文》、《五行》志均有些记载。比如，汉惠帝二年，地震陇西，压四百余家（《汉书·五行志》）。高后三年夏，汉中、南郡大水，水出流民四千余家；四年秋，河南大水，伊、洛流千六百余家，汝水流八百余家；八年夏，汉中、南郡水复出，流六千余家（同上）。文帝后三年秋，大雨，昼夜不绝三十五日。蓝田山水出，流九百余家（同上）。武帝建元三年春，汉水溢于平原，大饥，人相食；元狩元年十二月，大雨雪，民冻死；元鼎二年夏，大水，关东饿死者以千数（《汉书·武帝纪》）。元帝初元元年九月，关东郡国十一大水，饥，或人相食；三年六月，关东饥，齐地人相食；永光五年秋，颖川水出，流杀人民（《汉书·元帝纪》）。平帝元始二年，郡国大旱，蝗，青州尤堪，民流亡（《汉书·平帝纪》）。安帝永初三年，京师及郡国四十一雨水雹。并、凉二州大饥，人相食；七年八月，京师大风，蝗虫飞过洛阳，郡国被蝗虫，伤稼十五以上（《后汉书·孝安帝纪》）。这种天变、地变不仅残酷地吞噬了无数的生命，毁坏了无数的家园，而且也破坏了社会的结构和秩序，改变了人们的思想与观念。我们知道，社会结构是以无数个体家庭为单位组建起来的，社会秩序亦是建立在无数个体成员的正常生产、生活之上。个体家庭的稳固，个体成员生产生活的安定，是社会结构稳固，社会秩序井然的基础。而这些基础一旦毁坏，社会结构、社会秩序也就被破坏。试想想，当一场突如其来的灾难来临的时候，成千上万的家庭携老带幼、离乡背井逃往他所，这种不以行政命令为依据而以生命价值为准绳的大迁徙大转移，其悲烈的场面待不用说，单就一个地方空场而另一个地方爆满所出现的失衡，就足令人哀叹不止。社会结构就在这种"万姓以死亡"、"千里无鸡鸣"的空场中被消失，而社会秩序亦就在这种白骨露野，哀鸿遍地的鬼哭狼嚎的大逃亡中被毁坏。因此，此时的风雨水旱、地震螟蝗带来的不单是同某一人、某一家的矛盾，也不单是同某一地区、某几个地区的对立，而是同整个社会的冲突。面对这些灾害与危险，统治者大脑皮层出现的第一信号就是抢灾救人，作出的第一反应就是迅即下诏，命令受灾地区的政府开仓赈济，赐予棺钱，蠲免租税，安抚灾民。同时，又将应对的重点放到社会结构、社会秩序的调整和组建上，并以特殊的政策去帮助那些成群结队的逃亡流民重建家园。比如,汉景帝元年诏就明确规定,"夭绝天年,郡国或硗狭,无所农桑系畜,或地饶广,荐草莽,水泉利,而不得徙。其议民欲徙宽大地者,听之"(《汉书·景帝纪》)。汉成帝鸿嘉四年亦诏令,"流民欲入关,辄籍内。所之郡国,谨遇以理,务有以全活之"(《汉书·成帝纪》)。章帝元和元年诏亦规定,"其令郡国募人无田欲徙它界就肥饶者,恣听之。到在处,赐给公田,为雇耕佣,赁种饷,贳与田器,勿收租五岁,除算三年。其后欲还本乡者,勿禁"(《后汉书·孝章帝纪》)。这些宽松的政策有利于流民的安置,社会秩序的恢复。其中所云"籍内者"即"录其名籍而内之",又具有明显的调整社会结构的作用。

若从思想改变来说,灾难可以强化人们的精神信仰,也可以弱化人们的精神崇拜。这在那些素有着敬天、信天、拜天传统的老百姓那里,当他们哭天抢地之时,对天抱怨不已,这就意味着他们心目中没能留下几许天的位置和印记了,一种乏神的危机已经来临。这对于以天神为支柱的专制王权,是一场灭顶之灾。为了扭转这种局面,一种超现实的神灵之说应运而生。这是一种既不能脱离现实,又不能皈依现实而是超出现实之外的虚妄之论。最能体现这一论说的,莫过于《周易·系辞》所云"天垂象,见吉凶,圣人则之"。孔颖达《正义》注云:"若'璇玑玉衡,以齐七政。'"注出《尚书·舜典》。"璇玑玉衡",孔传注说是正天文之器,《史记·天官书》说是"北斗七星",刘向《说苑·辨物》说是"北辰勾陈枢星"。这里应以后二说为是。这就表明,系辞作者说"天垂象"时,是从现实出发把天象当做实象来看待的。然而,他又不愿意皈依现实,于是用"见吉凶,圣人则之"一转,转到了超乎现实的一面,说"天"是"天心",说"天垂象"是以示吉凶祸福,这就彻底改变了天的自然属性,给它披上了一层神秘的外纱,将帝王的思想引向了一个幽冥难知的世界。

值得注意的是,这些解释虽多出自汉人之口,留有汉人学术重神学的印记,但与《书》、《易》原意亦相吻合。也就是说,《书》、《易》二经所言"齐七政","见吉凶,圣人则之",以及人们常说的"仰以观于天文,俯以察于地理,是故知幽冥之故"等等,原本就含有穷神知化,天人合一、天人感应的意思。因此,视天为神灵,视圣人象天以齐政治,便成了一种根深蒂固的观念,一种流行不息的传统,盘活于人们的心底,支配着他们的言行。比如,汉孔光说的"日者,众阳之宗,人君之表,至尊之象。君德衰微,阴道盛强,侵蔽阳明,则日蚀应之"(《汉书·孔光传》),后汉丁鸿说的"臣闻日者阳精,守实不亏,君之象也。月者阴精,盈毁有常,臣之表也。故日食者,臣乘君,阴凌阳,月满不亏,下骄盈也"(《后汉书·丁鸿传》），表现的就是这样一种看法。汉文帝二年十一月"日食诏"说的"朕闻之，天生民，为之置君以养治之。人主不德，布政不均，则天示之灾以戒不治。乃十一月晦，日有食之，适见于天，灾孰大焉！朕获保宗庙，以微眇之身托于士民君王之上，天下治乱，在予一人，唯二三执政犹吾股肱也。朕下不能治育群生，上以累三光之明，其不德大矣"（《汉书·文帝纪》），汉元帝永光二年三月"日食诏"讲的"朕战战栗栗，夙夜思过失，不敢荒宁。惟阴阳不调，未烛其咎。娄救公卿，日望有效。至今有司执政，未得其中，施与禁切，未合民心。暴猛之俗弥长，和睦之道日衰，百姓愁苦，靡所错躬。是以氛邪岁增，侵犯太阳，正气湛掩，日久夺光。乃壬戌，日有蚀之。天见大异，以戒朕躬，朕甚悼焉"（《汉书·元帝纪》），表现的也是这样一种思想。他们这样做，除了"觉悟其行"之外，旨在营造一种天人合一的思想境界，构建一种井然的天神秩序，以强化人们对天神的信仰与崇拜，达到巩固王权的目的。

这种超现实的神灵说，原本就是谎言，谎言说上一百遍，就变成了"真理"。而这种变的过程，就是那些超现实的神灵知识与技能不断制作、加工、创造的过程。正是在这种过程中，政治学术化，学术政治化得到了完整的展现。而负责制作、加工的，原初是巫与史，其后是那些深谙占星之术的士。他们就是这方面的知识精英。巫的职能，据《洪范》和《左传》的说法是以卜筮稽疑。《洪范》说："择建立卜筮人，乃命卜筮。……汝则有大疑，谋及乃心，谋及卿士，谋及庶人，谋及卜筮。"《左传》云："卜以决疑，不疑，何卜？"（桓公十一年）据《尚书》、《史记》和胡厚宣的说法，是以卜筮断事。《大禹谟》说："官占，惟先蔽志，昆命于元龟。"《日者列传》说："自古受命而王，王者之兴何尝不以卜筮决于天命哉！"胡氏说："彼辈深信在天之上帝，能支配人间之一切，已故之先祖，能祸害福佑于其子孙。彼辈于一切事故，皆不敢自决，而必就焉卜之于神灵。由甲骨文字观之，占卜一事，实为王朝最重要之纲典，举凡朝野上下之大小巨细，无不取决于斯。"[1]据《周礼》的说法，是以卜筮辨吉凶。其《筮人》云："筮人掌三易。……以辨吉凶。"然不论主张什么，如何将龟筮之兆说清楚，将求占者心中之块垒释明白，都需要有高明的卜法，精审的卜辞。而这些均需要在实践中反复研习。其历时十分漫长。胡厚宣说："'黑陶时期'，尚嫌方法过简，凿制过疏，无有规律，亦无卜辞。至于殷商，则顿觉方法严整，条例井然，且既卜之后，每刻文字，约而分

---

[1] 胡厚宣：《甲骨学商史论丛初集·殷代卜龟之来源》，河北教育出版社2002年版，第457页。

之,有兆辞、数辞、吉辞、用辞、叙辞、命辞、占辞、验辞数种。"① 至周,则大放异彩,他们占卜有序,兆龟并重,法式谨严。兆有兆书,凡百二十体,千二百颂。颂者,繇辞也,按"方"、"功"、"义"、"弓"四兆编排,由卜师掌管。占卜前,卜师按四兆开出兆书,然后再选龟。龟依照其方色,可分为天龟、地龟、东龟、西龟、南龟、北龟六种,有龟人看管,分室而藏之。占卜前,太卜、卜师都要"视高"、"辨龟"。所谓视高,就是确定"龟骨高者可灼处";辨龟,就是根据卜事大小来确定用何龟。灼龟有垂氏,然扬火致墨,乃卜师所为。灼龟之后,为占卜。由于"凡国之大事,先筮而后卜",故占筮井然;"凡卜筮,君占体,大夫占龟,史占墨,卜人占坼",且程序严定。郑玄注云:"体,兆象也;色,兆气也;墨,兆广也;坼,兆𪔀也。体有吉凶,色有善恶,墨有大小,坼有微明,……凡卜,象吉,色善,墨大,坼明,则逢吉。"(《周礼·小宗师·太卜》)断辨吉凶,兆为根本,故君臣都参与其中,出现了朝廷上下皆巫的现象。这是周代占卜进入成熟时期和自觉阶段所特有的。

史,即史官。史官的一项重要职能就是掌天象。《左传·桓公十七年》云:"冬,十月,朔,日有食之。不书日,官失之也。天子有日官,诸侯有日御。"服虔注曰:"日官、日御,典历数者也。"日官、日御就是天子、诸侯的史官。由于"日官居卿以底日",官从卿位,朝位特尊,"日御不失日,以授百官于朝",将所"定历以颁布于诸侯,诸侯之日御奉之以授百官"②,是当时著名的历数家,故他们对天象、天变、灾异、神灵之解释是最权威的。比如,周惠王十五年问神于内史过,过对神的阐释;僖公十年,宋襄公问陨石于宋五,六鹢退飞于史叔兴,兴对吉凶的说明;昭公九年,陈灾;昭公十年,有星出于婺女,郑裨灶对妖星的解释,都具有这样的特点。尽管如此,他们还得像巫那样,执事以恪,勤于天象观察,天道思考,以便随时应对天子、诸侯的稽疑和叩问。否则,昏迷于天象,就会像夏代羲和氏那样,因干先王之诛而受到严厉的惩罚(《尚书·胤征》)。

士,作为一种特殊的知识阶层,他们受巫史的启发,入仕以前,亦将占星之学作为重要的知识储存,进行过认真的修炼。他们临事虽晚,然一旦临事,所发挥出来的作用,并不亚于巫史。如汉代的董仲舒、夏侯始昌、眭孟、夏侯胜、京房、翼奉、刘向、谷永、李寻、田终术等,均是这样的人物。他们在汉代推阴阳言灾异,假经设宜,依托象类,纳说明君,为汉代神学的制作加工,作出过贡献。除此之外,

---

① 胡厚宣:《甲骨学商史论丛初集·殷代卜龟之来源》,河北教育出版社2002年版,第458页。

② 杨伯峻:《春秋左传注》,中华书局1981年版,第150页。

不少贤相名臣亦是深谙天文历算的学者，他们既懂巫术，又懂占法，是不以巫师称而甚有巫术的大巫。梁启超说："吾侪今日读此，孰不以巫觋祝宗等为不足齿之贱业。殊不知当时之'巫'，实全部落之最高主权者。"① 张光直也说："如果商汤、伊陟、傅说、箕子等王室宫廷中的贵人也都具备巫师的本事，他们也就和巫咸、巫贤、巫彭等人一样也都是巫。"②

总之，这些不同身份的人各自在不同的职位、不同的时期做着相同的事，不但为时君的叩问、自省准备了丰富的知识，炮制出了占星术、禳灾术、占卜术及其相关的术数和礼仪，而且也为思想界从理论上强化人们对天的认识奠定了基础。在思想家们的不懈努力下，以"君，天也，天可逃乎"（《左传·宣公五年》），"天子者，则天之子也"（《春秋繁露义证·郊语》），"国之存亡，天也"（《左传·成公十六年》），"天之所废，谁能兴之"（《左传·襄公二十三年》），"天之所兴，谁能废之"（《国语·晋语四》）相标榜的"神灵之天"说；以"惟天无亲，克敬惟亲"（《尚书·太甲下》），"惟时懋敬厥德，克配上帝"（《尚书·太甲下》），"皇天无亲，惟德是辅"（《尚书·蔡仲之命》）相推崇的"道德之天"说；以"天子祭天地，祭四方，祭山川，祭五祀，岁遍"（《礼记·曲礼下》），"祭帝于郊，所以定天位也；祀社于国，所以列地利也"（《礼记·礼运》），"大报天而主日也，兆于南郊，就阳位也"（《礼记·郊特牲》）为内容的祭天祀地说；以"阳者天之宽也，阴者天之急也"（《春秋繁露·循天之道》），"天地之常，一阴一阳，阳者天之德也，阴者天之刑也"（《春秋繁露·阴阳义》），"天道之大者在阴阳，阳为德，阴为刑；刑主杀而德主生"（《汉书·董仲舒传》）为中心的阴阳说及由此而产生的天命观，天道观，天人合一说，天人感应说，便成为这一时期的主流思想活跃在人们的精神世界中，支配着人们的思想与行为。现实中的天人矛盾，便在这种超现实的思想观念中得到了消解、调和，并最终得到了统一。而他们的王权便在这种消解、调和和统一中得到了加强与巩固，学术文化亦在这一过程中得到创造与发展。

所谓人变，就是指在专制王权运行中所出现的性情裂变及其给社会给人民带来的危害。其程度有时甚至比天变地裂还严重，其根源就在专制王权自身。

---

① 梁启超：《先秦政治思想史》第二章《天道思想》，见王焰编、魏得良校：《梁启超学术论著》，浙江人民出版社1998年版，第21页。
② 张光直：《商代的巫与巫术》，见《中国青铜时代》，三联书店1999年版，第259页。

也就是说,当家天下政治将王权作为一家之私物,天下作为一家之私器之后,人心便逐渐由廉变贪,人性随之由善变恶。当这种贪婪凶恶发展到无法扼制的时候,灾难也就降临了。这种情况,尤以帝王宗室为甚。帝王宗室是一个特殊的政治集团,也是一个多种矛盾的集合体。嫡庶制虽然确立了立嫡的原则,分封制虽然缓解了宗室权力纷争的矛盾,但宗室仍然危机四伏。这种情况,自三代以来就存在,至春秋秦汉魏晋则愈演愈烈,直接成为家天下衰亡的重要动因。其中,矛盾的主要方面一是来自帝王本人。帝王贤愚与否,年寿多少,则起着决定的作用。纵观此时期历代帝王,暗于事理者则不在少数,其中又以末代帝王为突出。由这样的暗主来主管宗室,宗室自然不亲,来主宰天下,天下自然不宁。与此相类者,则是他们的年寿。《洪范》五福,"一曰寿";六极,"一曰凶短折"。徐干释"寿"为"王泽之寿"①;蔡沈注"凶短折"为"不得其死也,横夭也"②。将帝王寿夭纳于政书之中,是因为它直关政治之好坏,即寿高者有利于王权的治理,寿短者不利于王权的继承与发展。这在两汉尤为显著。两汉凡历二十三帝,年寿最高的是汉武帝,治国最好的也是汉武帝,他享年七十一岁,治国五十四年。其次是光武帝,他享年六十二岁,即位三十三年。年寿最短的是孝殇帝,得年仅二岁。余者,五十岁以上的二人,四十岁以上的六人,三十岁以上的五人,二十岁以上的四人,十岁以上的一人,十岁以下至三岁的二人。二十三帝平均年寿为三十四点九岁。荀子说:"天子也者,不可以少当也,不可以假摄为也。"(《荀子·儒效》)如此短促的年寿,就使得不宜少当天子的少儿一个个当上了天子,不可假摄为的亦一个个摄行政当国了。而这恰恰又成为宗室关注的焦点,成为母后临政的重要背景。

　　母后临政,较之宗室无甚德才的伯叔庶兄来,应该颇为稳妥,但也有问题,那就是她不能克服其内在情感的困惑。一方面,作为帝王的母亲、祖母,她负有人伦的责任和血缘的义务,本应同儿孙一道承宗庙,安社稷;但另一方面,作为外家的姑娘,父母之骨肉,兄弟之手足,她又理应为他们去争夺富贵。如此一来,她便在这样一种人生的十字路口、儿家母家的交叉点上,举步维艰。或许正是这样,在中国后妃史上,能兼鱼掌之利、得家位之全者,以前汉为例,仅有"文、景、武太后,邛成后四人"而已,其余多为贪恋权势,为外家谋求富贵的了。比如,

---

① 　徐干:《中论·论夭寿》,见《百子全书》第 1 册,岳麓书社 1994 年版,第 904 页。
② 　蔡沈:《书经集传》,中国书店 1994 年版,第 120 页。

汉高祖吕皇后,《汉书·外戚传》说她在持天下八年中,先后立兄子吕台、吕产、吕禄、吕通为王,"又封诸吕凡六人为列侯"。元帝王皇后,同书《元后传论》说她"历汉四世而天下母,飨国六十余载,群弟世权,更持国柄,五将十侯,率成新都"。后汉顺烈梁皇后,《后汉书·梁冀传》说"冀一门前后七封侯,三皇后,六贵人,二大将军,女食邑称君者七人,尚公主者二人,其余卿、将、尹、校五十七人",多是她在位十九年中得到的。这种不知收敛为外家谋求富贵的行为,严重地损害了家天下政治的整体利益,破坏了宗室的安宁。以吕后而论,刘邦死后,儿子刘盈称帝当国,她干的第一件事就是杀赵王,戮戚夫人。她临朝称制后,最大的动作就是杀幽王,诛共王,死燕王,削弱诸子势力,弄得宗室人心自危。临终,她又嘱咐诸吕"据兵卫宫,慎毋送丧,为人所制",企图再次挑起外戚同宗室的斗争。再拿晋"八王之乱"来讲,其因亦由外戚专权而起。若没有杨皇后之父杨骏的专权,就没有汝南王司马亮同他的矛盾,也就没有贾后参政,伙同楚王司马玮、司马亮废除杨皇后、杨骏之事,更没有赵王伦僭越称帝以及由此而出现的齐王司马冏、长沙王司马乂、成都王司马颖、河间王司马颙、东海王司马越之乱,没有鲜卑兵入中原,"胡尘惊而天地闭,戎兵接而宫庙隳"的悲剧发生。由此可见,母后临政及其出现的外戚专权,是制造宗室矛盾的一大祸根。

二是来自宗室子弟之乱。刘向《说苑》云:"《春秋》之中,弑君三十六,亡国五十七。"考之《左传》和《史记》,发生在宗室的就有多起。如齐哀公之同母弟山杀兄弟胡公而自立,鲁桓公弑其兄隐公而自立,襄公从兄弟公孙无知弑襄公而自立,懿公兄括之子伯御弑懿公而自立,卫太子共伯之弟和杀共伯而自立,卫州吁杀桓公而自立,楚太子商臣弑父成王而代立,楚公子围弑其王郏敖而自立,均是其例。这种情况,至汉"七国之反",则发展到了高峰。"七国之反"的策划者和指挥者为吴王刘濞,他是高祖刘邦之兄刘仲之子,其应从者,楚王戊为刘邦同父少弟楚王刘交之子,而赵王遂、胶西王卬、济南王辟光、菑川王贤、胶东王雄渠全系刘邦之孙,与景帝同为三代叔伯兄弟。他们本应通力扶持景帝将祖父打下的江山治理好,但为了藩国的私利,在刘濞的蛊惑下,竟不择手段,大打出手,掀起了一场席卷朝野的反叛风暴,几乎将汉家王朝葬送于历史坟墓之中。

以上仅是宗室矛盾之一斑。可见宗室并不是一块安静的绿洲。作为其子孙繁衍生息之所,它原本是人类社会告别野蛮走向文明之后所形成的富有高度人性化、人情化和人文化的群体。血亲情感所具有的凝聚力、向心力和亲和力曾在这里得到过完美的体现。由这种情感所构建的父子、母子、兄弟关系,所形成的父子、母子、兄弟之爱亦在这里得到过充分的显现。然而,当这种情感政治化,爱与政治联姻之后,这一切都发生了改变。而专制王权亦在这一改变中日渐枯萎、沦落,最后被他人所取代。面对这种政治上的性情危机,人们在呼唤操杀生之柄予以严惩的同时,都不约而同地将目光投向了礼乐文化,伦理道德,企望通过父子、兄弟、夫妇、长幼关系的理顺,父慈、子孝、兄良、弟悌、夫义、妇听、长惠、幼顺的伦理道德的确立,力挽狂澜于既倒。于是圣君作宪,贤臣进策,智者立言,一时纷纷扬扬,将治理推向了极致。而在历史的叙述中,诸如尧的"以亲九族"之策,舜的"五教"之设,禹的"慎乃在位"(《尚书·益稷》)之谈,皋陶的"浚明有家"、"亮采有邦"(《尚书·皋陶谟》)之论,伊尹的"立爱惟亲,立敬惟长"(《尚书·伊训》)之训,《洪范》"五事"之说,周公金縢祷告之举,均以睿智之思,从理论与实践上将人们的思想道德情感引向了善良的境地。自此之后,"爱亲"、"敬长"作为理顺父子、兄弟、夫妇、长幼关系和确立他们伦理道德之主题,如同时代号角,回荡在宗室的上空。"同姓则同德,同德则同心,同心则同志。同志虽远,男女不相及,畏黩敬也"(《国语·晋语四》)的同德合义说,"故爱其亲,不敢恶人;敬其亲,不敢慢人。爱敬尽于事亲,光耀加于百姓,究于四海"(《吕氏春秋·孝行》)的天子之孝说,"父子笃,兄弟睦,夫妇和,家之肥也"(《礼记·礼运》)的兴家说,亦便应运而生,且成为一种巨大的精神召唤,将他们紧紧地凝聚在一起。

理论的创造,实践的验证,固然重要,但还需要制度的规约和帮助。为此,此时期的圣哲们根据宗族生成的规律及其相互间的血缘关系创立了宗法制。这是一种按大宗小宗的形式,将宗室成员进行排列组合的制度。其重要性,晋代范旺的《祭典》论之云:

> 废小宗昭穆不乱,废大宗昭穆乱矣。先王所以重大宗也,岂得不废小宗以继大宗乎?……大宗者,人之本也,尊之统也。人不可以无其本,所以立大宗也。上继祖祢,尊尊之道著矣。下理子孙,亲亲之义明矣。旁理昆弟,天伦之理达矣。存则合族以食,序以昭穆,导以德行,别以礼仪。没则禘祭太祖,陈其亲疏,殇与无服,莫不咸在,此则孝子之事终矣,立人之道竭矣。小宗之家,五代则迁,安知始祖之所从出,宗祀之所由来。敬宗所以尊祖祢,不为重乎?(《全晋文》卷一百二十四)

可见注重大宗小宗的区别,是该制度的基本理论。其具体区别,《礼记·大传》说:

> 别子为祖,继别为宗,继祢者为小宗。有百世不迁之宗,有五世则迁
> 之宗。百世不迁者也,别子之后也。宗其继别子之所自出,百世不迁者也。
> 宗其继高祖者,五世则迁者也。

所谓"别子为祖,继别为宗",是相对本宗(大宗)而言的。比如诸侯,对天子来说,天子是大宗,诸侯是小宗。然诸侯被分封后离开朝廷、离开王室,来到其封地,就是所谓的"别子",亦是其封地的始祖。诸侯实行的也是嫡子承袭制,嫡子承袭父位为诸侯,为大宗,而嫡子的诸弟或庶弟为卿大夫,为小宗,依此类推。所谓"百世不迁之宗",指的是大宗;"五世则迁之宗",指的是小宗。为什么大宗百世不迁?李亚农解释说:"始祖只有一个,而不能有两个。""大宗是团结整个氏族的中心。"所以大宗永远是大宗。为什么小宗五世即迁?李氏又说:"这是因为种族繁衍的结果。分家出去,另立门户的人越来越多,于是小宗也就不断地增加。所谓九世同堂,在中国的宗法制度史上,已属罕见的现象,至于九世以上的共居,更是稀有。一般地说起来,五世同堂,已是不容易的了。最多到了五世,就只好分家,分一些子孙出去另立门户,各自成家,所以小宗五世即迁。"[1] 他们这样做的目的,一是重亲亲,二是重尊尊。所谓亲亲,是从血缘情感方面讲的。虽然彼此已独成门户,不再同居在一起,但"同是从一个火上分出来"的血亲情感并未因此而消失。大家还是大宗之下的枝叶。牢记自己的祖宗,牢记自己的来历,就会永远心心相通,在尊祖敬宗的旗帜下,紧密地团结在大宗周围,形成一个无坚不摧的整体,共同承担抵御外侮,振兴宗族的责任。而所谓尊尊,则是从等级名分方面说的。只要明确自己的等级名分和上下之间的关系,才能君君、臣臣、父父、子子有道,才能"昭文章,明贵贱、辨等列、顺少长,习威仪"(《左传·隐公五年》),有序而不乱。这两点是用来收族,用来预防和治理宗室子弟僭越作乱的重要思想,因而具有经久性的威严和效力。此其一。

其二,他们创立了婚制。这是一种将不同姓氏的一对男女组合成一个家庭的制度,有着严格的规约与程序。

1.严禁同姓通婚。《礼记·曲礼上》云:"取妻不取同姓。"《左传·僖公二十三年》云:"男女同姓,其生不蕃。"这种规制由周人创立,事见《礼记·大传》:"系之以姓……虽百世而昏姻不通者,周道然也。"其意义,梁启超论之说:"此种制度,于我民族之光荣,有绝大影响,……于是'百姓'相互间,织成

---

① 《李亚农史论集》第一章《殷代的奴隶制》。

一亲戚之网，天子对于诸侯，'同姓谓之伯父，异姓谓之伯舅'。《诗》有之：'岂伊异人，兄弟甥舅。'其大一统政策所以能实现者半由是。此制行之三千年，至今不变。我民族所以能蕃殖而健全者，亦食其赐焉。"①

2.通婚需有行媒。《周礼·地官·媒氏》云："媒氏掌万民之判。"郑玄注："判，半也，得耦为合，主合其半成夫妇也。"其职掌，主管男女婚姻事宜。而《礼记·曲礼上》所云"男女非有行媒，不相知名"的"媒"，则与前"媒"异，是指为男女传递信息之人。行媒的另一责任是"问名"。《仪礼·大昏记》云："宾执雁，请问名。"这个"宾"，就是媒人。吕思勉释之云："女氏许婚之后，再请问许婚的是哪一位姑娘？因为纳采时只申明向女氏的氏族求婚，并未指明哪一个人之故。"②

3.重聘奔之别。《礼记·内则》说："聘则为妻，奔则为妾。"表示婚制严禁私奔。但也有例外。《媒氏》又云："中春之月，令会男女。于是时也，奔者不禁。"既然奔之有时不禁，则又表明"奔"是合理的。聘妻须用礼，聘礼常用帛。《礼记·曲礼上》云："非受币，不交不亲。"孔颖达疏曰："币为聘之玄纁束帛也。先须礼币，然后可亲也。"《媒氏》："凡嫁子娶妻，入币纯帛，无过五两。"郑玄注："纯，实缁字也，古缁以才为声，纳币用缁。妇人，阴也。凡于娶礼，必用其类。五两，十端也……每端二丈。"缁，黑色。此句意谓，凡嫁子娶妻，纳币用黑帛，不超过二十丈。又《礼记·杂记下》云："纳币一束，束五两，两五寻。"一寻八尺，五两，即二百尺，合二十丈。

4.重嫁娶之仪。嫁娶前，先请期。《礼仪·士昏礼》云："请期，用雁，主人辞，宾许告期。"贾公彦注："主人辞者，阳倡阴和，期日宜由夫家来也。夫家必先卜之，得吉日，乃使使者往辞即告之。"再亲迎。《礼记·昏义》云："子承命以迎，……婿执雁入，揖让升堂，再拜奠雁，盖亲受之于父母也。降，出御妇车，而婿授绥，御轮三周，先俟于门外。妇至，婿揖妇以入，共牢而食，合卺而酳。"意思是说，迎亲之日，新郎奉父命去迎亲，执雁而入，揖让升堂，再拜奠雁。新娘走出闺房，南面立于母左，父西面诫之，女乃西行，母又南面诫之，然后将新娘交给新郎，新郎接过新娘，走出大门。新娘升车，新郎授之以绥，并为之御车，

① 梁启超：《先秦政治思想史》，第四章《政治与伦理之结合》，见王焰编，魏得良校：《梁启超学术论著》，浙江人民出版社1998年版，第41页。

② 吕思勉：《中国文化史》第一章《婚姻》，新世界出版社2008年版，第12页。

待轮三匝，他便下车，将车交给御者，自己乘车先道之归，等待于家门外。新娘车至，便揖妇而入，与新娘共牢而食，合卺而酳。最后拜见公婆。"质明，赞见妇于舅姑"（《仪礼·士婚礼》）。再二日，"舅姑共飨妇"（同上），并把家事交给他。嫁娶之仪结束。在娶迎期间，"嫁女之家，三夜不熄烛，思相离也。取妇之家，三日不举乐，思嗣亲也。"（《礼记·曾子问》）其意义，《孔子家语》载孔子言曰："大婚既至，冕而亲迎，亲迎者，敬之至也。是故君子兴敬为亲，舍敬则是遗亲也。弗亲弗敬，弗尊也。爱与敬，是政之本欤？""妻也者亲之主也，子也者亲之后也，敢不敬与？"一句话，用婚制来推崇爱敬，来处理夫妻、父子、母子、婆媳关系，这正是治理宗室矛盾所需要的。

其三，他们创立了庙制。如果说宗法制是种以尊祖敬宗相标志相号召的宗族建制，那么庙制则是对这一建制的进一步物化和神化。说它是物化，是因为此制具有特定的物质形态，即庙与神主牌。庙，郑玄释为"貌"，"先祖之尊貌"（《礼记·祭法》），想必就是根据这一物质形态定义的。其意思似乎是说，庙是用来栖息先祖神灵的，其神灵就是用他们的神主牌来表示。尽管先祖的容貌不知道，但目睹其庙和神主牌，就如亲见其生前之容貌；尽管他生前做过什么不清楚，但一想到他繁衍出这么多的子孙，子孙竟有出群雄，就会感到他的功德无量。因此，在亲立庙，以志其"亲亲之君恩"，不忘其"尊尊之大义"，是孝子孝孙必具的品德与行为。若是，这种解释则纯属虚拟化的。然其巧妙之处在于它通过这一物质形态，将活人与死人，子孙与祖宗，现时与往时组建在一个世界里，令人们去遐思，去体验。既然庙的作用如斯，如何将庙立得像模像样，便成了庙制的核心问题。为此，他们进行了不断的加工与创造。其规制，夏为五庙，殷为六庙，周为七庙。而七庙之制遂成恒制。其体制，"天子七庙，三昭三穆，与太祖之庙而七。诸侯五庙，二昭二穆，与太祖之庙而五。大夫三庙，一昭一穆，与太祖之庙而三。士一庙，庶人祭于寝"（《礼记·王制》）。其规模，"度九尺之筵，东西九筵，南北七筵，堂崇一筵，五室，凡室二筵，室中度以几，堂上度以筵，宫中度以寻，野度以步，涂度以轨。庙门容大扃七个，闱门容小扃三个"[①]。真是煞费了一番苦心。

说它是神化，亦因为它将祖宗作为鬼神来祭祀。《左传》说："国之大事，在祀与戎。"又说："大事于大庙。"庙历来是祭祀的重要场所，其祭的种类很多，有

---

① 马端临：《文献通考·宗庙考一》，中华书局1986年版，第825页。

礿、禘、尝、烝四时之祭。《祭统》云："凡祭有四时，春祭曰礿，夏祭曰禘，秋祭曰尝，冬祭曰烝。"《王制》说此乃天子宗庙之祭。其中，禘、尝为大祭，其理由，《祭统》说是"禘者，阳之盛也；尝者，阴之盛也"，是根据阴阳二气之盛衰来决定的。由于禘、尝为大祭，"不王不禘"，诸侯五庙就缺乏这种资格。有月祭。《祭法》云："是故王立七庙，一坛一墠，曰考庙，曰王考庙，曰皇考庙，曰显考庙，皆月祭之。远祖为祧，有二祧，享尝乃止；去祧为坛，去坛为墠，坛墠有祷焉祭之，无祷乃止；去墠曰鬼。诸侯立五庙，一坛一墠，曰考庙，曰王考庙，曰皇考庙，皆月祭之；显考庙、祖考庙，享尝乃止；去祖为坛，去坛为墠，坛墠有祷焉祭之，无祷乃止，去墠为鬼。……"它告诉我们，拥有月祭权的仅有天子和诸侯，大夫以下的士、官师、庶士、庶人没有这种权力。其祭祀的顺序与方法，《祭法》重点介绍了坛墠二祭。此二祭均设在大庙之外。坛者，起土也；墠者，除地也。近者起土，远者除地，其祭以世数远近为限。世数近的祭于坛，世数远的祭于墠，若墠不祭的，则表明世数更远了。这些不祭的便称之为"鬼"。月祭者为考庙（父庙），王考庙（祖庙），皇考庙（曾祖庙），显考庙（高祖庙）。此外，还有祖考庙（始祖庙），这是百世不迁之庙，自然属于月祭之列。四时祭者为二祧，祧者，远祖庙也。依孙希旦《集解》，则指高祖之父、之祖之庙。去祧为坛者，"言世数远，不得于祧处受祭，故云去祧也，祭之则为坛。其又远者，亦不得于坛受祭，故云去坛也，祭之则为墠。"①可见，这是一种程序化的祭祀，通过这种程序以辨亲疏。同时，这又是一种严别贵贱、等级的祭祀。主祭者为宗子，非宗子不祭。其意义就是："见事鬼神之道焉，见君臣之义焉，见父子之伦焉，见贵贱之等焉，见亲疏之杀焉，见爵赏之施焉，见夫妇之别焉，见政事之均焉，见长幼之序焉，见上下之际焉。"（《礼记·祭统》）

除了上述三制外，还有丧服制亦很重要。这是一种以血缘亲疏远近为等差来确定服丧种类、责任和道义的制度，分斩衰、齐衰、大功、小功、缌麻五种，统称"五服"。其中，以斩衰为重，服丧三年。《礼记·三年问》云："三年之丧，何也？曰：称情而立文，因以饰群，别亲疏贵贱之节，而弗可损益也。……为至痛极也。"表示它是以至痛来哀悼死者，来理顺同活人的关系。其目的还是为了"收族"。

以上四制，就是宗法社会常存的四大重制，是支撑和维系这一社会得以运转，专制王权得以延绵的四大保障系统。它面对的虽是一家一族，涉及的却是

---

① （元）陈澔：《礼记集说》，中国书店1994年版，第393页。

千家万户，却是社会的每个成员，只要这个成员不是生活在真空，就无不受其规约与束缚。由于它"旨在纳上下于道德，而合天子、诸侯、卿、大夫、士、庶民以成一道德之团体"①，因此，它又是"维系天下"的重器，具有强大的整合功能。同时，它们又是一种重要的文化，其内容之丰富，思想之精深，亦涵盖了很多学术领域，有关社会学、伦理学、宗教学、礼学、史学、文学的一些思想观念、原理、理论、依据，都可以从这里找到它们相关的东西。

此外，随着人变矛盾多元化的形成，君臣、君民、官吏、吏民矛盾的突显，政治变得异常尖锐复杂，诉求显得更加强烈迫切。为此，人们创造了许多重要的思想与理论，象以专制、独裁为核心的权势思想与理论，以善恶为内容的心性思想与理论，以忠奸、廉贪为价值判断的道德思想和理论，以分合为主要历史话语的大一统思想与理论，以赏罚为权衡的法制思想与理论，以进退为方略的保身思想与理论，以自然无为为理念的道学思想与理论，以性情为主体的诗学思想与理论，以史鉴为目的史学思想与理论，等等，都是用来克服上述矛盾，整治性情裂变的药石，也是人世间重要的知识与学问，为政治所诉求所需要。

三、政治是种有规律性的运动。在运动中学会运动，是政治赋予学的一项特殊使命。学字在古文《尚书》中首见于《说命》篇："王，人求多闻，学于古训乃有获。""惟学逊志。""惟教学半。念终始典于学，厥德修罔觉。"在今文《尚书》中，它初见于《周官》："学古入官，议事以制，政乃不迷。""不学墙面，莅事惟烦。"自周之后，谈学说政，可谓多矣。比如"人不可以不学。……人之有学也，犹木之有枝叶也。木有枝叶，犹庇荫人，而况君子之学乎"（《国语·晋语九》），"知学之人，能与闻迁；达礼之变，能与时化"（《战国策·赵策》），"夫学者，所以自化，所以自抚"（《管子·版法》），"侨闻学而后入政，未闻以政学者也。若果行此，必有所害"（《左传·襄公三十一年》），"夫学，身之砺砥也"②等言论层出不穷。可见，这是一个高扬学问的时代。有学无学，已成为人之智与愚，政治明与暗的分水岭，成为政治生活中不可缺少的一部分。

作为政治诉求的主体，"学之为王者事，其已久矣"③。帝王求学，通常是从他们做太子时学习书本知识开始的。贾谊《新书·保傅》云："及太子少长，知好色，

① 王国维：《殷周制度论》，见雷克、卢向标校：《王国维学术论著》，浙江人民出版社 1998 年版，第 56 页。
② 《尸子·劝学》，见《百子全书》第 2 册，岳麓书社 1994 年版，第 1596 页。
③ 杨雄：《杨子法言·学行篇》，见《百子全书》第 1 册，岳麓书社 1994 年版，第 708 页。

则入于学。学者，所学之官也。《学礼》曰：'帝入东学，上亲而贵仁，则亲疏有序而恩相及矣；帝入南学，上齿而贵信，则长幼有差而民不诬矣；帝入西学，上贤而贵德，则贤智在位而功不遗矣；帝入北学，上贵而尊爵，则贵贱有等而下不逾矣；帝入太学，承师问道，退习而考于太傅，太傅罚其不则而匡其不及，则德智长而理道得矣。此五学者既成于上，则百姓黎民化辑于下矣。'"讲的是太子入学之学。其中，所云《学礼》，即指《大戴礼记》；所引之言，即出自该《礼记》的《保傅》篇；所云"东学、南学、西学、北学、太学"，即指周代设立的五个最高学府；所学内容，引言未及，而据《小戴礼记·文王世子》则为："春夏学干戈，秋冬学羽籥，皆于东序。""春诵夏弦，太师诏之瞽宗。秋学礼，执礼者诏之。冬学《书》，典书者诏之，礼在瞽宗，《书》在上庠。"干戈，指武舞；羽籥，指文舞。春夏学干戈，是因为此乃"阳气发动之时"，此时而教之，"示有事也"。秋冬学羽籥，亦因此为"阴气凝寂之时"，此时而教之，"示安静也"。所谓"有事"，战事也。学干戈以备战事，学为政用也。所云"东序"者，大学也；所谓"诵"，指口诵乐之篇章，即诗也。郑玄注《周礼》"以乐语教国子，兴、道、讽、诵、言、语"云："倍文曰讽，以声节之曰诵，发端曰言，答述曰语。"讽，是指不开声读之；诵，不但读之有声，而且要符合节奏。弦，是指"以琴瑟播被诗章之音节"。"春诵夏弦"，讲的是春夏学诗。所云："瞽宗"、"上庠"者，均分别为殷、虞时学校之名称。学舞（即学乐）、学诗、学礼、学书，就是世子在校学习的内容，为此时期社会政治所需要者。所以，《乐记》说："是故审声以知音，审音以知乐，审乐以知政，而治道备矣。"《礼运》说："是故礼者，君之大柄也，所以别嫌明微，傧鬼神，考制度，别仁义，所以治政安君也。"《毛诗正义序》说："夫诗者，论功德之歌，止僻防邪之训，虽无为而自发，及有益于生灵。"《尚书正义序》说："夫书者，人君辞诰之典，右史记言之策，古之正者。"由于它们具有如此强大的政治功能，人们拿它们来作为帝王之学的内容，则是理所当然的了。

帝王少儿之学，除了接受学校教育之外，还要接受保傅教育。这是一种政治特权支配之下的特殊的高素质教育。担任这种教育的，通常是朝廷中德才兼备的名臣。这些人实际就是当时的学术大师。对其发展之由来，《文献通考·职官考十四》论之云："凡三王教世子必以礼乐。乐所以修内，礼所以修外。礼乐交错于中，发形于外，是故其成也怿，恭敬而温文。立太傅、少傅以养之，欲其知父子君臣之道也。太傅审父子君臣之道以示之，少傅奉世子以观太傅之德行而审谕之。太傅在前，少傅在后，入则有保，出则有师，是以教谕而德成也。"又云:"太子师保二傅,殷周已有,逮及列国,秦亦有之。汉高帝以叔孙通为太子太傅,位次太常,后亦有少傅。后汉太傅,礼如师,不领官属,而少傅主太子官属。"这两段文字,前段出自今本《礼记》,描述的是夏、商、周时期保傅制度发展情况。据贾谊《保傅》"及太子既冠成人,免于保傅之严"之说,知保傅教育在太子二十岁以前便常设常备。其内容,贾谊在其《傅职》一文中亦有说明,但沿用的是《国语·楚语》申叔时的说法。申叔时云:

> 教之《春秋》,而为之耸善而抑恶焉,以戒劝其心;教之《世》,而为之昭明德而废幽昏焉,以休惧其动;教之《诗》,而为之异广显德,以耀明其志;教之《礼》,使知上下之则;教之《乐》,以疏其秽而镇其浮;教之《令》,使访物官;教之《语》,使明其德,而知先王之务用明德于民也;教之《故志》,使知废兴者而戒惧焉;教之《训典》,使知族类,行比义焉。

内容凡分九类。其中,《春秋》系"当时王朝列国之史",《世》为"世系谱牒",《诗》为"诵《诗》三百",《礼》为"古代之遗制旧例与本朝之成法",《乐》为"记《诗》之音节制度物数",《令》为"君之明令"或"先王之令",《语》为"前人善言佳语",《故志》为旧志或前人语言,《训典》为"五帝之书"或《伊训》、《夏训》等①。这些均为古代典籍,为春秋时期通用的教育内容,旨在通过这些典籍的教授,将太子培养成为一代明君。不过,到了汉代,其保傅传授的知识则根据此时学术发展的情况,又以经书为主了。

太子即位称王为君之后,其求学不辍,内容转向实际,而形式则是虔心问道。此等问道,与孔子说的"疑思问"、子夏说的"切问而近思"、子思说的"尊德性而道问学",均属于一种"存心于天之正理"的致思之问。它较之太子的书本学习来,更贴近社会,贴近政治,贴近现实,是一种地地道道的实学。比如,相传为吕尚作的《六韬》所记载的文王武王之问就是如此。全书由"文韬"、"武韬"、"龙韬"、"虎韬"、"豹韬"、"犬韬"六部分组成,凡一百一十一问,包括问归天下,问君贤愚,问为国之大务,问大礼,问先圣之君,问守土,问仁义,问守国,问上贤,问举贤,问赏罚,问兵道,问伐商,问圣人何守,问文伐之法,问何如为天下,问立功,问王翼,问将道,问选将,问立将,问将威,问励军,问引兵深入之种种,问攻伐之道、用兵之法,问五音同治军之关系,问胜负之征,问农器,问兵器,问用兵三阵,问解围,问制胜,问林战,问实战,问以少击众,问以弱胜强,问分险,

---

① 钱穆:《国学概论》,商务印书馆1997年版,第20—21页。

问练士,凡周时得天下与安天下所必须解决的问题,所需要的知识、谋略、事理则莫不问焉。而太公智慧绝伦的答,又将问引向了一个更开阔的知识、理论境地。自后,历代帝王君主之问有如文武二王者,不在少数。如《论语》就记有鲁哀公、定公、齐景公、叶公、卫灵公之问,《墨子》记有鲁君之问,《管子》记有桓公之问,《孟子》记有梁惠王、梁襄王、齐宣王、穆公、滕文公之问,《吴子》记有武侯之问,《晏子春秋》记有齐庄公、景公之问,《国语》记有周惠王、齐桓公、郑桓公、楚庄王、楚昭王、越王之问,《战国策》记有秦昭王、齐宣王之问。他们问天、问地、问鬼神、问为政、问治民、问用兵、问道德、问学问,凡心有所疑,亦没有不问的。问,开启了他们的智慧闸门,托起了一片知识蓝天。而答作为问的必然回应和能动反应,又具有知识开拓、理论创新的功能。

首先,从知识传授方面讲,其内容十分广泛,政治、经济、军事、历史、现实,无所不有;天道、地道、人道,无所不赅。其中又以后者为最,牵涉到了占卜、天文、地理、礼乐、道德、历史等诸多知识层面。这些知识多为前人所创造,为政治所需要。比如,《左传·隐公五年》记载的有关隐公问执羽之数而众仲所说的"天子用八,诸侯用六,大夫四,士二","夫舞,所以节八音而行八风,故自八以下"。"八",指八佾,一佾八人,凡六十四人,为天子执羽之数;"六",指六佾,即四十八人①,乃诸侯执羽之数,传授的是古礼制。隐公明白后,按照众仲之说和自己的等级与名分,"于是初献六羽,始用六佾",开诸侯六佾之先。《左传·昭公七年》记载的有关晋侯问日食之事,而士文伯所云"鲁、卫恶之。卫大,鲁小。"和"去卫地如鲁地,于是有灾。鲁实受之,其大咎其卫君乎?鲁将上卿",讲的是天文知识。由于此次日食始于卫,终于鲁,故遭天谴的是卫、鲁君臣,与晋无关。晋侯听了,才把心放下来。而《国语·郑语》记载的郑桓公为周司徒而问史伯"王室多故,余惧及焉,其何所可以逃死"而史伯所云三十四个成周国及其蛮、荆、戎、狄之历史则更具有史学的意味。通过这些历史的讲述和这些地方同周室关系的分析,最终将桓公引向了安全之所。

其次,从事理阐析方面看,同样涉及了众多层面的理论,有政治的、军事的、伦理的、道德的、礼乐的,等等。比如,襄公十四年,秦伯问士鞅"晋大夫其谁先亡",而士鞅回答的"其栾氏乎!""栾黡汰虐已甚,犹可以免,其在盈乎!……

① 关于"六佾"用人数量之多少,历来存有争议,有说一佾六人的,也有说一佾八人的。此用杨伯峻说,见其《春秋左传注》第46页。

武子之德在民，如周人之思召公焉，爱其甘棠，况其子乎？栾魇死，盈之善未能及人，武子所施没矣，而魇之怨实章，将于是乎在"，看似只讲栾氏先亡的事实，但却说出了一个至深的道理：大凡汰虐已甚的人，即使其祖德惠及于民，也免不了家族灭亡的命运。栾氏三代，武子虽德在民间，然经年稍久，生前受过恩惠的人已不复存在，未受及恩惠的只知其眼前的骄纵暴虐和遭受暴虐的愤慨与怨恨。虽栾盈一改父德，与民为善，然其"善未能及人"，故对栾氏之恨并未消失。如此一来，一人作恶，祸及子孙，亦成为铁定事实。事实亦证明，时过九年之后，即襄公二十三年（前550年），"晋人克栾盈于曲沃，尽杀栾氏之族党"。而士鞅"汰虐必亡"之说亦成为至理名言广为人知。襄公十五年（前542年），子产问为政于然明，然明答以"视民如子，见不仁者，诛之，如鹰鹯之逐鸟雀也"；子太叔问为政于子产，子产答以"政如农功，日夜思之，思其始而成其终，朝夕而行之。行无越思，如农之有畔，其过鲜矣"，同样将为政者要关心百姓，要严惩恶人，要勤于政事的道理表露无遗。至于《国语·郑语》记载的郑桓公问"周其弊乎"于史伯，而史伯答以"和而不同"之云云，则更富理性之光彩。和，作为一种重要的思想观念，自唐虞以来其协调四方之民的功能和维系兄弟的作用非常大。然和之关键在自身，故《多方》说："自作不和，尔惟和哉。尔室不睦，尔惟和哉。"而周室之弊恰恰就在"自作不和"和"尔室不睦"上。所以，史伯揭露说："今王弃高明昭显，而好谗慝暗昧，恶角犀丰盈，而近顽童穷固。"便将幽王"自作不和"，善恶不分，忠奸不明的昏聩愚昧剥露无遗，由于他"自作不和"，在废嫡立庶上更是一错再错，"废申后，并废太子宜臼，以褒姒为后，以伯服为太子"（《史记·周本纪》），进而"杀太子以成伯服"，致使"尔室不睦"，酿成祸阶。这种深层次的剖析，无疑给"周必弊"这一结论作出打下了坚实的基础。然而，史伯的高明不单在于他善于依傍旧说，而且还在于他善于从理论上作进一步的发挥。他辩"和""同"之异云：

> 夫和实生物，同而不继。以他平他谓之和，故能丰长而物归之；若以同裨同，尽乃弃矣。故先王以土与金木水火杂，以成百物。是以和五味以调口，刚四支以卫体，和六律以聪耳，正七体以役心，平八索以成人，建九纪以立纯德，合十数以训百体。出千品，具万方，计亿事，材兆物，收经入，行姟极。故王者居九畡之田，收经入以食兆民，周训而能用之，和乐如一。夫如是，和之至也。于是乎先王聘后于异姓，求财于有方，择臣取谏工而讲以多物，务和同也。声一无听，物一无文，味一无果，物一不讲。王将弃是类也而与

剸同。天夺之明，欲无弊，得乎？

在这里，他置"和"与"同"于自然百物与社会人体之生成来谈两者之区别，乃发前人之未发，言前人之未言。在他看来，和的功能是生物，同的危害是"不继"。不继者，不是继其已生之物而使之生生不息，而是绝其后根，使之毁灭。然大千世界，万物竞荣，和之功也，所以和始终处于自然、社会之中心，协调二者之生长。他论人体生成之和，与《尚书》"自作不和，尔惟和哉"的立意相同，只是反其意而说之。由于人有"自作之和"之性，故才有"出千品"以下云云的事情。可见，自作之和在和人和物，在增事丰财，以食兆民方面所发挥的作用是很大的。史伯的这种和同之辩，后被孔子概括为"君子和而不同，小人同而不和"。

求学、问道、答疑三位一体，构筑了一种比较完整的诉求体系，共同展示了诉求的艰辛过程。在这一过程中，帝王君主之学之问，贤臣学士之答，不仅具有开启智慧的作用，而且具有垂范世人的功能，其影响十分深远。

一、它促进了整个社会重学风尚的形成。纵观世人求学的路向、方法之确立，学习内容之开设，基本上严格按照世子之学的做法，从幼儿抓起，直到既冠成人，始终将《诗》、《书》、《礼》、《乐》作为一种普及读物，一种通用知识，置于他们的案前几上，令他们反复学习，反复研思，直到学有所成，才告一个段落。而贤臣学士之学，亦是如斯取得成功的。

二、它促进了整个社会重思辨重谈论的风气的形成。帝王贤臣的一问一答，是一种双向选择，双向交流，双向趋动，双向融合的过程。问之思，答之智，就在这种既刻意又自然的平等对话中大显胜场。这不论对官场中的读书人，还是对世上学有所成而入仕无门的知识人来说，均是一种鼓动，一种激励。于是，努力培养自己的思辨能力，刻苦磨炼自己的嘴唇，便成了他们人生的又一追求，造就了一批善辩之士。朝廷之中有能说善道的思辨家，有反应敏捷、对答如流的外交家。他们常常以"行人"的身份，娴于辞令，活跃在公共的外交场所，承担着一种特殊的政治使命。而社会上则悄然兴起的以游说遍干诸侯之风，至战国时则大放光彩，出现了像苏秦、张仪那样著名的纵横家。这种风气一直延伸到汉初。《汉书·武帝纪》说："丞相绾奏：'所举贤良，或治申、商、韩非、苏秦、张仪之言，乱国政，请皆罢'。"这就表明，这个时候还有学苏秦、张仪者，还有想像苏、张一样以巧舌获取功名的人。

三、它促进了崇古尚今的学术思潮的形成。这是一种相互对立相互统一的学术思潮。它们的存在，促进了此时期学术文化的兴起与繁荣。崇古者，将自己的学术兴趣与爱好转向了对古代典章文物、古代知识、古代学问的学习与研究，培养了一大批的优秀学者，而孔子就是其中的杰出代表。尚今者，则将察今作为首务，高揭"察已则可以知人，察今则可以知古"的思想大旗，将对现实的研究作为治学的方向，将变革旧法，创制新法，推行新法，作为治政的中心内容，培养了一批政治改革家，如韩非、商鞅就是其中的突出人物。这种崇古尚今的学术思潮，貌似对立，其实并不矛盾，用《察今》的话来说，就是"古今一也"。没有崇古，古代的学术文化难以继承，难以发扬光大；没有尚今，就没有新的发明和创造。而要崇古，没有现实的营养，它就缺乏生气；而要尚今，没有古代文化的支撑，它便缺乏持久的力量。正因为崇古尚今，相互照应，相互作用，所以，它加快了人们的学术思想、学术观念的更新，促进了新生事物的出现和成长，为百家争鸣、诸子兴起提供一个广阔的发展空间。

（三）学术文化对政治的回应

学术文化对政治的回应，是这些影响所作出的必然反映。其含义就是指学术文化为满足政治诉求创造出更多的知识与学问，将研究提升到一种新的境界与水平。而诸子之学就是这种格局、境界与水平的标志。

诸子之学是诸子在春秋战国社会政治混乱，礼崩乐坏之时所创造出来的独具个性特色的一种新型学术文化。它既来自社会政治生活，又为社会政治生活所需要。为此，它特重著述。而著述，又以孔子的"述而不作"为滥觞。《论语·述而》说，"子曰：'述而不作，信而好古。'窃比于我老彭。"其意思，皇侃《论语义疏》云：

> 此孔子自说也，云'述而不作'者，述者，传于旧章也；作者，新制作礼乐也。孔子自言，我但传述旧章而不新制礼乐也。夫得制礼乐者，必须德位兼并，德为圣人，尊为天子者也。所以然者，制作礼乐必使天下行之。若有德无位，既非天下之主而天下不畏，则礼乐不行；若有位无德，虽为天下之主而天下不服，则礼乐不行，故必须并兼者也。孔子是有德无位，故述而不作也。

由于述为传旧，作是新创，述旧不受德位制约，新创则须德位兼并，故有无德位，便成了"述"、"作"之分水岭，新创的铁门槛。孔子有德无位，只能将自己本属于"作"的称为"述"。这是学在官府，著述权连同王权集中在帝王之手时所出现的特殊情况。

"述而不作"，并非无益，还是给学术兴起带来了繁荣。这是因为，大量的传旧不仅保存了古代已佚典籍的一些情况，且为时人的认识、后人的著述提供了知识、理论的积淀与准备。首先，传旧形式灵活多样。比如，《左传》庄公二十四年、三十二年，闵公元年，僖公十年等所出现的"臣闻之"；僖公二十八年，宣公十二年，昭公二十一年所出现的"《军志》有之"；文公六年，成公四年、十五年，襄公四年、二十五年，昭公元年、三年、十二年，哀公十八年所出现的"《前志》有之曰"、"《志》有之曰"；僖公十五年，文公十五年出现的"史佚有言"；以及书中记有的大量"《诗》曰"、"《周书》曰"、"《商书》曰"、"《夏书》曰"等，便是其常用的形式。魏源视这些形式为"斯述而不作之明证"①，的确洞悉深微。其次，传旧内容丰富多彩。这些内容多为古时一些重要文物、典章、训辞、佳语和一些影响至深，生命力极强的古代思想。比如，闵公二年记仲孙之言云："臣闻之，'国将亡，本必先颠，而后枝叶从之'。"文公六年记臾骈云："吾闻《前志》有之曰：'敌惠敌怨，不在后嗣。'忠之道也。"成公四年记季文子云："史佚之《志》有之曰：'非我族类，其心必异。'"昭公三年记穆叔引《志》曰：'能敬无灾。'又曰'敬逆来者，无所福也。'"都属这种情况。最后，传旧给后人以认识和著述之启迪。这些旧事、旧闻都是古人从当时政治生活中总结概括出来的，由于它们提示了政治生活的某些规则原理，因而具有不朽的认识价值。比如，上引"师服之言"、"仲孙之言"所云"吾闻之"、"臣闻之"，都一致强调"本"之重要。他们所说的"本"，就是嫡子；"末"，就是庶子。国家建立，以嫡为本，以庶为末，乃夏周之铁规。但随着周室衰微，诸侯强盛，本末颠倒过来了。此时，传旧者重提古制，强调强本弱枝、分封建国之重要，就含有针砭时弊、启迪心灵的作用。这些均从侧面告诉人们，一言尚且不朽，况一家之著述乎？而著述者欲使自己所作不朽，一则要善于思考，善于创造；二则要善于继承，其中，作为传旧的重要表现形式，"引征"是他们著述中常用的方法。如《墨子》、《孟子》、《荀子》、《韩非子》、《吕氏春秋》等，均以引征博富著称。马宗霍《中国经学史》叙《墨子》引征云：

> 《书》则《七患篇》引《夏书》、《殷书》、《周书》；《尚贤篇》引《汤誓》、《吕刑》距年之言；《尚同篇》引《吕刑》术令、《太誓》距年；《兼爱篇》引《太誓》、《禹誓》、《汤说》；《天志篇》引《太誓》；《明鬼篇》引《禹誓》、《商书》；《非乐

---

① 魏源：《老子本义·论老》，见《诸子集成》第 3 册；岳麓出版社 1996 年版，第 2 页。

篇》引汤之官刑及武观;《非命篇》引禹之总德、仲虺之告、召公之执令及《太誓》。《诗》则《所染篇》引《诗》曰"必择所堪,必谨所堪";《尚贤篇》引《大雅·桑柔章》及《周颂》;《尚同篇》引《周颂·载采章》及《小雅·皇华章》;《兼爱篇》引《小雅·大东章》及《大雅·抑章》;《非攻篇》引《诗》曰"鱼水不务,陆将何及乎?"《天志篇》引《大雅·皇矣章》;《明鬼篇》引《大雅·文王章》。礼则《明鬼篇》引虞、夏、商、周三代圣王建国营都择坛置庙之礼;《节丧篇》引古圣王葬埋之法。乐则《三辨篇》引汤放桀,环天下自立,因先王之乐,又自作乐,命曰《濩》。武王胜殷杀纣,环天下自立,因先王之乐,又自作乐,名曰《象》,周成王因先王之乐,名曰《驺虞》。《春秋》则《明鬼篇》称吾见百国春秋,又称著在周之春秋,燕之春秋,齐之春秋,宋之春秋。

当然,这种传旧,断章取义,与孔子"述而不作"甚有区别。或因此故,《汉书》将孔子"叙《书》则断《尧典》,称乐则法《韶舞》,论《诗》则首《周南》。缀国之礼,因鲁《春秋》,举十二公行事,绳之以文武之道,成一王法,至获麟而止。盖晚而好《易》,读之韦编三绝,而为之传"(《汉书·儒林传》)称为"以述为作"。这种以述为作,开儒家著述之先,亦成为诸子著述的重要转捩处。这是周室东迁,天子失官,官学日衰,著作权不再成为天子专利的重要标志。其性质虽属于私门著述,属于私学,但实际是回应政治的主要手段,著述常用的方法。

诸子著述,《汉书·艺文志》"诸子略"记有儒、道、阴阳、法、名、墨、纵横、杂、农、小说十家。其中,可观者九家,不足观者,为小说一家。这九家,世称九流。九流之中,亦有先于孔子之私人著述者,如《老子》和《管子》。《老子》一书,冯友兰曾以"孔子以前无私人著述之事"、"《老子》非问答体"和"《老子》之文为简明'经'体"为据,定为战国晚期的作品;梁启超、钱穆、顾颉刚亦分别从"思想战线"上或"思想线索"上得出同样的结论。对此,胡适均以缺乏"充分的论据"和"思想线索""不能免除主观的成见"为由予以质疑和否定,坚持其"老子和《老子》书在孔子前"的看法①。《管子》,《汉书·艺文志》将它归类为道家,《隋书》、《唐书》的《经籍志》则将它归类为法家。后人遂以法家称之。其书,傅子(即傅玄)认为"过半是后之好事者所加,《轻重篇》尤鄙俗"。叶水心也认为"《管子》

① 分别引自胡适:《评论近人考据老子年代的方法》、《与钱穆先生论老子问题书》、《致冯友兰书》,见《胡适文存》第4集,第74—76、91—95页,黄山书社1996年版。

非一人之笔，亦非一时之书，莫知谁所为"①。而梁启超作《管子评传》，视此书为管子所作，又否定了他们的意见。如此一来，二书便成为早于孔子的私人著述而争论不休。诸子著述，因不受德位兼并束缚，故思想开放，心胸开阔，感情炽热，论述强烈，形成了独特的学术个性与特色。

一、非常注重政治的研究和理论的建构。他们身处自己的家国，却始终不忘周之臣民的身份和责任，对周室分崩离析的现状，"有种种的看法，有种种的主张；他们都想收拾那动乱的局面，让它稳定下来"②，因而其著述未曾偏离政治半步，其视角和议论都集中在天下兴亡、治乱得失上，遂使"天下"一词成为他们著述中使用频率最高的词汇。笔者发现：《管子》用词四百六十六次，《老子》六十次，《论语》二十三次，《墨子》四百二十三次，《孟子》一百二十次，《荀子》三百五十六次，《韩非子》二百五十五次，《庄子》二百八十二次。它说明，欲治天下，须遍知天下。《管子》说："以天下之目视，则无不见也；以天下之耳听，则无不闻也；以天下之心虑，则无不知也。"(《管子·九守》)管子相齐，虽"为齐国之管子，而非周天下之管子"③，然其认识问题、思考问题又决非以齐为齐，而是身在齐心在天下。由于以天下视齐，才知如何强齐和霸齐，才知如何正天下。所以他又说：

> 是以欲正天下，财不盖天下，不能正天下；财盖天下，而工不盖天下，不能正天下；工盖天下，而器不盖天下，不能正天下；器盖天下，而士不盖天下，不能正天下；士盖天下，而教不盖天下，不能正天下；教盖天下，而习不盖天下，不能正天下；习盖天下，而不遍知天下，不能正天下。(《管子·七法》)

其认识足以代表当时诸子的普遍看法。诸子遍知天下，是为了治理天下。而治理天下，就须知治理之术。庄子说："天下之治方术者多矣。"(《庄子·天下》)然从何下手？以何为重？于是，仁者见仁，智者见智，各说各的，出现了纷争的场面。比如孔子，他认为天下之治理应从恢复周礼始，所以他说："克己复礼为仁。一日克己复礼，天下归仁矣。"(《论语·颜渊》)"礼之用，和为贵。"(《学而》)孟子继承孔子的看法，亦说："不信仁贤，则国空虚。无礼义，则上下乱。""仁人无敌于天下。"(《孟子·尽心下》)荀子亦继承孔子的思想，说："况夫先王之

---

① 梁启超：《管子评传》，见《诸子集成》第 6 册，岳麓书社 1996 年版，第 5 页。
② 朱自清：《经典常谈·诸子第十》，上海古籍出版社 2006 年版，第 56 页。
③ 梁启超：《管子评传》，见《诸子集成》第 6 册，岳麓书社 1996 年版，第 3 页。

道,仁义之统。《诗》、《书》、《礼》、《乐》之分乎。彼固天下之大虑也,将为天下生民之属长虑顾后而保万世也。"(《荀子·荣辱篇第四》)墨子认为天下之治理应始于"知乱之所自起",而这种不自起就在于不兼爱,不尚贤、不尚同、不节葬、不短丧、不节用、不非乐。管子认为天下之治理应从法治始,说:"法者,天下之仪也。"(《管子·禁藏》)"法度者,万民之仪表也。"(《形势解》)"夫生法者君也,守法者臣也,法于法者民也。君臣上下贵贱皆从法,此谓为大治。"(《任法》)韩非也持这种观点,说:"法令,所以为治也。""国有常法,虽危不亡。"(《韩非子》《诡使》、《饰邪》)而老庄则认为天下之治理应从虚静无为始,所以老子说:"是以圣人之治,虚其心,实其腹;弱其志,强其骨。常使民无知无欲,使夫智者不敢为也。为无为,则无不治。""清静为天下正。"① 庄子说:"故君子不得已而临莅天下,莫若无为。""无为也,则用天下而有余;有为也,则为天下用而不足。故古之人贵夫无为也。"(《庄子》《在宥》、《天道》)由此可见,注重从天下治乱来表现自己的见解和主张,建构自己的政治学说,形成自己的理论体系,是诸子著述的共同倾向。

除此之外,他们还把自己的研究视角伸向了伦理、道德、自然、经济、军事、文化、历史等多个领域,形成了一个严密的整体。这个整体的核心就是政治,关联的纽带就是文化,拓展的平台就是社会,枝干就是上述诸方面。他们就是通过这些方方面面来论证自己见解的合理性,主张的可行性。这些方方面面既有自己的学术个性,又有相同的政治色彩,是政治视域话境中的伦理、道德、自然、经济、军事、文化、历史。由于他们见解不同,主张迥异,故他们的理论绝不雷同,显得千姿百态。

二、非常注重学术的继承与创新。继承创新是学术的生命。继承不是简单的承袭、重复,而是肯定、批评、吸收、扬弃,是官学转为私学时的重要环节。诸子之学就是从学习、总结旧文化旧制度入手,然后再自觉地摆脱它们的影响,站在历史的高度,时代的前沿,进行新的思考,新的创造。儒家拥护旧文化旧制度,它与传统联系之紧密,继承之全面、彻底,自不容说,单以墨家来讲,其与传统的关系并不亚于儒家。墨儒二家,战国统称显学。《韩非子·显学篇》云:"世之显学,儒、墨也。"墨子源流,钱穆于其《国学概论》说是"墨源于儒"。刘师培于

---

① 分别引自王弼注《老子道德经》第3章、第45章,见《诸子集成》第3册,岳麓书社1996年版,第2,21页。

其《周末学术史序》说是"出于清庙之守","远宗史佚"。可见它也是旧文化旧制度的维持者,是继承清庙、史佚文化而来,与儒家有很多相同的地方。墨学创新,就在于它能从"远宗史佚"中开拓出新的领域。刘师培说:"史为宗伯之属官,与巫卜祝宗并列。试观墨翟所为书,于巫卜祝宗之职,记载甚详。"①这在《迎敌祠》、《号令》中表现尤为充分。《迎敌祠》开篇从设祭坛说起,依照敌来之方向,设东南西北四坛,而四坛的规模、祭法有别。负责祭祀祈祷的为巫卜祝史。《号令》论巫卜祝史职掌云:"巫舍必近公社,必敬神之。巫祝史与望气者必以善言告民,以请上报守,守独知其请而已。无与望气妄为不善言,惊恐民,断勿赦。"祝宗为太祝与宗伯的简称。太祝官属小宗伯,"掌六祝之辞,以事鬼神示,祈福祥,求永贞"(《周礼·春官·太祝》)。其《明鬼》,盛说鬼神之存在,而推论祭祀之事不可无。"敬慎祭祀",是该文的主要思想。而这些过去都论说不详,而墨子详言之。正因此故,刘师培称"墨家之学,敬天明鬼之学也。墨家之文,亦敬天明鬼之文也"②。

对传统的继承与创新,还有法家和道家。法家说法,重在革旧创新,但并非无所依傍与借鉴。而一部《管子》,说法谈令,就不离"礼义廉耻"四字,并称之为"国之四维"云:"一维绝则倾,二维绝则危,三维绝则覆,四维绝则灭。"(《管子·四维》)然"礼义廉耻",乃旧文化之精华,曾为维系西周王权政治之运行作过重大贡献。法家欲推行新法,若置此不顾,那就意味着他们的新法因缺乏思想的维度而会短命。所以,管子说法绝不离此四维。如《权修》云:"凡牧民者,欲民之有礼也。欲民之有礼,则小礼不可不谨也。小礼不谨于国,而求百姓之行大礼,不可得也。凡牧民者,欲民之有义也。欲民之有义,则小义不可不行。小义不行于国,而求百姓之行大义,不可得也。凡牧民者,欲民之有廉也。欲民之有廉,则小廉不可不修也。小廉不修于国,而求百姓行大廉,不可得也。凡牧民者,欲民之有耻也。欲民之有耻,则小耻不可不饰也。小耻不饰于国,而求百姓之行大耻,不可得也。"将法置于四维中来讲,就足以表现他对传统的注重。道家论道,亦重在革旧创新。其所创亦从继承旧文化旧传统开始。这也可从他们的论著中概见之。象仁、义、善、恶、信、孝、慈一类字眼,经常出现在《老子》中,如第十八章:"大道废,有仁义;慧智出,有大伪;六亲不和,有孝慈;国家昏乱,

---

① 刘师培:《周末学术史序》,《刘师培学术论著》,浙江人民出版社1998年版,第72页。

② 刘师培:《周末学术史序》,《刘师培学术论著》,浙江人民出版社1998年版,第74页。

有忠臣。"第十九章:"绝圣弃智,民利百倍;绝仁弃义,民复孝慈;绝巧弃利,盗贼无有。"第八章:"居善地,心善渊,与善仁,言善信,正善治,事善能,动善时。"这些旧思想旧观念,便是他用来建立自己新思想新观念的重要材料,经它一批判,一改造,便被赋予了新的含义。道家就在这种继承批判中,表现了他对旧文化旧传统的态度。

三、非常注重学术的传播。诸子著述大多是先述后作,即先用口头语言将自己的思想、见解、主张表述出来,公布于世,然后再在适当的时候将它们整理成篇,传之于世。为此,他们特重学术传播与授徒,特重周游列国。孔子就是这方面的实践家。他弟子三千,贤人七十,培养了一批优秀人才。他执教的原则是"有教无类",教授的内容是《诗》、《书》、《礼》、《乐》。而这些大都经过他"述而不作"的加工与改造,融注了他的思想与认识,是他自己的学术。孔子周游列国,先后去过卫、曹、宋、郑、陈诸地,行虽不果,"累累若丧家之狗",愤然而归,但还是达到了一定的传播目的。墨子、孟子、荀子亦有授徒、远游经历。墨子授徒,《吕氏春秋·当染》称之为"从属弥众,弟子弥丰,充满天下","孔、墨之后学,显荣于天下者,不可胜数"。而墨子亦自称有"弟子禽滑厘等三百人",是一个著名的教育家。墨子的教学内容,不外乎非攻、防守一类的知识与学问,而这些正是他终其一生所研究者。墨子周游,曾去过齐、越、楚。于齐,与齐王有过对话;于越,因越王不能用其道而愤然离去;于楚,出现了《公输篇》所叙墨子阻止公输盘助楚攻宋之事,亦是一个借游历来传播自己学术思想与政治主张的人。孟子、荀子的情况,《史记·孟子荀卿列传》略有叙述,说:"孟轲,邹人也。受业子思之门人。道既通,游事齐宣王,宣王不能用。适梁,梁惠王不果所言,则见以为迂远而阔于事情。""荀卿,赵人。年五十始来游学于齐。邹衍之术迂大而闳辩,……而荀卿最为老师。齐尚修列大夫之缺,而荀卿三为祭酒焉。齐人或谗荀卿,荀卿乃适楚,而春申君以为兰陵令。春申君死而荀卿废,因家兰陵。"当然,也有不授徒游历的,如管子、韩非子。他们一为齐相,一为韩之诸公子,其政治地位已决定他们在政界、学坛的影响。至于老庄,提倡无欲无为,其学说之精神亦注定他们"以自隐无名为务"。然桃李不言,自下成蹊。世人知之者比比也。

总之,诸子著述以自己鲜明的特色和个性,为政治的诉求提供了系统的知识与理论,为拯救世弊提出了建设性的主张与意见。他们想挽狂澜于既倒,将世局稳定下来,然而,此时兴起的称霸诸侯,统一天下的时代潮流却以汹涌澎湃之势、雷霆万钧之力将他们的这一意图无情地击碎了,所以诸子之学命运并不很佳,发挥的作用并不很大。在历史上,他们只能作为一种极其珍贵的文化遗产留传于世,作为一座学术丰碑为后人所学习所敬仰。

汉学就是从学习敬仰诸子之学后形成的又一高峰。它既得力于诸子之学,又有别于诸子之学。

一、诸子之学虽崛起于礼崩乐坏之时,但原有的《诗》、《书》、《礼》、《乐》还存在。而汉学则不同,它是在一片荒芜的废墟上开拓前进的。这片废墟是秦始皇一手制造出来的。他焚书坑儒,虽出于隆主势,防党与之需要,但所实行的"史官非秦纪皆烧之。非博士官所职,天下敢有藏《诗》、《书》、百家语者,悉诣守、尉杂烧之。有敢偶语《诗》、《书》者弃市。以古非今者族。吏见知不举者与同罪。……所不去者,医药卜筮种树之书"(《史记·秦始皇本纪》)的愚民政策,连同坑杀四百六十个儒生的残暴行为,将中国学术文化推向了绝灭的边缘,致使汉兴之后,学术文化发展所必备的两大要素,即人与书都不具备。首先拿人来说,汉廷之初,那些威严无比的公卿、大夫,都是一些善弄刀棍的武夫,像张良、陈平之属,虽鹤立鸡群,学有所依,但成就不在学术。萧何、曹参,虽能为汉次律令,以黄老之术安天下,但于秦终究是一介刀吏。而在秦为大儒,为御史、为博士者,唯陆贾、张苍、叔孙通三人而已。马端临《文献通考·经籍总论》引郑氏曰:"陆贾,秦之巨儒也。"陆的学术贡献就是纠正了高帝鄙儒的倾向,将政治纳入了文治的轨道。《史记·张丞相列传》说:"张丞相苍者,阳武人也,好书律历,秦时为御史,主柱下方书。"张的学术贡献就是"绪正律历","定章程"。《汉书·叔孙通》说:"叔孙通,薛人也。秦时以文学征,待诏博士。"他的学术贡献就是"定礼义"。如此一来,作为汉初学术文化的劲旅,由秦入汉的大儒、博士、儒生能为朝廷所用,为学术文化所需者,并没有几人。即使有,亦散藏在民间。比如,曹参为齐相,曾"尽召长老诸先生,问所以安集百姓,而齐故诸儒以百数。"所谓"故儒",秦时儒生,然这些儒生能以学术干政治的,亦无一人。学术上有造就的,亦寥若星辰,现能知其姓氏者,一为盖公。《汉书·曹参传》:"闻胶西有盖公,善治黄老言,使人厚币请之。既见盖公,盖公为言治道贵清静而民自定,推此类具言之。参于是避正堂,舍盖公焉。"二为伏生。《汉书·晁错传》:"孝文时,天下亡治《尚书》者,独闻齐有伏生,故秦博士,治《尚书》。"三为浮丘伯。《汉书·楚元王传》:"(元王)少时尝与鲁穆生、白生、申公俱受《诗》于浮丘伯。伯者,孙卿门人也,及秦焚书,各别去。""高后时,浮丘伯在长安,元王遣子郢客与申公俱卒业。"服虔注曰:"浮丘伯,秦时儒生。"然这些秦时故儒,时已耋老。如张苍，"老，口中无齿，食乳，女子为乳母"，死时百余岁。伏生"年九十余，老不可征"，学术上指望他们发挥更大的作用，已不现实。而生于秦，或生于秦汉战乱之际，长于汉，为汉廷所用，在学术上作出贡献的，依刘向父子的说法，是贾谊。《汉书·贾谊传赞》云："刘向称贾谊言三代与秦治乱之意，其论甚美，通达国体，虽古之伊、管未能远过也。使时见用，功化必盛。"《汉书·楚元王传·刘歆附传》说："在汉朝之儒，唯贾生而已。"然终不为绛灌所容，死时年仅三十三岁。依班固的叙赞，还有一个晁错。《汉书·晁错传赞》云："错虽不终，世哀其忠，故论其施行之语著于篇。"若将仕于诸候国的贾山、邹阳、枚乘等算进来，也多不了几人。凭着这几个老将新兵欲撑起汉学的湛湛蓝天，谈何容易！

其次，以书而论，汉兴伊始，"天下唯有《易》卜，未有它书。"孝文之世，也只有一部《尚书》出世，且"朽折散绝"，"时师传读而已。"至孝景之世，"《诗》始萌芽。天下众书往往颇出，皆诸子传说，犹广立于学官，为置博士"（《汉书·楚元王传》），情况有了好转。其所出之书，见于史籍者，有河涧王刘德收集民间之书。《汉书·景十三王传》：

> 河间献王德以孝景前二年立，修学好古，实事求是。从民得善书，必为好写与之，留其真，加金帛赐以招之。繇是四方道术之人不远千里，或有先祖旧书，多奉以奏献王者，故得书多，与汉朝等。是时，淮南王安亦好书，所招致率多浮辩。献王所得书皆古文先秦旧书，《周官》、《尚书》、《礼》、《礼记》、《孟子》、《老子》之属，皆经传说记，七十子之徒所论。其学举六艺，立《毛氏诗》、《左氏春秋》博士。修礼乐，被服儒术，造次必于儒者。山东诸儒多从而游。

至孝武建元三年，有邹、鲁、梁、赵《诗》、《礼》、《春秋》先师之起。有鲁恭王坏孔子宅，得《逸礼》三十九，《书》十六篇等。天汉之后孔安国献孔书，时已离汉开国百余年了。

尽管如此，这一工作尚未结束。一则所献之书，缺页错简严重，需要整理收藏；二则散佚之书并未收尽。"于是，建藏书之策，置写书之官，下及诸子传说，皆充秘府。至成帝时，以书颇散亡，使谒者陈农求遗书于天下，诏光禄大夫刘向校经传诸子诗赋，步兵校尉任宏校兵书，太史令尹咸校数术，侍医学柱国校方技，每一书已，向辄条其篇目，撮其指意，录而奏之。会向卒，哀帝复使向子侍中奉车都尉歆卒父业，歆于是总群书而奏其《七略》"（《文献通考·经籍一》），才将这一基础夯牢，然此为西汉末年的事了。

二、诸子之学是在官学寖微、私学勃兴之时出现的,而汉学则不同,它是官学、私学兴办的结晶。兴办官学与私学,旨在加快人才的培养。这一工作,文景二世就注意了。比如,文帝派晁错跟伏生学《尚书》,楚元王遗子郢客跟浮丘伯学《诗》,便是如此。但只是个别行为,未成气候。欲成气候,就须兴学。而提出兴学主张的不是贾谊。尽管贾谊上疏陈政事讲到了兴学,但他兴的是帝王之学。也不是晁错。晁错答文帝举贤良文学诏,虽定为高第,但无一言涉及此事。而是贾山。贾山为文帝言治乱之道作《至言》,提出了"以夏岁二月,定明堂,造太学,修先王之道"的主张。"太学"之称自此始。其后,董仲舒于元光元年答武帝诏贤良文学之第二策,亦提到兴学,说:"故养士之大者,莫大虖太学;太学者,贤士之所关也,教化之本原也。……臣愿陛下兴太学,置明师,以养天下之士,数考问以尽其材,则英俊宜可得矣。"(《汉书·董仲舒传》)建元五年(公元前136年),武帝置五经博士,拉开了兴学的序幕;元朔五年下《劝学诏》,正式启动兴学工程。而身为学官的公孙弘遵照武帝诏令,同太常孔臧、博士平商量了一个兴学方案提请武帝,其中谈到了兴学的招生、生员学满后如何安排等问题,将兴学具体化。这一套方案得到了武帝的批准,并施行于武帝以后各朝。至昭帝时,办学规模增大,博士弟子增至百人。宣帝末,增至二百人。元帝时,增至千人。成帝末,增至三千人。平帝时,岁课甲科四十人为郎中,乙科二十人为舍人,丙科四十人补文学掌故。东汉时,办学不辍。光武好经术,昔日遁逃林薮的四方学士纷纷走出山林,抱负坟策,云会京师。于是光武帝立五经博士,修太学,招徒授业。明帝时,规模宏大,更修黉舍,凡二百四十房,千八百五十室,学生增至三万余人(《后汉书·儒林传》)。官学的迅猛发展,为汉学培养了大批人才,出现了前所未有的繁荣景象。

太学的教学内容,以五经为主。这是窦太后死后,武帝罢黜百家,独尊儒术的结果。窦太后死于建元六年。建元六年(公元前135年)前,文人治学,非专一家,有治黄老之学的,陈平、曹参、邓章、黄生、汲黯、郑当时、窦太后是;有治申商刑名之学的,文帝、晁错是;有治《韩子》的,韩安国是;有治《诗》、《书》的,陆贾是。这种治学的多样化,能促进学术的全面发展,有利无害,但不利于思想的统一。比如建元元年征贤良方正时,直言直谏所言学术五花八门,扰乱视听。丞相卫绾上奏武帝,建议"所举贤良,或治申、商、韩非、苏秦、张仪之言,乱国政,诸皆罢。"(《汉书·武帝纪》)拉开了"罢黜百家"的序幕。建元二年,窦婴、田蚡、赵绾、王臧建议迎鲁申公,欲设明堂,隆推儒术,贬道家言,提出了"推崇儒术"

的构想。窦太后死后，元光元年武帝策贤良文学之士，董仲舒对策，直言"诸不在六艺之科孔子之术者，皆绝其道"（《汉书·董仲舒传》），完整地提出了"罢黜百家，独尊儒术"的建议。武帝就在这三次呼号中，开展了尊儒运动，并通过兴学将它深入下去，引领了经学兴起的方向。自后，百家寖衰，儒术独尊。儒学兴起，学派迭出。高时良《中国古代教育史纲》据《汉书·儒林传》和马端临《文献通考》，对此作了如下统计，说：

> 平帝刘衍时，增为六经，每经置博士五人，乃有六经三十博士之说，后来《诗》分鲁（申公）、齐（辕固）、韩（韩婴）三家，《书》亦分大夏侯（胜）、小夏侯（建）、欧阳（生）三家，《礼》分大戴（德）、小戴（圣）二家，《易》分施（雠）、孟（喜）、梁丘（贺）、京（房）四家，《春秋公羊传》分严（彭祖）、颜（安乐）二家，共十四家，叫做"十四博士"。

其实，何啻十四家！每家后来均繁衍出不少学派，如《诗》在鲁、齐、韩三家之后，鲁诗有韦（贤、玄成父子）、张（生）、唐（生）、褚（生）之学，齐诗有翼（奉）、匡（衡）、师（丹）、伏（理）之学，韩诗有王（吉），食（子公），长孙（顺）之学。此外，毛诗悄然兴起，至后来竟取三家而代之。《书》分大小夏侯、欧阳三家后，大夏侯有孔（霸、光父子）、许（商）之学，小夏侯有郑（宽中）、张（无敌）、秦（恭）、假（仓）、李（寻）之学，欧阳有平（当）、陈（翁生）之学。《礼》分大小二戴后，大戴有徐良之学，小戴有桥（仁）、杨（荣）之学。《易》分施、孟、梁丘、京四家之后，施有张（禹）、彭（宽）之学，孟有翟（牧）、白（光）之学，梁丘有士孙（张）、邓（彭祖）、衡（咸）之学。此外，费直《易》亦卓然崛起，有费氏之学。《公羊春秋》分严、颜二家后，严有公孙（文）、东门（云）之学，颜有冷（丰）、任（公）之学（《汉书·儒林传》）。这些均是官学常教的内容。

除太学外，官学还包括郡县乡党之学。《汉书·文翁传》，《后汉书》的《寇恂列传》、《李忠列传》、《宋均列传》、《鲍永列传·鲍德附传》，《循吏列传》中的《卫飒附传》、《任延附传》和《秦彭附传》，都记载了这些人在担任地方郡守时热心创办乡党之学的事迹。他们办学都是为了改变当地的卑陋习俗，希望用经学来改造当地人们的品性，来培养一批儒雅之士，把这些地方建设成为一个礼仪之邦。其意图与经学精神相吻合。我们知道，经学并不是贵族之学，而是大众之学，面向的是整个人类与社会。因此，经学欲发展，就需要向大众普及。而普及不能仅仅依赖于上层，还须依赖于全社会。人才的培养，也不能只靠几个博士学官，还需要朝廷大小官员支持。武帝或许看中了这一点，即位之初，便迅即诏天下郡国皆立学校官。其后,元帝于郡国置五经百石卒史,平帝于郡县立学官,规定"郡国曰学,道、县、邑、侯国曰校。校、学置经师一人。乡曰庠,聚曰序。序、庠置《孝经》师一人"(《汉书·平帝纪》),进一步将兴办地方官学纳入正常轨道。在君臣们共同努力下,地方官学很快形成规模,改变了当地的社会风尚,使那里的吏民"争欲为学官弟子,富人至出钱求之"(《后汉书·循吏传·文翁附传》),"百姓莫不劝服"(《后汉书·鲍永列传·鲍德附传》),同时也为朝廷输送了一批真才实学之士,如西汉的梅福、隽不疑、韩延寿、王章、盖宽饶、诸葛丰、郑崇、张禹等都是以郡文学进入朝官的(《文献通考·学校七》)。

与官学相匹配的为私学。汉代私学,常办不辍,即使战争期间亦不例外。比如,汉楚相争,刘邦诛项籍,"引兵围鲁,鲁中诸儒尚讲诵习礼,弦歌之音不绝"(《汉书·儒林传》),即是其证。鲁之私学,齐之稷下私学,是学术文化史上两支重要劲旅,影响之大,直接促进了汉代私学兴起。其发展情况,两《汉书》均有一些零星记载,总其所述,特点有四:一是执教者多为当时通儒。如董仲舒、韦贤、王吉、龚舍、夏侯始昌、董钧、马融、郑玄等均以大儒、通儒显名。《后汉书·儒林列传》所录诸子,范晔亦以"通经名家"相称。私学由这些大儒名家执教,其办学水平之高极为自然。二是执教的内容多为经学,且多为执教者平生所研究者。如前汉薛广德治《鲁诗》,便以《鲁诗》教授学生;后汉张兴习《梁丘易》,便以《梁丘易》相传授。以平生所治之学去教所学之人,既具有弘扬师法,创立家法的意味,又培养了经学专门人材,促进了经学的迅速发展。三是传授方法灵活多样。常见的有单独传授、集体传授和久次相授三种。其中,以集体传授为主,单独传授为辅。久次相授,属董仲舒、马融独创,事见《汉书》、《后汉书》二人本传。四是学生多,规模大。这于后汉尤为突出。后汉私学,先生授徒,动辄数百,多至上千。若加著录弟子,有过万人者。如张兴,著录弟子万人;牟长,著录前后万人;蔡玄,著录者万六千人。私学发达,有力地推动了汉学的兴起。

三、诸子之学提倡争鸣,是为了求得学术的发展与繁荣。而汉学崇尚争辩,是为了求得自身生存的权力和发展空间。汉人好争辩,两《汉书》多有记载,如朱云同五鹿充宗之争(《汉书·朱云传》)桓谭数从刘歆、扬雄辩析疑异(《后汉书·桓谭列传》),便是其例。汉代大的争辩,一为盐铁议争,旨在辩明治乱得失;二为石渠议争,旨在讲论《五经》异同;三为白虎观议争,目的还是讲论《五经》同异。这些大型争辩,充分显示了汉代的学术风气和求真性格,推动了学术发展。但这只是一时的行为,远不如古今文之争那么持久深入,影响巨大,故素为研究者所重。如皮锡瑞的《经学历史》,刘师培的《汉宋学术异同论》、《经学教科书》,章太炎的《汉学论》,马宗霍的《中国经学史》、钱穆的《国学概论》,蒙文通的《经学抉原》、顾颉刚的《古史辨》等,都涉及了这一问题。其中,皮锡瑞《经学历史》的一段话,素为学者关注:

> 今文者,今所谓隶书。古文者,今所谓籀书。隶书汉世通行,故当时谓之今文。籀书汉已不通行,故当时谓之古文。许慎谓孔子写定《六经》,皆用古文。然则孔子与伏生所藏书,亦必是古文。汉初发藏以授生徒,必改为通行之今文,乃便学者诵习。故汉立十四博士,皆今文家。而当古文未兴之前,未尝别立今文之名。《史记·儒林传》云:"孔氏有《古文尚书》,安国以今文读之。"乃就《尚书》之今古文字而言。而鲁、齐、韩《诗》,《公羊春秋》,《史记》不云今文家也。至刘歆始增置《古文尚书》、《毛诗》、《周官》、《左氏春秋》。既立学官,必创说解,后汉卫宏、贾逵、马融,又递为增补以行于世,遂与今文分道扬镳。

论其由来,甚为平易通达。考其争辩过程,则历时漫长,口角弥烈。从当初刘歆向哀帝建议立《左氏春秋》、《毛诗》、《遗礼》(即皮所说《周官》)、《古文尚书》之学官,受到《五经》博士之抵制而愤然移书太常进行责让,到东汉建武四年公卿、大夫、博士议于之云台所引发的范升与陈元之争,再到肃宗建初元年诏贾逵入讲北宫白虎观、南宫云台所出现的与李育之争,再到何休著《公羊墨守》、《左氏膏肓》、《穀梁废疾》,而郑玄发《墨守》,针《膏肓》,起《废疾》,以及马融答北地太守刘瓌,郑玄答何休,唇枪舌剑,笔墨相伐,斤斤相较,尺寸无让。然《左氏》、《穀梁春秋》、《古文尚书》、《毛诗》最终能行于世,令学者欣欣羡慕,其原委虽与刘歆、桓谭、杜林、郑兴父子、卫宏、陈元、李封、贾逵、魏应、马融、郑玄等一批著名古文家的不懈努力分不开,但也与以下因素有关。

1. 与皇帝的爱好支持有关。钱穆在其《国学概论》中论及原委时说:"当时博士经生之争今古文者,其实则争利禄,争立官与置博士弟子,非真学术之争也。故汉武以上,'古文'书派之复兴也。汉武以下,'古文'书派之分裂也。而其机括皆在于政治之权势。"纯学术是无须依赖政治权势的,然两汉则不然,其学术是在朝廷统一部署下进行的。官学之兴办,博士之设立,生员之多少,全由皇帝所决定。汉武帝尊《公羊》家,便诏太子受《公羊春秋》,由是《公羊》大兴。太子既通《公羊》,复私问《穀梁》而善之,武帝便诏太子不得受《穀梁》,故《穀梁》寖微(《汉书·儒林传》)。如此一来,学术主动权很大部分不在学术家手里,而由皇帝掌握。汉人治学,最终为了谋求出仕,谋求显荣,谋求生计,然得官与否,大小与否,更取决于皇帝好恶。研究成果有用无用,是好是坏,亦取决于皇帝兴趣,因此,政治权势一直处于学术的中心,左右着学术行为。这种政治主权支配下的学术局面,汉儒大多心向往之,争先予之,乐而为之,并以得到皇帝的首肯支持为荣。正由于这样,古文至东汉能获得生存权利和发展空间,实依赖于帝王之力。比如,光武帝好经术,尚书令韩歆上疏,欲立《费氏易》、《左氏春秋》博士,陈元诣阙上疏,极论当立之由,并与范升辩难,光武帝支持了陈元的意见,卒立《左氏学》,选博士四人,后虽因诸儒反对,会博士李封病卒而《左氏》复废,但它深刻说明,古文立与不立,最终的决定权不在学术家本人,而在皇帝。更有甚者,莫过于肃宗了。《后汉书·贾逵列传》说:"肃宗立,降意儒术,特好《古文尚书》、《左氏传》。"由于他特好《左氏传》,就令贾逵"自选《公羊》严、颜诸生高才者二十人教以《左氏》,与简纸经传各一通"。由于特好《古文尚书》,贾逵才能"数为帝言《古文尚书》与经传《尔雅》诂训相应",他才会诏令逵"撰《欧阳、大小夏侯尚书古文》相异",并"复令撰《齐、鲁、韩诗》与《毛诗》异同"。建初八年,才会"诏诸儒各选高才生,受《左氏》、《穀梁春秋》、《古文尚书》、《毛诗》",对逵所选弟子及门生拜为千乘国郎 (李贤注:"千乘王伉,章帝子也。") 朝夕受业黄门署。"可见,没有肃宗的爱好与支持,就没有《左氏》等四经的行于世;没有众弟子门生的立官,亦不会有学者皆羡慕之事。由于学者皆羡慕之,学的人也就多了;学的人多了,学术也就兴盛起来了。这是兴学的普遍规律,不唯汉学如此。

2. 与学术研究的水平有关。两汉多好学博通之士。如,董仲舒、司马相如、司马迁、朱买臣、终军、郑昌、疏广、王吉、贡禹、龚胜、龚舍、韦贤、韦玄成、魏相、夏侯始昌、夏侯胜、萧望之、冯野王、冯逡、冯立、冯参、匡衡、张禹、孔光、翟方进、谷永、扬雄、刘歆、文翁、桓谭、杜林、赵典、冯衍、襄楷、孔奋、杨震、杨秉、马融、蔡邕、周举、荀淑、延笃、卢植、郑玄等等,都是以"好学"、"少好读书"、"笃志于学"、"通《五经》"、"博通群书"、"博通经籍"名标史册的人物。而衡量学术水平之高低却以章句多少为标准。这可于徐防《上章句疏》中见其大概,其文云:

> 臣闻《诗》、《书》、《礼》、《乐》,定自孔子;发明章句,始自子夏。其后诸家分析,各有异说。汉承乱秦,经典废绝,本文略存,或无章句。收拾缺遗,建立明经,博征儒术,开置太学。孔圣既远,微旨将绝,故立博士十有四家,设甲乙之科,以勉劝学者,所以示人好恶,改敝就善者也。伏见太学试博士

弟子,皆以意说,不修家法,私相容隐,开生奸路。每有策试,辄兴诤讼,论议纷错,互相是非。孔子称'述而不作',又曰'吾犹及史之阙文',疾史有所不知而不肯阙也。今不依章句,妄生穿凿,以遵师为非义,意说为得理,轻侮道术,寝以成俗,诚非诏书实选本意。改薄从忠,三代常道,专精务本,儒学所先。臣以为博士及甲乙策试,宜从其家章句,开五十难以试之。解释多者为上第,引文明者为高说;若不依先师,义有相伐,皆正以为非。……(《后汉书·徐防列传》)

文中所言甲乙科策试定第,以其家章句引用多少为权衡,这种看法足以反映两汉儒生的学术倾向。在这种倾向支配下,穷一经而皓首,说一经而百余万言,不在少数。纠弊者,如桓荣"受朱普学章句四十万言,浮辞繁长,多过其实。及荣入授显宗,减为二十三万言",其后,其子郁"复删省定成十二万言"(《后汉书·桓荣列传》)。《牟氏(即牟长)章句》,浮辞繁多,有四十五万余言,张奂减为九万言(《后汉书·张奂列传》)。伏黯章句繁多,其子伏恭省减浮辞,定为二十万言(《后汉书·儒林列传·伏恭附传》)。这些行为,充分表现了两汉后期思想的转变,学风的转变,评价标准的转变。在这种转变中,有不好章句者,如荀淑;不为章句者,如桓谭,马融;不守章句者,如卢植。他们把自己的兴趣转向了解诂、作传、作笺,致使解诂、作传、作笺成为一种新的学问风靡学坛,为广大读书人所看重。

汉学与诸子之学不全在异,也有同。比如重著述实用,便是其学脉一贯之处。汉代是一个重继承创新的时代。以著述而论,汉学继承了诸子著述传统,即善于通过著述将自己治学体验、收获转化成各种知识和学问,转化成可见可知的文化实体,给后人以启迪。因此,我们今天所见到的汉学,其实就是实学。汉人著述,形式多样,不拘一格。能为章句,解诂、传论者,则运其所长,故章句之学、解诂之学兴焉。虽同为章句、解诂、传论,因经不同,师法、家法不同,治学人不同,而呈现出不同面目。其中,难免金沙俱下,精芜同在,但一经整治,便焕然一新,仍不失其存在的价值。其著述之多,《汉书·艺文志》、《隋书·经籍志》俱有记载。好为文章者,则骋其文才,运其妙思,于是文章之学兴焉。笔者曾对《后汉书》所记37位作手所作文体进行了统计,发现他们或继承或创造的文章样式就达三十八种之多,有诗、赋、诔、奏、铭、说、颂、连珠、令、论、文、议、嘲、六言、七言、箴、布、表、碑、答、赞、哀辞、对策、吊、应讯、祷文、檄、笺、志、诫述、书记、祝文、荐、谒文、琴歌、七激、祠等。其中,令又分教令、酒令、遗令,而教令,有时又单称教，以别于令。书记有时又单称书或记，章、表有时合称章表。这正是文体未成熟时的状态，一旦成熟，就趋向统一了。这些文体，刘勰多已收进了《文心雕龙》，并进行了论述。未收人的，只有嘲、应讯、诚述、荐、谒文等数种。汉人就是运用这些文体来谈政治，论学问，抒性情，言志意，发感慨，表幽思的。这是诸子之学所没有的奇观。善作人道见性之书者，则立不朽之志，成一家之言，于是立说之作出焉。其数量之多，且不说《汉书·艺文志》所载，单以光绪元年由湖北崇文书局刊行的《百子全书》所收集的汉人著作就有二十三种之多。他们以如椽之笔，创造出了有汉一代学术发展的另一盛大景象。

以实学而论，汉学的基本精神就是经世致用。它承诸子之学而来，却无诸子迂回曲折之历。他们通过身居朝官的特殊身份，上疏进言，或同皇帝直接对话，巧妙地将自己的思想、学说转变为政治行为。像汉代典章制度的确立，重大政策、措施的制订与推行，经济的恢复和振兴，军事的扩张和强盛，文化的复苏与繁荣，无不是这种转变的结晶。其间，虽有很多的思想矛盾和斗争，但他们都以自己的聪明才智和不怕牺牲的精神，与之抗争得来的。如陆贾的巧辩，改变了刘邦"居马上得之，安事《诗》《书》"的思想；《新语》一出，更坚定刘邦改武略为文治的行为。贾谊的治安之策，重农之说，晁错的削藩之计，贵粟之论，进一步将文治推向极致。贾谊被贬忧死，晁错抛尸东市，留下了"逢时不祥"之恨，但当他们的计谋变为政治的振兴，经济的繁荣时又有着虽死何憾，"何足以疑意"的达观与洒脱。这种于困厄中坚信自己思想行为的正确性，坚信自己政治目的定能实现的乐观性，便是他们英勇无畏的力量源泉。这恰是汉学精神的精髓。在这种精神鼓舞下，汉代出现了一大批忠于王朝的刚贞不阿之士，像张释之的守法，冯唐的治将，汲黯的正直，郑当时的推士，贾山的自下厮下，邹阳、枚乘的游于危国，司马相如的以辞赋劝百讽一，司马迁的发愤而作《史记》，杜钦的讽帝之好色，终军的请缨，王吉的尚贤节俭，王章的刚直守节，盖宽饶的正色于朝，诸葛丰、刘辅、郑众的刚直，孙宝的不畏权贵，萧望之的断事不桡，辅佐之能，申屠刚的质性方直，张堪的赴险陷而志美行厉，李法性刚有节，以及党锢中的"三君"、"八俊"、"八顾"、"八及"、"八厨"之奋慨刚烈，视死如归，便是他们当中的杰出代表。他们以自己的高风亮节为这一精神注入了新的生命，谱写了新的篇章，使它变得更为厚实。此外，汉学精神中，也存在一种怪异的现象，那就是儒生们喜欢以经术比附灾异，解说图谶，以吏事缘饰儒术。尤其前项，十分暴热。这些比附、解说虽是曲从政治，荒诞不经，但也寄寓了他们对天下治理的赤心与热情。他们就是想通过这种形式来张扬经学的神奇妙用，来实现经学服务于政治的目的，来提高经学的地位与价值。其用心之良苦，可谓深矣。至于后者，有以缘饰儒术取悦于上者，公孙弘之为是也；有深文巧诋，将吏事变成貌合古义而实出私心之行为者，张汤治狱然也。他们这样做，看似对经学的尊重，实是对经学的猥亵，很不可取。

汉代经学后随着汉代政权的解体，退出了历史舞台，代之而起的就是魏晋玄学。这是一种与汉学完全不同的学术文化，以老庄、佛学为研究对象。魏晋是一个思想解放的时代。所谓解放，就是指文学之士已从汉代沉闷的治学氛围中，从礼教的严重束缚中解脱出来，回归到了自然，回归到了自我，并从自然自我中找到了人存在的意义与价值。魏晋玄学所追求所体现的就是这种意义与价值，所注重所表现的就是这些意义价值所蕴含的深刻哲理，因此在治学方法上，他们弃章句而重义理，崇体悟而尚清谈，代表了一种新的学术思潮的形成，成为南朝学术文化的直接源头。其意义，我们还会在后文中提及。

二、自身历史根源

这里所云五家学术文化，指儒、道、文、史、佛五家。前四家因宋文帝刘义隆于元嘉十六年（439 年）立儒、玄、文、史四学，聚门徒教授而得名。这是彪炳南史、称誉学界的大事。史称四学开设之后，"江左风俗，于斯为美，后言政化，称元嘉焉"（《南史·宋文帝纪》），影响甚为深远。这四学，尤其文、史二学被单独立科纳入与儒、道并重的位置，是以前未曾有过的。它表明南朝学术观念发生了转变。这种转变促进了此时期学术文化的发展，也促进了萧统《文选》的选编出现。自此，这四学再加上方兴未艾的佛学，便成为中国学术文化史上传统的主流文化而流传不息。直到今天，仍有它们的影响在。

这五学之产生形成，由来有自。除了它们有着共同的政治历史根源之外，还有其自身的历史根源。这些根源是什么？由于五家的学术背景、性质、作用不同，其根源自然有别。为了论述的方便，我们还是从它们各自的内容、特征谈起。

（一）充满人学意味的儒家学术文化

《汉志》诸子十家，儒家雄居其首。其卓立处，就在于它以博大的学问、精深的思想揭示了中国社会发展变化的特点和规律,提供了相应的知识与理论,受到了社会的普遍关注和尊重;同时还在于它以巨大的心灵感召力和思想渗透力,感染过、教化过、征服过一代又一代人,成为人们强大的精神支柱、行为规范而远播天下,为其他诸子之学所不及。《中庸》说:"大哉圣人之道,洋洋乎发育万物,峻极于天。"若以此称颂儒学,儒学则当之无愧。

曾子曾言:"士不可以不弘毅,任重而道远。仁以为己任,不亦重乎?死而后已,不亦远乎?"(《论语·泰伯》)胡适曾用"把整个人类看作自己的责任"来解释"仁以为己任"①,的确言何晏《论语集解》以来诸家注疏之未言。然纵观儒学之始末,又何尝不是把整个人类看作自己之责任的?孔子后学又何尝不是以此为重任,死而后已的?胡适所言,实际概括了整个儒士的品质,儒学的精神,揭示了儒学同人的普遍关系,开启了"儒学就是人学"的研究领域。

这是一个至大至广的领域。领域的主体是人,人的背后是社会。研究人,实际就是研究社会。而研究社会,最终要落实到人的头上。这是社会科学的基本规律,儒学自然也不例外。然依荀子的分层理论,人并不是处在同一层面上。比如,以道德之人言之,人就有所谓的小人、士君子、圣人之分;以知识之人言之,又有所谓的俗人、俗儒、雅儒、大儒之别。若推而广之,把人放大到社会阶级层面、政治层面,其差别就更大了。如何梳理这些关系,廓清这些差别,使人能够和谐地组织在一起,生活在一起,便成为人学研究中的重大问题。

同时,这又是一个古老的领域,自尧舜三代以来就存在。尧舜三代对人的研究,成就斐然,且出现了一大批诸如尧、舜、禹、皋陶、商汤、伊尹、傅说、微子、箕子、文王、武王、周公、召公、康叔、君陈等著名的政治家、学问家。他们突出的贡献就是发现了人并不是一种可以任意宰割的动物,而是一种有着独立思想和人格、独特政治功能和作用的社会实体。人并不是一种封闭的单一个体,而是一种开放的与外界有着广泛联系的社会集合体。这种集合体就是一个小社会,一种力量。它可以归属你,为你驱使;也可以违背你,同你对抗。因此,如何发挥人的政治功能和作用,则是政治生活中又一重大事情。这两种重要发现,构成了此时期人学研究的基础。此时期的政治家、学问家就依据这个基础建立了以治理天下为目的,以人的政治联系为核心,以能调适这些联系的政治伦理道德为主轴的研究体系,拉开人学研究序幕。其引领人物就是尧舜。尧的贡献

---

① 胡适:《说儒》,见《胡适文存》第4集,黄山书社1996年版,第40页。

就在于他的"亲九族"最先发掘了人的这些政治联系,并提出了解决问题的办法。他的九族是一个庞大的社会系统和政治集团。若依古文学家的意见,它是指"上至高祖,下及玄孙"的九代人;依今文学家的说法,则是指"父族四,母族三,妻族二"的九类人(《尚书正义·尧典》)。其中,"父族四"又包括了"父之姓"一族,"妇女昆弟适人有子"一族,"身女昆弟适人有子"一族和"身女子适人有子"一族;"母族三"包括了"母之父母"一族,"母之昆弟"一族和"母之女昆弟"一族;"妻族二"包括了"妻之父"一族,"妻之母"一族(《白虎通·宗族》)。这九族囊括了帝之宗室和外戚的许多人。而这些人又有他们各自的九族,如此九九相连,族族相接,把整个天下都笼罩住了。这就是社会的基本组织形态,政治的基本关系结构。解决了这些人的政治关系,也就解决了社会政治中的许多重大问题。而尧果敢地采取"亲和"的策略,分别从血缘和道德两个方面着手解决了同"百姓"、"万邦"的矛盾,实现了统一天下的目的。尧之后,舜按照尧的这一路线,继续做亲和九族的工作。其方法是:设司徒,命契敷五教;立秩宗,命伯夷典三礼;建乐官,令夔典乐,从制度、道德、礼乐等方面将它定型下来,使之规范化、理性化。舜的这一方案重在教化。教化给人以智慧、认识和分辨,使人由自然的本能进入到社会的自觉,以保证亲之永恒,和之常在,实现长治久安的目的。舜之后,成就灼然者为皋陶。皋陶沿着尧舜的路子,进一步提出了以"九德""惇叙九族"的构想。其九德是:"宽而栗,柔而立,愿而恭,乱而敬,扰而毅,直而温,简而廉,刚而塞,强而义。"九德之中,有从舜"直而温,宽而栗,刚而无虐,简而无傲"中移植过来的,亦有他自创的新词。一德一条目,九目直奔性情而来,故郑玄说:"凡人之性有异,有其上者不必有下,有其下者不必有上,上下相协,乃成其德。"(《尚书正义·皋陶谟》)郑玄所云"上",指一目中的上一字;"下",指同目中的下一字。如"宽而栗","宽"指宽弘;"栗"指庄栗。这是两种不同的性。有宽弘之性者(上),就绝不会有庄栗之性(下),反之亦然。然宽弘之性失之缓慢,若补以庄栗,二者就会兼得,这就是一德。余者类推。人们如果常行九德,"日宣三德,夙夜浚明有家;日严祗敬六德,亮采有邦",天下也就安乐了。皋陶之后,商之伊尹亦甚倡道德之说,云:"方懋厥德,罔有天灾。""今王嗣厥德,罔不在初。立爱推亲,立敬推长。始于家邦,终于四海。"(《尚书·伊训》)将爱亲、敬长作为协调宗室家族关系的纲纽,的确抓住了宗室家族矛盾之实质。其意义,蔡沈析之云:"言始不可以不谨也,谨始之道,孝悌而已。孝悌者,人心之所同,非必人人教诏之。立,植也。立爱敬于此,而形爱敬于彼,亲吾亲以及人之亲,长吾长以及人之长，始于家，达于国，终而措之天下矣。"（蔡沈《书经集传·伊训》）至周，周公旦集人伦道德之大成，对人伦关系的处理，将重点转向了君臣、父子、兄弟，以及道德的自我践行与完善等方面。他以身垂范时人，以身教化天下。武王生前，他辅翼武王执政，用兵破殷，统一天下；武王病了，又自立为质，设三坛祭三祖，欲代武王事鬼神；武王崩，成王少，代成王摄行政当国；成王长，再反政成王，北面就群臣之位（《史记·周本纪》），以自己的高风亮节、实际行动谱写了一曲仁义礼孝的颂歌，为周初政权的巩固作出了巨大贡献。

以上就是唐虞三代圣哲们所研究的大致情况，所创造出来的优秀学术文化。这是人们共享的文化资源。诸子就是在这种共享中步入了学术的殿堂，开始了他们的学术创造。其初，他们无不从人的研究发端，并以人的关系为重点，逐步切入社会，切入政治。但愈到后来，因他们所操之术不同，故于如何挑选和使用这一资源时所表现出来的态度和做法亦就愈不一样，有衷心拥护的，也有严厉批评的，妄自修正的，以新代旧的，压根儿反对的[①]，最终导致了他们在如何对待和处理人的关系上各说各的，形成了不同的流派。

儒家人学研究就是在这种历史与现实的碰撞中崛起。作为旧思想旧文化的衷心拥护者，唐虞三代的政治学术研究就是他们的根，尧舜周公就是他们的祖。认祖追根，他们无不欣欣然以为荣。这在其"中兴领袖"孔子那里（胡适《说儒》，《胡适文存》第四集），表现尤为强烈。孔子一生以祖述尧舜，宪章文武为己任，对旧文化旧制度充满了深深的眷恋和敬意。他赞美尧舜说："大哉尧之为君也！巍巍乎！唯天为大，唯尧则之。"（《论语·泰伯》）（以下所引，凡出于《论语》者，只引篇名）"舜其大知也与！舜好问而好察迩言，隐恶而扬善，执其两端，用其中于民，其斯以为舜乎！"（《中庸》）颂扬文武周公说："周监于二代，郁郁乎文哉！吾从周。"（《八佾》）"如有周公之才之美。"（《泰伯》）"久矣吾不复梦见周公。"（《述而》）他热爱古代礼乐，或"入大庙，每事问"。（《八佾》）或"在齐闻《韶》，三月不知肉味"，（《述而》）或"自卫反鲁，然后乐正，《雅》、《颂》各得其所"，（《子罕》）或"谓《韶》：'尽美矣，又尽善也。'谓《武》：'尽美矣，未尽善也。'"（《八佾》）或评《诗》："《诗》三百，一言以蔽之，曰：'思无邪'。"（《为政》）这种矢志不移的情结，使他将毕生的精力和智慧全部倾注在儒学的继往开来上，倾注在对人的研究和伦理道德的探讨上。由于他有德无位，述而不作，其研究不能

---

① 　朱自清：《经典常谈·诸子第十》，上海古籍出版社2006年版，第56页。

像尧舜那样从事礼乐的制作和制度的创设,只能专注于既成的礼乐、道德,通过人的解读来阐释它们的意义与价值,来提升人们的礼乐道德观念与水平。他说:"文武之政,布在方策。其人存,则其政举;其人亡,则其政息。人道敏政,地道敏树。夫政也者,蒲卢也。故为政在人,取人以身,修身以道,修道以仁。"(《中庸》)通过人的政治地位与作用的阐释来表现他对人的敬慕。又说:"思事亲,不可以不知人。"(《中庸》)"不患人之不己知,患不知人也。"(《学而》)答樊迟问知曰:"知人。"(《颜渊》)通过知人重要性的解说来表现他对人的信任。又说:"泛爱众,而亲仁。"(《学而》)"节用而爱人"(《学而》)"己欲立而立人,己欲达而达人。"(《雍也》)"己所不欲,勿施于人。"(《卫灵公》)"老者安之,朋友信之,少者怀之。"(《公冶长》)"不怨天,不尤人。"(《宪问》)"人不知,而不愠。"(《学而》)"诲人不倦。"(《述而》)通过爱人所持态度方法的说明来表现他对人的尊重。又说:"君子不以言举人,不以人废言。"(《卫灵公》)通过用人原则的表述来表现他爱人的客观性。又说:"厩焚。子退朝,曰:'伤人乎?'不问马。"(《乡党》)通过一具体事例的记叙来表现他对人的生命的关爱。这些既是他人学的重要组成部分,又是他研究人的相互关系的基础。

有了这个基础,他对人的关系研究也就思路清晰,重点突出。这主要表现在他能始终将人的相互关系研究紧紧地锁定在尧舜周公所确立的君臣、父子、兄弟、朋友之道上。在纷繁复杂的人事关系中,这些可称得上一组概括性最强、反映面最广、表现力最丰富的重要关系。汉人称它们为"三纲五常"[1]。其中,君臣关系,就概括了朝廷中形形色色的人与人之间的关系。通过这一关系研究,可以理清朝廷政治脉络,防止王权的分散或丧失,臣权的萎缩或膨胀。因此,抓住了这一关系研究,也就抓住了政治研究的实质。父子、夫妇、兄弟关系,是血亲家庭和宗法社会常有的重要关系,其亲密厚实为其他任何关系所不及。然这在政治家庭,尤其在帝王之家,却显得极为脆弱,极不稳定,经不起任何的风吹雨打。因此,将这一关系作为重点来研究,也就抓住了政治研究之根本。朋友关系,则囊括了朝廷、家庭之外的大千世界所有关系。四海之内皆兄弟,凡此都可纳入到它的研究视域。只要将这些研究好了,整个社会和政治也就研究清楚了。

为此,他将研究的重点放在关系的厘清上,主张为政应从正名始。"子路曰:'卫君待子而为政,子将奚先?'子曰:'必也正名!'子路曰:'有是哉,子之迂也!

---

① 《新编诸子集成》第一辑《白虎通疏证》,中华书局1994年版,第373—374页。

奚其正？'子曰：'野哉由也！君子于其所不知，盖阙如也。名不正，则言不顺；言不顺，则事不成；事不成，则礼乐不兴；礼乐不兴，则刑罚不中；刑罚不中，则民无所措手足。故君子名之必可言也，言之必可行也。君子于其言，无所苟而已矣。"（《子路》）这就是孔子"正名"之由来。至于如何正名，他曾用"君君、臣臣、父父、子子"作了解答。这八个字的核心理念就是各守名分，各安其位，各循尊卑、贵贱、大小之别，君像君，臣像臣，父像父，子像子。只有如此的"像"，那么为君的就会爱臣如子，为臣的就会尊君如父，为父的就会爱子以慈，为子的就会敬父以孝，不相欺，不相犯，朝廷就会安宁，国家就会兴旺。如果名分不正，关系不清，政治势必混乱。因此，以正名来厘清各自的关系，使之井然有序而不颠倒，便是他给礼崩乐坏的社会开出的药方，也是他研究人的伦理关系所持的独特理念、路径和方法，亦是他对人学研究的一大创获与贡献。其后，他依此论述了他对政治的认识，说："政者，正也。子帅以正，孰敢不正？"（《颜渊》）"其身正，不令而行；其身不正，虽令不从。"（《子路》）"苟正其身矣，于从政乎何有？不能正其身，如正人何？"（《子路》）孔子这种注重自我修炼、自我做起的正身理论，同样具有拯时救弊的作用。孔子之后的政治家、思想家力推正身之说，也是因为他们认识到正身太重要了。

然如何正身、修己，他顺理成章地提出自己的伦理道德思想与理论，其核心就是仁。他曾将仁、智、勇合称为"三达德"，说："天下之达道五，所以行之者三。曰：君臣也，父子也，夫妇也，昆弟也，朋友之交也，五者天下之达道也。知、仁、勇，三者天下之达德也，所以行之者一也。"（《中庸》）又自逊不能得其一，说："君子道者三，我无能焉：仁者不忧，知者不惑，勇者不惧。"（《宪问》）可见他对三达德的推崇。他崇智，是因为"智者无惑"。它是人们认识事物，了解事物，解决问题必具的一种能力，也是正身、修己必具的品德，所以他说："知者利仁。"（《里仁》）"知者不失人，亦不失言。"（《卫灵公》）"知之为知之，不知为不知，是知也。"（《为政》）他崇勇，是因为"勇者无惧"。它虽不及智者那样充满理性，但也是"所以强此"必备的因素。两军相逢勇者胜，危急关头见英雄。英雄者，勇气胆量之使然也。无勇气者，焉能成就英雄之大业？正身、修己虽无两军相逢之危，却有着心灵整饬之痛。只有具有勇德的人，才能正视自己，完善自己，所以他又说："知耻近乎勇。""见义不为，无勇也。"然智、勇也有不善的一面，如智者好诈，勇者好乱，它们的德性远不如仁那么纯朴厚实，所以，他又说："知及之，仁不能守之，虽得之，必失之。"（《卫灵公》）"择不处仁，焉得知。""仁者必有勇，勇者不必有仁。"(《宪问》)可见,仁才是他心目中最高的道德规范,是他致力所要推崇的。这可从三个方面得以说明。

一是通过对仁的含义诠释来推崇仁。樊迟问仁,他答曰:"仁者先难而后获,可谓仁矣。"(《雍也》)子贡问仁,他回答说:"夫仁者,已欲立而立人,已欲达而达人。"(《雍也》)颜渊问仁,他回答说:"克己复礼为仁。一日克己复礼,天下归仁焉。"问仁之目,则回答说:"非礼勿视,非礼勿听,非礼勿言,非礼勿动。"(《颜渊》)仲弓问仁,他回答说:"出门如见大宾,使民如承大祭。己所不欲,勿施于人。在邦无怨,在家无怨。"(《颜渊》)司马牛问仁,则语之以"仁者其言也讱。"(《颜渊》)子张问仁,又将"恭、宽、信、敏、惠"说是仁,并申之以理由云:"恭则不侮,宽则得众,信则人任焉,敏则有功,惠则足以使人。"(《阳货》)此外,他还将"刚、毅、木、讷"说成"近仁"(《子路》)如此一来,同一"仁",在不同的回答中显示了不同的含义。这种看似宽泛的解释,实则隐喻了孔子对仁的深切认识与理解,并根据教育的要求和学生的特点,随行阐释,把仁的丰富含义分次说了出来。其中,有将仁解说为道德思想的、道德原理的、道德行为和道德规范的。而将仁径直解释为"爱人",则是一种近乎"仁者,人也"的说法;将"恭、宽、信、敏、惠、刚、毅"都说成仁或近乎仁,更是丰富了仁的内容,赋予了这些古德目以新的含义。

二是通过对为仁的标准的说明来推崇仁。比如,有人说雍"仁而不佞",他回答说:"焉用佞?御人以口给,屡憎于人。不知其仁,焉用佞?"(《公冶长》)孟武伯问子路仁乎,他回答是:"不知也。""由也,千乘之国,可使治其赋也。不知其仁也。"再问冉求仁乎,他回答是:"求也,千室之邑,百乘之家,可使为之宰也。不知其仁也。"又再问公西赤仁乎,回答依然是:"赤也,束带立于朝,可使与宾客言也。不知其仁也。"(《公冶长》)子张问楚国令尹子文仁乎,他回答说:"未知。焉得仁?"问陈文子之仁,仍然回答说:"未知,焉得仁?"(《公冶长》)这里的答比起前面更为简略、抽象、玄乎,见不到他一丝说明。但正是这种简答中,表现了他对为仁标准的看法。比如,子张称赞令尹子文仁,就举了他"三仕为令尹,无喜色;三已之,无愠色;旧令尹之政,必以告新令尹"之事实来证实,实则是子张为仁标准的体现。可孔子却仅用一"忠"字来回答,这就表明子文的这些行为只符合"忠"的道德要求,不符合仁的道德标准,仁是一种高于忠的道德。依照这个标准,凡现实中所作所为有如子文或类似子文者,都是忠,而非仁。可见孔子这一回答,实际上包含了对仁的道德判断。既然有了这个判断,后面就不再重复了，故答之曰："未知。焉得仁？"

三是通过对履仁意义的阐析来推崇仁。比如他说的"里仁为美"（《里仁》），"我欲仁，斯仁至矣"（《述而》），"苟志于仁矣，无恶也"，（《里仁》）"君子去仁，恶乎成名？君子无终食间之违仁，造次必于是，颠沛必于是"（《里仁》），"人之过也，各于其党。观过，斯知仁矣"（《里仁》）等，就是采用直接阐析的方法来表示对仁的推崇。他虽没有说该如何履仁，但只要人们懂得履仁的意义，并按照他所指明的方向去实践，就会求仁得仁，成为仁者。

以上就是孔子推崇仁的大致情况，表现了孔子仁的思想观念与基本精神，那就是"爱人"，就是"己所不欲，勿施于人"，就是"己欲立而立人，己欲达而达人"，就是"恭、宽、信、敏、惠"，就是"克己复礼"，就是"忠恕"。概言之，就是一切为了人，一切为了使人能够成为一个实实在在的人，一个高尚的人，纯粹的人，有道德的人。这样的人，他可能是一个完美的个体，又可能是一个完美的整体，可能是黑格尔所说的那"一个"，又可能是由许多的那"一个"组成的群体。在他身上，既能见到那"一个"的价值，又能见到那一群体的效应。一句话，就是要把人德化成仁。这就是孔子推崇仁的根本原则和目的。在孔子看来，德化的过程，就是不断正身、修己的过程，就是己立己达与立人达人相完善相统一的过程，就是由仁德达五道的过程。这一过程是漫长的、艰苦的，无刚强毅力者则不能完成。然一旦完成，他的身也就端正了，以端正的身去为政，政也就成为仁政了；去待人，人的关系也就和谐融洽了；去待物，各种事物也就运转自如了。对此，孔子充满了信心，并始终以一个仁者的心去度他人的心，以一个仁者之性去观他人之性，得出的结论是："性相近，习相远。"（《阳货》）以相近之性去改变相远之习，相远之习是完全可以改变的。因此，他对人充满了信任，对人生，对世界，对未来充满了憧憬。这就是他的人学精神。

当然，孔子不单崇尚仁，也崇尚礼。礼，是尧舜周公以来一种极为重要的典章制度和文化。礼之用，"经国家，定社稷，序民人，利后嗣"（《左传·隐公十一年》），涵盖了整个社会和人类。试读郑子大叔一段话，你就不能不为之心折。其言云：

> 吉也闻诸先大夫子产曰："夫礼，天之经也，地之义也，民之行也。"天地之经，而民实则之。则天之明，因地之性，生其六气，用其五行。气为五味，发为五色，章为五声。淫则昏乱，民失其性。是故为礼以奉之。为六畜、五牲、三牺，以奉五味。为九文、六采、五章，以奉五色。为九歌、八风、七音、

六律,以奉五声。为君臣上下,以则地义。为夫妇外内,以经二物。为父子、
兄弟、姑姊、甥舅、昏媾、姻亚,以象天明。为政事、庸力、行务,以从四时。
为刑罚威狱,使民畏忌,以类其震曜杀戮。为温慈惠和,以效天之生殖长育。
民有好、恶、喜、怒、哀、乐,生于六气。是故审则宜类,以制六志。哀有哭
泣,乐有歌舞,喜有施舍,怒有战斗。喜生于好,怒生于恶。是故审行信令,
祸福赏罚,以制死生。生,好物也。死,恶物也。好物,乐也。恶物,哀也。
哀乐不失,乃能协于天地之性,是以长久。……礼,上下之纪,天地之经纬也,
民之所以生也,是以先王尚之。故人之能自曲直以赴礼者,谓之成人。大,
不亦宜乎!(《左传·昭公二十五年》)

这种涵泳丰富的体认和充满神奇色彩的说教,是春秋时期礼学充分发展的
反映,亦是人们长期学习研究的结果。生活在这种学术氛围中,只要人们对礼
稍有一点眷恋,都会情不自禁地去学习它,使用它,更何况像孔子以礼为己任的
人呢!孔子崇礼,以崇尚古礼为的縠,他说:"克己复礼为仁。一日克己复礼,天
下归仁焉。"(《颜渊》)"克己复礼,仁也",本为《前志》所载古训,然孔子稍加改
造,便成为他崇尚殷周古礼的原由与标志,成为他学礼、习礼、言礼、用礼的动力。
孔子言礼,喜欢将它同伦理道德一块说,如"人而不仁,如礼何?"(《八佾》),"知
及之,仁能守之,庄以莅之,动之不以礼,未善也"(《卫灵公》),"恭而无礼则劳,
慎而无礼则葸,勇而无礼则乱,直而无礼则绞"(《泰伯》)等。如斯言礼,旨在强
调礼与德的联系,表明德离不开礼的制约。尽管德也是一种人伦规范,但"一有
不诚,则人欲间之,而德非其德矣"(《中庸》),故欲使人不间之,就不能不用礼
来约束和规范。因此,从其规约性能上讲,德不如礼。孔子崇礼,既崇礼义,又
崇礼仪。他同学生同世人说礼,从《论语》记载来看,多在礼仪方面,如《八佾》
所云"射不主皮,为力不同科,古之道也","子贡欲去告朔之饩羊","禘,自既灌
而往者,吾不欲观之矣";《乡党》所云"君召使摈,色勃如也,足躩如也。揖所与
立,左右手。衣前后,襜如也。趋进,翼如也。宾退,必复命曰:'宾不顾矣。'""执
圭,鞠躬如也,如不胜。上如揖,下如授。勃如战色,足蹜蹜,如有循","君子不
以绀緅饰,红紫不以为亵服。当暑,袗絺绤,必表而出之。缁衣羔裘,素衣麑裘,
黄衣狐裘……"讲的便是礼仪中有关射礼、祭礼、宾礼、朝见礼和服礼中的程序、
方法、要求等。同时,他也讲礼义、礼制,如"祭如在,祭神如神在"(《八佾》),"八
佾舞于庭,是可忍也,孰不可忍也"(《八佾》)等,便属此类。此外,孔子还喜欢
讲丧礼,对三年之丧尤为注重,说:"子生三年,然后免于父母之怀。夫三年之丧,

天下之通丧也。予也有三年之爱于其父母乎?"(《阳货》)故当宰我说"三年之丧,期已久矣"时,便不由得勃然大怒,训其曰"不仁"(《阳货》)。平时,见齐衰者,"虽少,必作;过之,必趋"(《子罕》),"见齐衰者,虽狎,必变"(《乡党》),显得异常恭谨。为父母服丧三年,是出于报答父母三年之怀,实以孝道为支撑,故《左传》称"孝"为"礼之始"。而孔子好言孝道,亦基于这种认识。他说:"父在,观其志。父没,观其行;三年无改于父之道,可谓孝矣。"(《学而》)"生,事之以礼;死,葬之以礼,祭之以礼。"(《为政》)"父母唯其疾之忧。"(《为政》)"今之孝者,是谓能养。至于犬马,皆能有养;不敬,何以别乎?"(《为政》)"父母之年,不可不知也。一则以喜,一则以惧。"(《里仁》)"入则事父兄,丧事不敢不勉。"(《子罕》)一个人对父母孝顺到如此地步,谁还会犯上作乱呢?既不犯上作乱,天下焉有不安乐祥和的?这便是孔子重礼的初衷与实质。

总之,孔子的人学研究是充满伦理道德色彩和礼学意味的。这虽是他述而不作、授徒传道的产物,话不多,但显得非常经典、深刻、精审,至今仍有它鲜活的生命。这是孔子留给人类的一笔丰厚遗产、宝贵财富。然孔子死后,儒分为八。严重的学术分歧,使他们不能形成一股强大的合力,将孔子学说发扬光大。要不是孟子、荀子的崛起,儒学的命运就会跟"墨离为三"(《韩非子·显学》),止于墨子一样,只在孔子手里打住了。

孟子相传为子思门人之弟子,以祖述尧舜,宪章孔子为己任。其所作《孟子》七篇贯穿了孔子儒学的基本精神,并有新的开拓与创造,比如,在人学研究方面,他亦十分重视人、人的关系、人与政治、人与道德的研究,提出了许多新的思想、观点和主张。通过对民生疾苦、老百姓的喜怒哀乐的考察,提出了保民以王、断事于民的观点,他说:"国君进贤,……左右皆曰贤,未可也;诸大夫皆曰贤,未可也;国人皆曰贤,然后察之;见贤焉,然后用之。左右皆曰不可,勿听;诸大夫皆曰不可,勿听;国人皆曰不可,然后察之;见不可焉,然后去之。左右皆曰可杀,勿听;诸大夫皆曰可杀,勿听;国人皆曰可杀,然后察之;见可杀焉,然后杀之。"(《孟子·梁惠王下》)(以下所引,只注篇名)这里的"国人",杨伯峻释为"全国之人",依此,自然包括民。一切唯民以听,唯民以从,这是孟子民本思想的精华所在。他通过君臣关系的考察,提出了君轻臣重的观点,说:"君之视臣如手足,则臣视君如腹心;君之视臣如犬马,则臣视君如国人;君之视臣如土芥,则臣视君如寇雠。"(《离娄下》)通过对五伦关系的考察,提出了事亲守身的观点,说:"事,孰为大?事亲为大;守,孰为大?守身为大。不失其身而能事其亲者,吾闻之矣;失其身而能事其亲者,吾未之闻也。孰不为事?事亲,事之本也;孰不为守?守身,守之本也。"(《离娄上》)"仁之实,事亲是也;义之实,从兄是也。"(《离娄上》)"信于友有道,事亲弗悦,弗信于友矣。"(《离娄上》)这些新解,表现了孟子唯下非唯上的思想,富有鲜明的平民色彩。孟子通过对人与政治、道德的研究,提出了他的仁政构想,说:"行仁政而王,莫之能御也。"(《公孙丑上》)"当今之时,万乘之国行仁政,民之悦之,犹解倒悬也。"(《公孙丑上》)"今王发政施仁,使天下仕者皆欲立于王之朝,耕者皆欲耕于王之野,商贾皆欲藏于王之市,行旅皆欲出于王之途,天下之欲疾其君者皆欲赴愬于王。其若是,孰能御之?"(《梁惠王上》)并依此提出了他的仁政内容与标准,那就是"省刑罚,薄税敛",给民以恒产、恒教、恒制、恒时,让老百姓少受些剥削,多一些幸福。然这些施诸于战火纷飞、社会动荡的年代,谈何容易!孟子将和平年代实行的政治措施搬用到战乱之时,显然不适时宜,但他却有意而为之,其目的是为了实现他的王道无敌于天下的政治理想。为此,他反对鞭扑刑罚之暴政,主张为政者要有不忍人之心,不忍人之政。他所说的不忍人之心,就是恻隐之心;不忍人之政,就是恻隐之政。恻隐之心,仁也;恻隐之政,仁政也。以仁心治仁政,"治天下可运之掌上"。于是,他以此发端,提出了著名的"四心四端"说:"无恻隐之心,非人也;无羞恶之心,非人也;无辞让之心,非人也;无是非之心,非人也。恻隐之心,仁之端也;羞恶之心,义之端也;辞让之心,礼之端也;是非之心,智之端也。"(《公孙丑上》)端者,首也。人皆有四心,又皆有四首,有心有首,则为完人。以道德之完人去治道德之完政,谁还会拿鞭子去惩罚人呢?可见,孟子的仁政之说,比起孔子来,又深入了一层。

荀子是战国末年人,晚孟子百余年。汪中《荀卿子通论》说"荀卿之学实出于子夏、仲弓"。这是一位善于著书立说的大儒。对人学,多有创获,呈现出洋洋大观。

荀子对孟子学说多有微词,如在其《非十二子篇》中非孟子之学为"略先王而不知其统","材剧志大,闻见杂博","甚僻违而无类,幽隐而无说,闭约而无解"。在《性恶篇》又诋孟子"性善论"为"是不及知人之性"。孟子的这些短处,便成为荀子的长处。荀子对人、人的关系、人与政治、人与道德的研究,就是按照不避讳而有类,幽隐而有说,闭约而有解的原则,将人和人的关系置于政治、道德、礼学的层面来进行思考与论证的,因而具有强烈的政治色彩、道德意蕴与礼学意味。比如,他所言"君者,民之源也,源清则流清,源浊则流浊。故有社稷者而不能爱民，不能利民，而求民之亲爱己，不可得也。民不亲不爱，而求其为己用，为己死，不可得也。民不为己用，不为己死，而求兵之劲，城之固，不可得也。兵不劲，城不固，而求敌之不至，不可得也。敌至而求无危削，不灭亡，不可得也。……故人主欲强固安乐，则莫若反之民；欲附下一民，则莫若反之政；欲修政美国，则莫若求其人。"(《荀子·君道篇》)(以下所引，只注篇名)"用国者，得百姓之力者富，得百姓之死者强，得百姓之誉者荣。三得者具，而天下归之，三得者亡，而天下去之。"(《王霸篇》)"人有三不祥：幼而不肯事长，贱而不肯事贵，不肖而不肯事贤，是人之三不祥也。人有三必穷：为上则不能爱下，为下则好非其上，是人之一必穷也；乡则不若，背则谩之，是人之二必穷也；知行浅薄，曲直有以悬矣，然而仁不能推，知不能明，是人之三必穷也。人有此三数行者，以为上则必危，为下则必灭。"(《非相篇》)"仁眇天下，故天下莫不亲也。义眇天下，故天下莫不贵也。威眇天下，故天下莫敢敌也。"(《王制篇》)"上无君师，下无父子，夫是之谓至乱。君臣、父子、兄弟、夫妇，始则终，终则始，与天地同理，与万世同久，夫是之谓大本"(《王制篇》)等等，都具有这样的特点，而这些还在他的《富国篇》、《君道篇》、《致仕篇》、《议兵篇》、《治国篇》中随处可见。

荀子对礼学的研究，最为深透。其《礼论篇》是他的代表作。他对礼的起源，有着自己的看法，说："礼起于何也？曰：人生而有欲，欲而不得，则不能无求；求而无度量分界，则不能不争。争则乱，乱则穷。先王恶其乱也，故制礼义以分之，以养人之欲，给人之求。使欲必不穷乎物，物必不屈于欲，两者相持而长，是礼之所起也。"礼是为了制争止欲而起的，因此，礼者，养也，别也。养，因需要的物资不同，故有养口、养目、养年、养体之别，因人的贵贱、长幼、贫穷、轻重及其需要的物资的种类不一样，有养口、养目、养年、养体之分，有养信、养威、养安、养生、养财、养情之异。他如此说礼，旨在强调人与物质、礼与物质方面的关系。以物质的差异来说礼的差异，具有唯物论的价值与意义。这是荀子最重要的发现。对于礼的种类和作用，他根据"天地者，生之本也；先祖者，类之本也；君师者，治之本也"，将它概括为"上事天，下事地"之礼、"尊先祖"之礼、"隆君师"之礼，并称之为"礼之三本"。然后再按照三本，细说各种礼，各种用。其中又将重点落在丧礼上，沿袭的是孔子的旧路。除了《礼论篇》之外，其他各篇，谈礼文字亦不少，如"礼者，所以正身也；师者，所以正礼也。无礼，何以正身？无师，吾安知礼之为是也？"(《修身篇》)"礼义之谓治，非礼义之谓乱也。故君子者，治礼义者也，非治非礼义者也。"(《不苟篇》)"礼者，贵贱有等，长幼有差，贫富轻重皆有称者也。"(《富国篇》)"礼者,治辨之极也,强国之本也,威行之道也,功名之总也"(《议兵篇》)等,反复表达了他重礼的意图。在他的礼学世界里,礼是治国齐家修身平天下之大本,用他的话来说,就是"国无礼则不正。礼之所以正国也,譬之犹衡之于轻重也,犹绳墨之于曲直也,犹规矩之于方圆也"(《王霸篇》),是一种权衡、绳墨、规矩,是人世中所不可缺少的。

总之,孔子人学经过孟荀之开拓推廓、发展丰富,使之成为一种博大精深、体大思周的重要学术文化,社会政治伦理规范,重要的哲学思想而蔓延不息,流传不止。孟荀之后,从事儒学研究和传播的人层出不穷,组成了一个学术长廊,巍巍乎而峻极于天;前呼后拥而络绎不绝,成为中国学术史上一大奇观。

(二)指趣幽远的道家学术文化

诸子十家,能与儒家媲美的是道家。道家之挺拔,在于它能"使人精神专一,动合无形,澹足万物",采阴阳、儒、墨、名、法等众家之长而成一家之说,"与时迁徙,应物变化,立俗施事,无所不宜,指约易操,事少而功多"(《论六家之要指》),为其他诸子所不及。

司马谈曾用"道家无为,又曰无不为,其实易行,其辞难知"(《论六家之要指》)来评价它的意义与价值。"其辞难知",颜师古注为"指趣幽远"(《汉书·司马迁传》)。道家指趣深远,首先表现在它的核心观念——道上。道,本指行走的路,它被借用为古代哲学的最高范畴,据张岱年先生的解释,"是从天道观念转化而来的"[①]。

天道观念是一种极其古老的观念,与天的观念,天命观念同质而异名,均是上古先民出于对天的敬畏、崇拜,并通过频繁的观天察象、占卜吉凶、郊天祀地而产生的重要思想观念。就在这一系列的活动中,人们对天命、天道的认识由天的意志、命令的原初意义转向了天人感应的政治内涵,促进了"一阴一阳之谓道"的哲学命题的形成与出现。

这一转变可谓认识领域中一件大事,标志着人们对天的体认更抽象化了。尽管此时还未完全冲洗掉它的神学意味与色彩,还未完全摆脱天人感应的影响,但它却为老子纯哲学的道的观念的形成奠定了基础。在这一过程中,付出了艰

---

① 张岱年:《中国哲学发微·中国古代哲学中若干基本概念的起源与演变》,山西人民出版社1982年版,第21页。

辛劳动作出了巨大贡献的,除了那些热衷于祭祀的人之外,就是那些长期从事天文、占卜研究的巫与史。巫史的职能前已详述,这里需要进一步强调的是,史官们在运用这些丰富的知识做着言说天道的事情时,提高了人们对天道的认识,加速了诸如"论道经邦,燮理阴阳","皇天用训厥道,付畀四方"(《尚书·周书》),"天道赏善而罚淫"(《国语·周语中》),"夫天道导可而省否"(《国语·周语下》),"天道盈而不溢,盛而不骄,劳而不矜其功"(《国语·越语下》)观念的出现,表明人们对天道的体认已进入了一种较高的层面。而阳伯父以阴阳释地震,单子以星象释除道,太子晋以天地阴阳之气谏王壅谷水(见《国语·周语》上、中、下),则是人们将自己充分了解和认识的天道运用政务之中。这又反过来说明史官在传布天道过程中所作贡献之巨大。

或许这个缘故,班固《艺文志》作出了"道家者流,盖出于史官"的论断。而在他所著录的三十七家道家学者中,老子就是一个地道的史官。这一特殊的身份和职责,使他在掌管国家典籍的同时,掌握了大量的天文知识;使他在发现天道的自然属性的同时,发现了天道的哲学意义,致使他笔下的天道冲洗掉了神学的色彩。试看他说的天道:"天之道,其犹张弓与!高者抑之,下者举之;有余者损之,不足者补之。天之道,损有余而补不足。"(七十七章)短短数语,借助于张弓射箭的形象比喻,将天道的抑高举下、自我调适、规中的自然之势表现得异常生动,将天道的公平、善良之性揭橥得淋漓尽致。而天道的这种中正、公平、善良,既是它自我调适的内在动力,又是它使自然界保持平衡的外在表现。自然万物便在这一平衡中自生自长,人类亦在这一平衡中繁衍生息。

此还不算,老子还对天道进行了高度的抽象和概括,使之转化成为哲学的最高范畴——道,并赋予它"天从属于道"的新的含义,赋予它为万物之总名,为"存在与过程的统一",从而将人们的认识带入到了高度抽象的境地。这是种什么样的哲学范畴呢?他写道:"道可道,非常道;名可名,非常名。"(一章)"道常无名。"(三十二章)"道冲而用之或不盈,渊兮似万物之宗。"(四章)"道之为物,惟恍惟惚。"(二十一章)原来,道是不可道的,是无名、空虚、渊深、惚恍的。由于它常无名,才为"天地之始";空虚、渊深,才"用之或不盈","似万物之宗";惚恍,才"无状之状,无物之象","迎之不见其首,随之不见其后",显得飘逸不定,可传而不可受,可得而不可见。然一旦可传可得,就会发现它于惚恍中有象有物,于窈冥中有精有信。(二十一章)由于有象有物,它就应该有名,然"吾不知其名,字之曰道,强为之名曰大";由于有精有信,它就应该有所真验,而验其真者为物,"有物混成,先天地生"(二十五章),"为天下母"(五十二章)。既为天下母,它就有自己生成的规律,那就是"道生一,一生二,二生三,三生万物"(四十二章)。然这一、二、三是什么?历来认识不一。何上公《老子道德经》说"一"为"道始所生者","二"为"阴与阳","三"为"阴阳生和、气、浊三气,分为天地人"。严君平《道德真经指归》说"一"为"混宵冥","二"为"神明","三"为"和浊清"。成玄英《道德经义疏》说"一"为"元气","二"为"阴阳","三"为"天地人"。李约《道德真经新注》说"一"为"应感而生一气","二"为"一始生阴气,二始生阳气","三"为"阴阳相感通而生和气"。邵若愚《道德真经直解》说"一"为"气","二"为"二仪","三"为"二仪生化,以一气为主,以一合二,故云三"。彭耜《道德真经集注》引陆佃之说,说"一"为"太极","二"为"阴阳","三"为"冲气";引陈象古之说,说"一"为"朴之始","二"为"天之体","三"为"地之形";引刘骥之说,说"一"为"气","二"为"一气运转而生阴阳","三"为"二气变化而生天地人三才"。魏源《老子本义》说"一"为"气",二为"阴阳","三"为"阴与阳会和之气,即所谓冲气。"张岱年《中国哲学大纲》说"一"为"浑然未分的统一体","二"为"天地","三"为"阴阳和蛊气(即冲气)"。这些解释虽不能形成一致的意见,但范围大都集中在"气"、"阴阳"、"天地人"几个方面。而其生成的过程,张岱年先生说是"不是零乱的,而具有一定的方向与规律",是"存在与过程的统一","过程与规律的统一"①。而这种过程与规律就是"周行而不殆","逝曰远,远曰反",循环不息,周而复始,没有穷尽,且按照"逝——远——反"的规律运行,当它运行到终极处并不停下来,而是继续前行,返终为始,不失其常。因此,反,既是道周行的终极结果,又是道运行规律的终极表现。所以老子说:"反者,道之动。"万物就在这种动中生成。然生成之后,又该如何发展变化呢?老子继续描绘说:"故道大,天大,地大,王亦大,域中有四大,而王居其一焉。人法地,地法天,天法道,道法自然。"(二十五章)这一发展变化,相对于生一、生二、生三、生万物来说,是逆向的。"人",包含王于内;"人法地",亦含王于中,不存在魏源说的"并王为域中五大"。而他所说的"域",就是道生万物之"域"。由于"道生一,一生二,二生三,三生万物"全是在这一域中发生与完成,故"人法地,地法天,天法道,道法自然"亦在这一域中进行与结束。而

---

① 张岱年:《中国哲学发微·中国古代哲学中若干基本概念的起源与演变》,山西人民出版社1982年版,第23页。

人——地——天——道，从顺的方向看，是生化的关系；从逆的方向看，是转化为法的关系，一种由形下逐个地向形上的转法，其最上层是自然。这个自然，有人说是指"道性自然"①，"道是迹，自然是本"②，"虚无自然"③，"性之谓"④，"自己如此"⑤，"自己是怎么样就怎么样"⑥，"自己如尔"⑦，"支配着自然界的那种和谐的规律"⑧，等等。但不论作何种解释，老子的意思并非指道以外还有一种什么特殊的物质而存在，也没有什么特殊的物质比道更特殊。道就是高于所有物质的特殊物质。因此，这个自然并不是高于道的另一种物质，而是道之自身，是"我自己如尔"。道所法则的是它自己，自己怎样就怎样，是方即法方，是圆即法圆，于自己无违。因此，老子所揭示的是道的又一发展变化规律。

与道同质而异名的另一重要哲学观念就是"无"。胡适说，道这个观念"太微妙了，不容易说明白，老子又从具体的方面着想，于是想到一个"无"字，觉得这个"无"的性质、作用，处处和这个"道"最相像，"简直是一样的"⑨，因此，"无"也历来被视为道的别称。"无"的幽远指趣亦在于生物，其过程是"天下万物生于有，有生于无"。反过来便是无中生有，有生万物，与"道生一，一生二，二生三，三生万物"参看，"一、二、三"便是有，"道"就是无。

道生万物，万物法道，这就是道的对立统一规律。其生，就是自生；其法就是自法，纯属于一种"为无为"的行为。万物就在"为无为"中形成，人类就在"为无为"中前进。用他自己的话来说，就是"为无为，无不治"。为无为，就是什么都为，什么都不为，注重的不是对象，而是行为；强调的不是程序，而是效果，是行为与效果的统一。这种统一铸就了无为精神，一种看似消极实为积极的自生

---

① 何上公：《老子道德经》注，《四部要籍注疏丛刊》，见《老子》上册，中华书局 1998 年版，第 10 页。

② 成玄英：《道德经义疏》，《四部要籍注疏丛刊》，见《老子》上册，中华书局 1998 年版，第 182 页。

③ 邵若愚：《道德真经真解》，《四部要籍注疏丛刊》，见《老子》上册，中华书局 1998 年版，第 306 页。

④ 魏源：《老子本义》，见《诸子集成》第 3 册，中华书局，1954 年版，第 19 页。

⑤ 胡适：《中国哲学史大纲》第三编《老子》，东方出版社 1996 年版，第 46 页。

⑥ 周策纵：《弃园文粹》五二，《前人以"自然"境界评陶、谢诗》，上海文艺出版社 1997 年版，第 187 页。

⑦ 张岱年：《中国哲学史大纲》。

⑧ 任继愈：《中国哲学发展史》。

⑨ 胡适：《中国哲学史大纲》第三编《老子》，东方出版社 1996 年版，第 47 页。

自化精神,就是"道常无为而不为,侯王若能守之,万物将自化"(三十七章),"我无为而民自化"(五十七章)。自化,自我生化,自我更新,自我创造,自我发展,自我前进。它注重内在自省,排斥外在力量,以化为效果,为至境,以无为无事为条件。无事就是不多事,不生事,不造事。而不多、不生、不造,就是无为,就是无为而无不为。"以无事取天下"(五十七章),"取天下常以无事"(四十八章),便是无事之得,无为之利;而多事、生事、造事,就是有事,有为,"及其有事,不足以取天下"(四十八章),便是有事之失,有为之弊。无事又以无欲、无知、无争、无执为特征,有事则以有欲,有知,有争、有执为表现。人生在世,身怀七情六欲,心窝虽小,但沟壑难填;填而不满,便生争心;争而不得,便生智慧;既生智慧,争之弥烈,执之弥坚,欲之弥甚。所以,人生活在有事有为的世界中。然如何改变这种状况?老子的办法是去欲、去知、去争、去执,说:"不尚贤,使民不争;不贵难得之货,使民不为盗;不见可欲,使民心不乱。"(三章)唯有如此,才能打开无事无为之通道,以达修身齐家治国平天下之至境,为"君人南面之术"提供理论支撑,并开启了他的政治哲学的命题。

老子非常重视国家的治理,认为要治理好国家,就要建立一个无事的周边环境、清静的政治秩序,就要处理好大国与小国关系。他说:"大国者下流。天下之交,天下之牝,牝常以静胜牡,以静为下。故大国以下小国,则取小国;小国以下大国,则取大国。故或下以取,或下而取。大国不过欲兼畜人,小国不过欲入事人。夫两者各得其所欲,大者宜为下。"(六十一章)在他看来,大国与小国关系之好坏,主动权与决定权常在大国而不在小国,故他从大国说起。而大国之大,在于其国大势大。若此时再从大处说大,那就只能徒增其大。所以,他不说大而说"下",从"下"说大,既可损其大,亦可居其大。不说牡而说"牝"。从"牝"说小,既可壮小为大,又可抑大为小。如此下来,下就是下流,谦下,牝就是柔弱、清静。大国下流,以江海为喻。江海居大而处下,百川归之;大国居大而处下,小国归顺。江海居大处下而无为,却得百川归之之利;大国居大处下而无事,亦可得小国归顺之效。小国谦下,则以牝为喻。牝虽柔静谦下,却能使躁动的牡降伏;小国柔静谦下,亦可使不可一世的大国礼尚三分。大国小国若皆静下,那么,它们就会各得其欲,各得其取,既不相欺,又不相辱,和平相待,天下无事。就要解决好大国兵强天下的问题,他说:"以道佐人主者,不以兵强天下,其事好还。师之所处,荆棘生焉。大军之后,必有凶年。善有果而已,不敢以取强。果而勿矜,果而勿伐,果而勿骄,果而不得已,果而勿强。物状则老,是谓不道,不道早已。"(三十章)"夫佳兵者,不祥之器。物或恶之,故有道者不处。君子居则贵左,用兵则贵右。兵者不祥之器,非君子之器。不得已而用之,恬淡为上,胜而不美。而美之者,是乐杀人。夫乐杀人者,则不可以得志于天下矣。吉事尚左,凶事尚右。偏将军居左,上将军居右,言以丧礼处之。杀人之众,以哀悲泣之。战胜以丧礼处之。"(三十一章)"善为士者不武,善战者不怒,善胜敌者不与,善用人者为之下。是谓不争之德,是谓用人之力,是谓配天古之极。"(六十八章) 同样,在他看来,强兵的主动权在大国,弭兵的决定权亦在大国,所以他还是从大国说起。然在他的意念中,兵器虽为不祥之器,若不得已,还是可以用的,所以他并不反对军队和战争的存在,提出了"五果"与"祸莫大于轻敌,轻敌几丧吾宝"等观点。这应该是老子军事思想的体现。然老子毕竟是老子。他的无为无事思想只能使他点到为止,令他将目光转向诸侯争霸的现实,去表现战争之危害,以唤起人们对战争的关注,去辩证物壮则老,吉凶胜败之变,以增强人们无欲的愿望;去说明"恬淡为上"之美,以树立起人们不争之德,以实现弭兵息战之总目的。就要解决好大国治理的问题,他说:"治大国若烹小鲜。以道莅天下,非其鬼不神。非其鬼不神,其神不伤人;非其神不伤人,圣人亦不伤人。夫两不相伤,故德交归焉。"(六十章) 国家得失兴衰常在一治之间。"治大国若烹小鲜",便是老子治国理论的著名观点。"鲜,鱼。烹小鱼不去肠,不去鳞,不敢扰,恐其糜也。治国烦则下乱,治身烦则精散。"① 河上公这一解释,抓住了老子这一观点的关键,就是治国务在简便。简便,就是无事,就是无为,无事无为,天下不乱。同样,王弼说是"不扰也。躁则多害,静则全真。故其国弥大,而其主弥静,然后乃能广得众心矣。"② 也抓住了这一观点的另一关键,那就是治大国务在清静。清静则无欲,无欲则不争,不争则天下无害。概言之,清静无为,便是他治理国家的主要理念。就要解决好老百姓难于治理的问题,他说:"民之饥,以其上食税之多,是以饥。民之难治,以其上之有为,是以难治。民之轻死,以其上求生之厚,是以轻死。夫唯无以生为者,是贤于贵生。"(七十五章)"古之善为道者,非以明民,将以愚之。民之难治,以其智多。故以智治国,国之贼;不以智治国,国之福。知此两者亦稽式。常知稽式是谓元德。元德深矣远矣,与物反矣,然后乃至大顺。"(六十五章) 这同样是老子国家治理的著名论断。

---

① 何上公:《老子道德经》注,《四部要籍注疏丛刊》,见《老子》上册,中华书局1998年版,第18页。
② 王弼:《老子道德真经》注,见《诸子集成》第3册,中华书局1954年版,第36页。

治国不治民,等于不治。而治民之难,不在民,而在君。君的税多、厚生、多智,则是造成民轻死的根本。因此,少税、薄生、无智,对民要上、要先、要慈、要俭,要不敢为天下先,要无为、无事、无欲,要严惩那些杀害百姓的人,"常有司杀者杀,夫代司杀者杀"(七十四章),则是解决问题的关键。只有让民自化、自正、自富、自朴(六十七章),视民为本,治民亦就不难。

老子也有自己的政治理想,希望建立一个平和纯朴的小国寡民社会。他说:"小国寡民,使有什伯之器而不用,使民重死而不远徙。虽有舟舆,无所乘之;虽有甲兵,无所陈之;使人复结绳而用之。甘其食,美其服,安其居,乐其俗。邻国相望,鸡犬之声相闻,民至老死不相往来。"(八十章)这个社会,既有国土,但范围不大;又有百姓,但人数不多;既有部曲、军队,但器而不用,无所陈之;又有文化教育,但只处于结绳而用之之水平;既有法令,但不烦苛,老百姓能安其业,不远徙离其常处;又有独立的经济,民富厚,有舟有舆,有美服可衣,有甘脂可食,乐其俗,厚其情,各守家业,不相往来。表现的是一种至静、至淡、至乐的境界,是老子为改变社会现实弊端所开出的药方。但这是一剂荒唐的药方,依照它,人们只能回到太古时期那块荒漠的土地上。

以上,就是老子政治哲学的基本内容,无为而治亦是老子治国的基本思想。然在老子看来,治国须治人,治人须治身,"修之于身,其德乃真;修之于家,其德乃余;修之于乡,其德乃长;修之于国,其德乃丰;修之于天下,其德乃普"(五十四章)。治身才是齐家、治国、平天下的基础。这个基础夯牢了,其他数项亦就好办。而治身又该如何着手?于是,他构建了他的人生哲学。

老子的人生哲学以珍爱生命为起点。他说:"人之生也柔弱,其死也坚强。万物草木之生也柔脆,其死也枯槁。故坚强者死之徒,柔弱者生之徒。"(七十六章)又说:"出生入死,生之徒十有三,死之徒十有三。人之生,动之死地亦十有三。夫何故?以其生生之厚。盖闻善摄生者,陆行不遇兕虎,入军不被甲兵,兕无所投其角,虎无所措其爪,兵无所容其刃。夫何故?以其无死地。"(五十章)表现了他对生死的认识和慎重达观的人生态度。他不像孔子那样,"未知生,焉知死"(《先进》)对生死避而不谈;也不像释氏那样,高扬"三世"之说,注重对过世、今世、来世的研究,而是按照他一以贯之的道家理念,讲人怎样重生,以提高生存质量;怎样待死,以便死得安详。他对生死比例的划分,虽无甚根据,但与毫无根据的释氏"三世"说有着同工异曲之妙。三世之说亦甚荒谬,然劝人重生、重今世之旨却十分显然。老子将生命划分为"生—生入死—死"比例匀称的三部曲,劝人重生、养生的目的亦十分明确。重生养生,就须善于避危就安,遇兕虎则避兕虎,兕虎虽有角爪之利,却不能伤其身;遇兵则避兵,即使不被甲执锐,也会安然无恙。可见,劝人重生,劝人提高生存质量,是所有宗教、哲学的善良品质。正因此故,他留给生的比例占了三分之二,并进而提出了柔弱之说。柔弱,即脆弱。柔弱的深层意义,河上公说是"人生含和气,抱精神,故柔弱也"①,认为这是气、神作用的结果。只要气、神不散,柔弱也就不失。严君平认为是"神在身上"。他解释说:"柔弱虚静者,神明之府也。夫神明之在人也,得其所则不可去,失其所则不可存,威力所不能制,而智惠所不能然。苟能摄之,富贵无患,常在上位,久而益安。是以人始生也,骨弱筋柔,血气流行,心意专一,神气和平,面有荣华;身体润光,动作和悦,百节坚精,时日生息,旬月聪明,何则? 神居之也。"② 认为也与气、神相关,只要气、神旺盛,生命也就荣光。可见,老子讲柔弱,就是讲保神养气。只要善于保之养之,人就不会受到外界的伤害而活得长久快乐。

老子依照这种柔弱理论,进一步提出了摄生之道。

其一是明。明者,明其常,明其规律,用他自己的话说,即是"知其常"(十六章)。常,就是规律。摄生明其常,不妄作,吉利;"不知常,妄作,凶"(十六章)。所谓妄作,就是违背生存的规律,好欲、好知、好争,其结果只能伤气伤神,将自己一步步送入死地。

其二是损。损者,消减,消减其情欲也。此乃河上公注"为道日损,损之又损,以至无为"(四十八章)时所持的看法,原话是:"道谓自然之道也。日损者,情欲文饰日以消损。""损情欲又损之,所以渐去。""当恬淡如婴儿,无所造为。"③亦是从去欲、去知、去争上立论。

其三是退。退,"功成身退"之退。第二章所云"功成而弗居,夫唯弗居,是以不去",第九章所云"功遂身退,天之道",第十七章所云"功成事遂,百姓皆谓我自然",都讲退。第二章、第十章所云"生而不有,为而不恃,长而不宰,是谓之元德",亦是讲退。退,既是一种保留方式,又是一种进取手段,还是一种处世原则。这对于那些只知进,不知退;只知欲,不知无欲;只知争,不知不争;

---

① 何上公:《老子道德经》注,《四部要籍注疏丛刊》,见《老子》上册,中华书局1998年版,第22页。
② 严君平:《道德真经指归》,见《四部要藉注疏丛刊》,见《老子》上册,中华书局1998年版,第68页。
③ 何上公:《老子道德经》注,《四部要籍注疏丛刊》,见《老子》上册,中华书局1998年版,第16页。

只知生而有之，不知生而无之；只知为而恃之，不知为而不恃的功成者来说，则是保身安家的金玉良言。

其四是守。守者，守德守神也。第五章云："多言数穷，不如守中。"何上公注："多事害神，多言害身。口开舌举，必有祸患。不如守德于中，育养精神，爱气希言。"① 守其卑微也。第二十八章云："知其雄，守其雌。"何上公又注："雄以喻尊，雌以喻卑。"守其暗昧也。该章又云："知其白，守其黑。"何上公注："白以喻昭昭，黑以喻默默。"默默，暗昧也。守其污浊也。该章复云："知其荣，守其辱。"何上公复注："荣以喻尊贵，辱以喻污浊。"② 如此事事守，时时守，还有什么欲、知、争能污其身？

其五是虚。虚者，空虚无有。五章云："虚而不屈。"王弼注："虚而不得穷屈。"③ 虚智无知。三章云："虚其心，实其腹。"王弼注："心怀智而腹怀食，虚有智而实无知也。"④ 清静虚极。十六章云："致虚极，守静笃。"王弼注："言致虚物之极笃，守静物之真正也。"⑤ 进入到了这种境界，还有什么名利可争？既无忧无欲无争，焉有不益寿延年，长命百岁的？

其六是静。静者，动之反，躁之背，常与虚、淡并用，称"虚静"、"虚淡清静"，它是老子哲学中十分重要的观念和摄生方法。静，以无为、无事、无欲、无知、无争、无执为条件，故它极力反对有为、有事、有欲、有智、有争，有执，而主张心静。所以，老子称"归根曰静"（十六章），"静为躁君"（二十六章），"清静为天下正"（四十五章），视静为摄生的最高境界。

胡适说："老子的人生哲学和他的政治哲学相同，也只是要人无知无欲。"⑥ 因此，无知无欲是老子人生哲学的主题。老子按照这一主题建构了他的人生内容、方法、意义与价值。当然，老子讲人生，并非要人去逃生避世，而是要人树立一种好的心态，好的思想，好的精神，去正确地对待人生，对待养生，以完美的人生、恬淡的心魄、健壮的身体去治国安天下，做一个见素抱朴，少私寡欲的人。

老子之后，道家学派不曾出现儒、墨分离的情况。庄子及其后学的崛起，使老子哲学思想得到了全面的继承与发展。尽管司马迁批评庄子他们"滑稽乱俗"

---

① ② 何上公：《老子道德经》注，《四部要籍注疏丛刊》，见《老子》上册，中华书局 1998 年版，第 5、11 页。

③ ④ ⑤ 王弼：《老子道德真经》注，见《诸子集成》第 3 册，中华书局 1954 年版，第 2、3、9 页。

⑥ 胡适：《中国哲学史大纲》第三编《老子》，东方出版社 1996 年版，第 55 页。

(司马迁《史记·孟子荀卿列传》),但在道家学术文化的发展过程中,他们仍作出了不可磨灭的贡献。

庄子哲学的特征是放。放,发散,开拓之谓,生发,挖掘之称。唯其开掘、发散,使它克服了老子片言只语论断的结构,建立了长篇论述的框架;使它们对道、对政治、对人生的认识与理解作了淋漓尽致的发挥。气势浑雄,词意诡谲,便是他的著述美。

道的哲学含义,庄子他们发挥天才的玄想,采用诠释与论述相结合的方法,对老子哲学的基础、范畴和原理,已言、隐言或言意未尽的地方进行了全面的开拓、创新,从而建构了自己的学说。比如,什么是道?庄子作了自己的解释。一方面,他紧扣道的主要特征,说"道不当名","道不可闻,闻而非也;道不可见,见而非也;道不可言,言而非也"(《知北游》);另一方面他又根据这些主要特征,说道是可道的,并说"有天道,有人道。无为而尊者,天道也;有为而累者,人道也。主者,天道也;臣者,人道也。相去远矣,不可不察也"(《在宥》),"夫道,有情有信,无为无形;可传而不可受,可得而不可见;自本自根,未有天地,自古以固存;神鬼神帝,生天生地;在太极之先而不为高,在六极之下而不为深,先天地生而不为久,长于上古而不为老"(《大宗师》);进而说"以道观言,而天下之君正;以道观分,而君臣之义明;以道观能,而天下之官治;以道泛观,而万物之应备。故通于天地者,德也;行于万物者,道也;上治人者,事也;能有所艺者,技也。技兼于事,事兼于义,义兼于德,德兼于道,道兼于天,故曰:古之畜天下者,无欲而天下足,无为而万物化,渊静而百姓定"(《天地》),"夫道,覆载万物者也,洋洋乎大哉"(《天地》)。如此层层推进,拓开了道的理论空间。这些言论,虽多停留在形下层面,与老子的形上层面存在一段距离,但为后人深入研究道家形上层面不无启迪。又比如,老子的"道生一,一生二,二生三,三生万物"中的"一、二、三",他们虽未作出明确的诠释,但所云"道在太极之下","生天生地",便初步揭示了其中某些意义。虽未提到人,但在其他篇什中,讲到了道与人的关系。《德充符》说:"道与之貌,天与之形,恶得不谓之人?"《大宗师》说:"夫大块载我以形,劳我以生,佚我以老,息我以死。"《齐物论》说:"天地与我并生。"《山木》说:"人与天一也。"均从人与道的关系立论。此外,他们还讲到了天地与万物的关系。《达生》说:"天地者,万物之父母也。"万物岂非天地所生?这些虽随机而发,不曾指明道生之物是一,是二,是三,但后人还是从中找到了它们相应的位置,才有将"一"说成是"气","三"说成是"天地人"的。

　　庄子他们对道的生化过程和规律也作了深入的探讨。这着重表现在对物的研究上。他们喜欢讲物，内容非常丰富，什么物生、物成、物性、物形（样子）、物量（大小）、物是、物非、物用，什么人们对物的体认、态度等，无所不谈。比如，他们对物的生成描写就深含哲理。"物之生也，若骤若驰，无动而不变，无时而不移。何为乎？何不为乎？夫固将自化。"（《秋水》）"至阴肃肃，至阳赫赫；肃肃出于天，赫赫发乎地；两者交通成和而万物生焉。或为之纪而莫见其形。消息满虚，一晦一明，日改月化，日有所为，而莫见其功。生有所乎萌，死有所乎归，始终相反乎无端，而莫知其所穷。非是也，且孰为之宗！"（《田子方》）将物生成归功于虚通之道，归之于自化，这就抓住了物的生成本质。老子道生万物过程，就是物化过程，就是由一物化成另物，由另物再化成他物的过程。在这一过程中，"动"也，"时"也，乃化之因。然此化非他化，乃自化；若无自化，即使有"动"，有"时"，物亦不会化。因此，自化才是化之主因。老子讲物化，主要讲自化，庄子强调自化，既是对老子自化说的一种诠释，又是对老子自化说的发展。老子自化是种无为的自化，以无事、无欲、无知、无争、无执为内容。庄子继承了这一思想，他的自化亦以无为为根本。他说："无为而万物化。"（《天地》）"天无为以之清，地无为以之宁，故两无为相合，万物皆化。"（《至乐》）万物因无为而生化，因无为而生殖，这就是无为之用。自化只有以无为为本，其化才会无所稽，无所待，无所累，自由逍遥，物物而不物于物，才会"化其万物，而不知其禅之者"（《山木》）。否则，心有稽留，有所待所累，其化是不能成功的。

　　庄子他们对政治的认识与理解也是深刻的。他不像老子那样，执意于具体政事研究，而是仅就为政的一些重要理念提出相应的看法。他反对仁义礼智，认为"屈折礼乐以匡天下之形，县企仁义以慰天下之心，而民乃始踶跂好知，争归于利，不可止也"（《马蹄》），纯属圣人之过。为此，他们提倡素朴，说："同乎无知，其德不离；同乎无欲，是谓素朴；素朴而民性得矣。"（《马蹄》）"朴素而天下莫能与之争美。"（《天道》）提倡恬适，说："夫不恬不愉，非德也。非德也而可长久者，天下无之。"（《在宥》）提倡无为，说："故君子不得已而临莅天下，莫若无为。无为也而后安其性命之情。"（《在宥》）"古之君天下，无为也，天德而已矣。"（《天地》）"无为也，则用天下而有余；有为也，则为天下用而不足。故古之人贵夫无为也。"（《天道》）"静则无为，无为也则任事者责矣。"（《天道》）提倡无欲，忘物，说："无欲而天下足。"（《天地》）"忘乎物，忘乎天。"（《天地》）"明乎物物者之非物也，岂独治天下百姓而已哉！"（《在宥》）提倡得民心。他批评三皇五帝之治天下云："黄帝之治天下，使民心一，民有其亲死不哭而民不非也。尧之治天下，使民心亲，民有为其亲杀其杀，而民不非也。舜之治天下，使民心竞，民孕妇十月生子，子生五月而能言。……禹之治天下，使民心变，人有心而兵有顺，杀盗非杀……是以天下大骇。"（《天运》）向往赫胥氏社会，称赞它"民结绳而用之，甘其食，美其服，乐其俗，安其居，邻国相望，鸡狗之音相闻，民至老死而不相往来"（《胠箧》），为至治之世。企图通过这些理念来为君人南面之术提供一些思想理论依据，来实现整治天下的目的。

庄子他们对人生亦甚有研究。沿袭的是老子重生、重养生的旧路，但也有自己的深悉洞见。比如，他们谈死生，运用的就是气化理论，说："生也死之徒，死也生之始，孰知其纪！人之生，气之聚也；聚则为生，散则为死。若死生为徒，吾又何患！故万物一也，是其所美者为神奇，其所恶者为臭腐；臭腐复化为神奇，神奇复化为臭腐。故曰：'通天下一气耳。'圣人故贵一。"（《知北游》）其所云"神奇"者，生也；"臭腐"者，死也。"臭腐复化为神奇，神奇复化为臭腐"，讲的是死生变化。人之所以能生能死，他们认为是气聚散所致。聚则生，散则死，是自然界普遍规律。因此，面对生死，人该泰然处之，不要有什么忧患，持的是一种乐观的生死态度。然人生天地间，若白驹过隙，忽然而已，如何提高生存质量，延长寿命？是庄子关注的重点。他给人开出的养生之方是："无视无听，抱神以静，形将自正。必静必清，无劳女神，无摇女精，乃可以长生。"（《在宥》），"平易恬淡，则忧患不能入，邪气不能袭，故其德全而神不亏。"（《刻意》）"其寝不梦，其觉无忧，其神纯粹，其魂不罢。"（《刻意》概言之，就是要摆脱物累，顺其自然，不以物喜，不以物忧；要去五色、五声、五臭、五味，要弃世、弃事、遗生，逍遥乎无为之业，无惊无惧，无祸无患，人不长寿，未之所闻。这些虽有消极之处，需要批判，但它作为清静无为的组成部分，又有其存在的合理性。

庄子之后，道家学术文化在两汉时期，总体上处于沉寂的状态。尽管西汉初期出现过一段"黄老之学"热，但终究在汉武帝"罢黜百家"的政令下被无情地罢掉了。直到魏晋玄学兴起，它才重见天日，为世人所认识所喜爱。

如同老子留给庄子的学术空间不多一样，庄子留给魏晋人的空间也较少。这就要求人们必须以一种新的学术思想、学术视角、学术方法对它们重新审视，重新思考，重新拓展，这样才能有所创造，有所收获，有所前进。他们经过不懈的努力之后，创造出了一种新的学术理念和模式，那就是通过注玄、论玄、谈玄来体道体物，使之成为一种能面向社会面向人生的新的学问。这就是玄学。玄学始于注,兴于论,盛于谈。注,就是指对《老子》、《庄子》的注释,通过这些注释来揭示老庄的哲学意蕴,来构建自己的哲学体系,来深化人们对老庄哲学的认识。王弼的《老子道德经注》、郭象的《庄子注》就是其中的代表作。论,即是指对老庄哲学思想的论述,通过这些论述来回答当时学术界思想界所提出的一些重要学术、思想问题,来强化人们对老庄哲学的理解。阮籍的《达庄论》、《大人先生传》、嵇康的《养生论》、《答向子期难养生论》、《声无哀乐论》、《释私论》等便是其中的佳作。谈,便是指对老庄义理的谈论与探讨,通过这些谈论与探讨,来消化那些似是而非、似懂非懂的问题,来提升人们学习、研究老庄的兴致与热情。正始时期和永嘉之前的谈玄便是两个重要阶段。他们得出了如下的认识:

一、对体道重要性的认识。王弼说:"与天合德,体道大通。""圣人达自然之至,畅万物之情。"① 阮籍说:"人生天地之中,体自然之形。""不通于自然者,不足以言道。"② 郭象说:"体道者,人之宗主也。"③ 这些认识,反过来又强化了他们对道特质的认识,物的理解,遂使道、物成为一种言之不尽的话题出现在他们的注、论、谈中。

二、对道的特质的认识。他们对道的认识,通常是通过对无、自然的解说来表现。在他们的意念中,道、无、自然,实际就是一个东西。所以,王弼注《老子》第一章时说:"凡有皆始于无,故未形无名之时,则为万物之始。及其有形有名之时,则长之、育之、亭之、毒之,为其母也。言道以无形无名始成万物,以始以成而不知其所以,元之又元也。"注"故常无欲,以观其妙"时又说:"妙者,微之极也。万物始于微而后成,始于无而后生。故常无欲空虚,可以观其始物之妙。"注第十一章时说:"毂所以能统三十辐者,无也。以其无能受物之故,故能以实统众也。""木、埴、壁,所以成三者,而皆以无为用也。言无者,有之所以为利,皆赖无以为用也。"注三十八章时说:"以无为用,则莫不载也。故物,无焉,则无物不经;有焉,则不足以免其生。是以天地虽广,以无为心;圣王虽大,以虚为主。"注四十章时说:"高以下为基,贵以贱为本,有以无为用。此其反也。动皆知其所无,则物通矣。故曰反者,道之动也。""天下之物,皆以有为生。有之所

---

① 王弼:《老子道德真经》注,见《诸子集成》第 3 册,中华书局 1954 年版,第 9、17 页。

② 阮籍:《达庄论》、《大人先生传》、《全三国文》,见《全上古三代秦汉三国六朝文》第 2 册,中华书局 1958 年版,第 1311、1316 页。

③ 郭象:《庄子·知北游》注,见王先谦《庄子集解》,《诸子集成》第 3 册,中华书局 1954 年版,第 142 页。

始,以无为本。将欲全有,必反于无也。"注四十二章时说:"万物万形,其归一也。何由致一? 由于无也。由无乃一,一可谓无? 已谓之一,岂得无言乎? 有言有一,非二如何? 有一有二,遂生乎三。从无之有,数尽乎斯,过此以往,非道之流。故万物之生,吾知其主,虽有万形,冲气一焉。"均是将无作为道看待的,并将重点放在道、无之用上,以此来显示其化生万物之功能,来营构自己的无的哲学体系。同时,他们又认为自然亦是道。王弼注第二章时说:"自然已足,为则始也。"注第五章时说:"天地任自然,无为无造,万物自相治理,故不仁也。"又说:"天地之中,荡然任自然,故不可得而穷,犹若橐钥也。"注第十章时说:"言任自然之气,致至柔之和,能若婴儿之无所欲乎? 则物全而性得矣。"注十七章时说:"自然,其端兆不可得而见也,其意趣不可得而睹也。"注第二十九章时说:"万物以自然为性,故可因而不可为也,可通而不可执也。"郭象注《庄子·齐物论》"而不知其所由来"说:"至理之来,自然无迹。"注《天地》"以道观言,为天下之君正"说:"无为者,自然为君。"注《天道》"日月照而四时行"三句说:"此皆不为而自然。"注《知北游》"道不可致"说:"道在自然,非可言致。"注"天不得不高"五句说:"此皆不得不然而自然耳,非道能使然也。"阮籍《通老论》说:"道者,法自然而为化,侯王能守之,万物将自化。"《达庄说》:"天地生于自然,万物生于天地。自然者无外,故天地名焉。天地者有内,故万物生焉。"嵇康《答向子期难养生论》说:"故顺天和以自然,以道德为师友,玩阴阳之变化,得长生之永久。任自然以托身,并天地而不朽者,孰享之哉?"当然,他们所云自然,与老子希言之自然,虽在形上层面有差别,但将天地视为自然所生,与老子道生万物则属同一意念。因此,自然即是道,道即是自然,便是他们的看法。同时,我们也可以看到,魏晋人讲无,讲自然,总不离物。这种将无、自然同物联系起来说,增加了道学的幽远之趣,刺激了他们体物的热情,言物的兴致。这在阮籍玄论中显得尤为突出。试读他的《大人先生传》有关"天地解兮六合开,星辰霣兮日月愤"的那一大段驱车遨游的描写,你就会被他那种浓厚的兴致所感动。且不说这些描写同屈原《离骚》的紧密联系和对李白《梦游天姥吟留别》的深远影响,单就他对自然万物体认之细腻、深刻,自然情趣之高远、幽深,便会叹为观止。而这些正是魏晋人因不囿于书斋的牢笼而走向大自然,步入竹林、高山,面向江河,从高山流水的体悟中,天地变化的玄识中,万物生生不息的默感中所获得的。因此,从这一意义上讲,魏晋玄学开启了此时期山水游赏之先声,而山水游赏之情趣又加深了他们体道体物之情思,实现了书斋体道与山林体物的有机融合,其意义甚为深远。

魏晋玄学也很注重对社会对人生的研究。如阮籍《达庄论》中关于"作智造巧者害于物,明是考非者危其身"的大段论述,其笔锋指向了社会政治中"父子不合,君臣乖离"的现实,表现出作者的玄论非仅限于论玄,而是同社会人事紧密联系在一起。离开社会人事的研究,亦就失去了玄学研究的意义。这一点,在嵇康玄论中得到了同样的表现。虽然他立论的角度、内容异于阮籍,对社会人事的联系亦不如阮籍鲜明,但他强调养生去私的同时,亦不忘世情的批判。比如,他在《答向子期难养生论》中就向子期所提出的"富与贵,是人之所欲"时,阐述了他对富贵的看法。他列举了圣人所持的态度,说:"圣人不得已而临天下,以万物为心,在宥群生,由身以道,与天下同于自得,穆然以无事为业,坦尔以天下为公,虽居君位,飨万国,恬若素士接宾客也。虽建龙旗,服华衮,忽若布衣之在身。故君臣相忘于上,丞民家足于下,岂劝百姓之尊已,割天下以自私,以富贵为崇高,心欲之而不已哉?"对圣人为政之颂扬,实际就是对现实政治的批评。圣人不以富贵为崇高,无圣人之富贵者,焉能慕富贵而汲汲然?他又说:"故世之难得者,非财也,非荣也,患意之不足耳。意足者,虽耦耕甽亩,被褐啜菽,岂不自得。不足者,虽养以天下,委以万物,犹未惬。然则足者不须外,不足者无外之不须也。无不须,故无往而不乏;无所须,故无适而不足。不以荣华肆志,不以隐约趋俗,混乎与万物并行,不可宠辱,此真有富贵耳。"这就是他在富贵上所表现出来的洒脱态度,一种超越世俗,超越现实,超越自我的人生观。对于那些沉湎于富贵,崇尚于奢侈而不能自拔的人来说,无疑具有针砭的作用与价值。

魏晋玄学曾提出过"越名教而任自然"的响亮口号,在这一口号的感召下,不少有志于老庄之学的人的确以一种超然物外的人生态度去应对社会人生,出现过如阮籍、嵇康那样的高士。但也有一些人在"超然"二字上,因不能准确地把握它的度,而背离了玄学的宗旨,或放诞不羁,闹出了人畜对饮的笑话;或故作放达,虚浮不实,无心政事,酣饮累日;或口尚虚无,而心怀贪戾,"积实聚钱,不知纪极,每自执牙筹,昼夜算计,恒若不足"(《晋书·王戎传》),将玄学引向了歧途,其流弊之大,亦不可低估。

(三)以和为体用的文学学术文化

和,是先秦汉时期一个重要的文学思想与观念。它的基本功能就是通过作者内心之和去感知生活，认识世界，改造社会；通过作品和乐境界的创造与和融之美的描写去感染读者，教育读者，达到服务于社会，作用于人民之目的，为建构一种和谐的社会提供一种思想的参考，一种情感的愉悦，从而使整个人群达到一种和乐的境地。"和"作为一种文学观念，最先是由舜提出来的。人们熟悉的"夔典乐，教胄子，诗言志，直而温，宽而栗，刚而无虐，简而无傲。歌永言，声依永，律和声。八音克谐，无相夺伦，神人以和"（《尚书·舜典》），便是他当年与众臣所说的话。在众多的德目与理念中，他独拈"和"作为文学应达到的目标，是源于他对和的重要性有着深切的了解与认识。如前所说，尧治理天下以"亲和"为纽带，他治理天下也以"亲和"为追求，所以他对和的体认较之一般人要深刻。实践也证明，舜的这一思想是符合时代要求、社会进步与文学发展规律的。而最先证明其正确性的是对"有苗"的文德教化。古文《尚书·大禹谟》说："三旬，苗民逆命，……帝乃诞敷文德，舞干羽于两阶，七旬有苗格。"格，至也。其后，热心做这一工作的，是大禹。大禹治水，"东渐于海，西被于流沙，朔南暨声教，讫于四海"（《尚书·禹贡》）。这里所云"声教"，就是文德教化，通过文德教化而和合四海。是周公。周公辅佐成王，成王年幼，不辨人之善恶，乃作《鸱鸮》以贻之，始开诗教之先（《尚书·金縢》）。接后设官分职，制礼作乐，从制度层面上将其持久化，日常化。《尚书·周官》说："宗伯掌邦礼，治神人，和上下。"《周礼·大司乐》说："以乐德教国子，中、和、祗、庸、孝、友。以乐语教国子，……以和邦国，以谐万民，以安宾客，以说远人，以作动物。"至春秋，有以"和"论政事者，如虢文公（《国语·周语》）；有以和论音乐者，如单穆公、伶州鸠（《国语·周语》）；有以和论兴衰者，如史伯（《国语·郑语》）；有以和释诗者，如叔向（《国语·周语》）。通观这些人的论述，可以看出"和"是一个内涵丰富、作用巨大、影响深广的思想观念。而将和的体用功能广为张扬的是《礼记·乐记》，说："乐文同，则上下和矣。""大乐于天地同和，……和故百物不失。……如此，则四海之内合敬同爱矣。""乐者敦和，率神而从天。""地气上齐，天气下降，阴阳相摩，天地相荡，鼓之以雷震，奋之以风雨，动之以四时，暖之以日月，而百化兴焉。如此，则乐者天地之和也。""故乐行而伦清，耳目聪明，血气和平，移风易俗，天下皆宁。"这里所说的"乐"，是种合诗、乐、舞于一身的"大乐"，其主要功能就是和。这种大乐与今天说的乐不同，与阮籍、嵇康说的乐也不一样。阮籍《乐论》说的"夫乐者，天地之体，万物之性也。合其体，得其性，则和。离其体，失其性，则乖。昔者圣人之作乐也，将以顺天地之性，体万物之生也"，嵇康《声无哀乐论》说的"五味万殊,而大同于美;曲变虽众,亦大同于和。美有甘,和有乐,然随曲之情,近乎和域",《琴赋》说的"余少好音声,长而玩之。以为物有盛衰,而此无变;滋味有猒,而此不倦。可以导养神气,宣和情志",讲的是纯粹的音乐,他们虽有时也将今乐与古乐同谈,并统称为"乐",实则是将乐当做一种"习语"来沿用的。这一情况,直到唐宋以后还存在。比如韩愈在《荆潭唱和诗序》中说:"夫和平之音淡薄,而愁思之声要妙;欢愉之辞难工,而穷苦之言易好也。"将音、声同辞、言对举,沿袭的是"乐"的习语,而其实际含义又与习语中的"乐"不相同,讲的是现实中的诗歌。

若单以声音而论,不惟音乐讲声,诗文也讲声。尤其当诗脱离音乐成为徒诗之后,失去了唱的功能,仍保存着诵的特征。古时的诵,就是吟唱。吟唱是要讲究音韵,讲究抑扬顿挫与声之高下短长的。正因此故,才出现了"诗之为用者声也,声之所以用者情也"① 的话语,揭开了诗与声音的联系,促进我们对文学和的体用理解。依此,再去观照《诗大序》所云"情发于声,声成文,谓之音。治世之音安以乐,其政和;乱世之音怨已怒,其政乖;亡国之音哀以思,其民困"中的声音,不只是专对诗歌的音乐成分而言,也包含了诗歌自身的声音于内。可见,和这一观念,不只是在音乐艺术中起作用,也适于文学,是文学艺术共有的观念。

然欲实现"和"这一功能,并不容易。《汉书·礼乐志》说:"夫民有血气心知之性,而无哀乐喜怒之常,应感而动,然后心术形焉。是以纤微憔悴之音作,而民思忧;阐谐嫚易之音作,而民康乐;粗厉猛奋之音作,而民刚毅;廉直正诚之音作,而民肃敬;宽裕和顺之音作,而民慈爱;流辟邪散之音作,而民淫乱。"陆游说:"古之说诗曰言志。夫得志而形于言,如皋陶、周公、召公、吉甫,固所谓志也。若遭变遇谗,流离困悴,自道其不得志,是亦志也。然感激悲伤,忧时闵己,托情寓物,使人读之,至于太息流涕,固难矣。至于安时处顺,超然事外,不矜不挫,不诬不怼,发为文辞,冲澹简远,读之者遗声利,冥得丧,如见东郭顺子,悠然意消,岂不又难哉?"② 集中说明了实现这一功能之难。然世上无难事,只要肯登攀。自《诗经》以还,它就显得不难了。

《诗经》中,最能反映这一功能的是郊庙乐歌。这是一种集诗歌、音乐、舞

① (清)侯玄泓《与友人论诗书》,转引自胡经之主编:《中国古典美学》上册,中华书局1988年版,第279页。

② 陆游:《曾裘父诗集序》,转引自郭绍虞主编:《中国历代文论选》,上海古籍出版社1980年版,第6页。

蹈于一体的综合艺术,其篇什,包括《颂》的全部和《大雅》的部分。郊庙乐歌,古称"乐"或"乐舞",是专为郊天祀地祭祖宗用的,故它们同祭礼的关系非常密切。《礼记·祭统》说:"礼有五经,莫重于祭。"五经,即吉、凶、宾、军、嘉五礼,五礼又有三十六种之别,祭礼为重,可见周代统治者对它格外重视。祭礼因祭祀的对象不同,其大小轻重亦不一样。其中,郊天祀地祭祖宗是祭礼中的大礼,故周统治者尤为注重。他们不仅从时间、地点、祭仪、祭器等各个方面进行了严格的规定,而且对乐歌之使用也有严格的限制。比如,《礼记·祭义》云:"祭不欲数,数则烦,烦则不敬。祭不欲疏,疏则怠,怠则忘。是故君子合诸天道,春禘秋尝。霜露既降,君子履之,必有凄怆之心,非其寒之谓也。春,雨露既濡,君子履之,必有怵惕之心,如将见之。乐以迎来,哀以送往,故禘有乐而尝无乐。"这里所说的禘、尝,是两种祭祀的名称,春、秋,是从时间上对它们所作出的规定。禘尝主要用于宗庙之祭。宗庙之祭,是祭礼中的大礼。《乐记》云:"大礼必简。"据此,则知"祭不欲数,数则烦",是从"大礼必简"的原则来强调春禘秋尝的礼节不宜过多过烦,过多过烦容易导致人的散漫不敬,达不到祭祀的目的与效果。同时,它又考虑到人们在去多去烦时,容易走上极端,所以又进而强调祭祀不能过于疏少,过于疏少容易导致人的怠惰,以至于将该祭祀的时节、礼仪都忘掉了。这是从祭祀的繁简以及人们的态度所作出的规定。"禘有乐而尝无乐",是从用乐上作出的限制。这是因为"春禘"是欢迎祖神来,"秋尝"是哀送祖神往,故迎来用乐,送往不用乐。至于"霜露既降"云云,陈澔《礼记集说》引方氏之言说:"于雨露言春,则知霜露之为秋矣。霜露言非其寒,则雨露为非其温之谓矣。雨露言如将见之,则霜露为如将失之矣。盖春夏所以迎其来,秋冬所以送其往也。"据此,则知所言"春禘秋尝",讲的是祭祀。这些规定,烦简适宜,周密细致,易于理解,便于操作,充分体现了祭祀文化的特点。正因这样,郊庙乐歌的制作,无论从形式到内容,都必须保持同它一致,否则,就会显得不协调,不和谐。既然"大礼必简",那么为大礼所用的大乐就不宜过繁。这就是《乐记》所说的"大乐必易"的原则。依照这个原则,他们于形式上不分章,不押韵,篇幅短小,"章六七句,其言噩噩"(王先谦《诗三家义集疏》引魏源语)。于内容上,以歌颂赞美为主体,既不作迎神送神的描写,也不作神来神往,受享赐福的刻画,将其赞美仅停留在抽象的概述上,如《周颂》写的"惟天之命,于穆不已"(《惟天之命》);"天作高山,大王荒之,彼作矣,文王康之"(《天作》);"敬之敬之,天惟显思,命不易哉"(《敬之》);"昊天有成命,二后受之"(《昊天有成命》);"我将我享，维羊维牛，维天其右"（《我将》）；"昊天其子之，实右序有周"（《时迈》）等等，将对天神的赞美仅集中在"天命"一个方面，看似干巴巴的，实则有着以一当十之力，言简意赅之美。这是因为这些诗句高度浓缩了天神的崇高与威严，包融了诗人和主祭者对这个至上神的无限敬畏和顶礼膜拜，而"神人之和"亦就在这种敬畏礼拜中得到了完美的体现。再如那些祭祀祖宗的乐歌，祭祖的终极目的是"追养继孝"，"报本反始"，所以"昭示祖宗之德，称扬先祖之美"，将其"德善、功烈、勋劳、庆赏、声名，列于天下"①，便成为它创作所追求的价值目标。这一目标在《大雅》和《颂》诗有关祭祖的篇章中得到了体现。比如，《生民》，《诗小序》说它是一首尊祖的诗，"后稷生于姜嫄，文武之功，起于后稷"，所以全诗以八章的篇幅，对后稷诞生时的神异，弃而不死的神迹，长大后对农艺所具有的卓越禀赋，对农业生产所作出的巨大贡献进行了浓墨厚彩的描述，表现了诗人无比崇敬的感情。此外，《天作》、《清庙》、《维天之命》、《我将》、《执竞》、《大武》、《阊予小子》、《小瑟》等诗，对大王、文王、武王、成王在周代历史上所作出的丰功伟绩进行了热烈的歌颂，《那》、《烈祖》、《玄鸟》诸诗对汤、中宗、高宗、武丁在商代社会上所作出的杰出贡献进行了由衷的赞美。这在当时不仅给参加祭祀的人以极大的教育与鼓励，而且给整个宗族在认祖归宗，明君臣之义，父子之道，兄弟之睦，人伦之和等方面，树立起了光辉的榜样。所以，《祭统》说："祭者，教之本也已。"《祭义》说："天下之礼，致反始也，致鬼神也，致和用也，致义也，致让也。"

其次是燕赏乐歌。燕赏乐歌是根据当时乡饮酒礼、射礼和燕礼的需要制作出来以娱宾客的。这三种礼，《仪礼》、《周礼》、《礼记》都有记载。它们都有一套严格烦琐的礼仪程序，对主宾迎来送往都有严格的规定，是周人在确立人际之和时所依凭的准则。由于主宾身份地位不同，这三种礼的含义和作用也不一样。乡饮酒之义，《礼记》说是"主人拜迎宾于庠门之外，入，三揖而后至阶，三让而后升，所以致尊让也。盥洗扬觯，所以致洁也。拜至，拜洗，拜送，拜既，所以致敬也。尊让、洁、敬也者，君子之所以相接也。君子尊让则不争，洁、敬则不慢；不慢不争，则远于斗辨矣。不斗辨，则无暴乱之祸矣。斯君子所以免于人祸也"。主宾相见，从拜迎、升阶到盥洗举觯，再到礼成送客，每一道程序都有一层含义和用意。若综合《仪礼》、《周礼》考察，其总的目的就是"明长幼之序"、"正身安国"、"民知尊长养老，而后乃能入孝弟。民入孝弟，出尊长养老，而后成教，

---

① 《祭统》，陈澔：《礼记集说》，见《新刊四书五经》，中国书店1994年版，第419页。

成教而后国可安也"①。射礼之义,《礼记》解释为:"古者诸侯之射也,必先行燕礼,卿、大夫、士之射也,必先行乡饮酒之礼。……故射者进退周还必中礼。内志正,外体直,然后持弓矢审固;持弓矢审固,然后可以言中。此可以观德行矣。"观德行之旨,便于天子选拔诸侯、卿、大夫、士,"因而饰之以礼乐也"。射,就是射箭,分诸侯之射(称大射)和卿大夫之射(称乡射)两种,是周统治者用来为自己统治服务的一种手段。燕礼,是诸侯朝觐会同,天子与之燕乐时的一种仪礼,《礼记》说:"君立阼阶之东南,南乡尔卿。大夫皆少进。定位也。君席阼阶之上,居主位也。君独升立席上,西面特立,莫敢适之义也。"目的是为了强调和突出君的地位,并说这种地位是臣莫敢匹敌的,因此,"君所赐爵,(臣)皆降,再拜稽首,升成拜,明臣礼也。君答拜之,礼无不答,明君上之礼也。臣下竭力尽能以立功于国,君必报之以爵禄,故臣下皆务竭力尽能以立功"②。与这些目的相适应,三礼所用之乐是经过精心安排的。比如,对乡饮酒礼用乐的规定是:"乐正先升,立于西阶东。工入升自西阶,北面坐,相者东面坐,遂授瑟,乃降。工歌《鹿鸣》、《四牡》、《皇皇者华》。""笙入堂下,磬南北面立,乐《南陔》、《白华》、《华黍》,……乃间歌《鱼丽》,笙《由庚》;歌《南有嘉鱼》,笙《崇丘》;歌《南山有台》,笙《由仪》。乃合乐,《周南》:《关雎》、《葛覃》、《卷耳》;《召南》:《鹊巢》、《采蘩》、《采苹》。"③燕礼用乐的规定与其大致相同,其文见《仪礼·燕礼》。射礼用乐,因射箭有大射乡射之分,其规定并不一样。大致说来,主客相见,升阶入席,乡射礼主要歌《周南》的《关雎》、《葛覃》、《卷耳》和《召南》的《鹊巢》、《采蘩》、《采苹》,而大射礼无记载;射箭用乐,大射礼凡三次,一次是歌《鹿鸣》三终,一次是管《新宫》三终,一次是奏《狸首》。而乡射礼则情况不明。不过,《礼记·射义》作了说明:"其节:天子以《驺虞》为节,诸侯以《狸首》为节,卿大夫以《采苹》为节,士以《采蘩》为节。《驺虞》者,乐官备也;《狸首》者,乐会时也;《采苹》者,乐循法也;《采蘩》者,乐不失职也。是故天子以备官为节,诸侯以时会天子为节,卿大夫以循法为节,士以不失职为节。"陈澔注曰:"节者,歌诗以为发矢之节度也,一终为一节。《周礼·射人》云:'《驺虞》九节,《狸首》七节,《采苹》、《采蘩》皆五节。尊卑之节虽多少不同,而四节以尽乘矢则同,如《驺虞》九节,则先歌

① 《乡饮酒义》,陈澔:《礼记集说》,见《新刊四书五经》,中国书店 1994 年版,第 505 页。

② 《燕义》,陈澔:《礼记集说》,见《新刊四书五经》,中国书店 1994 年版,第 514 页。

③ 《仪礼·乡饮酒礼》,见《十三经注疏》,中华书局 1980 年版,第 985—986 页。

五节以听,余四节则发四矢也。七节者,三节先以听;五节者,一节先以听也。'"

综上所述,三礼用乐大致相同,共21首,若另加《伐木》,则为22首。其中,除笙歌六首和《新宫》、《狸首》为佚诗外,余者均见于《诗经》。其中,《周南》三首、《召南》四首(含《驺虞》)为风诗,其他均属小雅。它们是"诗礼相成"的产物,是用来娱宾、正身、安人、靖国和宁君的。所以,三礼都能通用。由于它们的属性如此,故自《毛诗》以来,古代治《诗》者大多把它们当做礼诗来解读。比如《鹿鸣》,《诗小序》说:"燕群臣嘉宾也。既饮食之,又实币帛筐篚,以将其厚意,然后忠臣嘉宾,得尽其心矣。"贾公彦注《燕礼》说:"鹿鸣,君与臣下及四方之宾宴,讲道修政之乐歌也。此采其已有旨酒,以召嘉宾;嘉宾既来,示我以善道,又乐嘉宾有孔昭之明德,可则效也。"鲁诗,蔡邕《琴操》却把它看做是周大臣所作。观照全诗,这种解读是不无道理的。诗分三章,章八句,每章以"呦呦鹿鸣"兴起发端,分别将嘉宾的"周行"、"德音"、"视民"置于酬宾、娱宾、乐宾三个层面进行浓墨厚彩的刻画,既表现了主人的礼义之厚、款待之诚,又表现了君臣上下"私乐已湛"的和顺关系,诚如朱熹所说的那样,"盖君臣之分,以严为主。朝廷之礼,以敬为主。然一于严敬,则情或不通,而无以尽其忠告之益,故先王因其饮食聚会,而制为燕飨之礼,以通上下之情"[1]。再比如《四牡》,《诗小序》说:"劳使臣之来也。有功而见知则说矣。"贾公彦注《燕礼》说:"《四牡》,君劳使臣之来乐歌也。此采其勤苦王事,念将父母,怀旧伤悲,忠孝之至,以劳宾也。"如此解读也是切中肯綮的。诗以一个使臣的口吻写成,凡五章,章五句,下笔赋事,直言王事不息,驱马奔走不已,然勤苦之中不忘父母,以至于内心伤悲。这种尽其职分于王事的行为,乃忠臣所有;而"不惶将父"、"不惶将母"、"将母来谂",乃孝子所为。忠孝相较,一属"公义",一属"私恩",然自古忠孝难以两全,公私难以兼顾,而这一对矛盾在这位使臣身上却得到了统一,其依据和标准就是先忠而后孝,先公而后私,也就是说他不以私害公,不以家事辞王事,自然也不因王事而忘怀父母。诗歌所表现出来的思归而不归的伤悲情怀,是他自然天性的流露。正因为此,诗歌才显得真实可信。统治者将它用作燕赏之乐,是因为他们需要的就是这样一些忠孝之至又有真实情感的人。有了这种情感,忠孝才有坚实的基础,行忠行孝才能出于他的本分与自然,所以,他们用这种形式来表达自己的意愿,表示对他的旌奖不忘。这里,我们需要提及的是,《周南》、《召

---

[1] 朱熹:《诗集传》,上海古籍出版社1958年版,第99页。

南》中几首诗为何也被用作燕饮之乐？对此，贾公彦注《乡饮酒礼》解释说："《周南》、《召南》，国风篇也。王后、国君夫人，房中之乐歌也。《关雎》言后妃之德，《葛覃》言后妃之职，《卷耳》言后妃之志，《鹊巢》言国君夫人之德，《采蘩》言国君夫人不失职，《采苹》言卿大夫之妻能修其法度。……夫妇之道，生民之本，王政之端。此六篇者，其教之原也，故国君与其臣下及四方之宾燕用之合乐也。"这种解释，虽仅备一说，然不无道理。

最后是那些变风变雅诗。诗有正变，情有真伪，前述两类诗均属诗中之正经。正经合乎礼，变诗是否也合乎礼？于古人看来，这是不成问题的。这可从变风变雅的创作动机与目的见其大概。变风变雅的出现，依《毛诗序》的意见是因"王道衰，礼义废，政教失，国异政，家殊俗"而引起的，依郑玄《诗谱序》的说法，其产生的时间，始于懿、夷二世，讫于陈灵公淫乱之事。其作品，依《正义》的解释，主要有齐风，它是周懿王时诗；邶风，它是夷王时诗；《陈风》止于陈灵公淫乱时。变雅处乎其间。其具体作品，能知篇名者，《陈风》有《株林》、《泽陂》；《小雅》有《节南山》、《正月》、《十月之交》、《雨无正》等39篇，《大雅》有《民劳》、《板》、《荡》、《抑》、《桑柔》、《瞻》、《召》七篇。这些诗，少数是厉王时期所写，多数是幽王时期所作，周懿、夷、厉、幽四世，是周室大坏，礼义废弛，政教缺失的时期。《史记·周本纪》说懿王时"王室道衰，诗人作刺"；《正义》引《纪年》说夷王"三年，致诸侯，烹齐哀公于鼎"；《国语·周语》说"厉王虐，国人谤王，召公告王曰：'民不堪命矣'。王怒，得卫巫，使监谤者。以告，则杀之，国人莫敢言，道路以目"；《周本纪》说幽王爱褒姒，废申后，去太子，亲佞人，引起申侯不满，申侯串通缯、犬戎攻幽王，幽王举烽火征兵，兵莫至，被杀死于骊山下。诗歌是社会生活的反映，是时代的缩影。太平之世，由于人们"未识不善，则不知善为善，未见不恶，则不知恶为恶"，乱世则不然，善恶昭彰，知善恶者众，于是美刺之作勃然兴起。纵观上述变风变雅之诗，其创作的动机和目的，就是通过对乱世暴君昏主的委婉劝惩，一方面让他们"明乎得失之迹，伤人伦之废，哀刑政之苛"，蟠然猛省，回归正道，把天下治理好；另一方面是告诫世人要知温柔敦厚之旨，面对人君得失、礼义废、人伦乱、法令酷的社会现实，只能哀伤，吟咏性情进行讽谏，不能有过激的言行。这一动机和目的，贯穿于他们创作之始终，也体现在诗歌的字里行间。比如《邶风·雄雉》，《诗小序》说是一首刺卫宣公的诗，宣公"淫乱不恤国事，军旅数起，大夫久役，男女怨旷，国人患之，而作是诗"。然诗中实际写的仅是"男旷女怨"的内容，且用比兴手法写成，而对小序所说宣公的那些丑行恶事却一字未提，诗人为什么作这样的艺术处理？究其原因，是由这种创作动机和目的决定的。诗人虽不言宣公之事，然宣公的昏庸淫乱却尽在不言之中，因为男旷女怨是他一手造成的。诗写得委婉含蓄，合符礼的要求。再比如，《小雅·楚茨》，《诗小序》说是一首刺幽王的诗。幽王"政烦赋重，田莱多荒，饥馑降丧，民卒流亡，祭祀不飨，故君子思古焉"。诗凡六章，实际写的是祭祀之事，与小序所言大多无涉。这是什么原因呢？孔颖达在疏解大小二雅时曾将祭祀看做国中之大事，说是《大雅》所写的内容，而诗人却将它写进了《小雅》中，并"极言祭祀所以事神受福之节，致详致备"①，原来他在题材的处理上有意就重避轻，在表现手法上有意声东击西，含沙射影。表面上他极言祭祀之重，实际上是对周幽王不修礼义，不飨祭祀，坏乱国政，提出了批评。正由于变风变雅诗都具有这种特点，所以，季扎于鲁听乐观舞时，对它们作了高度的评价。如说《邶风》是"美哉渊乎，忧而不困者也。吾闻卫康叔、武公之德如是。是其卫风乎！"说《齐风》是"美哉泱泱乎，大风也哉！表东海者，其太公乎！国未可量也。"说《小雅》是"美哉，思而不贰，怨而不言，其周德之衰乎？犹有先王之遗民焉。"（《左传·襄公二十九年》）称它们深得先王之遗风，合乎诗礼之精神。

《诗经》这种以和为体用的学术文化传统，在汉魏晋诗歌中得到了继承与发扬。这些诗歌均以抒写个人情志为主。它们在给人以审美愉悦的同时，揭示了社会政治不和给人们带来的心灵创伤。因此，渴望社会政治之和以减少他们内心的痛苦，以获得情感的愉悦、生活的幸福，便成了他们创作的最初动机和最终目的。比如汉乐府名篇《战城南》、《有所思》、《上邪》、《鸡鸣》、《相逢行》、《平陵东》、《东门行》、《饮马长城窟行》、《艳歌何尝行》、《妇病行》、《孤儿行》、《白头吟》、《怨歌行》、《悲歌》、《十五从军征》和《古诗十九首》等就是这样的作品。它们或出自民间无名氏之手，或出自逐臣弃妇之笔，或从社会底层，或从落魄深处来看社会上层的政治和时风世俗，其感受较之清华中的士大夫之作，就更真实深刻。在表现方法上，他们多从自身所见所感着笔，从自己身边生活写起，或通过家境贫寒，衣食无着，命垂旦夕的描写，或通过夫妇远离思念怀想的刻画，或通过友情断裂的叙述来表现社会政治不和给他们的家庭、夫妻、朋友，给他们自己带来的危害、失衡、思念、痛苦，也就是说，家庭欲和而不能和，朋友欲好而不能好，内心欲安而不能安，全由社会政治不和与黑暗造成的。比如《战城南》：

---

①　朱熹注引"吕氏曰"，见《诗集传》，上海古籍出版社1958年版，第154页。

战城南,死郭北,野死不葬乌可食。为我谓乌:"且为客豪! 野死谅不葬,腐肉安能去子逃?"水深激激,蒲苇冥冥。枭骑战斗死,驽马徘徊鸣。梁筑室,何以南,何以北! 禾黍不获君何食? 愿为忠臣安可得? 思子良臣,良臣诚可思:朝行出攻,暮不夜归!

通过阵亡士卒抛尸沙场而乌啄其尸的叙述,深刻地揭露了汉代边防政策的弊端和边将不良给士卒带来的牺牲与痛苦。一场鏖战下来,死伤无数。死者已矣,活者如其亲人于家举首翘望,盼他们归来而其尸却为乌所啄。相思且不用说,单以他们家庭的破落所带来的一系列社会问题,如老人因丧子而无人奉养,少妇因丧夫而须再嫁,小孩因丧父而生活无着,等等,便严峻地摆在各级政府面前亟待回答与解决。然翻开汉代史籍,有多少官吏过问了此事? 他们不闻不问,承受痛苦的还是死者的亲人与家属! 作品对此虽没有直接展开描写,但那些深沉的咏叹和"朝行出攻,暮不夜归"的深长结尾,则将这种血泪的控诉指向了那些不良的官吏们。再比如《平陵东》:

平陵东,松柏桐,不知何人劫义公。劫义公,在高堂下,交钱百万两走马。
两走马,亦诚难,顾见追吏心中恻。心中恻,血出漉,归告我家卖黄犊。

这是对贪官污吏血淋淋的控诉。社会政治之不和就是由这些人一手制造出来的,老百姓家庭的失睦、贫困、苦难,也是由他们造成的。他们既是社会政治的蠹虫,又是百姓的害群之马。这些穷凶极恶之徒不除,天下何得安稳? 政治何得清明? 百姓何得安宁? 又再比如《东门行》:

出东门,不顾归。来入门,怅欲悲。盎中无斗米储,还视架上无悬衣。拔剑东门去,舍中儿母牵衣啼:"他家但愿富贵,贱妾与君共餔糜。上用仓浪天故,下当用此黄口儿。今非!""咄! 行! 吾去为迟! 白发时下难久居。

《妇病行》:

妇病连年累岁,传呼丈人前,一言当言;未及得言,不知泪下一何翩翩。'属累君两三孤子,莫我儿饥且寒。有过慎莫笪笞,行当折摇,思复念之!'
乱曰:抱时无衣,襦复无里。闭户塞牖,舍孤儿到市。道逢亲交,泣坐不能起。从乞求与孤儿买饵。对交啼泣,泪不可止。'我欲不伤悲不能已。'探怀中钱持授交。入门见孤儿,啼索其母抱。徘徊空舍中,'行复尔耳,弃置勿复道!'

两首诗相参看,则将汉时农村贫苦人家饱受贫困煎熬的情景全方位地表现了出来。安分守己如后者,只能于妻死后于空舍贫寒中眼睁睁地看着儿女继续在死亡线上挣扎。揭竿而起如前者,虽失去了一家的团聚,但获得了心灵的慰籍。在他看来,不如此,盎中之储无以满,架上之衣无以悬,否则,就会走上后者之路。这是农民起义前常有的心态。用一种极端的手段去改变那不和的现实,去获得属于他自己也属于贫苦大众的幸福与安宁,是他们于无可奈何中所作出的抉择,因而能给贫苦大众以启发与教育。又再比如《古诗十九首》中的《青青陵上柏》:

> 青青陵上柏,磊磊涧中石。人生天地间,忽如远行客。斗酒相娱乐,聊
> 厚不为薄。驱车策驽马,游戏宛与洛。洛中何郁郁,冠带自相索。长衢罗夹巷,
> 王侯多第宅。两宫遥相望,双阙百余尺。极宴娱心意,戚戚何所迫!

联系上两首乐府诗,其贫富之悬殊,官民之隔阂亦就在那"双阙百余尺"的高楼大厦与"襦复无里,闭门塞牖"之间划下了一道不可逾越的鸿沟。这是一道人为的鸿沟,一道用不合理的社会政治制度构造的阶级屏障。它无情地将贫与富、官与民分别安置在两个不同的世界里。因此,填平其沟壑,掀掉其吃人的宴席,社会才得和平,政治才得清明。然此诗作者却缺乏《东门行》作者的胆量与气魄,仅将它作为"人生天地间,忽如远行客"这一忧时伤己来咏叹,除了内心"戚戚"之外,是无损于王侯一根毫毛的。因此,其歌虽响,其悲虽真,然其力甚微,其"所迫"则永远不能解脱。这就是《古诗十九首》同汉乐府存在的思想差别。又再比如《西北有高楼》:

> 西北有高楼,上与浮云齐。交疏结绮窗,阿阁三重阶。上有弦歌声,音
> 响一何悲!谁能为此曲?无乃杞梁妻。清商随风发,中曲正徘徊。一弹再
> 三叹,慷慨有余哀。不惜歌者苦,但伤知音稀。愿为双鸣鹄,奋翅起高飞。

此诗看似以弹琴听曲而知音难得为咏叹,实则从一侧面表现了朋友相交相处能得其知己者之艰难。朋友之和,乃社会之和一部分,而朋友不和乃社会道德沦丧之反映。追名逐利者,一心为己,利欲熏心,不会顾及别人。"不念携手游,弃我如遗迹",便是其真实之写照。诗人措辞委婉,用心良苦,凡知音者自会从中感受到它的题旨与用意。至于游子思妇、闺中怀人之作所表现出来的哀怨之情,对我们如何认识家庭与社会的矛盾冲突亦不无启发与教育。《庭中有奇树》、《凛凛岁云暮》所写的思妇怀恋游子,《明月何皎皎》所写的思妇闺中望夫,《客从远方来》所写的思妇接到丈夫的赠物,内心充满了爱情喜悦,《涉江采芙蓉》、《去者日以疏》所写的游子思乡,均从不同角度不同情事再现了夫妇双方别多会少的现实,以及他们对这种现实的抱怨,委婉含蓄地揭示了这种现实产生主要来

自他们生存的社会与环境，来自生活的逼迫，从另一方面说明了社会之和对家庭之和的稳定巩固有着十分重要的作用。

上述种种，于汉乐府与《古诗十九首》其他作品中还可见到。这些作品意蕴深厚，耐人咀嚼。究其原委，与其诗风古朴、词采古雅有关。这二古之出现，原于《诗经》、《楚辞》的深刻影响。《诗经》、《离骚》所开创的求真求实的创作传统，使汉人深深地认识到求真求实于创作的意义与价值，若用王充的话来表述，就是"精诚由中，故其文语感动人深"，"夺于肝心"（《论衡·超奇》）。是故，于创作中力求无虚意无虚情无虚辞，便成了他们自觉的追求。这些情意，乍看起来，似属一己之私情，一己之狭意，但由于它们始终与社会政治，与时风世俗，与作者命运联系在一起，而作者缘事而发，秉天地之正气，言人生之公理，道天下之公害，因而显得并不自私、狭小，有着浩大如天、至公至诚至真之美。用这种美去创作，其作必意蕴深厚，必动人心魄。其词之实，无一韵之奇，无一字之巧，言必己出，自然贴切，有着鲜明的感情色彩，掷地有声的力量，能给人以生动性、形象性。像《战城南》写战士抛尸沙场无人掩埋的情况用了三句别出心裁的对话来表现："且为客豪！野死谅不葬，腐肉安能去子逃？"这三句，字字珠玉，掷地有声，似无文采，实则古雅别致，恰到好处地表现了诗人满腔愤怒之情。如此之例，不胜枚举。这些古朴的文风，古雅的词采，成为汉代古诗文情之美的象征为人们所传颂。

魏晋诗歌中，最能表现这一历史事实的是建安、正始、太康及东晋末陶渊明的诗歌。魏晋是个动荡不安、战乱四起的时期，社会政治的不和，在这几个时期的诗歌中均得到了不同的反映。比如曹操《蒿里行》所写的"铠甲生虮虱，万姓以死亡。白骨露于野，千里无鸡鸣"，王灿《七哀诗》所写的"出门无所见，白骨蔽平原。路有饥妇人，抱子弃草间。顾闻号泣声，挥涕独不还"，阮籍《咏怀诗》所写的"战士食糟糠，贤者处蒿莱。歌舞曲未终，秦兵已复来"，左思《咏史诗》所写的"世胄蹑高位，英俊沉下僚"，张载《七哀诗》所写的"季世丧乱起，贼盗如豺虎"，刘琨《答卢谌诗》所写的"乾象栋倾，坤仪舟覆。横厉纠纷，群妖竞逐。火燎神州，洪流华域"，陶渊明《咏贫士诗》所写的"重华去已久，贫士世相寻。弊襟不掩肘，藜羹常乏斟"，分别从不同的角度、层面将魏晋时期社会动荡、政治黑暗、民生凋蔽、士人沉落的景观生动形象地表现了出来。面对这种不和的社会政治现实，诗人之情有如潮涌，驱于笔端，则化为慷慨豪迈之音，感慨深沉之气，悲凉哀伤之吟，贫穷无奈之咏；流为文章，或熔儒玄于一炉，或集忧患放达于一体，或合希望幻想于一境，或抒政治之理想，或写生死之怀抱，或发求仙之愿望，或表隐逸之旨趣。于是，便有了曹操之直，曹丕之婉，曹植之奇，王灿之秀，刘桢之奇，阮瑀之平，应璩之雅，阮籍之深，嵇康之峻，陆机之瞻，潘岳之丽，左思之典，张协之净，刘琨之恨，郭璞之仙，陶潜之真（钟嵘《诗品》）。而这些诗坛俊秀，有如群星耀空，破阴霾，除迷雾，骋才使气，倾胸中之郁愤，吐心中之不平，言人生之正道，话时世之和平。于是，求和之情，表和之文，便成为他们创作之主调，诗坛之主流，显示了魏晋时期情文相依的特色与魅力，为南北朝文人的创作提供了有益的经验与启迪。

　　第一，它深刻地揭示了诗歌创作的本质特征，就是它来自社会政治生活，反映社会政治生活，作用于社会政治生活。对此，《毛诗序》及其《正义》作了反复的阐发，《诗谱序正义》作了同样的分析，说："名为诗者，《内则》说负子之礼。'诗负之'注云：'诗之言承也。'《春秋说题辞》云：'在事为诗，未发为谋，恬澹为心，思虑为志，诗之为言志也。'《诗纬含神务》云：'诗者，持也。'然则诗有三训：承也，志也，持也。作者承君政之善恶，述己志而作诗，为诗所以持人之行，使不失队。故一名而三训也。"如此看待诗之本义，论及诗的社会政治属性，比起常人只把诗看做言志的艺术来要全面；他析诗为"持人之行"，比起刘勰说的"诗者，持也，持人之性情"的解释来也要深刻。所谓"行"，就是道德品行。《曲礼》云："修身践言，谓之善行。行修言道，礼之质也。"原来，他是从礼的本质来讲"持"讲"行"，讲"行"同创作之关系的，由于礼是社会政治的最高表现形式，故其解释是从诗的社会政治属性立言正义的。同时，这种解释又以当时的创作实践、作品为依据，因而是合乎诗歌的生成发展规律的。我们说诗歌要为社会政治服务，并不是说一定要为统治者唱赞歌。即使唱赞歌，也有一定的原则和标准。这样，唱出来的赞歌才具有劝惩教化的力量。由于赞歌是唱给最高统治者听的，所以最先接受劝惩教化的就是他们，其后才是他们的子孙，他们的乡党万民。更何况它还具有讽刺批判的功能呢！它的讽刺批判是犀利的，其面之广，其力之大，其思想之深刻，直接开启了后代社会政治讽刺诗的出现，为诗歌如何关心、反映社会现实题材，表现人民疾苦指明了发展方向。

　　第二，它深刻地揭示了诗歌创作的生命在于新变。这一点，《毛诗序》、《乐记》早就有所论及。前者不仅提出了变风变雅的概念，而且还揭示了两种变诗产生形成的原因；后者在论及音乐产生形成时，提出了"感于物而动，故形于声，声相应,故生变,变成方,谓之音"的观点,认为声音变化的原因是"感物而动"。其后,论者甚多,如萧子显说:"若无新变,不能代雄。"(《南齐书·文学传论》)刘勰说:"时运交移,质文代变。"(《文心雕龙·时序》)都认为诗歌创作是变化的,变是诗歌发展的出路,生命不衰的源泉。因此,倡导诗歌新变是诗礼相成的重要内涵。它不仅提倡新变,而且认为新变应该要与天地同和,也就是说要遵循诗歌发展的客观规律,要与社会自然的变动相适应,要符合礼的规范与要求。这样才能变而不乱,常变常新。在这方面,《诗经》的创作就是光辉的典范。变风变雅的出现,无论从内容到形式到技巧,比起正诗来都有了新的变化,它们是这一时期的新体诗。正因为有了这种新变,诗歌创作才充满生气,才改变正诗歌功颂德的格局,向着"发乎情,止乎礼义"的走向发展,将合乎礼义的性情作为歌咏的内容,使诗歌创作进入一个新的阶段。

第三,深刻地揭示了"和"在文学创作中的地位与作用。这种作用,着重表现在作者对社会政治生活的认识与评价上,作品对人的审美教育上。社会政治生活是作者创作的源泉。而衡量这一源泉,不同的时代有不同的标准。然不论何种,其最后都会落在社会进步、民族昌盛、国家繁荣、人民富裕上。而这些,实际就是和所要讲的范围与内容。和是一种宽泛的概念。它既可用于社会、政治、生活上,又可用于思想、情感、道德上;既是一种权衡,又是一种目标;既是一种体用,又是一种功效。当年舜将神人之和定为文学创作的最终目标公之于世,这就意味着这位圣人已将和作为一种最高的价值取向和追求运用于他的治国安邦之中了。和神人,和民心,和天下,还有什么比它更富有概括力、凝聚力和向心力的?这种凝聚力、向心力于国难当头的时候很管用,于和平建设时期仍有着一以当十的地位与作用。作为文学创作,用它来衡量社会政治生活,善与恶、美与丑、好与坏、贤与愚、是与非、黑与白,都会在它面前一一现出原形。而汉代作者,乃至《诗经》、《楚辞》的诗人,以此为契机,为权衡,去观察生活,审视生活,认识生活,反映生活,是种非常明智的选择。其结果,不仅使自己的创作更加社会化,人性化,使自己的作品更加诗意化,情感化,而且不偏不倚,合乎中规,合乎人们审美要求与愿望。孔子说:"诗可以兴,可以观,可以群,可以怨。"(《论语·阳货》)可以者,以和而可也。离开和,其兴无由,其观无所,其群无力,其怨无据。因此,人们欲审美,欲兴观群怨,欲发挥文学的学术文化功能,焉有离和而言他的?和是一个不可多得的文学思想与观念!

(四)承传有故的史学学术文化①

在儒、道、文、史、佛五家学术文化中,史是种古老的学术文化。史之义,《说文》释之曰:"史,记事者也,从又,持中,中正也,凡史之属皆从史。"释"中"为"中正",可谓抓住了历史写作之灵魂。"中正"者,"客观实际,公平公正"之谓也。《洪范》云:"无偏无党,王道荡荡;无党无偏,王道平平。"只有不偏不党,才能无信不征。史之实,自人类产生之后,就有了历史。史学之诞生,必须具备时间、人事、地点三个要素。其中,文字为之首。口述历史当然也算历史,但只有在其成文之后,才具有可靠性。否则,数传而讹,史学必备的三要素就会发生变化,必备史实就会失去其真实性。史之作,虽孔子有"吾欲观夏道,是故之杞不足征也,吾得夏时焉。我欲观殷道,是故之宋不而足征也,吾得坤乾焉"(《礼记·礼运》)之叹,然司马谈又有"五帝、三代之记,尚矣"之谈。且不说九丘、八索、连山、归藏之属,单以谍论来说,司马迁"读谍记,黄帝以来皆有年数"(《史记·三代世表》),则知是类之作由来有自。然其具体写作的情况,今不得而知。史学家通常将史学诞生的时间上溯到甲骨文时期,也就是古文字诞生之后的殷商时代。郭沫若说:"殷之自上甲以下入于有史时代,自上甲以上则为神话传说时代。此在殷时已然。观其记典之有差异,即可判知。"② 郭氏所云"观其记典之有差异",一是指商人记典以上甲微为界,上甲微以后先公的配偶先妣进入祀典,但她们的庙号却在干支排列上并不按照甲、乙、丙、丁的顺序,如上甲之后的第四与第五位先公二示(示壬、示癸)之妻进入祀典中,表明这些人的庙号是根据先前就存在的典册而非后人追加,其名为妣庚与妣甲,干支颠倒。二是指以日为名的庙号制度始于上甲微,以后的先公都以日为名。三是指从上甲开始对先公与先妣举行周祭。由此,人们认为,从上甲微开始进入中国的成文历史,即成汤前三世六人,约公元前1700年。说已进入成文历史时代,那就是此时的文字记载已经具备了史学诞生的三个基本要求。

甲骨卜辞本是殷商王朝的卜官灼兽骨占卜问神意用以决疑,在举行这一仪式之后的记录,本身具有宗教巫术性质,但其所书于兽骨、牛肩胛之上的卜辞就成了历史文献。甲骨卜辞一般具有自己的排列程序:日期,某史官或巫觋所问,所问何事,吉与不吉,再后则为验辞。这一排列程序,实际具备了史学存在的基

---

① 本文是在项目组成员萧平汉教授写作的初稿上由著者改定。

② 郭沫若:《卜辞通纂》,科学出版社1983年版,第362页。

本要素,即时间、事物或人,成为最简明的成文历史记录。比如:

　　□□卜,□贞;王大令众人曰:协田,其受田? 十一月。①

　　前二个□为干支日期,后一个□为卜官,其后则为事件与所问内容,最后十一月为时间月份。这是商王发布给众人的一道命令,意思是说,众人要齐心协力共同耕种。其所云"受田",是指所问或所求的是丰年。又比如:

　　癸巳卜,□贞,旬亡祸? 王占曰:有祟! 其有来艰。迄至五日丁酉,允有来艰自西,□□告曰,土方征于我东鄙,侵二邑,□方亦牧我西鄙田。②

　　这是一条完整的甲骨卜辞。前为占卜日,接着为占卜人所问之事,十天内有什么祸害之事? 商王自己占卜问,有祟吗? 其有来艰。亦是问辞,后面便是验辞。果然有了侵我二邑与东鄙、西鄙之事。时间、地点、人与事、言与行全部完整,是一条记述文体性的历史记录。

　　二条卜辞都有记言,当然重点在记事。这些事,如祭祀、田猎、赐赠、纳贡、收获等,由于直接关系到国家的政治、经济、军事,都是当时的重大事件,因而成为史家必须记录的内容。那些言,如王者的告诫、命令之类,由于直接关系到国家或王族的利益为史家所注重,成为史学的另一重要内容而被载入史册。这是英雄时代的产物,亦是史学发展到一定阶段的结晶。史学不仅要记录某人某事,也要记载某人某言。这些言辞在今天看来,当然都是历史,在当时,它们却是人们必须遵循的行为规范。

　　史学的发展就这样由最初的记事为主开始单纯记言或著述,是成文历史的一个重要特征。而金文就是一种典型的记言体成文历史文献。它们多以"王若曰"或"右者记言"开头。这类记言式的文体在后来的《尚书》中大量涌现。如《汤誓》:"王曰:格尔众庶,悉听朕言。非台小子,敢行称乱,有夏多罪,天命殛之。"记言式的史学文体既有对当时言辞的记录,也有对以往前人的追记,于是有如《史墙盘》铭文那种"曰古文王"的句式,也有后来在《尚书》中出现的"曰若稽古"之类的套话。这是对以往历史的追记,是由口述史演变为文字历史的表现,也是史学的发展。

　　由记事记言到编年体史书的出现,是中国传统史学发展的一个阶段性总结。孔子编写的《春秋》是这一时期史学终结性的著作。这是一部编年体史,全书按

----

① 胡厚全:《甲骨文与殷商史》,上海古籍出版社1983年版,第1页。
② 转引自《中国史研究》1990年第2期。

时间先后记录了春秋二百四十二年的历史。它不再是那种断烂朝报，成就远远超过了甲骨卜辞那种点滴记录。我们先看它的记事：

> 隐公元年春，王正月。三月，公及邾仪父盟于蔑。夏五月，郑伯克段于鄢。
>
> 秋七月，天王使宰咺来归惠公、仲子之赗。
>
> 九月，及宋人盟于宿。冬十有二月，祭伯来。公子益师父。

记述极其简略，与甲骨卜辞相比，其所记时间、地点、人物或事件，一一具备。只是卜辞的时间分前后，前为日期，后为年代与月份。这里的时间按年月日而排列，更符合历史记录的规律。所记内容更为详细与具体。《春秋》没有自己的评述，但有自己的立场、观点与爱憎。而这些立场、观点与爱憎表现在它所记载的历史事件中。让事实说话可以说是《春秋》的基本精神。这种方法，史称"春秋笔法"。

简明扼要是《春秋》的特点，也是它的弱点，所以就有《左传》、《谷梁传》与《公羊传》来加以补充。较之《春秋》，《左传》则是对编年体史学的一大发展。它大致依据《春秋》所记年代与事件，依次补充、详细解说、记述与阐明其意义，同时还对其中重大事件进行评述。其"君子曰"就是它评述人物事件常用的方法。如《春秋》所写"夏五月，郑伯克段于鄢"，《左传》则加以补充了一大段文字：

> 初，郑武公娶于申，曰武姜。生庄公及共叔段。庄公寤生，惊姜氏，故名曰寤生，遂恶之。爱共叔段，欲立之。亟请于武公，公弗许，及庄公即位，为之请制。
>
> 公曰："制，岩邑也，虢叔死焉，它邑唯命。"请京，使居之，谓之京城大叔。祭仲曰："都城过百雉，国之害也。先王之制，大都不过参国之一，中五之一，小九之一，今京不度，非制也，君将不堪。公曰："姜氏欲之，焉辟害？"对曰："姜氏何厌之有，不如早为之所，无使滋蔓。蔓，难图也，蔓草犹不可除，况君之宠弟乎！"公曰："多行不义必自毙，子姑待之。"
>
> 既而大叔命西鄙北鄙贰于己。公子吕曰："国不堪贰，君将若之何？欲与大叔，臣请事之。若弗与，则请除之，无生民心。"公曰："无庸，将自及。"大叔又收贰以为己邑，至于廪延。子封曰："可矣，厚将得众。"公曰："不义不昵，厚将崩。"
>
> 大叔完聚，缮甲兵，具卒乘，将袭。郑夫人将启之。公闻其期。曰："可矣。"命子封帅车二百以伐京。京叛大叔段。段入于鄢。公伐诸鄢。五月辛丑，大叔出奔共。书曰，郑伯克段于鄢。段不弟，故不言弟；如二君，故曰克；称

郑伯，讥失教也，谓之郑志。不言出奔，难之也。

遂寘姜氏于城颍，，而誓之曰："不及黄泉，无相见也。"既而悔之，颍考叔为颍谷封人，闻之，有献于公，公赐之食，食舍肉。公问之，对曰："小人有母，皆尝小人之食矣，未尝君之羹，请以遗之。"公曰："尔有母遗，繄我独无。"颍考叔曰："敢问何谓也。"公语之故，且告之悔。对曰："君何患焉，若阙地及泉，隧而相见，其谁曰不然。"公从之。公入而赋：大隧之中，其乐也融融。姜出而赋：大隧之外，其乐也泄泄。遂为母子如初。

君子曰：颍考叔，纯孝也，爱其母，施及庄公。诗曰："孝子不匮，永锡尔类。"其是之谓乎。

不只事增，更增"君子曰"加以评述。所增之事，重在兄弟二人矛盾的产生与解决，母子关系的恶化与融解。所增之评，重在突出其文化与价值。这种文化就是孝道文化，它通过行孝道的颍考叔来体现，也通过庄公的最终行为来完成。如此增事、增言、增评，不仅让《左传》比《春秋》多出了十分之七八的内容，而且也给著作者一个发表评议的机会。《左传》共有"君子曰"50次，其文字少者仅一二十个字，长者多达百六七十字，如《文公六年》：

君子曰：秦穆之不为盟主也，宜哉！死而弃民，先王违世，犹诒之法，而况夺之善人乎！诗曰："人之云亡，邦国殄瘁。"无善人之谓，若之何夺之？古之王者，知命之不长，是以并建圣哲。树之风声，分之采物，著之话言，为之律度，陈之艺极，引之表仪，予之法制，告之训典，教之防利，委之常秩，道之礼则，使毋失其土宜。众隶赖之，而后即命。圣王同之，今纵无法以遗后嗣，而又收其良以死，难以在上矣。君子是以知秦之不复东征也。

与《春秋》同时或稍后的还有国别史《国语》、《战国策》、《春秋公羊传》、《春秋谷梁传》、《竹书纪年》、《世本》。当然从另种意义上说，《尚书》《易》等六经，全都是历史，不过那是从史料角度说的，若从真正的史学著作角度看，则就另当别论了。

经先秦到汉，司马迁的《史记》则是两汉史学的另一高峰，也是中国史学的一大发展。班固是继司马氏之后的又一大家，他们两人构成汉代史学的顶峰。纪传体与断代史的创立，使之成为中国古代史学的正统与主流，并发展到国外，成为日本、朝鲜、越南诸国的正史版本，不能不说是中国史学的骄傲。刘知几说汉书"包举一代，撰成一书"，是中肯的。

《史记》与此前历史著作不同的是，它开创了以人物为中心的纪传体史书体裁。此种创制,前人称之为有"会通之义",即以历史贯通古今,有一个整体观与全局观。由于有了"纪"作为全书之纲,则传记中就可以详尽地对历史事件进行描述。这样就克服了编年体史书一事不能详尽,分离得七零八落之弊。由于有了各种"表"、"志",各类人物的活动与各类典章制度的沿革源流也就了然在目。由于有了"太史公曰"的史论,作者的史识史观亦通过对历史事件与人物的简评得以表现,且为后世史论发展起到了引导作用。由于有了"书"八篇,其对典章制度史的记录,尤其《河渠书》、《平准书》、《货殖列传》对汉经济发展的记载,为后人研究提供了不可或缺的资料。这些成就,诚如刘知几所说:"盖纪之为体,犹《春秋》之经;系日月以成岁时,书君以显国统。"(《史通·内篇·本纪》)"《史记》者,纪以包举大端,传以委曲细事,表以谱列年爵,志以总括遗漏,逮于天文、地理、国典、朝章,显隐必该,洪纤靡失。此其所以为长也。"(《史通·二义》)

时至魏晋,史学的发展随着时代文化的涌动、民族矛盾的激化、社会灾难的加剧而走向了新的历程。以时代文化而论,玄学的产生其本身就是对儒家——魏晋人称之为名教的否定与批判。儒学在东汉与谶纬神学的结合,加之董仲舒神秘的天人合一论与君权神授论的破灭,使得它处于日暮途穷的境地。于是玄学从佛教思辨哲学中吸取其辩证法的因素,借用老子的"道"与"天",抛弃两汉儒学的神秘外衣,重新解释天道与人事,天道与自然。他们以"无"为本,以"有"生于"无"为依据,思想上批判儒学,否定名教,政治上提出"无为而治"的主张。这一文化建构使得魏晋文化人无不亦玄亦儒亦佛,无不是亦玄亦儒亦佛的著名人物。

佛教传入之初,曾遭到过名教与道家的批判与否定,每一步前进都异常艰辛。然南北分裂,政权不统一,却又为佛教的发展创造了条件。学术文化上,佛教充分利用玄学的术语、概念与语言,通过对玄学义理的比拟攀附,以及同中国传统鬼神祭祀文化、灵魂不死观念的交融,使其因果报应论、转世轮回说得以迅速传播开来。生活在这样一种文化境地下的史学家们更多地倾向了玄学,而不是佛学。其"学综文史,才堪著述"而有史可查者凡六十余人,多以"既文既博,亦玄亦史"(《文选·北山移文》)称名于史。如撰晋书帝纪、十志的东晋史学家束皙便以"盖无为可以解天下之纷,澹泊可以救国家之急"(《晋书·束皙传》)而为时人知晓。

以民族矛盾、社会灾难而言,魏晋四百年间是中国历史上少有的全社会都充满着死亡恐怖的时代。魏晋时代的死亡恐怖是全方位的、集体性的。它首先来自自然灾害的泛滥。在当时多灾多难的年代，山崩、地震、狂风、水旱、蝗虫、瘟疫，此起彼伏，大量无情地吞噬着人们的生命，其悲烈程度可与欧洲中世纪黑死病、大瘟疫相比。仅连年的瘟疫一项，危及生命之猛烈，死亡人数之速增，足令人为之惊惧。曹植说："家家有强尸之痛，室室有号泣之哀，或阖门而殪，或覆族而丧。"（《论疫气》，《全三国文》卷十八）文人厄运难逃。建安二十二年（217年）大疫后，曹丕给好友吴质的信中，哀叹"建安七子"须臾之间"已成鬼录"。徐干、陈琳、应玚、刘桢等人"昔年疾疫，亲故多离其灾"，"零落略尽"，令他"痛可言邪"（《又与吴质书》，《全三国文》卷七）！

其次，来自前所未有的战乱。既有汉民族与五胡民族之间的战争，也有五胡民族之间的战争，同时还有统治阶级内部争权夺利的战争。长江之北的八王之乱，五胡与汉民族之间的大屠杀，遭遇痛苦与灾难的不仅是寒门庶族，也包括世家大族等上层统治集团的人员在内。既有被掠杀的少数民族五胡子弟，也有抛尸荒野的汉族儿女。战乱之外，更有瘟疫与灾荒。比如，晋怀帝永嘉五年（311年），"石勒追东海王越丧，及于东郡，将军钱端战死，军溃，太尉王衍、吏部尚书刘望、廷尉诸葛铨、尚书郑豫、武陵王澹等皆遇害，王公已下死者十余万人。东海世子毗及宗室四十八王寻又没于石勒。"（《晋书·孝怀帝纪》）又如"永宁元年，自夏及秋，青、徐、幽、并四州旱。十二月，又郡国十二旱。是年春，三王讨赵王伦，六旬之中数十战，死者十余万人。"（《晋书·五行中》）如此事例不胜枚举，如此景观，惨不忍睹。面对这样的历史境遇，人们的希望在哪里？未来又是什么？从"对酒当歌，人生几何"慨叹中，我们可能看到更多的是颓废、悲观、消极，然其背后，却是对生命的强烈追求与留恋，对传统的命运论、对传统的道德、对外在权威的怀疑和否定。这是一种人性内在的觉醒。

上述种种，给史学影响甚大。一是使史书体裁发生了变化；二是使史学著作数量迅速增加；三是使史学内容日益丰富；四是使史学思想发生巨大变化；五是使史学成为一门必修的学问为人们所注重。这具体表现在以下四个方面：

一、魏晋史学在中国史学上居于重要地位。司马迁、班固创立的纪传体与断代史虽已成为史学的主流，然诚如唐人刘知己所说，古往今来，质文递变，诸史之作，不恒厥体；清人章学诚所言，六经皆史也。因此，史学没有一种绝对不变的体例，其体裁是随着历史的发展而发展的。尽管这一时期的史学著作主要还是纪传体与编年体，但新增的与发展起来的起居注、实录、杂记、名人传记等，却如雨后春笋，不断涌现。据刘节先生考证，纪传体方面：作后汉史的 14 家，晋史的 26 家，十六国史的 8 家，做晋起居注与实录的 24 家；编年体与纪传体并行的有三国史 8 家，做南朝史有编年与纪传体并行的 7 家，齐书 3 家，梁史 3 家，陈史 3 家；北朝有魏收等 5 家（刘节《中国史学史稿》）。有案可查的魏晋南北朝史家达六十余人。其作品，据《隋书·经籍志》记载，其中存佚史部书有 874 部，16558 卷；隋时尚存的史部书 817 部，13364 卷，其数量远远超过两汉以前的总和。而起居注与实录遂成了后代学者撰写编年体与纪传体史书最基本最原始的素材。其作品之多，晋有起居注 322 卷，后魏有起居注 336 卷，整个魏晋有起居注 44 部，1189 卷。实录数量虽然不多，但已经开始成为史学的一部分了。

二、魏晋史学的最大创造当属杂史与传记。既有名人传记，也有地方风土人情，还有神奇怪异之类。其作品，据《隋书·经籍志》所著录，共有十五目 207 部，若加上《隋书》未收录的，据刘节先生考证多达 436 部，是存佚史部书 874 部的一半，其中，传记如《三辅决事》、《高士传》、《高僧传》、《神仙传》、《列女传》约有四百余部，单《列女传》就有十部，59 卷。这些真如龙跃凤鸣，风起云涌，令人赞叹不已。

三、魏晋史学的另一个发展，就是考古资料的出现和对古代典籍的整理。汲冢书的出现，商周器皿金文与碑刻佚文的出现整理，使魏晋史学呈现一派生机勃勃的景象。《竹书纪年》与《汲冢书》的整理是魏晋史学一大成就。

四、魏晋史学进一步扩大了内容范围。单纯的政治军事经济史是一个方面，而政治人物也由统治阶级的少数精英人物扩大到平民百姓，甚至三教九流的佛教僧尼与道教徒，神仙怪异，再发展到野史。由帝王家谱到平民族谱，由男人到妇女。有社会生活，地理人物，城市建筑，大大地扩充了史学的内容与范围。

以上四点，仅就其荦荦之大者而言，细枝末节未予深究，然足以展其盛况。史之作，源远流长。以上所述，只是一种大致轮廓，揭其源流，旨在明其根本，知其发展走向，得其意蕴精神。其意蕴精神是什么呢？《礼记·经解》说："疏通知远，《书》教也。属辞比事，《春秋》教也。"又说："疏通知远而不诬，则深于《书》者也。属辞比事而不乱，则深于《春秋》者也。"其意蕴精神就在"不诬不乱"四字上。不诬，就须中正、真实；不乱，就须有征，有信。秉笔直书，无征不信便是史学的生命与灵魂，便是史学最为宝贵的精神财富与道德传承。《史通通释举要》说："史通所痛斥者……其史诞，诞者不信……其史渐，渐者不直。不信不直，史之贼也。"诞，虚妄；渐，曲折隐晦，不直说而掩盖之义。虚妄与隐晦是史学之大害。史学第一要义就是要如实记录历史事实。"史之为务，厥途有三焉。何则？彰善贬恶，不避强御，若晋之董狐，齐之南史，此其上也。编次勒成，郁为不朽，若鲁之丘明，汉之子长，此其次也。高才博学，名重一时，若周之史佚，楚之倚相，此其下也。苟三者并阙，复何为者哉？"（《史通·内篇·辩识》）

我国传统史学非常强调这两点，从晋之董狐到齐之太史兄弟世家，都以宁死不屈的气概坚守着发扬着这种"不诬不乱"的精神，将诚信、真实、秉笔直书作为史家的生命。《左传·宣公二年传》说："乙丑，赵穿攻灵公于桃园。宣子未出山而复。大史书曰：赵盾弑其君。以示于朝。宣子曰：'不然。'对曰：'子为正卿，亡不越竟，反不讨贼，非子而谁？'宣子曰：'呜呼。我之怀矣，自诒伊戚，其我之谓矣。'孔子曰：'董狐，古之良史也，书法不隐。赵宣子，古之良大夫也，为法受恶。惜也！"董氏，一小小之史官也，不畏死、不屈于赵氏淫威之下，秉笔直书，受到孔子的赞扬。《左传·襄公二十五年传》说："大史书曰：崔杼弑其君。崔子杀之。其弟嗣书。而死者二人。其弟又书。乃舍之。南史氏闻大史尽死，执简以往。闻既书矣。乃还。"大史兄弟三人，秉笔直书的精神又是何等强烈！

董狐、南史的精神，就是坚持历史的真实，以生命保护历史的真实与可靠。这种对真实的追求，体现了史学的灵魂，那就是历史必须是真实可靠的、客观的，不带任何个人的感情色彩，也不掺杂任何政治权力，不受社会意识形态的影响。它只是如实地对历史进行复制，历史是什么，那么记录下来的就是什么。这样的历史就是一部信史，它经得起任何时代、任何观念派别任何材料证据对它的检验。其核心就是一个"信"字。

先秦史学家坚持这种信史精神，并将这种精神传承给了下一代。由于先秦史家是世袭的职业，无论是兄终弟及还是父死子继，这种文化内涵——宁死也不屈服于强权与政治暴力，坚持写信史的精神成为了史学的一种道德与写作信条，并成为一种潜意识，一种具有约束力的规范。所以追求历史的真实也就成了有史以来史家遵循与评价史学著作的基本标准。

孔子写《春秋》，可以说基本上遵循了这一精神。当然，《春秋》作为鲁国的编年史，是鲁国史臣留下来的真实记录。而孔子在整理过程中，亦掺杂了个人情感。他创造的春秋笔法，实际开创了一个以个人意志编撰历史的先例。除了他执意"为尊者讳，为亲者讳，为贤者讳"之外，还有一套褒与贬的写作方法。运用这一方法，他实现了个人的赞扬与讽刺；通过褒善贬恶，又达到了"使乱臣贼子惧"的目的。孔子这一做法，被后代所继承。《左传》之"君子曰"，《史记》之"太史公曰"，实为其后之史评、史论之滥觞。

司马氏写《史记》追求历史的真实，他的著作在两千多年后的今天还可以用地下考古资料加以证明。所以班固说："然自刘向、扬雄博极群书，皆称迁有良史之材，服其善序事理，辨而不华，质而不俚，其文直，其事核，不虚美，不隐恶，故谓之实录。"（《汉书·司马迁传》）司马迁写一千多年前的殷商史基本上是可靠的。然他写的当代史是否可靠？过去读《史记》总有一种怪怪的感觉，那就是他写《武帝本纪》为什么与《封禅书》会一模一样？是两者互抄吗？现在虽无法考证，但从今天的角度来看，《武帝本纪》中所说的全是神灵崇拜，全是对神仙怪异、长生不死的追求，是对宗教迷信活动的记录。这就使得他的纪不成其为本纪了。作为本纪，它应是编年历史的大事记载，一般按年代与月日排列。而《武帝本纪》一开篇除了说明他的生父母与登位外，文中仅提到建元、元光、元狩三个年号，其他五个年号一个都没有。特别令人不解的是，与班固《汉书》比较，司马迁近漏载了许多重大历史事实，如征匈奴、伐西域、平南越与大宛等。这不能不使人对司马迁的信史产生怀疑。然班固明显地说他的书是一部信史，班氏父子写作《汉书》，武帝之前的历史基本上抄袭他的原作，说明他的原作好到不能再改了。然这一现象又作何解释？原来，班固称他的书为信史，是指他所写之事，事事皆实，件件皆真，所言不虚妄，并不是说他没有遗漏。即使有遗漏，但不虚假，便是值得信赖的信史。司马迁除了这个信之外，还有一点难能可贵，就是他给我们展现的汉武帝是一个迷信鬼神、追求长生不死执迷不悟的皇帝，而不是雄才大略、英武神勇的皇帝。或许他有点偏，或许他有个人恩怨，但他给我们展现了武帝的另一面，正是这一点，让我们看到一个史学家的浩然正气，即先秦史家传承下来的那种不屈于暴力权威与专制淫威而坚持写作信史，敢于揭露统治者丑恶、伸张正义的个性张扬。他用自己的笔写出他对武帝的认知，对丑陋的鞭挞。所以刘知几对司马迁很赞扬，称他是仅次于董狐与南史的史家。

班固父子的《汉书》继承了信史的传统。他自己说："学不为人，博而不俗；言不为华，述而不作。"（《汉书·叙传》）刘知几称："如《汉书》者，究西都之首末，穷刘氏之废兴，包举一代，撰成一书；言皆精练，事甚该密，故学者寻讨，易为其功。自尔迄今，无改斯道。"（《史通·内篇·六家第一》）这些评价已是相当高的了。班氏之书，一是增加相当多的内容，二是新创八志，三是断代史的建立，这都是不可磨灭的功勋。

进入魏晋，有坚持写作信史而牺牲的。他们为了追求一个"信"字，或身膏斧钺，被人耻笑；或书填坑窖，无闻后代。如东晋之孙盛，他写作的《晋阳秋》，据说是词直而理正，对于当时桓温北伐在枋头大败，孙氏直书后，受到桓温"关君门户"的威胁，迫使孙氏之子改之，但孙氏自己却将此书北寄于慕容隽，才使此书得以流传下来。又比如，东吴的韦曜，也是一个很有骨气的史家。东吴孙皓是有名的暴君，即位后，欲迫使韦曜将其父写成本纪，但韦曜以孙皓之父没有登过帝位为由，而加以拒绝，结果，被孙皓诛杀。再比如，习凿齿由于揭司马懿之短，敢于说出历史的真像，撕开司马氏父子的所谓神奇英武、真命天子的假面具而有申以死葛走达之说。

总之，作为鉴古知今，总结历史的经验与教训，以便为统治者治理天下提供良方的史学家们，为了追求一个"信、达、雅"，追求一个不虚假、不隐恶、不溢美，是什么就写出什么的真实历史，以一种无私无畏的求实精神，以自己的生命与鲜血谱写了一曲泣鬼神、动天地的历史壮歌，成为史学上的一座丰碑而为后人所传颂所敬仰。

当然，欲写一部信史，除了有好的精神之外，还需有好的方法，好的理念。这种方法、理念的基本落脚点就在如实记录历史上。历史记录与历史著作是两回事，历史记录作为最原始的史学著作材料，它的基本要求就是真实可靠。这是史学大厦的夺砖瓦。而构建史学大厦，除材料之外，还需要建造者的设计与如何组织材料。从这种意义上说，《春秋》之前的一切史学著作不过是种原始材料而已，是种按编年体从年到月到日排列的资料汇编。但到了司马迁的《史记》则不同，那是按照作者自己的立场、观点与思考认识事物的方法对历史资料进行了新的组合。这样写出来的著作就不再是《春秋》那种简单的编年体事件与言论记录了。所以司马迁说："网罗天下放失旧闻，考论之行事，稽其成败兴坏之理……究天人之际，通古今之变，成一家之言。"（《汉书·司马迁传》）因此，他写的书是一种新的体例，是依据他自己的观点与认识来进行写作的，自始至终都贯穿着他的史学意图与精神，其及对历史、对社会、对天地万物的认识。其中，包括他所说的"究天人之际"。所谓"究天人之际"，就是指要探讨天与人之间的关系；天命是否存在，天神感应是有还是没有？天是否发善心，是否能真的给善者善报，恶者恶应？这是司马迁给史学写作所建构的基本指导思想，是他对天、对天命、对世界、对自己的基本认识。尽管他没有解决这个问题，但他提出了怀疑。怀疑论是司马迁史记写作的指导思想之一。他对项羽临死之际说什么"天亡我，非战之罪也"，进行了批评，否定了天而肯定了人为的决定作用，无疑是其怀疑论作用的结晶。同样，他对天能赏善罚恶也进行了否定，说："或曰：'天道无亲，常与善人。'若伯夷、叔齐，可谓善人者非邪？积仁絜行如此而饿死！且七十子之徒，仲尼独荐颜渊为好学。然回也屡空，糟糠不厌，而卒蚤夭。天之报施善人，其何如哉？盗跖日杀不辜，肝人之肉，暴戾恣睢，聚党数千人横行天下，竟以寿终，是遵何德哉？此其尤大彰明较著者也。若至近世，操行不轨，专犯忌讳，而终身逸乐，富厚累世不绝。或择地而蹈之，时然后出言，行不由径，非公正不发愤，而遇祸灾者，不可胜数也。余甚惑焉，傥所谓天道，是邪非邪？"（《史记·伯夷列传》）这种质疑追问是深沉有力的，表现了他究天人之际的认识水平。

班固在其父死后续作《汉书》，"固以彪所续前史未详，乃潜精研思，欲就其业。既而有人上书显宗，告固私改作国史者，有诏下郡，收固系京兆狱，尽取其家书。先是扶风人苏朗伪言图谶事，下狱死"。（《后汉书·班彪列传》）在此，班氏父子已经深切感受政权对史学的干预，幸亏班超救援，班固才免于掉脑袋。所以他不得不对刘氏政权歌功颂德。他写的《两都赋》极尽对东汉歌颂之能事，"建武之元，天地革命，四海之内，更造夫妇，肇有父子，君臣初建，人伦寔始"，"百姓涤瑕荡秽而镜至清，形神寂漠，耳目不营，嗜欲之原灭，廉正之心生，莫不优游而自得，玉润而金声。是以四海之内，学校如林，庠序盈门，献酬交错，俎豆莘莘，下舞上歌，蹈德咏仁。登降饫宴之礼既毕，因相与嗟叹玄德，说言弘说，咸含和而吐气，颂曰'盛哉乎斯世'"。（《后汉书·班彪列传》）表现作者对统治者的依附性。为政权服务也就成了班氏父子写作的信条。

到了魏晋，史学家为政权服务的自觉意识更强烈了。其突出的表现就是习凿齿提出来为蜀汉争正统的事。东晋习凿齿作《汉晋春秋》一书，对于《三国志》编纂，认为陈寿写曹操用本纪，称《武帝纪》，写刘备则《先主传》，孙权称《吴主传》，降低了刘备的地位。于是他以刘备为正统，晋接汉而不是接魏。视晋为正统，这样与东晋相对的北朝就是非正统了。

同时，精益求精的著述精神更突出了。这一精神使得无数学者视写作为神圣大事。比如袁宏就是如此。他的《后汉纪》是一部写得很好的著作，尽管这部书没能完整地保留下来。为了写好这部书，他几乎搜集了当时有关东汉史的所有材料，在吸取诸书精华的基础上，删繁补缺，纠谬释疑，反复修改，不惮其烦，故能甚得"比诸家号为精密"的赞誉。即使《后汉纪》初稿流传后,他发现张璠纪所言汉末之事,颇有可采,便及时加以补充,使之成为记载汉末事实最为翔实的著作。不仅远远超过同时代的诸家《后汉书》,而且连晚出的范晔《后汉书》也不如。

(五)方兴未艾的佛学学术文化

较之土生土长、源远流长的儒、道、文、史四家学术文化来,佛教东渐的历史与根基就短浅得多了。正因此故,宋文帝元嘉十六年(439年)立四学时就未给它一馆之地而立五学。这样做,并不意味着他对佛教不重视,恰恰相反,他对佛教的敬重有过于前代任何一个崇佛帝王。元嘉十二年(435年),他对何尚之、羊玄保说:"朕少来读经不多,比日弥复无暇,三世因果未辩厝怀,而复不敢立异者,正以卿辈时秀,率所敬信故也。范泰、谢灵运常言六经典文,本在济俗为治,必求灵性真奥,岂得不以佛经为指南耶?近见颜延之《推达性论》,宗炳《难白黑论》,明佛汪汪,尤为名理并足,开奖人意。若使率土之滨,皆敦此化,则朕坐至太平,夫复何事。近萧摹之请制,未全经通,即以相示,委卿增损。必有以遏戒浮淫,无伤弘奖者,乃当著令耳。"(《高僧传·释慧严传》)字里行间无不充满着他对佛教崇敬之情。由于他私下如此敬信佛教,这就为佛教在元嘉的兴起和发展创造了条件,提供了机遇,为元嘉以后各朝帝王崇佛做出了表率。而佛教亦趁此机缘大力向前推进,发展成为与儒、道、文、史并重的对文人学士影响甚深的学术文化。因此,我们要讲四学,就不能不讲佛教,而要讲佛教,又不能不讲佛教的中国化;只有研究佛教的中国化,才能对佛教的学术文化作出全面的认识与评价。

下面,我们分别从佛教文化的中国化和佛教僧侣的中国化两个方面进行探讨。

一、佛教文化的中国化

佛教文化的中国化肩负着中外文化转化的重任。没有这种文化转化,外来佛教也就不可能转化成中国佛教。由于佛教文化极其丰富,故其文化转化的方法也就多样。其中,道化、译经、义解则是最基本的最重要的方法。道化的妙用依赖于文化的对接,译经的功尚依靠于文化的转换,义解的深邃则依凭于文化的融通。三者共同引领着文化转化的方向。

(一)佛教道化的文化对接。汤用彤先生说:"佛法,亦宗教,亦哲学。宗教情绪,深存人心,往往以莫须有之史实为象征,发挥神妙的作用。"① 在佛教弘道扬法过程中,能完美体现这一特征的,就是道化。作为文化传播机制,道化过程,就是文化的张扬与显现过程;它所使用的各种道术,更是一种文化。通过它,可察其现状,寻其历史,窥其本质,还可发现它同其他文化的联系。其本质,就是神秘;其联系,便是相同与相似。爱弥尔·涂尔干说:"宗教是神话、教义、仪式和仪典组成的或多或少有些复杂的体系。"又说:"佛教应该是一种宗教;它虽然不敬神,却承认神圣事物的存在,也就是说,承认四圣谛以及据此而来的各种仪轨的存在。"② 便是对这一本质的诠释。他所说的"四圣谛",便是这一本质产生的根源。四圣谛在分析人生之苦产生形成的原因和叙说人生解脱之归宿时,充满了神秘的色彩,并用一些"莫须有的史实"来显现,故只"可以理寻,难以事诘"③,但它却给佛教神话、教义、教仪的创造留下了许多想象的空间,为神异的道化,神异的道术,神异的故事之传延提供了诸多方便。而这些均保存在佛教的各种典籍中。比如释慧皎的《高僧传》就有不少这方面的记载。像《译经传》记载安世高游化中国时曾超度了一神一人,就显得神秘诡谲。一神,指庐山郏亭湖神。它的前身与安世高同学。由于他性多瞋目,死后变成一大蟒蛇盘踞在郏亭湖一带。虽然已得丑形之报,但仍不思悔改,嗔怒之性依然刚烈。既为蛇神,却喜人祈祷。凡向他祈祷者,渡湖安然无恙;凡不祈祷者,则船覆人亡。为此,渡湖商旅,叫苦不迭。安世高来到庐山同他了结前世因缘,渡湖中与他相见,并帮他超度,使之离去丑形,复还本身。然因其作恶太甚,最终坠入地狱。一人,指广州客。其前世曾加害过安世高。安世高来到广州,同他"说昔日偿对之事,并叙宿缘",他听后,"豁然意解,追悔前愆,厚相资供,随安东游",来到会稽。于会稽,安又因前世余报未尽,故一进入市中,便遭今世之报,被"乱相打者"误中头部殒命。这两件事,原本就显得神异离奇,后经释慧皎一加工,一渲染,很快便流布开来,"远近闻知"。究其缘由,一是宗教情绪,深入人心。二是神秘故事具有惊奇、震撼、恐惧的神妙作用。三是受众心理,素以猎奇为尚,希望能从猎奇中得到刺激,得到鼓舞,得到愉悦。而这正是神异道化能够屡屡得手,屡屡见效,神异文化能够频频创造,频频延传的原因所在,亦是文化得以对接的心理基础。

---

① 汤用彤:《汉魏两晋南北朝佛教史·跋》,北京大学出版社1997年版。

② 爱弥儿·涂尔干:《宗教生活的基本形式》,渠东·汲喆译,第一章《宗教现象和宗教的定义》,上海人民出版社1999年版,第41、43页。

③ 释慧远:《沙门不敬王者论》,上海古籍出版社1991年版。

用神异来道化人,是小乘佛教惯用的手段,不唯安世高如此,凡来华游化中国的僧人都是这样。对此,《高僧传·神异》上下卷作了详细的记载。其僧人,正传二十人,附见十二人。他们所使用的道术集中表现在行走、治病、遁隐、卜来知往等方面。比如单道开行走如飞,一日能行七百里。释昙霍,行疾如风,力者追之,恒困不及。杯度,常乘木杯度水,无假风楫,轻疾如风。竺佛调,来去无迹。耆域,善神咒,为人治病,取净水一杯,杨柳一枝,便以杨柳拂水,举手向患者而咒,如此而三,患者便疾病顿解。竺法慧,乞食常持绳床自随,时或遇雨,以油帔自覆,雨止,唯见绳床,不知慧所在。讯问未息,慧已在床。佛图澄"善诵神咒,能役使鬼物,以麻油杂胭脂涂掌,千里外事,皆彻见掌中,如对面焉"。好用预言、铃声昭示人之祸福、事之得失。石勒登位后,石葱欲叛乱,他对石勒说:"今年葱中有虫,食必害人,可令百姓无食葱也。"八月,石葱果叛。石勒自葛陂还河北,过坊头,坊头人夜欲袭营,他谓大将郭黑略说:"须臾贼至,可令公知。"后果如其言,坊头人真来袭营了。石勒建平四年四月,天静无风,而塔上铃独鸣,他对众人说:"铃音云:'国有大丧,不出今年矣。'"七月,石勒真的死去。以这样的神异去道化,不仅石勒信之,后赵的百姓也信之。《高僧传》佛图澄本传说:"澄道化既行,民多奉佛,皆营造寺庙,相竟出家"。投其门下者,几且一万,营造寺庙多达896所。这无疑为佛教中国化和文化对接奠定了基础。

这个基础就是中外文化的相同或相似,且主要通过人来完成。其实在佛教传播过程中,无论是初期、中期,还是中国佛教形成以后,虔心接受佛教道化的,不只是一些统治者和众多百姓,还有一批读书人,一批文人学士。而这些人才是佛教之所以能够得以迅速传播的生力军。他们有知识,有文化,有很强的理解力,接受力,有一张善辩的嘴,一支生花的笔,有较高的地位,在民众中有较高的威望。他们信佛,就会带动一批人。实际上,佛教道化对这类人特别关注。而佛教文化与中国文化的对接,在佛教僧侣中国化还未形成前,主要靠他们来完成。这是一股潜伏着的力量。

在中国古代文化中,有不少与上述道化相同或相似的东西,比如安世高超度一神一人时所说的人死变成异物,中国神话、传说也有类似的记载。《山海经》记载的"精卫填海"、"夸父追日",《太平御览》记载的"杜鹃啼血",都是讲人死变成异物的。又如,他所讲的报应问题,《尚书·伊训》所言"惟上帝不常,作善降之百祥,作不善降之百殃",《周易·坤·文言》所云"积善之家,必有余庆;积不善之家,必有余殃",《老子》七十九章所说"天道无常,常与善人",《墨子·明鬼》所谓"鬼神之路，赏贤而罚恶"，《论衡·福虚篇》所谓"行善者福至，为恶者祸来。福祸之应皆天也。人为之，天应之"等都是讲报应的。而《神异》上下卷宣讲的行走、治病、遁隐、卜来知往之道术，中国古籍中亦随处可见。《后汉书·王乔列传》说王乔"每月朝望。常自县诣台朝"，"不见其车骑，所见双凫从东南飞来"，亦是中国人也会来去无迹，行走如飞之表现，《汉书·艺文志》记载的天文、历谱、五行、蓍龟、杂占、形法之数术六种，《后汉书·方术列传》所载的风角、遁甲、七政、六气、六日七分、逢占、日者、挺专、须臾、望云省气、推处祥妖之方术12 种，都是讲治病、遁隐、卜来知往的，汉时视佛教与方术为同类，想必绝非偶然。至于佛图澄所说的预言、铃音，汉代谶纬之学中几乎应有尽有。像王莽篡汉前所流布的"告安汉公莽为皇帝"的谶言，所流传的巴郡石斗文，扶风雍石文和刻有"'摄皇帝当为真'的新井文"（《汉书·王莽传》），刘秀起兵参加天下角逐时所流传的"刘秀发兵捕不道，卯金修德为天子"（《后汉书·光武帝纪》）的谶言，以及这些谶言符命过后所出现的王莽篡汉、刘秀复兴的事实，与佛图澄的预言、铃音相比，不是同一母体所生下的两个怪胎吗？拿后者来说，中国那些经过历史陶冶的神话传说，那些经过数代文人学士整治出来的经学警言，经过方士多年修炼而成的数术方技，经过汉代帝王精心扶植而以"立言在前，有证于后"为特征，以预示人之祸福吉凶为内容的谶纬之学，作为一种历史积习、文化沉淀，早已传遍了大江南北，盘活在人们的心底，支配着他们的生产、生活、思想与感情，左右着他们对事物的认识，对道德的评价，对祸福的看法，规引着他们的日常言行，是他们熟悉不过了的理念、信条。所以，当外来僧侣拿着这些方术、言论、故事来游化他们的时候，他们在惊奇不已之时，似曾相识之中悄然地接受它，吸纳它，信奉它。这就为外来僧侣的道化提供了一种文化场所，一种对接的空间，一种契机和便利。而外来僧侣，不论他们对中国文化是否熟悉，只要一进入到这种文化场地，都会受其指染，无师自通地熟悉起来，情不自禁地将它们拿来为己所用。如此一来，建立在这种相同或相似之处的道化，自然会如虎添翼，如神似化，大得胜场。而两种文化的对接亦就在彼此灵犀相通中得到了实现和完成。

中外文化之所以能够对接，还有一个重要原因，那就是二者都是建立在天与神上。佛教不敬神，并不等于不信神。佛图澄曾对其弟子所说的"昨夜天神呼我曰"云云（《高僧传·佛图澄传》），乃是其信神之明证。释慧皎称"道"为神，此神虽为神异之神而非天神，然神异之出现，来自天神。没有天神也就没有神异。这是佛教信神的又一佐证。由于佛教信神,中国文化也信神,于是文化对接便在天神以及由此而产生的神异上找到了相同点、对接处。这一对接的结果,加速了中国僧人道化的步伐,至后期进行道化的多系中国僧人,而他们所使用的道术,虽多表现在行走、治病、预言吉凶上,但已融进了中国文化,或纯是中国文化。比如梁时僧人释保志"与人言语,始若难晓,后皆效验。时或赋诗,言如谶记"(《高僧传·神异》),即是其证。

(二)佛经翻译的文化转换。这是佛教中国化能得以实现的关键所在。它脱掉了道化神秘的面纱而趋向真实与科学。双方的文字和语言就是一种重要的媒介。它们的基本功能就是表意和传意。释僧佑说:"夫神理无声,因言辞以写意;言辞无迹,缘文字以图音。故字为言蹄,言为理筌,言义合符,不可偏失。"(《胡汉译经文字音义同异记第四》,《出三藏记集》卷一)庄子说:"凡交近则必相靡以信,远则必忠之以言,言必或传之。夫传两喜两怒之言,天下之难者也。夫两喜必多溢美之言,两怒必多溢恶之言。凡溢之类妄,妄则其信之也莫,莫则传言者殃。故《法言》曰:'传其常情,无传其溢言,则几乎全。'"(《庄子·人间世》)便是对这种功能的阐析。尽管传意很难,只要处理好传意者与所传内容之关系,使之信而不妄,忠而不诬,那也不难。同一语种是这样,不同语种也不例外。不同语种的传意,通常是通过传意人即译者的语言转换来进行。译者如何准确地把握好双方语言的特点和传意的内容,则是关键。在佛经翻译中,由梵转汉,因梵文"自称书为天书,语为天语,言训诡蹇,与汉殊异"(《高僧传·安世高传》),几乎无迹可寻,然释僧佑在总结汉以来佛经翻译语言转换得失时,却发现了中外语言的关联,揭其奥秘云:"是以文字应用,弥纶宇宙,虽迹系翰墨,而理契乎神。昔造书之主凡有三人:长名曰梵,其书右行;次曰佉楼,其书左行;少者苍颉,其书下行。梵及佉楼居于天竺,黄史苍颉在于中夏。梵佉取法于净天,苍颉因华于鸟迹。文画诚异,传理则同矣。"(《胡汉译经文字音义同异记第四》,《出三藏记集》卷一)从文字创造的渊源来说两者的关联,立意可谓深远。若依照这一认识思路,反照佛经翻译情况,就不难发现梵汉之间存在不少相似点、关联处。首先,拿"胡音尽倒"来说,这一现象在中国语言中虽不尽普遍,但也不无倒装的句式存在。当人们一旦接触到好于倒装的梵文时,就会从中找到两者倒装的规律,获得转换的方法,不会出现释道安所说的"胡语尽倒,以使从秦,一失本也"(《摩诃钵罗若波罗密经抄序》,《出三藏记集》卷八)的情况。其次,拿佛经语言繁复来说,这在中国语言中同样存在。中国文人行文,有尚简的,亦有好繁的。比如,汉代大赋,特好铺排,没完没了。汉代重章句,治一经而皓首,说一经而百余万言。若以这种繁复去观照佛经中的"叮咛反复,或三或四,不嫌其烦",同样可以总结出转换的规律与途径,探求出繁简适宜的译文路子,避免释道安所说的"三失本"来。最后,以梵文的"宫商体韵"而论,鸠摩罗什曾慨叹良深,说:"天竺国俗,甚重文制,其宫商体韵,以入弦为善。凡觐国王,必有赞德,见佛之仪,以歌叹为尊。经中偈颂,皆其式也。但改梵为秦,失其藻蔚,虽得大意,殊隔文体。有似嚼饭与人,非徒失味,乃令呕哕也。"(《鸠摩罗什传第一》,《出三藏记集》卷十四)深感经中偈颂韵味不能完美地转换成汉文。这一慨叹令人想起中国唐诗被转译成外文所遇到的困惑。而佛经中偈颂,实乃经中之诗歌,是用来表现制经人对事物的体认,对神理的感悟,对佛的颂扬的。希望能以悠扬的宫商、动听的韵律来表达自己的感情、认识,使受众为之动心,是偈颂制作的基本愿望和要求。虽然罗什所言宫商与中国人所说宫商,所言韵味与中国人所说韵味差异甚大,但以异求同,二者并无本质的区别。中国是个泱泱诗歌,讲究押韵,讲究性情理趣韵味,讲究意境,讲究感人,历来是中国诗歌的本质所在。中国的语言亦存在平上去入四声。尽管此时四声尚未发现,但人们从语音的高下低昂、长短缓急中,发现了它的抑扬顿挫之美。有的人以此来吟唱,来啸咏,来吐纳。善吟唱者,一抑一扬,恰似珠丸落玉盘;善啸咏者,一声长啸,宛如凤鸾和鸣;善吐纳者,一吐一纳,听者乐而忘归。这种情况,于魏晋南北朝而大盛。对于这种音韵之美,人们常以宫商称之。而罗什"宫商"之说,正从中来。既然罗什引宫商以状其故国语音之特点和体韵之风格,这就说明,在罗什的眼里,中国的语音与天竺的语音,中国诗歌的体韵与天竺偈颂的体韵存在很多相似之处。正因为相似,他在同释慧远的书信往还中,不忘以偈颂赠答。试看他给慧远的一首赠偈云:"既已舍染乐,心得善摄不?若得不驰散,深入实相不?毕竟空相中,其心无所乐。若悦禅智慧,是法性无照。虚诳等无实,亦非停心处。仁者所得法,幸愿示其要。"(《高僧传·释慧远传》)偈以五言出之。五言,是中国诗歌常用的体裁,罗什精悉华言,对五言诗歌并不陌生。以中国的五言诗歌来写天竺的偈颂,这不正表明中国的诗歌与天竺的偈颂在用韵、歌唱、体式上并没有什么区别吗?既然二者的本质如此相似,译经时,只要充分注意到这些方面,偈颂的宫商体韵不也是能够转换吗?这样的例子还有很多,象释慧远"五失本三不易"所提到的梵文好质朴,好注释,好傍引,好雅古,好微言,以及时俗等问题,在中国文化中都可找到它们相应的部分。这就说明,在梵汉语言中,不同是局部的,相同才是普遍的。正是由于普遍,文化才有转换的可能。

（三）佛经义解的文化融通。这是佛教中国化能够得以实现的重要枢纽,是佛教文化中国化的最本质体现,充满着理性的色彩和思辨的意义。如果说,佛教道化和佛经翻译主要由外来僧侣所承担,那么佛经义解则多由中国僧人来完成。佛教道化的文化对接和佛经翻译的文化转换以相同或相似的文化认同为条件,那么义解的文化融通也是以中印文化的相互一致为契机。其常用的方法就是"格义"与"会通"。

"格义"之法,始见于《高僧传·竺法雅传》,是竺法雅、康法朗为门徒解经时所创造。此法之关键就在"拟配",即通过佛经中事数与外典相类似的名词、概念的比配来裁量、推究佛经义理。而拟配得当于否,又取决于解经者对内外典籍熟悉的程度。因此,精炼内外典籍便成为格义的前提与基础,亦成为竺法雅给门徒"递互讲说"外典佛经的原由。这种方法尽管后来被释道安所否定,但它在义解中所发挥的作用还是很大的。它加速了人们对佛经教义的理解,促进了义解中文化的融通,并形成了自己的义学。这可从小乘禅数学义解中得以说明。小乘禅数之学,自安世高于汉桓之世译出《安般守意经》、《阴持入经》、《十二门经》等名典之后,便成了中国僧人常习的一种学问。而禅数的教义和方法,康僧会《安般守意经序》释之云:"夫安般者,诸佛之大乘,以济众生之漂流也。其事有六,以治六情。情有内外,眼、耳、鼻、口、身、心,谓之内矣;色、声、香、味、细滑、邪念,谓之外也。经曰诸海十二事,谓内外六情之受邪行,犹海受流,饿夫梦饭,盖无满足也。心之溢荡,无微不浃,恍惚仿佛,出入无间,视之无形,听之无声,逆之无前,寻之无后,深微细妙,形无丝发,梵释仙圣所不能照明。默种于此,化生乎彼,并凡所睹,谓之阴也。犹以晦暝种夫粢芥,闇手覆种,孳有万亿,旁人不睹其形,种家不知其数也。一朽乎下,万生乎上,弹指之间,心九百六十转,一日一夕,十三亿意。意有一身,心不自知,犹彼种夫也。"（《出三藏记集》卷六)讲的是禅数之义旨,核心又放在意的特征与作用上。然如何使意不溢荡,不妄动,不为"众苦之萌基"（《出三藏记集》卷六),其要秘就是数数,"系意著息,数一至十,十数不误",直到"寂无他念,泊然若死"（《出三藏记集》卷六)。这种教义和方法,对中国人来说,甚为新奇,但不陌生。因为这在中国传统经典中也有心定、心静的描述。比如《礼记·大学》说的"知止而后有定,定而后能静,静而后能安,安而后能虑,虑而后能得",《老子》说的"虚其心","不欲以静",《庄子》说的"无视无听,抱神以静,形将自进,心静必清",便都是这

114

方面的名言。若竺法雅他们拿这些名词、概念、义理去拟配述说禅数之学的深奥道理，既有助于门徒对教义的理解，亦有利于二者的融合，但不利于会通和创新。释道安早年心慕格义，后来认识到它的局限而主动摒弃，虽然表现了中国佛教徒在义解中精益求精，不断进取的精神，但若没有这种格义作铺垫，不只是他，很多中国僧人欲进入会通阶段，还需要一段较长的时间。正是这样，他写的《十二门经序》便留下了格义的痕迹。试看他对禅数含义、作用的阐述云："夫邪僻之心，必有微著，是故禅法以四为差焉。贪淫图者，荒色悖蒸，不别尊卑，浑心耽恼，习以成狂，亡国倾身，莫不由之。虚迷空醉，不知为幻，故以死尸散落自悟，渐断微想，以至于寂，味乎无味，故曰四禅也。瞋恚圄者，争纤介之虚声，结沥血之重咎，恩亲绝于快心，交友腐于纵忿，含怒彻髓，不悛灭族。圣人见强梁者不得其死，故训之以等。丹心仇亲，至柔其志，受垢含苦，治之未乱，醇德邃厚，兕不措角，况人害乎？故曰四等也。愚痴城者，诽古圣，谤真谛，慢二亲，轻师傅，斯病尤重矣。以慧探本，知从痴爱，分别末流，了之为惑，练心攘愿，狂病瘳矣，故曰四空也。行者抴禅海之深醴，溉昏迷之盛火，激空净之渊流，荡痴尘之秽垢，则皎然成大素矣。行斯三者，则知所以宰身也。所以宰身者，则知所以安神也。所以安神者，则知所以度人也。"（《出三藏记集》卷六）基本上就是用中国文化中的名词概念组合而成。其中所云"贪"、"瞋"、"痴"，乃属佛教名数，即所谓"三毒"，"三根"，"三垢"，"三病"，是也。余者如"贪淫"、"荒色"、"尊卑"、"亡国"、"倾身"、"虚迷"、"空醉"、"无味"、"恩亲"、"交友"、"灭族"、"仇亲"、"至柔"、"治乱"、"醇德"、"古圣"、"二亲"、"师傅"、"宰身"等全系中国人性学中常有的名词与概念，用这些名词、概念去格四禅、四等、四空的含义与作用，既不失佛经之原旨，又富有中国文化之意蕴，可谓深得两者之妙谛，文化融通之奥秘。

"会通"一词，出于《周易·系辞上》："圣人有以见天下之动，而观其会通，以行其典礼。"孔颖达疏："观看其物之会合变通。"王弼注《易》，深得会通之旨，其要重在寄言出意，力主言意之辩。言与意，原本相依，无所谓辩，然自《周易·系辞》提出"书不尽言，言不尽意"，《庄子·外物》提出"言者所以在意，得意而忘言"之后，两者不辩而辩，一发不可收。至魏晋，玄学崛起，其辩弥烈。主"言不尽意"者，重意而轻言；主"言可尽意"者，立意不忘言。然争辩之结果，终因通才达识主"言不尽意"而使之成为人们认识事物之公理而多方运用，成为魏晋义学的重要方法而支配着人们的研究行为。义学的兴起改变了汉代章学一统天下的局面。

与此相应,佛经义解随之进入玄学的时代。汤用彤先生概括其特点云:"佛教玄理既亦主得意忘象,则自推翻安世高系之小乘毗昙,于是大乘义学因之兴盛,小乘数学由此消沉。故得意之说虽亦会通内外,而与格义比附,精神上迥然有别。格义限于事数,而忘言则超于象外。东晋佛徒释经遂与名士解儒经态度相同。均尚清通简要,融会内外,通其大义,殊不愿执著文句,以自害其意。故两晋之际有名僧人,北方首推释道安,则反对格义;南方倾倒支道林,则不留心文句。于法开'深思孤发,独见言表'。释慧远本不废儒经。然道既忘言,故读般若经而叹儒道九流皆为糠秕。"①呈现的是会通其义而不拘泥于文字之精神。

佛教玄学此种寄言出意之精神在有无、本末之辩中表现尤为充分。有无、本末,既是老庄的重要观念,魏晋玄学的重要命题,也是般若学的重要思想。般若学,即智慧之学。由于智慧这一概念高度抽象,无形、无声、无影,欲给它一个明晰的定位很难,故须菩提他们当年给诸菩萨讲解般若波罗蜜时就反复强调它"无所生,无所灭,当所可往,无所往"(《道行般若经·泥犁品第五》),"空无所有,无近、无远"(同上),"一切皆本无"(《道行般若经·本无品第十四》),"诸法悉空"(《道行般若经·照明品第十》),说:"何谓所本无?世闻亦是本无。何所是本无者?一切诸法亦本无。如诸法本无,须陀洹道亦本无,斯陀含道亦本无,阿那含道亦本无,阿罗汉道、辟支佛道亦本无,恒萨阿竭亦复本无。一本无,无有异,无所不入,悉知一切。"(同上)"本无无尽时。"(同上)"诸法空,诸法无有想,诸法无有处,诸法无有识,诸法无所从生;诸法空,诸法如梦,诸法如一,诸法如幻,诸法无有边,诸法无有是,皆等无有异。"(《道行般若经·分别品第十三》)般若学这种本无、性空思想,自汉灵之世支娄迦谶译出《道行般若经》后,一直在佛学界流传不息,为中国僧人信士所喜爱、所奉行。他们在玄想般若空灵,默念本无教义之际,常常得意忘象,游心物外。谈无论有,辩本析末,遂成为一种佛学思潮而滚动天下;援庄入佛,寄言出意,亦成为义解之方被运用于佛经研究之中。由于他们善于玄想,长于思辩,故较之格义来理性色彩更浓,文化融通更深,不仅涌现出一批谈玄高手,而且产生了一批高质量的论文。比如支道林的《大小品对比要抄序》就是这方面的著名作品。其开头云:"夫《般若波罗蜜》

---

① 汤用彤:《魏晋玄学论稿·言意之辨》,上海古籍出版社2005年版,第35页。

者，众妙之渊府，群智之玄宗，神王之所由，如来之照功。其为经也，至无空豁，廓然无物者也。无物于物，故能齐于物；无智于智，故能运于智。是故夷三脱于重玄，齐万物于空同，明诸佛之始有，尽群灵之本无，登十住之妙阶，趣无生之径路。何者？赖其至无，故能为用。夫无也者，岂能无哉？无不能自无，理亦不能为理。理不能为理，则理非理矣；无不能自无，则无非无矣。是故妙阶则非阶，无生则非生。妙由乎不妙，无生由乎生。是以十住之称，兴乎未足定号；般若之智，生乎教迹之名。是故言之则名生，设教则智存。智存于物，实无迹也；名生于彼，理无言也。何则？至理冥壑，归乎无名。无名无始，道之体也。无可不可者，圣之慎也。苟慎理以应动，则不得不寄言。宜明所以寄，宜畅所以言。理冥则言废，忘觉则智全。"（《出三藏记集》卷八）这是一段典型的寄言出意、得意妄言的文字。其所言"意"者，本无也。本无乃般若经的主要思想，其含义，于作者看来，主要通过物、智、理、名、存等概念表现出来。然物至于无物，智至于无智，理至于无理，名至于无名，存至于无存，全是"至无"作用的结果，所以他说："赖其至无，故能为用。"而"至无"又以"自无"为本色，所以他又说："无不能自无，则无非无矣。"因此，在他的认知世界里，只有懂得"至无"之用，"自无"之义，才能懂得"本无"的含义与价值，才能还"群灵之本无"的真实面貌。这种真实面貌，一言以蔽之就是"空"。空是"即色宗"的重要主张。作者系"即色宗"的代表人物，故三句话不离本行。同时，作者又是东晋谈玄高手，故其说无论有，亦就如丸在手，运转自如；援庄入佛，也就轻车熟路，炉火纯青，既有玄学之景象，又有庄学之意味，更有般若学之本色，是般若学、玄学、庄学的结合与融通，代表了此时期南方佛教玄学之最高水平。

论及水平，人们自然忘不了这一时期北方著名的佛学理论家释僧肇。他是鸠摩罗什的高足，以"才思幽玄，又善谈说，承机挫锐，曾不流滞"（《高僧传·释僧肇传》）称名于南北，流芳于佛界。其所著《般若无知论》、《不真空论》、《物不迁论》和《涅盘无名论》，也是这方面的杰作，有着浓厚的佛教玄学色彩。如《般若无知论》就是饮誉当时的名篇。其中云："夫有所知，则有所不知。以圣心无知，故无所不知。不知之知，乃曰一切知。故经云：'圣心无所知，无所不知。'信矣。是以圣人虚其心而实其照，终日知而未尝知也。故能默耀韬光，虚心玄鉴，闭智塞聪，而独觉冥冥者矣。然则智有穷幽之鉴，而无知焉；神有应会之用，而无虑焉。神无虑，故能独王于世表；智无知，故能玄照于事外。智虽事外，未始无事；神虽世表，终日域中。所以俯仰顺化，应接无穷。无幽不察而无照功，斯则无知之所知,圣神之所会也。然其为物也,实而不有,虚而不无,存而不可论者,其唯圣智乎!何者?欲言其有,无状无名;欲言其无,圣以之灵。圣以之灵,故虚不失照;无状无名,故照不失虚。照不失虚,故混而不渝;虚不失照,故动以接粗。是以圣智之用,未始暂废;求之形相,未暂可得。故《宝积》曰:'以无心意而现行。'《放光》曰:'不动等觉而建立诸法。'所以圣迹万端,其致一而已矣。"(《全晋文》卷一百六十四)所论"圣心可辩",为僧肇有感于"去圣久远,文义多杂,先旧所解,时有乖谬"(《高僧传·释僧肇传》)而作。既然志存纠谬,就须阐明真谛。真谛者,"圣心无知,而无所不知;圣人虚其心而实其照,终日知而未尝知"之谓也。文章就是围绕这一中心,依照般若本无的理论和庄子相对主义思想,从神与智、虚与实,有与无等方面展开议论,言简而意赅,旨通而义达,既不忘寄言出意,言不尽意,又不忘引经据典,言可尽意。介乎有言无言之间,呈现出另一种文化融通的景象。所以此论一出,知之者无不为之赞赏。释慧远以"未尝有也"予以肯首,刘遗民以"不忘方袍,复有平叔"为之叫绝(《高僧传·释僧肇传》)。释僧肇的四论奠定了他在佛学史上的地位。

文化的融通离不开方法,但这仅是方法而非目的。目的是要创立中国佛教。这一任务如果没有完成,目的没有达到,融通还算不上至境。然我们既然以它来概述义解的学术特点,来陈述佛教文化中国化的最高境界,这就意味着到了这个层面,中国佛教已经形成了。这可从这一时期的佛学宗派的形成,义理的新创和著述的涌现得以证明。这三个方面由于最具中国特色,最能体现中国佛教本色,又是中国佛教的重要组成部分,故人们谈中国佛教没有不谈它们的。又由于它们是文化融通的产物,是义解中出现的新生事物,故人们讲佛教文化中国化,亦将它们当做重要的话题议论不休。这里,我们不妨试作一些粗浅的陈述。

有关宗派形成的问题,佛教宗派的形成,实是会通的产物。学术成派,是学术成熟的标志。魏晋之际,佛教"六家七宗"一时出现,且有自己的学术队伍、主张,这说明中国僧侣在佛经义理的解读上,通过会合变通,寄言出意,已经进入一种很高的境界,致使同一"空",同一"无",到了他们手里,有了不同的意义。比如,"本无宗",它"以理实无有为空,凡夫谓有为有。空则真谛,有则俗谛";"即色宗",它"以色性是空为空,色体是有为有";"识含宗",它"以离缘无心为空,合缘有心为有";"幻化宗",它"以心从缘生为空,离缘别有心体为有";"心无宗",它"以邪见所计心空为空,不空因缘所生之心为有";"缘会宗",它"以色色所依之物实空为空,世流布中假名为有"①,都将空、有作为一对对立的概念来建构自己的理论体系。这与般若学的本无、悉空理论相一致。但在具体探讨什么是"空",什么是"有"时,由于各自有着不同的对象与范围,故出现了分歧,形成了不同的学术流派。对这些流派,僧肇的《不真空论》作过评价,然只讲了心无、即色和本无三家,余者未作提及。他对这三家的评价是:"心无者,无心于万物,万物无尝无。此得在于神静,失在于物虚。即色者,明色不自色,故虽色而未色也。夫言色者,但当色即色,岂待色色而后为色哉。此直语色不自色,未领色之非色也。本无者,情尚于无,多触言以宾无。故非有,有即无。非无,无即无。寻夫立文之本旨者,直以非有非真有,非无非真无耳。"(《全晋文》卷一百六十四)评价十分简略,但对三家理论特点、得失却一矢中的。由中可以看出,中国佛教一产生,在理论上便着上了玄学凄迷空灵的色彩;在有无的论述上烙下了般若学、庄子哲学、魏晋玄学融通的印记,留下了寄言出意,得意妄言的痕迹。

有关佛教义理创新的问题,如上所说,创新是学术的生命。然任何一种有生命、有影响、有价值的创新,都不是一帆风顺的,有风险,有斗争,是一个艰难困苦的过程。比如竺道生的"顿悟说"的创立就是如此。顿悟说主张一阐提皆得成佛,是《涅盘大本》未传入中国前所创建的一大理论。所谓"一阐提",就是指"无成佛之性者"或指"断绝一切善根之极恶人不成佛者"②。竺道生认为这些人也能成佛。这在当时的佛学界,是石破天惊之论,引起了一场大波,"于是旧学以为邪说,讥愤滋甚,遂显大众,摈而遣之"(《高僧传·竺道生传》),将竺道生赶出了寺院。然竺道生毫不畏惧,坚持己见,直到《大本》传入中国,称阐提悉有佛性时,他才获得僧众的敬服,并将它视为"世宝"而加以珍传。它的出现,标志着中国佛教已进入到一种独到的阶段,完全可以自立自主了。

有关著述的问题,与前两者相应,著述是中国佛教得以成立的重要标志之一。陆澄的《法论》、释僧佑的《出三藏记集》为我们提供了一些具体的资料。陆氏《法轮》十六帙著录论、问、书、序等著述凡253篇(《出三藏记集》卷十二)。释僧佑《出三藏记集·杂录序》对汉魏以来的佛学著述作过简要的评价,其中所

---

① 汤用彤:《汉魏两晋南北朝佛教史》第九章《释道安时代之般若学》,北京大学出版社1997年版,第164—165页。

② 《实用佛学词典》,上海古籍出版社出版1994年版,第15页。

云"由汉届梁,世历明哲。……讲议赞析,代代弥精,注述陶练,人人竞密。所以记论之富,盈阁以轫房;书序之繁,充车而被轸矣",其著述之丰富,不但出现了"论"、"序"一类文体,还有大批的"讲析"、"著述"面世。此外,抄经亦十分火爆,数量很多。《出三藏记集》卷四《新集续撰失译杂经录第一》著录杂经846部,凡895卷,多属抄经。卷五《新集抄经第一》著录的抄经有46部,352卷。

二、佛教僧侣的中国化

在佛教中国化的历史进程中,人起着决定性的作用。释僧佑说:"然道由人弘,法待缘显。有道无人,虽文存而莫悟;有法无缘,虽并世而弗闻。"(《出三藏记集》第一卷)他所说的"缘",就是时机。然人与缘相较,人重于缘,所以他将人放在第一位,缘置于第二位。人并不是天生就能弘法的,需通过后天的教育学习,增长了知识才干之后才行。因此,注重加强人的教育培养,便成了弘法的先决条件,成了佛教一以贯之的思想。这在各种佛经中均可见到。比如,《道行般若经》说:"何以故?佛所说法,法中可学,皆有证,皆随法,展转相教,展转相成,法中终不共净。何以故?时而说法,莫不喜乐者,自恣善男子善女子而学。"(《道行品第一》)"当教般若波罗蜜,作是说般若波罗蜜。菩萨闻是,心不懈怠,不恐不怯,不难不畏。菩萨当念作是学,当念作是住,当念作是学入,中心不当念是菩萨。何以故?有心无心。"(《道行品第一》)"随是法亦不增,不随是法亦不减,随法教一切人,随法者不失一切人,皆使得菩萨摩诃萨,何以故?一切人悉学法,其法俗如故。"(《道行品第一》)"若有书经与他人者,其福何所为多者。""善男子善女人书般若波罗蜜者,持经卷与他人使书若为读,其福转倍多。"(《功德品第三》)《宝积经》说:"菩萨有四法,得大智慧。何谓为四?常尊重法,恭敬法师;随所闻法,以清净心广为人说,不求一切名闻利养;知从多闻生于智慧,勤求不懈,如救头然;闻经持诵,乐如说行,不随言说。"《无量寿经》说:"作菩萨者,令悉作佛。既作佛已,转相教授,转相度脱。"(《厚力宏深第二十九》)"慈心教诲而不肯信,苦心与语无益其人。心中闭塞,意不开解。大命将终,悔恨交至。不预修养,临时乃悔。悔之于后,将何及乎!"(《浊世恶苦第三十五》)《金刚经》说:"若有人能受持、读诵、广为人说,如来悉为是人,悉见是人皆得成就不可量,不可称,无有边,不可思议功德。如是人等即为荷担如来阿耨多罗三藐三菩提。"《大般涅盘经》说:"如佛先说诸法无我,汝当修学。修学是已,则离我想;离我想者,则离憍慢;离憍慢者,得入涅盘。"(《寿命品第一之二》)在茫茫佛经中,如此苦口婆心地劝人读经、诵经,又何啻这些经书!如此异口同声地说读经诵经为其福倍多,又何止这些言论!其所云福者,一指得弘道扬法之福也,一指得入涅槃,成无上正等正觉之福也。而欲得弘道扬法之福,就须常尊重法,恭敬法师,将自己所闻之法广为人说,所受之经转相教授。且不计其得失,不求其名闻利养。如此这样,扬法者非一人,弘道者非两个,凡善男善女都如此而行,佛法就会传遍天下。这就是佛教的福,佛教一贯的教育思想。

佛教东渐后,这一教育思想传进中国。华夏大地,原本就是古代文明奥区。注重人才的教育培养,历来是它的优良传统。外来思想与内在传统的融合,为佛教僧侣中国化提供了丰富的教育思想资源。佛徒们就是依据这一资源,将培养目标集中到少儿身上,以期通过少儿教育来建立一支中国化的僧侣队伍,来实现外来僧侣向中国僧侣的转变。

而要实现这种转变,首先要解决好对出家的认识和出家人不守戒规的问题。对于前者,释慧远说:"原夫佛教所明,大要以出家为异。"又说:"出家则是方外之宾,迹绝于物。"[1] 认为出家是佛教有别于世俗的主要地方,是佛教特有的行为。而世俗社会却不这样看,他们认为佛徒出家,剃头短发,变换衣服,捐损家财,抛弃妻子,远离父母,是一种背弃人伦、乖戾孝道、伤风败俗的行为,应该受到抵制和批判。世俗社会的这些认识若不予以澄清,是不便于人们出家,不利于佛教发展的。为此,牟子《理惑论》,释慧远《沙门不敬王者论》都花了不少笔墨进行疏导、辩解,认为"凡在出家,皆遁世以求其志,变俗以达其道。变俗则服章不得与世典同礼,遁世则宜高尚其迹。夫然者,故能拯溺俗于沈流,拔玄根于重劫。远通三乘之津,广开天人之路。如令一夫全德,则道洽六亲,泽流天下。虽不处王侯之位,亦以协契皇极,在宥生民矣"(《弘明集》卷五),与人伦、孝道并不相违,不仅不违,在洽亲、宥民上还能发挥出在家不能发挥的作用。这些辩解在佛门反映强烈,在世俗社会亦影响甚大,致使不少人走出家门,投身佛地。汉魏之世,尽管朝廷严禁"汉人皆不得出家"(王度《奏禁奉佛》,《全晋文》卷一百四十八),但未能阻止人们出家的脚步;两晋之时,禁令松弛,出家自由,出家人增多,以至于出现了一僧立寺,投其门者少则三四百人、多则上千人的盛况,出现了佛图澄门徒几且一万的热烈场面。这就为这一转变的实现创造了有利的条件。至于后者,自汉以来就存在。牟子《理惑论》、释慧皎《高僧传》均作了反

---

[1] 释慧远《沙门不敬王者论》之《在家第一》,《出家第二》,见《弘明集》卷5,上海古籍出版社1991年版,第30—31页。

映。前者引作者之言曰："今沙门躭好酒浆，或畜妻子，取贱卖贵，专作诈给。"后者径直云："于时魏境虽有佛法，而道风讹替，亦有众僧未禀归戒。"（《昙柯迦罗传》）又云："澄道化既行，民多奉佛，皆营造寺庙，相竞出家，真伪混淆，多生愆过。"（《佛图澄传》）作为一种历史陋习，出家人多生愆过在佛教诞生之地亦存在。《宝积经》曾用"二不净心"、"二坚缚"、"二降法"、"二种垢"、"二雨暴"、"二痛疮"、"二烧法"、"二种病"以称之。愆过的存在，不利于佛教的发展，有阻于人们的出家。为此，他们不得不严厉戒规。《宝积经》提出了"当习实行沙门法"，希望沙门"身业清净，口业清静，意业清静，正命清静"，还佛门清静无为之本相。释道安制"《僧尼规范》、《佛法宪章》，条为三例：一曰行香定座上讲经上讲之法；二曰常日六时行道饮食唱时法；三曰布萨差使悔过等法"（《高僧传·释道安传》），希望通过这些轨仪宪章来规范出家人的行为，树沙门新风。这些为整饬门风，纠正愆过产生了巨大的作用，亦为少儿出家创造了一种清净的环境。

其次，要解决好教育内容与教育方法的问题。从佛教对少儿所授内容来看，以佛经为主，以外典为次。而所教佛经无明确具体之规定，以所从师之经、律、论之长而教之。佛经三藏典籍繁富，所释佛经种类甚多，完全可以满足他们教学的需要。而所学外典，则多为儒家六经和道家要籍。从教师所采用的教育方法而言，多采用以师带徒，实行一对一的教育方法；若少儿多了，则采用合班授课的形式。而执教的均是寺院中德高望重、造诣精深、知识渊博的高僧。由于以师带徒，什么都管，什么都教，再加上师徒朝夕相处，日夜相伴，学生熟悉老师，老师了解学生，故教师该怎么教，学生该怎么学，彼此都很清楚，都很自如。没有什么压力，也没有什么考试，检验教学效果，以背诵、讲说为主。能日诵千言万语者，就是学习的优秀者；能粗解经书者，就是学习的优异者。所以他们将背、诵、讲、说看得很重。不少的人，在师傅的精心教育下，不到数年，就能背诵数经，粗涉三藏，为门人所见称。比如，于法兰，"十五出家，便以精勤为业。研讽经典，以日兼夜，求法问道，必在众先"。于道邃，"年十六出家，事兰公为弟子，学业高明，内外该览。善方药，美书札，洞谙殊俗，尤巧谈论"。释昙翼，"年十六出家，事安公为师。少以律行见称，学通三藏，为门人所推"。释昙徽，"年十二，投道安出家，安尚其神彩，且令读书，二三年中，学兼经史。十六方许剃发，于是专务佛理，镜侧幽凝，未及立年，便能讲说"。释僧导，"十岁出家，从师受业，师以《观世音经》授之，读竟咨师：'此经有几卷？'师欲试之，乃言'止有此耳。'导曰：'初云尔时无尽意，欲知尔前已应有事。'师大悦之，授以《法华》一部，于是昼夜看寻,粗解文义。贫无油烛,常采薪自照。"(《高僧传》各本传)均成为这种教育的受益者和优秀者。

佛教对人才的教育培养,方法灵活。他们提倡学有专师,但无常师,提倡前期教育与后续教育相结合,这就使得很多少儿成人后有继续学习与深造的机会。其形式就是游学。这是佛教固有的传统,与春秋战国游学相类,与汉代经学注重家法从一而终相异。由于学无常师,学生可以不拘泥于一家之说一师之学而兼收并蓄,集众师之长于一身,融各家之学于一体,博取更多的学问。事实证明,游学将佛教教育引向了一片深广的天地,在那里,很多人都有游学的经历,都从寻师访道中把自己培养成了学问渊博的学者。如竺法旷,事沙门竺昙印为师,后辞师远游,广寻经要。释道融十二出家,其师爱其神彩,先令外学,后咨其游学,迄至翌年,内外经书,闇游心府。闻罗什在关,又前往咨禀,什见而奇之。释慧义,少出家,初游于彭、宋之间,备通经义(《高僧传》各本传)。在这批莘莘学子中,学有成就者莫过于释道安。他年十二出家,神智聪敏,而形貌甚陋,不为师所重,驱役田舍,至于三年。三年之后,"方启师求经,师与《辩意经》一卷,可五千言。安赍经入田,因息就览,暮归,以经还师,更求余者,师曰:'昨经未读,今复求耶?'答曰:'即已闇诵。'师虽异之,而未信也。复与《成具光明经》一卷,减一万言,赍之如初,暮复还师。师执而覆之,不差一字,师大惊,嗟而异之。后为受具戒,恣其游学"。他到过佛图澄主持的中寺,在那里事澄为师;后避难潜入濩泽,又从竺法济、支昙讲授《阴持入经》;再后于飞龙山,与沙门僧先、道护共披文属思。这些游学为他日后成为一代宗匠名师,佛教中国化的顶尖人物奠定了基础。其贡献是多方面的。一是创寻文比句之法,为起尽之义,并将此法运用于经注经序之中,致使其注钩深致远,能析疑甄解;其序"序致渊富,妙尽深旨,条贯既叙,文理会通,经义克明"。二是创佛教文献学,"自汉魏迄晋,经来稍多,而传经之人,名字弗说,后人追寻,莫测年代。安乃总集名目,表其时人,诠品新旧,撰为《经录》,众经有据,实由其功"。三是主张佛教同政治联姻,认为"不依国主,则法事难立"。四是统一了中国僧侣的姓氏,"以释命氏",改变了过去"依师为姓,故姓各不同"的状况。五是创立了中国的僧侣轨仪宪章,为整饬宗教秩序,规范出家沙门行为起到很大的作用(《高僧传·释道安传》)。次则为释慧远。慧远为道安弟子。求学之时,长期侍奉道安左右,未尝有单独游学之经历,是道安一手培养出来的佛教中国化又一关键人物。其活动与贡献,方立天先生依慧皎《高僧传》、僧佑《出三藏记集》的记载,于《慧远评传》一文中概括为五个方面:一是聚徒讲学，撰写文章，阐发佛教哲学思想；二是派遣弟子赴国外取经，招致西来僧人诠经；三是发愿期生弥纶净土；四是"化兼道德"，结交权贵，维护和广传佛教；五是和农民起义领袖卢循相见（《魏晋南北朝佛教论丛》）。这五个方面，前三项属学术，后两项属政治，沿袭的是他老师的路子。至于他个人的学术成就则集中表现在著述上。《高僧传》慧远本传说他"所著论叙铭赞诗书集为十卷，五十余篇，见重于世"，是一个善于融通中国文化与佛教文化的著名高僧，佛教僧侣中国化的代表人物。

通过以上分析，我们不难看到，佛教僧侣中国化，实际就是佛教僧侣教育化。其教育的内容方法虽只体现在从师授业和游学访师两个方面，但充分表现了这种教育的开放性，灵活性，反映了学生学习的主动性和创见性。孔子提倡教学相长，佛教实行手把手教，故其效果与孔子提倡的无异：一是培养了学生一种好学的风气，好学的精神；二是开拓了学生的学术文化视野，形成了一种独立自主的治学传统。他们提倡博学，提倡精通，提倡唱诵，提倡讲说，提倡论难，提倡著述，提倡新创，致使佛经的注、疏、序、论源源不断地产生，新的学术成果源源不断地涌现，为中国佛教的形成注入了新的血液。由于教育非一时之兴作，一代之事业，故当这些莘莘学子成名之后，或引领一代佛学发展方向，或主持一家寺院佛教事业的时候，又无不以招徒授业为己任，呕心沥血，诲人不倦。而其弟子成名之后又沿着他们当年走过的道路，继往开来，从师游学，发扬光大。如此一对一地教，手把手地学，代代相传，薪火不熄，佛教的勃兴就在他们手中出现，佛教的中国化就在他们手中成为现实。因此，佛教僧侣中国化是一个不容忘记的伟大历史进程。

第二节　南朝五家学术文化产生形成的现状与表现

一、迷狂的南朝社会思潮

从历史的运承来说，南朝紧接东晋而来，但它实行的政治又有逾于东晋的。东晋实行的是门阀政治。"晋主虽有南面之尊，无总御之实，宰辅执政，政出多门，权去公家，遂成风俗。"（《晋书·姚兴载记》）南朝则不然，它实行的是一家独尊的政治，皇帝家天下的政治，推行的是"嫡长子"世袭制与分封制，改变了东晋"权出多门"的现象，让专制王权的延绵越东晋而直下，而贯通，因而"功"

不可没。然它的命运并不比东晋好。政治的混乱，社会的黑暗，人民的痛苦，使其专制王权有如走马灯一般，换了一茬又一茬。究其根源，在其专制王权自身。但迷狂的社会思潮亦是不容忽视的原因。历史有时就像一个嘲弄家，它嘲弄了南朝的政治，却扶植了南朝的学术文化，造就了萧统这样一个文学奇才。尽管他在历史上以"皇太子"称，但他的人生却紧伴着南朝学术文化而走向终场。因此，加强南朝社会政治现况研究，既有利于对南朝学术文化的认识，也有利于对萧统选编《文选》的看法。

（一）南朝人政治观念之迷乱

在南朝社会思潮中，政治观念之迷乱，莫过于家国观念。其出现，始见于宋、齐、梁、陈一些诏令表书中。比如，宋文帝刘义隆《诏群臣》说的"吾少览篇籍，颇爱文义，游玄玩采，未能息卷，自缨绂世务，情兼家国"（《全宋文》卷三），孝武帝刘骏《答义宣诏》说的"家国阽危，翦焉将及"（《全宋文》卷五），明帝刘彧《下庐江王祎诏》说的"司徒休仁等并各令弟，事兼家国，摧锋履险，各伐一方"（《全宋文》卷八），江夏王刘义恭《上世祖劝进表》说的"伏惟大明无私，远存家国七庙之灵，近哀黔首荼炭之切"（《全宋文》卷十一），桂阳王刘休范《与袁灿褚渊刘秉书》说的"以宇宙之基，一旦受制卑琐，刘氏家国，使小人处分，终古以来，未有斯酷"（《全宋文》卷十四），齐高帝萧道成《报沈攸之书》说的"盖情等家国，共详衷否"（《全齐文》卷二），武帝萧赜《赠豫章王嶷诏》说的"朕友于之深，情兼家国"（《全齐文》卷四）梁武帝萧衍《赠谥临川王宏诏》说的"朕友于之至，家国兼情"（《全梁文》卷三），陈废帝陈伯宗《收到仲举等付廷尉诏》说的"家国安危，事归宰辅"（《全陈文》卷三），便是这一观念的集中反映。其迷乱，就在于它过分地突出了家的观念。家并非不重要，它是人们的栖身之所，繁衍之地，也是社会结构的最基本单元。这个单元有大有小，大则四世乃至五世同堂，小则"一男一女而成家室之道"（《盐铁论·散不足》）。此道一成，儿女生焉，父子、兄弟、夫妇、姑媳成焉。社会从这里起步，国家从这里诞生。所以它是先秦学术文化常有的内容，政治思想家常有的话题。孟子说："天下之本在国，国之本在家，家之本在身。"（《孟子·离娄上》）孔子说："君君、臣臣、父父、子子。"（《论语·颜渊》）《大学》说："欲治其国者，先齐其家。"管子说："天下者，国之本也；国者，乡之本也；乡者，家之本也；家者，人之本也；人者，身之本也；身者，治之本也。"（《管子·权修》）这些经典性的话语，道尽了家的重要性。

　　南朝"家国"之说，源于这些传统观念而确立。其含义，《汉语大词典》解为"家与国；亦指国家。"二解中，"国家"一解属后起义。家与国，虽为并列关系，实际有着先后重轻之不同，正是这种不同，打破了社会结构的基本顺序。迷乱的一个重要特点，就是对有序的破坏与颠倒。而社会结构之有序，依法家的说法，就是"天下"、"国"、"乡"、"家"；依儒家的排列，则为"天下"、"国"、"家"。二者虽有差池，但他们使用这一概念时，都井然有序，从不颠倒，即使有时从小说到大，亦是如此。这种有序的排列与表述，表明他们对有序的尊重。尊重有序，实是思绪不乱，观念不乱之反映。由于这样，他们从不将"家"与"国"组成"家国"一词用到自己的著述中，不仅他们不用，先秦汉的史籍也不用。南朝却不然，"家国"一词不仅出现了，而且还被一些帝王所使用，这就说明，在国与家的关系处理上，他们将二者的先后轻重颠倒了，有序被破坏了。这难道是一种偶然的现象？现在看来，绝非那么简单。首先，从这一时期人们的思想倾向来看，注重家在社会政治中的地位与作用，乃甚为普遍。作为处于这一政治中心轴的士族，视家为依存之本，所以在他们的政治观念中，家、家族是高于一切，大于一切，重于一切的。没有国，他们不害怕；没有君，他们不着急；没有家，没有族，他们就会唇亡齿寒，不知所归。相反，有了家，有了族，他们心中坦然、安然，若想出来做官，亦就易如反掌。既然士族重家，而要依靠士族支持才能得以生存运转的寒素皇权，又怎能不附从雅流而亮出家的底牌来呢？既然士族可以将家看得高于一切，大于一切，重于一切，而这些帝王又何尝不能来一次东施效颦呢？而家国一词的出现，便是这一亮牌、效颦之产物。其次，从这一时期政治多变来看，亦使这些帝王们深感家之重要。比如宋文帝，他的父亲刘裕即位不到三年就去世了，将一个刚刚建立的新王朝交给了他的大哥刘义符，而刘义符此时年仅十七岁，乳臭未干，就要挑起这副千钧重担，实在力不从心，难以相副，且凶多吉少。果然，不到两年，他父亲的顾命之臣徐羡之、傅亮、谢晦就将他大哥废了，将他二哥刘义真杀了。这些人，要不是相互钳制，说不定这一政权早就被他们当中的某一个夺走了。后来，他虽被迎立为皇，处死了那些野心家，替哥哥们报了仇，但"夕惕惟忧，如临渊谷"的恐惧感，"惧国俗陵颓，民风凋伪"（《班宣诏书》，《全宋文》卷二）的使命感，使他在很长一段时期内不得安宁。这时候，他很需要自己的亲人出来帮忙，于是想到了家，想到了弟弟。而弟弟们的不争气，又使他感到失望，于是始用"家国"一词来进行训诫、规劝，以期唤起他们的奋起。试读他的《诫江夏王义恭书》中"天下艰难，家国事重，虽曰守成，实亦未易，隆替安危,在吾曹耳","汝神意爽悟,有日新之美,而进德修业,未有可称,吾所以恨之而不能已已者也"这些用血亲情感写下的文字,就会深深感到家在他心中的地位、亲人在他胸中的作用是何等重要!刘义隆之后,皇帝英年早逝,少主即位的一个接一个,而顾命之臣不顾命有如徐湛之等人的,也是一个接一个。在这种多变的政治境遇中,恋家便成了人之常情,家国一词不断使用,也就成了常事。尽管它合情,但不合理;重要,但迷乱。这是因为,帝王之家,非寻常百姓之家;帝王其人,非寻常百姓之人。他们负荷的不是一家之安危,而是一国之祸福,在家与国的天平上,只能是重国而轻家,先天下而后社稷,按照古人说的"重莫如国"(《国语·鲁语》)、"轻国位者,国必败"(《管子·侈靡》)、"有道之君,不贵其家"(《韩非子·扬权》)、"国者,天下之公器也,重任也"(《荀子·王霸说》)去理顺国与家,君与臣的关系,才能实现"国家安宁"这一崇高目标。然而,他们却没有这种观念,以致出现了刘休范的"刘氏家国"的倾向,把家与国的对立推向了不可调和的两极。所谓刘氏家国、萧氏家国、陈氏家国,无须表明,国之所存,系于一家。也就是说,没有刘宋之家、萧氏之家、陈氏之家,亦就没有刘宋之国、萧齐之国、萧梁之国、陈姓之国,而刘氏、萧氏、陈氏之家,就是刘宋、萧齐、萧梁、陈姓之国的主宰和象征。这些不可逾越和替代。逾越了,替代了,就不是刘氏、萧氏、陈氏之家国,而是杨坚氏、李渊氏之国家了。显然这与古贤说的"天下者,非一家之有也"(贾谊《新语·修政语下》),大相径庭。这种观念,能说不迷乱吗?

观念的迷乱,必然会导致认识和行为的混乱。比如,在对待大天下和小天下的认识上就是如此。大天下,需要有大理想大抱负,大智慧大谋略,大气概大精神。而在封建社会里,最能反映出这一"大"的,就是秦汉以来所形成的大一统。这既是一种重要的政治观念,又是一种统天统地统人的英雄气概,还是一种将分散的政权,分散的社会,分散的土地统一为大政权,大社会,大土地的大智慧。它曾激励过一代又一代人为之奋斗,为之牺牲。"匈奴不灭,无以家为。"霍去病这一舍小家为大家的崇高品质,便是大一统培育出来的精神之花。然而,这一切到了南朝帝王手里,却全变了。他们在这种迷乱观念的支配下,不仅缺乏大一统必备的理想、气质与精神,而且还缺乏家天下必备的抱负与志气。他们龟缩于江南一隅,将一个残破的天下视为家天下,一个狭小的天地视为安身立命之所,且心满意得,夜郎自大,既罕言南北统一,又不愿收复北方失地,即使频频向北魏宣战,然一寸土地都未收回来。究其所以,就是他们每次北伐都未有收复失地的雄心壮志。虽然有时提及,其范围亦极其有限。这可从他们现存的"三帝四诏"中得以说明。

所谓"三帝",即宋文帝、齐明帝、梁武帝。"四诏",即宋文帝元嘉七年(430年)、元嘉二十七年,齐明帝永泰三年(500年)、梁武帝天监四年(505年)所下的《北伐诏》。皇帝诏令是国家最高政令的象征,以诏令言北伐,则表明这是国家政治中的大事。这一意义,他们在诏令中作了阐发,并且都谈到了北伐的意图和目的。其中,明确提出要收复失地的只有宋文帝,他用"以固疆场"、"经略之会"来指代。其含义,据《宋书·索虏传》和《南史·沈庆之传》所言,都是指收复河南旧境,"不关河北"。既然不关河北,其戎马驻河而止,河北的大片失地是不想收复回来的。可见,目标定得很低。即便这样,能将河南收复回来,也算胜事,可实际结果并非如此。其原因何在?以第二次北伐为例,一是兵力不足,不得不悉发"南兖州三五兵丁,倩暂行征";二是军需不充,不得不征用"扬、南徐、兖、江四州富有之民,家资满五十万、僧尼满二十万者,并四分换一";三是用将不当,主将王玄谟围滑台积旬不克,专依所见,多行杀戮,将士离怨;四是敌兵强盛,拓跋焘率众百万力阻。战争最终惨遭失败。而得胜的拓跋焘一鼓作气,挥师南下,直至瓜步,"坏民屋宇,及伐蒹苇,于滁口造箄筏,声欲渡江"(《宋书·索虏传》),闹得刘宋王朝震惧万端,都下士庶"咸荷担而立",到了一触即溃的境地。而不明言收复失地的是齐明帝、梁武帝。齐明帝虽有"用戡远图""传檄以定三秦"的话,但因无实际军事部署而成了空话,况且他本人于该年七月就去世了。武帝有明确的军事部署,却只用来伐罪吊民,复仇雪耻。这虽合先秦古义,然较之收复失地,终落末义。其结果伐罪不成,反招来奇耻大辱。《南史·萧宏传》说:"(天监)四年,武帝诏宏都督诸军侵魏。宏以帝之介弟,所领皆器械精新,军容甚盛,北人以为百数十年所未之有。……九月,洛口军溃,宏弃众走。其夜暴风雨,军惊,宏与数骑逃亡。诸将求宏不得,众散而归。弃甲投戈,填满水陆,捐弃病者,强壮仅得脱身。"便是这一失败、耻辱的具体说明。由此可见,没有远大理想抱负和雄才大略的人,是成就不了大一统帝业,造就不了历史辉煌的。这是南朝帝王政治观念所使然。迷乱使他们心胸狭窄,目光短浅。

又比如在对待政治的有序与无序的认识上亦是这样。有序还是无序,常以宗法秩序的好坏为权衡,以"讲信修睦,尚辞让,去争夺"和"父慈,子孝,兄良,弟悌,夫义,妇听,长惠,幼顺,君仁,臣忠"(《孔子家语·礼运》)为标准。符合这一标准的,就是有序,反之,就是无序。而解决这种有序与无序的关键,一是太子的确立,二是诸子的分封,三是宗子的安危。而这些在南朝帝王手里也变得混乱不堪。首先,太子册立多为少儿,教育严违君道。其年龄,小的三四岁,大的十一二岁。"帝既新有天下,恐不可以少主主大业"(《南史·昭明太子传》)。萧衍这种忧虑,道出了太子册立的弊端。其教育,不是用讲信修睦,父慈子孝,兄良弟悌,君仁臣忠去塑造太子的灵魂,而是说什么"五年中一委宰相,汝勿厝意。五年以后,勿复委人。若自作无成,无所多恨"(《南史·废帝郁林王纪》),"作事不可在人后"(《南史·废帝东昏侯纪》),以极端自私的统治理念、方法将太子引向了歧途,其结果,所立太子,大多变得凶顽愚昧,或不守孝道,或荒淫乱伦,或素好狗马物玩,或狂游扰民,或恣意杀戮,使皇权继承如走马灯般,不到一两年就换,一换就失序,一失序就乱。其次,诸子分封,多以幼小皇子出任方镇,由于家国事重,非幼子所能承担,遂配以典签"出纳教命"。所谓出纳教命,就是负责对幼子的教育管理,将皇帝的旨意、命令传布给这些幼儿,并将他们的所思所想,所作所为禀告给皇上。于是诸子"行事之美恶,系于典签之口"(《南史·吕文显传》),典签成了方镇的实权人物。这种情况至南齐尤为严重。萧子响被杀,便是齐武帝偏信典签所为。明帝诛除异己,"诸王见害,悉典签所杀,竟无一人相抗"(《南史·齐武帝诸子传》),更是他一手造成的悲剧。再次,爱抚失度,恣其子弟享乐,培养了他们的贪婪之性。比如,萧宏沉湎酒色,侍女千人,皆极绮丽,"恣意聚敛,库室垂有百间",皆关锁甚严。有人怀疑他私藏武器,萧衍便率人前往检视,发现都是钱物,"百万一聚,黄榜标之;千万一库,悬一紫标,如此三十余间",屈指一算,"计见钱三亿余万"。此外,各种日常用物,"但见满库,不知多少"。对此,他不加指责追究,反以"阿六,汝生活大可"加以赞许,并放怀与之剧饮,至夜举烛而归(《南史·萧宏传》)。这种不讲原则的爱抚与恣其享乐的做法,非萧衍一人。在帝王们的怂恿下,皇室中出现了一批以"聚敛无节","奢侈无度","性奢侈","性极奢丽"著录于史的子弟,出现了一些对权力疯狂贪求之徒。如刘义宣于孝武朝之反叛,就因贪婪皇权而起。反叛以战争始,以毒戮终,换来的则是宗室秩序的大混乱(《宋书·刘义宣传》)。最后,骨肉相残,加速了皇权的灭亡。宋文帝鸩杀其弟刘义康开手足相残之先,其后则一发不可收拾。刘骏杀害刘诞及其亲朋,刘子业杀害宗室众子以及百官,刘彧、刘昱父子杀害孝武二十八子,齐明帝萧鸾杀害高帝子孙,萧绎趁侯景之乱毒戮宗室,剿灭在藩子弟,便是其不可收拾的生动写照。齐高帝对萧赜说:"宋氏若不骨肉相图,他族岂得乘其衰弊?汝深戒之。"(《南齐书·高帝十二王传》)这番教诫,言简意深，指出了骨肉相残的最大危害就是加速皇权的灭亡。这几乎是南朝的一条铁律，无所逃于天地之间。

总之，这些形形色色的无序，以损人利己始，以害人害己终。其出现，实乃家国观念所使然。帝王之家，历来有亲疏之分，大家小家之别。其大家，即刘裕子孙之家，萧道成子孙之家，萧衍子孙之家，陈霸先子孙之家，而非刘义隆、萧赜、萧纲、陈蒨子孙之家，更非刘骏、刘彧、萧鸾、萧绎、陈顼子孙之家。只有当这些儿孙皇帝以父祖之家为大家，以父祖家国为家国去处理父子、兄弟、宗室、长幼关系时，所谓"家国兼情"才会客观公允，既顾及自己子孙的权益，又不剥夺兄弟们的所有；既确保太子地位不动摇，又保证兄弟、庶子权势不丢弃，使父慈子孝，兄良弟悌，长惠幼顺落到实处，发挥出应有的道德功能与价值。然而，自刘义隆始开骨肉相残后，这种大家观念业已动摇，大家国观念已经变形，至其子孙，则日夜淡化、消失，代之而起的是刘骏、刘彧、萧鸾、萧绎、陈顼的小家思想、小家国观念。而当他们用这种小家思想、小家国观念主宰朝廷的时候，所谓"友于之至，家国兼情"便荡然无存，代之而起的是猜忌、残杀，以至灭绝人性，丧尽天良。他们用罪恶的双手将自己的宗室一个个埋葬在历史的荒野，将自己的兄弟一个个送进那块坟地，然后再将自己埋葬在自掘的墓穴中。其家国观念最终也就在这种手足相残中走向浸寂和消亡。

南朝这种政治观念的出现，除了上述原因外，还有其自身文化教养方面的原因。这在他们由一般家族一跃而成为政治家族后显得甚为重要。作为一般家族亦有视文化教养为立家之本者，更何况帝王家族。帝王家族不单要以绝对的政治强势显赫于世，而且要以绝对的文化优势称誉于时，这样，他们才能以丰厚的文化教养和清醒的头脑去应对、克服那些迷乱的思想行为。因此，坚持政治强势和文化优势的结合，是打造政治强族必备的条件。而帝王家族要想实现这一愿望，首先必须完成政治集团向文化群体的转换，只有当它成为文化群体后，才有可能拥有自己的主体文化。在中国历史上，大凡强盛王族，都经历过这种转换，都有自己的主体文化。比如，周王朝历运八百年，经八百年政治、学术积累，他们创建了以礼学为主干的主体文化。汉代历时四百载，自汉武帝罢黜百家、独尊儒术以后，形成了以五经为核心的主体文化。由于他们有了自己的主体文化，形成了自己的学术理想、学术规模、学术取向、思维方式、价值标准，也就是说，形成了自己的思想核心，故他们对事物的认识、处理就有了自己的套路和方法，离经叛道的事较少出现。然而，这在南朝帝王家族中却很难实现。其原因,一是他们的历史太短,长的不过六十年,短的只有二三十年。二是底子太薄。比如,刘裕出身贫寒,"尝负刁逵社钱三万,经时无以还"(《宋书·武帝本纪》),"尝自往新洲伐荻"(《宋书·徐湛之传》)以糊家口。贫寒的家境使他及其家人失去了接受文化教育的机会,以致"时宗室虽多,材能甚寡"(《宋书·宗室传》),出现了一批诸如刘道怜、刘韫、刘义綦、刘义康、刘义宣、刘袭、刘遐、刘祎、刘休范,刘休佑等"素无材能"、"人才凡鄙"、"甚庸劣"、"凡鄙无识"、"素无术学"的平庸之辈(《南史·宋宗室及诸王传》)。欲使这种弱势群体转换成文化强族,谈何容易!三是没有形成自己的学术方向。这在齐梁皇族表现尤为突出。比如,萧道成之孙萧子恪、萧子质、萧子显、萧子云、萧子晖喜爱文学,萧锵"好文章",萧鉴"善属文",萧铄"能属文",文惠太子"解声律"、"好释氏",萧子良好文艺、尚释氏,萧昭胄"泛涉书史",都将兴趣爱好集中在文、史、佛上。天监四年(505年)梁武帝始"置五经博士各一人",并下诏"今九流常选,年未三十,不通一经,不得解谒"(《梁书·武帝本纪》),力图通过人才录用以强化五经之学,将学术文化引向专一,以形成自己的主体文化,但在实际研习中,其子弟并没有按他说的去做,仍然将兴趣爱好集中在文史方面,且以"善属文"为尚。而萧衍本人也没有按自己说的去做,文、史、儒、佛、玄,无一不爱,佞佛胜过尚儒,违背他立五经之宗旨。由于齐梁皇族治学百花齐放,他们也就很难形成自己的主体文化,形成自己的核心。没有自己的核心思想,依然很难筛选出正确的政治理念为政治服务,形成不了自己独特的政治个性,尽管他们的文化底子比刘宋深厚,但政治见解并不比刘宋高明,因而只能像刘宋那样,将家国观念作为自己的主要政治观念贯彻到始终。

(二)南朝人士族情结的痴狂

南朝是个注重门第的时代。门第之高者,莫过于那些世家大族。这些世家大族,不仅在政治上处于轴权地位,文化上处于领先位置,而且在意识形态上亦常常起着引领时代的作用。比如,他们那种如痴如醉的家族情结,就直接开启了一个时代的风貌,致使一般士族、庶族,乃至寻常百姓,没有不以家族为依托而汲汲于门第之改换与显耀的。

我们这样说,并非有意夸大世家大族的功能,而无视社会历史发展的主体——人民的作用,无视历史传统的影响。实际上,这些都客观地存在着,谁也不可否定。前苏联著名社会学家、历史学家柯斯文在他的《原始文化史纲》中就清晰地揭示了这一事实。他曾就宗族这一社会组织形态的形成，进行过历史的考察和研究，通过旧石器时代前后期人类集体生活，新石器时代生产工具的创造、使用等探寻，发现"生产力的发展引起了社会结构的根本改造。生产力这一发展和新的经济形态，要求比较固定、比较持久的人的集团。这种集团从血统关系取得了维系的形式"。而这种集团就是氏族或氏族公社。后来，随着氏族的发展，氏族公社的出现，宗族作为"社会整体"这一特征日益明显。首先它是一个"自治体"。"有自己的会议和自己的首领，宗族的所有成员，保持着密切的联系，互相扶持，互相援助"。其次，它又是一个"军事单位"，有着"公用的武器"。最后，它在思想意识方面也构成了"一个整体"。"他们意识到同是一位祖先的后嗣，同是'从一个火上分出来的'，大家同'分一个火'，大家原是同根所生的近亲"。这一发现，深刻地揭示了宗族的出现，并非某一个人、某一家族的功劳，而是人们共同劳动创造的结晶；揭示了宗族的原始组织形态与思想形态。它告诉我们，宗族成员同宗族的联系是以血缘为纽带，是血缘紧紧地将他们扭成了一个坚强的整体。他们就在这个整体里生存、繁衍、成长、壮大。同时，它还告诉我们，这种文化现象是世界性的，绝非中国所独有。如果说，中国宗族与世界其他国家的宗族有何区别，那就诚如德国社会学家 F·缪勒利尔在他的《家族论》中说的那样，中国宗族是个"充分发展"的宗族。这种充分发展，不仅体现在"中国大家庭的领袖——我们曾经说过一些——是家长，他的权力之大几乎是绝对的，他是家庭资财、进款的处理者，妻子儿孙都得服从他的命令，无论是命令或意思"上，而且还体现在政治与文化上。吕思勉先生说："古今所谓国家，搏结之道，惟在于族，故治理大权，亦操诸族"[1]。钱穆先生说："'家族'是中国文化一个最主要的柱石，我们几乎可以说，中国文化，全部都从家族观念上筑起，先有家族观念乃有人道观念，先有人道观念乃有其他的一切。"因而，"家族传袭"几乎成了"中国人的宗教安慰"[2]。如此一来，重家庭、家族、血统、权力，便成了中国人根深蒂固的传统与观念，情感与要求。

当然，这些形成自有其内在的原因。首先，它得力于宗法理论和宗法建制的"充分发展"。关于这一点，前述宗法制，婚制、庙制、丧服制时已经谈过，读者自可从中感受到宗法理论的丰富性、宗法建制的凝聚力。正是这些，才使中

---

① 吕思勉：《先秦史》第二节，《税制》。

② 钱穆：《中国文化史导论》第三章《古代观念与古代生活》，商务印书馆 1994 年版，第 51 页。

国人民的家族情结比火要热，比海要深。其次，它得力于人们的实践。人们就是在不断的实践中，加深了对家的认识，族的理解。"同分一个火"，使他们感受到了血缘关系的亲密；"树大开枝"，又使他们体会到了承担的义务；"本支百世"，更使他们体悟到了宗族生命的不息。而这些反过来又加深了他们对家的依赖、族的寄托，以致形成了一种亘古不变的风俗，一种永恒不息的情结，流传到今天。

然而，我们为何还要将世家大族的地位、作用提升到那样的高度？这是因为，世家大族特有的政治地位、文化优势，在南朝的确起到了引领时代、强化思想意识的作用。

世家大族特有的政治地位，是众所周知的事实。田余庆先生说："皇权的伸张，既要排除士族超越皇权的可能，又要借重士族的社会影响以为皇权所用。因此，皇权承认并尊重士族的存在，只是要求他们从属于皇权。从属于皇权的士族，仍可居实权之位。"① 这是从皇权与士族的相互关系来阐述世家大族政治地位之不一般。到了篡夺之际，禅让之时，它就显得更不寻常了。比如，萧道成进入刘宋朝廷，掌握各种大权之后，遂产生了篡夺之心，但不敢昧然而动，原因就是朝廷中世族要员谢朏、袁粲、褚渊等人不支持。谢朏是萧道成的长史，萧满以为朏会支持他，于是"夜召朏，却人与语久之，朏无言。唯有二小儿捉烛，帝虑朏难之，仍取烛遣儿，朏又无言"（《南史·王昙首传·王俭附传》），以无言表示不支持。袁粲是宋明帝的托顾之臣，自以为身受顾托，"不欲事二姓"，故当萧登门拜访时，称病不相见，并暗中组织力量进行抗拒（《南史·袁湛传》）。褚渊也是明帝的托顾之臣，萧对他说："我梦应得官。"褚渊说："今授始尔，恐一二年间未容便移。且吉梦未必便在旦夕。"（《南史·王昙首传·王俭附传》）亦表示不支持。萧连遭碰壁后便去找王俭。王俭听了他的诉说，一面骂褚渊"未达理"，一面令中书舍人虞整作诏（同上）。在王俭的大力支持下，再加上改变态度的褚渊的拥戴，他才完成这次"革命"，当上皇帝。而王、褚支持的结果换来的是朝廷的重用。王俭被迁任尚书右仆射，领吏部，封南昌县公；褚渊则进位司徒，侍中，中书监，改封南康郡公，均居实权之位。又比如，刘裕受禅，有司议使侍中刘叡进玺，刘裕说："此选当须人望。"于是改用甲族谢澹（《南史·谢晦传》）。自

---

① 田余庆：《东晋门阀政治·门阀政治的终场与太原王氏》，北京大学出版社1989年版，第269页。

刘裕后,齐、梁、陈都沿用了这一做法。世家大族这种特殊的地位,为一般士族所仰慕,为时人所兴叹。

世家大族所特有的文化优势,更为大家所熟悉。它通常是伴随着家族地位的上升而不断积累随机转换形成的。其渊源,上可追溯到两汉,下可探寻到魏晋。钱穆先生说:"在国家法律上,读书从政是公开的,平等的,国民人人可得;但在社会实际情形上,则这两种权益,容易在少数家庭中永远占到优势。因此东汉时代颇多由'累世经学'的家庭而成为'累世公卿'的家庭。那是虽已没有贵族世袭的制度,但终不免因为变相的世袭而成为变相的贵族。那种变相的贵族,便是所谓'士族'。这种端倪,早起于西汉末叶,到东汉而大盛,下及魏晋南北朝,遂成为一种特殊的'门第',我们无以名之,只有名之曰'郡县国家文治政府下之新贵族'。"①没有"累世经学"的积累,就不可能完成"累世公卿"的转换,而没有"累世经学"与"累世公卿"的结合,就无所谓士族。这就是士族之所以注重文化向政治转换而又善于将二者结合起来的原因。田余庆先生在论述陈郡谢氏家族迅速上升的原因时,将它归结为"文化转换"、"势力培植"和"善趋机缘"三个方面。其中论"文化转换"云:"两晋之际,谢鲲由儒入玄,取得了进入名士行列的必要条件。谢鲲其人,于放浪中有稳健,并非完全忘情物外,这就为他的子侄不废事功,逐渐进入权力中心留有余地。"后又说:"谢氏由儒入玄,谢鲲进入名士行列,这是东晋时期谢氏家族发展的第一阶段。"②正由于谢氏于东晋末由儒入玄,附会文缘,提升了自己的门第族望,故到南朝时,其地位不可移易,其文化积累亦日益深厚,培养了一大批文义之士。比如谢灵运一支,谢灵运本人擅长佛理,对竺道生"阐提人皆得成佛"的顿悟说,般若学的智慧论,深得教旨,所著《辨宗论》,明佛汪汪,为一时文士之秀。于文学,更为南朝之宗。其诗歌,钟嵘《诗品》定为上品。这是南朝唯一获此殊荣者。其孙超宗,"好学有文辞,盛得名誉",其诗,《诗品》定为下品。超宗子几卿,长于玄理,"博学有文采","详悉故实,仆射徐勉每有凝滞,多询访之"(《南史·谢灵运传》)。除灵运一支外,其他各支文学秀士代有人出。谢混、谢瞻、谢晦、谢世綦、谢惠连、谢庄、谢朓,均为南朝著名诗人。其中,谢混、谢世綦、谢瞻、谢惠连、谢朓诗,钟嵘定为中品,谢庄诗定为下品。元嘉十六年(439年)立儒、玄、文、史四学,文帝令谢元领文

---

① 钱穆:《中国文化史导论》第六章《社会主义与经济政策》,商务印书馆1994年版,第128页。

② 田余庆:《东晋门阀政治·陈郡谢氏与淝水之战》,北京大学出版社1989年版,第202、204页。

学馆,实是对谢氏家族崇高的文学地位的赞美与肯定。作为南朝老牌门阀士族,琅邪王氏文化积累之深厚并不亚于谢氏。王准之青箱学,王僧绰、王俭父子"练悉朝典",王微、王僧虔书学,王诞、王僧达、王韶之等人之诗歌,多为南朝人所倾慕,其成就,王筠在《与诸儿书论家门集》中作了如下描述,说:"史传称安平崔氏及汝南应氏并累叶有文才,所以范蔚宗云崔氏雕龙。然不过父子两三世耳,非有七叶之中,名德重光,爵位相继,人人有集,如吾门者也。沈少傅约常语人云:'吾少好百家之言,身为四代之史。自开辟以来,未有爵位蝉联、文才相继如王氏之盛也。'"(《南史·王昙首传》)世家大族这种无与伦比的文化优势,奠定了他们在南朝社会的绝对地位。说他们引领了一个时代,并非妄言。

这就是世家大族与众不同的地方。这种光荣、骄傲,使其子孙增强了对家、对族的亲和感、依赖感。有家有族就有一切,几乎是他们一以贯之的思想,不可移易的情结。在他们看来,只要门户不倒,家族不衰,无论社会发生多大的变动,政治出现多大的风波,他们的地位、利益、名望、声誉都不会受到损害。这就是我们前面所说的"没有国,他们不害怕;没有君,他们不着急;没有家没有族,他们就会唇亡齿寒,不知所归"的含义所在。这种如痴如迷的思想,如癫如狂的情结,使他们无时无刻不在关注着家族的前途命运,无时无刻不在注视着自己子弟的所作所为。谢瞻对宋武帝说的"臣本素士,父祖位不过二千石。弟年始三十,志用凡近,位任显密,福过灾生,特乞降黜,以保衰门"(《南史·谢晦传》),王思远对王晏说的"兄荷武帝厚恩,今一旦赞人如此事,彼或可以权计相须,未知兄将何以自立。及此引决,犹可保全门户,不失后名"(《南史·王镇之传》),颜延之对儿子颜竣说的"平生不喜见要人,今不幸见汝"(《南史·颜延之传》),便是这种关注、忧虑、焦灼的具体体现。因此,如何整肃门风,克服子弟中的不良行为,使门户常保,家族常兴,便成为他们日夜思考的问题,亟待回答与解决。

世家大族的这些光荣骄傲,同样在一般士族中产生了强烈的反响,促使了他们的醒悟与崛起。他们不像谢瞻、王思远、颜延之那样充满忧患与不安,而是对家族的振兴充满了希望与信心。这只要看看垣护之夸其侄崇祖为"此儿必大吾门",陆襄称其从孙陆琼为"此儿必荷门基",刘奉伯赞其侄刘怀珍为"此儿方兴吾家",刘虬美其子刘之遴为"此儿必以文兴吾宗",王茂大父夸茂为"此吾家千里驹,成门户者必此儿也"等言论(《南史》各人本传),就不难看出他们的乐观与自信。这是他们自强的思想基础,崛起的力量所在。有了这种思想与力量,不愁门户不振,家族不兴,只要家族门户振兴,世家大族拥有的一切,他们同样可以得到。然如何得到，亦成为问题的核心萦绕于他们的心际，亟待回答与解决。

于是，两者便在同一问题上为着各自的地位与利益，形成了相同的意向，将解答之方，集中到了子弟教育与文化研究上。

注重子弟教育，是他们固有的传统。其教育大多从幼儿抓起。张融《与从叔征北将军永书》说："融昔称幼学，早训家风。"颜之推《颜氏家训》说："昔在龆龀，便蒙教诲。"讲的就是这一情况。担任教育的多为其长辈，或父母，或叔伯，或兄长。其形式，有不言而教的，有克日见子孙的，亦有趁晨昏温清时，被父母"赐以优言，问好所尚，励短引长"的。其内容重在立身为人上。立身为人，乃人生之大事，幼年需要有高远志向，成年需要有宽阔情怀，而保家安族，或振家兴族，都以此为契机。然立身者，须善得人望。人望者，立身之阶也。即使像世家大族于政治上能平流进取，坐至公卿，于社会上依然存在着有无人望的问题。试看谢混同诸子作乌衣之游时对他们训诫所言，便可知此。他说："汝诸人虽才义丰辩，未必皆惬众心。"说的就是这种情况。然如何做才能皆惬人意？他接着说："至于领会机赏，言约理要，故当与我共推微子。"又说："阿远刚躁负气，阿客博而无检，曜悖才而持操不笃，晦自知而纳善不周，设复功济三才，终亦以此为恨。至于微子，吾无间然。"（《宋书·谢弘微传》）他所云微子，即谢弘微；远，即谢瞻；客，即谢灵运。在他看来，要善得人望，就须持操去躁，善趋时宜，善于言语。为此，他对谢瞻等人进行了严厉的裁折。受此所染，谢瞻日后对其弟晦的裁折亦异常严厉，说："吾家以素退为业，汝遂势倾朝野，此岂门户福邪？"临死遗书于晦，又云："吾得归骨山足，亦何所多恨。弟思自勉，为国为家。"（《南史·谢晦传》）谢氏家族这种一人作范，他人效之的做法和始终将险躁冒进作为纠绳的对象，将立身素退作为保家安族的内容，是深得士族家庭教育宗旨的，具有很强的针对性，故为广大士族所绍述。试看王敬弘《与子恢之书》说的"祕书有限，故有竞，朝请无限，故无竞，吾欲使汝处于不竞之地"，王微《与从弟僧绰书》说的"前言何尝不以止足为贵，且持盈畏满，自是家门旧风"，王景文《与子攒之书》说的"吾欲使汝处不竞之地"，雷次宗《与子侄书》说的"夫生之修短，咸有定分。定分之外，不可以智力求，但当于所禀之中，顺而勿率耳"（《全宋文》卷十七、十九、二十、二十九），徐勉《为书诫子崧》说的"吾家世清廉，故常居贫素，至于产业之事，所未尝言"和"古人所谓以清白遗子孙，不亦厚乎"（《全梁文》卷五十），与谢氏有着异曲同工之妙。他们将重点放在清淡寡欲上，认为只有不竞不争，止足保和，才能使险躁冒进屏迹于萌芽之际，使立身为人兴起于恬淡之中。有了好的立身之道,为人之方,保家安族,或振家兴族亦就易如反掌。这种冥冥之思,苦苦之想,真是匠心独运,情致深切。其诚之亦严,诲之亦深。

尽管如此,这种三言两语的教育方式,仍欠完美,而简单粗糙,便是它最大不足。立身之道,不能仅停留于现象,而是要授人以理。只有知其弊者,才会知其去弊之方。正由于这样,颜延之作《庭诰》就不再简单地罗列现象,直陈危害,而是重在言理,通过道理的阐发将子孙们引向较高的立身境界。他擅长佛理,对佛教宣扬的相对主义思想深有所感,宛转相资的文风深有所染,故其说理深深地烙上了这些印记。比如,他在谈到如何处理同下人关系时说:"罚慎其滥,惠戒其偏。罚滥则无以为罚,惠偏则不如无惠。"(《宋书·颜延之传》)其行文口气,笔墨程序,与释僧肇论智神之别时说的"智有穷幽之鉴而无知焉,神有应会之用而无虑焉。神无虑,故能独王于世表;智无知,故能玄照于事外"(《全晋文》卷一百六十四),何其相似!由于他长于说理道情,故《庭诰》充满了浓厚的理性色彩。比如,他讲孝道:"身行不足遗之后人。欲求子孝必先慈,将责弟悌务为友。虽孝不待慈,而慈固植孝;悌非期友,而友亦立悌。"(《宋书·颜延之传》)这些观点,虽来自前人,但通过这番表述,孝悌之道也就在其子孙心底根植了下来。他对轻躁冒进深恶痛绝,故极力提倡屏欲,说:"欲者,性之烦浊,气之蒿蒸,故其为害,则熏心智,耗真情,伤人和,犯天性。虽生必有之,而生之德,犹火含烟而烟妨火,桂怀蠹而蠹残桂。然则火胜则烟灭,蠹壮则桂折。故性明者欲简,嗜繁者气惛,去明即惛,难以生矣。"(《宋书·颜延之传》)字里行间充满了愤慨之气。这种文字所产生的训诫效应较之三言两语要深远得多。至于被后人誉为"古今家训,以此为祖"的《颜氏家训》,因其训导的系统性,内容的完整性,范围的广泛性,更将子弟的教育引向了一个新的天地,较之《庭诰》来,呈现的是另一种面貌与境界。

总之,士族家庭教育是卓有成效的,大家风范就是通过这种教育培植出来的。随着时代的发展,社会的进步和大批寒素之士的启用,士族中险躁冒进的人少了。淡于立身、勇于成才的人多了。人才辈出,使世家大族仍以不可移易之势活跃在政治的舞台上,也使一般士族的地位得到了急剧上升。试看彭城刘氏、到氏子弟在齐梁活跃的情况,就会深深感到这种变化之巨大,是士族教育效应的有力说明。

注重文化研究,同样是他们的传统做法。田余庆先生说:"士族的形成,文化特征本是必要的条件之一。非玄非儒而纯以武干居官的家族,罕有被视作士族者。"① 可见,看重文化效应,实是士族家门旧风。由于学术文化的多样性,南朝士族于文化研究中,呈现出百花齐放的态势。然总其所出,其研究大致可以分为文义与经义两类。文义以诗歌创作为主,兼治经史;经义以经史研究为尚,兼作诗文。这两类涵盖了儒、玄、文、史、佛五学于其中。由于不同士族治学爱好不同,家学渊源有别,他们对文义、经义的研究创作各有侧重。但并非四处开花,而是有着自己的主攻方向,有着自己的主体文化。当这种主体文化形成后,他们允许自己的子弟旁及他类,且尽其所长,呈现的又是一种开放的态势。这种开放,既能显示出士族文化的专一性、深厚性,又能表现出它的多样性、灵活性。也就是说,士族文化既具有鲜明的个性,又具有鲜活的共性。共性使他们能随时适应文化的转换,或由儒入玄,或由玄入佛,既轻快又自然;个性令他们固守门户,既可保持颜色不改,又可使之气质不变,是他们的看家之本,立足之根,任何时候不可动摇。动摇了,其门户亦随之松动、崩塌,花落他家了。士族的终结,文化衰落是种重要的标志之一。

然而,士族该如何保持自己的学术个性?这里拟引用两段文字说明之。

第一段文字为张融的《门律自序》:"吾文章之体,多为世人所惊,汝可师耳以心,不可使耳为心至因循寄人篱下。且中代之文,道体阙变,尺寸相资,弥缝旧物。吾之文章,体亦何异,何尝颠温凉错寒暑,综哀乐而横歌哭哉?政以属辞多出,比事不羁,不阡不陌,非途非路耳。然其传音振逸,鸣节竦韵,或当未极,亦已极其所矣。汝若复别得体者,吾不拘也。吾义亦如文,造次乘我,颠沛非物。吾无师无友,不文不句,颇有孤神独逸耳。义之为用,将使性入清波,尘洗犹沐。无得钓声同利,举价如高,俾是道场,险成军路。吾昔嗜僧言,多肆法辩,此尽游乎言笑,而汝等无幸。"(《全齐文》卷十五) 张融所说,讲的是文义创作的个性化问题。文义创作的个性化通过风格来体现。风格如人,与人的学识性情有关。史称张融"风止诡越",居无定处,一叶小舟就是他的安身立命之地。然"神解过人"的聪明,"嗜于僧言,多肆法辩"的佛学造诣和与众不同的生活处境,再加上他无师无友,不重师法,只重自创的个性,铸就了他"文辞诡激,独与众异"的创作风格。而这段文字集中阐明了他自创的过程及其特色。他将这一过程、特色以训诫的形式告知其子孙,旨在希望他们能承袭父学,号哭而看之,注重自创,使之不隳家声。意在强调,没有个性的创作,很难在激烈的士族文化竞争中独

---

① 田余庆:《东晋门阀政治·后论》,北京大学出版社 1989 年版,第 339 页。

占鳌头;没有文化自创的士族亦很难在残酷的政治角逐中获得一席之地。深谙门户生存、家族兴亡之道的张融,尽管一生贫困潦倒,但对子弟期望之殷切,已在这段文字中表现得淋漓尽致。这是这一时代士族心态普遍之反映。

第二段文字为王僧虔的《诫子书》:"吾未信汝,非徒然也。往年有意于史,取《三国志》聚置床头,百日许,复徙业就玄,自当小差于史,犹未近仿佛。曼倩有云:'谈何容易。'见诸玄,志为之逸,肠为之抽,专一书,转诵数十家注,自少至老,手不释卷,尚未敢轻言。汝开《老子》卷头五尺许,未知辅嗣何所道,平叔何所说,马、郑何所异,《指例》何所明,而便盛于尘尾,自呼谈士,此最险事。设令袁令命汝言《易》,谢中书挑汝言《庄》,张吴兴叩汝言《老》,端可复言未尝看邪?谈故如射,前人得破,后人应解,不解即输赌矣。且论注百氏,荆州《八袠》,又《才性四本》、《声无哀乐》,皆言家口实,如客至之有设也。汝皆未经拂耳瞥目。岂有庖厨不修,而欲延大宾者哉?就如张衡思侔造化,郭象言类悬河,不自劳苦,何由至此?汝曾未窥其题目,未辨其指归,六十四卦,未知何名;《庄子》众篇,何者内外;《八袠》所载,凡有几家;《四本》之称,以何为长。而终日欺人,人亦不受汝欺也。"(《全齐文》卷八)王僧虔所言,讲的是经义研究,主要是玄学研究的有关情况,沿袭的是魏晋玄学旧路。旧瓶装新酒,仍有生气在。经义研究,汉重章句,魏晋重义理,南朝则将义训、义理揉合在一块,强调谈玄须从义训始。然欲辨义训,论注百氏,说法不一,欲将不同的说法辨识明白,且能融会贯通,就须自少至老,手不释卷。然研究仅停留在这一步还不够,还须"前人得破,后人应解",需要于义理上有自己的见解。解有多端,需要有自己的发明与创见。而发明创见又以了解前人义理为前提,对张衡、郭象之言,《才性四本》、《声无哀乐》之说,亦要通体备悉。具备了这样的功夫,才能形成自己的研究个性,与人论辩才会立于不败之地。王僧虔如此教诫儿子,从一个侧面反映了南朝经义研究的状况,表现了他们家治学的特点、学术文化积累的情况。他们就是从阅读原著开始,从了解学术发展状况着手,以注疏研究作为入门之阶,由一致百,穷其所有,然后加以融会贯通,形成自己的学问。这种治学路子,非王氏所独有,大凡学有成就的士族,没有不经过这一过程的。然过程相同,因对象、理念、方法、识力不同,其结果有别。而学术个性正是通过这些来表现,主体文化正是通过这些来形成。

这两段文字,来自两个不同的家族,反映的是南朝士族在文义创作、经义研究中的大致情况,具有一定的代表性和普遍性,是研究南朝士族文化极为珍贵的资料。它们虽以家书的形式传布于世,看似简单,实则切中肯綮;貌似严厉,实则语重心长。它有助于家学的传承,后人的成长。而南朝士族就是通过这种传、帮、带完成了上下两代的学术转换、文化传递。南朝士族情结亦就在这种滚动中得到深化与绵延。

(三)南朝人复古情结与求新欲望的冲突

南朝士族文化是种独具个性的文化。学术创造是形成个性的动力。然创造从哪里来?复古者,以"古"为的彀,力求通过古代文化的学习研究,形成自己的学术个性,创造出自己的主体文化;求新者,以"今"为权衡,力求通过文化的新创,创造自己的艺术成就与辉煌。于是,复古、求新便成为这一时期经义研究和文义创作的两大思潮,出现在学术苑地上,支配着人们的研究、创作行为,并朝着各自的方向、目标发展。其间,不泛碰撞、冲突和争执,但相互摩荡的结果,促进了士族文化的繁荣,儒、道、文、史、佛五家学术文化的兴盛。

其实,不论复古也好,求新也罢,作为学术发展演变中常有的两种意识形态,自古以来就存在,从未消失过。《吕氏春秋》中《察今》一文的写出,《论衡》中《齐世》一文的出现,便是这一现象的记录与说明。而南朝的复古求新,就是这一现象的延伸与继续,并形成了自己的生存态势和文化。首先,拿复古来说,其出现经历了识古、崇古、复古的过程。它始于宋,兴于齐,盛于梁,衰于陈。《南齐书·萧昭秀传》说:"宋武创业,依拟古典,神州部内,不复别封。"讲的是刘裕在分封诸侯时,严依古典,不封异姓为王之事。它虽属政治问题,但"依拟古典"又属学术问题。正是刘裕的"依拟古典",激发了读书人的识古热情,开启了南朝识古之先声。其中,为读书人识古提供大显身手之处的是朝廷礼仪的创革。沈约《宋书·礼志》说:"夫有国有家者,礼仪之用尚矣。然而历代损益,每有不同,非务相改,随时之宜故也。汉文以人情季薄,国丧革三年之纪;光武以中兴崇俭,七庙有共堂之制;魏祖以侈惑宜矫,终敛去袭称之数;晋武以丘郊不异,二至并南北之祀。互相即袭,以讫于今,岂三代之典不存哉,取其应时之变而已。"由于朝廷礼仪各代均有改变,均有损益,均不一样。这就使得每一新朝建立伊始,都面临着礼仪重创的问题,都需要朝臣们去熟悉已往的典章制度,熟悉前段的历史。"任己而不师古,秦氏以之致亡,师古而不适用,王莽所以身灭"(《宋书·礼志》)。历史的训诫,如雷贯耳。"师古"、"适用",任重而道远。师古,以古为师;适用,适今之用,实际涉及的是有关"崇古贵今"问题。这一问题由朝廷提出,由读书人来解答。政治与学术的融合,将识古与致用提升到了新的境界。于是,不少读书人就在这种政治驱动下,将兴趣爱好转向了古代、礼仪与历史。这只要细读《宋书·礼志》、《通典》等一些古籍,就可以发现刘宋一朝在礼仪创革方面做了不少事情,涉及面较广泛。其中,又以祭祀、丧服为重。《左传·隐公十一年》说:"礼,经国家,定社稷,序民人,利后嗣者也。"《礼祀·三年问》说:"三年之丧,何也?曰:称情而立文,因以饰群,别亲疏贵贱之节,而弗可损益也。"《丧服四制》又说:"夫礼吉凶异道,不得相干,取之阴阳也。丧有四制,变而从宜,取之四时也。有恩、有理、有节、有权,取之人情也。恩者仁也,理者义也,节者礼也,权者知也。仁义礼知,人道具矣。"这便是宋人重祭祀重丧服之由来。由于此二者直关国家、社稷、民人、后嗣,是人情之所致,人道之所具,故朝廷议论日繁,商磋日密,因此而被卷入者日多,若依《全宋文》所辑,凡64人,文章267篇。如此多的读书人被卷入到这些古礼研究中来,难道不是一股空前的思古热潮吗?其求古之心切,求学之专注,还可从他们的议论中见到。试看何偃的《郊礼遇雨议》:"郑玄注《礼记》,引《易》说三王之郊,一用夏正。《周礼》,凡国之大事,多用正岁。《左传》又启蛰而郊。则郑之此说,诚有据矣。众家异议,或云三王各用其正郊天;此盖曲学之辩,于礼无取。固知《穀梁》三春皆可郊之月,真所谓肤浅也。然用辛之说,莫不必同。晋郊庚已,参差未见前征。愚谓宜从晋迁郊依礼用辛。爨之以受命作龟,知告不在日,学之密也。"(《全宋文》卷二十八)其治学方法,与王僧虔诫子治玄方法全同,都是从训注入手,再加以引证推廓,较其正误,得出自己的看法。这是一种脚踏实地,持之有故的研究,以获得真知为目的。而真知,增添了识古的深度,加速了朝仪的形成。

更有甚者,此时期还出现了一些专攻礼仪的学者。比如,傅亮,《宋书·蔡廓传》说他"任寄隆重,学冠当时,朝廷礼仪,皆取定于亮",是当时朝廷的礼仪权威。蔡廓,博涉群书,言行以礼,是以礼学传承的学者。傅亮定礼仪,"每咨廓而后施行",为朝廷礼仪之创制作出了贡献。殷景仁,"学不为文,敏有思致,口不谈义,深达理体,至于国典朝仪,旧章记注,莫不撰录"。刘湛,"博涉史传,谙前世旧典"。王僧绰,"好学有理思,练悉朝典"。王准之,"兼明《礼》、《传》","究识旧仪,问无不对",撰《仪注》,朝廷用之。何承天,"宋代建,召为尚书祠部郎,与傅亮共撰朝仪","删《礼论》八百卷,为三百卷"(《宋书》各人本传)。徐广"百家数术,无不研览"。晋义熙初,撰《车服仪注》,后又著《礼问答》百余条(《南史·徐广传》),是宋初前辈礼仪学家。这些人之存在,为宋代礼学之振兴,识古风气之盛行,起到了开疆拓宇之作用。

齐台初建,宋定礼仪能为齐人承袭者,并不很多,多的是需要他们重新勘定、确立。《南齐书·礼志》说:"永明二年,太子步兵校尉伏曼容表定礼乐。于是诏尚书令王俭制定新礼,立治礼乐学士及职局,置旧学四人,新学六人,正书令史各一人,干一人,秘书省差能书弟子二人。因集前代,撰治五礼,吉、凶、宾、军、嘉也。文多不载。若郊庙庠序之仪,冠婚丧纪之节,事有变革,宜录时事者,备今志。其舆辂旗常,与往代同异者,另立别篇。"这一说明,充分表现齐时所定新礼,较之宋时,更具体、翔尽,措施更得力。然其所说乃永明二年及其以后的事,与其所记从建元元年始,相差六年。也就是说,齐代新礼的议定始于高帝建元元年。参与朝廷礼仪议定的朝臣,其人数较之宋时还多,其中有姓名可考者近四十人,不知其姓名,一有王奂十四人,另有王晏十九人。在这众多的人员中,王俭、何佟之可谓关键人物。《南史·王俭传》说:"大典将行,礼仪诏策,皆出于俭。"又说:"时朝仪草创,衣服制则,未有定准,俭议曰:……并从之。"又说:"朝廷初基,制度草创,俭问无不决。"这较之宋时傅亮,贡献尤大。《梁书·何佟之传》说:"佟之少好《三礼》,师心独学,强力专精,手不辍卷,读《礼》论三百篇,略皆上口。时太尉王俭为时儒宗,雅相推重。"《全梁文》辑其齐时议文、释难凡14篇,是他为齐代礼仪议定作出贡献的见证。王俭他们治礼,路子与宋人同,重注训、重引证。没有这番崇古的功夫,亦就无法得出自己的结论;没有深厚的礼学、史学功底,亦就无法改变当时的学风。王俭本传又说:"先是宋孝武好文章,天下悉以文采相尚,莫以专经为业。俭弱年便留意《三礼》,尤善《春秋》,发言吐论,造次必于儒教,由是衣冠翕然,并尚经学,儒教于此大兴。"儒教大兴,实乃崇古之使然。

梁代礼仪,《梁书》无《礼志》。除《隋书·礼仪》七卷记之外,余者散见于有关人物传记中。梁司空袁昂说:"圣朝遵古。"(《梁书·袁昂传》)梁之遵古,较之宋齐,有过之而无不及。其对礼仪创革,范围、内容多集中在郊祭、明堂、庙祭、雩祭、迎气、藉田、丧服、释奠、元会、舆辇等方面,均为朝廷礼仪之重者。参与议礼之人,且多为当时礼学名家。《隋书·礼仪》说:"梁武始命群儒,裁成大典,吉礼则明山宾,凶礼则严植之,军礼则陆琏,宾礼则贺玚,嘉礼则司马褧。帝又命沈约、周舍、徐勉、何佟之等,咸在参详。"何佟之由齐入梁,是横跨两朝的礼学大师。此外,朱异、任昉、何敬容、张瓒、刘之遴、司马筠等一些著名学者参与其中。这就使梁台礼仪之确立,较之宋齐于学理、事理上更为精审。在这些人中,起决定作用的,一是梁武帝本人。二是周舍。《梁书·周舍传》说:"时天下草创,礼仪损益,多自舍出。"三是徐勉。他"博通经史,多识前载。朝仪国典,婚冠吉凶,勉皆预图议"(《梁书·徐勉传》)。他们治礼之方法,亦以注训解读、历史引证为主,路子同于宋齐。梁代礼仪之创革,不仅满足了朝廷用礼之需要,而且撰定了自齐以来定而未定的吉、凶、军、宾、嘉五礼。

然好景不长,侯景乱起,一切化为乌有。至陈时,朝仪创革,困难重重。《陈书·沈文阿传》说:"自太清之乱,台阁故事,无有存者。文阿父峻,梁武世尝掌朝仪,颇有遗稿,于是斟酌裁撰,礼度皆自之出。"《隋书·礼志》说:"后主嗣位,无意典礼之事,加旧儒硕学,渐以凋丧,至于朝亡,竟无改作。"仅此两条,足以置陈制礼于困境。如此一来,朝廷平时用礼,率以承袭梁制为常。陈朝复古走向衰弱。

宋、齐、梁的礼仪创革,影响甚为深远。第一,培养了一批好古之士。如,王微"常居门屋一间,寻书玩古,如此者十余年"(《宋书·王微传》),王僧佑"雅好博古"(《南史·王弘传·王僧佑附传》),萧子良"敦义爱古"(《南齐书·萧子良传》),萧范"爱奇玩古"(《梁书·萧范传》),裴之野"制作多法古"(《梁书·裴子野传》),袁豹"每商较古今,兼以诵咏"(《南史·袁湛传》),刘之遴"好古爱奇"(《梁书·刘之遴传》),王僧孺"多识古事"(《南史·王僧孺传》),傅昭"博极古今"(《梁书·傅昭传》),等等,便是其中的代表。第二,深化了人们对古的认识。颜延之说:"故欲蠲忧患,莫若怀古。怀古之志,当自同古人,见通则忧浅,意远则怨浮。"(《庭诰》,《全宋文》卷三十六)鲍照说:"工言古者,尤考绩于今。"(《河清颂》,《全宋文》卷四十七)刘善明说:"尝览书史,数千年来,略在眼中矣。历代参差,万理同异。夫龙虎风云之契,乱极必夷之几,古今岂殊,此实一揆。"(《南齐书·刘善明传》)第三,激发了读书人崇尚古学的热情。最能体现这一学术现象的是齐时兴起的隶事之风。此由王俭发起。《南史·王谌传·王摛附传》说:"尚书令王俭尝集才学之士,总校虚实,类物隶之,谓之隶事,自此始也。"其特征,一是"校"。校的含义,是通过所言之事的查对考证来证明其存在是否实有。这可从刘杳同沈约总校宗庙牺樽虚实中见其大概。约云:"郑玄答张逸谓为画凤凰尾婆娑然。今无复此器,则不依古。"杳曰:"此言未必可安。古者樽彝皆刻木为鸟兽,凿顶及背以出内酒。魏时鲁郡地中得齐大夫子尾送女器,有牺樽作牺牛形。晋永嘉中,贼曹嶷于青州发齐景公冢又得二樽,形亦为牛象。二处皆古之遗器,知非虚也。"(《南史·刘怀珍传·刘杳附传》)说一物而广为引证以证其是否实有，便是"总校虚实"的基本内涵。所谓"非虚"之虚，就是"虚实"之虚。非虚即实，由出土文物考证而得。因此，总校虚实者，除了要知所校之物的名称、形状、特征、出处外，还要博学多忆，对所出文物要有深入了解与研究。二是"类"。类的含义，从梁武帝与众文士策锦被，与沈约策栗事，命张率撰古妇人事中，则知是将古书中记载的同一类事物隶属在一起。由于物的名称、形状、特征、出处不同，其相关的事就不少。同一宗庙牺樽，刘杳总校虚实时，叙述完牺樽的形状、特征后，连出二事，以证明其实有，这二事就是一类。然这样的事有多少？这是由牺樽制作决定的。既然牺樽的形状以鸟兽为之，鸟兽千形百态，制作者可以用不同的形状来制作它，如此一来，同一牺樽，形状上就没有一个相同的。一个形状，一个故事，欲穷其所有，谈何容易。正是这种不易，为隶事者提供了一个广阔的学术空间，说不尽的话题。三是"隶"。《南史》王摛附传说："俭尝使宾客隶事多者赏之，事皆穷，唯庐江何宪为胜，乃赏以五花簟、白团扇。坐簟执扇，容气甚自得。摛后至，俭以所隶示之，曰：'卿能夺之乎？'摛操笔便成，文章既奥，辞亦华美，举坐击赏。摛乃命左右抽宪簟，手自掣取扇，登车而去。"这便是隶的含义，它并不是将旧事简单叙列，而是要将它们连缀成文。而王摛的"隶"就在于他所隶之事为何宪所没有，所属之文比何宪古奥华美，故他能夺簟取扇，洋洋自得。这样的事例，《南史·陆澄传》亦有记载："俭在尚书省出巾箱几案杂服饰，令学士隶事事多者与之，人人各得一两物。澄后来，更出诸人所不知事，复各数条，并旧物夺将去。"王俭这种以物奖人之举，充满喜剧色彩，学士们就在这种欢娱戏谑中较量了学问之大小，记忆之强弱，而隶事之风亦随之勃然兴起。其中，最为其鼓噪者是西邸文人，如其盟主萧子良，盟员沈约、范云、任昉、萧衍等都好隶事。《南史》王摛附传说："竟陵王萧子良校试诸学士，唯摛问无不对。"《南史·刘怀珍传》说："武帝每集文士策经史事，时范云、沈约之徒皆引短推长，帝乃悦，加其奖赉。"《南史·刘显传》说："约为丹阳尹，命驾造焉。于坐策显经史十事，显对其九。约曰：'老夫昏忘，不可受策；虽然，聊试数事，不可至十。'显问其五，约对其二。"便是这一情况之反映。其所云校、策，均指隶事，旨在考量对方学问之大小与深浅。

隶事培养了一批博闻强忆之士。然书山无穷，人生有限，旧事繁多，记忆有失。为了克服这些不足，提高读书记忆效果，他们在博极古今和分门别类的基础上，将重点放到了某一方面，成了某一方面的专家。比如，范岫是尤悉魏晋以来吉凶故事的专家，傅昭是熟悉魏晋以来官宦薄阀，姻通内外人物的专家，江蒨是尤悉朝仪故事的专家,刘琼是博悉晋代故事的专家。同时他们开始编撰类书,创建典故学、仪注学,将治学引向专业化。而这些反过来有助于朝廷仪礼的创革。总之,隶事虽小,影响却大,它将人们的兴趣引向了古代,引向了历史,引向了故纸堆。长期在故纸堆中生活的人,能无思古之悠情、崇古之爱好、复古之愿望?虽不能一概而论,但毕竟有之。这是诱发南朝复古情结的动因,是一种值得研究的学术现象。

如果说,复古情结是以礼而生,那么,求新欲望则是缘乐而起。乐尚新变,由来已久。《礼记·乐记》说:"凡音之起,由人心生也。人心之动,物使之然也。感于物而动,故形于声。声相应,故生变。变成方,谓之音。比音而乐之,及干戚羽旄,谓之乐。"这是从音的生成来揭示乐变的道理。乐总是不断变化的,新乐总是不断产生的。这种情况不但在民间歌谣中存在,而且在被儒家视为神圣无比的郊庙乐歌中也存在。《宋书·乐志》说的"始皇改周舞曰《五行》,汉高祖改《韶舞》曰《文始》",便是这一改变的历史反映。这种改换,人们不但认为可以,而且每当一个新朝建立的时候,他们都以满腔的热情参与新朝礼乐的议论与制定之中,遂使这类典雅庄重的庙堂之乐,一个朝代有一个朝代的面目,一个朝代有一个朝代的内容与形式。既然如此一类庄重的音乐都可以以新代旧,那么,生活于民间沃壤由劳动人民在劳动生产中创造出来的原生态音乐,即民间歌谣,就更没有理由让它们老死在那块土地上了。因此,好求新声,便是民间歌谣的基本特征。它们就是在这种新变中日趋成熟,日趋丰满,成为人们喜闻乐见的艺术之花而常开不败,香满人间。而南朝"朝廷礼乐多违正典,民间竞造新声杂曲"(《南齐书·王僧虔传》),便是在这样的人文沿革中形成的。其详细经过今虽不得而知,但《南齐书·萧惠基传》说的"自宋大明以来,声伎所尚,多郑卫淫俗,雅乐正声,鲜有好者",还是给我们提供了一丝信息。所谓"声伎",就是指那些善歌善琴的民间艺人。民间艺人崇尚新变,好造新声杂曲,一乃职业使然,二乃谋生需要,三乃顺应听众要求。旧曲听腻了,谁也不愿听;雅乐听多了,谁也觉得枯燥。民间艺人长期生活在民间,了解民间百姓的需求与爱好,所以他们不断地推陈出新,以新代旧,以满足他们的愿望。所谓"郑卫淫俗","雅乐正声",只是儒家用来判断音乐好坏的标准,并不能代表一切人群的审美认识与判断。不说民间百姓对它是否认同,就连知识群体也有人表示反对。比如道家说的"五音令人耳聋"、"五声乱耳,使耳不聪",便是反对最烈的一个。因此,用一家制定的标准来审音定乐,自然有违人心。而民间艺人竞造百姓喜爱的新声杂曲以娱他们的欢乐之情，便成了天经地义之事，亦成为这一艺术新花繁殖形成的真正原因。其实，"声伎所尚"，不单民间艺人如此，大凡善琴者都是这样。这可从南朝文人学士中见其一斑。比如，《宋书·戴颙传》说"颙及兄勃，并受琴于父，父没，所传之声，不忍复奏，各造新弄，勃五部，颙十五部。颙又制长弄一部"，《南史·柳恽传》说"恽每奏其父曲，常感思。复变体备写古曲"，《宋书·范晔传》说晔"善弹琵琶，能为新声"。除了一些客观原因外，全在于他们内心的聪明和善琴的本能。这种本能与民间艺人一样，纯出于自然的爱好。只有不断地变换旧曲，弹演新曲，那才有味、过瘾。由此类推，南朝文人官宦中善琴善歌者，不论他们会不会造新声，大都具有这种本能。比如，齐高帝幸华林宴集，沈文季为他歌唱的是《子夜来》；何洞向文惠太子献曲，制作的是《杨畔歌》；王仲雄于齐明帝御前鼓琴，演奏的是《懊侬曲歌》。这些新声杂曲，多为声音哀伤的吴声小调和童谣歌曲。如《子夜来》，《乐府诗集》作《子夜歌》、《子夜四时歌》等，属"吴声十曲"之一，声过哀苦。《懊侬曲歌》，《乐府诗集》作《懊侬歌》，亦属吴声歌曲。从王仲雄歌"常叹负情侬，即今果行许"来看，声亦哀怨。《杨畔歌》，《乐府诗集》作《杨叛儿》，系儿童谣歌。袁廓之谏文惠太子说："夫《杨畔》者，既非典雅，而声甚哀思，殿下当降意《箫韶》，奈何听亡国之响。"（《南史·袁湛传·袁彖附传》）更是一种哀伤之音。将这样一些歌曲传播给帝王，他们实际成了将民间新声杂曲推向朝廷，推向上层社会的重要人物。而这些帝王不仅不加禁止，反而喜悦异常。如此一来，朝野相应，"家竞新哇，人尚谣俗"（《南齐书·王僧虔传》），亦就势在必行。至梁，武帝萧衍更是一个喜爱民间新声杂曲之人。《乐府诗集》卷四十八引《古今乐录》说他曾于天监十一年，于乐寿殿道义竟留十大德法师设乐，唱起了由商客创作的《三洲歌》，并问和尚法云"此歌何如？"《南史·徐勉传》说他于普通末，"择后宫《吴声》、《西曲》女妓各一部"，都充分地说明了这一些。而人尚谣俗的结果，直接促进了乐府诗创作的发展。据笔者对《乐府诗集》鼓吹曲辞以下乐府诗的粗略统计，整个南朝参与乐府诗创作的凡 151 人，作品共 1010 首。这个数字比起唐代乐府诗的创作并不少，表明这是乐府诗史上多产的时期。

　　南朝人崇尚求新，还表现在四声的发明和新体诗创作上。四声的发明，乃沈约的功劳。尽管沈约之前，人们就注意到了诗歌的声律问题，并"知五音之异"，然对"其中参差变动"（《南齐书·陆厥传》），即"宫羽相变，低昂互节，若前有浮声，则后须切响。一简之内，音韵尽殊；两句之中，轻重悉异"（《宋书·谢灵运传》) 这一内在规律, 却"所昧实多"。由于不知, 他们对五音的运用, 并未达到自觉自如的阶段, 即使有人创作出了一些符合四声要求的诗歌, 那也只是暗合。沈约所云"五音", 据后人解释, 是指平上去入四声; "宫羽", 乃指平仄, "盖宫为平, 羽为仄软"; "低昂互节", 指"文字音节的高下互换变化"; "浮声"、"切响", 指语音的清浊, 浮声为清, 切响为浊; 或指轻重, 浮声为轻, 切响为重; 而"一简之内"、"两句之中"云云, 则指四声制韵存在的八病, 即平头、上尾、蜂腰、鹤膝、大韵、小韵、旁纽、正纽是也 (郭绍虞《中国历代文论选》第一册)。四声这一内在规律的抽象与概括凝聚了沈约的平生心血, 代表了当时声律研究的最高水平。其奥秘, 并非人人懂得, 其规律亦非人人会用。说是沈约的功劳并非过分, 尽管陆厥不服, 于《与沈约书》中矢口否认, 然事实昭昭, 不承认也得承认。四声的发明, 是诗歌史上一件大事, 结束了音乐与诗歌声律相混的历史, 为唐代近体诗的形成奠定了基础。

音乐与诗歌声律相混的历史, 由来已久。当人们注意到诗歌的语音、押韵时便开始出现了。当时人们不知道用什么样的称谓来指代它, 于是借鸡下蛋, 将音乐中的"五音"、"八音"、"宫羽"、"宫征"、"律吕"等概念用到诗歌声律的头上。这种混用, 并非毫无道理。这是因为, "凡音者, 生人心者也"(《史记·乐书》), 是从人心中迸发出来的。它有长有短, 有急有缓, 有轻有重, 有抑有扬。音乐就是根据这些长短、急缓、轻重、抑扬之声制作而成的。这种制作, 由简到繁, 由不规范到规范, 由不合理到合理, 而调节这些不规范、不合理的则是所谓的六律六吕, 所谓的宫、商、角、征、羽五音。于是律吕、五音便成了"声成文"的关键所在, 而诗歌的最初功能是合乐歌唱的, 是歌的组成部分。音乐的五音、律吕, 自然也就成了诗歌声律的称谓, 约定俗成, 即使后来诗歌不再歌唱, 人们仍然喜欢用它来指代诗歌的声律。

即便如此, 以徒诗来说, 其声律亦随着汉字的双声、迭韵、声母、韵母、声调的存在而存在。尽管人们对这些现代语音学上常用的概念一无所知, 但他们从长期的嚼文咬字的吐纳中, 还是揣摸出语音有高低、清浊、轻重之别, 并称它们为"人声"。人声者, 人之声音也。它是绾接音乐与诗歌的枢纽, 甄别音律与声律的标尺, 又是一种最简洁明快的概念。刘勰的《文心雕龙·声律》就运用这一概念来讲他的声律问题。其论云: "夫音律所始, 本于人声者也。声含宫商, 肇自血气, 先王因之, 以制乐歌, 故知器写人声, 声非学器者也。故言语者, 文章神明枢机, 吐纳律吕, 唇吻而已。古之教歌, 先揆以法, 使疾呼中宫, 徐呼中征。

夫商征响高,宫羽声下,抗喉矫舌之差,攒唇激齿之异,廉肉相准,皎然可分。"在这里,人声为此一段文字之主脑。声含宫征,由人的血气来决定。声非乐器,器写人声。而人声的响高声下,乃由嘴唇、牙齿、喉舌磨合而成。在此过程中,因抗喉矫舌,攒唇激齿的差异,形成了声音的区别。即使同为吐纳,亦有悠扬短促、清晰混浊之分,悦耳与不悦耳之异。这是刘勰有意将诗歌声律从音乐中分离出来的结晶,说明诗歌中的语音现象是不依附音乐而存在的,是可分辨的。而沈约的四声发明为这种分辨提供了依据,为运用提供了范式。

随着四声的发明运用,一种新体诗在永明诗坛形成,史称"永明体"。《南齐书·陆厥传》云:"永明末,盛为文章,吴兴沈约,陈郡谢朓,琅邪王融以气类相推毂。汝南周颙善识声韵。约等文皆用宫商,以平上去入为四声,以此制韵,不可增减,世呼为'永明体'。"永明体的特征就是追求声律之美,注重声韵和谐流畅,其缺点就是"文多拘忌"。由于"八病"规制太严,对人们束缚太大,稍有不慎,就会犯这病那病,而要加以克服,斧凿雕刻在所难免。斧凿过甚,就会失其自然英旨;雕琢太剧,就会"伤其真美"。这是人们对四声未熟炼于心时所出现的困惑。除此之外,永明体的另一特征就是"易见事,易识字,易诵读"(《颜氏家训·文章》)。"三易"原则是沈约针对大明泰始文同书抄,用事繁密之弊提出来的。在文义创作中,喜欢用事,是南朝文人的普遍嗜好,然如何将事用好,很多人却未加深究,沈约提出"易见事",客观上为人们提出了用事标准,即用浅易之事,不用僻事,用通俗易懂之语言把"事"表述出来,让人不觉其用事。这看似容易,然"作诗无今古,唯造平淡难",要写出平淡的蕴含事理的好诗句并不那么简单。与此相应,平淡的语句并不是用僻字怪字堆砌而成,而是用那些通俗的常用字连缀而就。因此,"易识字"是反对用生僻字的。而"易诵读",则是从声韵节奏与句式结构上提出的要求。声韵和谐,节奏分明,读来朗朗上口;句式规范,无偏拗之句,读来也通顺流畅。而这些为诗歌创作的通俗化、大众化指明了方向。

永明之后,诗坛上出现了另一种新变诗,那就是"宫体诗"。"宫体"之名见于《梁书·徐摛传》:"王入为皇太子,转家令,兼掌管记,寻带领直。摛文体既别,春坊尽学之,'宫体'之号,自斯而起。"传中所云王,即晋安王萧纲。萧纲入为皇太子,时在中大通三年七月。东宫,魏晋以后又称春坊。而"宫体"号起,亦是萧纲为太子后出现的,其时间应在中大通三年后不远的一二年,然其诗体之形成,应在中大通三年以前,徐摛入晋安王处之后。所谓"春坊尽学之",亦非萧纲为太子后才向徐摛学习,而是未入春坊就早已学之。宫体诗是种集音乐新变和诗韵新变于一体的诗歌。他们从音乐新变中学到了放荡,从诗韵新变中学到了丽靡,是此时期人们求新欲望的重要表现之一,是值得重视的。

南朝的复古情结和求新欲望,就这样在创革礼仪和竞造新声中各自形成了强大的势力,如双峰并峙,挺立在南朝学界与诗坛上,至梁,以裴子野为代表的复古情结与以萧纲为代表的求新欲望发生了正面的冲突与碰撞。裴子野的《雕虫论》,萧纲的《与湘东王书》,便是反映这一冲突、碰撞的重要历史文献。从两人文献记载所知,双方争论的问题虽然涉及了文与质、典与丽、文与笔、用事与写情等各个方面,但焦点则集中在经义研究与文义创作向何处去上。他们的争论极其严肃,态度极其认真,措辞极其强硬,却谁也说服不了谁。比如,萧纲说裴子野是"良史之才,了无篇什之美",而梁武帝却说他"其形虽弱,其文甚壮";时人却说他"为文典而速,不尚丽靡之词,其制作多法古,与今文体异,当时或有诋诃者,及其末皆翕然重之"(《梁书·裴子野传》)。这是裴子野的《雕虫论》效应。这一效应说明,曲直好坏,自有定评,并不以某个人的意志为转移,也不由权势地位来决定。因为在士族处于政治中心轴的时代,士族优越的政治和文化地位并不屈从于权势。这是南朝与后世不同的地方。

二、博学通识的南朝学术文化主体

钱穆先生说:"魏晋南北朝时代的一切学术文化,必以当时门第背境作中心而始有其解答。当时学术文化,可谓莫不寄存于门第中。由于门第之扶持而得传习不中断,亦因门第之培育,而得有生长有发展。"[1] 钱先生这一论述,深刻地揭示了南朝学术文化形成的原因。然作为这一时期的学术文化主体,士族文人又是如何将这种培育引向全面深入的?又是如何浇灌这朵学术文化之花的?为了回答这些问题,我们不能不再次将研究的视角投向他们自身,对他们的治学兴趣、爱好、对象、方法作进一步的探讨。

---

[1] 钱穆:《略论魏晋南北朝学术文化与当时门第之关系》,见《中国学术思想史论丛(二)》,安徽教育出版社 2004 年版。

（一）南朝士族文人的学术兴趣与爱好

南朝士族文人的治学兴趣和爱好是广泛的。他们虽然以经史文义传世，但在治学过程中并不拘泥于某一方面，而是将眼光投向了其他的文化领域，比如琴棋书画。琴棋书画作为一种高雅的文化，散发着缕缕清香，令人向往与陶醉。历代文人学士都把它们当做自己的文化形象与修养的一部分来认同。这种高雅的文化是由一代又一代的文人学士的聪明才智积蓄而成，有着深厚的文化意蕴和高雅意趣。同时，它又深受着儒道两家文化的滋润与侵染，闪耀着灵智的光芒。南朝文人象前代文人一样对它们情有独钟，不但出现了一批著名的琴手、棋手、书法家和画家，而且从中获得或领悟到了某种高雅的旨趣，表现了他们的审美追求。

1. 琴。据《世本》说，琴是神农创制，其弦有五。其后《说文》、《琴道》、《史记·乐书正义》、《乐府诗集·琴曲歌辞》等无不沿用。它的最初用途是"通神明之德，合天地之和"（《新论·琴道》，《全后汉文》卷十五），为传播礼乐文化服务的。《乐记》说："然后发以声音，而文以琴瑟，动以干戚，饰以羽旄，从以箫管，奋至德之光，动四气之和，以著万物之理。"是用来传递礼乐文明的。琴的这种特殊用途，为它涂上了一道绮丽的灵光，庄重的色彩，也令那些以传布礼乐之道为己任的文人学士所喜爱，使他们"无故不彻琴瑟"（《礼记·曲礼下》），即使近琴瑟，也要"以仪节之，无以慆心"（《左传·昭公元年》），为此，不少人常御不离身。南朝文人继承了这一传统，也喜欢鼓琴，出现了羊盖、宗炳、柳世隆、王僧虔、柳恽等弹琴高手；即使不善鼓琴，象陶渊明之流，也要设素琴一张，随时抚摸，以示风流。此外，谢惠连写过《琴赞》，陆瑜写过《琴赋》来表示对它的赞美。

2. 棋。据班固的《奕旨》、丁廙的《弹棋赋》、王褒的《象戏经序》的说法，这三种棋都是古人上观天象，下察地理，中辨阴阳，或法兵家之象创制出来的。其体制，围棋"纵横各十七道，合二百八十九道。白黑棋子，各一百五十枚"（李善注《文选·博奕论》）。至清代，棋局纵横各十九道，合三百六十一道，棋子颜色、数量不变（焦循《孟子正义·告子章句上》）。弹棋有局有棋，曹魏时，棋子各八枚，梁时，增至十二枚，见萧纲《弹棋谱序》："协日月之数，应律吕之期。"日月指岁，其月数十二；律吕指六律六吕，其数亦十二，即双方各十二枚。象棋，即象棋戏，又简称象戏，由棋局棋子（黑白六枚）组成。其说见于《楚辞·招魂》。由于棋的创制蕴涵着深厚的文化，是一种高雅的娱乐，能给人以智慧的灵趣，生活的乐趣,故南朝文人对它们,尤其对围棋喜爱之至,棋手如云,如刘休仁、王抗、羊玄保、何承天、何尚之、陆慧晓、到溉等二十余人都是"善奕者",出现了以皇帝为中心的奕群,如刘义隆奕群、刘彧奕群、萧衍奕群;出现了品定棋谱,策其优劣的《棋品》之作,如柳恽《棋品》三卷即是代表。

3. 书法。中国的书法源远流长。书法之兴,始于嬴政。秦初兼并天下时书有八体:"一曰大篆,二曰小篆,三曰刻符,四曰虫书,五曰摹印,六曰署书,七曰殳书,八曰隶书。"(《说文解字·叙》)秦统一六国后,小篆被确定为标准文字,成为秦通用的字体,并出现了李斯这样著名的小篆书法家。其后,秦狱吏程邈创造了隶书,至东汉时,隶书已完全从篆体中蜕变出来,形成了自己的体势。此外,秦汉之际出现了草书。至汉末魏初,楷书兴行。魏晋时行书出现,并成为晋人喜爱的书体之一。南北朝时,南朝禁碑,文人习书,仅在尺素之间,北人喜魏书,南人喜隶书,师承王羲之、王献之,其学有成就者,不在少数。唐代窦臮《述书赋》列南朝能书者145人,其中虽包括晋人于内,然也足以显示宋齐梁陈阵营之盛(《全唐文》卷四百四十七)。现能知其名者有刘义隆、萧道成、萧衍、羊欣、孔琳、宗炳、范晔、谢灵运、张永、王微、谢朓、王僧虔、萧子云等八十余人。南朝学人通过学书写字,不仅从汉字的横竖弯勾撇捺点长短不一的线条有序运行中,领略到了用笔的骨力之美,而且还得到了它的韵味之趣,意象之妙。

4. 绘画。据考古学家和人类学家的研究,绘画早于文字。其早期为简单的图案画,至周出现了人物画。《孔子家语·观周》就有这样的记载,说:"孔子观乎明堂,睹四门牖,有尧舜之容,桀纣之象。"到西汉,图画圣象蔚然成风,人物画盛行于画坛;至魏晋,得到进一步发展。随之,佛画亦开始出现。南北朝时,画师们在注重人物画、佛画之同时,始作山水画,著名的画家是宗炳。张彦远《历代名画记》记载南北朝画家有97人,其中南朝为77人,占总数的百分之79%。除此之外,被《历代名画记》未列入而擅名当时的画家还有谢灵运、谢稚、江僧宝、殷蒨、陈公恩、僧珍、杜缅、袁彦等人。在这群画师中,出现了以家族为单元的画群,如谢灵运一家,陆探微一家,刘胤祖一家,毛惠远一家,梁元帝一家、张僧繇一家(俞剑华《中国绘画史》)。他们画有专攻,有工佛画的,如谢灵运;有善画古圣贤的,如顾野王;有善画妇人的,如刘侦;有善写人物的,如殷蒨;有特工蝉雀的,如刘胤祖一家;有善画牛马的,如陶弘景、毛惠远;有擅长画扇的,如顾景秀。绘画给他们增添了生活乐趣,他们又于绘画中品尝到了艺术的甜头,其中,受益最大的就是得形似之理,神韵之趣。

此外,南朝有些学人还将治学的兴趣爱好投放到了方技卜筮阴阳数术的研究上。这些研究作为他们家学的辅助成分,有利于拓宽他们的学术视野和治学领域,有利于他们对经学或其他学说的认识与理解。它们共同显示了南朝学术文化的多样性和丰富性。

(二)南朝士族文人的治学对象

南朝士族文人的治学对象是明确的。如前所述,他们是以经史文义之学作为家学特色和传统而累世相传的。为了顺应这种学术文化的生存态势和汉魏晋以来的学术文化思潮,宋文帝、明帝、梁武帝分别于元嘉十六年(439年)立儒、玄、文、史四学,泰始六年立总明观设儒、道、文、史、阴阳五学(因阴阳无人传授,故立而未开馆),天监四年置五经博士,七年下诏兴学,将分散的家族经学研究纳入到了国家的统一部署之中,为以往的封闭式研究打开了一道通向社会、通向现实的闸门,注入了一种新的活力与生命。尽管南朝各代立学时断时续,但统治阶级的提倡与重视客观上促进了南朝学术文化的勃兴与繁荣。上述四学,再加上外来的佛学,便成为南朝的主流学术文化进入了文人们的治学领域。他们对五学的研究,并非平分秋色,而是根据自己家学特长和文化积累有所选择与侧重。这表现在两个方面:

一是在治学形态上,最初都是从经史入手,经过少年时期的广泛阅读、诵习,谙忆,打下坚实的基础,长大后再由此发散,或专攻五经中的一经,五学中的一学,或融数经数学于一体,进行多面的研究。如此一来,学有专攻者,便成为某一方面的专家,乃至成为某一方面的绝学,如王氏青箱学、周氏玄学、蔡氏礼学、何氏佛学、裴氏史学等就是积数代之功、合家之力而形成的。学有融贯者,便成为一技多能的著名学者。他们凭着自己的博学多识在所经营的领域里,或著述,或立说,或授徒,或传业,引领着这一领域的学术方向,率领着他的追随者们开疆拓宇,创造辉煌。如徐广、何承天、刘瓛、王筠、王俭、萧衍、沈约、明山宾、萧绎等人就是这样一批出类拔萃为士林学子所仰慕者。

二是在治学内容上,研究的程度也不一样。从大的方面来看,五经研究的深度就不如玄学与佛学;玄学与佛学相较,入奥探赜,佛学又胜于玄学;史学与文学,在学理方面,史学不及文学。从小的方面来看,五经中的《尚书》研究就不如《诗经》那样活跃,而《诗经》研究又赶不上《春秋》那样热闹;然《春秋》研究又不如《易经》那样红火;《易经》研究又比不上《礼学》那样沸腾。这种状况,只要翻开南朝各代史书和《全上古三代秦汉三国六朝文》，就不难发现这些差距。为什么《礼学》研究在南朝如此沸沸扬扬呢？这是因为：(1)南朝政局混乱，皇室内骨肉相残无休无止，且一代比一代残忍，严重地威胁着朝廷政权。统治者从维护皇权，巩固统治出发，大力提倡《礼学》，提倡《丧服》和《孝经》，以此来规约人们的伦理思想和行为。(2)自东汉末至魏晋，玄学兴起。玄学家们高昂人的个体意识，对禁锢和封杀个体意识的儒家礼学极端不满。他们蔑弃礼法，率性任情，通脱旷达，"越名教而任自然"，致使礼学研究处于一种冷漠的状态。南朝崇尚礼学，从某种意义上来说，具有扶苏振兴之意义。(3)在魏晋，玄学研究已是登峰造极，其所涉及的学理，玄学家们几乎都作了认真的思考与研究，给南朝学术留下的空间并不很多。再加上玄理的深奥，也并不是所有的人都能认识与把握的，在这种学术背景下，文人们将自己的研究放到扶苏的礼学上，亦是情理之中的事，亦符合一般的治学规律。总之，五学研究尽管程度不一，但由于均有涉及，故研究一直处于兴旺的阶段。

(三)南朝士族文人的治学方法

南朝士族文人的治学方法是多样的。首先，他们重博学。博学是以好学、多学为前提。南朝士族对自己的子弟正是这样要求的，如王僧虔在《诫子书》中就教导他的儿子要"体尽读数百卷书耳"，颜之推在其《家训》中也殷切地希望自己的子孙"能常保数百卷书"。尽读数百卷书，该从何下手？从南朝普遍存在的"少好学"的文化现象看，他们是从子弟的"少儿"抓起的。其教育形式，一是于家父辈传授，一是立族馆请人教之。父辈传授，有不言而教的，如王敬弘；有亲授子弟经业者，如贺场。此外也有母亲担任教识者，如宗炳之母师氏，何承天之母徐氏等。立族馆请人教之，是因家族子弟多，或父母无暇顾及儿孙学业，或因其他原因所采取的教育形式。这两种形式，采用多的是前一种。由于父辈教育得体，诱导得法，南朝"少好学"者甚多，如陈郡谢氏中的谢超宗、谢微，琅邪王氏中的王弘、王僧达、王微、王僧绰、王规，陈郡袁氏中的袁灿、袁枢、袁颛，河南褚氏中的褚球、褚沄，河东裴氏中的裴子野，颖川荀氏中的荀伯子，顺阳范氏中的范晔，汝南周氏中的周弘正，济阳江氏中的江蒨、江禄、江总，河东柳氏中的柳世隆、柳恽，彭城刘氏中的刘览、刘苞、刘谅，吴郡陆氏中的陆澄、陆倕、陆云公、陆琰，平原刘氏中的刘霁、刘歆，沛郡刘氏中的刘瓛、刘显等无不以"少好学""好学""少笃学"而见称于史书。少好学，为他们日后博学打下了牢固的基础。

有了好的基础，博学多识自然不难，难的是在思想观念上能否突破家传经学的束缚，将自己的视野投向其他的学术文化领地。事实上，南朝大多数士族在这一点上还是比较开明的，都能以一种开放的平等的兼容并蓄的学术心态鼓励自己的子弟去接受其他学术文化的教育。比如何尚之一家"门世信佛"，以佛学相传。然尚之之子孙在坚守门第的同时，博览群书。其子何偃"素好谈玄，注《庄子·逍遥篇》传于时"，其孙何点"博通群书，善谈论"，孙何胤"师事沛国刘瓛，受《易》及《礼记》、《毛诗》"（《南史·何尚之传》），在儒学上甚有造诣。此外，要博学还得有书可读。为此，不少人很注重藏书。例如，陈郡谢弘微"家素贫俭"，在兄弟分家时，"唯受书数千卷"，琅邪王昙首在兄弟分财时，亦是"唯取图书而已"。再例如，乐安任昉、东海王僧孺家庭贫困，却各"聚书至万余卷，率多异本"，平原刘善明也是"家无遗储，唯有书八千卷"。如此一来，藏书少则有七千卷，如孔休源；中则万卷，如陆澄、崔慰祖；多则二万卷，如沈约，三万卷，如萧劢。当然，有些人家中藏书不多，乃至无甚藏书，平时读书，唯有借阅而已；其中有向皇帝借书的，如南齐柳元景曾向萧道成借"祕阁书"，"上给二千卷"；有向朋友借览的，如陆少玄家有父亲陆澄藏书一万卷，张率"遂通书籍，尽读其书"。有了书后，忘我读书的场面便出现了，如萧劢对所藏的三万卷书"披玩不倦"，张缵对兄缅所藏万卷书"昼夜披读，殆不辍手"，徐伯阳"家有史书，所读者近三千余卷"（《南史》各本传）。博学多识的人亦屡见不鲜，如谢景仁"博闻强识"，谢灵运"博览群书，文章之美，江左莫逮"，袁豹"好学博闻，多览典籍"，袁淑"博涉多通"（《宋书》各本传），王猛"博涉经史，兼习孙吴兵法"，王僧佑"雅好博古，善《老》《庄》"，周舍"博学，尤精义理，善诵《诗》《书》"（《南史》各本传），等等。以上从两个侧面展现了南朝学人博学的现状和特征。

其次，重抄书。梁启超说"善抄书者，可以成创作"。南朝文人当初抄书虽无此想，但却有着鲜明的目的，那就是为了备忘与检阅。《南史·齐宗室传·萧钧附传》说："（钧）常手自细书写《五经》，部为一卷，置于巾箱中，以备遗忘。侍读贺玠问曰：'殿下家自有坟素，复何须绳头细书，别藏巾箱中？'答曰：'巾箱中有《五经》，于检阅既易，且一更手写，则永不忘'。"由于抄书有如此妙用，故仿效者争先而起，不仅宗室里出现了"巾箱《五经》"，而且官邸里出现了抄书集团，如萧子良西邸，曾"集学士抄《五经》、百家，依《皇览》例为《四部要略》千卷"（《南齐书·萧子良传》）；学林中出现了抄书大家，如琅邪王筠"少好书，老而弥笃，虽偶见瞥观，皆即疏记。后重省览，欢兴弥深，习与性成，不觉笔倦。自年十三四，齐建武二年乙亥至梁大同六年，四十六载矣。幼年读《五经》，皆七八十遍。爱《左氏春秋》，吟讽常为口实，广略去取，凡三过五抄。余《经》及《周官》、《仪礼》、《国语》、《尔雅》、《山海经》《本草》并再抄。子史诸集皆一遍。未尝倩人假手，并躬自抄录，大小百余卷。不足传之好事，盖以备遗忘而已"（《梁书·王筠传》）。然抄书为何能成创作？这可从王筠的自述中窥见其大略。他所说的"广略去取"，指的是抄写内容要有长有略，有去有取；所说的"三过五抄"，指的是对已抄内容的加工与修改。而要做到这一步，抄书的人对所抄之书要进行认真的勘查、订证、比较、思考、综合、增补，要经过多次反复才能完善。由此可见，这类抄写并不是一种机械的有文必录，有字必写，而是一种新的加工与改造。加工改造得好亦可"傅之好事者"，流布社会。这种"广略去取，三过五抄"的方法，就是梁氏说的"创作"。它肇始于前人，如荀悦的《汉纪》，袁宏的《后汉纪》就是历史学中两部著名的抄撰之作。范晔《后汉书·荀况传》称荀书为"辞约事详，论辩多美"，刘知几《史通·二体篇》赞之为"班荀二体，角力争先，欲废其一，因已难矣"。《四库全书总目》说袁书体例虽仿荀悦书，然其"抉择去取，自出鉴裁，抑又难于悦矣"。这种方法传之南朝，运用的人就多了，如裴子野"抄合后汉事四十余卷"，张缅"抄《后汉》、《晋书》众家异同，为《后汉纪》四十卷"，王俭永明中"抄次百家谱，与希镜参怀撰定"，均是采用这种方法抄成的。

再次，重论辩。辨析疑异，是汉以来优良传统。至南朝，得以继承与发扬。南朝文人重论辩，着重从义理探析和论辩手段两个方面展开。比如，《南史·颜延之传》说："雁门周续之隐庐山，儒学著称。永初中，征诣都下，开馆以居之。武帝亲幸，朝彦毕至。延之宫官列卑，引升上席。上使问续之三义，续之雅仗辞辩，延之每以简要连挫续之。"其所云"三义"，据《南史·周续之传》记载，就是《礼记》'所云傲不可长'、'与我九龄'、'射于矍圃'。其"傲不可长"，语出《曲礼上》："傲不可长，欲不可从，志不可满，乐不可极。"其含义，郑玄注曰："四者，慢游之道，桀纣所以自祸。""与我九龄"，出自《文王世子》："文王谓武王曰：'女何梦矣？'武王对曰：'梦帝与我九龄。'文王曰：'女以为何也？'武王曰：'西方有九国焉，君王其终抚诸。'文王曰：'非也。古者谓年龄，齿亦龄也。我百，尔九十，吾与尔三焉。'文王九十七乃终，武王九十三而终。"这是文王病重，武王侍奉文王期间的一段对话，郑玄为之注云："帝，天也。抚，犹有也，言君王则此受命之后也。年，天气也。齿，人寿之数也。九龄，九十年之祥也。文王以动忧损寿，武王以安乐延长。言与尔三者，明传业于女，女受而成之。""射于矍圃"，出于该记之《射义》："孔子射于矍相之圃，盖观者如堵墙。射至于司马，使子路执弓矢出延射，曰：'贲军之将，亡国之大夫，与为人后者不入，其余皆入。'盖出者半，入者半。"郑玄注："矍相，地名也。树菜蔬曰圃。先行饮酒礼，将射，乃以司正为司马，子路执弓矢出延射，则为司射也。延，进也。出进观者，欲射者也。贲，读为偾，偾犹覆败也。亡国，亡君之国者也。与，犹奇也。后人者，一人而已。既有为者而往奇之，是贪财也。子路陈此三者而观者畏其义，则或去也。延或为誓。"如前所云，南朝文人治经，素重郑注。郑注之义如斯，而周续之辨析疑义，诠释义理，想必先引郑注，再申己说。己说之义，今无可考辨，然依皇侃《论语义疏》体例，则是根据郑注的说法逐字逐注疏解。疏解过程可以引用他说，可以表述己见。这是讲疏中常用的方法。从"续之雅仗辞辩，延之每以简要连挫续之"来看，其剖析既重义理，又重辞辩，实现了义理辞辩的完美结合，应该属于论辩之上乘，然因其只重"雅"而忽略了"简"，故给颜延之之辩提供可乘之机。也就是说，颜延之以简要的语言来阐析三者的意义，更显得要言不烦，条理清晰，给人以深刻的印象。这就说明，南朝文人论辩，既重雅丽，又重清简。此乃刘宋初期争辩之一斑。至齐，斯风犹存。《南齐书·文惠太子传》说："(永明)五年冬，太子临国学，亲临策试诸生，于坐问少傅王俭曰：'《曲礼》云无不敬。寻下之奉上，可以尽礼，上之接下，慈而非敬。今总同敬名，将不为昧？'俭曰：'郑玄云礼主于敬，便当是尊卑所同。'太子曰：'若如来通，则忠惠可以一名，孝慈不须别称。'俭曰：'尊卑号称，不可悉同，爱敬之名，有时相次。忠惠之异，诚以圣旨，孝慈互举，窃有征据。《礼》云不胜丧比于不慈不孝，此则其义。'太子曰：'资敬奉君，资爱事亲，兼此二途，唯在一极。今乃移敬接下，岂复在三之义？'俭曰：'资敬奉君，必同至极，移敬逮下，不慢而已。'太子曰：'敬名虽同，深浅既异，而文无差别，弥复增疑。'俭曰：'繁文不可备设，略言深浅己见。《传》云不忘恭敬，民之主也。《书》云奉先思孝，接下思恭。此又经典明文，互相起发。太子问金紫光禄大夫张绪，绪曰：'愚谓恭敬是立身之本，尊卑所以并同。'太子曰：'敬虽立身之本，要非接下之称。《尚书》云惠鲜鳏寡，何不言恭敬鳏寡邪？'绪曰：'今别言之，居然有恭惠之殊，总开记首，所以共同斯称。'竟陵王子良曰：'礼者敬而已矣。自上及下，愚谓非嫌。'太子曰：'本不谓有嫌，正欲使言与事符，轻重有别耳。'临川王映曰："先举必敬，以明大体，尊卑事数，备列后章，亦当不以总略而碍。太子又以此义问诸学生，谢几卿等十一人，并以笔对。"从这一段详尽的记载中，可以看到文人治学的基本风貌，争辩的基本特征，探讨研究的基本情况。争辩的问题虽只是文本中的一句话，然人们在读书过程中，往往并非对每句话都留心在意，有疏略囫囵之处。而南朝文人则丝丝入扣，一字一句都不放过，似乎都做过周密的思考，详尽的研究。试看他们争辩时所引用的材料，所阐明的道理，虽随口而出，实乃烂熟于心。问者由浅入深，步步诱入，答者紧扣追问的要害，辨析疑义，没有繁文缛句，显得简洁明了。此种注重章句的风气虽然来自东汉，但也给明代八股文考试提供了范式。八股文考试不也是从经书中择出一句话作为试题来考应举的人吗？而应举者欲知试题之出处、意义，不是也要注重章句的学习、修炼吗？至梁，此风尤烈。《南史·儒林传·戚衮附传》说："简文在东宫，召衮讲论。又尝置宴集玄儒之士，先命道学互相质难，次令中庶子徐摛驰骋大义，间以剧谈。摛辞辩纵横，难以答抗，诸儒慑气。时衮说朝聘义，摛与往复，衮精采自若，领答如流，简文深加叹赏。"又该传《张讥传》说："简文在东宫，出士林馆，发《孝经》题，讥论义往复，甚见嗟赏。"《顾越附传》说："越幼明慧，有口辩，励精学业，不舍昼夜。弱冠游学都下，通儒硕学，必选门质疑，讨论无倦。"《南史·文学传·岑之敬附传》说："(之敬年) 十六，策《春秋左氏》、《制旨孝经义》，擢为高第。……因召入面试。令之敬升讲座，敕中书舍人朱异执《孝经》，唱《士孝章》，武帝亲自论难。之敬剖释纵横，左右莫不嗟服。"论辩形式多样，上至朝廷，中至东宫，下至一般读书人处，有疑必问，有难必争，将此风推向了极致。南朝文人在此种风气的熏染下，崇尚质疑，崇尚争辩，培养了一批善辩之士，如傅亮、谢晦、谢灵运、谢瞻、谢曜、谢弘微、袁淑、王惠、张敷、顾愿、王规、谢庄、王融、刘绘、王斌、萧琛、周舍、周弘正、罗不开、李膺、徐陵、徐孝克、谢几卿等均以"才学辩博"、"才辞辩富"、"才辩"、"清辩"、"口辩"而称誉史册。争辩，敞开了人们的心扉，拓宽了探求义理的思路，磨利了人们的嘴唇，创造了幽深玄远的文化，为文人所喜爱，为朝野所注重。

最后，重行用。读书贵在行用。原宪说："宪闻之，无财之谓贫，学而不能行之谓病。宪贫也，非病也。"[①] 刘向说："君子博学，患其不习。既习之，患其不能行之。"[②] 扬雄说："学，行之，上也；言之，次也；教人，又其次也。"[③] 都将行、用视

---

① 刘向：《新序·节士第七》，见《百子全书》第 1 册，岳麓书社 1994 年版，第 515 页。

② 刘向：《说苑·说丛》，见《百子全书》第 1 册，岳麓书社 1994 年版，第 665 页。

③ 扬雄：《扬子法言·学行篇》，见《百子全书》第 1 册，岳麓书社 1994 年版，第 708 页。

为读书治学的重要方法。躬行不辍，立身修德，是行、用的出发点与归宿。孔子四教，"文、行、忠、信"，就视忠、信为读书修行之本。作为一种优良学术传统，南朝文人躬行不倦，发扬而光大之。其间，虽出现了学用分离，有如梁元帝其人者，但也并非像隋代王通说的"谢灵运小人哉，其文傲，君子则谨；沈休文小人哉，其文冶，君子则典；鲍照、江淹，古之狷者也，其文急以怨；吴筠、孔珪，古之狂者也，其文怪以怒；谢庄、王融，古之纤人也，其文碎；徐摛、庾信，古之夸人也，其文诞。……孝绰兄弟，……鄙人也，其文淫。……湘东王兄弟，……贪人也，其文繁。谢朓，浅人也，其文捷；江总，诡人也，其文虚。皆古之不利人也"① 那样普遍，而是将治学立身当做一个整体来认同，出现了很多立身保家安族的人。其立身之要，以德为本。南朝学人对道德的躬行，既注重心性之修炼，倡导清心寡欲；又注重孝道的守持，提倡人伦之和。他们侍养父母，有唯恐不能尽其力者，如臧焘因父母年老家贫，便弃官归家，与弟臧熹躬耕自业，养亲者十余年（《宋书·臧焘传》）。父母病了，有唯恐不能致其忧者，如谢瞻生母郭氏久婴痼疾，瞻晨昏温清，勤容戚颜，未尝暂改，恐下人营疾懈倦，躬自执劳（《宋书·谢瞻传》）。父母死了，有昼夜哭泣，号恸呕血者；有数日水浆不入口者；三年不食盐菜，不尝肉味者；有冬天只穿丧服，不穿絮衣者；有因染疾病，终成痼疾者；有服丧中因悲哀过度死去者；有居庐墓三年，形骸枯悴，家人不识者。他们友爱兄弟，有事兄敦如事亲者；有事寡嫂，养兄孤子，竭尽心力者；有扶训弟妹，辛勤劬劳者。他们居身清约，有器物不华者；有为官廉约者；有恬静不交游者；有出身贵富而素怀止足者；有淡泊心志，执意山水，流连忘返者；有身在朝阙，心系园林，诗酒自适者；有清简寡欲，有财辄散之，而家罄无食者。如此林林总总，将一部《孝经》所规约的人伦道德，骨肉亲情演绎得真实、生动而形象，将家庭伦理道德升华到了前所未有的高度，给人感慨良多；将一部老庄哲学所宣扬的人生哲理，身体力行，从各个不同的层面表现得具体可感，真实动人，将人生理念提升到了此时期的最高境界，给人感慨万千。

同时，他们还发扬秦汉以来所形成的"经世致用"的优良学术传统，将自己学到的知识作为社会共享的文化资源，为朝纲的整治、社会秩序的重建服务。这着重表现在礼学的运用上。他们热情地帮助统治者建立新的典章制度，出现了一批像王俭那样用自己谙悉的朝典知识为新生朝廷服务的人物。在社会秩序

---

① 王通：《文中子·事君篇》，见《百子全书》第 1 册，岳麓书社 1994 版，第 949 页。

整治方面，他们面对民间家庭与个人的道德伦理缺损所出现的治丧不守礼度，或因守礼不周而引起的行凶杀人等事件，热情地帮助统治者逐一进行处理，将社会引向了一种和谐有序的状态。对此，《南史》就记载了十来个这方面的案例，《全上古三代秦汉三国六朝文》就辑录了大量的质疑论辩的文章。读完这些案例和文章，我们就深深感到他们有着强烈的以礼治国的意识与责任。此外，当南北朝统治者开始互派使者解决两国关系的时候，南朝所派去的使者都是一些饱学之士，他们面对北魏使者的灼人之势，以自己的博学多才，伶齿俐舌，同他们进行政治谋略的拼搏，学问的较量，既折其人，又挫其势，表现得无畏无惧，有力地捍卫了朝廷的尊严，为维持南北局势的稳定作出了贡献。

总之，南朝学人治学的兴趣、爱好是广泛的，治学内容是丰富的，治学方法是多样的。这三个方面的完美结合，生动地再现了南朝学人治学的现状与特征，揭示了南朝学术文化兴起的重要原因，其意义之大，推动了学术文化的继承与创新。我们知道，一个时代有一个时代之学，亦有一个时代之用。然每个时代之学，并非孤独无依，而是学有承传；有承传，方能见其根本，知其源流，识其深厚。否则，孤独无依，不知所出，其学无根，必浅薄也。浅薄之学，必无生命。同样，每一时代之用，都以其社会现实需求为依据。社会现实是一种动态的发展变化过程，不同的时代有不同的社会现实，有不同的需求，因而其用也就决不会停留在一种模式上，而是变化着的。有变化就有创造。一旦学与用完美结合，其用也就有力，其价值也就大。这就是古往今来学术文化延绵不息、生命不止的原因所在。南朝的学术文化，所以能上承秦汉魏晋，下启隋唐两宋，究其所以，就是南朝学人正确地处理好了学与用的关系。由于他们学重承传，其研究多从魏晋以前下手，然后再回到现实。两汉重章句之学，魏晋重义理之习。南朝人则在二者之间，或有所偏重，或将它们结合起来。这样，既避免了两汉解一经数百万言之弊，又克服了魏晋空谈名理之病。由于他们用重现实，故无论著述，躬行，实用，都能接近社会，贴近自身，为南朝社会的整治和发展作出了贡献，为《文选》的选编与生成创造了一个浓厚的学术氛围和文化环境。

三、南朝五家学术文化的生存态势

当然，南朝学术文化之盛的另一原因，就是此时期重著述的风气勃然兴起。著述，作为学术文化的终极表现和创造性劳动，历来被视为不易之事。曹植说：

"夫文章之难,非独今也,古之君子犹亦病诸。"(《与吴季重书》,《全三国文》卷十六)尽管如此,读书人仍有"筚路蓝缕,以启山林"者,"舒其愤思,垂空文以自见"者。"文王拘而演《周易》;仲尼厄而作《春秋》;屈原放逐,乃赋《离骚》;左丘失明,厥有《国语》;孙子膑脚,《兵法》修列;不韦迁蜀,世传《吕览》;韩非囚秦,《说难》、《孤愤》;《诗》三百篇,大抵圣贤发愤之所为作也。"(司马迁《报任少卿书》,《全汉文》卷二十六)他们用自己的愤思之作为世人谱写了一曲顽强不屈的颂歌。在这种精神感召下,南朝文人纷纷将自己的聪明才智、文墨豪情凝聚于笔端,将笔触伸向了那已被开垦的文化领地和认知世界,力图通过自己的艰苦笔耘,再创辉煌。事实证明,这一心愿随着他们著述之丰厚,注疏之详博而得到了实现。这既是南朝学术文化活而不死,实而不虚,盛而不衰之体现,又是南朝文人博学通识之反映。

(一)丰厚的著述

南朝著述丰厚。其丰,首先表现在作者云涌上。据笔者粗略统计,可知者二:1.《隋书·经籍志》四卷著录注,经、史、子、集凡218人,其中宋73人,齐35人,梁90人,陈20人;别集类332人,其中,宋165人,齐56人,梁86人,陈21人;总集类35人,其中,宋15人,齐4人,梁13人,陈3人。2.《宋书》、《南齐书》、《梁书》、《陈书》、《南史》所记载,凡201人。此四类,多有重复,如别集类与经、史、子、集类重复者65人,总集类与经、史、子、别类重复者13人,南朝史书类与经籍类重复124人,除去重复的,余584人。不可知者三:1.王筠《与诸儿书论家世集》说他家族"七叶之中,名德重光,爵位相继,人人有集"。然考之《经籍志》和南朝各史传,有集者仅王俭、王弘、王籍、王规、王微、王僧绰、王僧达、王融、王暕、王寂、王筠11人,这较之《南史》的《王弘传》《王昙首传》《王诞传》所记55人,差34人。这34人,依"人人有集"之说,都有文集,然史载阙如。二者孰真孰假,不可知也。2.《南史·刘勔传·刘孝绰附传》说刘氏"兄弟及群从子侄当时有七十人,并能属文,近古未之有也"。然考之《经籍志》和南朝各史传,有集者为刘勔、刘遵、刘悛、刘苞、刘孺、刘孝绰、刘孝仪、刘孝威8人。这较之"七十人"之说,尚差62人。当然,"并能属文",不一定都有文集,亦并非都无文集。既有文集,该是多少?不可知也。3.以上五史人物传常说"某某善属文",然所言善属文而无文集有如刘氏者,往往可见。这些人有文集还是没有文集?有文集未面世如陆澄者,还是文集早已佚失?不可知也。以这些不可知,加上可知,其作手就会远远超过现有的人数,那就不是 584,或是 684,或更多。即使这样,"584"这个数字,在南朝 169 年历运中,在人们深感著述不易之时,仍然可观。

其次,表现在作品林立上。可知的数字大致有 1163 部。其中,所撰所注,有《周易》39 部,《尚书》13 部,《毛诗》24 部,《周官》1 部,《丧服》27 部,《礼记》50 部,《乐》7 部,《春秋》23 部,《孝经》33 部,《论语》22 部,《五经》14 部,《字经》18 部,《史记》4 部,《汉书》、《后汉书》22 部,《三国志》1 部,《吴书》1 部,《晋书》8 部,《宋书》4 部,《齐书》6 部,《梁书》4 部,《陈书》1 部,《通史》3 部,《古史》、《霸史》、《杂史》30 部,《起居注》5 部,《职官》5 部,《仪注》31 部,《刑法》8 部,《杂传》70 部,《地理》27 部,《谱系》14 部,《薄录》15 部,儒家 2 部,道家 27 部,杂家 35 部,小说家 8 部,兵家 1 部,弈棋 9 部,天文 4 部,占卜 4 部,历数 7 部,《算经》1 部,五行 9 部,医方 19 部,《楚辞》3 部,别集 389 部,总集 87 部,其他不便归类的 30 部。这是一个了不起的学术成就,它不仅再现了一个时代文运昌盛的历史,而且也记录了一代群英崇尚学术,崇尚文明,热心著述的光辉历程。

其厚,一是建立在著述者的学术积淀、文化功底上。积淀愈多,功底愈深,其力愈大,其撰愈厚。南朝文人的学术修养,文化水平,如前所说,不论其总体还是个体,大都是一流的。这就为他们的著述奠定了雄厚的基础。

二是建立在著述者对事物的认识上。南朝陆澄,世称硕学,然"读《易》三年不解文义,欲撰《宋书》竟未成",王俭戏之为"书橱"(《南齐书·陆澄传》)。这一例证说明,著述者对事义认识之如何,直接关系到著述之有无,成就之大小。南朝著述,大多集中在经、史、文、道(指玄学、佛学)及其相关学科上,涉及面广,需要认识的东西很多,稍有迟疑,就会给著述带来困难。因此,著述者只有对自己所述之对象、内容,知此知彼,知今知古,知源知流,著述才会得心应手。史传撰述就是如此。

对史学性质的认识。历史是什么? E·H·卡尔说,历史"由一大堆已经确定的事实构成","基本事实构成了历史的基本框架"。没有事实,成就不了历史。因此,"事实是神圣的"①。详尽地占有事实,客观地认识事实,科学地分析事实,便成了史传撰写的前提与基础。刘知几《史通·采撰》,专论修史者采撰史实的得失,反对不加分析地引用杂书、野史和道听途说的事实,认为"不练其得失",

---

① [英] E·H·卡尔:《历史是什么?》,第一章《历史学家和历史学家的事实》,商务印书馆 2007 年版,第 40—41 页。

就难以"明其真伪";"不别加研核",就难以"辨其是非",撰写不出"传诸不朽"的信史来。同时,历史又是种含有多种领域的学科,上至天文,下至地理,中至社会人事,几乎无所不包。这只要看看《史记》的十二纪、十表、八书、三十世家、七十列传和《汉书》的十二纪、八表、十志、百传,就会深深地感受到这一点。这种多学科性,使史学显得博大精深,撰述显得神圣庄重。或许这样,南朝文人不能修史的,就作些相关的著述,如为前代史籍作注,为当代帝王作纪,为职官、仪注、刑法、地理、谱谍、薄录、天文、占卜、历数、五行作记、作论等。这些遍地开花的著述,看似漫无中心,实则充分显示了史学包蕴丰富,含载广泛的特点。正是史学的这种多学科性,为文人著述的多元化多样性开辟了道路。其著述之作品,现能知其名的,有范晔的《后汉书》97卷,萧子显的《后汉书》100卷,何法盛的《晋中兴书》78卷,谢灵运的《晋书》36卷,臧荣绪的《晋书》110卷,沈约的《晋书》111卷,《宋书》100卷,徐爰的《宋书》65卷,孙严的《宋书》65卷,萧子显的《齐书》60卷,沈约的《晋纪》20卷,江淹的《齐史》13卷,谢吴的《梁书》49卷,许亨的《梁史》53卷,陆琼的《陈书》42卷,等等。

对史传撰写的认识。为何要撰史?它源于人们对史传的认识与尊重。汉儒尊《尚书》、《春秋》为经。孔安国云"古者伏羲氏之王天下也,始画八卦,造书契,以代结绳之政,由是文籍生焉。伏羲神农黄帝之书,谓之三坟,言大道也。少昊颛顼高辛唐虞之书,谓之五典,言常道也。至于夏商周之书,虽设教不伦,雅诰奥义,其归一揆。是故历代宝之,以为大训。八卦之说,谓之八索,求其义也。九州之志,谓之九丘。丘,聚也。言九州所有,土地所生,风气所宜,皆聚此书也……先君孔子,生于周末,睹史籍之烦文,惧览之者不一,遂乃定礼乐,明旧章,删诗为三百篇,约史籍而修春秋,……足以垂世立教"(《尚书序》,《全汉文》卷十三)。王通称诗为史,"昔圣人述史三焉:其述《书》也,帝王之制备矣,故索焉而皆获;其述《诗》也,兴衰之由显,故究焉而皆得;其述《春秋》也,邪正之迹明,故考焉而皆当。此三者,同出于史而不可杂也。故圣人分焉"①。章学诚称六经皆史,"古人不著书,古人未尝离事而言理,六经皆先王之政典也"②。将人们对史的尊重推向了极致,对史传作用之认识引向了深入。孔子说:"入其国,其教可

① 王通:《文中子·王道篇》,见《百子全书》第1册,岳麓书社1994年版,第941页。
② 章学诚:《文史通义》卷1,《内篇一·易教上》,见叶瑛校注《文史通义校注》,中华书局1985年版,第1页。

知也。其为人也温柔敦厚，《诗》教也；疏通知远，《书》教也；广博易良，《乐》教也；洁静精微，《易》教也；恭俭庄敬，《礼》教也；属辞比事，《春秋》教也。"（《礼记·经解》）扬雄说："唯《五经》为辩。说天者莫辩乎《易》，说事者莫辩乎《书》，说体者莫辩乎《礼》，说志者莫辩乎《诗》，说理者莫辩乎《春秋》。"①贾谊说："《书》者，著德之理于竹帛而陈之，令人观焉，以著所从事，故曰'《书》者，此之著者也'。……《春秋》者，守往事之合德之理与不合而纪其成败，以为来事师法，故曰：'《春秋》者，此之纪者也。'"②何休说："昔者孔子有云，吾志在《春秋》，行在《孝经》。此二学者，圣人之极致，治世之要务也。"（《春秋公羊经传解诂序》，《全后汉文》卷六十八）范宁说："成天下之事业，定天下之邪正，莫善于《春秋》。"（《春秋穀梁传集解序》，《全晋文》卷一百二十五）如此一来，以《书》、《春秋》为代表的史籍，凭着它们的道德教化，明辨事理，治世安邦之功能日益深入人心。于是，有的学者以此发端，通过对《春秋》三传的修炼，《史记》、《汉书》的研读，由点及面，由个别到一般，总结出一些带规律性的认识来。如荀悦说的"先王以光演大业，肆于时夏，亦惟翼翼，以鉴厥后，永世作典"（《两汉纪》），刘勰说的"原夫载籍之作也，必贯乎百氏，被之千载，表征盛衰，殷鉴兴废，使一代之制，与日月而长存；王霸之迹，并天地而久大"（《文心雕龙·史传》），便是这种认识之反映。

这些认识，究其实质，乃属于封建帝王史观。对此，王导《请建立国史疏》说得甚为明白："夫帝王之迹，莫不必书，著为令典，垂之无穷。宣皇帝廓定四海，武皇帝受禅于魏，至德大勋，等踪上圣，而纪传不存于王府，德音未被乎管弦。陛下圣明，当中兴之盛，宜建立国史，撰集帝纪，上敷祖宗之烈，下纪佐命之勋，务以实录，为后代之准，厌率土之望，悦人神之心，斯诚雍熙之至美，王者之弘基也。宜备史官，敕佐著作郎干宝等渐就撰集。"（《晋书·干宝传》）这无疑是戴着镣铐的跳舞！尽管镣铐可畏，然"君子所贵乎道者三：太上立德，其次立功，其次立言"（司马迁《与挚伯陵书》，《全汉文》卷二十六），"盖文章，经国之大业，不朽之盛事"（曹丕《典论·论文》，《全三国文》卷八），乐意跳舞者大有人在，愿意像司马迁那样"究天人之际，通古今之变，成一家之言"者亦不在少数。而南朝文人重史籍之研究，重历史之撰述，就是在这种深远的文化背景下进行的。

① 扬雄：《扬子法言·寡见篇》，见《百子全书》第1册，岳麓书社1994年版，第717页。
② 贾谊：《新书·道德说》，见《百子全书》第1册，岳麓书社1994年版，第374—375页。

对史传撰写体例之认识。体例是什么？体例就是体裁凡例。体例之于撰史，"犹国之有法，国无法则上下靡定，史无例则是非莫准"（《史通·内篇·序例》）。原夫体例之确立，与"左史记言，右史记动"相关。记言记动，初为左史右史所为，日后却成了史传撰写的依据。按照这个依据，记言记事便成了史传撰写的基本内容，并出现了以记言为主的《尚书》和以记事为主的《春秋》。这种框架，约定俗成，遂成为史书之体例而得到确立。孔子作《春秋》，依年叙事，始创编年体。而左氏亦依照这种编年将记言记事揉合在一起，作《春秋左氏传》。《左传》的优点是历史事件头绪分明，脉络清晰，条理井然，缺点是人物记叙显得不够系统完整。为此，他常采用一些补叙、插叙的方法进行补救，但效果并不明显。司马迁作《史记》，改变了前人的做法，将人物记叙列为重点，始创纪传体。并依照人物一生的经历，从生写到死，给读者一个完整的印象。这是对《左传》详事实略人物的有意变革与突破，但也反映了他的帝王英雄史观。这种体例，因是用来为帝王及其名臣树碑立传的，故获得了统治者的肯首，亦为世人所接受。当然，也有不足，它虽利于记人，却不利于叙事，以至常出现一事多记的现象。《史记》另一大贡献，就是创立十志、八书以记年数，以稽谱谍，以叙典章文物，以述天文、律历、地理；设立《游侠》、《滑稽》、《日者》、《龟策》、《货殖》以记社会底层人物。这些为后人修史树立了榜样。班固受其影响最大，作《汉书》亦以记人为主，分纪、表、志、传四体。但也有改变，变化最大的是断代。他"断自高祖，尽于王莽"，写的是有汉一代的历史。这种写法，亦为后世国史所绍述。

总之，体例是一种规范，一种法式。如何确立体例，则是修史的关键。南朝有些人对此感到十分棘手。比如江淹、檀超修《齐史》。《南史·江淹传》说："建元二年，始置史官，淹与司徒左长史檀超共掌其任，所为条例，并为王俭所驳，其言不行。"《南齐书·檀超传》说："建元二年，初置史官，以超与骠骑记室江淹掌史职。上表立条例，开元纪号，不取宋年。封爵各详本传，无假年表。立十志：《律历》、《礼乐》、《天文》、《五行》、《郊祀》、《刑法》、《艺文》依班固，《朝会》、《舆服》依蔡邕、司马彪，《州郡》依徐爰，《百官》依范晔，合《州郡》。班固五星载《天文》，日蚀载《五行》；改日蚀入《天文志》。以建元为始。帝女体自皇宗，立传以备甥舅之重。又立《处士》、《列女传》。"所列条例亦被王俭所驳，故未被朝廷采纳。可见，条例所立当与不当，直关史书撰写之成与不成。作用重大，他们难以把握。

当然，也有体例确立得当的，如范晔作《后汉书》。范晔《狱中与诸甥侄书》说："既造《后汉》，转得统绪。详观古今著述及评论，殆少可意者。班氏最有高名,既任情无例,不可甲乙辨。后赞于理近无所得,唯志可推耳。博赡不可及之,整理未必愧也。吾杂传论,皆有精意深旨,既有裁味,故约其词句。至于《循吏》以下及《六夷》诸绪论,笔势纵放,实天下之奇作。其中合者,往往不减《过秦》篇。尝共比方班氏所作,非但不愧之而已。欲遍作诸志,前汉所有者悉令备。虽事不必多,且使见文得尽。又欲因事就卷内发论,以正一代得失,意复未果。赞自是吾文之杰思,殆无一字空设,奇变不穷,同合异体,乃自不知所以称之。此书行,故应有赏音者。纪、传例为举其大略耳,诸细意甚多。自古体大而思精,未有此也。恐世人不能尽之,多贵古贱今,所以称情狂言耳。"(《宋书·范晔传》)叙述了他立体的体会。其体例,依班固《汉书》而立纪、志、列传、论、赞。其中也有改变;如十纪中有皇后纪上下两卷。为皇后立纪,始于班固,《汉书》就有《高后纪》一卷。这是因吕氏直接执政之故。而范晔则将后汉皇后全部列入,有异于班固的,故遭到了刘知几的批评:"夫纪传之不同,犹诗赋之有别。而后来继作,亦多所未详。案范晔《汉书》,记后妃六宫,其实传也,而谓之为纪。"(《史通·内篇·列传》)认为混淆了纪传的区别。其所立十志,因谋反遭杀害而未撰述,现在所见到的《律历》、《礼仪》、《祭祀》、《天文》、《五行》、《郡国》、《百官》、《与服》八志,是梁代刘昭为《后汉书》作注时从司马彪《续汉书》中抽出来补进去的。其所立八十列传,分专传、类传两种。专传六十五,类传十五,而最具特色的是类传。其所立论赞,亦取法《汉书》,因立论过繁遭到了刘知几的责难,说:"夫每卷立论,其烦已多,而嗣论以赞,为黩弥甚。亦犹文士制碑,序终而续以铭曰:释氏演法,义尽而宣以偈言。苟撰史若斯,难以议夫简要者也。"(《史通·内篇·论赞》)

如沈约作《宋书》。沈约《上宋书表》说:"宋故著作郎何承天始撰《宋书》,草立纪传,止乎武帝功臣,篇牍未广。其所撰志,唯《天文》,《律历》,自此外,悉委奉朝请山谦之。谦之,孝建初,又被诏撰述,寻值病亡,仍使南台侍御史苏宝生续造诸传,元嘉名臣,皆其所撰。宝生被诛,大明中,又命著作郎徐爰踵成前作。爰因何、苏所述,勒为一史,起自义熙之初,讫于大明之末。至于臧质、鲁爽、王僧达诸传,又皆孝武所造。自永光以来,至于禅让,十余年内,阙而不续,一代典文,始末未举。且事属当时,多非实录,又立传之方,取舍乖衷,进由时旨,退傍世情,垂之方来,难以取信。臣以谨更创立,制成新史,始自义熙肇号,终于升明三年。桓玄、谯纵、卢循、马、鲁之徒,身为晋贼,非关后代。吴隐、谢混、郗僧施,义止前朝,不宜滥入宋典。刘毅、何无忌、魏咏之、檀凭之、孟昶、诸葛长民，志在兴复，情非造宋，今并刊除，归之晋籍。"（《宋书·自序》）记述了刘宋一代《宋书》修撰经过和自己确立体例之原由。正因何承天等人修史不甚完美，才加深了他对体例确立之认识，并将重点落在宋书起止之年与立传人物之取舍上。其所立十纪、八志、六十列传，既能依傍《史》《汉》，又不拘泥于传统。其十纪，均为帝王纪，不关皇后，这就确保立纪"疆理"不乱。其八志，除《符瑞》纯出己意外，其余同于《史》《汉》。《符瑞》荒诞，不足为道。《律历》七卷则前绍秦汉，渊源有自；后关当代，切合世情。《礼志》五卷，详叙刘宋一代朝仪创革之盛况，皇上诏令，朝臣众议，多录其中。其六十列传，分专传、类传。专传多记刘宋名臣，类传多载后妃、宗室、孝义、良吏、隐逸、恩幸、四夷、二凶之事。其中别于前代者，为恩幸、孝义、二凶三传。《恩幸传》所记乃身卑位薄而又得幸于人主，且依人主之势，窃据国柄，构造同异，兴树祸隙之小人。《孝义传》所载乃以忠孝称誉于世的孝子。《二凶传》所叙乃刘劭、刘浚兄弟弑父篡位之事。三传所立，旨在惩恶劝善，淳风化俗。

如萧子显作《齐书》。《齐书》是萧子显自表梁武帝所撰，原六十卷，"书成表奏之，诏付祕阁"。然上表已失，所表内容难知。现存五十九卷，佚失一卷。依司马迁、班固、沈约"自序"之惯例，后人有疑所失为"自序"。由于无"自序"，作者作史之原由经过难以确知，于是有说其纪、志、传取材于檀超、江淹等书稿的，有说其八志是本于江淹十志的。尽管说法不一，但萧子显沿袭《后汉书》的体例作八纪、八志、四十列传，且喜欢于纪传后作论赞，则是大家公认的事实。所立八纪，《高帝纪》叙高帝事尤为详尽，且多用曲笔；为豫章王萧嶷立传，且置于《文惠太子传》后，显然是有心而为之。

三是建立在作品的学术含量和思想内容的丰富上。学术含量，由著述者的学术水准、所述范围、内容、方法来体现。司马迁所云"究天人之际，通古今之变，成一家之言"，刘勰所云"文之为德也大矣"，便是对学术含量应达指标所作的定性安排与说明。这些指标，定性很高，并非人人都能达到，故古人有著述不易之叹。尽管如此，南朝还是有不少这样的作品。如皇侃的《论语义疏》、刘勰的《文心雕龙》、钟嵘的《诗品》、萧统的《文选》、裴骃的《史记》注、裴子野的《三国志》注、范晔的《后汉书》、沈约的《宋书》、萧子显的《齐书》等，都是历久不衰的名著。这些名著的学术含量，思想内容如何？下面仍以范晔、沈约、萧子显之史书为例说明之。

史书撰述，一旦体例确立之后，写什么，怎么写？便成了关键。左氏说："《春秋》之称,微而显,志而晦,婉而成章,尽而不汗,惩恶而劝善。非圣人,谁能修之?"(《左传·成公十四年》)司马迁说:"究天人之际,通古今之变。"荀悦说:"一曰达道义,二曰彰法式,三曰通古今,四曰著功勋,五曰表贤能。"(《汉纪·高祖皇帝纪卷第一》)杜预说:"发传之体有三,而为例之情有五。"(《春秋左传序》,《全晋文》卷四十三)刘知几说:"体国经野之言则书之,用兵征伐之权则书之,忠臣烈士孝子贞妇之节则书之,文诰专对之辞则书之,才力技艺殊异则书之。"又说:"一曰叙沿革。""二曰明罪恶。""三曰旌怪异。"(《史通·内篇·书事》)均不同程度地回答了这一问题,并在实践上取得了令人瞩目的成就。且不说《左传》、《史记》著述之光辉,单以荀悦《汉纪》来说,他就认为他的《汉纪》涵盖了"五志"所有的内容,"有法式焉,有鉴戒焉,有废乱焉,有持平焉,有兵略焉,有政化焉,有休祥焉,有灾异焉,有华夏之事焉,有四夷之事焉,有常道焉,有权变焉,有策谋焉,有诡说焉,有术艺焉,有文章焉","质之事实而不诬,通之万方而不泥。可以兴,可以治;可以动,可以静;可以言,可以行。惩恶而劝善,奖成而惧败。兹亦有国之常训,典籍之渊林"(荀悦《汉纪序》,《西汉纪》),成一家之言,不朽之作。范晔、沈约、萧子显虽不像荀悦那样张扬,但在实际写作中,也有自己的特色。

范晔,一个长不满七尺而性精微,有思致,触类多善的史学家,"不得志,乃删众家《后汉书》为一家之作"(南史·范晔传),颇有几分慷慨之气。他自称"耻作文士",然其对为文之道的认识又远远高于一般文士。他说:"文患其事尽于形,情急于藻,义牵其旨,韵移其意。虽时有能者,大较多不免此累,政可类工巧图缋,竟无得也。常谓情志所托,故当以意为主,以文传意。以意为主,则其旨必见;以文传意,则其词不流。"(《宋书·范晔传》)这一认识,深刻地揭示了文学创作的基本规律,史传撰写的基本特征。史传是种记言记事之作,以记载人事为主。不论撰述者述道义,彰法式,通古今,还是著功勋,表贤能,抑或是叙沿革,明罪恶,旌怪异,都离不开历史人物所言所动两个方面,离不开事与形、情与藻、韵与意的关系,离不开意的规约与支配。这个意就是作者撰述的目的、意图与思想。史传撰写总的目的,就是使古今历史一贯,千年文明一气,为时君治世,时人救世提供兴亡得失的经验教训,为后人认识历史提供一种可信的文本。因此,撰述者就不能不考虑著述的内容,历史人物的言论、行为、事件的真实性,不能不考虑它们彼此之间的内在关系。比如"彰法式(既典章制度)",钱穆先生就明确指出:"制度必须与人事相配合"。"人事比较变动,制度由人创立亦由人改订,亦属人事而比较稳定,也可以规定人事;限制人事。"① 只有将这些同人事相配合,意才不会流于疏豁空洞,内容才会充实具体,叙述才会生动形象。而范晔就是按照这一见解去撰述《后汉书》的。在他的笔下,人是历史的主人,帝王是历史的主宰。为了记叙这些主人、主宰,他用了十纪、八十列传的篇幅。其中,《纪》,除了记载这些帝王一生事迹外,就是依年月记叙发生在他手中的各种大事、要事。一事一记,一记一条文,一条文就是一个具体内容。而荀悦"五志"、干宝释五志、刘知几所增"三科"均可从中找到它们的存在。因此,这些都是纪中之魂,史中之纲。读者按照这些史纲再去检阅相关列传所记人事,整个事情的来龙去脉、所蕴涵的意义价值便昭然若揭。比如,它对体国经野、用兵征伐的记载,就是如此。这是后汉历史中的最大事件,其中,又以光武中兴为最。光武自地皇三年参与天下角逐,到建武十三年吴汉平公孙述凯旋京师,历时十五载。建武元年(317 年)前三年,他带领众英豪打天下,建武元年后十二年,他指挥名将定天下。不论是打天下,还是定天下,光武同众臣之间都建立了一种可贵的道义,这种道义使他们义无反顾地战王莽,除王郎,驱更始,破隗嚣,灭公孙述,克服了一道道难关,获得了一个个胜利。同时,也使他变得英勇顽强,临危不惧。他既有着"见小敌怯,见大敌勇"的智慧,又有着善于于危难中团结人,教育人,鼓舞人的领导才能,他善待人,善用人,对于那些愿意捐亲戚、弃土壤跟他于矢石间不顾生命的铁杆将领,更是情同手足,言听计从。得天下后,他并不像刘邦那样杀韩信,诛彭城,戮黥布,将那些跟着他打天下而屡立功勋的大臣处死,而是让他们一个个实现了攀龙麟,附凤翼,封侯荫子的理想和愿望。史称光武名将二十八,得封侯者亦二十八。这种善待宿将名臣,不忘死生之交的道义,使大臣们心摇神动,感恩戴德,使儿孙们深受教育,感慨万分。显宗于永平中画二十八名将于南宫云台(《后汉书·马武传》),安帝于永初六年下诏为犯罪夺国的名将子孙续统(《后汉书·冯异传》),便是后汉史上一段佳话。

　　君臣之义,是建立在彼此信任依赖之上。君重臣,臣忠君;君创大业,臣立功名,共同的利益将二者紧紧地捆在一起。光武二十八名将当年就是这样来到他的身边,忠心不贰地帮助他打天下、定天下的。比如,来歙本是汉中王刘嘉的外戚,与他为中表叔侄,后偕嘉一同投奔他,并为他出使隗嚣,劝其归降,险遭杀害。攻公孙述,被刺客刺杀于蜀中。临死之际,还不忘上表陈情。试读"臣

---

① 钱穆:《中国历代政治得失·序》,《前言》,三联书店 2001 年版,第 4 页。

不敢自惜,诚恨奉职不称,以为朝廷羞。夫理国以得贤为本,太中大夫段襄,骨
鲠可任,愿陛下裁察。又臣兄弟不肖,终恐被罪,陛下哀怜,数赐教督"(《后汉
书·来歙列传》),便觉忠勇感人。又比如邓禹,离家背井,扶策北渡,追及于邺,
也来到了他的身边。始则进创业之谋,继则进用贤之计,再则领所分之兵,为他
略北州,定河东,定关中,决胜千里,肝胆涂地。再如寇恂,亦于君臣相择之际
入其军营,任河内太守,为他备军粮,养军马,造矢箭,保河内,献诚效忠,在所
不辞。又如冯异,是因人推荐成为他的幕僚,初为主簿,后任征西大将军,为他
攻天井,拔上党,南下河南成皋以东十三县,攻朱鲔,破赤眉,建方面之号,立不
朽之功。如此之例,不胜枚举。范晔将他们体国经野,南征北伐,一面安排在《光
武帝纪》中,通过光武帝事迹和大事、要事来记叙,一面穿插在二十八英雄列传
中,通过具体的史实来表现。二者相得益彰,将事情的经过,斗争的艰苦,写得
一清二楚,不尚雕饰,而文笔遒丽;不言道义,而道义自见。这既是其纪传写作
的缩影,也是其内容丰富之反映。史作的学术含量,就通过这些丰富的思想内
容显示出它的厚重。

沈约、萧子显在"写什么"上,虽也将帝王置于历史画卷中心,却很难见到
他们叱咤风云的形象。这是因为这些帝王所统摄的仅江南一隅之小国,故缺乏
后汉帝王那种雄心豪情。再是他们的天下,并不是靠南征北战得来,而是乘人
之危篡夺得到,因而更缺乏后汉帝王那种磊落胸怀。他们忌讳别人言篡夺,一
旦有人说起,压根儿不愉快。比如,梁武帝一次酒酣骂张稷为"卿兄杀郡守,弟
杀其君,袖提帝首,衣染天血,如卿兄弟,有何名称",遭到张稷的还击,"臣乃无
名称,至于陛下不得言无勋。东昏暴虐,义师亦来伐之,岂在臣而已",羞得梁
武帝暴跳如雷,捋着他的胡须说:"张公可畏人!"(《南史·张裕传》)梁武帝如
此,宋武帝、齐高帝难道就不是这样?然这在沈约、萧子显的笔下,是见不到的。
他们不但不写,还蓄意在《宋武帝纪》、《齐高帝纪》中,将篡夺写成了"晋帝禅
让"、"宋帝禅让",将禅让之因说成是"天祚告穷,天禄永终",天命使然。将一
种丧尽君臣道义的抢夺解释成为天命支配下的"和平演变",这就大大地歪曲了
事实的真相,犯了袁宏所批评的"今之史书,或非古之人心"(袁宏《后汉纪序》
《两汉纪》)的错误。史家称这种写法叫"曲笔",实则是对历史的误导。正由于
名臣无道义,故当这些篡夺者即位后,他们也就很难见到大臣们的忠诚,亦难得
到大臣们的尊重,甚至出现了"我若不为百岁老母。当吐一言",即欲指斥帝在
东宫过失的王融,"戴面向天子"的王僧达和出言不逊的张稷,出现了一轮又一

轮的篡夺。因此，纵观南朝各代国史，洋洋洒洒数百万言，却当不得一个"忠"字。这是帝王的悲哀，亦是《宋书》、《齐书》帝纪不如后汉帝纪厚重的原因所在。

当然，《宋书》、《齐书》在"写什么"的问题上并非一无可取。他们笔下士族群体形象还是颇具历史感染力的。南朝士族，不论是琅邪王氏，陈郡谢氏、袁氏，济阳蔡氏，庐江何氏，河南褚氏，琅邪颜氏，还是吴郡顾氏，会稽孔氏，乃至以后凭着武功挤进士族的彭城刘氏，史作者都以如椽之笔，写出了他们在政治上注重门第，注重望族，"平流进取，坐致公卿"；文化上注重家学相传，注重人才培养，引领一个时代学术发展的历史。同时，也写出了他们的个性与思想，兴趣与爱好。比如，沈约笔下的《谢灵运传》，不仅真实地记叙了谢灵运一生成长过程，而且也写出了他在政治上不同刘宋统治者合作的"偏激"个性和惨遭杀害的结局。同时还为读者保留了一些很有文学、文化价值的作品，如《撰征赋》、《山居赋》、《上书北伐》等。沈约在《宋书》所立八志中，不为文艺、食货立志，然并不意味着他不重视文艺、食货。作为南朝一代文豪，他并不是不懂得文艺的重要。正因为他太懂得，所以在《谢灵运传》后不忘来一篇很有文学见解的传论，以示他对《文艺志》的补偿。作为"少时孤贫，丐于宗党"而为宗人所侮的史学家，他并非不知道"食货"的地位与作用。正由于他太知道，故在挑选谢灵运作品时，特将其《山居赋》并自注选进传中，以示他对"食货"的不忘。这是一首再现当时士族庄园经济的大赋。沈约通过士族庄园主的现身说法，来告诉后人，当时的食货，就是以士族为中心的强权食货。这种独具匠心的安排，说明沈约在"写什么"的问题上，有着独特的见解与选择。又如萧子显笔下的《王僧虔传》，对王僧虔一生的经历，分政治、文化、家情三个方面叙述。政治上，萧子显写出了他不阿谀权贵，秉公办事的为政品质；文化上，写出了他在音乐、书法方面所作出的贡献；家情上，写出了他对侄儿王俭的喜爱之情，对儿子的督教之责。这些又多通过他的书信、上表来表现。其中，《解音律表》、《书论》是他论音乐书法的两篇重要文章，文字不长，透过它既可了解到他对音乐、书法的见解，又可见到齐时音乐书法的发展变化情况。《诫子书》是他教诫儿子读书做学问的著名家书，通过它，同样可以了解到时人治学的大致做法。萧子显将这些书信安排于传中，一可节省叙述的笔墨，二又为后人研究这段历史保留了珍贵的资料，是他运思深沉的结果。

在"怎么写"的问题上，沈善带叙，萧长简洁。赵淡元先生说："《宋书》创带叙法，这也是作史的一种良法。所谓带叙法，就是其人不必立传，但有事可叙，则将其附叙与其有关的某人传内。如《刘道规传》叙其命刘遵为将,攻破徐道覆时,即带叙刘遵,说刘遵,淮西人,官至淮南太守,义熙十年卒。下文又继续叙刘道规事迹。这种带叙法,既可免多立传,又可使读者对所牵涉的人物能详其生平。这种带叙法与《三国志》、《后汉书》的附传不同,附传是附载在本传后面,带叙是将带叙人物简要的生平事迹插入本传的叙事中,因而文省,且结合得紧密、自然,能增强读者对叙事的理解。这种方法一直到今天,我们还常采用。"又说:"《南齐书》叙事,向称简洁。李延寿的《南史》,对于《宋书》大概删十分之三四,对于《南齐书》,除个别列传外,一般不但不删,而且还大增补。对于这一点,《廿二史札记》有'南史增齐书处'一条专门记载。"① 这些评价,对我们了解沈、萧的写法不无启迪。

人们常说,一滴水可以反映太阳的光辉。同样的道理,一个领域的学术著述亦可反映整个时代整个社会著述的大致情况。笔者就本着这种认识,对南朝史书撰述作了以上粗略的勾勒,以期说明南朝著述丰厚的事实。著述是种复杂的脑力劳动,是对学问、智慧、才能的综合运用,非人人都能为之。正因此故,南朝不少读书人还是畏之如虎,更何况要写出学术含量丰富、内容厚实的著作呢! 而南朝五百多人写出了一千多部作品,算来每人平均还不到两部,但它还是雄辩地说明,这是一个崇尚著述的时代! 著述提升了他们的学术品位,亦提升了他们的精神境界。而萧统同他的文人们就是在这种文化氛围中,完成了《文选》选编的使命,为后人留下了一部历久不衰的文学选本。其光辉之熠熠,反过来又加深了人们对南朝著述丰厚之理解。这就是文化互动作用所产生的效应,令人深思与叹喟。

(二)详博的注疏

经义研究,是南朝文人学术文化研究中的重点,也是著书立言的重心。追源溯流,由来尚矣。"昔仲尼没而微言阙,七十子丧而大义乖。重遭战国,约从连横,好恶殊心,真伪纷争。故《春秋》分为五,《诗》分为四,《易》有数家之传,并以诸子百家之言,纷然殽乱,莫知所从。汉兴,儒者竞复,比谊会意,为之章句,家有五六,皆析文便辞,弥以驰远。缀文之士,杂袭龙鳞,训注说难,转相陵高,积如丘山,可谓繁富者也。"(应劭《风俗通义序》,《全后汉文》卷三十三) 这一

---

① 参见赵淡元主编:《中国历史要籍介绍及选读》,《南齐书介绍》,高等教育出版社1988年版。

简短的描述,将经义殽乱流弊之由揭橥殆尽。正因此故,司马谈始作《论六家要旨》以辩其流,刘歆总括群书,著《七略》以撮其指要,班固作《艺文志》以明群籍之类别,应劭作《风俗通义》以辩俗间行语之谬误,郑默制《中经》,荀勖著《新薄》分群书为四部,力图通过群籍之整理以澄本清源。与此相应,王孙的《易传周氏》,郑玄、刘表、荀爽的《周易》注,无名氏的《欧阳说义》,刘向、许商的《五行传记》,孔安国的《古文尚书》、《今字尚书》,马融、郑玄、王肃的《尚书》注,无名氏的《毛诗故训传》,毛苌传、郑氏笺的《毛诗》,王肃的《毛诗》注,无名氏的《周官传》、《中庸说》,马融、郑玄、王肃的《周官礼注》、贾逵的《春秋释训》、《春秋左氏解诂》,服虔的《春秋左氏解谊》,王肃的《春秋左氏传》注,马融、郑众、郑玄的《孝经》注,王肃的《孝经》解,郑玄、王肃的《论语》注等,又力图通过经义的训诂解说、章句的剖判,以正庋疑,将经义探析引向全面深入。然由于时代不同,历史缘由不一,政治期盼有异,注者文化积淀有差,即使对同一经书的认识仍有差池。比如,《春秋左氏传》,自汉章帝下诏受古学,立“《左氏》、《谷梁春秋》、《古文尚书》、《毛诗》,以扶微学,广异义”(《后汉书·肃宗孝章帝纪》)以来,学者对它的看法就很不一致。在桓谭眼里,这是一部“于经,犹衣之表里,相待而成”的书,其重要性,“经而无传,使圣人闭门思之,十年不能知也”(桓谭《桓子新论·识通》,《全后汉文》卷十四)。孔君鱼亦持此论,他当年“删撮《左氏传》之难者,集为义诂”,旨在“发伏阐幽,赞明圣祖之道”(孔通《春秋左氏传义诂序》,《全后汉文》卷二十九)。而在贾逵看来,这既是一部“崇君父,卑臣子,强干弱枝,劝善戒恶,至明至切,至真至顺”,即郑玄说的“善于礼”(郑玄《六艺论》,《全后汉文》卷八十四)的书,又是一部“以图谶合者”的书。他说:“五经家皆言颛顼代皇帝,而尧不得为火德,《左氏》以为少昊代黄帝,即图谶所谓帝宣也。”(《条奏左氏长义》,全后汉文》卷三十一)到了杜预手里,它则成了一部“发传之体有三,而为例之情有五”的史书。认识不同,必然导致他们对章句的训析笺注有别。如此一来,这就为后人的注疏留下了很大的空间。而南朝文人的经义注疏亦由此发端,一发不可收拾。何胤的《周易》注,伏曼容的《周易》注,朱异的《周易》集注,梁武帝的《周易大义》,张讥的《周易义疏》,周弘正的《周易义疏》;姜道盛的《尚书》注,梁武帝的《尚书大义》,巢猗的《尚书百释》、《尚书义》,费甝的《尚书义疏》,孔子祛的《集注尚书》;徐广的《毛诗背隐义》,孙畅之的《毛诗引辨》,谢昙济的《毛诗检漏义》,何偃的《毛诗释》、《毛诗隐义》,刘瓛等的《毛诗序义疏》;裴松之的《集注丧服经传》,何佟之的《丧服经传义疏》,

楼幼瑜的《丧服经传义疏》，沈麟士的《丧服经传义疏》；贺玚的《礼记新义疏》，梁武帝的《礼记大义》，周舍的《礼疑义》；沈宏的《春秋五辨》、张冲的《春秋义略》、沈文阿的《春秋左氏经传义略》、崔灵恩的《春秋左氏传立义》；何承天的《孝经》注，严植之的《孝经》注，贺玚的讲、议《孝经义疏》，梁武帝的《孝经义疏》、萧子显的《孝经义疏》、徐孝克的《孝经讲疏》；孔澄之的《论语》注，释僧慧的略解《论语》，太史叔明的集解《论语》，张冲的《论语义疏》等，都是如此发端形成的。这些形形色色的义理注疏，将各种经义研究引向了一个崭新的天地，充分展示了南朝学术文化之盛。

南朝经义注疏素以详博著称。现能见其真相的，唯有皇侃《论语义疏》，其详博，与他善于从当时的教学实际和自己的教学实践中来建构和确立它的体例框架分不开。

皇侃，吴郡人，梁时著名学者，一生只活了58岁。他"起家兼国子助教，于学讲说"和撰写《论语义》、《礼记义》的生涯似是在梁武帝天监末年以后度过的。这一时期，天监年间的一些著名学者如沈约、严植之、贺玚、司马褧等已先后谢世，昔日的学术文化勃兴景象虽不复存在，但教学讲经析理之风依然炽热。五馆之学，生徒盈室，铎铃摇响，书声不绝。其学也，五经之外，兼习《孝经》、《论语》、《老子》、《庄子》；其教也，师徒相传，以义理讲说与论难为尚，出现了孔子祛讲《尚书》四十遍，孔金于《三礼》、《孝经》、《论语》"讲说并数十遍"还喋喋不休的景象（《梁书·儒林传》），崔灵恩讲《左传》，"每文句常申服以难杜"，助教虞僧诞"作《申杜难服》以答灵恩"（皇侃《论语义疏》）的场面，产生了严植之按"区段次第讲说"的教学方法。《南史·严植之传》云："植之馆在潮沟，生徒常百数。讲说有区段次第，析理分明。每当登讲，五馆生毕至，听者千余人。"这里所云"区段"，就是今天说的段落，所云"次第"，就是指讲解顺序。严氏按段落有顺序讲解的情况今不可知，然他人依此讲解在《论语义疏》中还存有片段，如陆特进讲"智者乐水"章云："此章极辨智仁之分，凡分为三段：自'智者乐水，仁者乐山'为第一，明智仁之性。又'智者动，仁者静'为第二，明智仁之用。先既有性，性必有用也。又'智者乐，仁者寿'为第三，明智仁之功。已有用，用宜有功也。"皇侃讲"学而时习之"章说："就此一章，分为三段：自此至'不亦悦乎'为第一，明学者幼少之时也。学从幼起，故以幼为先也。又从'有朋'至'不亦悦乎'为第二，明学业稍成，能招朋聚友之由也。既学已经时，故能招友为次也，故《学记》云：'一年视离经辨志，三年视敬业乐群，五年视博习亲师，七年视论学取友,谓之小成'是也。又从'人不知'迄'不君子乎'为第三,明学业已成,能为师为君之法也。先能招友,故后乃学成为师君也,故《学记》云:'九年知类通达,强立而不反,谓之大成。'又云:'能博喻然后能为师,能为师然后能为长,能为长然后能为君'是也。今此段明学者少时法也。"如此分段讲说,层层剖析,使人听了,一目了然。由于这种方法是建立在章句意义结构和讲说顺序上,故具有很强的解读功能,皇侃以此作为《论语义疏》体例建构模式,乃自然之事。

纵观《论语义疏》的体例,就是按照区段次第进行布局经营的,具体表现为:先定其篇。篇为文本的一个大区段,一个大的意义单元。一个文本由若干个大区段组成。大区段的意义,疏者将它归纳总结于篇题之下,以示本篇主要内容之所在。再定其章。章相对于篇是文本的小区段,是一个具体的意义单元,是疏解的主要对象。由于章这一小区段的字句有多有少,何晏集解中的注有多有寡,其疏解之布局,是先交代此章区段的首尾,即从某某起至某某止,然后再依照区段的语序,集注的先后,逐句逐注疏解串释。疏解串释中,先释词,再解意。凡有何注的地方,则依何注次第解说;凡何晏未作注处,则斟酌上下文意思重新疏解,且力求保持与何注意义连贯;凡疏解串释中,对何注言意未尽者,则另辟一"注",附于章句疏解之末尾进行解说;凡引用古今注家的注,意思相同或相近者,则附而申之,而"先儒论之不同,今不具说",仅将其置于义疏后面,以示广闻;凡有质疑者,则采用"或问曰"、"答曰"的方式进行标识,以示当时人们探寻学问之大概。在这一区段的讲说中,由于其疏解对象、指向有着明确的定位,疏解的话题可长可短,存有较大的伸缩空间,而疏解者在这一空间中可以惨淡经营,纵横开拓,将自己的认知理解、探求发明、引用论证尽情地表述出来,这就为其注疏之详博创造了条件,亦为后人注书提供了经验。比如邢昺的《论语注疏》就是沿袭皇侃的体例按区段次第来经营疏解内容的。其中,虽然对《论语》正文"不是分章出句,一一训解串释,而是分章整体串释",但先定篇,再定章,交代一章首尾,疏中带注等做法还是相同的。孙钦善用"标准义疏体例"、"对于研究义疏体著作有重要意义"(四部要籍注疏丛刊《论语·前言》)来评价皇侃《论语义疏》,则是中肯的。这些足以表明它在义疏史上的地位与价值。

体例的建构为疏解者安排了一个合理的疏解空间,而运用什么办法将疏解的内容完整地表述出来,皇侃《论语义疏》进行了认真的探讨,形成了自己的特色。

第一,他善于通过古今解说的广征博引,从理论层面上来拓展《论语》研究的深度。《论语》研究，汉初有齐论、鲁论、古论三家，著述有郑玄注《论语》十卷、《论语孔子弟子目录》一卷。迄东晋末，注解者、论说者有近三十家，著作有三十余种，其中，又以何晏《论语集注》影响最大。该集"因鲁论集季长等七家，又采古论孔注，又自下己意，即世所重者"①，收集了孔安国、苞咸、马融、郑玄、王肃、周生烈、陈群及何晏等注凡1084条。其中，汉注901条，占总数的83.3%，魏注183条，占总数的16.9%。在汉注中，孔安国注472条，苞咸注189条，马融注134条，郑玄注106条。从学术渊源上看，孔安国属古论，他是孔子十二代孙，仕于孝武之世，"以经学为名，以儒雅为官"，"时鲁恭王坏孔子故宅，得古文科斗《尚书》、《孝经》、《论语》，世人莫有能言者，安国为之今文读而训传其义"（孔衍《上成帝书辩〈家语〉宜记录》，《全汉文》卷十二），是汉代孔学传人。马融、苞咸、郑玄持鲁论，是安昌侯张禹鲁论在东汉的传承者。这两派修治《论语》虽各有家法，但严格恪守《论语》的思想道义，力求通过贴近《论语》语义的解释来保持其原生状态，维持其儒家宗主地位，则是一致的。魏注中，何晏注123条，王肃注34条，周生烈注14条，陈群注3条。就何、王二人而言，何是正始时期玄学名家，史称他"少以才秀出名，好老庄言，作《道德论》"，"以为圣人无喜怒哀乐，其论甚精，钟会等述之"，故作注时"自下己意"，有援道入儒的倾向。王属儒家，"善贾、马之学"，是魏时著名学者，忠实于《论语》原意是他注中本色。总之，注重《论语》中孔子周围的人物，尤其是其弟子的训释，注重典章、名物、史实的诠释与字词训诂，注重章句义理的讲说是汉魏注家的共同特点。他们的注释为《论语》在汉魏的传播作出了重大贡献。

皇侃就是在这样一部研精覃思之作的基础上为《论语》作义疏的。其诠释义理，最具特色的方法就是在严依何注出疏的同时，广为引征。他说："右十三家为江熙字太和所集。侃今之讲，先通何集，若江集中诸人有可采者，亦附而申之。其又别有通儒解释，于何集无好者，亦引取为说，以示广闻也。"② 所言仅属概况，实际情况则于江集中引取了八人另加江熙凡九人的318条解说，其中江熙101条，李充66条，范宁52条，孙绰37条，缪播18条，郭象14条，栾肇、蔡谟各9条。于其他通儒中，自汉至梁，引取了31人的189条解说，其中王弼40条，缪协29条，袁氏26条，颜延之、张凭各13条，殷仲堪11条，余者均在一条

---

① ② 皇侃：《论语义疏》卷3，《雍也》；卷1，《学而》；卷2，《八佾》；《叙》，四部要籍注疏丛刊《论语》，中华书局1998年版。

以上，十条以下。此外，还引用了不少"一家""一通"为称呼者的解说。在这三类引征中，重点放在魏晋，且旨意明确，即通过引征与何集相好者来申说《论语》文本与何注的意义，来辨析《论语》精深的道理，从而从理论层面拓展《论语》研究的深度。通过引征与何集无好者以广读者见闻，将研究引向新途。为此，他能准确地把握住何集注解的理路和章句的关键，引征那些与自己见解相同或相近的析理精当的解说条文来增加疏解的说服力，以确保疏解的准确与科学。比如，郑玄注"逝者如斯夫，不舍昼夜"为："逝，往也。言凡往者如川之流也。"（《子罕》）此注的关节为"凡往者"。"凡往者"何也？注家历来认识不一，如邢昺认为它是指"时事"，朱熹认为它是指"道体"，而皇侃认为它是指"人年往去"、"向我非今我"，讲的是时光易逝，人生易老。他引征江熙注云："言人非南山，立德立功，俛仰时过，临流兴怀，能不慨然。圣人以百姓心为心也。"引用孙绰的话说："川流不舍，年逝不停，时已晏矣，而道犹不兴，所以忧叹也。"经过引征二说，时光易逝，人生易老为"凡往者"的确解而受到有识者的充分肯定。程树德先生说："此章似只言岁月如流，欲学者爱惜光景之意。……道体不息，虽有此理，然另是一义，夫子言下恐未必然。"又比如孔安国注"子钓而不纲，弋不射宿"为："钓者，一竿钓也；纲者，为大纲以横绝流，以缴系钓罗属著纲也。弋，缴射也，宿，宿鸟也"。孔氏只释物未析义，其义何在？皇侃疏云："周礼之教，不得无杀，是欲因杀止杀，故同物有杀也。钓者，一竿属一钩而取鱼也。纲者，作大纲横遮于广水而罗列多钩著之以取鱼也。孔子用一竿而钓，则一一得鱼，是所少也。若纲横流而取，则得者多，则孔子所不为也。"又云："弋者，缴射也。此人皆多缴射取鸟也。宿者，夜栖宿之鸟也。孔子亦缴射，唯白日用事，而不及夜射栖宿之鸟也。所以然者，宿鸟夜聚有群，易得多，故不射之也。又恐惊动夜宿，仁心所不忍也。"如此疏解，义理昭然，然是否确切？他接下引孙绰注解云："杀理不可顿去，故禁纲而存钓也。"引缪协话说："将令物生有路，人杀有节，所以易其生而难其杀也。"（《述而》）二说与皇疏不异，其义亦随之确立不移，其后作疏解者不出其左右。象邢昺《论语注疏》亦认为"孔子但钓而不纲，是其仁也"，"虽为弋射，但昼日为之。不夜射栖鸟也，为其欺暗必中且惊众也"。朱熹《论语集注》引洪氏之言亦认为孔子不欲出其不意，尽物取之，是其"仁人之本心"所使然。程树德《论语集释》引《四书训义》亦认为"不尽取者，不伤吾仁。不贪于多得而弃其易获者，不损吾义"。均从仁心上立言。

能通过对某一问题的探讨和引征来辨析精奥，以增强它的教育意义。比如对"孝悌之人好不好犯上作乱"的辨析时,他先引征熊埋之言云:"孝悌之人,志在和悦,先意承旨,君亲有日月之过,不得无犯颜之谏。然虽屡纳忠规,何尝好之哉？今实都无好,而复云鲜矣者,以好见开,则生陵犯之渐;以犯见塞,则抑匡弼之心。必宜微有所许者,实在奖其志分,称论教体也,故曰而好犯上者鲜矣。"又云:"孝悌之人,当不义而诤之,尚无意犯上,必不职为乱阶也。"再以"案"的形式提出质疑:"熊解意是言既不好犯上,必不作乱,故云未之有也。然观熊之解,乃无间然,如为烦长,既不好犯上,理宜不乱,何烦设巧明。"最后证之于师说:"夫孝者不好,心自是恭顺。而又有不孝者,亦有不好,是愿君亲之败。故孝与不孝,同有不好。而不孝者不好,必欲作乱;此孝者不好,必无乱理。故云未之有也。"(《学而》)通过层层辨析,"孝悌之人好不好犯上作乱"的精奥之处便揭橥无遗。又如对"五十知天命"的辨析,他先申己说:"天命,谓穷通之分也。谓天为命者,言人禀天气而生。得此穷通,皆由天所命也。天本无言,而云有命者,假之言也。人年未五十,则犹有横企无涯,及至五十始衰,则自审已分之可否也。"再引王弼的说法:"天命废兴有期,知道终不行也。"再引孙绰的解释:"大易之数五十,天地万物之理究矣,以知命之年,通致命之道,穷学尽数可以得之,不必皆生而知之也。此勉学之至言也。"最后引熊埋的讲析:"既了人事之成败,遂推天命之期运,不以可否,系其理治,不以穷通易其志也。"(《为政》)通过多方引证,"五十知天命"的精奥道理亦就昭然若揭,其教育意义亦就在这种辨析中得到了显现。

能通过一些道学家的解说来拓宽《论语》研究的路子和认识层面,以增强它儒道相融的理趣。比如对"回也其庶乎,屡空"一句的解说,皇侃引用了两种观点,一云:"庶,庶几也;屡,每也;空,穷匮也。颜子庶慕于几,故遗忽财利,所以家有空贫,而箪瓢陋巷也。故王弼云:'庶几慕圣,忽忘财业,而数空匮也。'"另云:"空,犹虚也。言圣人体寂而心恒虚无累,故几动即见,而贤人不能体无,故不见几。但庶几慕圣而心或时而虚,故曰屡空。其虚非一,故屡名生焉。故颜特进云:'空,非回所体,故庶而数得。'故顾欢云:'夫无欲于无欲者,圣人之常也;有欲于无欲者,圣人之分也。二欲同无,故全空以目圣;一有一无,故每虚以称贤。贤人自有观之,则无欲于有欲;自无观之,则有欲于无欲。虚而未尽,非屡如何？'太史叔明申之云:'颜子上贤,体具而微则精也,故无进退之事。就义上以立屡名,按其遗仁义,忘礼乐,隳支体,黜聪明,坐忘大通,此忘有之义也。忘有顿尽,非空如何？若以圣人验之,圣人忘忘,大贤不能忘忘。不能忘忘,心复为未尽。一未一空,故屡名生也焉。"(《先进》)前者属儒家之常谈,尚实;后者乃援道入儒,运用道家空虚、有无观念另辟新说,尚虚。二者相较,实者易明,虚者理深,虚实相存,洞有天地。然究其理路,后者儒道结合,路子要宽,释理要透。至于太叔史明将《庄子》的"遗忘"、"隳黜"、"坐忘"等词语运用其中,将颜回说成体道未周的道家上贤,则显得生硬不自然,较之王弼、郭象等人来尚有较大差距。试看皇侃疏《为政》"子曰导之以政"章所引郭象六条之解说就无此病。其一云:"政者,立常制以正民者也。"其二云:"刑者,兴法辟以割制物者也。"其三云:"制有常,则可矫;法辟兴,则可避。可避则违情而苟免,可矫则去性而从制。从制外正,而心内未服,人怀苟免,则无耻于物,其于化不亦薄乎。故曰民免而无耻也。"其四云:"德者,得其性者也。"其五云:"礼者,体其情也。"其六云:"情有所耻,而性有所本。得其性则本至,体其情则知耻。知耻则无刑而自齐,本至则无制而自正。是以导之以德,齐之以礼,有耻且格。"以上六解,融其独化理论于其中,儒道兼济,揉合自然,既无太史叔明之病,又给人以清新深远之感。再比如,在"子温而厉,威不猛,恭而安"一章中,皇侃引征王弼的解释说:"温者不厉,厉者不温;威者心猛,猛者不威;恭则不安,安者不恭;此对反之常名也。若夫温而能厉,威而不猛,恭而能安,斯不可名之理全矣。故至和之调,五味不形;大成之乐,五声不分;中和备质,五材无名也。"(《述而》)不露声色地将《老子》的"名可名无常名"和"道常无名"的理念融化其中,不露痕迹地用道家的对反观念解释温厉、威猛、恭安三对矛盾的对立统一关系,显得自然圆润,精审独到。正由于这些矛盾的相依相存,相摩相荡,才铸成了孔子的伟大人格。总之,皇侃的广采博取,将《论语》研究引向了一个开阔的境地和较深的理论层面。

第二,他善于通过典章、名物、史实详尽富赡的训释,从时空层面上来增强它的可读性。余敦康先生曾经在谈论中国的经典诠释传统的特点时,认为"中国哲学今天所以难搞,最重要的不是文本,而是文本背后的问题。"这些背后的东西大多体现在典章、名物、史实的隐晦不明上。比如,《八佾》:"子曰:'禘',自既灌而往者,吾不欲观之矣。"禘是庙祭中的大祭,孔子为何不欲观之?其则背后隐藏着什么?孔安国为之注曰:"禘祫之礼,为序昭穆也。故毁庙之主及群庙之主,皆合食于太祖。灌者,酌郁鬯灌于太祖,以降神也。既灌之后,别尊卑,序昭穆。而鲁为逆祀,跻僖公乱昭穆,故不欲观之矣。"鲁为何逆祀,跻僖公乱昭穆?皇侃接下疏之云:"僖公、闵公俱是庄公之子,僖庶子而年长,闵嫡而幼，庄公薨而立闵公为君，则僖为臣事闵。闵薨而僖立为君。僖后虽为君，而昔是经闵臣。至僖薨，列主应在闵下。而鲁之宗人夏父弗忌佞僖公之子文公，云'吾闻新鬼大，故鬼小'，故升僖于闵上。逆祀乱昭穆，故孔子不欲观之也。"原来，这在以嫡长制为核心的宗法社会里，嫡庶之别不可移易。由于闵公嫡出，僖公庶出，不论僖公年龄长于闵公多少，其权力、地位、影响、作用都要低于闵公。闵公为君，僖公为臣。闵公死后，僖公为君，然其死后神主牌还是要低于闵公，超过闵公就是僭越，就是破坏了昭穆之秩，尊卑之序，也就是乱了宗法纲常，这对于以维护宗法秩序为己任的孔子来说不可忍受。这就是文本背后隐藏的历史。一部《论语》，其背后隐藏的历史尚多。究其原因，与孔子一生治学重典章、名物、史实有关。他曾言："夏礼，吾能言之，杞不足征也。殷礼吾能言之，宋不足征也。文献不足故也。足，则吾能征之矣。"这些不足征的，正是隐藏在夏、殷二礼背后的典章、名物与史实，由于它们十分重要，故孔子一生特别注重，"入太庙，每事问"，"至于是邦，必闻其政"，便是这一注重的生动反映。正因这样，他在传道授业中，给学生灌输了大量的这一方面知识，并使之成为其思想的组成部分，被写进了《论语》中。然而，这些随着时过境迁，语言古化，都已成为遥远的过去，而欲将这些告白于读者，便成了何晏《论语集解》和皇侃《论语义疏》要做的工作。

皇侃的《论语义疏》是接着何晏集解说的。何集重典章、名物、史实的训释，皇侃义疏对其未言及或未言尽的地方作了大量的详博的考证与解说。有时甚至为了说一典而不吝千言，不顾繁芜。中国典章、名物、史实，作为历史的见证，文化的积淀，是古代社会政治运行中特定的产物，是了解与认识古代社会政治、经济和文化的最重要的资料，也是解开章句知识之谜、理论之惑的重要钥匙。《论语义疏》涉的典章、名物种类繁多。以典章而言，有关于军法的，如司马法；有关于封建建制的，如"千室之邑，百乘之家"，"小国五六十"；有关于税法的，如"十二而税"；有关于礼制的，如"天子八佾"、"禘祫之礼"、"君召使摈"、"乐则韶舞"；有关于历法的，如"暮春三月"；有关于人文教化的，如"上中下三品"；有关于伦理纲常的，如"三纲五常"、"文质三统"等。以名物来看，有"瑚琏"、"藻棁"、"犂牛"、"觚"、"笾豆"、"釜"、"庾"、"秉"等。涉及面很广，学理很深，不将它们的来龙去脉疏解出来，就不知《论语》蕴理之深厚。而要一一疏解，非博学通识者不能为，而皇侃正是这样一位力求将《论语》义含妙理、经纶古今昭示于天下的博学通识之士。试看他对"千室之邑，百乘之家"的疏解：

今不复论夏殷,且作周法。周天子畿内方千里,三公采地方百里,卿地方五十里,大夫地方二十五里。畿外五等,公方五百里,侯方四百里,伯方三百里,子方二百里,男方一百里。旧说五等之臣,其采地亦为三等,各依其君国十分为之。何以然? 天子畿千里,既以百里为三公采,五十里为卿采,二十五里为大夫采地,故畿外准之。上公地方五百里,其臣大采方五十里,中采方二十五里,小采方十二里半。侯方四百里,其臣大采方四十里,次采方二十里,小采方十里也。伯方三百里,其臣大采方三十里,中采方十五里,小采方七里半。子方二百里,其臣大采方二十里,次采方十里,小采方五里。男方百里,其臣大采方十里,次采方五里,小采方二里半也。凡制,地方一里为井,井有三家。若方二里半,有方一里者六,又方半里者一,则合十八家有余。故《论语》云:'十室之邑也。'其中大小各随其君。故或有三百户是方十里者一,或有千室是方十里者三,有余也。(《公冶长》)

皇侃不惜笔墨地将这一封建建制的具体内容疏解出来,旨在反映周室实行分封制后所出现的土地分配情况。它建立在严格的等级制度之上,表面上看,似乎克服了土地分配出现的各种矛盾,显得公平合理,实际上是利用经济手段使这一制度合理化,利用土地分配使人们的名分和法化。然而,地位的差异,经济的悬殊,要人们心悦诚服地恪守自己的本位,并不容易。于是,一些不仁之人、不仁之事出现了,到春秋后期就更突出了。这便是孔子说这句话背后隐藏的历史,不了解它,就不能理解它的真实含义。再看他对"瑚琏"的疏解:"云瑚琏者,黍稷器也者,用盛黍稷之饭也。……《礼记》云:'夏之四琏,殷之六瑚'。今云夏瑚殷琏,讲者皆云是误也,故栾肇曰:'未详也。'然夏殷各一名而其形未测,及周则两名其形各异。外方内圆曰簠,内方外圆曰簋,俱容一斗二升。以簠盛黍稷,以簋盛稻梁。"(《公冶长》)瑚琏为夏殷之古器,宗庙之贵物,是神圣不可予人的,而孔子却拿它来称赞子贡,说他是宗庙之器,评价甚高。然正是这件名物,成为阻隔读者与文本相识的关隘,此隘不破,读者不知孔子何意;此隘一破,读者亦就缩短了同文本的距离。

《论语》涉的史实亦不少。孔子常常通过一些历史人物如对尧、舜、禹、管仲及古代遗民伯夷、叔齐、虞仲、夷逸、朱张、柳下惠、少连等评价来表现他的圣贤史观。这些人物大都出现在三代,有着自己的生活经历和故事,不了解这些,也就不能了解他们,不能了解孔子说起他们所表现的思想。比如"桓公杀公子纠,召忽死之,管仲不死"一句所含的史实就是如此。他疏解说:

并是《春秋》鲁庄公八年、九年传文,是记前时之事也。襄公者,是齐僖公之适子,名诸儿,作倪字呼,是桓公之兄。既得立为君,风化不恒,为政之恶,故曰无常。齐僖公有三子:长是襄公。是鲍叔牙者,小白之辅适。次子纠。是庶小者,是小白也。僖公薨,襄公继父之位为君,政不常。叔牙见襄公危政不居乱邦,故奉小白奔往莒国也。小白奔后,而襄公从弟、公母弟夷仲年之子名无知,作乱而杀襄公,自立为君。《礼》:'诸侯之子曰公子,公子之子曰公孙,公孙之子曰公族。'襄公死后,管仲、召忽二人奉持子纠出奔鲁。子纠出奔后,公孙得为君,恶虐于雍廪。雍廪,齐大夫也。至九年春,雍廪杀无知,子纠奔鲁。齐人又杀无知,而齐无君。到鲁庄公九年夏四月,鲁伐齐,入子纠,欲拟立为齐君。小白先奔在莒,闻鲁伐齐纳子纠,故先子纠而入,遂为君。小白既入得为君,逐杀庶兄子纠于生窦,故云桓公杀公子纠,召忽死之。(《宪问》)

这就是"管仲不死"的完整的历史事实,也是当年齐国宗室为争夺王权而展开的一场激烈斗争。然对这一历史事件,子路只见管仲"忘君事仇,忍心害理"的一面,认为他不得为仁,表现的是一种忠君观;而孔子看到的是管仲辅弼齐桓公九合诸侯,不用民力而天下平静的一面,认为他不仅可得为仁,且谁也不如他,表现的是一种圣贤史观。皇侃这一详尽的历史训释为读者的研究打开了一扇大门。

除上述两个方面之外,皇侃还运用了质疑答辩的形式来表现时人在研读《论语》过程中辨析凝滞,探其精奥的情况,来使自己疏解之处说得更清楚更明白。正由于他如此用意,如此训释,其整个义疏不仅显得信息量大、知识丰富、内容翔实,而且给人以文化的熏陶和理论的启迪。尽管它不乏繁芜冗长,但无损它在《论语》注疏中的地位和价值。

第三节 承传拓新——南朝五家学术文化的主要意蕴与精神

南朝五家学术文化就是在以士族为主体的众多人于经史、文义的学习研究和著述中创造形成的。它们有着各自的源流,各自的对象、内容与范围,有着各自的品性与风貌。然不同之中,承传拓新则是相同的。承传拓新,既是种文化重塑、文化创造、文化振兴,又是种文化气质、文化精神,是保证文化活体绵延不息的源泉与动力,素为人们所重。总观南朝五家学术文化的承传拓新,其意蕴、精神可瞩目者,略有如下数端。

一、从书斋到现实到书斋的开拓精神

这是五家学术文化共有的意蕴与精神。所谓从书斋到现实到书斋,实际就是指学用结合、经世致用。经世致用,是汉以来所形成的重要学术文化观念,为有识之士所绍述。然经世的范围有大有小,致用有轻有重。大者重者,用于国家之治理与振兴,小者轻者用于自身之修炼与成长。因此,它在不同的时期,不同的情况下有着不同的内容与要求。南朝五家学术文化的经世致用,表现尤为突出的是儒家经学,而经学之中又以礼学为著。

礼学是门古老的学说。礼之产生,依荀况的说法,起源于人们的欲望。"人生而有欲,欲而不得,则不能无求;求而无度量分界,则不能不争。争则乱,乱则穷。先王恶其乱也,故制礼义以分之,以养人之欲,给人之求"(《荀子·礼运》)。依照李安宅的意见,是起源于民俗民风,他说:"据社会学的研究,一切民风都起源于人群应付生活条件的努力。某种应付方法显得有效即被大伙所自然无意识地采用着,变成群众现象,那就是变成民风。等到民风得到群众的自觉,以为那是有关全体之福利的时候,它就变成民仪。直到民仪这东西再加上具体的结构和肩架,它就变成制度。至于为民上者所定的制度(那就是政令)是否能得民心而有效,则全靠这种政令之是否合乎即成的民风。合则有效,否则不过一纸空文而已。所以普通观念里都以为礼是某某圣王创造出来的,这种观念并不正确;因为成为群众现象的礼,特别是能够传到后世的礼,绝对不是某个人某机关可制定而有效的;倘欲有效,非有生活条件以为根据不可。"[1] 然不论持何说,礼都是用来整饬社会秩序,规范人们日常行为,为社会发展进步服务的。所以,刘宋傅隆在《论新礼表》中说:"原夫礼者,三千之本,人伦之至道。故用之家国,君臣以之尊,父子以之亲。用之婚冠,少长以之仁爱,夫妻以之义顺。用之乡人,友朋以之三益,宾主以之敬让。所谓极乎天,播乎地,穷高远,测深厚,莫尚于礼也。其乐之五声,《易》之八象,《诗》之风雅,《书》之典诰,《春秋》之委婉劝惩,无不本乎礼而后立也。其源远,其流广,其体大,其义精,非夫睿哲大贤,孰能明乎此哉!"(《宋书·傅隆传》)南朝礼学正是基于这种经世致用精神,在文人

---

[1] 李安宅:《〈仪礼〉与〈礼记〉之社会学的研究绪言》,上海人民出版社 2005 年版,第 3 页。

们的不断努力下,崛起成为经学中最具特色极为重要的一门学问。这门学问由于具有学理的特点,不同于一般的规仪;具有很强的实用性,不同于一般的社会科学,因而其研究既不能脱离书斋,又不能被书斋所牢笼;既不能游离于现实,又不能为现实所樊篱,而是要理论联系实际,要不断地推陈出新,开拓进取。如此一来,构成了它从书斋到现实到书斋的独特模式:它以《三礼》为文本,以汉魏注释为参考,以社会需要为追求,以朝廷部署为契机,将学理研究和服务现实、承传和拓新紧密地结合在一起。

其一,国学教育是实现这一结合之关键。它不仅将一家一族的经学研究纳入到了国家的统一部署之中,为以往的封闭式研究打开了通向社会的闸门,注入了新的活力与生命,将个体知识转化为公共资源为社会所共享,培养出较多的人才,而且还能唤起全社会重礼、尚礼的兴趣与热情,其意义作用素为有识之主所注重。刘裕、刘义隆、刘彧、萧道成、萧赜、萧衍等就是这样的“人主”。早在义熙初年,刘裕还未登上皇位就看中了礼学的用场,令徐广撰《车服仪注》;登基后,下诏立学,欲以儒学“弘风训世”。刘裕死后,其子刘义隆继承皇位,对礼学的兴趣更浓,亲自撰写了《新礼》付傅隆勘正,且在完成政权巩固之后,于元嘉十五年立儒学馆于北郊,命雷次宗居之。次年又立玄、史、文三馆,分别令何尚之、何承天、谢元各聚门徒。这就是著名的“元嘉四学”。四学之设,表明南朝学术文化研究进入到了一种有序的状态。尽管此时“国学时或开置,而功课未博,建之不能十年,盖取文具而已。是时乡里莫或开馆,公卿罕通经术,朝廷大儒,独学而弗肯养众,后生孤陋,拥经而无所讲习”(《南史·儒林传·序》),但它的确是南朝学术文化兴起的源头和标志。其意义,诚如沈约所说:“自黄初至于晋末,百余年中,儒教尽矣。高祖受命,议创国学,宫车早晏,道未及行。迄于元嘉,甫获克就,雅风盛烈,未及曩时,而济济焉,颇有前王之遗典。天子鸾旗警跸,清道而临学馆,储后冕旒黼黻,北面而礼先师,后生所不尝闻,黄发未之前睹,亦一代之盛也。”(《宋书·傅隆传》)文帝死后,其子刘彧又于泰始六年立总明观,设儒、道、史、文、阴阳五学,从而使这种有序得到了延伸,为齐梁兴教立学奠定了基础。总观刘宋一代,礼学研究的队伍虽不及齐梁,然人员还是不少。帝王之家,除文帝、孝武帝、明帝之外,以好学、博学著称的有刘义庆、刘铄、刘宏、刘景素、刘休仁等人。士庶之家,好学博学者甚众,而以礼学著称的有雷次宗、徐广、傅亮、何承天、傅隆、臧熹、贺道力、谢弘微、王弘、王准、王逊之、蔡廓等人。他们或善《三礼》,或练悉朝典旧仪,或举止必循礼度,或造次必存礼法,或著述,或集解,或答问,以自己的博学专长显示了这一阶段礼学研究的景况。

齐梁,尤其梁代,是南朝礼学最兴盛的时期。齐梁帝王的文化素养比起刘宋帝室来要高得多。其中之因,是刘宋礼学兴起使他们尽得沾溉之益。拿萧道成来说吧,他出生于元嘉四年,元嘉十七年,雷次宗立学于鸡笼山,他就学于雷次宗,"受业,治《礼》及《左氏春秋》"(《南齐书·高帝纪》)。萧衍生于大明八年,泰始六年他七岁,史传说他"年六岁,献皇太后崩。水浆不入口三日,哭泣哀苦,有过成人",已经是一个懂孝道的孩子;又说他"少而笃学","能事毕究"(《梁书·武帝本纪》),已是一个善学善思的青年。这些都为他日后学贯儒、玄、史、文、佛打下了坚实的基础。正由于这样,他们称帝之后,非常热衷于教育,热衷于礼学。

萧道成虽然即位只有三年多,立学只有三个月,但这一举动为其子萧赜兴学作出了表率。萧赜于永明三年正月下诏立学,不仅创立了堂宇,设立了国子祭酒、博士、助教,学生人数由建元四年(320年)的150人增至200人,而且还亲临国学,他的太子也到国学讲《孝经》,且赐绢有差。这些给国学师生以鼓舞,社会以影响。其中,影响尤著的是国子祭酒王俭。他是南朝著名的礼学家,为朝仪创革作出了建树,时风改变作出了贡献。《南齐书·陆澄传》说:"朝廷仰其风,胄子观其则,由是家寻孔教,人诵儒书,执卷欣欣,此焉弥盛。"出现了元嘉后第二次大的学风转变。萧衍是南朝即位最久、办学最长的皇帝,其措施、做法较之南齐来更有特色。《隋书·百官志》说:"天监四年,置五经博士各一人,旧国子学生,限以贵贱,帝欲招来后进,五馆生皆引寒门俊才,不限人数。"天监八年,他下诏说:"其有能通一经始末无倦者,策实之后,选官可量加叙录。虽复牛监羊肆,寒品后门,并随才试吏,勿有遗隔。"(《全梁文》卷二)这些举措出台于"士庶天隔"、讲究门第的时代,无疑是对世俗的蔑视与挑战。齐梁国学之兴起,意义甚大,一是充分调动了读书人,尤其那些出身寒素的知识分子求学上进的热情,将他们学习的兴趣和爱好引向了五经。二是从政策和师资力量上保证了学术研究的有序进行,致使经学进入了全面复兴的阶段。而礼学研究,随着这些举措的推行,成就斐然。其表现有两个方面:第一,好学的人增多了,研究队伍扩大了。帝王之家,除齐高帝、梁武帝、简文帝、元帝外,宗室中好学、博学的有萧子良、萧钧、萧颖胄、萧子显、萧子云、萧鉴、萧昭胄、萧贲、萧统、萧义理、萧纶、萧纪等人,士庶之家以精通《三礼》著称的有司马燮、刘瓛、王俭、何胤、范缜、徐勉、朱异、明山宾、何佟之、严植之、贺玚、贺季、贺琛、司马筠、司马寿、司马褧、崔灵恩、沈峻、沈文阿、孔子祛、沈洙、孔金、孔元素等人。第二，著述丰富。据笔者粗略统计，《南史》记录礼学学术著作凡三十余种，一百六十七卷。其中，仪礼类的注释、讲疏尤多，且集中在吉、凶、宾、军、嘉五礼上。据徐勉《上修五礼表》所说，五礼注共有 120 帙，1176 卷，8019 条（《梁书·徐勉传》）。

其二，朝仪创革和五礼撰述为实现这一结合提供了重要平台。有关南朝礼学创革的情况，这里仅就其礼学原理运用方面作些说明。礼学，尤其礼仪，是不太注重理论阐发的。即使《礼记》中出现了《大学》、《中庸》这样一些哲理性很强的理论篇章，但其中心内容并非论礼，故朱熹将它们抽了出来，与《论语》、《孟子》编辑在一起，合称《四书》。《礼记》中有《礼运》一文专讲祭祀的，但讲的也是祭祀的意义与作用，并未提升到较高的理论层面。所以，礼学不以言理为胜，而以叙述规仪见长。"礼经三百，威仪三千"，古人热衷的是将它们的条文整合在一起。正由于整合得愈完备，条文愈多，就显得愈繁富，规约愈大。如果人们亦步亦趋照章行事，那便丝毫动弹不得，所以愈到后来，改换的就愈多，变化就愈大，出现了一朝一新礼的情况。而新礼的制定，必有一定的根据，或从《三礼》之说，或依前朝之制。要知《三礼》所说，就须熟知《三礼》；要知前朝所制，就须熟悉历史。而《三礼》所叙条文，融规范与原理于一体，其含义，文字通显者，一看就懂；文字隐晦者，后人则有注释。注释毕竟是后人加上去的，其理解是否符合原文，也常存有出入，而这些都需要治礼者研习。这就是书斋要解决的问题。研习愈深透，运用也就愈自如。而朝仪创革，困难最大的不在其条文，而在其原理。所以朝仪争论最大的是原理。比如，郊祀，这是祭祀中的大祭，礼中的大礼。《礼记·礼运》说："故祭帝于郊，所以定天位也。"然郊有东南西北之不同，祭该放在何方？于是，《郊特牲》补充说："大报天而主日也，兆于南郊"。郊，邑外为郊。周制，离都城五十里为近郊，百里为远郊。《说文》说的"距国百里为郊"，指的是远郊。依此，百里之外，就不是郊，可汉武帝郊天于甘泉，甘泉离长安百余里，这算不算违制？可见，在郊的地点确定上就存有行为与原理相矛盾的地方。有矛盾就有争论。郊祀不单存在择地的问题，还存在择日、仪式、配祭、礼器、礼牲、主祭者的衣着、洁净、行为规范等一系列问题。这些问题不解决，动辄违礼，就失去了郊天的意义，所以朝议中常有争执。沈约《宋书·礼志三》重点记叙了刘宋一朝郊祀争执的情况，争论的问题很细，如郊祀之日是用辛，或是用丙、用己、用庚，都有不同的看法。若用辛，辛日大雨，是祭还是不祭，同样也有不同的意见。这些争执促进了人们对礼学原理的认识,旧仪的改变,新礼的建立。

五礼撰述,是礼学研究中的一件大事。其经过大致如下:齐永明二年,伏曼容上书朝廷请建一代礼乐。朝议结果,只修五礼,即吉、凶、军、宾、嘉是也,并由王俭负责。《南史·何尚之传》说:"尚书令王俭受诏撰新礼,未就而卒。又使特进张绪续成,绪又卒,属在司徒竟陵王子良。子良以让胤,乃置学士二十人佐胤撰录。"然胤也未完功。徐勉《上修五礼表》叙其事说:"(胤)经涉九载,犹复未毕。建武四年,胤还东山,齐明帝敕委尚书令徐孝嗣。旧事本末,随在南第。永元中,孝嗣于此遇祸,又多零落。当时鸠敛所余,权付尚书左丞蔡仲熊、骁骑将军何佟之共掌其事。时修礼局住在国子学中门外,东昏之代,频有军火,其所散失,又踰太半。"王俭受诏撰新礼为永明二年。至齐末,历时近二十载,五易其人,几经散失,未能告成,可见创制礼仪注并非易事。梁继其事,自天监元年始,由著名礼学家明山宾、严植之、贺琛、陆琏、司马褧各掌吉、凶、宾、军、嘉礼,先由何佟之总参其事,后由沈约、张充、徐勉总知其事,并广泛征求意见,反复讨论修改,才于普通六年撰成《吉礼仪注》、《凶礼仪注》、《宾礼仪注》、《军礼仪注》、《嘉礼仪注》,历时凡 24 年。它们是齐梁礼学研究中推陈出新的重大成果,代表了南朝礼学研究的最高学术水平。

其三,《丧服》研究为这一结合增添了亮点。皮锡瑞说:"古礼最重《丧服》,六朝人尤精此学,为后世所莫逮。"[①] 南朝人为何最精《丧服》?这是由《丧服》的功能和他们的需要决定的。《礼记·三年问》说:"三年之丧,何也?曰:称情而立文,因以饰群,别亲疏贵贱之节,而弗可损益也。故曰无易之道也。"又说:"故三年之丧,人道之至文者也。"引孔子的话说:"子生三年,然后免于父母之怀。夫三年之丧,天下之达丧也。"《丧服四制》说:"丧有四制,变而从宜,取之四时也。有恩,有理,有节,有权,取之人情也。恩者仁也,理者义也,节者礼也,权者知也。仁义礼知,人道具矣。"丧服是为死去的亲人设的一种礼仪,旨在不要背死忘生,不要忘记亲疏贵贱之节,不要背弃恩理节权之情,仁义礼智之道,不要忘记父母的生育之恩。这在南朝王室手足相残时显得极为重要。由于它是依照血源的亲疏来确定礼仪,来规范彼此的关系和处理上下里外的等制名分,所以,它对维持宗室集团利益完整,防止宗族财产外流,维系和巩固集团成员血亲情感,有着重要的作用。然而,它作为一种古礼仪,讲的虽是斩衰、齐衰、缌、

---

① 皮锡瑞:《经学通论·三礼》,中华书局 1954 年版,第 393 页。

大功、小功、缌麻诸种制服的事情，但它却囊括了父系宗亲集团所有成员和母系血缘关系众多父兄子弟的各种关系。这些关系相互交织，组成了一张无形的大网撒落在各个地方，其中，有亲有疏，有尊有卑，有大有小，要将这张大网的每个网结弄清楚，真是不易。正由于这样，南朝的上层社会和民间百姓知之者甚少。故每逢丧事，要么出现了违礼的行为，要么不知何为，比如，在上层社会，太子妃丧该不该举祭？皇后父亲死了，皇后该不该服丧？服何丧？天子为庶母该不该服丧？又服何丧？天子为母党服何丧？又比如，在民间，持大功者，其妹要出嫁该怎么办？妻子亡后，丈夫为妻父母该不该服丧？同母异父昆弟对死去的哥哥服何丧？如此一类问题。简直多如牛毛。而解决这些问题，又成了礼学研究的事情。一部《南史》，记载朝廷官员商议丧礼事宜凡九例，一例一个故事，一个细节，读完这些故事细节，便会发现他们对解决这一问题的兴趣和热情，同时，从中也能看出他们的学术水平：一、他们对《仪礼》非常熟悉，讨论时能运用自如；二、对历史典故非常了解，相关的事例可以信手拈来为己所用；三、议论中肯，具有很强的说服力；四、擅长谈论，滔滔雄辩，引人入胜。可以这样说，这种议事，既是理论联系实际的表现，又是礼学研究的重要组成部分。

其四，家传师授为这一结合提供了可靠的方法。东汉人治学特重家法、师法，而南朝人治学则重家传师授。对于这一点，马宗霍《中国经学史》论述尤详。他说："则授受之迹，亦昭然可考。伏曼容之学，传其子暅孙挺。贺德基之学，受于其父淹祖文发。贺玚之学，受于其祖道力，而传于其子革与从子琛，并累世不替，见重于时。许懋之学，传其子享。司马筠之学，传其子寿。沈峻之学，传其子文阿。孔佥之学，传其兄子元素。此皆家学也。沈峻与舅太史叔明师事宗人沈麟士。传峻业者，又有刘岩、沈宏、沈熊、张及、孔子云。沈文阿既习父业，其祖舅太史叔明、舅王慧兴之学，亦颇传之。范缜、司马筠师事刘瓛，戚衮、张崖师事刘文绍，郑灼师事皇侃，侃又师事贺玚，全缓师事褚仲都，张讥师事周弘正，王元规师事沈文阿，此皆师学也。其不言学之所出者，如沈洙，史称其父山卿为梁国子博士，则洙之学亦必有承于家矣。卞华，史称其与明山宾、贺玚同业友善，则华之学亦必受于师矣。惟何佟之，史称其师心独学；孔祛，史称其勤苦自励，而亦并为硕儒，是或无师自通者，然要为仅见也。"家传师授成就了他们的学术造诣，也成就了礼学的辉煌。

以上所述，仅是南朝礼学研究的大致情况。这是一种颇具特色的学术文化。可以这样说，南朝混乱的政局没有造就出一个著名的政治家，却造就出了一批著名的学者;朝代更替平凡,而学术研究却连续不断,成为整体。其中原委,值得深思和探寻。

二、从狭境中谋求进取的自强精神

这一精神在道家学术文化中表现尤为明显。道家学术文化,魏晋的谈玄、注释、论说已将其义理研寻拓展到了一个深远的境地,留给南朝人的空间并不很大,再加上玄理深奥,并非人人都能懂得,致使一些人对它的研读,只是停留在其表面。像王僧虔《诫子书》中所说的"见诸玄,志为之逸,肠为之抽,专一书,转诵数十家注,自少至老,手不释卷,尚未敢轻言",《南齐书》说陆澄"读《易》三年不解文义"就深刻地表明了这一点。此时,人们若畏难而退或稍加懈惰,就会出现难以为继的局面。然事实表明,南朝人并未以此却步,而是自强不息,于狭隘中谋求生存,于困难中开拓发展,形成了自己的研究路子,最终形成了自己的玄学,自己的特色,那就是:

(一) 他们通过立学将玄学纳入到了国家教育的范围,使之成为一门与经学相埒的重要学术。魏晋时期,玄学尽管发展很快,成就尽管很突出,那也只是文人的自发行为,并未得到朝廷的重视,朝廷重视的是以礼教为内核的经学。而文人则恰恰与此相反,他们是要""越名教而任自然",要与朝廷公开唱对台戏。所以那些成就卓著的玄学大师如嵇康、阮籍之流,要么被杀害,要么醉酒避祸。南朝则不然,玄学家不仅不受迫害,玄学反而被列入国学受到极大重视。《宋书·隐逸传·雷次宗附传》说的"时国子学未立,上留心艺术,使丹阳尹何尚之立玄学,太子率更令何承天立史学,司徒参军谢元立文学,凡四学并建",《南史·何尚之传》说的"立宅南郊外,立学聚生徒。东海徐秀,庐江何昙、黄回,颍川荀子华,太原孙宗昌、王延秀,鲁郡孔惠宣并慕道来游,谓之南学",便是这一情况的真实记载。它虽出现于南宋元嘉时期,然自元嘉以后的大明、泰始,萧齐的永明,莫不如是。《南史·宋明帝纪》说:"九月戊寅,立总明观,征学士以充之。置东观祭酒、访举各一人,举士二十人,分为儒、道、文、史、阴阳五部学,言阴阳者遂无其人。"讲的就是泰始六年立学的情况。五部学中,道学仅次于儒学之后。《南齐书·武帝纪》虽无国子学立学的记载,但齐高帝萧道成建元四年去世,该年九月"以国哀故,罢国子学",永明三年齐武帝萧赜"省总明观",则又表明萧齐的国子学原本就是刘宋泰始以来的国学。其课程开设情况,陆澄在给当时国子祭酒王俭的信中说了件这样的事:"《易》近取诸身,远取诸物,弥天地之道,通万物之情。自商瞿至田何,其间五传。年未为远,无讹杂之失;秦所不焚,无崩坏之弊。虽有异家之学,同以象数为宗。数百年后,乃有王弼。王济云弼所悟者多,何必能顿废前儒。若谓《易》道尽于王弼,方须大论,意者无乃仁智殊见。且《易》道无体不可以一体求,屡迁不可以一迁执也。晋太兴四年,太常荀崧请置《周易》郑玄注博士,行乎前代,于时政由王、庾,皆俊神清识,能言玄远,舍辅嗣而用康成,岂其妄然。太元立王肃《易》,当以在玄、弼之间。元嘉建学之始,玄、弼两立。逮颜延之为祭酒,黜郑置王,意在贵玄,事成败儒。今若不大弘儒风,则无所立学,众经皆儒,惟《易》独玄,玄不可弃,儒不可缺。谓宜并存,所以合无体之义。且弼于注经中已举《系辞》,故不复别注。今若专取弼《易》,则《系》说无注。"(《南齐书·陆澄传》)说的是当时国学《周易》开设的情况。《周易》原本是儒家《五经》之一,然自魏晋谈玄以来,它连同《老子》、《庄子》合称"三玄"。其说见于《颜氏家训·勉学篇》:"泊于梁世,兹风复阐,《庄》、《老》、《周易》,总谓《三玄》。"作为三玄之一的《周易》,晋人重其注释的凡三家,即郑玄注、王弼注、王肃注。而南朝重其注释的只有郑、王二家。其间,元嘉乃郑王并列,颜延之为祭酒,"意在贵玄",故"黜郑置王"。至齐,王俭为祭酒,承其衣钵,只重王注。陆澄对此不满,写信给他,希望他能郑王并立。于此可见,在南朝人眼里,郑王注有儒玄之别,郑为儒注,王为玄注,立注不同,对《周易》儒玄之意的理解也就不一样。也就是说,你站在儒学的立场上看《周易》,《周易》就是《五经》中的重要一经;你站在玄学的角度看《周易》,《周易》便是《三玄》中的重要一玄。陆澄不满王俭的做法,则又表明南朝人对玄学的依归、取向上存在差异,即有纯玄学的,亦有儒玄结合的。然不论取何种意向,视玄学为国学一门重要课程则是相同的。时至梁代,国学课程设置虽以五经为重,不再提玄学的事,然在实际操作中,玄学还是有相当重要的位置。《颜氏家训·勉学篇》所云"泊于梁世,兹风复阐……武皇、简文躬自讲论。周弘正奉赞大猷,化行都邑,学徒千余,实为盛美",《南史·何敬容传》所云"是年,简文频于玄圃自讲《老》《庄》二书",《梁书·元帝纪》所云"承圣三年九月,始祖于龙光殿述《老子》义",便是梁代君臣重玄学之证。正由于国学向学生传授玄学,朝廷上下君臣讲论玄学,玄学亦就成了南朝一门重要学说,获得了它同经学并重的位置,显示出与魏晋不同的意义与价值,成为南朝人拥有自己玄学之极好说明。

(二)他们通过博学来撕开玄学的缺口,使之成为与儒学、佛学相互交融的新学说。南朝人为学好博,事例不少。比如,王僧虔《诫子书》所云"前人得破,后人应解",要求其子对"论注百氏,荆州八帙"都要研习,即是其著名的例子。又比如颜延之于《庭诰》中劝诫儿孙"观书贵要,观要贵博,博而知要,万流可一。咏歌之书,取其连类合章,比物集句,采风谣以达民志,《诗》为之祖。褒贬之书,取其正言晦义,转制衰王,微辞岂旨,贻意盛圣,《春秋》为上。《易》首体备,能事之渊,马、陆得其象数而失其成理,荀、王举其正宗而略其数象。四家之见,虽各为所志,总而论之,精理出于微明,气数生于形分。然则荀、王得之于心,马、陆取之于物,其无恶迓可知矣。夫象数穷则太极著,人心极而神功彰,若荀、王之言《易》,可谓极人心之数者也",亦是其中之反映。他所云《易》之马、陆象数与荀、王义学之不同,主要从"贵要"着眼。然观要贵博,没有博学作基础,"要"无从说起。正因这样,当时以"博"学玄者甚为普遍。比如王僧佑"雅好博古,善《老》、《庄》",张充"多所该通,尤明《老》、《易》,能清言",周确"博涉经史,笃好玄言",陆瑜"少笃学,聪敏强记,常受《庄》、《老》于周弘正",刘歆"六岁诵《论语》、《毛诗》,十二读《庄子逍遥游篇》曰:'此可解耳。'""及长,博学有文才",庚于陵"七岁能言玄理,及长,清警博学,有才思",萧纲"博综群言,善谈玄理",萧方诸"幼聪警博学,明《老》、《易》,善谈玄",徐陵"十三通《庄》、《老》义,及长,博涉史传",伏曼容"少笃学,善《老》、《易》",严植之"少善《庄》、《老》,能玄言,精解《丧服》、《孝经》、《论语》,及长,遍习《郑氏礼》、《周易》、《毛诗》、《左氏春秋》",太史叔明"少善《庄》、《老》,兼通《孝经》、《论语》、《礼记》,尤精《三玄》",顾越"遍该经艺,深明《毛诗》,旁通异义,特善《庄》、《老》,尤长论难"(《南史》各本传),都是这样做的。可以这样说,南朝所谓儒家,无一纯儒;所谓玄家,亦无一纯玄;所谓文家史家,同样无一纯文纯史,彼此间都是兼习包容的。只有如此兼习包容,才能拓宽原有的知识,将自己的视觉、思维引向宽处广处,将自己对事物的认识看法引向深处远处。这是他们治学所追求的一种境界,同时他们也是以这种境界来衡量一个人学问之大小、优劣。在这种观念支配下,治儒学者,其学问常有玄学的影子;治玄学者亦杂有儒学的基因;治文学者,亦善史学;治史学者亦明文艺。正因此故,史书中凡言某某博学者,善礼者,善玄者,善文者,善史者,均会附上他兼习数学之事。而记载其兼习数学,又旨在昭示他们是用"博"去学礼、习玄、属文、著史。用这种方法做学问,其学问虽博,然亦"杂"。杂者,儒玄交融也,文史间发也。这可从皇侃《论语义疏》中见其一斑。比如,《为政第二》:"子曰:为政以德,譬如北辰,居其所,而众星共之。"

郑玄注曰："德者无为,譬犹北辰之不移,而众星共之也。"皇侃疏云:"此明人君为政教之法也。德者,得也。言人君为政,当得万物之性,故云'以德也'。故郭象云:'万物皆得性谓之德。夫为政者奚事哉? 得万物之性,故云德而已也。'"从郑注到皇疏到郭说,从德者无为到德者为万物之性,一为儒者之言,一为玄学家之说,理解迥异,而二者都在"子曰为政以德"上各自获得了统一。又比如《泰伯第八》:"荡荡乎民无能名焉"。苞氏注曰:"荡荡,广远之称也。言其布德广远,民无能识名焉。"皇侃疏曰:"荡荡,广远之称也。言尧布德广远,功用遍匝,故民无能识而名之者也。王弼曰:'圣人有则天之德,所以称唯尧则之者,唯尧于时全则天之道也。荡荡,无形无名之称也。夫名所名者,生于善有所章,而惠有所存,善恶相须而名分形焉。若夫大爱无私,惠将安在? 至美无偏,名将何生? 故则天成化,道同自然。不私其子而君其臣,凶者自罚,善者自功。功成而不立,其誉罚加而不任其刑。百姓日用而不知所以然,夫又何可名也。'"王弼用《庄子》的自然、无待理论来解释这句话,则就更充满了玄学的意味。而其玄学的背后,不能说没有注入儒学的因子。或者说,他们在思考玄学义理的时候,正有了儒学的思维,儒学的理性。正因为有了这种思维、理性,所以他们在解释儒学经典的时候,才能熟练地将二者融合起来。而皇侃于义疏中或直接出面用玄理做注,或引用玄学家之言作疏,其目的是在昭示着此时期的儒学非纯粹的儒学,他有着玄学的成分;此时期的玄学,亦非纯粹的玄学,他有着儒学的基因。至于玄佛相互交融,亦缘于学者玄佛兼习。像周颙"长于佛理,兼善《老》、《易》",谢举"尤长玄理及释氏义",陆瑜"常受《庄》、《老》于汝南周弘正,学《成实论》于僧滔法师",徐伯珍"好释氏、《老》、《庄》,兼明道术",周弘正"特善玄言,兼明释典",马枢"博涉经史,尤善佛经及《周易》、《老子义》"(《南史》各本传),都是如此。玄学与佛学,义理上有相通之处,其"有无本末之辩",素为谈家口实。两者交融,较之儒玄来更直接切实。然此时玄学家是如何谈论这些问题且将两者交融起来的,惜乎史无明载,不得而知。然无明载并不意味着没有谈,谈为事实,二学交融亦就必在其中。

(三) 他们通过谈、注、论来拓宽玄学研究的路向,使之成为一门有迹可寻,足以传世的学问。三者当中,谈最为常见,且出现了如袁篆"善谈玄",张绪"善谈玄",张充"能清言",徐嗣伯"善谈玄",刘訏"善玄言",萧纲"善谈玄理",萧方诸"善清言",裴子礼"能言玄理",伏暅"能言玄理",严植之"能玄言",徐孝克"能谈玄理",纪少瑜"妙玄言,善谈吐"(《南史》各本传) 等一批高手。谈,并不是一种简单的言说，而是种既注重风度，又注重清辨，更讲究效果的表述形式。说它注重风度，是因为风度乃名人内涵的一种外现，常用尘尾来装饰，用谈吐来点缀，因此，尘尾是每个谈玄者必持的一种雅器，是绝对不能少的。《陈书·张讥传》说："后主尝幸钟山开善寺，召从臣坐于寺西南松林下，敕召讥竖义。时索尘尾未至，后主敕取松枝，手以属讥，曰'可代尘尾'。"无尘尾不竖义，可见尘尾于清谈者何等重要；有了尘尾再竖义，再争辩，可知当时谈玄的普遍风尚。而竖义，顾名思义，就是发题，就是确立清谈的范围与中心。论辩就是对所讲义理提出不同的看法，进行争论与辩证。这既是种理论的争论，又是种学与口才的较量，是清辨中常有的事情。《南史·张讥传》说："时周弘正在国学，发《周易》题，弘正第四弟弘直亦在讲席。讥与弘正论议，弘正屈，弘直危坐厉声，助其申理。讥乃正色谓弘直曰：'今日义集，辩正名理，虽知兄弟急难，四公不得有助。'弘直谓曰：'仆助君师，何为不可？'举坐以为笑乐。弘正尝谓人曰：'吾每登坐，见张讥在席，使人懔然。'"争辩在师生中进行，气氛轻松热烈。周弘直的助战，虽具有喜剧的色彩，但亦反映出人们对它的重视它有助于人们对义理的深化，有助于研究水平的整体提升。

南朝人清谈、竖义、争辩的具体内容是什么？今不可知，但其大体范围，不外乎言《老》、言《庄》、言《易》与"才性四本"、"声无哀乐"等几个方面。这些虽为"言家口实"，为魏晋人所常谈，南朝人接着说，看似老生常谈，但由于这几个方面意蕴丰富深厚，只要谈玄者认真挖掘采集，还是可以发现许多闪光的东西，提出许多有价值的论题。比如《老》《庄》自然无为之论，本末有无之辩，《周易》象数义理之说，从来就是仁者见仁，智者见智，有着许多说不完道不尽的话题。有些话题看似说完了，道尽了，然当一种新的思想新的方法新的资料出现之后，它又死灰复燃，封闭的话门又打开了；有些地方看似无甚空间了，然一旦延伸拓展，它又变得海阔天空了。这就是社会科学生生不息之所在。正是这种不息，使南朝玄学狭路逢生，前程似锦。试看，顾欢对魏晋以来"四本论"的认识，就是如此。其《南史》本传说："会稽孔珪尝登岭寻欢，共谈《四本》。欢曰：'兰石危而密，宣国安而疏，士季似而非，公深谬而是。总而言之，其失则同；曲而辩之，其途则异。何者？同昧其本而竞谈其末，犹未识辰纬而意断南北。群迷暗争，失得无准，情长则申，意短则屈。所以《四本》并通，莫能相塞。夫中理唯一，岂容有二？《四本》无正，失中故也。'于是著《三名论》以正之。尚书刘澄、临川王常侍朱广之，并立论难，与之往复；而广之才理尤精诣也。广之，字处深，吴郡钱唐人也,善清言。"顾欢的《三名论》连同刘澄、朱广之的论难,史载阙如。他是宋齐间著名道士,所语《四本》者,即"才性四本"。《世说新语·文学》说:"钟会撰四本论。"刘孝标注曰:"《魏志》曰:'会论才性同异,传于世。'四本者,言才性同,才性异,才性合,才性离也。尚书傅嘏论同,中书令李丰论异,侍郎钟会论合,屯骑校尉王广论离。文多不载。"其所言"兰石"、"宣国"、"士季"、"公深"者,分别是傅嘏、李丰、钟会、王广的字。此四人所论才性同、异、合、离四本,于梁时虽"文多不载",于宋齐间或许有文流传于世,要不然,顾欢未见过其文又怎能断其优劣、是非? 又怎能知其所论为"昧本而谈末"? 本末不辩,所论自然失其指归,不能得其中理,群迷暗争,失得无准。顾欢所论虽然简略,但提供给我们的信息却十分重要。一、长期淹没的钟会《四本论》,于此浮出了一些头目。四人所论,各有所长,亦各有所短,形成这种短长的原因是他们不辩本末,暗于中理。本末、中理,其名为二,其实则一,是用来衡量同、异、合、离的重要标准。顾欢拿起这个标准去观照评价《四本论》存在的问题,这就表明南朝人谈玄,特重本末,特重中理。二、南朝玄学基本上是按照"前人得破,后人应解"的原则与理路去做的,所以他们对魏晋以来一些名论非常重视,进行过认真的研读,并能从"应解"中发现前人的破绽,然后有针对性地提出解决问题的途径与方法。而这一过程,实际就是一种开拓超越的过程。而顾欢的《三名论》就是在这一开拓超越中产生的。三、南朝玄学尚争论。没有争论就没有发现,没有发展。顾欢的《三名论》毕竟是他个人对前人四本论的认识,并不能代表所有的玄学家,故其认识不能为他人所接受,刘澄、朱广之对此提出质疑与论难则是情理之中的事。

南朝人谈玄,同魏晋玄学家一样,也喜欢以"通",以"转"作为清谈之妙境。所谓"转",就是转换,就是变化,就是从一方转向另一方,或从一角度转向另一个角度,围绕一个中心,多方论证,层层譬解,将要说明的道理说深说透。所谓通,就是贯通,就是无碍,就是将彼此看似无关的东西贯通一气。而要做到这一点,没有博学深思的功夫,没有义理娴熟的条件和辞辩敏捷的才能,即使想通,也不知通向何处;想转,也不知转向何方。而事实表明,南朝谈玄之所以常出现一些论难的事,想必在"通"与"转"两个方面常有不足,给人以可难之处,可辩之地。若真正能做到通而无碍,转而无迹,就是那些喜欢争辩的人,亦无话可言了。可见,这是一种很高的境界。而南朝能达此境界的,亦不乏其人。有周弘正。《南史·周弘正传》说:"年十岁,通《老子》、《周易》。舍每与谈论,辄异之,曰:'观汝清理警发,后世知名,当出吾右'。"又说:"弘正丑而不陋,吃而能谈,俳谐似优,刚肠似直,善玄理,为当世所宗。藏法师于开善寺讲说,门徒数百,弘正年少,未知名,着红裈,锦绞髻,踞门而听,众人蔑之,弗谴也。既而乘间进难,举坐尽倾,法师疑非世人,觇知,大相赏狎。"又说:"元帝尝著《金楼子》,曰:'余于诸僧重招提琰法师,隐士重华阳陶贞白,士大夫重汝南周弘正,其于义理清转无穷,亦一时之名士也。'"有张讥。《南史·张讥传》说:"年十四,通《孝经》、《论语》,笃好玄言,受学于汝南周弘正,每有新意,为先辈推伏。梁大同中,召补国子正言生。梁武帝尝于文德殿释《乾》、《坤》、《文言》,讥与陈郡袁宪等预焉,敕令论议,诸儒莫敢先出,讥乃整容而进,谘审循环,辞令温雅。帝甚异之,赐裙襦绢等,云:'表卿稽古之力。'"又说:"后主在东宫,集宫僚置宴,时造玉柄麈尾新成,后主亲执之曰:'当今虽复多士如林,至于堪捉此者,独张讥耳。'"有周颙、张融。《南史·周颙传》说:"每宾友会同,颙虚席晤语,辞韵如流,听者忘倦。兼善《老》、《易》,与张融相遇,辄以玄言相滞,弥日不解。"《南史·张融传》说:"融玄义无师法,而神解过人,高谈鲜能抗拒。"有张绪。《南史·张绪传》说:"绪长于《周易》,言精理奥,见宗一时。"有柳澄。《南史》其本传说:"好玄言,通《老》《易》。"有刘昭,该史本传说:"幼清警,通《老》、《庄》义。"正由于南朝玄学界有如许人在,有如许事存,所以他们能够于困境中崛起,凭着自己的聪明才智和自强不息的精神撑起了这片明朗的领空。

南朝人除了好谈玄之外,还好著述。据《隋书·经籍志》以及《宋书》、《南齐书》、《梁书》、《陈书》、《南史》的记载,其著述数量不少。《周易》方面,有何偃《周易》10卷,伏曼容《周易》8卷,朱异集注《周易》100卷,宋襄注《周易系辞》2卷,卞伯玉注《系辞》2卷,徐爰注《系辞》2卷,范歆撰《周易义》1卷,周颙撰《周易论》10卷,刘瓛撰《周易乾坤义》1卷、《周易四德例》1卷、《周易系辞义疏》2卷,李玉之撰《乾坤义》1卷,释法通撰《乾坤义》1卷,梁武帝撰《周易大义》21卷、《周易讲疏》35卷、《周易系辞》1卷,梁南平王撰《周易几义》1卷,何諲之撰《周易疑通》5卷,宋明帝集群臣注《周易义疏》19卷,宋明帝集群臣注《讲易义疏》20卷,齐永明国学注《周易讲疏》26卷,褚仲都注《周易讲疏十六卷》,萧子政注《周易义疏》14卷、《周易系辞义疏》3卷,张讥作《周易讲疏》30卷,周弘正作《周易义疏》16卷,孔子祛作《续朱异集注周易》100卷,庾诜作《易林》20卷,萧纲作《易林》17卷,萧绎作《周易讲疏》10卷。此外,贺场、祖冲之、沈麟士、顾欢分别为《易》作过讲疏、注释等。《老子》方面,有顾欢《老子义纲》1

卷,《老子义疏》1卷,梁武帝《老子讲疏》6卷,简文帝《老子私记》1卷,周弘正《老子疏》5卷,张讥《老子义》11卷。此外,有萧绎《老子讲疏》,贺场《老子讲疏》,祖冲之《老子义》、庾曼清《老子义疏》、伏曼容《老子义》,沈麟士《老子要略》等。《庄子》方面,有王叔之《庄子义疏》3卷,萧纲《庄子讲疏》10卷,周弘正《庄子内篇讲疏》8卷,张讥《庄子讲疏》2卷、《庄子内篇义》12卷,《外篇义》20卷、《杂篇义》10卷,有何偃注《庄子逍遥篇》,祖冲之《庄子义》,伏曼容《庄子义》,沈麟士《庄子内篇训》等。而这些著述,较之清谈的口头表达来,是种书面陈述,可见可感,有迹可寻,好的论注,足以存世,足以传人。或许这个缘故,不论善玄言的还是不会玄言的,都喜欢做些文字工作,以此来表现他们的玄学思想与观念,来表达他们对《三玄》的认识,对义理的看法,来订正前人今人不确的注疏。因此,论注是他们研究玄学的重要表现形式之一,是开拓研究空间的重要途径之一。唯有这种空间,最为生动具体;唯有这种开拓,最能避其空虚浮华,最能见其功夫精神,因此,它又是南朝玄学研究成果的一种重要载体与呈现。惜乎其论注连同前面所说的谈玄内容,均已佚失殆尽,今欲知其面目,晓其内容,已不可能。这不能不令人遗憾。

三、情文相续中的创新精神

情文相依,是《诗经》以来所形成的一种重要创作格局。对这种格局,《淮南子·缪称训》曾作过这样的描述:"文者所以接物也,情系乎中,而欲发外者也。以文灭情,则失情;以情灭文,则失文。文情理通,则凤麟极矣。"这一描述充分揭示了情与文并非对立不容,而是相依相存。而情文相依并茂之作,才能称为创作之凤麟,文章之极品。为此,前人付出了艰辛的劳动。南朝人继其绪,从以下三个方面开始了自己的创造历程。

(一)他们培养了一支"爱文义"、"善属文"的创作队伍,从人才上解决了情文相续的人力资源问题。"爱文义"、"善属文",作为一种文学现象兴起于宋、齐、梁、陈之际,绝非偶然。若究其原由,与魏晋以来人的觉醒和文的自觉紧密相关。文义与经义的出现,既表现了此时期人们自觉摆脱东汉以来章句之学的束缚而焕发出对义理探讨的热情,但同时也说明他们对文义与经义已有了明确的分辨而将其截然划分为两途,让文义从经义的包容中独立出来。正由于有了文义的独立,文的自觉才有基础与可能,才能日益强化。而其强化反过来又促进了人们对文义的喜爱,对属文的崇尚。而南朝所出现的"爱文义"、"善属文"的社会风气,正是这一文学学术文化作用的产物。其人数之多,据《南史》各纪传所载,知其姓名者,约有百一十余人,如宋明帝刘彧"好读书,爱文义";齐高帝萧道成"博学,善属文";梁武帝萧衍"少而笃学",善属文,著述甚丰;梁简文帝萧纲"六岁能属文";梁元帝萧绎"博极群书",善属文,著述甚富;刘义庆"爱文义";刘祥"少好文学";刘孝嗣"爱好文学";傅亮"博涉经史,尤善文辞";鲍照"文辞赡逸";萧引"博学,善属文";臧质"涉猎文史,尺牍便敏";谢晦"涉猎文史,博赡多通";谢瞻"六岁能属文";谢微"好学善属文";谢朓"少好学,有美名,文章清丽";谢惠连"年十岁能属文";谢灵运"少好学,博览群书,文章之美,与颜延之为江左第一";谢弘微"才辞辩富";谢庄"七岁能属文";谢朏"十岁能属文";王僧达"少好学,善属文";王融"博涉有文才";王微"少好学,善属文";王籍"好学,有才气,为诗慕谢灵运";王彬"好文章";王筠"七岁能属文";王准之"赡于文辞";到沆"善属文";袁淑"不为章句学,文采遒艳";袁彖"善属文";孔奂"好学善属文";孔琳之"少好文义";张永"涉猎文史,能为文章";张率"十二能属文";范泰"博览篇籍,好为文章";范晔"少好学,善为文章";裴子野"少好学,善属文";何逊"八岁能赋诗";颜延之"好读书,无所不览,文章冠绝当时";颜峻"早有文义";沈怀文"善为文章";沈冲"涉猎文义";沈颙"读书不为章句,著述不尚浮华";沈湛"爱文义";江总"笃学有文辞";江智深"爱好文雅,辞采清赡";江秉之"颇有文义";柳恽"好学,工制文";刘勔"兼好文义";刘孺"七岁能属文";刘苞"少好学,能属文";刘孝绰"七岁能属文";萧子显"好学,工属文";陆倕"少好学,善属文";陆厥"好属文";庾肩吾"八岁能赋诗";刘之遴"好属文,多学古";沈约"博通群籍,善属文";江淹"雅有才思";任昉"八岁能属文,尤长为笔";王僧孺"善辞藻,工属文";徐摛"属文好为新变";徐陵"八岁属文"等,便是其中之代表。不少人的儿时是在齐宋度过的,而宋齐恰值南朝学术文化转关勃兴时期,玄言诗的结束,山水方滋的出现,既使文学创作呈现出一派生机蓬勃的景象,又使人们从这一景象中看到了文学的魅力,激发出尚文之情。著名的例子莫过于谢灵运恣意山水,"所至辄为诗咏以致其意","每有一首诗至都下,贵贱莫不竞写,宿昔间士庶皆遍,名动都下"(《南史·谢灵运传》)。于是,不少家族都将文义作为主攻方向,形成了自己的创作队伍,出现了以家族为单元的创作集团,如陈郡谢氏、琅琊王氏即是。而一些王室成员亦以文义为旨趣,将当时一些著名的文人召集于幕府,组成了以王室为盟主的创作阵营,如刘义庆诗群,萧子良诗群就是当时最大的文学群体。这些创作队伍的出现,不仅提高了家族、王室的声望,为世人所企羡,所依附,而且也极大地提高了文学在学术文化中的地位与作用,使它取得了与经学、史学同等重要的位置。更有甚者,一些文人的文学赏会与最高统治者对文学的重视,将世人对文学的心慕向往推向极致。比如谢灵运与族弟惠连、东海何长瑜、颍川荀雍、泰山羊璇之的文章赏会(同上);雷次宗南还庐江,何尚之设祖道,文人毕至,而与文人为连句诗(《南史·沈怀文传》);任昉与彭城刘孝绰、刘苞、刘孺、吴郡陆倕、张率、陈郡殷芸、沛国刘显及到溉、到洽的"兰台聚"之会、赠答之唱(南史·到彦之传·到溉附传),均为时人所钦羡。又比如宋武帝于彭城大会命群臣纸笔赋诗(《南史·谢晦传》);齐武帝于烽火楼诏群臣赋诗(《南史·柳元景传》),河南献舞马,诏群臣为赋,又使谢庄作《舞马歌》,令乐府歌之;梁武帝于侍坐诏谢览与王暕作诗答赠,于华光殿设宴,令群臣赋诗,于侍坐诏刘孺作《李赋》,于寿光殿设宴,诏群臣赋诗,因宴幸,令沈约、任昉等言志赋诗,敕陆倕作《新漏刻铭》、《石阙铭》,于武德殿,令谢微赋诗三十韵,招延后进二十余人,置酒赋诗,臧盾以诗不成,罚酒一斗(以上见《南史》各本传)等风雅之事,为天下之美谈。参预宴饮作诗者,不论受到赞扬或处罚,都引以为荣。风气所尚,遂使一些将家子弟一心想做文士。如张欣泰,"不以武业自居",人问其弓马多少,他答曰"性怯畏马,无力牵弓";平常交结,"多是名素,下直辄着鹿皮冠,衲衣锡杖,挟素琴";"从驾出新林",敕他廉察,他却停杖,于松树下饮酒赋诗(《南史·张兴世传·张欣泰附传》)。亦使不少人的学术心态、文化爱好发生了变化,出现了崇尚文学的现象和父亲对儿从小进行属文熏陶的事情。比如萧道成令诸子写短句诗,萧晔"学谢灵运体,以呈高帝,帝报曰:'见汝二十字,诸儿作中,最为优者。但康乐放荡,作体不辨有首尾,安仁、士衡深可宗尚,颜延之抑其次也。'"(南史·萧晔传)从风格、方法上教儿如何属文。又如谢庄携儿谢朏与王景文游土山,令其命篇,谢朏揽笔便就。王景文称其为"神童",谢庄抚其背说:"真吾家千金。"宋明帝听说其事,游姑孰特敕他携儿前往,并诏其作《洞井赞》,文成,倍加称赞(《南史·谢弘微传·谢朏附传》)。这种让小孩写自己所见所感的做法,实是种高明的训练。同时,也促使文集选编的兴起,涌现了一批选家、抄家及其选本、抄本,如孔宁子撰《续文章流别》3卷,无名氏《集苑》45卷,刘义庆撰《集林》181卷,无名氏《集林钞》11卷,沈约撰《集钞》10卷,孔逭撰《文苑》100卷,无名氏撰《词林》50卷、《文海》50卷,谢灵运撰《赋集》

92卷，无名氏《赋集钞》一卷，梁武帝撰《历代赋》10卷。在这种双重风气影响下，萧统选编了《文选》30卷亦成了必然的事情。

（二）他们创建了一批符合情文创作规律的文学理论，从观念上解决了情文相续的主次重轻问题。对这个问题，上引《淮南子·缪称训》已作过明确说明，可自陆机提出"诗缘情以绮靡"之后，不少人片面追求文之绮靡而重文轻情，如宋初出现的"俪采百字之偶，争价一句之奇"，大明泰始出现的用事繁密，"文章殆同书抄"，齐梁出现的"深心主卉木，远致极风云，其兴浮，其志弱"，便是其著名的文例。有些人还将它作为论文的标准。如沈约在《宋书·谢灵运文学传论》中论张衡、二曹、陈王之文，就是如此。他说："若夫平子艳发，文以情变，绝唱高踪，久无嗣响。至于建安，曹氏基命，二祖陈王，咸蓄盛藻，甫乃以情纬文，以文被质。自汉至魏，四百余年，辞人才子，文体三变。相如巧为形似之言，班固长于情理之说，子建、仲宣以气质为体，并标能擅美，独映当时。是以一世之士，各相慕习……"（《宋书·谢灵运传》）论虽情文兼顾，而旨趣所尚在文上。对此，郭绍虞先生评曰："文中情志并提，志只是情的同义词。一开头也讲'六义''四始'，但并没有涉及它的风化、风刺等功能。文中特别指出'平子艳发，文以情变'，曹氏二祖陈王'以情纬文，以文被质'，说明了诗歌创作要根据情以组织文辞，又要用文辞来润饰情（包括质）。但作者旨趣所在，偏重于文藻形式方面。"①这一旨趣到了他写《报刘杳书》时则直露无遗，说："丽辞之益，其事弥多。"又如王筠在《昭明太子哀册文》中说："吟咏性灵，岂惟薄伎？属词婉约，缘情绮靡。"直接用"缘情绮靡"来论萧统之文。再如萧子范在《求撰昭明太子集表》中说："若乃缘情体物，繁弦缛锦，纵横艳思，笼盖辞林。"萧绎在《金楼子·立言》中说："至于文者，惟须绮縠纷披，宫征靡曼，唇吻遒会，情灵摇荡。"沿用的也是这种观点。其实，陆机此说，在晋时就遭到了挚虞、皇甫谧的批评。挚说："丽靡过美，则与情相悖。"（《文章流别论》，《全晋文》卷七十七）皇说："然则美丽之文，赋之作也。昔之为文者，非苟尚辞而已。"（《三都赋序》，《全晋文》卷七十一）到了宋齐，抵制者更多。如王微所云"文词不怨思抑扬，则流澹无味"（《与从弟僧绰书》，《全宋文》卷十九），就从正面论述了情的重要作用。范晔所云"常谓情志所托，故当以意为主，以文传意。以意为主，则其旨必见；以文传意，则其词不流"（《狱中与诸甥侄书以自序》，《全宋文》卷十五），亦从文以传意的角度

---

① 郭绍虞主编：《中国历代文论选》，上海古籍出版社1980年版，第221页。

论述了意主文从的重要意义。萧子显所云"今之文章,作者虽众,总而为论,略有三体。一则启心闲绎,托辞华旷,虽存巧绮,终致迂回。宜登公宴,本非准的。而疏慢阐缓,膏肓之病,典正可采,酷不入情。此体之源,出灵运而成也。次则缉事比类,非对不发,博物可嘉,职成拘制。或全借古语,用申今情,崎岖牵引,直为偶说。唯睹事例,顿失清采。此则傅咸五经,应璩指事,虽不全似,可以类从。次则发唱惊挺,操调险急,雕藻淫艳,倾炫心魂。亦犹五色之有红紫,八音之有郑、卫。斯鲍照之遗烈也"(《南齐书·文学传论》),亦通过"今之文章"的评论,肯定了情文的重要价值。到了刘勰《文心雕龙》的问世,理论的宏富使人们对这一问题的认识与理解就更加全面了。

1. 对情、文本身的认识。

情是什么?《荀子·正名》说:"性者,天之就也;情者,性之质也;欲者,情之应也。"《孔子家语·礼运》说:"何谓人情,喜怒哀惧爱恶欲七者,弗学而能。"刘勰接过这些话头,于《明诗篇》说:"诗者,持也,持人情性。"又说:"人禀七情,应物斯感,感物吟志,莫非自然。"情就是人本身所持有的内在之性,就是喜、怒、哀、惧、爱、恶、欲。它们原本是平伏静止的,因感物而兴起,诗人吟咏的就是这种感物之性情,以自然为标准,不矫揉,不造作。但由于感物是种复杂的过程,离不开人的知识、经验,更离不开对物的知觉。只有当三者具备之时,他才会进入到《物色》篇所描绘的那种状态,说:

> 春秋代序,阴阳惨舒,物色之动,心亦摇焉。盖阳气萌而玄驹步,阴律凝而丹鸟羞。微虫犹或入感,四时之动物深矣。若夫珪璋挺其惠心,英华秀其清气,物色相召,人谁获安?是以献岁发春,悦豫之情畅;滔滔孟夏,郁陶之心凝;天高气清,阴沈之志远;霰雪无垠,矜肃之虑深。岁有其物,物有其容;情以物迁,辞以情发。一叶且或迎意,虫声有足引心。况清风与明月同夜,白日与春林共朝哉!

所言过程之复杂,既在于物时物象的变化,又在于人们对这些变化感触体会的能力。感触体会愈深刻,其情之兴起亦就愈强烈。而吟咏之作,需要的就是这种强烈真实之情。所以,他于《宗经》中讲到"文能宗经"时,将"情深而不诡"作为"六义"之首来强调;于《征圣》中谈到"修身贵文"时,将"情信"、"志足"作为文章之玉牒、金科来要求,认为只有让情强烈真实,才能"莫非自然",打动人,教育人,给人以审美的愉悦。这一探讨已够充分的了,但他还觉得言意未尽,于是又提出了"雕琢情性"(《原道》),向圣人学习,向书本学习的主张,从而使他的情性说更加完整。

文是什么？孔子只说"言之无文，行之不远"，讲的是作用，不是概念。刘勰则不然，他于《原道篇》中说："夫玄黄色杂，方圆体分，日月叠璧，以垂丽天之象；山川焕绮，以铺理地之形：此盖道之文也。"对文的含义作了回答与界定。其所云"道之文"，就是自然之文，天地之文，指的是文章，即错综华美的色彩。他在《通变》中说："文辞气力，通变则文。"则指的是文辞。前者指的是广义之文，后者指的是狭义之文。狭义的文辞，偏重词采，所以他于《原道篇》中又说："《易》曰：'鼓天下之动者存乎辞。'辞之所以能鼓天下者，乃道之文也。"说词能鼓动天下，是从它的功能着眼。其功能之广泛，刘勰多有论及，如他在《征圣》中所云"政化贵文"、"事迹贵文"、"修身贵文"，是从"圣人之情，见于文辞"来说文的基本功能就是传布圣人的思想、道德、品行，是文章的重要组成部分。然言之无文，是行之不远的前提。而欲行之远，就须加强辞的骨力修炼。他说："沉吟铺辞，莫先乎骨。""辞以待骨，如体之树骸。"他所说的"骨"，就是指骨力。骨力以健壮为美。只有加强辞的骨力修炼，所吟、所写才会健壮优美。就须加强辞的诚的锤炼。他说："修辞立诚，在于无愧。""立诚在肃，修辞必甘。"他所说的"诚"，就是指诚实。诚的反面是不实，是虚浮。虚浮之词，空洞无力。只有修辞立诚，才能根除其弊。而立诚之道，一是要善于剪除胅辞。"胅辞弗剪，颇累文骨"。二是要善于夸饰。夸饰要适中，不要过甚。"夸过其理，则名实为乖"。三是引事引辞要善于明理。"明理引乎成辞，征义举乎人事，乃圣贤之鸿谟，经籍之道矩也"。四是要善于练字，"立文之道，惟字与义。字以训正，义以证实"，"是以缀字属篇，必须练择；一避诡异，二省联边，三权重出，四调单复"。诡异者，"文字瑰怪者也"；联边者，"半字同文者也"；重出者，"同字相犯者也"；单复者，"字形肥瘠者也"。只有加强这四个方面的修炼，文才会行之甚远。

2. 对情文关系的认识

情与文是种什么关系？在他看来，情文相依，并非对等，而是有着主次重轻之别。他用经纬作比喻说："文采所以饰言，而辩丽本于性情。故情者，文之经，辞者，理之纬；经正而后纬成，理定而后辞畅，此立文之本源也。"（《情采》）情文既为立文之本源，那就应当先别二者主次重轻。情为经，文为纬。经指经线，纬指纬线，两者原本为织布之物，刘勰以此为喻，其主次重轻便昭然若揭。同时"经正"一语又告诉人们，织布中，经为正，纬为从；情文相依中，情为主，文为次，文是用来服务于情，而非情服务于文，所以，他又说："情动而言形，理发而文见。"

(《体性》)"情理设位,文采行乎其中。"(《熔裁》)"情以物迁,辞以情发。"(《物色》)"缀文者,情动而辞发。"(《知音》)情始终处于主导地位,辞始终处于服从地位。由于情文关系如此,所以辞要受情调遣,要与情相协从,相一致。这样,所作才能情文并茂。刘勰认为这是创作的基本规律,不可改变,不可违背,所以他又说:"志足而言文,情信而辞巧,乃含章之玉牒,秉文之金科矣。"(《征圣》)玉牒金科,就是指规律。若违背这一规律,只讲辞巧、辞丽、辞绮靡,不讲情正、情信、情哀,势必会出现"丽而不哀"、"绮靡伤情"、"情为文屈"的现象。果真如此,"文其殆哉"亦就为期不远了。其忠告是深沉的,发唱是惊挺的,所论是纯文学的,是文学领域中最完整的情文关系论,为齐梁如何处理情文相续提供了方向,亦为萧统如何选文提供了帮助。

(三) 他们创作了一大批情文并茂的作品,从实践上解决了情文相续写什么,怎么写的问题。写什么、怎么写,历来是文学创作中常谈不衰的问题,由作家来解决。然作家并不是一个统一体,宛如一个万花筒,形形色色的人都有,由于他们的身份、地位、年龄、经历、学养之不同,对社会的认识,生活的感悟,审美的要求之不同,故创作中流露出来的情感也就迥异。比如,同为元嘉著名诗人的谢灵运与鲍照,他们于创作中所写之情就有着明显的区别。谢灵运出身于豪门大族,这种特殊的门望与地位使他日常关注的是家族的特权与利益,所以他于创作中表现出来的常是一种强烈的忧患情绪,既为世道混乱担忧,又为自身荣悴、年华易衰感伤。"白珪尚可磨,斯言易为缁。遂抱中孚爻,犹劳贝锦诗。寸心若不亮,微命察如丝。"(《初发石首城》)"倏烁夕星流,昱奕朝露团。粲粲乌有停,泫泫岂暂安。徂龄速飞电,颓节骛惊湍。览物起悲绪,顾己识忧端。朽貌改鲜色,悴容变柔颜。变改苟催促,容色乌盘桓。亹亹衰期迫,靡靡壮志阑。"(《长歌行》)诗句流露出来的就是这样一种情感。鲍照出身寒门,自称"孤门贱生"(鲍照《解褐谢侍郎表》)、"北州衰沦,身地孤贱"(《拜侍郎上疏》)地位的卑微,使他胸中常有一股不平之气,流露于诗中,便是愁苦之言,愤懑之情。"对案不能食,拔剑击柱长叹息。丈夫生世会几时? 安能蹀躞垂羽翼! 弃置罢官去,还家自休息。朝出与亲辞,暮还在亲侧。弄儿床前戏,看妇机中织。自古圣贤尽贫贱,何况我辈孤且直!"(《拟行路难十八》其六) 诗歌表现的就是这种被压抑被役使的愤懑与痛苦。正是这种区别的存在,便决定作家们在写情用文上呈现出多样性、可塑性。而多样,使南朝诗文创作有着五彩缤纷的景象;可塑,使作家们在如何表情上各显身手。总观南朝文学创作,其情文相续就是依循着这种多样性与可塑性的统一走向了勃兴与繁荣。

南朝文学创作,见诸严可均《全上古三代秦汉三国六朝文》和逯钦立《先秦汉魏晋南北朝诗》的诗家约三百四十余人,诗四千三百四十余首;文家约六百七十余人,文章四千余篇。这个数字,放在整个中国古代文学史上,并不算多,且所作还有很多不能称为文学的,如诏、策、教、令之类,然不论怎样,这在只有一百六十余年的历运中,还是一个了不起的成就。这些诗文,从其创作格局来看,基本上是围绕着写景抒情两大主题展开的。其写景,以大自然为对象;其抒情,以社会为内容。也就是说,自然、社会都是创作的两大源泉而为他们所钟爱,所运用。而大自然的富有,山山水水的瑰丽风姿,花花草草的色香韵味,风风雨雨的倏忽变换,既为他们的应物斯感提供了充足的条件,又为他们的吟咏赞叹提供了丰富的题材。于是,诗家将目光投向大自然,山水诗便应运而生,写景抒情便随机可见;赋家将笔触伸进各种物象,咏物赋便油然而成,状物寄慨亦灿然在目。这两类诗文均是这一时期最具特色的创作。山水诗是诗人们开拓创新的产物,其发展,由谢灵运的"尚形似"、"寓目辄书"到谢朓的整饬熔炼,再到沈约的"收其精要",经历的时间就是那么几十年,然其变化之大,则足以令人叹为新奇。其作品之多,不胜枚举。然不论他们写何种景物,情则是必写的一个内容。这就说明,情,这一文学创作的主要元素,在这一新型诗歌中获得了生存的空间。咏物赋诗继承魏晋创作而来,多以描绘自然物象为主,而物中含情,像中寄慨是赋家常写的内容,常用的方法,比如卞伯玉的《菊赋》:"伫寒丘以弥望,觌中霜之软菊。肇三春而怀芬,凌九秋以愈馥。不履苦而沦操,不在同而表淑。伤众花之飘落,嘉兹卉之能灵。振劲朔以扬渌,含凝露而吐英。"在描述菊的"凌九秋以愈馥"的傲然挺拔与扑鼻芬芳之中寄予了作者的赞美之情。鲍照的《飞蛾赋》:"仙鼠伺暗,飞蛾候明。均灵舛化,诡欲齐生。观齐生而欲诡,各令性以凭方。凌燋烟之浮景,赴熙焰之明光。拔身幽草下,毕命在此堂。本轻死以邀得,虽糜烂其何伤。岂学山南之文豹,避云雾而岩藏。"在赞美飞蛾凌浮景,赴光明,毕命此堂的奋不顾身精神的同时,寄注了作者自身的感慨与愿望。如是,情亦就成了赋家必写的内容。这种从大自然物象中摄取题材,从社会生活中捕捉情感,并将二者有机结合在一起的写法,不仅实现了自然与社会的融合,扩大了情文相续的领域,而且也提升了诗文创作的品位,那就是美,一种情景交融的美,一种情文并茂的美。这种美,不惟存在此类诗赋中,还存在其他众多的作品中。诸如那些以描写兄弟、叔侄、夫妻、朋友情感为主要内容的赠答诗、送别诗、闺怨诗、哀伤诗，以表现历史、民族情感为重要题材的咏史诗、边塞诗，以反映社会政治情感为特征的宴饮诗、郊庙诗，以感物表现某一思想情感为基调的咏物诗，以及与此相类的家书、友函、辞赋都具有这样的品性。比如赠答诗，像谢惠连的《西陵遇风献康乐诗》基本上就是通过途中景物描写来表达对从兄谢灵运的思念之情；而谢灵运的《酬惠连诗》写自己对从弟的挂念，亦大多通过景物描写来展开。两人所写之景，一为沿途所见，一为于家所想，描写的对象或同或异，但由于两人都是写景抒情高手，故都能给人以情景交融之美，而这种美，他们又常常通过一些秀句来展现。如谢惠连诗中所写的"眷眷浮客心"，谭元春《古诗归》评曰："浮字写客心无着，用在第三字尤妙。""回塘隐舻栧"，钟惺《古诗归》评曰："隐写去舟如是，然总让《卫风》'泛泛其景'四字"。王船山《船山古诗评选》评曰："即景含情，古今妙语。"陈祚明《采菽堂古诗选》评曰："'回塘'句得送别真境。""悲遥但自弭，路长当语谁"，陈祚明《采菽堂古诗选》评曰："'悲遥'二句，宛转多情。""浮氛晦崖巘，积素惑原畴"，戴明说《历代诗家》评曰："'浮氛晦崖巘'，豪句。"陈祚明《采菽堂古诗选》评曰："'浮氛'二句，调古景切。"于是，情之深，文之美，便在这种情景交融之中得到了显现。又比如送别诗，谢朓的《新亭渚别范零陵云》亦基本上是通过景物描写来表达自己与挚友的依依之情的。其诗云："洞庭张乐地，潇湘帝子游。云去苍梧野，水还江汉流。停骖我怅望，辍棹子夷犹。广平听方藉，茂陵将见求。心事俱已矣，江上徒离忧。"诗为短章，成书《古诗存》评之曰："前半就景写，后半就事写，中间止用二句点'别'字，章法隽甚。"方东树《昭昧詹言》则用"语似有神功"来赞叹。谢朓也是善写秀句之大家，其"鱼戏新荷动，鸟散余花落（《游东田》）"，"余霞散成绮，澄江静如练"（《晚登三山还望京邑》）等，同样给人以情深文美之感。又再比如边塞诗，像鲍照的《代出自蓟北门行》以二十句的篇幅，通过从军将士于边情危急之中行军出塞的描写表现了他们的民族英雄气概和高昂的爱国主义精神。其中，写景抒情是紧密地结合在一起的。所写之景，为行军道路之艰险，为天气严寒之恶劣。而道路之艰险，又是通过"石径"、"飞梁"、"胡霜"三个意象来体现；天气之恶劣，则是运用"疾风冲塞起，沙砾自飘扬"来刻画，"马毛缩如猬，角弓不可张"来夸张。如是，一副天寒地裂，困难重重的画面呈现在读者面前。其所抒之情，凡四句，以议论出之，重在歌颂赞扬。而这些，也多用俊语秀句来表现。比如，"疾风"四句，朱熹于《朱子语类》评为"分明说出边塞之状，语又峻健"；陈祚明于《采菽堂古诗选》称为"神气飞舞"。"萧鼓流汉思，旌甲被胡霜"，孙鑛于《文选集评》誉为"绝妙,此皆苦思深语,然亦何伤其俊逸"。如是,情之真,语之俊便在这种神气飞扬中得到了完美的体现。又再比如家书类,像鲍照的《登大雷岸与妹书》;朋友书函类,像吴均的《与宋元思书》、丘迟的《与陈伯之书》;移书类,像孔稚珪的《北山移文》均是善于将写景抒情紧密融合的优秀作品。其中,以写景见长的是鲍文与吴文。鲍文写景,以赋的铺写手法,将所见之景,按南、东、北、西方位,面面俱到,力求其全。比如其写南面之景:"南则积山万状,负气争高,含霞饮景,参差代雄,凌跨长陇,前后相属,带天有匝,横地无穷。"短短数语,便将山峦之重叠、峥嵘、奇特绘形绘色地表现了出来。这种描写,实是作者内在雄心壮志激荡反作用于外物的结果,是景中含情的显现,而鲍照就是通过这些情景交融的描写,将自己旅途的所见所感,奔波的艰辛劳顿告诉其妹鲍令晖的。吴文写景,以清新细腻的笔调,将富春江至桐庐一带最具特色的景色依次写出,力求其精。试读全文:

> 风烟俱净,天山共色。从流飘荡,任意东西。自富阳至桐庐,一百许里,奇山异水,天下独绝。水皆缥碧,千丈见底;游鱼细石,直视无碍。急流甚箭,猛浪若奔。夹岸高山,皆生寒树,负势竞上,互相轩邈,争高直指,千百成峰。泉水激石,泠泠作响。好鸟相鸣,嘤嘤成韵。蝉则千转不穷,猿则百叫无绝。鸢飞戾天者,望峰息心;经纶世务者,窥谷忘反。横柯上蔽,在昼犹昏;疏条交映,有时见日。

一百许里的江岸,景色甚多,而吴均不像谢灵运那样"寓目辄书",而是如沈约一般,"收其精要",只写山、水、树、石、鸟几种有代表性的景物,且以骈文出之,声色兼备,形神共识,恰好地表达了作者清淡的情趣,幽静的心境。不写情而情在其中。以写情见优的为丘文。其文名为朋友间的书信,实则是代萧宏而作的军用公文,旨在劝伯之归降。这是件不易之事。无友谊者,所言达不到目的;有友谊而所言不当者,亦无济于事。而丘迟则充分地具备了这两个条件。丘迟与伯之交情如何,《梁书》二人本传无载,然此书信一出,陈伯之"乃于寿阳拥众八千归"的事实则反证彼此友谊非同一般。在这一基础上,丘迟充分发挥他的文才,将劝降之意表现得淋漓尽致。他站在民族大义的高度,从当时双方斗争形势着眼,从陈伯之去留利弊着意,既有对他昔日于梁功成位高的赞美,又有对他今日于魏地卑位劣的痛惜,还有对他今后前程的担忧。全文晓之以理,动之以情,其中"暮春三月,江南草长,杂花生树,群莺乱飞。见故国之旗鼓,感平生于畴日,抚弦登陴,岂不怆悢"的情景交融描写,又将这种理提升到了一种新的高度与境界,那就是,家国之情一旦破解了人生祸福安危,叛国异乡者焉有不降归的？如是，友情、乡情、军情、国情，奔会沓来，从作者心底流出，与陈伯之怆恨之心发出共鸣，共同奏响了这曲军戎之绝唱。以构思见巧的，为孔文。这是一篇以北山山灵口吻所写的一篇揭发性文章。所谓山灵，就是自然之神。以自然之神说话，当以自然草木山水为其内容。既以揭发周假隐士的真面目，亦就少不了对社会生活的介入，对真假隐士思想性格的刻画。如是，其所说的草木山水就着上了人的思想性格，与一般自然景物描写方法不同，用的是拟人手法。因此，被拟人化了的北山草木山水，既保持了它的自然属性，又有着人的性格特点，是种融自然与社会于一体的奇异之物，显示出情景交融的多层次，多维度。文中所谓"高霞孤映，明月独举，青松落荫，白云谁侣"者，所谓"还飙入幕，写雾出楹。蕙帐空兮夜鹤怨，山人去兮晓猿惊"者，所谓"南岳献嘲，北垄腾笑。列壑争讥，攒峰竦诮"者，所谓"林惭无尽，涧愧不歇。秋桂遗风，春萝罢月"者，所谓"芳杜厚颜，薜荔蒙耻。碧岭再辱，丹崖重滓。尘游躅于蕙路，污渌池以洗耳"者，所谓"扃岫幌，掩云关。敛轻雾，藏鸣湍"者，均是这种多层次，多维度的集中体现。它既突出了北山草木山水的性格特点，理性维度，又赋予了它们的爱憎情感，是非判断，而这些实际就是作者内心情感的宣泄与呈现。这些通过自然之神的口吻道出，通过这些物象来表达，通过这些遒丽的语言来表现，因而显得自然贴切，情文并茂。

以上例举，仅是其中的个别篇章。它们的大量涌现，既是情文相续的产物，又是继承创新的见证；既合理地解决了"写什么，怎么写"的问题，又昭示了情文相依的广阔前景。它告诉人们，一旦一己之情与自然社会相融合，就会超越自身的局限而变得异常开阔、真挚、充实、深厚，而为其所驱使所使用的语言就会文随情生，美丽动人。这就是文学发展的自身规律，亦是其学术文化的重要精髓。文学学术文化较之其他的学术文化来，其显著的区别就在于它的情感性与表现力，没有情感不足以感人，没有表现不足以动人。因此让人感动就是它的最大价值，给人愉悦就是它的最大追求。这种特殊的学科性质，特殊的学术文化意蕴，使它以瑰丽之姿挺拔于其他学术文化之上，为人们所喜爱所崇尚。于是，有其天赋者倾心于创作，有其学养者执意于选编，萧统走的正是这样一条路子。

四、从研核中心仪真实的求是精神

在南朝五家学术文化中，最具此种意蕴与精神的莫过于史学。这是因为史学本身就是一门求真求实的科学。它不虚假,不隐恶,不溢美,讲究实事求是,注重事实的客观准确。尽管这种事实不是英国历史学家卡尔说的"纯粹的历史事实",是"通过纪录者的头脑折射出来的"[①] 事实,但没有事实成就不了历史的学科特质则规定史学家必须注重事实,必须力求真实的事实。因此,事实是历史的骨肉,真实是历史的灵魂,便成为一条颠不可扑的真理为史家所遵循所信奉,支配着他们的思想与行为。自然,南朝史家亦是沿着这种轨迹走过来的,这既表现在他们的史书撰写上,也表现在他们的史书研究考核与注释上。

史书研核与注释是后于史书撰写而出现的一种学术文化。它以史书文本为依据,通过对史书文本及其相关资料的研究考核来明确自己该注什么,不该注什么。因此,对于史注家来说,研核是注释的前提与基础,注释是研核的发挥与创造,两者相辅相成,相得益彰。即使不知注释者研核之情况,只要观其所注之内容与方法亦能知其研核之大概。事实表明,研核精审者其注释精密,疏松者其注释粗略,而粗略的注释是经不起时间陶冶的。

如前所说,南朝是个好研核尚注疏的时代。这种好尚不单表现在《周易》、《诗经》、《周礼》、《丧服》、《孝经》、《论语》、《老子》、《庄子》等典籍上,也表现在史传上。作为《五经》的《尚书》与《春秋》,其注释见于《隋书·经籍志》与南朝史书人物传记中的,分别为十三家与二十三家。此外,《史记》有三家,《汉书》、《后汉书》有十九家,《三国志》一家。其中,作音义的,有徐广《史记音义》,邹诞生《史记音》,萧该《范汉音》,韦阐《后汉音》。随着音训义注的广泛运用,字书研究亦为人们普遍关注,著述有周兴嗣的《千字文》1 卷,萧子云的《千字文》1 卷,吴恭的《字林音义》5 卷,顾野王的《玉篇》31 卷,谢灵运的《要字苑》1 卷,邹诞生的《要用字对误》4 卷,吉文甫的《释字同音》3 卷,沈约的《四声》1 卷。阮孝绪的《文字集略》6 卷,萧绎的《词林》3 卷。此外,不知其卷数的,还有范岫《字训》、刘杳《要雅》、周颙《四声切韵》、庾曼清《文字体例》、萧纲《玉简》等。这些撰述的出现,不仅丰富了古代语言学研究的内容,给时人研读经史带来了方便,而且为注家注释之客观准确以极大帮助。

为史传作注,旧有的方法有三,即训诂、叙事与补缀。刘知几说:"昔《诗》、《书》既成,而毛孔立传。传之时义,以训诂为主,亦犹《春秋》之传,配经而行也。降及中古,始名传曰注。盖传者转也,转授于无穷;注者流也,流通而靡绝。

---

① [英]E·H·卡尔:《历史是什么》,商务印书馆 2007 年版,第 106 页。

进此二名，其归一揆。如韩、戴、服、郑，钻仰《六经》，裴、李、应、晋，训解《三史》，开导后学，发明先义，古今传授，是曰儒宗。既而史传小书，人物杂记，若挚虞之《三辅决录》，陈寿之《季汉辅臣》，周处之《阳羡风土》，常璩之《华阳》士女，文言美辞列于章句，委曲叙事存于细书。此之注释，异夫儒士者矣。次有好事之子，思广异闻，而才短力微，不能自达，庶凭骥尾，千里绝群，遂乃掇众史之异辞，补前书之所阙。若裴松之《三国志》，陆澄、刘昭《两汉书》，刘彤《晋纪》，刘孝标《世说》之类，是也。"(《史通·补注》)所举例证，有褒有贬，由中表现了他的史学观念与倾向。然注重注释的客观准确性，求真求实的科学性，则是此论的核心与灵魂。

其实，史论家所关心注重的问题，史注家早已认识到了。裴松之说："臣前被诏，使采三国异同以注陈寿《三国志》，寿书铨叙可观，事多审正，诚游览之苑囿，近世之嘉史。然失在于略，时有所脱漏。臣奉旨寻详，务在周悉。上搜旧闻，傍摭遗逸。按三国虽历年不远，而事关汉、晋。首尾所涉，出入百载。注记纷错，每多舛互。其寿所不载，事宜存录者，则罔不毕取以补其阙。或同说一事而辞有乖杂，或出事本异，疑不能判，并皆抄内以备异闻。若乃纰缪显然，言不附理，则随违矫正，以惩其妄。其时事当否及寿之小失，颇以愚意有所论辩。"(《上三国志注表》)这是裴松之于元嘉中承旨撰《三国志》注成上表给文帝的一段说明。值得注意者有三：一是对陈寿《三国志》的评价，有肯定亦有批评，说其简略、脱漏，既是他作注之由，又是寿文之不足。二是说明自己作注之始末，有意向亦有追求。其意向者，务在客观准确；其追逐者，务在寻详、周悉。而寻详、周悉，作为一代学风之所尚，深得时代羡慕。在时风驱动下，读书务在渊博，学问务在周全。学而不博，注而不周，既会遭到时人讥笑，又会有损于注书之价值。因此，广征博引便成了他的刻意追求。三是述说自己作注之方法，有博采亦有论辩。博采者失在乖杂，得在以备异闻。得失之辨，务在读者自己判别；论辩务在明理，明理才能惩其虚诞，客观真实准确才得其所，科学才得以显现。三种意念最终落脚于科学上，表现了一个严谨史学家的可贵精神。其后，其子裴骃作《史记集解》亦有类似的话。他说："考较此书（指《史记》），文句不同，有多有少，莫辩其实，而世之惑者，定彼从此，是非相贸，真伪舛杂。故中散大夫东莞徐广研核众本，为作《音义》，具列异同，兼述训解，粗有所发明，而殊恨省略。聊以愚管，增演徐氏。采经传百家并先儒之说，豫是有益，悉皆抄内。删其游辞，取其要实，或义在可疑，则数家兼列。《汉书音义》称臣瓒者，莫知氏姓，今直云'瓒曰'。又都无姓名者，但云'汉书音义'。时见微意，有所裨补。譬嘒星之继朝阳，飞尘之集华岳，以徐为本，号曰《集解》，未详则阙，弗敢臆说。"（《史记注解序》）所言亦在对《史记》文本之评价、作注原由之说明、作注方法之交代三个方面，而重点又在客观、真实、准确上。以期通过自己客观准确之注解，以帮助读者明是非，辨真伪，纠杂乱，研读好这部书，既是他作注之初衷，又是作注之作风，表现了他可贵的科学精神。

行为言表，言为心声。有如此之谈，亦有如此之行。研核他们的《三国志》注和《史记集解》，便会发现他们的注解忠诚地实践了他们的注释理念与主张。以《三国志》注而论，该注释共作注 2326 条，以补缀为主，对其特点，《四库全书总目提要》作了如下评论："宋元嘉中，裴松之受诏为注，所注杂引诸书，亦时下己意。综其大致约有六端：一曰引诸家之论，以辨是非；一曰参诸书之说，以核讹异；一曰传所有之事，详其委曲；一曰传所无之事，补其阙佚；一曰传所有之人，详其生平；一曰传所无之人，附以同类。"所论甚为精到。说它引用繁博，亦切中肯綮，据沈家本《三国志注所引书目》之统计，"经部二十三家，史部一百四十二家，子部二十三家，集部二十三家，凡二百十家"。其中，书目之引用多寡不同，据《三国志人名索引》附录《三国志裴松之引书索引》之统计，引用《魏书》119 条，《魏略》179 条，《典略》49 条，《吴书》119 条，《三辅决录》9 条，《后汉书》12 条，《英雄记》69 条，《九州春秋》26 条，《帝王世纪》1 条，《高士传》6 条。如此广征博引，符合寻详、周悉之旨，以备异闻之意，开时人之眼界，启后人之心目，为今人全面解读这段历史提供了帮助。

裴松之是如何注释的呢？是否符合客观准确之要求？我们先看他对资料的引用。比如对《武帝纪》的注释，作注凡 151 条，引用的书目有吴人作的《曹瞒传》，王沈作的《魏书》，司马彪作的《续汉书》、《九州春秋》，郭颁作的《世语》，张璠作的《汉纪》，孙盛作的《异同杂说》、《杂记》、《魏氏春秋》，韦曜作的《吴书》，袁暐作的《献帝春秋》，习凿齿作的《汉晋春秋》，乐资作的《山阳公载记》，卫恒作的《四体书势序》，虞溥作的《江表传》，孔衍作的《汉魏春秋》，张华作的《博物志》，鱼豢作的《魏略》、《典略》，赵岐作的《三辅决录》，王灿作的《汉末英雄记》，王昶作的《家诫》，傅玄作的《傅子》，以及《公羊传》、《左传》、《诗》、《尚书》中的《盘庚篇》《君奭篇》《文侯之命》、《魏武故事》、《献帝起居注》等三十余种。这些书目不论其出自正史、古史、杂史，还是起居注、杂传、杂证，多为专记三国历史的重要史籍，故注者从中所引用的一些资料多具有一定的客观真实性。例如，裴松之注纪中所云"桓帝世，曹腾为中常侍大长秋，封费亭侯。养子嵩嗣，官至太尉，莫能审其生出本末"一语，就连下了二注，引用了三条资料，一为司马彪的《续汉书》，其释"曹腾"曰："腾父节，字符纬，素以仁厚称。邻人有亡豕者，与节豕相类，诣门认之，节不与争；后所亡豕自还其家，豕主人大惭，送所认豕，并辞谢节，节笑而受之。由是乡党贵叹焉。长子伯兴，次子仲兴，次子叔兴。腾字季兴，少除黄门从官。永宁元年，邓太后诏黄门令选中黄门从官年少温谨者配皇太子书，腾应其选。太子特亲爱腾，饮食赏赐与众有异。顺帝即位，为小黄门，迁至中常侍大长秋。在省闼三十余年，历事四帝，未尝有过。好进达贤能，终无所毁伤。其所称荐，若陈留虞放、边韶、南阳延固、张温、弘农张奂、颍川堂溪典等，皆致位公卿，而不伐其善。蜀郡太守因计吏修敬于腾，益州刺史种暠于函谷关搜得其笺，上太守，并奏腾内臣外交，所不当为，请免官治罪。帝曰：'笺自外来，腾书不出，非其罪也。'乃寝暠奏。腾不以介意，常称叹暠，以为暠得事上之节。暠后为司徒，语人曰：'今日为公，乃曹常侍恩也。'腾之行事，皆此类也。桓帝即位，以腾先帝旧臣，忠孝彰著，封费亭侯，加位特进。太和三年，追尊腾曰高皇帝。"司马彪《续汉书》，《隋书·经籍志》称之为"正史"。正史者，拟班、马之作也。所叙曹腾事迹较之陈寿甚为详尽，且均以事实为依据，有板有眼，时间、地点、人事等史书写作三要素，一一具备，不可谓不真实。叙其升迁，又以其温谨仁厚的德性为依据，由少到老，依次写来，不可谓不客观。说腾迁至中常侍大长秋为顺帝即位之后，较之寿说"桓帝世"，不可谓不准确。以如此客观、真实、准确之史实诠释原作，不仅极大地丰富了原作的内容，而且给读者留下了完整的印记。这样的注释无疑是必要的，科学的，发人深省的。胡宝国先生说："《三国志》在许多关键处多语焉不详。如关于九品中正制的创立，《陈群传》中只有一句：'制九品官人法，群所建也。'此外，如官渡之战、赤壁之战等重大事件，又如建安文学，正始玄风等思想文化方面的重要变化，在《三国志》中也都记载不多。若无裴松之的补充，我们对那个时代的了解远远达不到今天所能达到的程度。"① 这一中肯的评价就明确地指出裴注的意义与价值。

我们再看他论辩的地方。其论辩多以"案"或"以为"的形式出现，约二百余处。其内容主要集中在对事理、事实的辩证上。比如，寿书《武帝纪》述官渡之战有"时公兵不满万，伤者十二三"一语，裴松之为之论辩云："臣松之以为

---

① 胡宝国：《汉唐间史学的发展》，商务印书馆 2003 年版，第 78 页。

魏武初起兵，已有众五千，自后百战百胜，败者十二三而已矣。但一破黄巾，受降卒三十馀万，馀所吞并，不可悉纪；虽征战损伤，未应如此之少也。夫结营相守，异于摧锋决战。本纪云：'绍众十馀万，屯营东西数十里。'魏太祖虽机变无方，略不世出，安有以数千之兵，而得逾时相抗者哉？以理而言，窃谓不然。绍为屯数十里，公能分营与相当，此兵不得甚少，一也。绍若有十倍之众，理应当悉力围守，使出入断绝，而公使徐晃等击其运车，公又自出击淳于琼等，扬旌往还，曾无抵阂，明绍力不能制，是不得甚少，二也。诸书皆云公坑绍众八万，或云七万。夫八万人奔散，非八千人所能缚，而绍之大众皆拱手就戮，何缘力能制之？是不得甚少，三也。将记述者欲以少见奇，非其实录也。按锺繇传云：'公与绍相持，繇为司隶，送马二千馀匹以给军。'本纪及《世语》并云公时有骑六百馀匹，繇马为安在哉？"这里力辩本纪"兵不满万"所述之不实，以说理为主，通过事理之辩证还历史之真相。所说三理，丝丝入扣，均充满说服力。又比如寿书《董二袁刘传》中有"术以余众奔九江，杀扬州刺史陈温，领其州"一句，裴松之又为之论辩云："臣松之案《英雄记》：'陈温字符悌，汝南人。先为扬州刺史，自病死。袁绍遣袁遗领州，败散，奔沛国，为兵所杀。袁术更用陈瑀为扬州。瑀字公玮，下邳人。瑀既领州，而术败于封丘，南向寿春，瑀拒术不纳。术退保阴陵，更合军攻瑀，瑀惧走归下邳。'如此，则温不为术所杀，与本传不同。"此以事实辩证为主，通过对王灿《英雄记》所记同类事情的引用，以证寿书所言之妄。又比如寿书《三少帝纪》有"甲辰，[安风津] 都尉斩俭，传首京都"一述，裴松之先引《世语》注之云："大将军奉天子征俭，至项；俭既破，天子先还。"后下己语辩证说："臣松之检诸书都无此事，至诸葛诞反，司马文王始挟太后及帝与俱行耳。故发诏引汉二祖及明帝亲征以为前比，知明帝已后始有此行也。案张璠、虞溥、郭颁皆晋之令史，璠、颁出为官长，溥，鄱阳内史。璠撰《后汉纪》，虽似未成，辞藻可观。溥著《江表传》，亦粗有条贯。惟颁撰《魏晋世语》，蹇乏全无宫商，最为鄙劣，以时有异事，故颇行于世。干宝、孙盛等多采其言以为《晋书》，其中虚错如此者，往往而有之。"此辩主要针对所引资料真伪优劣而发。由于寿书所云"都尉斩俭，传首京师"与《世语》所云大同小异，故先引《世语》之说以证二者之相类，然后再以"案"的形式辩二者之妄。最后说明引用《世语》之原因，并指明其书鄙劣之所在。又再比如寿书《董二袁刘传》尾，寿作史评有"董卓恨戾贼忍，暴虐不仁，自书契以来，殆未之有也。袁术奢淫放肆，荣不终已，自取之也"之说，裴松之作注论之云："臣松之以为桀、纣无道，秦、莽纵虐，皆多历年所，然后众恶乃著。董卓自窃权柄，至于陨毙，计其日月，未盈三周，而祸崇山岳，毒流四海。其残贼之性，实豺狼不若。'书契未有'，斯言为当。但评既曰'贼忍'，又云'不仁'，贼忍、不仁，于辞为重。袁术无毫芒之功、纤介之善，而猖狂于时，妄自尊立，固义夫之所扼腕，人鬼之所同疾。虽复恭俭节用，而犹必覆亡不暇，而评但云'奢淫不终'，未足见其大恶。"此"案"因史家作史论用语不确而起，意在说明，史论是否准确贴切，直关史书的客观公正。由以上五例可见裴松之作注并非随心所欲，亦非专为奇，而是严依史学注重事实的基本准则，力求客观、准确、真实，即使补缀，亦要将原作中简略脱漏处说清楚。他说："史之记言，既多润色，故前载所述有非实者矣，后之作者又生意改之，于失实也，不亦弥远乎！"（《武帝本纪》注）正因为书失真实，作注引言就不能不加分析。因此，注重真实，是他作注的根本原则；将失实之处绳愆纠谬，是他作注的基本要求。在这种原则、要求自律下，其注应该说是客观准确，经得起时间检验的。宋文帝称它为"为不朽"（《南史·裴松之传》），不无道理。

再以《史记集解》而言，其所下注凡六千七百余条，所引材料虽不如《三国志》那样繁博，但极为精要，注循旧式以名物训诂为主。其方法之确立，"以徐为本"所致。徐，即徐广，晋宋之际著名学者，"家世好学，至广尤精，百家数术，无不研览"，"性好读书，年过八十，犹岁读《五经》一遍"，撰《晋纪》四十二卷，《答礼问》百余条行于世（《南史·徐广传》）。其所作《史记音义》12卷，较之裴松之《三国志》注要早，是当时研读《史记》的重要读物。现从裴骃《集解》所引用的1123条注释来看，虽名曰"音义"，实则不单在音义，还涉及校雠、人事、地理、年岁等诸多方面，其中校雠所占比例尤大，是"开导后学，发明先义"必须要提供的知识，亦是保证注释客观准确之前提，故徐广做得特别认真，且方法多样。或用"某字一作某字"揭其差异，或用"一无某字"示其有衍文，或用"一作某某字"说其有脱文，或先校雠、后训音、后释义，行文极其简略，便于核对。其音训，或用同音字来注明，或用反切来告知，读来非常清楚。其义释，简明扼要，不作繁琐考证，亦无东汉章句之累。对于那些古今字的变化，人名爵号，凡原文缺省者，则随注补出。地理、年岁、人事不清楚的，亦一一注明。其中不乏引用奇闻异事，如注《秦本纪》"二十年，王之汉中"、"二十一年，错攻魏河西"中的"二十年"为"秦中有父马生驹"，"二十一年"为"有牡马生牛而死"，显然荒诞不经，可注可不注，然徐广注了，旨在以广读者听闻。这种注释体例与方法，为裴骃作《集解》奠定了基础。裴骃就是以此为蓝本，结集了秦汉以来五十多位注家之注释，七十余种经传来"增演徐氏"，训解《史记》的。

裴骃训解，以引用这些经传、注家之说为主。由于删去了其中之"游辞"，取其中之"要实"，因而显得十分精要。比如对《高祖本纪》之注释凡144条，含徐广于内，有注家李斐、文颖、服虔、应劭等17人，引书如《汉书音义》、《风俗通义》、《汉书注》、《史记音隐》等14种，所注内容集中在名物上。例如注"高祖"，便先引《汉书音义》说"讳邦"，后引张晏之说为"礼谥法无'高'，以为功最高而为汉帝之太祖，故特起名焉"，将"高祖"的含义说清楚了。注"沛丰邑中阳里人，姓刘氏"，先引李斐之说："沛，小沛也。刘氏随魏徙大梁，移在丰，居中阳里。"再引孟康之言："后沛为郡，丰为县。"亦将此句之含义说明白了。注"母曰刘媪"，亦是先引文颖之训："幽州及汉中皆谓老妪为媪。"引孟康之解："长老尊称也。左师谓太后曰'媪爱燕后贤长安君'。《礼乐志》'地神曰媪'。媪，母别名也，音乌老反。"亦将"媪"之字音、含义说全面了。注"隆准而龙颜"，也是先引服虔之说："准，音拙。"后引应劭之说："隆，高也。准，颊权准也。颜，额颡也，齐人谓之颡，汝南、淮、泗之间曰颜。"引文颖之说："准，鼻也。"亦将"准"的读音，隆、准、颜的含义说完整了。注"繇"，引应劭说："徭役也。"注"单父"，引《汉书音义》说："单音善，父音斧。"注"主吏"，引孟康说："功曹也。"注"主进"，引文颖说："主赋敛礼进，为之帅。"注"乃以竹皮为冠，令求盗之薛治之"，引应劭说："以竹始生皮作冠，今鹊尾冠是也。求盗者，旧时亭有两卒，其一为亭父，掌开闭扫除，一为求盗，掌逐捕盗贼。薛，鲁国县也。有作冠师，故往治之。"均以事物名称解释为主，有利于人们的阅读。

裴骃不只是集结他人之注解，也有自己的训释。而其训释也多以"案"的形式来表现。其中用在徐广注后尤多。比如徐注《高祖本纪》"以沛宫为高祖原庙"说："《光武纪》云：'上幸丰，祠高祖于原庙。'"裴骃案曰："谓'原'者，再也。先既已立庙，今又再立，故谓之原庙。"徐注《五帝本纪》"幼而徇齐"说："《墨子》曰：'年踰十五，则聪明心虑无不徇通矣。'"裴骃案曰："徇，疾，齐，速也。言圣德幼而疾速也。"如徐注《周本纪》"西周三川皆震"说："泾、渭、洛也。"裴骃案曰："韦昭云：'西周镐京地震，故三川亦动。'"徐注"合十七岁而霸王者出焉"说："从此后十七年而秦昭王立。"裴骃案曰："韦昭曰'武王、昭王皆伯，至始皇而王天下。'"如此之类甚多。而引他人之注为案语，是其不敢"臆说"之表现。既"不敢臆说"，则表明裴骃之注是合符历史真实之要求的。其后，唐司马贞与张守节又分别在此基础上作《索引》与《正义》，使之成为《史记》三种著名训释而流传不息。

南朝除徐广、二裴三家作史注之外，如前所说，作注的人还有很多。虽然他们的注所存无几，然为学以求甚解是值得肯定的。而力求从研核中获得学问的真知，从注史中获得学问的灼见，从训诂、叙事、补缀中培养自己的实事求是的精神和客观准确的科学态度，则是这种以求甚解所产生的必然结果，是学术文化所需要的。学术文化只有在求真求实中开拓前进，它才有鲜活的生命力、再生力，才有强大的感染力、教育力，才有自己的话语权，才能为人们所继承所发扬。事实证明，伪科学、伪学术、伪文化都是短命的。然如何求真去伪，便成了学术文化领域中一个永恒不息的话题，为人们所注重，所研究，所探讨。而南朝史学以其学科的特殊性，南朝史学家以其对史学的挚爱与忠诚，高揭求真求实的大旗进行认真的研究、探索与实践，为这一话题的延伸与拓展作出了贡献，同时也给时人治学以深刻的教育与启迪，那就是真实的本质就是生命。有生命，学术才能存活于历史，存活于人间，流芳百世，永不衰竭。这为每个学者所期盼，亦为萧统选编《文选》所追求。

五、争辩中前行的搏击精神

在佛教的中国化进程中，南朝是个重要的发展时期。起主导作用的，除中国僧侣外，还有那些沉迷于佛教的帝王与文人。他们的贡献，集中在佛教义理的研究与探讨、信仰的维持与践行及广施土地，兴建寺宇上。其中，一、二点最为重要，亦表现最为执着。

对于佛教义理的研究，前已详述，这里只谈谈信仰问题。

在佛教推进过程中，信仰是个重要问题。涂尔干说："宗教现象可以自然而然地分为两个基本范畴：信仰和仪式。信仰是舆论的状态，是由各种表现构成的；仪式则是某些明确的行为方式。这两类事实之间的差别，就是思想和行为之间的差别。"[1] 可见，作为思想范畴的信仰不存，佛教的发展就会受到制约与窒息。或许此故，不相信佛教的人往往从这里发难动摇其根本，以达到排斥佛教之目的。这可从南朝两次大争论中见其本末。

第一次为宋齐间佛道二教优劣之争，因顾欢的《夷夏论》而起。《南齐书·顾

---

① 爱弥尔·涂尔干：《宗教生活的基本形式》，上海人民出版社 1999 年版，第 42 页。

欢传》说:"佛道二家,立教既异,学者互相非毁。"对于此时佛道二教之争,汤用彤先生在其《汉魏两晋南北朝佛教史》《夷夏之争》一文中作了这样的描述:"宋时沈攸之刺荆州,普沙简沙门。攸之在荆州曾有道士陈公昭,贻以天公书。攸之当信道教者也。齐初丹阳尹沈文季奉黄、老,欲沙汰僧尼。又于天保寺设会,令道士陆修静与僧道盛议论。因二教之斗争,而双方伪造经典,以自张其教。道士所根据者为《化胡经》、《两升经》等。僧人亦唱月光童子及三圣化导之说。月光童子故事,见于《申日经》。三圣化导之说,见于《冢墓因缘四方神咒经》与《清静法行经》。盖皆于晋宋间发见而流行者也。"可见斗争相当激烈。而顾欢的《夷夏论》就是在这样的背景下制作而成的。原其初衷,本欲平争端,息论绪,然其道教立场与情结使他在具体论述时违背了自己的意愿,出现了许多尊道贬佛的言论。尽管他想用"道则佛也,佛则道也"这一新说来调和二教的矛盾,然他于文章开端所云"老子入胡造佛"、"孔老即佛";于论述"其圣则符,其迹则反"时所云"是以端委缙绅,诸华之容;剪发旷衣,群夷之服。擎跽磬折,侯甸之恭;狐蹲狗踞,荒流之肃。棺殡椁葬,中夏之制;火焚水沉,西戎之俗。全形守礼,继善之教;毁貌易性,绝恶之学","虽舟车均于致远,而有川陆之节,佛道齐乎达化,而有夷夏之别","今以中夏之性,效西戎之法,既不全同,又不全异。下弃妻孥,上废宗祀","舍华效夷,义将安取";于论述"圣道虽同,而法有左右"时所云"泥洹仙化,各是一术。佛号正真,道称正一。一归无死,真会无生。在名则反,在实则合";于论述佛教异同、优劣时所云"佛教文而博,道教质而精。精非粗人所信,博非精人所能。佛言华而引,道言实而抑。抑则明者独进,引则昧者竞前。佛经繁而显,道经简而幽。幽则妙门难见,显则正路易遵","佛是破恶之方,道是兴善之术。兴善则自然为高,破恶则勇猛为贵。佛迹光大,宜以化物;道迹密微,利用为己"等(《南齐书·高逸·顾欢传》),都极大地伤害了佛教的尊严与感情。这些言论,对佛教看似不偏不倚,有评有赞,然一旦与道教评赞相结合相比较,则就失之公允、片面与绝对。比如,他用"善恶"来评判佛道二法,用"华实"来评判二教语言,用"繁简显幽"来评价二教经籍,就是如此。如此评价,使他"意党道教",激起了佛教信仰者与佛教僧徒的愤怒与反击。现能知其人与文章者,有袁灿托道人通公的《驳顾欢的夷夏论》,谢镇之的《与顾欢书折夷夏论》,明僧绍的《正二教论》,释慧通的《驳顾道士夷夏论》,释僧愍的《戎华论折顾道士夷夏论》,朱昭之的《与顾欢书难夷夏论》,朱广之的《咨顾欢夷夏论》(以上篇章分别见于《全宋文》、《全齐文》)。

这些文章,均以批驳责难顾欢的观点为主,但行文上,有美有刺者。比如,朱昭之于书论中,一面称赞其文"高谈夷夏,辨商二教,条勤经旨,冥然玄会,妙唱善同,非虚言也。昔应吉甫齐孔老于前,吾贤又均李释于后,万世之殊涂,同归于一朝;历代之疑争,怡然于今日,赏深悟远,蠲慰者多。益世之谈,莫过于此",另一面则寻章摘句,质疑辨正,其恨之多,大凡有十。释慧通亦然,一面称赞其文为"昭如发蒙,见辨异同之原,明是非之趣,辞丰义显,文华情奥,每研读忘倦,慰若萱草,真所谓洪笔之君子,有怀之作也",另一方面嘲笑他"譬犹盲子采珠,怀赤菽而反,以为获宝。聋宾听乐,闻驴鸣而悦,用为知音"。纵观他们批驳的要点,大致表现在四个方面:

一是辨异同之原。这是佛教信仰者与僧侣甚为关心的问题。它直接关系到佛教的归属。归属乱,其性质、地位、作用、信仰都会乱,故他们对《夷夏论》所云"老子入胡造佛"与"孔老即佛"之说进行了严厉批驳。袁灿说:"白日停光,恒星隐照,诞降之应,事在老先,似非入关,方炳斯瑞。又老、庄、周、孔,有可存者,依日末光,冯释遗法,盗牛窃善,反以成蠹,检究源流,终异吾党之为道耳。"明僧绍说:"若乘日之精,入口剖腋,年事不符,托异合说,称非其有。诞议神化,秦汉之妄,妖延魏晋。言不经圣,何云真典乎?"又说:"夫佛开三世,故圆应无穷。老止生形,则教极浇淳。所以在形之教,不议殊生。圆应之化,爰尽物类。是周、孔、老、庄,诚帝王之师,而非前说之证。既关塞异教,又违符合之验矣。"释慧通说:"昔老氏著述,文指五千。其余涓杂,并淫谬之说也,而别称道经,从何而出?既非老氏所创,宁为真典?"又说:"论云'孔老非佛,谁则当之,道则佛也,佛则道也',以斯言之,殆迷厥津。故经云:'摩诃迦叶,彼称老子,光净童子,彼名仲尼。'将知老氏非佛,其亦明矣。实犹吾子见理未弘,故有所固执。然则老氏仲尼,佛之所遣,且宣德示物祸福,而后佛教流焉。"释僧愍说:"故经云:'大士迦叶者,老子其人也。'故以诡教五千,翼匠周世,化缘既尽,回归天竺,故有背关西引之邈。华人因之作《化胡经》也。致令寡见之众,咏其华焉。君未详幽旨,辄唱老佛一人乎?闻大圣现儒林之宗,便使周、孔、庄、老,斯皆是佛。若然者,君亦可即老子邪?"这些批驳,立辞坚硬,击中要害,撕破了顾欢拙劣的面孔,还他造伪的嘴脸。至于二释氏所引之"经",就是汤用彤所云《申日经》、《冢墓因缘四方神咒经》和《清静法行经》,是佛教徒胡乱编造的产物。这种以讹制讹,实则混淆视听,失去真实。

二是辨礼俗之异。道教徒常用华夷礼俗之异来指斥佛教,压制佛教。顾欢于《夷夏论》中玩弄的就是这种把戏。这虽是佛教无法克服无法回避的实际问题，然僧侣与信仰者们还是以巧辩的智慧给予了回击。他们或从夷夏之同来说明夷之礼俗的合理性，如袁灿说："西域之记，佛经之说，俗以膝行为礼，不慕蹲坐为恭，道以三绕为虔，不尚踞傲为肃。岂专戎土，爱亦兹方。襄童谒帝，膝行而进；赵王见周，三环而止。今佛法在华，乘者常安，戒善行交，蹈者恒通。文王造周，大伯创吴，革化戎夷，不因旧俗。岂若舟车，理无代用。佛法垂化，或因或革。清信之士，容衣不改；息心之人，服貌必变。变本从道，不遵彼俗，教风自殊，无患其乱。"或从夷夏礼俗之异来说明夷胜于夏，如释慧通说："仆谓缙绅之饰，磬折之恭，殡葬之礼，斯盖大道废之时也。仁义所以生，孝敬所以出矣。智欲方起，情伪日滋。圣人因禁之以礼教，制之以法度，故礼者忠信之薄，取乱之首也。既失无为，而尚有为，宁足加哉。夫翦发之容，狐蹲之敬，永沉之俗，仆谓华色之不足吝，货财之不可守，亦已信矣。老氏谓五色所以令人目盲，多藏必之后失，故乃翦发玄服，损财去世，让之至也。"或从求理无本礼俗来说明推行异道，不拘国服，如明僧绍说："将求理之所贵，宜无本礼俗，沿袭异道，唯其时物。故君子豹变，民文先革，颛孙膺训，丧志学殷，夫致德韶武，则禅代异典，后圣有作，岂限夷华？况由之极教，必拘国服哉！"这些批驳充满了巧辩的智慧与才能。

三是辨无生无死之同。这是直关佛教教旨的重要问题。佛教主无生，道教主无死。主无生，则尚泥洹，尚灭度；主无死，则贵仙化，贵长生。然顾欢于文中却将二者说成是"在名则反，在实则合"，企图将它们统一起来，说成是同；又用"无生之教赊，无死之化切"，将两者分离开来，说成是异。不论作何说，他们都不予以认同，所以袁灿批驳说："又仙化以变形为上，泥洹以陶神为先。变形者白首还缁，而未能无死；陶神者使尘惑日损，湛然常存。泥洹之道，无死之地，乖诡若此，何谓其同？"明僧绍正之说："今之道家所教，唯以长生为宗，不死为主，……大乖老庄立言本理。"释慧通驳之说："然则泥洹灭度之说，著于正典；仙化入道之唱，理将安附？老子云：'生生之厚，必之死地。'又云'天地所以长久者，以其不自生也。'夫忘生者生存，存生者必死，子死道将届，故谓之切，其殊切乎？"他们极力否定无生无死之同，称无死为乖诡，旨在申说佛教无生、泥洹、灭度之合理。

四是辨佛道二教之优劣。顾欢论佛道之优劣，佛教人士同样给予了回击。其中争辩最激烈者为释僧愍，他说："夫佛者是正灵之别号，道者是百路之都名。老子者是一方之哲，佛据万神之宗。道则以仙为贵，佛用漏尽为研。仙道有千岁之寿,漏尽有无穷之灵。"又说:"道指洞玄为正,佛以空空为宗。老以太虚为奥,佛以即事而渊。老以自然而化,佛以缘合而生。道以符章为妙,佛以讲导为精。"还说:"道经则少而浅,佛经则广而深。道经则鲜而秽,佛经则弘而清。道经则浊而漏,佛经则素而贞。道经则近而闇,佛经则远而明。"其说与顾欢针锋相对,表现出强烈的独尊意识和佛教情绪。其中论二经之优劣,尤为绝对与片面。

总之,这次争论尽管阵势不大,参与论战的人不多,但都是在强烈的佛教信仰、意识、情感支配下所出现的一种自觉行为。正是这种自觉,佛教的尊严、信仰才得到了捍卫与维持,佛教的中国化才得以继续前进。一、维持了佛教的学术个性与宗教的独立性,使之不沉沦于佛不像佛,道不像道的混沌状态。明僧绍说:"既教有方圆,岂睹其同? 夫由佛者固可以权老,学老者安取同佛? 苟挟竞慕高,撰会杂妄,欲因其同,树邪去正,是乃学非其学,自漏道蠹。"就深刻地指出了顾欢的"道则佛也,佛则道也"的危害性。泯灭了二教的学术个性和宗教独立性,就会窒息二教的发展与生命。二、这些争论巩固了佛教中国化已有的成果,增强了人们对佛教的信仰,提高了人们对佛教的认识,维持了佛教的地位,使之成为与儒道并重的能与它们共主南朝宗教、学术沉浮的重要文化劲旅。

第二次为宋、齐、梁出现的形灭神不灭之争。它滥觞于释慧琳的《白黑论》,兴起于范缜的"神灭论"。神灭论,说的是形灭神亦灭,是种与佛教所鼓吹的形灭神不灭完全对立的思想观念。佛教鼓吹神不灭,是缘于推行"三世轮回"、"因果业报"思想的需要。三世轮回讲生死,是将生死当做互为转换、互为相容的整体来看待的。产生这种转换的机制,就是两者相互间的因果关系。阐述这种因果关系的"十二因缘"和"因果业报"就成了支撑轮回的理论基础,而形灭神不灭论则是其中的一个重要前提与条件。也就是说,佛教欲主轮回、报应,就必须肯定人死之后,形体虽已毁灭、消失,但其灵魂、精神依然存在。只有灵魂不死,精神不灭,它才有轮回转生的可能。至于轮回转生成什么,是入天堂,下地狱,是为人,成畜牲,变饿鬼,这就由他生前业力之善恶来决定。作善业者得善报,作恶业者得恶报。得善报者可以入天堂,转生为人;得恶报者就会入地狱,变饿鬼。因此,三世轮回同因果业报,同精神不灭,既互相勾连,互相依赖,又互相生发,互相渗透,共同建构了佛教的人生哲学。而释慧琳的《白黑论》虽然不专是讲形灭神不灭的,但多少也涉及了报应问题,死后进天堂入地狱的轮回问题,并通过白学先生之口对这些问题给予了批评,其中云:"且要天堂以就善,曷若服义而蹈道;惧地狱以敕身,孰与从理以端心;礼拜以求免罪,不由祗肃之意;施一以徼百倍,弗乘无吝之情。美泥洹之乐,生耽逸之虑,赞法身之妙,肇好奇之心,近欲未弭,远利又兴,虽言菩萨无欲,群生固以有欲矣。甫救交敝之氓,永开利竞之俗,澄神反道,其可得乎。"如此将三世轮回视为利欲之阶,损削天堂地狱之义,这当然令佛教徒不能容忍。《宋书·夷蛮传》说此论一出,"旧僧谓其贬黜释氏,欲加摈斥",亦就成了必然之事,宗炳同何承天之争亦就成了自然之举。纵观二人书信文章,其争论的中心渐次聚焦于生死轮回、形灭神不灭上。在驳《白黑论》中,宗炳的一个重要观点就是"人形至粗,人神实妙,以形从神,岂得齐终"。强调形神二分,形从神受,形死神存。将形神截然划分为二,是神不灭论者断定形灭神不灭的重要预设。不作如此预设,不先验地将二者分开,那就无法得出形灭神不灭的结论。只有先验地将形神预设为不相统一的二物,神就可以出神入化,出生入死,轮转他物;就可以随心所欲地显神光于无量之寿,寄灵变于来生之世。因此正是这种预设使他们对轮回的认识立言坚辞,既坚信天堂、地狱之长存,又坚信天堂、地狱"皆有影响之实"。宗炳的这一观点,在其所著的《明佛论》中亦有反映,他说:"然群生之神,其极虽齐,而随缘迁流,成粗妙之识,而与本不灭矣。今虽舜生于瞽,舜之神也,必非瞽之所生。则商均之神,又非舜之所育。生育之前,素有粗妙矣。既本立于未生之先,则知不灭于既死之后矣。又不灭则不同,愚圣则异,知愚圣生死不革不灭之分矣。故云:精神受形,周遍五道,成坏天地,不可称数也。"如此之论,文中随处可见。他之所以不厌其烦地作如是观,如是说,是出于他对佛教的虔诚与痴迷。对此,何承天驳斥说:"形神相资,古人譬以薪火,薪弊火微,薪尽火灭,虽有其妙,岂能独得?"这是对形灭神不灭的坚决否定。薪火之喻,乃形神俱灭之名喻,是从桓谭"精神居形体,犹火之燃烛"中引申而成,既形象又准确。他又说:"岂非自生入死,自有入无之谓乎?故其言曰:'有骇形而无损心,有旦宅而无愦死'。贾生亦云,化为异物,又何足患?此达乎死生之变者也,而区区去就,在生虑死,心系无量,志生天堂,吾党之常虚,异于是焉。"对轮回予以坚决的否定。此外,何承天还写有《达性论》给颜延之,写有《报应问》给刘少府,就形神报应问题同二人展开争论。这些争论虽仅限于数人之间,然对问题探讨的深度却远远超过东晋时孙盛、罗含之争,戴逵、释慧远之争。

这种争论延至齐梁间就更加激烈了。《梁书·范缜传》说:"初,缜在齐世,尝侍竟陵王子良。子良精信释教,而缜盛称无佛。子良问曰:'君不信因果,世间何得有富贵?何得有贫贱?'缜答曰:'人之生譬如一树花,同发一枝,俱开一蒂,随风而堕,自有拂帘幌坠于茵席之上,自有关篱墙落于粪溷之侧。坠茵席者,殿下是也;落粪溷者,下官是也。贵贱虽复殊途,因果竟在何处?'子良不能屈,深怪之。缜退论其理,著《神灭论》。"又说:"此论出,朝野喧哗,子良集僧难之而不能屈。"众僧之难,无文见于世。而有文存于今者,则为萧琛、沈约、曹思文分作的《难范缜神灭论》。这三篇文章题目相同,定是同时受命之作。然受命于萧子良,还是梁武帝萧衍?史无明载。不过从范缜本传记载来看,应是萧衍。萧衍曾于天监年间敕庄严寺释法云出面,组织了一支由王公朝贵六十余人参加的批判队伍对范缜的《神灭论》进行围剿。他们每人写了一篇《答释法云书难范缜神灭论》的短文,其中就有萧、沈、曹三人的文章,对神灭论进行了较系统的批判。其情况如何,我们先看范缜的《神灭论》。此文采用一问一答的形式,径直从形神关系讲起,说:"神即形也,形即神也。"由于形神一体,所以"形存则神存,形谢则神灭也"。接下来从形质神用展开论述,说:"神之于质,犹利之于刀,形之于用,犹刀之于利,利之名非刀也,刀之名非利也。然而舍利无刀,舍刀无利,未闻刀没而利存,岂容形亡而神在。"将形质神用说成是刀与利的关系,便非常明确地将形神之本末揭示出来了。由于神之于形只是一种用,而用又不能独存,所以形亡神灭。针对这两个观点,萧琛、沈约、曹思文进行了诘难、批判。萧琛与曹思文在批判第一个观点时,以人入睡作梦和形病神游为证,证明形神为二。萧说:"当人寝时,其形是无知之物。而有见焉,此神游之所以接也……夫人或梦上腾玄虚,远适万里,若非神行,便是形往邪。形既不往,神又弗离,复焉得如此?若谓是想所见者,及其安寝,身似僵木,气若寒灰,呼之不闻,抚之无觉。既云神与形均,则是表里俱倦。既不外接声音,宁能内兴思想?此即形静神驰,断可知矣!"认为形非即神,神非即形,形神二分。曹说:"昔者赵简子疾五日,不知人。秦穆公七日乃寤,并神游于帝所,帝赐以钧天广乐,此其形留而神逝者乎?若如论言,形灭则神灭者,斯形之与神,应如影响之必俱也。然形既病焉,则神亦病也,何以形不知人,神独游帝,而欣欢于钧天广乐乎?斯其寤也魂交,故神游于蝴蝶,即形与神分也。其觉也形开,蘧蘧然周也,即形与神合也。然神之与形,有分有合,合则共为一体,分则形亡而神逝也。"如此承认神形有分有合,有亡有逝,较之萧琛,其批判是不彻底的。在批判第二个观点时,萧琛先批其"神用",说:"若穷利尽用,必摧其锋锷,化成钝刃。如此则利灭而刃存,即是神亡而形在。"再驳其"形质"。抓住范缜之"人之质有知,木之质无知"做文章,认为木"当春则荣,在秋则悴,树之必生,拔之必死。何谓无知?"既然木之质有知,所以"神留则形立,神去则形废",神也是有知的。沈约和曹思文则分别从"名用"立论,批判范缜的名用分离。沈说:"今举形则有四肢百体之异,屈申听受之别。各有其名,各有其用。言神惟有一名,而用分百体。此深所未了也。"意思是说,形的四肢五官各有名称,其名多;而神无手足鼻之称,其名寡。两者之名多寡有别,故形神有分。同时,他抓住刀利之喻不放,认为刀与利是两个概念。"刀是举体之称,利是一处之目。刀之与利既不同矣,形之与神岂可妄合耶?"他通过层层批驳,层层分析,得出了形神各异的结论。曹思文也从刀利之喻入手,说:"今刀之于利,是一物之两名耳。然一物两名者,故舍刀则无利也。二物之合用者,故形亡则神逝也,今引一物之二名,以征二物之合用,斯差若毫厘者,何千里之远也。"以上所引,仅是他们难论中一部分,从中可以看出神灭神不灭之争是激烈的。

这次争论,唇枪舌剑,互争真理,互争胜场,但谁也说服不了谁,最终以"言语之论,略成可息"(萧衍《敕答曹思文》,《全梁文》卷五)而宣告结束。其影响之大,就在于不少人在思想观念上已把生死轮回、因果业报、精神不灭当做人生的真谛与信念,贯彻到了他们日常思想与行为中去了。他们或信誓旦旦,以表达他们的崇敬与信仰,如谢灵运说:"四城有顿踬,三世无极已。"(《石壁立招提精舍诗》)"望岭眷灵鹫,延心念净土。若乘四等观,永拔三界苦。"(《登石室饭僧诗》)周颙说:"一往一来,一生一死,轮回是常事。"(《南齐书·周颙传》)顾宪之说:"夫出生入死,理均昼夜。生既不知所从,死亦安识所往。延陵云:'精气上归于天,骨肉下归于地,魂气则无所不之。'良有以也。虽复茫昧难征,要若非妄。"(《南史·顾凯之传·顾宪之附传》)刘歊说:"形者无知之质,神者有知之性。有知不独存,依无知以自立,故形之于神,逆旅之馆耳。及其死也,神去此馆,速朽得理。"(《南史·刘怀珍传·刘歊附传》)或信奉"五戒"、"十善",修今生之因,得来生之果,如王俭、萧琛、夏侯亶,刘訏,任昉、韦放、徐陵、徐孝克等轻财好施,顾觊之将儿子放债的债券付之火炬,萧子良作《放生诗》以示不犯杀戒,陆襄不言杀害五十年,周颙、到溉、刘虬等终生食蔬,何尚之、王俭车服率素,夏侯亶不事华侈等,便是依照这些戒规与愿望去做的。或热衷于忏悔,以此来洗刷身心之污秽,获得死后一片乐土。如萧子良就是其中的典型。《广弘明集》收辑他的一组凡31篇谈论信奉"净往"佛法的文章,其中多处讲到忏悔之事,其虔诚之可掬,足以表现他精信佛教的热情。南朝的佛教就是在这样一批信仰者的拥戴之下,持续发展,并以豪迈的步伐,跨向隋唐的历史进程。

这就是南朝佛学的骄傲，亦是其他四学的荣耀。它们上承先秦汉魏，下启隋唐，既使各家学术文化之薪火承传不息，又以自己的开拓创新为后人积累了经验与教训；既保持了各家学术文化源流一贯，又彰显了自己的学术文化特点与精神，其作用之大，略有数端：

一、提高了学术文化地位。这于文、史二学表现尤为突出。宋文帝四学之设，将文学与史学作为独立的学科从经学中解放出来，给了它们蓬勃的发展生机与活力。自此之后，经史、文义遂成为士族两大主体文化受到了普遍的重视。学风亦随之发生改变。

二、拓宽了南朝文人的学术范围与文化视野。南朝文人读书尚博，著述甚丰，究其所以，是因为五家学术文化积淀深厚，内容丰富，范围广泛。不博无以识其全貌，知其源流，明其底蕴，得其精髓，著述之丰亦就无法实现。要想把学问做大做强，没有丰厚的知识储存，开阔的文化视野，也是不行的。

三、培养了他们的理论思辨与识断鉴赏能力。南朝人好著述，好论辩，两者均离不开理论的修养。理论从何而来？从读书中来，从思考中来，从知识积累中来，从日常工作、生活的认识与体验中来。周颙的《三宗论》，范缜的《神灭论》，刘勰的《文心雕龙》，钟嵘的《诗品》，范晔、沈约、萧子显的《后汉书》、《宋书》、《南齐书》，乃至各朝建制的礼仪、礼规、五礼的注释等等，无不是建立在他们的理论修养之上，思辨、识断、鉴赏之上。没有这些作基础，南朝人欲著述、论辩，亦是十分困难的。

四、为萧统《文选》选编奠定了深厚的学术文化基础，提供了一系列的选编依据与标准。萧统所选《文选》，规模宏大，内容丰富，文体繁多，作品林立，几乎将南朝之前之中的优秀文学作品、文章全选了进来。然究其范围，揭示底蕴，不出五家学术文化之樊篱。可见，南朝五家学术文化之兴起，为他的选编拓宽了学术范围与文化视野，积储了丰富的知识，增强了他的理论思辨与鉴赏识断能力，为他提供了一系列的选编依据与标准，如学术标准、文化标准、理论标准、文学艺术标准、价值标准等。而这些均可从《文选》中找到。可以这样说：没有五家学术文化的兴起，亦就没有南朝独具特色的学术环境和文化氛围，亦就没有萧统的《文选》的出现。这应该是符合当时实际的一个结论。

第二章 《文选》的选编者萧统及其宗室、周围文人

第一节 《文选》为谁所编

孔子观东流之水，子贡问曰："君子所见大水必观焉，何也?"孔子对曰："以其不息，且遍与诸生而不为也。夫水有似乎德。其流也则卑下倨拘必循其理，此似义；浩浩乎无屈尽之期，此似道；流行赴百仞之蹊而不惧，此似勇；至量必平之，此似法；盛而不求概，此似正；绰约微达，此似察；发源必东，此似志；以出以入，万物就此化絜，此似善化也。水之德有若此，是故君子见必观焉。"(《孔子家语·三恕》)孔子博学、善思、多识、明辨，见一汪横流，能从中感悟出如此丰富的道理，给人以治学之启迪。源远流长的南朝五家学术文化有如汪洋恣肆的大海，所蕴涵的又何啻义、道、勇、法、正、察、志七德? 天地万物之道，社会人生之理，都被蕴涵其中。有善观水如孔子者，均可从中获得他所需要的东西。它们既是当年那些善属文者挥笔运豪抒写情怀的审美依据，又是后人阅读、理解、选编这些作品的鉴赏标准。只有当人们从这样的文化高度去创作去欣赏的时候，其作才会深厚，其得才会厚重。因此，学术文化，这种看似抽象而实为具体的人类文明精华，对于文学爱好者来说，是须臾不可少，不可离，不可忘的。作为《文选》的选编者萧统，他的学术生涯就是在这种"须臾不可"中度过的。他的《文选》就是以此为目的为标准为判断从茫茫文海中旁搜远绍，张皇幽渺，简金淘沙选编而成的。骆鸿凯说："总集之存于今者，以《文选》为最古。鸿篇巨制，垂范千秋。"[1] 今天，当我们怀着崇高的敬意来研究这部最古的总集时，视角不禁转向了萧统及其宗室、周围文人，以期通过他们的研究来揭示《文选》产生形成的重要原因。为了论述的方便，我们先从其宗室说起。

---

[1] 骆鸿凯:《文选学·纂集第一》，中华书局 1989 年版，第 1 页。

一、萧统同萧衍、萧纲、萧绎父子

我们在前面说过,当一般家族一跃而成为政治强族之后,还须有自己的文化优势,须有自己的主体文化。如果没有自己的文化优势,没有自己的主体文化,其政治强势是不可能持久的。刘宋、萧齐的迅即灭亡就说明了这一点。然如何形成自己的文化优势和主体文化,当时摆在萧统宗室面前的路子只有两条,要么走经义研究之路,将经学作为自己的主体文化;要么走文义创作之路,将文学作为自己的主体文化。这两条是士族固有的传统,也是南朝学术文化研究的基本格局,为世人所遵循。自然,萧统宗室是无法改变它而另创新途的。他们走的仍是这两条路。这两条路,以博学深思为根基,以识鉴辨析为手段,没有这种功夫,还是不能形成自己的文化优势和主体文化的。为此,萧统宗室在建梁前后,在注重政权获取与巩固的同时,便将自己的兴趣爱好转向了经义研究和文义创作,出现了一批博学能文之士,比如,萧秀"精意术学",萧机"博学强记",萧推"好属文",萧伟"幼倩警好学,晚年崇信佛理,尤精玄学",萧恢"年七岁,能通《孝经》、《论语》义,涉猎史籍"(《梁书·太祖五王传》),萧藻"善属文辞",萧伯游"善言玄理"(《梁书》嗣王本传),萧会理"好文史",萧义理"博览多识,有文才",萧纶"博学善属文"(《梁书·高祖三王传》),萧劢"聚书至三万卷,披玩不倦",萧综、萧确、萧静、萧修或"有文才",或"能文",或"善属文"(《南史》各本传),等等。其中,最为出类拔萃的还是萧统的父亲萧衍。这是一位能在学界叱咤风云、引领一个时代的博学多能的著名学者。孔子说:"古之学者为己,今之学者为人。"为己者,欲得之己也;为人者,欲见知于人也。而萧衍两者兼有,然终以为己者少,为人者多,那就是,他早年勤奋好学,是为了出人头地,以求门第之改换;晚年卷不辍手,是为了确立和张显皇家文化之优势,并以此去挑战士族,挑战世人,去拉动整个时代,影响整个社会,从而树立自己绝对的政治、文化权威,将天下统治好。为了实现这一目的,第一,他勤学不已,著述不辍。《金楼子·兴王篇》说:"梁高祖武皇帝……始在髫发,便爱琴书,容止进退,自然合礼。……每读《孝子传》,未尽终轴,辄辍书悲恸。由是家门爱重,不使垂堂。登于晚年,探赜索隐,穷理尽性,究览坟籍,神悟知机,读书不待温故,一阅皆能诵忆。所以驰骋古今,备该内外,辨解联环,论精坚白。"《梁书·武帝纪》说:"帝及长,博涉多通,好筹略,有文武才干,时流名辈咸推许焉。"又说:"文思钦明,能事毕究,少而笃学,洞达儒玄。虽万机多务,犹卷不辍手,燃烛侧光,常至戊夜。"

其读书之博,遍及经史,旁及"阴阳纬候,卜筮占决","兼笃信正法,尤长释典";其才艺之众,"六艺备闲,棋登逸品","草隶尺牍,骑射弓马,莫不奇妙";其著述之富,广涉儒、道、文、史、佛五学各个领域。《梁书》本纪记其作品有:《制旨孝经义》,《周易讲疏》,及六十四卦、二《系》、《文言》、《序卦》等义,《乐社义》,《毛诗答问》,《春秋答问》,《尚书大义》,《中庸讲疏》,《孔子正言》,《老子讲疏》,凡二百余卷;制《涅盘》、《大品》、《净名》、《三慧》诸经义记数百卷,《通史》六百卷,诏铭赞诔、箴颂笺奏,凡诸文集 120 卷,《金策》30 卷。《隋书·经籍志》著录其作品(重复除外)尚有:《周易大义》21 卷,《周易系辞义疏》1 卷,《毛诗发题序义》1 卷,《毛诗大义》11 卷,《礼记大义》10 卷,《制旨革牲大义》1 卷,《乐论》2 卷,《钟律纬》6 卷,《围棋品》1 卷。其数量之多,种类之繁,足令文人翘首,士族仰目。

第二,他探索不止,开拓不息。萧衍著述之富,不只体现在量上,还体现在质上。其质量之高,《梁书·武帝纪》曾用"正先儒之迷,开古圣之旨"予以高度的概括和评价。它告诉我们,萧衍著述质量之高,原于他勇于思索,敢于探索,善于开拓,因而发现了前人没有发现的问题,纠正了前人著说的错误和迷乱,开掘了古圣幽深的旨意。这些虽随着作品的大量佚失,难见其全貌,但现存的一些单篇短章还是给我们留下了一些片断。比如,他对"孝"的看法,其《孝思赋》就给我们留下了他研究《孝经》大义的某些印记。孔子说:"媚兹一人,应侯顺德,永言孝思,孝思惟则。"(《孔子家语·弟子》)一部《孝经》讲的是行孝的伦理道德与规范,故孔子用"永言孝思,孝思惟则"来概括。然萧衍《孝思赋》却不这样认为,而是说:"思同情生,情因思起。导情源以流澌,引思心而无已。既怀忧以经身,亦衔恤而没齿。当闲居而永念,独拊膺而自伤。徒升岵而靡瞻,空陟屺其何望。涕纵横以交流,血沸涌而沾裳。览地义以自咎,惧灭性之乖方。仰太极以长怀,乃告哀于昊苍。冀皇天之有感,何扼施之茫茫。晓百碎于魏阙,夜万断于中肠。心与心而相续,思与思而未央。晨孤立而萦结,夕独处而徊徨。气塞哀其似噎,念积心其若狂。"(《全梁文》卷一)认为孝思的本质在"情",不在"则"。正因为儿女对父母有着海一样深的血亲情感,故他们对父母殁后的思念才没完没了,才有着刻骨铭心的怀念,撕心裂肺的剧痛。而这种怀念、剧痛,反过来又加深了他的思忆,以至寝食不安,以泪洗面。基于这种认识,他在赋中极力铺写各种思念、悲痛、哀悼之情,以期通过它来解读孝的含义和《孝经》的原始意义,来揭示以情行孝,孝则自觉长久,以则行孝,孝则勉强,难见真情的道理。如此释义,虽有别圣贤,却更符合人的性情。又比如,他对"明堂制"的解释,其

《明堂制》一文亦给我们留下了他研究《礼记》大义的某些缩影。我们知道，自周公制明堂朝诸侯以来，明堂制遂成为礼学中谈论不衰的话题。朱熹说："论明堂之制者非一。窃意当有九室，如井田之制。东之中为青阳太庙，东之南为青阳右个，东之北为青阳左个；南之中为明堂太庙，南之东即东之南，为明堂左个，南之西即西之南，为明堂右个；西之中为总章太庙，西之南即南之西，为总章左个，西之北即北之西，为总章右个；北之中为玄堂太庙，北之东即东之北，为玄堂右个，北之西即西之北，为玄堂左个；中为太庙太室。"① 这是朱熹据《大戴礼》所理解的"明堂制"。萧衍却不这样认为，说："明堂，准《大戴礼》，九室八牖三十六户，以茅盖屋，上圆下方。郑玄据《援神契》，亦云'上圆下方'，又云'八窗四达'。明堂之义，本是祭五帝神，九室之数，未见其理。若五堂而言，虽当五帝之数，向南则背叶光纪，向北则背赤熛怒。东向西向，又亦如此，于事殊未可安。且明堂之祭五帝，则是总义，在郊之祭五帝，则是别义。宗祀所配，复应有室。若专配一室，则是义非配五；若皆配五，则便成五位。以理而言，明堂本无有室。"（《全梁文》卷一）认为明堂总的含义是用来祭祀五帝神，即东南西北中五方天帝神的。既然是祭五帝神，那就没有"九室八牖三十六户"，因此九室之说无理。既然无九室，那便是五堂。若只有五堂，虽合五天帝神之数，但又不该出现祭南神而背北神，祭北神而背南神的情况，因此五堂之说不妥。祭天帝配宗祀，既配宗祀，亦应有室，既有室，便有位，然明堂之无宗祀之位，因此配室之论也有问题。由此，他得出结论是"本无有室"。这一结论，与《大戴礼》所说大相径庭，与后来朱熹的说法，更有天壤之别。可见善于从前人的说法中发现问题，正迷开旨，提出己见，是萧衍治学的基本特点和风格。这一特点、风格在他的《郊庙不宫悬制》、《宗庙用迎送乐制》、《议皇子为慈母服制》等文中也得到了表现。而这些正是他不同于前人，超越前人，将研究引向深远境界的可贵之处。

不唯如此，其佛经研究也具有这样的特点和风格。这可从他对般若学的论述中见其一斑。般若学是种智慧之学，讲空，讲无，是修炼佛学者必备的一门学问。然在南朝，情况发生了变化。其缘由，方立天先生根据萧衍《注解大品经序》所云"虚己情少，怀疑者多"的事实，结合般若、涅盘二学传播的历史进行分析说："佛教般若学在两晋时代得到广泛传播，但是，它偏于讲空，忽略对于成佛根据和成佛主体等问题的论述，从而使急于追求成佛的教徒得不到满足。在东

---

① 陈澔：《礼记集说·月令第六》注引，《新刊四书五经》，中国书店 1999 年版，第 129 页。

晋后期，恰恰《涅盘经》传入我国，一些学者就转向涅盘妙有的学说。竺道生就是由般若学转到涅盘学的代表人物。在东晋末年和南朝，涅盘学取代了般若学，居于主流派的地位。当时一般僧人不仅把涅盘学和般若学对立起来，而且怀疑《般若经》的真实可靠性。"①怀疑《般若经》，是东晋末至南朝佛教界、学术界的一股思潮。面对这股思潮，是顺其流扬其波，还是挽狂澜于既倒，扼逆流于正途，是有识与无识，迷惘与清晰的分水岭。在这分水之际，萧衍显示出了不凡的学术气息与眼光，一是接二连三地到同泰寺讲解《涅盘经》、《般若经》，二是亲自召集二十个名僧与天保寺法宠等人对《般若经》自龙树、道安、童寿、慧远、鸠摩罗什以来所作的大量论训，"详其去取"，并让"灵根寺慧令等兼以笔功，探采释论，以住经本，略其多解，取其要释"（《全梁文》卷六），编撰《注解大品经》一书，然后亲自为之作序。其序中说："机事未形，六画得其悔吝；玄象既运，九章测其盈虚。斯则鬼神不能隐其情状，阴阳不能遁其变通。至如摩诃般若波罗蜜者，洞达无底，虚豁无边，心行处灭，言语道断，不可以数术求，不可以意识知。非三明所能照，非四辩所能论。此乃菩萨之正行，道场之直路，还源之真法，出要之上首。本来不然，毕竟空寂。寄大不能显其博，名慧不能庶其用，假度不能机其通，借岸不能穷其实。若谈一相，事绝百非，补处默然，等觉息行，始乃可谓无德而称。以无名相，作名相说。导涉求之意，开新发之眼，故有般若之字，彼岸之号。"（《全梁文》卷六）这一论述，若放在释僧肇时代，并不新奇；放在南朝，则是难得的一段文字。从中我们可以看出萧衍对佛教对般若学的研究，是非常注重理论的概括与归纳的。比如，他对《般若经》"洞达无底，虚豁无边，心行处灭，言语道断"特征的概括，虽然只有四句话，却要言不烦，切中肯綮，道尽了以空、无为核心的智慧之学那无声无形无臭，空灵无比，扑朔迷离的真相与奥妙。对《般若学》"菩萨之正行，道场之直路，还源之真法，出要之上首"作用的归纳，同样字字珠玑，掷地有声。它是"出八地之由路，登十阶之龙津"（释僧叡《大品经序》，《出三藏记集》卷八），是通往涅盘无上正等正觉的阶梯，是研究《涅盘经》不可缺少的要籍。因此，它在佛经中的地位作用属于"上首"。此外，他对二经区别的概括，同样十分精彩，说："涅盘是显其果德，般若是明其因行。显果则以常住佛性为本，明因则以无生中道为宗。"（《全梁文》卷六）短短四句话，将二经的个性、特点、作用，以及彼此间所隐含的相互区别相互联系、相互独立相互作

---

① 方立天：《梁武帝萧衍与佛教》，见《魏晋南北朝佛教论丛》，中华书局1982年版，第203页。

用之关系,并由此而形成的相对论观念揭橥无遗。这对于那些怀疑《般若经》"非是究竟"的人来说,宛如一声春雷,将他们从昏睡中惊起;恰似一盏明灯,将他们于迷茫的航行中引向光明的彼岸。

此还不算,萧衍的勇于思考,敢于探索,大胆开拓,还使他发现了佛、儒、道三教同源的奥秘。他在《敕舍道事佛》一文中说:"大经中说道有九十六种,唯佛一道,是于正道,其余九十五种,皆是外道。朕舍外道,以事如来。若有公卿能入此誓者,各可发菩提心。老子、周公、孔子等,虽是如来弟子,而为化既邪,止是世间之善,不能革凡成圣。"(《全梁文》卷四)将老子、周公、孔子这些古圣人说成是如来弟子,这就意味着他们创立的道家、儒家与如来创立的佛家,原本是同一母体所孕育出来的三个圣胎,相互间没有根本的区别,只有正、外之不同。其所云正者,师也;外者,弟子也;正者,正也;外者,邪也;正者能"革凡成圣",外者"止是世间之善"。这些无稽之谈给他的"同源论"着上了几分"理性"的色彩。于是他按照预定的逻辑,展纸挥毫赋诗云:"少时学周礼,弱冠穷六经。孝义连方册,仁恕满丹青。践言贵去伐,为善存好生。中复观道书,有名与无名。妙术镂金板,真言隐上清。密行贵阴德,显证表长龄。晚年开释卷,犹日映众星。苦集始觉知,因果乃方明。示教惟平等,至理归无生。分别根难一,执着性易惊。穷源无二圣,测善非三英。大椿径亿尺,小草裁云萌。大云降大雨,随分各受荣。心想起异解,报应有殊形。差别岂作意,深浅固物情。"① 这就是他著名的《会三教诗》。诗歌不仅记述了他一生治学的经过,而且描述了儒、道、佛三教的功能,那就是,儒家讲仁恕,是为了行善;道家讲有无,是为了积阴德;佛家讲苦集、因果、平等,是为了图报应。如是,三者便在行善——积阴德——图报应上得到了贯通,得到了统一,合为一体。此说一出,影响甚大。它不仅打破了三教鼎立,互争胜场,互相诋毁的局面,而且加速了外来佛教中国化的进程。尽管他人为地将佛教置于儒、道之首,理论上缺乏根据,实践上乖戾人情,悖逆事理,但对于那些相信三教能够合一的人来说,不无鼓舞与启迪。

第三,他充分利用自己的政治权势和学术成就,努力将经学、佛学研究国学化、社会化。这首先表现在立《五经》博士上。作为儒学经典,《五经》自汉以来成了读书人必修的课程。三冬一经,或穷一经而皓首,不少人为此付出了艰辛的劳动,作出了不少的贡献。然如何将一家一户之学,转为国家之学,这就涉及

① 《梁诗》卷1,见逯钦立辑校《先秦汉魏晋南北朝诗》中册,中华书局1983年版,第1531页。

国学的建立与五经博士设立的问题。这一问题，汉人作了全面的回答。然前人创举的事，后人不一定完全遵循沿用。且不说魏晋，单以南朝而言，刘宋、萧齐就只立国学，不设五经博士。而萧衍却不然，天监四年（505年），既立国学又设五经博士各一人。这样做，是因为他深深懂得，欲使《五经》成为梁代的主流文化，成为总御天下的指导思想和教化百姓的工具，就必须培养自己的《五经》研究人才。有了这样的人才，将《五经》从一家一户之学中解放出来，成为一国之学，也就不难了。因此，从这一层面观照，《五经》博士之设立，不只是政治行为，更是学术文化发展过程中必有的过程和举措。其意义，既有力地将梁代经学研究引向了正轨，使五家学术文化得到兴起，又为他将《五经》研究国学化社会化奠定了基础。其次，表现在《五经》著述与讲说上。萧衍《五经讲疏》著述完成后，由于它具有"正先儒之迷，开古圣之旨"的意义与价值，因而使人耳目一新。但因其"开生面"，多新见，致使那些熟惯了前人注疏、义说的王侯朝臣纷纷"奉表质疑"。对此，"高祖皆为解释"（《梁书·武帝纪下》）。如此一往一复，出现了朝廷上下研讨《五经》的热闹场面，标志着《五经》研究国学化、社会化拉开了序幕。接下来，萧纲于玄圃奉述其所制《五经讲疏》，听者倾朝野（《梁书·简文帝纪》）；萧子显上表置制《孝经》助教，生十人，专通其所释《孝经》义，并"于学递述高祖《五经义》"（《梁书》《武帝纪》、《萧子显传》）；张缵于豫章内史任上述《制旨礼记正言义》，听者常数百人（《梁书·张缵传》）；朱异、贺琛、张缵、孔子祛于士林馆递述其《礼记中庸义》（同上），则标志着《五经》研究国学化、社会化由朝廷推向学校，推向士林，推向社会，推向了高潮。其影响之大，不只使萧衍《五经》著述深入人心，使《五经》成为国学而人人研读，而且使"四方郡国，趋学向风，云集于京师矣"，使整个时代风尚发生了转变。最后表现在佛经义记的著述与讲说上。佛教是种讲义理讲道化的宗教。佛教义理因经论繁多而显得异常丰富，道化因强调修行而极富实践色彩。自佛教日趋中国化以后，义理、道化便成了中国佛教徒和信奉者常修的两门功课，成了萧衍笃信正法，身体力行的两件大事。佛教义理重生死轮回，因果报应，力主神不灭。这对于不信佛的人来说显得十分荒谬。范缜就是这样认为的。他曾旗帜鲜明地提出"神灭论"与之抗衡。如是，自萧子良以来，"形灭神不灭"便成了宗教界和学术界争论不休的话题。萧衍信佛以后，继续了这场争论，并组织人马进行围剿。"若论无神，亦可无圣；许其有圣，便应有神。"由于他们将推论建立在一种预设的逻辑和虚妄的根据上，因而理论上显得贫乏，逻辑上显得无力，根本无法驳倒神灭论，故神灭论以其巍巍之姿傲然挺立在他们面前,令他们胆慑。萧衍后来虽觉得这样争论下去无甚意义,以"缜既背经以起义,乖理以致谈,灭圣难以圣责,乖理难以理诘。如此,则言语之论,略成可息"(《敕答曹思文》《全梁文》卷五)为由,结束了这场论战,但它深刻地反映了以皇帝为中心的朝廷佛学群体力量是不可低估的,他们对佛教的情结、信仰是不可改变的。这为萧衍日后将佛学研究推向社会奠定了基础。其突出事例就是萧衍的幸寺舍身说法。据《南史·梁本纪》记载,萧衍从大通元年三月,幸寺舍身,到太清元年三月,幸同泰寺,设无遮会,升光严殿讲堂,坐师子座,讲《金字三慧经》,舍身,前后共历二十年,幸寺十六次。其中,升堂入座讲经六次,设无遮、平等、无碍等法会十次,舍身三次。前六次,旨在通过法事行为与讲经来宣传他著述的《涅盘》、《般若》、《三慧》诸经义记,让更多的人了解他的著述,了解这些佛经,研究这些佛经。后十次,意在通过各种法会来进一步扩大佛教影响,让更多的人投身于佛门。最后三次,是通过舍身行为来表明他皈依佛教的决心,让世人知道,当今皇帝尚且如此,你们还有什么犹豫不决的? 投身佛门吧,那里才是一片净土! 其虔诚之可掬,用心之良苦,将学佛、崇佛、信佛、佞佛推向了极致。其规模之大,为《五经》研究所不及。《梁书·武帝纪》说:"即于重云殿及同泰寺讲说,众僧硕学,四部听众,常万余人。"场面之壮观,开梁代学术研究之最。

作为诗人,萧衍在文学理论无甚建树,但注重性情在诗歌创作中的作用,则是他重要的创作行为。他在《孝思赋序》中说:"想缘情生,情缘想起,物类相感,故其然也。"在《净业赋序》中说:"观人生之灭性,抱妙气而清静,感外物以动欲,心攀缘而成眚。"在《子夜四时歌》中说:"春心一如此,情来不可限。"都将性情作为一种思考问题、认识事物、发言为诗的创作起点,开启了他的创作生涯。尽管这种观点早已流行诗坛,无甚新意,但还是从一个侧面反映出这位热衷于断房室,绝女色,禁酒肉的佛教徒皇帝的内心深处隐藏着一股火热的情感。在这股情感驱动下,他的诗歌不论写什么都将情置于首位,因此,情溢全篇,便是他诗歌创作的总体特点。且不说那六十余首描写女性题材以吟咏性情为主的乐府诗是这样,就拿《会三教诗》来说,其对少年学周礼,中年观道书,晚年开释卷的叙述,字里行间就闪烁着一种学有成就的喜悦,荡漾着一种迷恋三教的激动。正是这种喜悦、激动,才使这种枯燥的说教诗显得并不枯燥。

综上所述,萧衍作为梁代乃至南朝著名的学者、诗人,其学术造诣与建树是多方面的,诗歌创作成就亦是昭然可睹的。他用自己的丰硕成果确立并彰显了皇家文化的优势，成就了他在梁代学界的领袖地位。

在萧衍家族，能不折不扣地履行萧衍治学意图，在学术创作上取得较为突出的成就，并以此来彰显其皇家文化优势的还有萧纲和萧绎。萧纲是个颇有学术文化修养的人，其学术成就虽赶不上他的父亲萧衍，但也著有《昭明太子传》5卷，《诸王传》30卷，《礼大义》20卷，《老子义》20卷，《庄子义》20卷，《长春义记》100卷，《法宝联璧》300卷等面世。这个数字，比起世家大族，如琅邪王氏、陈郡谢氏的子弟毫不逊色，比起一般士族成员亦成就斐然。然这不是他的强项，他的强项在文义。其文义根基之深厚，又得力于他的博学。《梁书·简文帝纪》说："读书十行俱下，九流百氏，经目必记，篇章辞赋，操笔立成。博综儒书，善言玄理。"博学所致，加深了他的文义观念之形成。这首见于《昭明太子集序》，其中云："窃以文之为义，大哉远矣。故孔称性道，尧曰钦明，武有来商之功，虞有格苗之德。故《易》曰：'观乎天文，以察时变，观乎人文，以化成天下。'是以含精吐景，六卫九光之度；方珠喻龙，南枢北陵之采，此之谓天文。文籍生，书契作，咏歌起，赋颂兴，成孝敬于人伦，移风俗于王政，道绵乎八极，理浃乎九垓，赞动神明，雍熙钟石，此之谓人文。若夫体天经而总文纬，揭日月而谐律吕者，其在兹乎。"这些说法全是从儒家经史中来，是儒家经史的文化滋润使他加深了对文义的认识。他将"文"细分为"天文"、"人文"两种，并给它们以明确的界定，这就表明，在他的意念里，文学创作既离不开天文、人文，又是天文、人文的终极表现，是用来"成孝敬于人伦，移风俗于王政"，为教化芸芸众生服务的。这是一种地道的儒家文艺思想。次见于《答张缵谢示集书》，他说："纲少好文章，于今二十五载矣。窃尝论之，日月参辰，火龙黼黻，尚且著于玄象，章乎人事，而况文辞可止，咏歌可辍乎！不为壮夫，扬雄实小言破道；非谓君子，曹植亦小辩破言。论之科刑，罪在不赦。至如春庭落景，转蕙承风，秋雨且晴，檐梧初下，浮云生野，明月入楼，时命亲宾，乍动严驾，车渠屡酌，鹦鹉骤倾；伊昔三边，久留四战，胡雾连天，征旗拂日，时闻坞笛，遥听塞笳，或乡思凄然，或雄心愤薄，是以沈吟短翰，补缀庸音，寓目写心，因事而作。"在这里，他进一步强调了文章的地位与作用，认为日月参辰尚可著玄象，章人事，而作为以天文、人文为表现对象的文章，就更不能止息停辍了。同时又认为，扬雄在《法言》里称作赋为"童子雕虫篆刻，壮夫不为"，曹植在《与祖德书》中说为文"岂徒翰墨为勋绩，辞颂为君子"，这些贬低文章地位、作用的破道破言的话，是罪在不赦。这些言论与前人说的"文章者，所以宣上下之象，明人伦之序，穷理尽性，以究万物之宜者也"(挚虞《文章流别论》,《全晋文》卷七十七),与时人说的"文章者,盖情性之风标,神明之律吕也"(《南齐书·文学传论》),并无什么区别。既然文章以天文、人文为表现对象,那么天文、人文的外在表现和内在特质是什么呢? 于是他用了一段优美的文字作了说明。其中,"至如春夜"云云,说的是天文的表现,"伊昔三边"云云,讲的是人文的内在特质。然无论是外在的、内在的、天文的、人文的,都是用来"寓目写心,因事而作"的。因此,"寓目"两句便成了他文义观念中又一重要思想而显得清新可喜,弥足珍贵。当然,"因事而作"并不是他的发明,而是他从汉魏乐府中移植过来的。然移植是为了运用。如何运用,如何写心,如何事作,便成了问题的关键,直接关系到文章创作的内容和方法。对此,他没有正面作出回答,但我们从他在《答新渝侯和诗书》所说的"九梁插花,步摇为古。高楼怀怨,结眉表色。长门下泣,破粉成痕。复有影里细腰,令与真类;镜中好面,还将画等"之"人事"和大量创作宫体诗来看,他是将美人作为诗歌的题材,将他们的服饰、花貌、姿色、形态作为写心、事作的内容,作为吟咏情性的主体来认同和处理的。正因这样,他对新渝侯的和诗评价甚高,说它是"风云吐于行间,玉珠生于字里,跨蹑曹左,含超潘陆,双鬓向光,风流已绝",为自己能找到这样的"知音"、"诗伴"而欢欣鼓舞,为获得这样的佳作而"手持口诵,喜荷交并"。此时,他已完全沉醉在宫体诗浓艳的美色中而流连难舍。认识和创作一旦进入到这种层面,其先前高扬的那些建立在经史上的"文义说","写心、事作"论,"成孝敬于人伦,移风俗于王政"的价值观都会因题材之狭窄,人事之偏颇,描写之绮丽而遭到扼制、阉割和改变。这种现象的出现,是他一味求新的结果。他在《答湘东王书》中说:"比见京师文体,儒钝殊常,竞学浮疏,争为阐缓。玄冬修夜,思所不得;既殊比兴,正背《风骚》。若夫六典三礼,所施则有地;吉凶嘉宾,用之则有所。未闻吟咏情性,反拟《内则》之篇;操笔写志,更摹《酒诰》之作;迟迟春日,翻学《归藏》;湛湛江水,遂同《大传》。吾既拙于为文,不敢轻有掎摭。但以当世之作,历方古之才人,远则扬马曹王,近则潘陆颜谢,而观其遣辞用心,了不相似。若以今文为是,则古文为非;若昔贤可称,则今体宜弃。俱为盍各,则未之敢许。"这就是他的求新理论和主张。所谓求新,就是对旧的突破和扬弃。而求新的最终成果就是宫体诗。宫体诗是他于东宫前后所新创的一种诗。这种诗由于以女性为歌咏题材,以其形貌为描写对象,以靡丽为用词风格,因而遭到了时人的不满。而他所说的"比见京师文体"云云,是对这种不满所作出的回应和挑战。为了捍卫自己的成果,维持皇家文化的优势,他作出了应战。在他看来,诗与礼,诗与经史,求新与复古完全不同。就诗与礼来说,诗有诗的用场,礼有礼的用处,所以他说"六典三礼,所施则有地;吉凶嘉宾,用之则有所",吟咏情性,不同于《内则》。就诗与经史来说,诗的特质是吟咏情性,以天文、人文为内容,与属于史的《酒诰》、《归藏》、《大传》完全不同。就其求新与复古来说,两者都有其客观规律,而遣词用心就是其规律之一。今之复古却不然,遣词用心既与古代的扬雄、司马相如、曹植、王灿了不相似,又与近代的潘岳、陆机、颜延之、谢灵运了不相像,完全违背了规律。萧纲如此煞费苦心,旨在为自己的新体诗、为维持皇家文化优势寻找理论依据。这一依据,应该说是被寻绎出来了,但不够全面。他没有看到诗与社会、诗与生活的关系,没有完全理清传统文化同诗歌创作的联系,以致将"立身先须谨重,文章且须放荡"看成为毫不相干的两回事。

从萧纲诗歌创作的情况看,其"天文"取经太窄,以致于"连篇累牍,不出月露之形;积案盈箱,唯是风云之状";其"人文",亦多瞩目于女性之刻画,以致于各种品流的女性写尽之后,只好将笔触伸向自己的内人,出现了《咏内人昼眠》的诗歌。造成这种情况的原因,除了理论不统一不协调之外,一是与他生活过于单调,生活圈过于狭窄有关,二是与他的"诗癖"、"伎痒"有关。一个人当属文爱好到了成癖、发痒时,就会什么都想写,什么都要写,难免会出现一些游戏之作,荒唐之文。三是与他的太子地位有关。这种地位使他见到的只是光明。如他在《南郊颂》里所写的"画一之政,万代表于时和。三章之律,百姓沐于仁寿。于是龙光之地,日浴之乡,紫舌黄支,头飞鼻饮,自西自南,无思不服","道洽世昌,国殷民阜。乡知舜让,邑比尧封。委粟西南,神丝被泽。可谓我化若风,民应如草","幽弊之民,与苍雷而共悦。否滞之义,同谷风而开杼。昆虫得性,跂蚕欣生。三驱有缓前之禽,九门无馁兽之药。至德之事如此,太平之风如彼,乃以恭肃神祇,理通孝敬。江左以来,爽垲未辟",全是一派祥和光明的景象。一个人,当他的眼球见到的只是光明,没有黑暗的时候,他焉能如实地看待百姓的苦与乐,生与死? 看待社会的矛盾和斗争? 正因为不能如实看待,才有侯景之乱爆发,才有宫体诗的产生与形成。

萧纲的一生是在其父的羽翼下度过的。后来又做了太子,除了"监抚之务"外,就是山涛说的"东宫养德而已"(萧纲《答徐摛书》,《全梁文》卷十一),就是他自己说的"吾辈亦无所游赏,止事批阅,性既好文,时复短韵"(萧纲《与湘东王书》,《全梁文》卷十一)罢了。正是这种生活使他一生有很多时间和精力去治学为文,去为家族文化的强盛贡献自己的聪明与才智。

萧绎的学术文化修养也很高。虽然他在历史上的名声远不如萧纲那么廉美,被王通说成是"贪人",被王通的弟子魏征说成是"沈猜忌酷,多行无礼。骋智辩以饰非,肆忿戾以害物"的"酷人","虽口诵《六经》,心通百氏,有仲尼之学,有公旦之才,适足以益其骄矜,增其祸患,何补金陵之覆没,何救江陵之灭亡"的"骄人"(《梁书·敬帝纪·传论》),但摒弃这些政治成见不说,在学术文化方面,他却是一位用功最勤收获甚富的学者。说他用功最勤,一见于他的自述。其《金楼子·自序》说:"余六岁解为诗,奉敕为诗曰:'池萍生已合,林花发稍稠。风入花枝动,日映水光浮。'因尔稍学为文也。""余年十三,诵《百家谱》,虽略上口,遂感心气疾。"该书《杂记篇下》说:"余六岁能为诗,其后著书之中,唯《玉韬》最善。"《后妃篇》说:"及在幼学,亲承慈训。初受《孝经》,正览《论语》、《毛诗》。"其《洞林序》说:"余幼学星文,多历岁稔。海中之书,略皆寻究。巫咸之说,偏得研求。虽紫微迢递,如观掌握;青龙显晦,易乎窥览。羡门五将,巫经玩习;韩终六王,常所宝爱。"二见于史籍的记载。《梁书·元帝纪》说:"世祖聪悟俊朗,天才英发。年五岁,高祖问:'汝读何书?'对曰:'能诵《曲礼》'。高祖曰:'汝试言之。'即诵上篇,左右莫不惊叹。……既长好学,博总群书,下笔成章,出言为论,才辩敏速,冠绝一时。"《南史·梁宗室下·萧恭附传》说:"时元帝居藩,颇事声誉,勤心著述,卮酒未尝妄进。恭每从容谓曰:'下官历观时人,多有不好欢兴,乃仰眠床上,看屋梁而著书,千秋万岁,谁传此者。劳神苦思,竟不成名。岂如临清风,对朗月,登山泛水,肆意酣歌也。'"这些自述、史载,无论来自正面的赞扬,反面的讥讽,都不约而同地肯定了这一点。而其用功之勤给他带来的直接收获就是著述之富。据《金楼子·著书篇》所说,其著述的作品有《连山》、《金楼秘诀》、《周易义疏》、《礼杂私记》、《前汉书》注,《孝德传》、《忠臣传》、《丹阳尹传》、《仙异传》、《黄妳自序》、《全德志》、《怀旧志》、《研神记》、《晋仙记》、《繁华传》、《孝子义疏》、《玉韬》、《贡职图》、《语对》、《同姓同名录》、《式苑》、《荆南志》、《江州记》、《奇字》、《长州苑记》、《玉子诀》、《宝帐仙方》、《食要》、《辩林》、《药方》、《补阙子》、《谱》、《梦书》、《安成炀王集》、《集》、《碑集》、《诗英》、《内典博要》,凡34种,677卷。其涉及面之广,大大超出了南朝五学的范围,将笔触伸向了众多领域。萧绎喜谈怪异,说:"夫耳目之外,无有怪者。余以为不然也。水至寒,而有温泉之热;火至热,而有萧丘之寒。重者应沈,而有浮石之山;轻者当浮,而有沉羽之水。淳于能剖肪以理脑,元化能刳腹以浣胃。养由拂蜻蛉之左翅，燕丹使众鸡之夜鸣，皆其例矣。……卢耽为侍中，化为双白鹄；王乔为邺令，变作两飞凫。谅以多矣。"故作《志怪篇》、《仙异传》、《研神记》、《晋仙传》、《梦书》等。除《志怪篇》保存于《金楼子》外，《仙异》、《研神》诸传记连同其他著作全已佚失。从《金楼子》所著13篇（《立言篇》、《杂记篇》各分上下篇）来看，萧绎治学的一个显著特点就是杂。杂以"博"为基础，以"精"为瓶颈。也就是说，杂者易博而难精。故用精字来衡量萧绎，他似乎难以担当。这在《金楼子》中表现尤为显著。该书涉及的内容，"大抵天地之间的人情物理，直至猥琐纤末之事"，几乎都有关涉。正因为运思太杂，故对问题的思考就显得不甚精审。比如，此书的著述体例就显得不甚统一。对此，钟仕伦《〈金楼子〉研究》说得颇为详细。这里不妨再举两例。如所著13篇，其开头有用导语的，有不用的。用导语，有学扬雄《法言》的，如《志怪篇》；也有不学的。所述内容，有题文不相符的，如《箴戒篇》。此篇开头无导语，直陈其事。有些事能给人以箴戒，有些事却显得不伦不类，如所述"东昏侯宝卷，黑色，身才长五尺，猛眉出口"，"齐东昏侯潘妃，尝着裲裆裤"等等，能给人们什么箴戒？此外，所著的方法也不一致。这部著作是模仿刘向《说苑》写成的，运用隶事的方法，即将同一类的故事编织在一起。隶事是齐梁所出现的一种治学方法，常用于文人的学问较量中。萧绎深受其影响，留心于学问的积累，将自己平时读书的一点一滴记录下来，写成此书，故历时长达"三十二年"之久。然南朝隶事，不仅注重事之多少，还注重文之优劣。而萧绎在这一点上也显得不够完美，有的文采遒丽，有的朴实无华；有的叙述详尽，文字多达千余言，有的则三言两语，少则十来个字。这些三言两语，显然是偶有所得记下来的，一事一条目，随记随添，并无内在联系。正因这样，《金楼子》并不是他的代表作，他的代表作是《玉韬》。

尽管如此，《金楼子》还是有它可取之处。一是书中保留了很多南朝的珍贵资料，为人们研究这段历史提供了不少方便。二是此书为独家著述，不假他人之手。他说："常笑淮南之假手，每嗤不韦之托人，由是年在志学，躬自搜纂，以为一家之言。"（《金楼子·序》）又说："予常切齿淮南、不韦之书，谓为宾游所制，每至著述之间，不令宾客怆之也。"（同书《立言篇上》）三是此书表现了他的某些学术看法。比如，对文笔的看法，他说："然而古之学者有二，今之学者有四。夫子门徒，转相师受，通圣人之经者谓之儒；屈原、宋玉、枚乘、长卿之徒，止于辞赋，则谓之文。今之儒博穷子史，但能识其事，不能通其理者，谓之学。至如不便为诗如阎纂，善为章奏如柏松，若此之流，泛谓之笔。吟咏风谣，流连哀思者,谓之文。而学者率多不便属辞,守其章句,迟于通变,质于心用,学者不能定礼乐之是非,辩经教之宗旨,徒能扬榷前言,抵掌多识,然而挹源知流,亦是可贵。笔退则非谓成篇,进则不云取义,神其巧惠,笔端而已。至如文者,惟须绮縠纷披,宫征靡曼,唇吻遒会,情灵摇荡。而古之文笔,今之文笔,其源又异,至于《彖》、《系》、《风》、《雅》,名、墨、农、刑,彪炳豹郁,彬彬君子,卜谈四始,李言七略,源流已详,今亦置而弗辨。"(同书《立言篇下》)这是南朝分辨文笔甚为明确的一段文字。他由学而谈文笔,旨在明其源流。学有经义、文义之分,而屈原诸辈重在文义,止于辞赋,则谓之文;阎纂之徒长于子史,不便为诗而善为章奏,则谓之笔。如此分辨,切中肯綮。而其所云"吟咏风谣,流连哀思"者,则讲的是"文"的特点。这一讲法,连同"绮縠纷披"云云,均是南朝文人通说,仍从文的特点着眼,亦与萧纲所标榜的宫体诗风相表里,故深得萧纲的爱重,并于《与湘东王书》中致其意,视为知音。笔的特点,未作界定,此与他毕生不喜作章奏,故对此类文章的做法、特点无甚研究有关。然文的阈域已定,特点已明,属于文以外的笔,不谈不说,读者也会明白,与其如此,不如留下笔墨谈其他的问题。于是接下谈了他对当时文风学风的看法,说:"夫今之俗,缙绅稚齿,间巷小生,学以浮动为贵,用百家,则多尚轻侧;涉经记,则不通大旨,苟取成章,贵在悦目。龙首豕足,随时之义;牛头马髀,强相附会。事等张君之弧,徒观外泽;亦为南阳之里,难就穷检矣。"对当时的轻薄文风、学风提出了批评。又比如,对治史的看法,他说:"按《周礼·筮人》掌三《易》,夏曰《连山》,殷曰《归藏》,周曰《周易》,解此不同。按杜子春云:'连山,伏羲也;归藏,黄帝也。'予曰:按《礼记》曰:'我欲观殷道,得坤乾焉。'今《归藏》先坤后乾,则知是殷明矣,推《归藏》既是殷制,《连山》理是夏书。"(同上)这是对《归藏》、《连山》二书的考证,先引出处,再引前人的注解,后伸己说,得出结论,沿用的是齐梁治学的路子。他又说:"《太史公书》有时而谬。《郑世家》云:'子产,郑成公子。'而实子国之子也。《尚书·顾命》卫实侯爵。《卫世家》则言'伯爵',斯又乖也。《尚书》云'启金滕',是周公东征之时,《史记》是姬旦薨后,又纰谬焉。其余琐碎,亦不可少。"(同书《杂记篇上》)这是一段指诡订谬的文字,表明他治史注重事实的准确。再比如对传统道德"忠"、"孝"的看法,他在《忠臣传序》中说:"夫天地之大德曰生,圣人之大宝曰位。因生所以尽孝,因位所以立忠。事君事父,资敬之理宁异;为臣为子,率由之道斯一。忠为令德,窃所景行。且孝子列女逸民,咸有别传。至于忠臣,曾无述制。今将发箧陈书,备加论讨。"这段文字,表现了对忠的理解与认识，以及作此传之缘由。由中亦可推知此书的大致写法与《孝义传》、《列女传》相类。他在《孝德传序》中说："夫天经地义，圣人不加，原始要终，莫逾孝道。能使甘泉自涌，邻火不焚，地出黄金，天降神女，感通之至，良有可称。"称子女行孝为天经地义，称孝感为神妙无比，此乃南朝固有的观念。一部《南史》，此类记载随处可见。而萧绎热心于孝德的撰写，亦表明他对传统道德的注重和对经学的理解。总之，《金楼子》这部著作，良莠俱存，然良者多，莠者少。其莠者，是书中原有的不足，还是后人在辑补时留下的纰漏？今不得而知，只好作如是观，以说明萧绎其学虽博，然杂而不精，在萧衍家族中，呈现的是另一种风貌。

造成这一情况的根源，与其急功尚名有关。萧绎汲汲于功名，在其宗室，应是众人皆知。萧恭的讥评就是明证。而他本人对此也直言不讳。他在《金楼子序》中说："余于天下，为不贱焉。窃念臧文仲既殁，其立言于世。曹子桓云：'立德著书，可以不朽。'杜元凯言：'德者非所企及，立言或可庶几。'故户牖悬刀笔而有述作之志矣。"在《立言篇》又说："吾于天下亦不贱也，所以一沐三握发，一食再吐哺，何者？正以名节未树也。吾尝欲稜威瀚海，绝幕居延，出万死而不顾，必令威振诸夏，然后度聊城而长望，向阳关而凯入，尽忠尽力，以报国家。此吾之上愿焉。次则清酒一壶，弹琴一曲，有志不遂，命也如何？脱略刑名，萧散怀抱，而未能为也。但性过抑扬，恒欲权衡称物，所以隆暑不辞热，凝冬不惮寒，著《鸿烈》者，盖为此也。"一再表露的就是立德、立功、立言的三不朽思想。将"三不朽"视为自己的志愿，乍看起来，是为己；若将它放到萧衍家治学背景下去观照审视，则又是为家为族，是一个最认真贯彻其父治学志愿的人，也是个为皇家文化优势之确立作出了巨大贡献的人，因而获得了他父亲的信任，萧统萧纲的友爱。而萧衍家族经过众人的努力，不仅成了一个政治强族，也成了一个文化强族。这些，对萧统《文选》选编影响之深远，是不言而喻的。

二、萧统的学术生涯及其周围文人

萧统的学术生涯就是在这样的学术背景、学术时代、学术家庭中开始，并走向终结。三者给他的影响全面而又深刻。他的政治愿望、儒学情结、玄学意趣、文学理想、史学意识、佛学追求都是受这些影响而产生形成的，而这些又反作用于他对传统学术文化的热爱，是使他能成为南朝学术文苑中一位杰出的承传者与创造者的重要原因。作为南朝学术文化的重要成果，他的《文选》亦是受这些影响编撰出来的。这些都通过他的行政、治学来完成。

（一）萧统行政

萧统于天监元年（502）十一月立为皇太子，于中大通三年（531 年）四月去世，一生仅活了 31 岁。因其父亲健在，他执掌朝政的机会并不很多，只是监抚而已。然传统的政治理念使他心系专制王权的延绵，情系家天下的统治。为此，他努力协助父亲治理国家。《梁书·昭明太子传》说："太子自加元服，高祖便使省万机，内外百司奏事者填塞于前。太子明于庶事，纤毫必晓，每所奏有谬误及巧妄，皆即就辩析，示其可否，徐令改正，未尝弹纠一人。平断法狱，多所全宥，天下皆称仁。"萧纲《昭明太子集序》也说："皇上垂拱岩廊，积成庶务，式总万几，副是监抚。……罚慎其滥，书有作则，胜残去杀，孔著明文，任刑逞威，仅庇淳化。终食不违，理符道德。故假约法于关中，秦民胥悦；感严刑于阙下，汉后流名。是以远鉴前史，垂恩狱犴。"将先秦以来设官分职、君臣关系、君民关系推向了道德层面，这对于萧氏专制王权的延续无疑是抚本固根，取悦民心的。这是他一生的最大政治愿望。

（二）萧统治学

萧统治学继承和发扬了五家学术文化重积累、重创造、重实行的传统和南朝学界重博学、重论辩、重转换的学术精神，始终将治学的范围与内容集中在经义、文史两个方面，研寻辩究，以达礼数之变，与闻而迁，与时而化，显得异常专一与虔诚。

他的学术积累是从幼儿教育开始的，其年三岁。《梁书·昭明太子传》说："三岁受《孝经》、《论语》，五岁遍读《五经》，悉能讽诵。"这在南朝并不多见。南朝早慧的人不少，如谢瞻六岁能属文，谢庄七岁能属文，王规年十二略通《五经》大义，到沅五岁能讽诵其父所教诗篇，张率十二岁能属文，周弘正年十岁通《老子》、《周易》，刘孺七岁能属文，刘孝绰七岁能属文，陆云公五岁诵《论语》、《毛诗》，九岁读《汉书》，略能记忆，刘霁九岁能诵《左氏传》，刘显六岁能诵《吕相绝秦》、贾谊《过秦》，庾于陵七岁能言玄理，庾肩吾八岁能赋诗，裴邃十岁能属文，善《左氏春秋》，任昉四岁能诵诗数十篇，八岁能属文，王僧孺七岁能读十万言，江革六岁能属文，伏挺七岁通《孝经》、《论语》，岑之敬五岁能读《孝经》（《南史》各本传），其年龄都比萧统大。因此，萧统早慧为很多人所不及，再加上他"读书数行并下,过目皆忆"(《梁书·昭明太子传》),勤奋不息,这就为他日后的学术积累和能力的增强提供了坚实的基础。

然而,这仅仅是基础而已。有了好的基础,还要有好的教育,而太子教育和东宫官属的设立,才真正成为他积学成才的最佳条件。如首章所说,太子教育是种特殊的教育。萧衍登基后,沿袭古制,实行太傅少傅制,并于天监六年至九年分别让萧宏与沈约担任太傅少傅(《梁书》二人本传)。古代太傅少傅的职责是"入则有保,出则有师","教谕而德成",重在知识的传授与道德的培养。梁设此制,是否在职责上也要求他们像古代太傅少傅那样对太子进行严格的教育,今不得而知,但从事理上讲,朝廷既然实行此制,就有一定的要求。既有要求,二傅就该发挥过师保的作用。若是,他受沈约的影响应该是深刻的。沈约本人的道德文章,称誉于时,蔡兴宗称他为"人伦师表"(南史·沈约传),姚察称他为"高才博洽,名亚迁董"(《梁书·沈约传赞》),说他经史文义之才为司马迁、董仲舒之亚,这就表明他是个才学博赡的学者。以"人伦师表"之德去傅太子,自然能给萧统以道德之帮助;以经史文义之才为太子之师,自然能于经史文义上给萧统以指导。比如,他在《宋书·谢灵运传论》所提出的"自汉至魏,四百余年,辞人才子,文体三变"之说和对"三变"的代表作家司马相如、班固、曹植、王灿的创作特点的归纳陈述应该在指导时作过介说,而萧统日后选编《文选》特重此四人作品的挑选,则印证了此种影响之存在,是萧统选编《文选》不容忽视的人物,同时表明这是一种有成效的高素质教育。

与此同时,萧衍也像古人一样,从朝廷挑选了一些有品行有学问的官员出任教职,具体教萧统读书。然这些教师是谁? 在笔者看来,有六人值得注意。一是到洽。《梁书·到洽传》说:"天监初,……即召为太子舍人。……七年,迁太子中舍人,与庶子陆倕对掌东宫管记。俄为侍读,侍读省仍置学士二人,洽复充其选。"二是明山宾。《梁书·明山宾传》说:"梁台建,侍皇太子读,迁太子率更令,中庶子。"三是陆襄。《梁书·陆襄传》说:"天监三年,……昭明太子闻襄业行,启高祖引与游处。"四是王锡、张缵。《梁书·王锡传》说:"时昭明尚幼,未与臣僚相接。高祖敕:'太子洗马王锡,秘书郎张缵,亲表英华,朝中髦俊,可以师友事之。'"《南史·王锡传》说:"时昭明太子尚幼,武帝敕锡与秘书郎张缵使入宫,不限日数,与太子游狎,情兼师友。"五是殷芸。《梁书·殷芸传》说:"天监十年,迁国子博士,昭明太子侍读。"在这六人中,担任东宫官属时间比较明确的有到洽、明山宾、陆襄、殷芸四人,分别为"天监初"、"梁台建"、"天监三年"、

"天监七年"、"天监十年"。所谓"天监初",即天监初年,或元年,或二年;所谓"梁台建",即梁代建国之年,也就是天监元年。不清楚的为王锡、张缵。其所谓"昭明太子尚幼",指的是萧统的幼年,然具体年份不清楚。所授职能清楚的有三人:即到洽、明山宾、殷芸,均授侍读。侍读的职能,就是"陪侍帝王读书论学或为皇子授书讲学"(《汉语大词典》)。这里应属第二义。不明确的有陆襄、王锡、张缵,只知他们与萧统相游狎,王、张还"可以师友事之"。所谓游狎,即游而相狎,游玩得很亲近。所谓"师友事之",即事之以师,事之以友。以师,则有训导之责;以友,则有照顾之义。而王锡卒于中大通六年四月,年三十六,萧统卒于中大通三年四月,年三十一。以此下推,王锡中大通三年,年三十三,比萧统大两岁。张缵卒于太清二年,年五十一。以此下推,中大通三年,他三十四岁,比萧统大三岁。王锡年十二为国子生,时值天监十年。未入国子前,几岁发蒙读书?史无明载,只说他"年七八岁,犹随公主入宫,高祖嘉其聪敏,常为朝士说之。精力不倦,致损右目。公主每节其业,为饰居宇。虽童稚之中,一无所好"(《梁书·王份传·王锡附传》)。由此观之,未入国子前,他正是一个发奋读书的小孩,所掌握的知识比他少两岁的萧统多,由他任师友,亦有可能。张缵天监十年即十三岁以前读书的情况,史载阙如,只说他"年十一,尚高祖第四女富阳公主,拜驸马都尉,封利亭侯,召补国子生",说他成人后好读书,"兄缅有书万余卷,昼夜披读,殆不辍手"(《梁书·张缅传·张缵附传》),是个早慧且勤学不辍的人,其掌握的知识亦可充任萧统的师友。然师友毕竟是师友,与担任授书讲学的侍读迥异。因此,当时能给萧统授业的只有到洽、明山宾、殷芸三人。其中,又以明山宾担任侍读时间最早,给萧统授《孝经》、《论语》的必当此人无疑。此外,其证据有三:一是他的学问。他是齐梁著名的礼学家,七岁能言名理,十三岁博通经传,居丧尽礼。梁台建,掌治吉礼。天监四年,置《五经》博士,山宾首膺其选(《梁书·明山宾传》)。由这样一位著名学者给他传授经书,更在情理之中。二是萧统对他的礼遇。《梁书·明山宾传》记其事有二:一说明山宾筑室不就,萧统亲自下令赠钱相助。二说明山宾去世,萧统亲自为之举哀,赙钱十万,布百匹,并使舍人王颛监护丧事。三是明山宾死后萧统给前司徒左长史殷芸写的令:"北兖信至,明常侍遂至殒逝,闻之伤悼。此贤儒术该通,志用稽古,温厚淳和,伦雅弘笃。授经以来,迄今二纪。若其上交不谄,造膝忠规,非显外迹,得之胸怀者,盖亦积矣。……"(《全梁文》卷十九)山宾卒于大通元年,其年,萧统二十七岁。"授经以来,迄今二纪",一纪十二年,二纪二十四年,恰与他"三岁受《孝经》、《论语》"合。明山宾离开东宫的时间，从天监七年到洽为侍读来看，最迟是在天监六年。因其授经结束，故转为到洽授书讲学。到洽授些什么？亦可从他的学术爱好、特长见其始末。《梁书·到洽传》说："少知名，清警有才学士行。谢朓文章盛于一时，见洽深相赏好，日引与谈论。每谓洽曰：'君非直名人，乃亦兼资文武。'朓后为吏部，洽去职，朓欲荐之，洽睹世方乱，深相拒绝。"又说："御华光殿，诏洽及沆、萧琛、任昉侍宴，赋二十韵诗，以洽辞为工，赐绢二十匹。"到洽大通元年去世，年五十一。去世后，萧统与晋安王萧纲令说："到子风神开爽，文义可观。当官莅事，介然无私。"这两条资料，充分说明到洽是个能文善诗、文义可观的诗人与学者。由他授书讲学，传授的亦只能是文义。到洽先任侍读，后任侍读学士，到什么时候结束？即文义讲授到什么时候完成？从殷芸十年为侍读来看，时间最迟在天监九年。其本传说："九年，迁国子博士，奉敕撰《太学碑》。十二年，出为临川内史，在郡称职。十四年，入为太子家令，迁给事黄门侍郎，兼国子博士。十六年，迁太子中庶子。普通元年，以本官领博士，……五年，复为太子中庶子。"联系前述记载，从天监元年到普通五年，他前后五任东宫官属，而历时最长的是侍读，凡三年。三年中，朝廷不让他担任其他职务，直到九年出任国子博士，旨在让他一心一意教萧统读书。天监十年，殷芸任侍读。此年，萧统十一岁。他八岁纳妃，已是个读了八年书且讨了老婆的"小男人"。此时，殷芸又教他什么呢？《梁书·殷芸传》叙其才学说："励精勤学，博洽群书。"这八个字，看似平常，但在只有二百来字的殷芸传文中显得极有分量。它告诉我们，殷芸治学的特长就在这八个字上，时代的风尚也在这八个字上。由于时代尚精尚博，梁代出现了一批博洽群书之士，如同殷芸甚善的裴子野、刘之遴、阮孝绪、顾协、韦棱均以博极群书称誉于史。他们不仅能知他人不知之事，识他人不识之物，而且在同别人商校古籍时，还能释疑断篇。深知博极群书之妙，且有如此本事的殷芸，他传授给萧统的亦只能是博览群书、识事辨物、释疑断篇的知识与学问。这种传授，较之经义、文义来，更注重水平和能力的培养，属于一种高层次的教学，所需时间应相对长些。若依明山宾授经为五年，到洽授文为三年推断，殷芸授书似乎在四五年之间。若推定为四年，恰为萧统行冠礼之年，即天监十四年，其年十五岁。行完冠礼，则意味着他已长大成人，受学于人的经历结束，独立研习阶段开始。在此过程中，陆襄、王锡、张缵的游狎，给萧统带来的，或是使他玩得开心，或是帮助他巩固已学的知识。总之，萧统就在这三位侍读的教导下，由经义而至文义，由文义而至群书，严格按照南朝治学的模式走完了他接受知识教育的过程,为他步入独立研习阶段打下了坚实的基础。其意义,一是经义学习,使他从小受到了古代传统文化的教育与熏陶。而经学的博大精微,义理的弘富深邃,拓宽了他的认知领域,培养了他的宗经情怀,为他后来学术的深化、文化创新创造了条件。二是文义训习,亦使他从小受到了古代文学美的教育和帮助。诗文中美的情感,美的意境,美的手法,美的语言,宛如万花筒一般,扑面而来,不可胜收。这不仅培养了他的尚文热情,为诗文创作积蓄了力量;而且培养了他的艺术美感和审美能力,为诗文选编奠定了基础。三是群书讲习,拓宽了他的学术视野和胸怀,培养了他的研习水平和能力。道家的有无,史家的知远,佛家的轮回,以及阴阳家的象数,法家的赏罚,名家的尚名,墨家的尚同,纵横家的辞辩,有如一座蕴涵丰富,取之不尽的宝藏,尽其开采和挖掘。而这些,萧统虽初为涉及,却为他日后竭彼绵缃,研寻物理以帮助。

萧统的日后的独立研习就是从这里起步的。他的学术深化、文化创新、知识积累也是从这里以启山林的。这是一个自学自化、自闻自警的过程,以博学探赜为其重要特征。他在《与何胤书》中说:"每钻阅《六经》,泛滥百氏,研寻物理,顾略清言,既以自慰,且以自警。"在《答晋安王书》中说:"居多暇日,殽核坟史,渔猎词林。""静然终日,披古为事,况观六籍,杂玩文史。"(《全梁书》卷二十)在《答湘东王求文集及诗苑英华书》中又说:"谭经之暇,断务之余,陟龙楼而静拱,掩鹤关而高卧,与其饱食终日,宁游思于文林。"(同上)龙楼,汉太子宫门名;鹤关,太子宫禁之门,均指萧统所居之宫。这些便是他自我形象的写照,具体而又真实。其所云"六经"、"百氏"、"坟史"、"词林"、"文籍"、"文史"、"文林"者,讲的都是博极群书,而重点又在经史、文义上;所云"研寻"、"顾略"、"殽核"、"渔猎"、"杂玩"、"游思",说的都是探赜一类的方法,而核心又在义理上。从治学的路向上讲,他沿袭的是南朝学术文化的传统。为此,他利用"居多暇日"这一充足条件,"起先五鼓,非直甲夜,而欹案无休,书幌密倦"(萧纲《昭明太子集序》,《全梁文》卷十二)。即使"事或监抚,虽一日二日,摄览万机,犹临书幌而不休,对欹案而忘怠"(刘孝绰《昭明太子集序》,《全梁文》卷六十)。其结果,"西周东观之遗文,刑名墨儒之旨要,莫不殚兹闻见,竭彼绵缃,总括奇异,征求遗逸"(萧纲《昭明太子集序》),"辨究空微,思探几赜,驰神图纬,研精爻画。沈吟典礼,优游方册","括囊流略,包举艺文;遍该湘素,殚极丘坟。滕帙充积,儒墨区分"(王筠《昭明太子哀册文》,《梁书·昭明太子传》),成了一个集经史文义于一体,融诸子百家、图纬爻画于一身的识流略、辨空微的博学多才之人。而"东宫有书

241

几三万卷",为他的博学探赜提供了极大的方便,为他的水平提高,能力增强提供了充足的条件。

萧统治学,非常注重学术交流,崇尚讲说和识断。《梁书·昭明太子传》说:"(天监)八年九月,于寿安殿讲《孝经》,尽通大义。讲毕,亲临释奠于国学。"《梁书·徐勉传》说:"昭明太子尚幼,敕知宫事。太子礼之甚重,每事询谋。尝于殿内讲《孝经》,临川靖惠王、尚书令沈约备二傅,勉与国子祭酒张充为执经,王莹、张稷、柳憕、王暕为侍讲。"《梁书·张充传》说:"充长于义理,登堂讲说,皇太子以下皆至。"这便是以上情况的记载。萧统讲经,其年九岁。从三岁受经到九岁讲经,已读书六载,而年龄仍属少儿。九岁少儿讲解《孝经》,已非易事,能于讲解中尽通大义,更属不易。张充讲经,为任国子祭酒之时,因他长于义理,故太子以下皆至。无论自讲还是听讲,都说明萧统很看重讲说。他很善谈,受人赞许。萧纲《昭明太子集序》说他"吐纳名理,从容持论,五称既辩,九言斯洽",王筠《昭明太子哀册文》讲他"或擅谈丛,或称文囿",便是其中的反映。当时同他交谈的多为东宫官属文人,交谈的内容,主要集中在三个方面:

一是有关经纪问题的讨论。刘孝绰《昭明太子集序》说:"粤我大梁之二十一载,盛德备乎东朝。……况复延纳侍讲,讨论经纪。去圣滋远,愈生穿凿,枝分叶散,殊路俦驰。灵台辟雍之疑,禋宗祭社之缪,明章申老之议,通颜理王之说,量核然否,剖析同异。察言抗议,穷理尽微。"这段话向我们交代了此次讨论的时间与内容。时间为大梁二十一年,即普通三年。这既是《昭明太子集》结集的时间,也是经纪讨论的时间。内容有礼学、玄学中的义理与章句之注疏,因人们弄得不很明白而出现了违圣背经的现象。这一问题不解决,不仅不利于礼学、玄学的学习与继承,也不利于文学、史学、佛学的研究与发展,更不利于即将着手的《文选》的选编,为此,他同这些才学之士展开了讨论。比如,他同东宫官属讨论《丧服》,便是其中著名的事例。《梁书》本传说,普通三年,萧统叔父始兴王萧憺薨,"旧事,以东宫礼绝傍亲,书翰并依常仪"。对此,他甚为怀疑,命太子仆刘孝绰议其事。刘孝绰议曰:"案张镜撰《东宫仪记》,称'三朝发哀者,逾月不举乐;鼓吹寝奏,服限亦然'。寻傍绝之义,义在去服,服虽可夺,情岂无悲,铙歌辍奏,良亦为此。既有悲情,宜称兼慕,卒哭之后,依常举乐,称悲竟,此理例相符。谓犹应称兼慕,至卒哭。"此议得到了徐勉、周舍、陆襄的赞同和支持。萧统却不这样认为,乃作令驳之云:"张镜《仪记》云'依《士礼》,终服月称慕悼'。又云'凡三朝发哀者,逾月不举乐'。刘仆议,云'傍绝之义,义在去服,服虽可夺，情岂无悲，卒哭之后，依常举乐，称悲竟，此理例相符'。寻情悲之说，非止卒哭之后，缘情为论，此自难一也。用张镜之举乐，弃张镜之称悲，一镜之言，取舍有异，此自难二也。陆家令止云'多历年所'，恐非事证；虽复累稔所用，意常未安。近亦常经以此问外，由来立意，谓犹应有慕悼之言。张岂不知举乐为大，称悲事小；所以用小而忽大，良亦有以。至如元正六佾，事为国章；虽情或未安，而礼不可废。铙吹军乐，比之亦然。书疏方之，事则成小，差可缘心。声乐自外，书疏自内，乐自他，书自己。刘仆之议，即情未安。可令诸贤更共详衷。"于是东宫官属进行重议，明山宾、朱异依据"慕悼"之义，认为"宜终服月"，并定为永准。这里所云东宫是否为傍亲服丧和服丧时间长短的问题，实与刘序所云"禋宗祭社"属于同一领域的问题，是《丧服》研究中常有的话题。《丧服》研究，如前面所说，是宋齐梁礼学研究的重要内容，而其着眼点又常常集中在理清服丧的各种关系上，涉及的事情虽然琐细，但都是人们在服丧中时常遇到而又不知如何解决的实际问题。因此，所谓经纪讨论，就是这样一种提出问题、解决问题的讨论，参加这次讨论的有刘孝绰、徐勉、周舍、陆襄、明山宾、朱异等人，他们大多不是东宫学士，而是职务较高的东宫官属。讨论中，萧统"量核然否"的学术才能与水平以及由此而产生的实事求是的学术品性得到了真实的体现。他不因与刘孝绰亲近而放弃学术的原则，而是对刘孝绰所议之乖误进行了有理有据的辩证与驳斥，从而使所议的问题得到了正确的解决。事实告诉人们，经纪研究只有正确地理解它的义理、章句以及相关注疏，才能克服穿凿驰骋之弊，避免违圣背经之事，走向正确的轨道。

二是有关篇籍问题的讨论。《梁书》本传还说他引纳才学之士，"恒自讨论篇籍"。这是萧统为编撰《文选》举行的讨论。朱东润先生说："引刘孝威、庾肩吾等，讨论坟籍，成文选三十卷。"[1]持的就是这种看法。孝威、肩吾虽非东宫文人，但萧统"引纳才学之士，赏爱无倦"，则又表明参与篇籍讨论者，有像孝威、肩吾这样非东宫文人的才学之士。《文选》选编始于何时？学界看法不一。然有两点为大家所公认：一是《文选》选篇止于普通七年，七年以后不再选。二是普通三年至六年是萧统东宫学士大盛之时。据此两点，有些学者如何融就疑《文选》选编始于三至六年间，其完成则在普通七年之后。依此，萧统的"篇籍讨论"与下面要讲的"古今商榷"应在这几年间。而具体在哪一年，这里涉及一个重

---

① 朱东润：《中国文学批评史大纲》，上海古籍出版社 1983 年版，第 62 页。

要人物，即刘勰。《梁书·刘勰传》说："天监初，起家奉朝请，中军临川王宏引兼记室。迁车骑仓曹参军。出为太末令，政有清绩。除仁威南康王记室，兼东宫通事舍人。时七庙飨荐，已用果蔬，而二郊农社犹有牺牲，勰乃表言二郊宜与七庙同改。诏付尚书议。依勰所陈。迁步兵校尉，兼舍人如故。昭明太子好文学，深爱接之。"刘勰为东宫通事舍人，均以"兼"为任，时间在天监十六年左右，萧统十七岁。然任东宫通事舍人时间有多长，本传无记，只说他"有敕与慧震沙门于定林寺撰经证，功毕，遂乞求出家，先燔鬓发以自誓，敕许之。乃于寺变服，改名慧地。未期而卒。"范文澜先生据此并通过僧佑死年的考证，认为刘勰与慧震撰经证，大抵一二年完功，未期而卒，事当在普通元二年。若定为二年，撰经证当在天监十八年（519 年）至普通元年（520 年）。也就是说，天监十八年前，他还在东宫兼任东宫舍人，前后共有三四年。萧统对刘勰深爱接之，这就表明"恒自讨论篇籍"中的一些问题，他曾同刘勰交谈过。若再进一步考虑他于普通三年前正在结集自己的文集，那么这两种讨论似在普通三年结集后才会进行，因此其时间当以普通三年为是。篇籍讨论，情况复杂，大致朝两个方面展开。

（一）对书的种类、性质、作用之辨识。书籍甚多。殷周之前，有所谓的《三坟》、《五典》、《八索》、《九丘》之类；殷周之后，又有所谓六典、八法、八则、三皇五帝之书，邦国之志，各国之史，《易》、《诗》、《书》、《春秋》之属。到了汉代，"经籍散逸，简札错乱，传说纰缪，遂使《书》分为二，《诗》分为三，《论语》有齐、鲁之殊，《春秋》有数家之传。其余互有踳驳，不可胜言。"（《隋书·经籍志序》）于是，整理这些书籍便成了朝政要事。司马谈父子、刘向父子对此作出了杰出贡献。司马谈著《六家要指》，分书籍为阴阳、儒、墨、名、法、道德六家，刘歆在此基础上做《七略》，又将群籍分为《集略》、《六艺略》、《诸子略》、《诗赋略》、《兵书略》、《术数略》、《方技略》。班固作《汉书·艺文志》，依《七略》而为书部，著录天下之书。魏时郑默作《中经》，荀勖作《新簿》分书籍为甲乙丙丁四部。晋李充雠校荀勖旧薄，"遂总没众篇之名，但以甲乙为次，自尔因循，无所变革。"（《隋书·经籍志序》）时至江左，从事篇籍整理的人逐渐增多，所选书目，有谢灵运的《四部目录》，王俭的《目录》、《七志》，王亮、谢朓《四部书目》，任昉、殷钧《四部目录》、《文德殿目录》，阮孝绪《七录》等。书籍整理，不单要给书分类、雠校、统计数量，还要定其篇目。当年任昉作《四部目录》时就是这样做的。《梁书·任昉传》说："自齐永元以来，秘阁四部，篇卷纷杂，昉手自雠校，由是篇目定焉"。这一工作，自汉以来，代有人作，然随着书的佚失、散乱、残缺，还是有做不完的事。萧统招纳才学,讨论篇籍,不能不谈这方面的事情。要给书籍分类,就须对各类书的性质、作用有所了解,否则就会分类不当。要定其篇目,就须熟悉篇目,否则就会归类有误。这应是讨论中常有的话题。而萧统的博极群书,为这一话题的展开打下了雄厚的基础;其善谈又为这一话题的进行打开了滔滔不绝的闸门。由于事物的认识不是一次就能完成,需要不断的琢磨,不断的切磋,因此萧统讨论篇籍也就不是一次两次,而是多次;同他讨论的人,亦不是一人两人,而是多人;讨论的篇籍就不是一部两部,而是多部。正是这种常有的讨论,加深了他对书籍种类、性质、作用的认识。试看他在《文选序》中所论经、史、子、集之不同,就留下了书籍讨论的深深印迹。他说:"若夫姬公之籍,孔父之书,与日月俱悬,鬼神争奥,孝敬之准式,人伦之师友,岂可重以芟夷,加之剪截?老、庄之作,管、孟之流,盖以立意为宗,不以能文为本。今之所撰,又以略诸。若贤人之美辞,忠臣之抗直,谋夫之话,辨士之端,冰释泉涌,金相玉振。所谓坐狙丘,议稷下,仲连之却秦军,食其之下齐国,留侯之发八难,曲逆之吐六奇,盖乃事美一时,语流千载。概见坟籍,旁出子史,若斯之流,又亦繁博。虽传之简牍,而事异篇章,今之所集,亦所不取。至于记事之史,系年之书,所以褒贬是非,纪别异同,方之篇翰,亦已不同。若其赞论之综缉辞采,序述之错比文华,事出于沈思,义归乎翰藻,故与夫篇什,杂而集之。"① 其中所云不选经、史、子书的理由,是因为这些篇籍的性质、作用独具个性,与集书迥异。这种认识与看法,虽有其历史渊源,比如挚虞《文章流别论》不论经、史、子书,只论文章中的颂、赋、诗、七、箴、铭、诔、哀辞、碑文诸体,但大都是他究群籍之宜,尽篇章之理所得。这些所得,既离不开他个人学习思考,也离不开他同才学之士"恒自讨论篇籍"所受到的启发。

(二) 对篇目及其相关问题的辨识。既然篇籍讨论要涉及篇籍整理,而篇籍整理又要涉及定其篇目,这就意味着他们的讨论会涉及一些具体篇章的问题。这也是个复杂的问题。比如,素为当今一些学者所关注或所谈论的文体问题,《文选》作品的真伪问题,作品的性质、体裁、内容、语言、章法、价值、影响以及人们的评价,文学史上的地位等问题,作家的生平、创作、风格、地位、影响、评价等问题,以及由此而产生的文学理论、文学思潮、文学发展等问题;选编中选谁、选什么、选多少等问题,有些就颇为复杂,非常重要。而这些大大小小的问题,笔者曾对照《文选》,粗略估计就有六十余个,由此引发出来的问题就更多。比

---

① 萧统:《文选》,上海古籍出版社 1986 年版,第 2 页。

如，三十七种文体的界定问题，像什么是表？蔡邕《独断》的说法就是与刘勰《文心雕龙》的说法不甚相同，二人所说，谁为可靠？像什么是赋？什么是骚？二体究竟如何划分？选编孰前孰后？宋玉是屈原的弟子，楚辞的重要作家，其作品是归属于赋还是骚？又比如作家作品评价问题，自《史记》立人物传记，始开评价之风以来，不少文论、书信、序言、碑志都有这样的内容。像文论、书信，曹丕的《典论·论文》、《又与吴质书》，曹植的《与杨德祖书》，陆机的《文赋》，挚虞的《文流别论》，李尤的《翰林论》，沈约的《宋书·谢灵运传论》，任昉的《文章缘起》，刘勰的《文心雕龙》，钟嵘的《诗品》，颜之推的《颜氏家训》等或评作家，或论作品，或作家作品兼备，或从当时文坛实际谈，或从文学发展状况说，如此林林总总，问题堆积如山。若涉及具体作家，像王灿，曹丕《典论》说他"以气质为体"，刘勰《文心雕龙·明诗》则说他"怜风月，狎池苑，述恩荣，叙酣宴，慷慨以任气，磊落以使才"，钟嵘《诗品》则说他"发愀怆之词，文秀而质羸"，一家之言以谁为是？曹丕所提及的作品，何篇为优？又再比如，语言问题，古今不同，秦汉散而六朝骈，选文究竟以散为主，还是以骈为主？抑或是骈散兼得为主？如此一类问题，真是多如牛毛。若要一一甄别、讨论，则有说不完的话题。而我们提出的这些问题，有些在萧统看来，不成问题，即便如此，需要讨论的依然很多。于是产生了"恒自讨论"的情况，且留下了一些印记。比如对作品的真伪问题的认识，刘勰曾发表过很好的意见，他说："夫篇章杂沓，质文交加，知多偏好，人莫圆该。慷慨者逆声而击节，酝藉者见密而高蹈，浮慧者观绮而跃心，爱奇者闻诡而惊听。会己则嗟讽，异我则沮弃，各执一隅之解，欲拟万端之变。所谓'东向而望，不见西墙'也。"为此，他提出了"六观"之说，即"一观位体，二观置辞，三观通变，四观奇正，五观事义，六观宫商"（《文心雕龙·知音》）。周振甫先生释其含义云："一观位体，根据体制风格来探索情理，从而研讨作者怎样'情理设位'，'因情立体'。二观置辞，是观察章句安排来探索全篇的纲要和主旨，从而研讨作者怎样按章宅句，著意熔裁。三观通变，是观看作品有什么继承和创新，从而探索作者怎样资于故实，酌于新声。四观奇正，观察作品怎样执正驭奇的表现手法，探索作者是否掌握了奇正的规律。五观事义，观察作品征引事类，引用成辞，探索作者怎样引事引言以及融会书本学问来供自己驱使。六观宫商，分析作品的声律，从而探索作者怎样使同声相应，异音相从的协调音节。"① "六

---

① 周振甫：《文心雕龙注释》，人民文学出版社 1981 年版，第 524 页。

观"的提出,有利于人们对作品的杂沓、真伪的辨识,有利于讨论的深入。又比如对文笔问题的认识。刘宋时期业已有所分辨。《南史·颜延之传》说:"元凶(刘劭)弒立,……长子竣为孝武南中郎谘议参军。及义师入讨,竣定密谋,兼造书檄。劭召延之示以檄文,问曰:'此笔谁造?'延之曰:'竣之笔也。'又问:'何以知之?'曰:'竣笔体,臣不容不识。'"又说:"(文)帝尝问诸子才能,延之曰:'竣得臣笔,测得臣文。'"刘劭视"檄文"为笔,颜延之称竣之笔有体,可见当时文笔分称,不仅概念已明,而且已为一些人所认识。《南史·范泰传·范晔附传》记晔《狱中与诸生侄书以自序》云:"手笔差易,于文不拘韵故也。"称文为韵,实开刘勰《文心雕龙·总术》所云"无韵者笔也,有韵者文也"之先声。然这都是一些初步的认识,还未上升到理论的层面,给予理论的概括。直到刘勰《文心雕龙》的出现,萧绎的《金楼子》的详细阐述,才算解决了这一问题,由于它直关文笔两类文体的划分,作品的选择,萧统自然会将它作为篇籍讨论中的重要问题同学士们商榷。

三是有关古今问题的讨论。《梁书·昭明太子传》说:"或与学士商榷古今。"这亦是萧统选编《文选》时与学士们所进行的又一问题探讨。从《文选》反映的选编情况来看,其古今商榷,意图十分明显,即欲解决好一些重要问题。比如,古今之争的问题。如前所云,这是当时学界文坛一件大事,直接关系到学术和文学的发展走向,关系到《文选》的选编。萧统对此不能不关注,不能不同学士们商榷,听取他们的意见,再作出自己的判断。商榷的结果,诚如一些学者所指出的那样,他保持了中立的立场,不偏不倚,既不反对,也不参与,将古与今,文与质紧密地联系在一起,将它们作为同一个问题的两个方面来对待。又比如《文选》所选古今作家作品比例确立问题,由于它直关选本的质量,严防比例的失调,于是他找学士们商榷。其结果,反映在《文选》中就是古代、近代、现代作品基本上保持均等。再比如,作家选择的标准问题,先选作家再选作品,是他选编的一个基本程序。然如何选?从《文选》已选作家作品来看,暗藏着这样一条标准,即将历史上现实中那些"道德文章有卓异者"作为入选对象。这原是历史著述的一个原则与标准。当年檀超撰《齐书》,所立条例中,有欲为帝女列传者,遭王俭所驳,说:"又立《帝女传》,亦非浅识所安。若有高德异行,自当载在《列女》,若止于常美,则仍旧不书。"(《南齐书·檀超传》)可见,萧统借用这一原则,旨在将《文选》选编成为"为道德立言,为文章立极"之书。由于事关重大,不能不与学士商榷。而结果,所选的130个作家,除个别史籍缺载外,余者多与各代正史相合。其所选梁代作家，唐代姚思廉奉诏撰《梁书》，基本上将他们写进了书中。

这两次讨论，由于篇籍问题复杂，非一次能完成，故出现了"恒"的情况，由于古今涉及的问题也很多，非一次能商榷完，于是出现了"率以为常"之事。这两次讨论与选编同时进行，故讨论有助于选编，而选编又有助于讨论的深化，两者相得益彰，共同体现了《文选》选编的严肃性、庄重性和科学性。而《文选》的文体、作家作品就是这样被确定下来的。同时，这两次讨论，在思想上、学术上给他的帮助也很大，增强了他的问题意识与文学观念，历史意识与现实观念。前者，使他于披古中增大了对五家学术文化的依附，后者使他于崇今中增强了他对文学创作、欣赏的喜爱。同时，也培养了他古为今用的热情，使他于援古证今中，将五家学术文化同现实紧密地结合在一起，创造出一种新的文化，那就是《文选》。

萧统治学看重著述和编书。萧统著述以诗文为重，编书以详悉精核为求。萧纲《上昭明太子集别传等表》说他"幼有文章之敏"，《梁书·昭明太子传》说他"每游宴祖道，赋诗至十数韵。或命作剧韵赋之，皆属思便成，无所点易"，"间则继以文章著述，率以为常"，便是他看重著述之事证。其著述，有文集20卷，《正序》10卷，《文章英华》20卷，《文选》30卷。前两种属著述，后两种属选编。所著诗文，据萧纲"至于登高体物，展诗言志，金铣玉徽，霞章雾密，致深黄竹，文冠绿槐，控引解骚，包罗比兴。铭及盘盂，赞通图象，七高愈疾之旨，表有殊健之则。碑穷典正，每由则车马盈衢；议无失体，才成则列藩击缶"（《昭明太子集序》，《全梁文》卷十二）所评，刘孝绰"博逸兴咏，并命从游。书令视草，铭非润色，七穷炜烨之说，表极远大之才，皆喻不备体，词不掩义，因宜适变，曲尽文情"（《昭明太子集序》，《全梁文》卷六十）所论，王筠"吟咏性灵，岂惟薄伎；属词婉约，缘情绮靡。字无点窜，笔不停纸；壮思泉流，清章云委"（《昭明太子哀册文》，《梁书·昭明太子传》）所赞，具有较高的艺术成就。他擅长各种文体的写作。其诗，体物言志，吟咏性灵；其铭、赞、七、表、碑、书、令，词不掩义，曲尽文体。其作品，大多流失，今百不存一。据逯钦立《先秦汉魏晋南北朝诗》辑录，存诗仅四十四首。其中，赠答、宴饮诗质朴无华，谈佛诗长篇巨制，言理过甚；乐府诗属辞婉曲，缘情绮靡；写景诗工于状物，巧于形似。显然，这不是他诗中的精华，亦不能反映他创作的全貌。据严可均《全上古三代秦汉三国六朝文》辑录，存文仅三十来篇。其中，《殿赋》完文一篇，《铜博山香炉赋》完文一篇，《扇赋》、

《芙蓉赋》、《鹦鹉赋》、《蝉赋》残文四篇,《七契》完文一篇,《弓矢赞》、《蝉赞》残文两篇,启 12 篇,令 5 篇,书 7 篇。赋以写物为主,内容上与前人同类之作无甚新奇之处,因而也不能反映他赋作全貌。《七契》模拟扬雄《七发》而成,所写七事,一为声色之乐,二为滋味之美,三为骑驰之胜,四为服饰之丽,五为歌咏之欢,六为校猎之观,七为礼仪之教。通过君子与逸士的对话将它们组织成篇。全文约二千一百余字,以逸士生活的环境、情趣描写开端,以"逸士曰:'鄙人寡识,守节山隅,不闻智士之教,将自潜以糜躯,请伏道而从命,愿开志以涤虑'"结束。全文构思虽无新奇,然炜烨之说可喜。比如,最后一段君子说礼乐之教,作者通过"万国若翕从,四海同使指"的以诗礼为核心的和乐气氛的铺写,表现他对梁代初期兴旺繁荣的礼赞,感情显得炽热,文字显得遒丽。启以《锦带书十二月启》为最,全文以音乐的太簇、夹钟、姑洗、中吕、蕤宾、林钟、夷则、南吕、无射、应钟、黄钟、大吕十二律配十二月,一月一段文字,都是先写景物后写情事,乍看能给人以新奇之感。比如他写"夹钟二月"云:

> 伏以节应佳辰,时登令月。和风拂迥,淑气浮空。走野马于桃源,飞少女于李径。花明丽月,光浮窦氏之机;鸟啭芳园,韵响王乔之管。敬想足下,优游泉石,放旷烟霞,寻五柳之先生,琴尊雅兴;谒孤松之君子,鸾凤腾翮。诚万世之良规,实百年之令范。但某席户幽人,蓬门下客。三冬勤学,慕方朔之雄才;万卷长披,习郑玄之逸气。既而风尘顿隔,仁智并乖。非无衰侣之忧,诚有离群之恨。谨伸数字,用写寸诚。

文字不多,清新可读。但由于全文都是依照这一模式写的,因而又给人呆板之叹。这些孤文残篇,显然不能代表他的创作成就,也与萧纲、刘孝绰、王筠的评价相差甚远。若依此而作出萧统创作平庸的结论,显然不切实际。

其选编,《文章英华》二十卷在前,《文选》三十卷于后。前选已佚,后选犹存。据其"往年因暇,搜采英华,上下数十年间,未易详悉,犹有遗恨,而其书已传,虽未为精核,亦粗足讽览"(《答湘东王求文集及诗苑英华书》,《全梁文》卷二十)所言,该集虽以"五言诗之善者"为主,但亦因"上下数十年间未易详悉","未为精核"为憾。所谓详悉,讲的是搜采不博。力求搜采详博,是当时文人撰述的一种价值追求和成书要求。比如,周舍撰《礼疑义》,自汉魏至齐梁,并皆搜采,视详悉为完美。萧统以此为恨,可知"详悉"便成了他后来选编《文选》时的一个总体要求而孜孜以求。所谓精核,讲的是所选诗歌未经周密考虑而显得不甚精辟。萧统以此为憾,同样可知它成了选编《文选》的一种价值追求而贯彻始终。《文选》三十卷，就是经过上述努力之后，于姬汉以来千余年词人才子的大量篇籍中广搜博采，详细考核，去粗取精选编而成的，这是萧统留给后人的一笔丰厚的文化遗产。

（三）萧统与他的周围文人

这是一个持续时间很长、人数众多的群体。据《梁书》、《南史》记载，自天监元年（502年）至中大通三年（529年），二十九年中于东宫担任各种官属的约六十人，其中著名文人，如范岫、萧琛、张稷、周舍、徐勉、朱异、谢览、谢几卿、王峻、陆杲、萧子显、萧子范、孔休源、刘孺、刘遵、刘苞、到沆、到溉、庾于陵、刘杳等就有三十多个，而被他亲近的是那些拜为东宫学士的人，他们是：陆倕、张率、谢举、王规、王筠、刘孝绰、到洽、张缅、明山宾、殷钧、殷芸、杜之伟、刘陟。这13人（参见王立群《"昭明太子十学士"与〈文选〉编纂》，《文选与文选学》），既有他的侍读，也有他的旧属，还有任职不久的新僚。这群人，有擅长经义、文义的，亦有擅长群书的。其才学，均为学界时秀，知识精英。比如，范岫"博涉多通，尤悉魏晋以来吉凶故事"，萧琛"有纵横才辩"，张稷"朗悟有才略"，周舍"义该玄儒，博穷文史"、"尤精义理"，徐勉"博通经史，多识前载。朝仪国典，婚冠吉凶，勉皆预图议"，朱异"遍治《五经》，尤明《礼》《易》，涉猎文史，兼通杂艺，博弈书算，皆其所长"，谢览善属文，谢举"博涉多通，尤长玄理及释氏义"，陆杲"素信佛法"，萧子显长于史学，孔休源"识具清通，谙练故实，学穷文艺"，刘孺、刘遵、到洽善属文，到溉"有才学"，庾于陵"清警博学有才思"，刘杳"博综群书，沈约、任昉以下，每有遗忘，皆访问焉"，陆倕"少勤学，善属文"，"尝借人《汉书》，失《五行志》四卷，乃暗写还之，略无遗脱"，张率"能属文"，王规"年十二，五经大义，并略能通"、"集《后汉》众家异同，注《续汉书》二百卷"，王筠"能属文"，"幼年读《五经》，皆七八十遍。爱《左氏春秋》，吟讽常为口实，广略去取，凡三过五抄。余经及《周官》、《仪礼》、《国语》、《尔雅》、《山海经》、《本草》并再抄。子史诸集皆一遍"，殷钧"好学有思理。善隶书，为当时楷法"，"校定秘阁四部书，更为目录。"（《梁书》各本传）他们的学术结构，大致有如下特点：一、学术范围都集中在经学、玄学、文学、史学、佛学五个方面，或博涉多通，或学有专攻；二、学术积淀深厚，知之甚多；三、精于义理、典故；四、才思敏捷，善于属文；五、明识能断，纵横有才辩。这些人，既是秦汉以来五家学术文化的继承者、开拓者，又是南朝学术文化的创造者、当事人，从他们身上可以见到先秦五学在南朝传播研习的情况，也可以见到南朝学术文化运行发展的状态。他们是时代的影子，是萧统志同道合的良师益友，紧紧地围绕在萧统的周围，为萧统的尊德性、道问学提供了帮助，为萧统的《文选》选编创造了条件。从上述丧服讨论的情况来看，其篇籍，古今讨论亦多在他们中间进行，其热烈的场面，宛如今天的学术讨论会，围绕一个议题，一个中心，畅所欲言，展现的是知识的较量，学问的竞争。因此，在萧统的《文选》选编中，这是一个不可忽略的群体。深入研究他们的学术结构、特长，有助于我们对传统五学的认识，对《文选》选编的认识。

当然，有个问题也该值得注意，即这群东宫官属中，有些人不一定常在东宫，所任东宫职务只是一个附职。如此一来，萧统同这些人的联系不如东宫学士密切，因而给人们的印象似乎是亲学士而疏东宫官员。这是史书给我们的错觉。在史书的记载中，这群人被萧统甚为礼遇的是三个侍读，被他甚为器重的有刘孝绰。《梁书·刘孝绰传》说："时昭明太子好士爱文，孝绰与陈郡殷芸、吴郡陆倕、琅琊王筠、彭城到洽等，同见宾礼。太子起乐贤堂，乃使画工先图孝绰焉。太子文章繁富，群才咸欲撰录，太子独使孝绰集而序之。"有王筠。《梁书·王筠传》说："昭明太子爱文学士，常与筠及刘孝绰、陆倕、到洽、殷芸等游宴玄圃，太子独执筠袖抚孝绰肩而言曰：'所谓左把浮丘袖，右拍洪崖肩。'其见重如此。"为他怀念的有张缅。《梁书·张缅传》说："(缅)中大通三年，迁侍中，未拜，卒，时年四十二。……昭明太子亦往临哭，与缅弟缵书曰：'贤兄学业该通，莅事明敏，虽倚相之读坟典，郤縠之敦《诗》《书》，惟今望古，蔑以斯过。自列宫朝，二纪将及，义惟僚属，情实亲友。文筵讲席，朝游夕宴，何曾不兹胜赏，共此言寄。如何长谢，奄然不追！且年甫强仕，方申才力，摧苗落颖，弥可伤惋。念天伦素睦，一旦相失，如何可言。言及增哽，揽笔无次。'"有陆倕。萧统《与晋安王纲令》中说："陆生资忠履贞，冰清玉洁，文该四始，学遍九流，高情胜气，贞然直上。"（《全梁文》卷十九）有张率。《梁书·张率传》说："(率)大通元年，服未阕，卒，时年五十三。昭明太子遣使赠赙，与晋安王纲令曰：'近张新安又致故。其人才笔弘雅，亦足嗟惜。随弟府朝，东西日久，尤当伤怀也。比人物零落，特可溘慨，属有今信，乃复及之。'"为他深为赏接的有谢举。《梁书·谢举传》说："起家秘书郎，迁太子舍人……太子庶子，家令，掌东宫管记，深为昭明太子赏接。"为他关爱的有殷钧。《梁书·殷钧传》说："母忧去职，居丧过礼，昭明太子忧之，手书诫谕曰：'宜微自遣割，俯存礼制，饘粥果蔬，少加勉强。忧怀既深，指故有及，并令缪道臻口具。'"当然。我们需要进一步指出的是,尽管这些被礼遇、被器重、被怀念的人很重要,但也不能忽视其他东宫官属如周舍、徐勉、朱异等一群人所作的贡献,更不能忽视萧统自身的地位与作用。首先,他是一个积学深厚、知识渊博的人,同时又是一个善于"剖析同异,察言抗辩,穷理尽微"的人,还是一个善于量核然否,善于综合、分析、判断的人。正因此故,萧纲才于《昭明太子集序》中说他是"当今之领袖"。因此,这一地位与作用是东宫官属中任何人都不能替代的。我们只能这样说,《文选》选编是萧统集思广益的结果,而非刘孝绰、王筠或其他人所为。如果说东宫学士在选编中起了作用,而这种作用除了参与上述问题的讨论外,就是在选文方面做些事情,定篇方面提些篇章,编务方面做些实际工作。这只要看看上述《丧经》讨论中的情节,就不难知道,其定篇的取舍权不在刘、王二人手中,而在萧统自己手里。因此过分地夸大刘孝绰或王筠的作用,是缺乏事实根据的。

综上所述,萧统的学术生涯就是在这种"研精博学,手不释卷"的学问追求中走向了终结。他治学,始终以六籍为主体,兼及文史玄佛,旁及百氏、爻画、刑名、墨学,注重义理的研寻,空微的辩究,玄奥的探赜,心性的修炼,道德的培养,理论的提升,将自己锤炼成为一个具有较高学术文化水平与较强学术个性的学者,其重大成果《文选》便深深地烙下了这一印记。因此,"学术文化——萧统——《文选》"便成了一个自然有序的研究框架、逻辑链条,显示出密不可分的关系,广阔的研究前景。这些由他自己所建构,亦由他自己来解答。他既是这一框架中的枢纽,又是这一系列问题的焦点,需要作继续深入的探讨。

第二节 《文选》选编的依据和标准

与上述治学相关的又一重要问题,就是萧统从《六经》、百氏的物理研寻与空微辩究中,究竟感知到了什么? 是如何从自身思想情感的修炼中,将五家学术文化的意蕴精神付诸实践且与宗室的文化转换文化创新相一致的? 这是"学术文化——萧统——《文选》"研究链条上至关重要的环节,亦是研究《文选》选编的依据、标准的重要内容。其间,须先弄清《文选》选编的性质。

《文选》选编不同于文学创作,亦不同于文学评论。文学创作重在作,《文选》选编重在选;文学评论重在评,《文选》选编重在辩。因此,选离不开辩,辩离不开断。选,是种学术文化过程,又是种文学鉴赏、文学批评过程。作为学术文化过程的选,博学是其基础,积累是其条件,学术感知、文化感受、知识体验是其核心。三者连贯互动,是因为,学术文化从来就不是孤立的,静止的,它们各有其渊源、流变、承传和发展;从来就不是无序的,杂乱的,它们各有其个性、特点和规律。治学者不明其源流,识其规律,知其关键,以浅薄之学去选,其选自然难以详悉;以平庸之见去选,其选自然难以精核。因此,选需要博学、积累和深思。而作为选需要的依据和标准,更离不开选者的学术感知,文化感受和知识体验。然这些感知、感受、体验是什么? 这里拟从萧统的儒学情结、玄学意趣、史学意识、佛学追求与文学理想五个方面作些探讨。

一、萧统的儒学情结

这是"学术文化——萧统——《文选》"研究链条上需要探讨的第一个重要问题,即萧统同儒学学术文化及《文选》的关系。这一关系由"学"来建立,由"用"来体现。儒学本身就是一种实用的学问,自周公创立礼法至孔子廓张扬厉,大兴斯说,且身体力行,孜孜不倦,遂使这一学问、风尚延绵不息,亦成为检验文人学士有德无德,有行无行的重要标准与尺度。南朝儒学研究承此而来,在重义理,重注疏之同时,亦重践行,尤以行孝道、循礼制为突出。不少人为此不惜余力,致使经学研究颇具理论联系实际之特点。萧统的经学研究自不能脱离此风尚之影响而存在,且循次而行,亦步亦趋。这可从他对《孝经》的研究、躬行上见其风采。

如上节所说,萧统治学自《孝经》始,再至《五经》,再至文学,再至博览群书,由点到面,不断拓展。他研究《孝经》,既与时相趋,又原于对《孝经》的喜爱。《孝经》是儒经重要的典籍,最能体现儒家人生哲学的思想观念与感情,故孔子特重《孝经》,说:"吾志在《春秋》,行在《孝经》。"(《孔子集语·颜叔子》)该经成书于谁? 历来说法不一。有说是"孔陈曾作"的,如《史记·仲尼弟子列传》说:"曾参……少孔子四十六岁。孔子以为能通孝道,故授之业,作《孝经》。"《汉书·艺文志》说:"《孝经》者,孔子为曾子陈孝道也。"有说是"孔子述作"的,如《隋书·经籍志》说:"孔子既叙六经,题目不同,指意差别,恐斯道离散,故作《孝经》。"邢昺《孝经注疏序》说:"夫《孝经》者,孔子之所述作也。"王国维《孔子之学说》也认为《孝经》乃"孔子之遗说"。有说是"孔子门人作"的,如朱熹《孝经刊说》就持这种观点。此外,还有七十之徒作、子思作、汉儒作等说法。然不论持何说,《孝经》为孔子所传,表现的是孔子的"孝道观",则是公认的事实。《孝经》原本二十二章,现保存于《十三经注疏》中的邢昺《孝经注疏》只有十八章,近两千字,保留了孔子传经布道的痕迹。

《孝经》的基本思想是孝。而孝的含义,《说文》说是"善事父母者"。这种解释来自先秦的传统认识。在现有文献中,孝字最早见于《尚书·尧典》:"父顽,母嚚,象傲,克谐以孝。"其后见于《太甲中》:"奉先思孝,接下思恭。"《酒诰》:"用孝养厥父母。"再后见于《国语·齐语》:"慈孝于父母。"《晋语》:"事父以孝。"至诸子,其说甚多,如《荀子》说:"事亲谓之孝。"《韩非子》说:"孝子爱亲。"《吕氏春秋》说:"孝子重其亲。"无一不称"善事父母者"为孝。由于《孝经》说孝,是将善事父母作为它的逻辑起点和理论核心,这在宗法制社会是深得人心的。它为宗法制社会的巩固与发展,为专制王权的持久和延绵作出过巨大的贡献,是一部具有鲜明的社会性、政治性的儒学经典。

《孝经》的社会性主要是由行孝主体的社会性来体现,囊括了社会上各个阶层、各个行业、各个地方形形色色的人,囊括了社会上各个区域大大小小的家庭、家族及其乡党。也就是说,在宗法社会中,凡由父母所生之人,由父母儿女所组建的家庭,都存在行孝的事实,负有行孝的责任和义务。《孝经》就是根据这些对人们行孝的种种表现进行了归类与界定。其中,说天子之孝为:"爱亲者,不敢恶于人。敬亲者,不敢慢于人。爱敬尽于事亲,而德教加于百姓,刑于四海"(《孝经·天子章第二》)。诸侯之孝为:"在上不骄,高而不危。制节谨度,满而不溢。高而不危,所以常守贵也;满而不溢,所以长守富也。富贵不离其身,然后能保其社稷,而和其民人。"(《孝经·诸侯章第三》)说卿大夫之孝为:"非先王之法服不敢服,非先王之法言不敢道,非先王之德行不敢行。是故非法不言,非道不行;口无择言,身无择行。言满天下,无口过,行满天下,无怨恶。三者备矣,然后能守其宗庙。"(《孝经·卿大夫章第四》)说士之孝为:"资于事父以事母而爱同;资于事父以事君而敬同。故母取其爱,而君取其敬,兼之者父也。故以孝事君则忠,以敬事长则顺。忠顺不失,以事其上,然后能保其禄位,而守其祭祀。"(《孝经·士章第五》)说庶人之孝为:"用天之道,分地之利,谨身节用,以养父母。"(《孝经·庶人章第六》)这就是著名的"五孝"。唐玄宗说:"虽五孝之用则别,而百行之源不殊。"(《孝经序》)其说是深合《孝经》之旨意的。《孝经》将行孝按五种人来划分,并规定他们的义务责任,旨在强调恭行孝道是全社会的事,并不是某一人,某一家族,某一乡党的事,上至天子,下至庶民,无所逃于天地之间，无所旁观于人伦之外，因此它具有广泛的社会性。

同时，它又具有强烈的道德性，由行孝主体所肩务的社会义务、责任来体现。比如，天子地位最高，他承担的社会义务、责任也就最大。然如何承担，《孝经》要求他在爱亲敬亲之同时，要博爱他人，广敬他人。只有博爱他人的人，才不会恶于人；广敬他人的人，才不会慢于人。爱敬之情博设广施，天下百姓就会亲其所亲，长其所长。人人亲其所亲，长其所长，天下就会太平，社会就会和乐。由于诸侯的地位仅次于天子，故《孝经》认为他们要承担的社会义务与责任，主要是"戒骄戒满"。只要他们不骄不傲，制节谨度，就能富贵不失，社稷永保。即使远离父母，不事亲而胜于事亲，不治天下而天下安宁。卿大夫的地位、责任不及诸侯，然卿者，章也，章善明理也；大夫者，大扶也，扶进人者也（邢丙《孝经注疏》卷二），所以《孝经》认为他们行孝以谨慎为主。言谨慎，行谨慎，言守法，行守道，言无口过，行无怨恶，就能长守宗庙。长守宗庙，就是长守孝道。由于士的地位，责任低于卿大夫，故《孝经》认为他们行孝的范围仅在事父、事母、事君、事长之间，以爱敬为其规范，以忠顺为其要求，以保禄位祭祀为其目的。至于庶人，因其处于社会的最基层，地位最低，担当的社会责任最小，故《孝经》说他们行孝仅在勤耕作，善节用，谨立身，治家事亲上。总之，从不同的行孝主体的地位、责任、作用来细说不同的行孝内容，既扩大了孝的内涵、外延，突出了《孝经》的社会性、道德性特点，又强化了行孝的意义、价值，使事亲、爱亲、敬亲作为《孝经》的核心与灵魂贯穿于始终，从而将其社会性与道德性结合起来，将个体家庭与社会联系起来，将父子、母子、兄弟关系与君、长关系连贯起来，由点及面，使复杂的人际关系条理化、和谐化，有利于社会的发展与进步。正因此故，孟子论孝道，特重事亲、守身，说："事孰为大？事亲为大。守孰为大？守身为大。不失其身而能事其亲者，吾闻之矣；失其身而能事其亲者，吾未之闻也。孰不为事？事亲，事之本也；孰不为守？守身，守之本也。"（《孟子·离娄章句上》）将事亲、守身作为孝道的根本，是抓住了行孝的核心与关键。

《孝经》的政治性可由行孝的终极目的来说明。其《开宗明义章》说："子曰：'先王有至德要道，以顺天下，民用和睦，上下无怨，汝知之乎？'曾子避席曰：'参不敏，何足以知之。'子曰：'夫孝，德之本也，教之所由生也'。""夫孝，始于事亲，中于事君，终于立身。"《三才章》说："子曰：'夫孝，天之经也，地之义也，民之行也。天地之经，而民是则之。则天之明，因地之利，以顺天下。是以其教不肃而成，其政不严而治。先王见教之可以化民也，是故先之以博爱，而民莫遗其亲。

陈之于德义，而民兴行。先之以敬让，而民不争。导之以礼乐，而民和睦。示之以好恶，而民知禁'。"《孝治章》说："子曰'昔者明王之以孝治天下也，不敢遗小国之臣，而况于公、侯、伯、子、男乎？故得万国之欢心，以事其先王。……夫然，故生则亲安之，祭则鬼享之。是以天下和平，灾害不生，祸乱不作。故明王之以孝治天下也如此'，"《圣治章》说："君子则不然，言思可道，行思可乐，德义可尊，做事可法，容止可观，进退可度，以临其民。是以其民畏而爱之，则而像之。故能成其德教，而行其政令。"可见其终极目的就是为了齐家治国平天下。而齐家治国平天下，毕竟是个动态的发展过程，推行孝道还须有好的措施与之相适应。这种措施就是顺，即理顺天下之关系，使百姓和睦，上下无怨；就是教，即教天下行孝，使民则天地之经，因地之利；就是博爱，使民莫遗其亲；就是敬让，使民莫争；就是不辱鳏寡，得民之欢心；就是事亲，使父母活着的时候而安之；就是祭祀，使他们死后鬼魂而享之；就是德，使德义可尊，做事可法，容止可观，进退可度，使事上者，进思尽忠，退思补过，将顺其美。而顺、教、德作为手段，虽指向一致，目的相同，但各自又有着不同的作用。顺，重在人与人之间关系的疏通与调适，使之不乱。关系不乱，治理头绪也就清晰分明，社会也就融洽和谐。教，重在人性的扶正和文化的提升。人性正，则无恶念。无恶念，就会人人思善。善以待人，善以待己，天下就会太平。文化得以提升，人们就会克服自身的野蛮、落后而走向文明。德，重在人的品质改变与确立。它既是教的原初动机，又是教的最终目的。有德无德，是衡量人之为人的基本要求与标准。总之，《孝经》言孝的政治目的于儒经中最为明确，其亲和力、凝聚力亦最为强劲。没有亲和力和凝聚力，社会就会成为一盘散沙，政治就会混乱无序，所以《吕氏春秋·孝行》说："凡为天下，治国家，必务本而后末。所谓本者，非耕耘种殖之谓，务其人也。务其人，非贫而富之，寡而众之，务其本也。务本莫贵于孝。人主孝，则名章荣，下服听，天下誉。人臣孝，则事君忠，处官廉，临难死。士民孝，则耕芸疾，守战固，不罢北。夫孝，三皇五帝之本务，而万事之纪也。夫执一术而百善至，百邪去，天不从者，其惟孝乎。故论人必先以所亲而后及所疏；必先以所重而后及所轻。今有人于此，行孝敬于亲重，而不简慢于轻疏，则是笃谨孝道，先王之所以治天下也。"这是被事实证明了的真理。

萧统对《孝经》的钟爱，主要表现在以下三个方面：

一、研习方面。《梁书》本传说他"三岁受《孝经》"，"九岁（即天监八年）讲《孝经》，尽通大义"。《隋书·经籍志》著录他天监八年（509年）讲《孝经》一卷。

此外,该志还著录了"梁有皇太子讲《孝经》三卷"。此三卷未点明作者姓名,但紧承前一卷而来。这个皇太子是谁? 是萧纲? 萧纲虽是皇太子,但该志著录萧纲《孝经义疏》五卷时,用的是"梁简文"三字。显然,他不是萧纲,仍然是萧统。它说明萧统讲《孝经》决非天监八年一次,而是多次,由于次数多了,才有三卷的整理与流布。由于有了三卷的出现,我们也就能够进一步了解到萧统对《孝经》研读的情况。他是将《孝经》当做平生必读之书必讲之经对待的,当做修身立命之本认同的。由于他严格按照《孝经》博爱广敬的要求,在爱亲敬亲之同时,不敢恶于人,不敢慢于人,所以他养成了亲亲之仁,宽和容众之性,养成了"喜愠不形于色"的干练老到。这于一个只活了三十一年的人来说,很不容易。

二、躬行方面。有史可证者凡四事。第一事为他生母行孝守孝。《梁书》本传说:"(普通)七年十一月,贵嫔有疾,太子还永福省,朝夕侍疾,衣不解带。及薨,步从丧还宫,至殡,水浆不入口,每哭辄动绝。"记载简略,事迹动人;行为简单,至诚之性异常鲜明。它表现的是儿子对母亲至真至纯的血亲感情。在南朝人看来,这是行孝守孝的最基本要求。非如此,不足以表达对父母的感怀与思念,故为此而孜孜以求者,屡屡可见,比如臧焘,父母丧亡,居丧六年,以毁瘠著称;王僧佑居丧至孝,服阕,发落略尽,殆不立冠帽;袁昂遭父丧,号恸呕血,绝而复苏;褚彦回遭生丧,期年不盥栉,唯泣泪处可见其本质;何炯及父丧,号恸不绝声,藉地腰脚虚肿,有肉味不肯服,遂以毁卒。张敷父亡,成服凡十余日,始进水浆。葬毕不进盐菜,遂毁瘠成疾(《南史》各本传)。这些都发生在一般士族官宦之家,而帝王之室,以太子之尊有如萧统者则不多见。由于他守孝自毁如此,不加裁止,势必会给朝廷政治带来不安。为此,他父亲心急如焚,派人宣旨,令其强进饮食。他接旨之后,始则"乃进数合",继则"日进麦粥一升",后屡奉敕劝逼,亦"日止一溢"。(《梁书·昭明太子传》)合、升、溢容量有多大? 《孙子算经》卷上说:"十抄为一勺,十勺为一合。"刘向《说苑·辨物》说:"千二百黍为一龠,十龠为一合,十合为一升,十升为一斗,十斗为一石。"一升,合公制一千毫升;一合为一百毫升。《汉语大词典》说:"一溢二十两,为米一升二十四分升之一,约今一百克。"由于进食太少,过去"腰带十围,至是减削过半",严重地损害了身体健康。这样做,虽与《孝经》所云"孝子之丧亲也,哭不偯,礼无容,言不文,服美不安,闻乐不乐,食旨不甘"相合,但又与它所云"身体发肤,受之父母,不敢毁伤"相背,因而遭到他父亲的训斥:"毁不灭性,圣人之制。《礼》,不胜丧比于不孝,有我在,那得自毁如此!"(《梁书·昭明太子传》)尽管父斥严厉,他还是按照公认的守孝准则，将替母守孝奉行到了极致。

第二事为入朝端坐。《梁书》本传说："每入朝，未五鼓便守城门开。东宫虽燕居内殿，一坐一起，恒向西南面台。宿被召当入，危坐达旦。"事情虽小，但忠诚之情可掬。它表现出来的是事父、爱父、敬父的又一深厚感情。这两件事，曾在宫内传为美谈。萧纲《昭明太子集序》说："昭明太子，悬明离之极照，履得一之休征，曰孝与仁，……问安寝门之外，视膳东厢之侧。三朝有则，一日弗亏，恭承宸扆，陪赞颜色。化阙梓于商庭，既欣拜梦；望直城而结轨，有悦皇心。"字里行间充满赞美之情。

第三事是友爱弟弟。萧纲《昭明太子集序》说："垂慈岂弟，笃此棠棣，善诱无倦，诲人弗穷，躬履礼教，俯示楷模，群藩戾止，流连于终宴，下国远征，殷勤于翰墨，降明两之尊，匹姜肱之同被，纡作贰之重，弘临蕃而共馆。"这是萧纲对其胞兄萧统一生行棣鄂之谊的高度赞美，由此亦可见出兄弟情谊之深。所言之事虽小，但亦感人心肺。萧纲于此并无谀词，萧统的确是这样做的。比如他在《答晋安王书》说弟弟萧纲寄给他的一篇疏一首诗，他读后非常高兴，称它为"首尾裁净，可为佳作，吟玩反复，欲罢不能"。评价甚高，意在激励萧纲继续上进。这是他善诱人善诲人的极好说明。又比如，萧纲天监十七年（518年）为云麾将军、南徐州刺史，赴任时，萧统为之送行，并赋诗一首。这就是他现存诗歌中仅有的一首与弟别诗——《示徐州弟诗》，以四言写成。诗中既表现了兄弟临别之际依依难舍之情，又表现了"自兹厥后，分析已频"的挂念以及对弟弟体弱的关怀与爱护。这是他对那些"下国远征"的弟弟们"殷勤于翰墨"的极好说明。萧统如此用自己的实际行动履行礼教，广施仁爱于弟弟，一是出于血亲情感的本能；二是出于维持家天下政治统治的需要；三是出于吸取历史上帝王之家兄弟不睦，手足相残而动摇了帝王根基，以及宋齐以来兄弟成仇而朝运短促的教训。但不论动机如何，客观上还是起到了缓解宗室矛盾的作用，因而赢得了弟弟们的尊重与爱戴。

第四事是关心百姓疾苦。《梁书》本传说："普通中，大军北讨，京师谷贵，太子因命菲衣减膳，改常馔为小食。每霖雨积雪，遣腹心左右，周行闾巷，视贫困家，有流离道路，密加振赐。又出主衣绵帛，多作襦袴，冬月以施贫冻。若死亡无可以敛者，为备棺槥。每闻远近百姓赋役勤苦，辄敛容色。常以户口未实，重于劳扰。"如此戚戚于百姓贫困疾苦，这正是他博爱广敬、仁德素著的集中体现。其《本传》又说：

吴兴郡屡以水灾失收，有上言当漕大渎以泻浙江。中大通二年春，诏遣前交州刺史王弁假节，发吴郡、吴兴、义兴三郡民丁就役。太子上疏曰："伏闻当发王弁等上东三郡民丁，开漕沟渠，导泄震泽，使吴兴一境，无复水灾，诚矜恤之至仁，经略之远旨。暂劳永逸，必获后利。未萌难睹，窃有愚怀。所闻吴兴累年失收，民颇流移。吴郡十城，亦不全熟。唯义兴去秋有稔，复非常役之民。即日东境谷稼犹贵，劫盗屡起，在所有司，不皆闻奏。今征戍未归，强丁疏少，此虽小举，窃恐难合，吏一呼门，动为民蠹。又出丁之处，远近不一，比得齐集，已妨蚕农。去年称为丰岁，公私未能足食；如复今兹失业，虑恐为弊更深。且草窃多伺候民间虚实，若善人从役，则抄盗弥增，吴兴未受其益，内地已罹其弊。不审可得权停此功，待优实以不？"

如此处处以百姓得失作为思考问题的出发点和制订政务的落脚点，仍是他博爱广敬、仁德素著的又一集中体现，是符合天子行孝准则的。此时，他虽然不是天子，但副君地位的尊贵和未来统治的需要，都要求他必须这样做。唯其如此，他才能于孝道的修炼与实践上将爱父孝母、爱君敬君、友爱兄弟、爱护百姓结合起来，从而将《孝经》研读由理性层面推向实践层面，将读用结合起来，构建新的境界。由于他如此关心百姓疾苦，所以他死后获得了百姓的怀念，出现了举国哀悼的动人场面。其本传记叙当时的情景说："朝野惋愕，京师男女，奔走宫门，号泣满路。四方氓庶，及疆徼之民，闻丧皆恸哭。"这是百姓对他爱敬的回报，是他生前未曾预料到的。它告诉我们，仁政爱民者，就会以天下为公，以百姓为本。百姓安乐，天下太平；百姓贫苦，天下不守。拳拳之心，系于天下，款款之情，寄于百姓，萧统的修身立命正是从这里得以生发，儒学情结正是从这里得以升华。因此，纵观萧统一生，其寿虽短，其心则正，其情则纯，是古代王室中值得称道的人物。

三、感知方面。萧统对于《孝经》的感知可谓深远。在他看来，《孝经》的核心是孝，而《六经》的指归亦是孝，所以，他在《答晋安王书》中说："况观《六籍》，杂玩文史，见孝友忠贞之迹，睹治乱骄奢之事，足以自慰，足以自言。"在《示徐州弟诗》中说："载披经籍，言括典坟。郁哉元气，焕矣天文。二仪肇建，清浊初分。粤生品物，乃有人伦。""人伦惟何，五常为性，因以泥黑，犹麻违正。违仁则勃，弘道斯盛。友于兄弟，是亦为政。"在《文选序》中说："若夫姬公之籍，孔父之书，与日月俱悬，鬼神争奥，孝敬之准式，人伦之师友。"无不将对《六经》的认识落脚于孝。由于孝，"天之经，地之义"，始于人伦，而人伦源于人的存在，有人就有祖宗；有祖宗，就有鬼神；有鬼神，就有祭祀；有祭祀，就有天的观念，君的观念，师的观念。而一部《六经》，说来道去，无不从天从祖宗从鬼神从祭祀从君从师方面立意言说的。在他们的理论框架中，天地生万物，是生命的本源；祖宗生子孙，是家族的本源；鬼神生幽冥，是宗教的本源；祭祀主报本，是信仰的本源；君师言治乱，是教化的本源，企图从本源上将人世间的一切，宇宙间的所有都弄个清楚明白。这种大本源意识，既是种大孝道观，表明孝是囊括天地、祖宗、鬼神、君师于一体的；又是一种大人伦观，表明人的相互关系只要置于天、地、君、亲、师这样一个大范围来认同与处理，没有不天下一家的。萧统将姬公之籍、周公之书用"孝敬"、"人伦"来概括，显然是知本知源的。这种认识，若溯其源流，又是从《尚书·虞书》中来，从尧舜的亲和之说中来，因而也带有原生的意味。原生给人以遐思与创造。萧统就带着这种遐思与创造步入了文化、文学的殿堂，进入了《文选》选编之中，于是一大批富有原生意味的作品被他选入了《文选》。比如，班固的《两都赋》，是中国赋史第一篇以京都为题材的大赋，亦是一篇"以极众人之所眩曜，折以今之法度"，公开为后汉礼仪制度唱赞歌的大赋，其原生意味之强烈为众人所瞩目，所以此赋一出，深得人们的喜爱。在此赋的影响下，张衡接踵而起，以更大的篇幅写出了《二京赋》。此二赋予写法上有着明显的模仿班赋的痕迹，于原生相距有间。然张衡的不凡，不在他善于模仿，而在他善于"再生"。他将班赋的视角、主旨稍稍改变，换成"反奢侈，以正世俗"的主题，将人们经常谈论的"治乱骄奢之事"用大赋的形式一表现，就以新的气象赢得了读者的喝彩。虽为再生，然原生的意味依然强烈。时至西晋，不甘寂寞的左思，又奋笔而起，写出了《三都赋》。这更是一篇再生赋。然《三都》者，"自然、人文经济地理"（《文选出版说明》）之著作也。左思巧妙的视觉转换，一改班、张二赋的主题设计和题材安排，进入到经学另一领域，并将人们的认识一下子拖入到我们首章所云的大禹"因地制宜"而辨土壤的荒原时代，《管子》、《荀子》、《吕氏春秋》、《潜夫论》、《齐民要术》因言地利而制辨土之方的知识年月。"美物者贵依其本，赞事者宜本其实。匪本匪实，览者奚信？且夫任土作贡，《虞书》所著；辩物居方，《周易》所慎。聊举其一隅，摄其体统，归诸诂训焉。"（《三都赋序》）仍以其原生的精神，显示出京都题材创作的广阔前景。又比如扬雄的《甘泉赋》，同样是公开为《六经》礼乐涂饰文采的。这种文饰较之《三礼》来要优美得多，动人得多。作为那个时代的帝王臣属（包括萧统在内）不知参加过多少次郊天祀地的大祭。由皇帝领队，王子王孙跟随，朝廷官属参与而组成的祭祀队伍,由旌旗蔽空,弓矢张罗,武夫呵道,戍卒塞途而形成的仪仗阵容,他们当中谁没见过?然又有谁像扬雄那样将这种阵势阵容,运用充分奇特的想象,写得那样如神似化,意趣盎然呢?此赋出来,那些熟惯了这种场面而又满腹才学的人为之目摇神移,倾倒不已;那些未曾见过这种盛大祭祀的人为之拍手而呼。读着这样的赋,谁还管它"燔柴于泰坛,祭天也","瘗埋于泰圻,祭地也",然不知这些祭法、祭义、祭统的人又怎么去读懂这样的赋!这就是艺术文化的作用,原生的力量!正是这种原生美,亦使西晋"高步一时"的潘岳忍耐不住,蓦地而起,挥毫走笔写下了《藉田赋》。《礼记》说:"天子藉田千亩。"赋开笔说:"皇帝亲率群后藉于千亩之甸,礼也。"原也是一篇以礼仪为题材的赋。由于它与郊天祀地不同,重在耕藉。而耕藉又以"天子三推"为限,时间短暂而过程简单,就其本事来说,无甚可写。然潘岳驰骋神思,摇动玉彩,以如实之笔触,将"三推"前的热烈场面和"三推"后的"邑老田父"进言,写得情理兼备,色彩斑斓。这种用文艺来涂饰礼仪的写法,乍看起来别扭,但却使那些熟悉礼仪与不熟悉礼仪的人都感到有如初生一般。这样的例子还有很多。像司马迁的《子虚赋》、《上林赋》是畋猎赋的开山之作,原生性很强。扬雄的《羽猎赋》、《长扬赋》,潘岳的《射雉赋》,在再生中又以其主题的改变和巧妙的构思显示出不凡的气势与力量。自枚乘《七发》开"七体"之先以来,继作者屡屡可见,又有几篇象曹植的《七启》,张协的《七命》那样具有强烈的再生力量?再比如屈原的《离骚》以它原生绝响的气魄、神奇的想象、丰厚的文化、深沉的思想、悲凉的情调向我们展现了一个伟大的爱国主义战士的高大形象。而深受其感动的扬雄作了一篇《反离骚》,企图也来倾吐自己的衷肠,然因其再生远不如他的《羽猎》、《长扬》,因而被摒落于《文选》之外。因此,《文选》由这样一大批原生、再生的作品组成,其意义与价值之巨大,亦就可以与天地同在,与日月同辉了。

同时,又在他看来,《孝经》又一核心就是德,而《六经》更是以言德为任。它讲孝道,讲人伦,究其根本,就是教人做一个有道德的人。因此,德既是一种伦理的追求,又是一种人伦的规范;既是衡量善恶好坏的尺度,又是一种修身修己的约束。萧统看重道德,并将"孝友"、"忠贞"、"治乱骄奢"看成是道德的范畴,是沿袭了周公、孔子的思想,具有鲜明的政治意图与伦理目的,那就是在政治上希望建立一种忠贞的君臣关系与有序的政治秩序,以维持专制王权的延绵。为此,他平时特重那些有忠贞之德的人。比如,他对明山宾生前就十分尊重,死后十分怀念。对其"造膝忠规"之德,在给别人的令中、书中反复言及。这样做,不是想在有梁一朝建立一种忠贞、规谏的优良政风吗？于人伦上，他希望建立一种和谐的上下关系与家庭氛围，以维持宗室的繁盛不衰，以阻宋齐宗室手足相残之乱。为此，他率先垂范，孝敬父母，友爱弟弟。如此一来，孝友、忠贞便成了他的最高道德目标，出现在他的选编中，形成了他"为道德立言，为文章立极"这一潜在的意识与标准。这种意识标准，在作家选择中能体现，在文章简选中有反映。比如，他感知孝敬之高尚，便选有郊祀赋、藉田赋、孝子诗（如束皙的《补亡诗》二首）、行孝文（如《李密的陈情表》）、述祖德的诗（如谢灵运的《述祖德诗》二首），选有表现兄弟朋友友爱友好感情的祖饯诗、赠答诗及书信，选有哀册文、碑、诔、墓志与祭文；他感知忠贞之可贵，便选有讽谏方面的赋，劝励方面的诗，爱国方面的辞，忠贞方面的表；感知谦让之德美，便选有让表。萧统连篇累牍地将这些作品选进《文选》，这说明选者同作者的意念相同，都是为了弘扬道德精神。作者用它来增强文章的思想厚度，萧统用它来增强选本的文化力度，即将《文选》选成能寓人伦道德于优美文字之中，让读者增知识，长学问，获愉悦，明事理，成道德的书。

二、萧统的玄学意趣

这是萧统建构的研究链条上需要解决的第二个重要问题，即萧统同玄学学术文化及《文选》的关系。

如果说，儒家《六经》的本源说富有很强的原生性，那么它同道家相比就颇存差距。儒家所云"天地生万物"，只说天地是本源。道家则不然，他所提出的"道生一，一生二，二生三，三生万物"，将万物的本源推向一个比天地更幽远的层面，因此其原生性就更为强烈。这个道就是自然。道家讲自然，势必会以大自然为依托，而大自然广袤的时空，辽阔的山水草木，飞跃的禽兽虫鱼，便成了他们要涉及的对象，常说的话题。

当然，这些话题并不是他们的发明与专利。在先秦诸子中，喜谈山水自然是种普通的学术文化现象。孔子就是一个突出的代表。他在教育学生时，就告诉他们要"多识于鸟兽草木之名"（《论语·阳货》），并说"智者乐水，仁者乐山"（《雍也》）。智者为何乐水，仁者为何乐山，他在回答子贡提出的"君子所见大水必观焉，何也"时所作的"夫水有似乎德。其流也则卑下倨拘必循其理，此似义；浩浩乎无屈尽之期，此似道；流行赴百仞之蹊而不惧，此似勇；至量必平之，此似法;盛而不求概,此似正;绰约微达,此似察;发源必东,此似志;以出以入,万物就以此化絜,此似善比也"(《孔子家语·三恕》)的解释,在回答子张提出的"仁者何乐于山"时所作的"夫山,草本植焉,鸟兽蕃焉,财用出焉,直而无私焉,四方皆伐焉。直而无私,兴吐风云,此通乎天地之间,阴阳和合,雨露之泽,万物以成,百姓咸飨"(《孔丛子·论书》)的说明,都是有感而发。此外,他还将水同时间联系起来,发出了"逝者如斯夫,不舍昼夜"(《论语·雍也》)的慨叹。在他的影响下,子夏也说:"商闻山书曰:地东西为纬,南北为经,山为积德,川为积刑,高者为生,下者为死,丘陵为牡,溪谷为牝,蚌蛤龟珠,与月为盛虚。"(《孔子家语·执辔》)亦以山水比德。其后,有用山水比学者,如荀子在《劝学》中说:"积土成山,风雨兴焉;积水成渊,蛟龙生焉。"有用山水比政者,如荀子于《王制》引《传》说:"君者,舟也;庶人者,水也。水能载舟,水能覆舟。"如刘向《说苑·辩物》说:"五岳者,何谓也? 泰山,东岳也;霍山,南岳也;华山,西岳也;常山,北岳也;嵩高山,中岳也。五岳何以视三公? 能大布云雨焉,能大敛云雨焉。触石而出,肤寸而合,不崇朝而雨天下,施德博大,故视三公也。""四渎者,何谓也? 江河淮济也。四渎何以视诸侯? 能荡涤垢浊,能通百川于海焉,能出云雨千里焉。为施甚大,故视诸侯也。""山川何以视子男也? 能出物焉,能润泽物焉,能生云雨为恩多,然品类以百数,故视子男也。"也有以草木比德者,如唐代林慎思于《伸蒙子·时喻》中说:"一树之花,人争盼焉;一株之棘,人争忌焉。且人皆爱花之鲜妍,不知鲜妍能诱人为骄奢之患矣;人皆忌棘之伤害,不知伤害能诫人行正直之路矣。呜呼! 骄奢事极,则花为祸人之根者也;正直路存,则棘为利人之本者也。而人不知忌于花,而忌于棘。噫! 其惑人也久矣。"凡此种种,不胜枚举。这些体认,有的显得自然贴切,有的显得牵强附会,然不论妥否,都是他们将自己置于山水草木之外所作出的主观感受与判断,因而物我之间远隔着一层厚膜,无法达到相契相合的地步。由此而写出的这些文字亦就无法达到情景交融的境界,理论性很强,而情感性很弱,缺乏鼓动的力量。即使孔子很赞赏曾点"莫春者,春服既成,冠者五六人,童子六七人,浴乎沂,风乎舞雩,咏而归"(《论语·先进》)的心志,但他的学生涉足山林者几乎无人。

儒家这种比德、比政说到了庄子及其后学手里得到了改变。一部《庄子》谈论山水自然、草木鱼虫、飞禽走兽的文字甚多,以山水比道处处可见。如《大宗师》说:"孔子曰:'鱼相造乎水,人相造乎道。相造乎水者,穿池而养给;相造乎道者,无事而生定。故曰:鱼相忘乎江湖,人相忘乎道术。'"《达生》说:"孔子观于吕梁,县水三千仞,流沫四十里,鼋鼍鱼鳖之所不能游也。见一丈夫游之,以为有苦而欲死也。使弟子并流而拯之。数百步而出,被发行歌而游于塘下。孔子从而问焉,曰:'吾以子为鬼,察子则人也。请问蹈水有道乎?'曰:'亡。吾无道。吾始乎故,长乎性,成乎命。与齐俱入,与汨偕出,从水之道而不为私焉。此吾所以蹈之也。'"《列御寇》说:"孔子曰:'凡人心险于山川,难于知天。'"均是其例。也有以水比镜说到的,如《天道》说:"圣人之静也,非曰静也善,故静也。万物无足以铙心者,故静也。水静则明烛须眉,平中准,大匠取法焉。水静犹明,而况精神!圣人之心,静乎天地之鉴也,万物之镜也。"有用水比交往的,如《山木》说:"君子之交淡若水,小人之交甘若醴。"还有对山水作直接描写加以赞扬的,如《秋水》说:"秋水时至,百川灌河,泾流之大,两涘渚崖之间,不辩牛马。"《徐无鬼》说:"故海不辞东流,大之至也。"《则阳》说:"比于大泽,百材皆度;观于大山,木石同坛。"这些言山言水的文字,比道、比镜、比交的博喻,既表现出《庄子》论说同其他诸子有着相似之处,又有着特有的个性:它不是用叙述的笔墨说山水所含之理,而是以抒情的笔调表现自己体悟山水的喜悦之情,来阐述自然之道的含义与意蕴,以激发人们对山水的喜爱,对山林的向往。而《知北游》说的"山林与,皋壤与,使我欣欣然而乐与",《外物》说的"大林丘山之善于人也",《达生》说的"然后入山林,观天性,形躯至矣",就更具诱惑的力量,成为魏晋以后人们性爱山水,热爱山林的潜在动因。

当然,魏晋人热爱山林,性爱山水原于玄学的兴起。而玄学紧承老庄学说而来,以探明自然为宗旨。常用的方法,或是通过注玄、论玄、谈玄来阐发自己对自然哲学含义的理解,或是通过投身山林,与大自然界的相契相合来感悟自然的真谛,来探知生命存在的价值,将自然哲学与人生哲学结合在一起,进而提出了"越名教而任自然"的响亮口号,以超越物外的洒脱态度去应对社会,应对人生。象阮籍、嵇康之流,王弼、何晏之辈,王衍、谢鲲、孙绰之属,均是其代表人物。魏晋的这种做法,对南朝,尤其晋宋之际影响甚大。南朝著名的游赏人物如王裕之、王弘之、谢灵运、宗炳等都是这个时期的人,他们或身为地方宰主,却无意政务,纵情林泉,优游其乐;或栖山饮谷,眷念松筠,轻迷人路,纤石岩流,有若狂者。"二王一谢"则属于前一类。《南史·王裕之传》说:"性恬静,乐山水,求为天门太守","山郡无事,恣其游适,意甚好之。"《南史·王裕之传·王弘之附传》说:"性好山水,求为乌伤令","始宁沃川有佳山水,弘之又依岩筑室。"《宋书·谢灵运传》说:"出为永嘉太守,郡有名山水,灵运素所爱好,出守既不得志,遂肆意游遨,遍游诸县,动踰旬朔,民间听讼,不复关怀。所至辄为诗咏,以致其意焉。"又说:"出郭游行,或一日百六七十里,经旬不归,……寻山陟岭,必造幽峻,岩嶂千重,莫不备尽。登蹑常着木屐,上山则去前齿,下山去其后齿。尝自始宁南山伐木开径,直至临海,从者数百人。临海太守王琇惊骇,谓为山贼,徐知是灵运乃安。"宗炳属于后一类。《南史·宗少文传》说:"好山水,爱远游,西陟荆、巫,南登衡岳,固结宇衡山,欲怀尚平之志。有疾还江陵,叹曰:'老疾俱至,名山恐难遍睹,唯澄怀观道,卧以游之。'凡所游履,皆图之于室,谓之:'抚琴动操,欲令众山皆响。'"他们这种远遨游,给时人和后人以较大影响,致使皇室中亦沾此风,出现了皇帝王侯喜爱游赏之事,如宋孝武帝刘骏在巡视南豫、南兖二州时登过乌江县六合山(《南史·宋孝武帝纪》)。齐武帝萧赜平时"颇喜游宴",曾同刘等人登过蒋山(《南齐书·刘悛传》)。衡阳王刘义季"镇京口,……山北有竹林精舍,林涧甚美。颙憩于此涧,义季亟从之游"(《南史·隐逸传·戴颙附传》)。曲江公萧遥欣之子萧几,"为新安太守,郡多山水,特其所好,适性游履,遂为之记"(《南史·齐宗室·萧几附传》)。衡阳元王萧道度之子萧钧见孔珪家起园,"列植桐柳,多构山泉,殆穷真趣,钧往游之"(《南史·齐宗室·萧钧附传》)。豫章王萧嶷之子萧子显,"性爱山水,为《伐社文》以见其志"(《南史·齐高帝诸子·萧子显传》)。士族中有续其响者,如袁粲,"爱好虚远,虽位任隆重,不以事务经怀。独步园林,诗酒自适。家居负郭,每杖策逍遥,当其意得,悠然忘反。郡南一家颇有竹石,粲率尔步往,亦不通主人,直造竹所,啸咏自得"(《南史·袁湛传·袁粲附传》)。张稷"以贫求为剡令,略不视事,多为小山游"(《南史·张裕传·张稷附传》)。刘訏"尝着谷皮巾,披纳衣,每游山泽,辄留连忘返"(《南史·刘怀珍传·刘訏附传》)。他们以自己的实际行为显示了宋齐山水游览之盛。

梁代山水游赏,从《梁书》记载来看,文人学士像宋齐那样步入山林,或近遨或远游的情况日渐减少,而性爱山水的人依然存在。那他们又是如何游赏的呢?从丘迟的《旦发渔浦潭》,沈约的《早发定山》、《新安江水至清浅深见底贻京邑游好》,任昉《赠郭桐庐》所写内容来看,多为出仕外职于行役途中遇到优美山水作短暂登临游赏者;从张缵《谢东宫赉园启》所写内容来看,多为庄园式的游赏。这时不少文人庄园具备了山水游赏的条件。试看张文:

傍山临流,面郊负廓。依林结宇,憩桃李之夏阴;对径开轩,采橘柚之秋实。而王畿陆海,亩号一金;泾渭土膏,豪杰所竞。徙居好畤,必待使越之装；别馆河阳，亦资牧荆之富。此园左带平湖，修陂千顷；右临长薄，清潭百仞。前逼逸陌，朝夕爽垲；后望锺阜，表属烟霞。每剩春迎夏，华卉竞发；背秋向冬，云物澄霁。归瞰户牖，不异登临；升降阶墀，已穷历览。舟楫所届，累日不能究其源；鱼鸟之丰，山泽不能喻其美。（《全梁文》卷六十四）

规模如此之大，选地如此之精，布局如此之妙，山水景物如此之美，"归瞰户牖，不异登临；升降阶墀，已穷历览"，寻幽探胜，亦不需外求，庄园自可得之，因此，这种游赏，仍具有浓厚的山水色彩与意味，为不少士族所采用。

萧统的玄学意趣，山水爱好，就是在这一历史绵延与现实对接中形成的。颜子推于《颜氏家训·勉学》中说："洎于梁世，此及复阐，《庄》、《老》、《周易》，总谓《三玄》。武皇、简文，躬自讲论。周弘正奉赞大猷，化行都邑，学徒千余，实为盛美。元帝在江、荆间，复所爱习，召置学生，亲为教授，废寝忘朝，至乃倦剧愁愤，辄以讲自释。"这里未提及萧统，表明所记是中大通三年以后的事。中大通三年以前，朝廷中如此重大的活动，他都会参加，况且萧统的学术水平是不亚于萧纲、萧绎的。他泛滥百氏，研寻物理，顾略清言，明章申老之义。这既可从他所说的"披庄子之七篇，逍遥物外；玩老聃之两卷，恍惚怀中"见其一斑，亦可从《文选序》"老庄之作，管孟之流，盖以立意为宗，不以能文为本"的学术特点的把握上见其大概，还可从《陶渊明集序》所论见其详略。他说："夫自衒自媒者，士女之丑行；不忮不求者，明达之用心。是以圣人韬光，贤人遁世。其故何也？含德之至，莫逾于道；亲己之切，无重于身。故道存而身安，道亡而身害。处百龄之内，居一世之中，倏忽比之白驹，寄遇谓之逆旅。宜乎与大块而盈虚，随中和而任放。岂能戚戚劳于忧畏，汲汲役于人间！齐讴赵女之娱，八珍九鼎之食，结驷连骑之荣，侈袂执圭之贵，乐既乐矣，忧亦随之。何倚伏之难量，亦庆吊之相及。智者贤人居之，甚履薄冰；愚夫贪士竞之，若泄尾闾。玉之在山，以见珍而终破；兰之生谷，虽无人而自芳。故庄周垂钓于濠，伯成躬耕于野。或货海东之药草，或纺江南之落毛。……"这段话的主旨在道、身二字上。道存身安，道亡身害，运用的是道家自然哲学与人生哲学的理论。试读《庄子·渔父》所云"且道者，万物之所由也。庶物失之者死，得之者生。为事逆之则败，顺之则成"，《在宥》所说"夫不恬不愉，非德也。非德也而可长久者，天下无之"，"不明于天者，不纯于德；不通于道者，无自而可。不明于道者，悲夫"，《大宗师》所言"夫大块载我以形，劳我以生，佚我以老，息我以死"，又何其相似耳。一部老庄哲学，说天道地，说道话德，说生议死，说荣论枯，无不以自然无为，恬淡自适为圭臬。而一部《陶渊明集》说心论志，言情表意，亦无不于清淡寡欲、唯适自安上做文章。萧统说陶渊明诗"篇篇有酒"，酒者，清淡寡欲之表征也，唯适自安之大器也。寄酒为迹，这便是陶诗之精髓，心志之宏愿。而萧统援庄说陶，切中肯綮。究其所以，则在于他对庄学义理的切实把握，又在于他对陶诗精神的切实理解，使所说无不精到。而萧统庄学水平之可称，于斯可见一斑。尽管此类文章不多，但他对道家自然之领会遂成为他喜爱山水的理论依据。

萧统喜爱山水，《梁书·昭明太子传》说出自他的本性，"性爱山水，于玄圃穿筑，更立亭馆，与朝士名素者游其中。尝泛舟后池，番禺侯轨盛称'此中宜奏女乐'。太子不答，咏左思《招隐诗》曰：'何必丝与竹，山水有清音。'侯惭而止。"文字虽短，但在史家眼里，他是个喜爱山水的人；在番禺侯眼里，他更是一个用山水来陶冶性情，用自然来冲洗奢侈的人。而其游赏的形式，不属于王裕之、王准之、张稷、刘訏那一类，因为太子的特殊身份不允许他易地为官，恣意山林。也不属于谢灵运、宗炳那一类，因为他"腰带十围"的肥胖身躯不适宜他日行百六七十里；而是属于张缵那一类，于玄圃作些庄园式的游赏。张缵的那座庄园，是萧统赏赐给他的。他尚高祖第四女当阳公主，为萧统家之姑丈，年龄比萧统大三岁，是萧统儿时游狎的伙伴，后长期供职东宫，二人结下了深厚的友谊。萧统母亲丁贵嫔去世后，他又逢诏作哀册文，对丁贵嫔一生"动容谐式，出言顾史，宜其家人，刑于国纪"（《全梁文》卷六十四）之懿德进行了由衷的赞美。这些均成为赐园的理由。赐园之后，萧统是否在那里游赏过，史无载记，但喜欢于玄圃遨游则是他一贯的好尚。《南史·昭明太子传》说："（中大通）三年三月，游后池，乘雕文舸摘芙蓉，姬人荡舟，没溺而得出。"这是史书记载他最后一次游赏。四月他便去世了。因事情蹊跷，有的学者认为事不可信。然在笔者看来，这似是他"性爱山水"的真实表现。正是在这种频频的庄园式游赏中，他捕捉了大自然的美，体悟到了文学创作的某些道理，人生中的某些意趣，治学中的某些境界。这是他养在深宫中无法得到的。

一、得自然之美。这是大自然蕴藏最丰富的美，千姿百态，艳丽多彩，真实生动，无雕琢之痕，精刻之迹，求之不难，得之极易，只要你肯走出家门，跨进原野、山林、水滨，各种美都可得到。对此，萧统深有感触，他在《答湘东王求文集及诗苑英华书》中说："或日因春阳，其物韶丽。树花发，莺鸣和，春泉生，暄风至。陶嘉月而嬉游，藉芳草而眺瞩。或朱炎受谢，白藏纪时。玉露夕流，金风多扇，悟秋山之心，登高而远托。或夏条可结，倦于邑而属词。冬云千里，睹纷霏而兴咏。"认为大自然界的春阳、花树、鸣莺、清泉、和风、嘉月、芳草、玉露、金风、秋山、冬云等都是韶丽诱人的,不嬉游、不眺瞩、不登高是得不到的。这都要走出户牖,迈进山林,何况属词兴诗是始于游赏眺瞩呢!因此,自然之美是得之于游赏登临的,有了这个美,创作起来,各种美景才会奔涌而至。试读他的《晚春诗》:

> 紫兰初叶满,黄莺弄始稀。石蹲还似兽,萝长更胜衣。水曲文鱼聚,林暝雅鸟飞。渚蒲变新节,岩桐长旧围。风花落未已,山斋开夜扉。

这首诗在艺术上无特异之处,然诗人喜爱山水之情却溢于言表。晚春之美景,通过兰、莺、石、萝、水、鱼、林、鸟、蒲、岩、桐、风、花等众多景物的组合,便表现无遗,虽有些堆砌,然在诗人眼里,非如此不足以展示晚春之特征。我们再试读他的《锦带书十二月启》,所写十二月,月月都有不同的景。比如正月的景是:"北斗周天,送玄冥之故节,东风拂地,启青阳之芳辰。梅花舒两岁之装,柏叶泛三光之酒。飘飘馀雪,人箫管以成歌;皎洁轻冰,对蟾光而写镜。"三月的景是"景逼徂春,时临变节。啼莺出谷,争传求友之音;翔蕊飞林,竞散佳人之靥。鱼游碧沼,疑呈远道之书;燕语雕梁,恍对幽闺之语。鹤带云而成盖,遥笼大夫之松。虹跨涧以成桥,远现美人之影。"五月的景是"麦陇移秋,桑律渐暮。莲花泛水,艳如越女之腮。苹叶漂风,影乱秦台之镜。炎风以之扇户,暑气于是盈楼。冻雨洗梅树之中,火云烧桂林之上。"六月的景是"三伏渐终,九夏将谢。萤飞腐草,光浮帐里之书;蝉噪繁柯,影入机中之鬓。濯枝迁而潦溢,芳槿茂而发荣。山土焦而流金,海水沸而漂烁。"七月的景是"素商惊辰,白藏届节。金风晓振,偏伤征客之心;玉露夜凝,直泫仙人之掌。桂吐花于小山之上,梨翻叶于大谷之中。故知节物变衰,草木摇落。"月份不同,季节不同,景物绝不一样。萧统如此一月一月地写,既写出了大家熟悉的春秋之景,变季中之景,也写出了诗人们不常写的夏景,且描写得那样色泽艳丽,形象逼真,比喻得那样新颖可爱,足见作者在捕捉大自然的美丽风光中,观察是非常细腻的,体验是十分细微的。其中写三月之景,笔墨尤为全面,将季节变换中景物的些微变化都尽落纸中,恰似画家作画,不将此时此物变换的色泽、形态画出来,就不足显示出此时此景的特点。可见萧统在表现景物时,是充分调动自己的想象与情感的。

二、悟创作之理。创作源于积累,源于灵感,源于玄想。积累上已提及。这里只谈灵感与玄想。灵感常常是激发作者创作冲动的一种潜在因素,无形无影,往往出现在人们意念中的一刹那间。善于捕捉者成创作,常产生出一些意想不到的效果。玄想,就是幽深的想象,就是神思,它以灵性为前提。朱东润先生在

《中国文学批评史大纲》中说："大抵吾国先哲之论文学,不尚玄想,不重辞采。"朱氏所说,只限批评,不涉创作。而批评源于创作。先秦两汉文学创作,善于玄想者,楚辞以屈原为最,他的《天问》、《离骚》、《九歌》,如天马行空,神思飞扬,空灵无已。汉赋以司马相如、扬雄为著,其《子虚》、《上林》、《羽猎》、《甘泉》,未尝不是妙思泉涌,绰约奇特。先哲们对此熟视无睹,的确表明此时期的文学批评是不重视玄想的。这便为刘勰《文心雕龙》的产生提供了良好的机遇,留下了一片开阔的空间。也因此故,南朝人看重玄想,看重灵性,而山水游赏亦为这一现象的出现提供了机宜,致使人们对文学创作的看法又有了新的判断尺度与标准。前者,不妨以水为例说明之。对水蕴涵之理,孔子就多有发明。其奇思妙想,连善于玄识的庄子也佩服不已。然至于水沫,很多人并不在意,谢灵运却于人们的疏忽中写下了他的奇思妙想:"水性本无泡,激流遂聚沫。即可成貌状,消散归虚壑。君子识根本,安事劳与夺。愚俗骇变化,横复生欣怛。"(谢灵运《聚沫泡合》,《全宋文》卷三十三) 这一偈语式的感悟是谢灵运从佛理探寻中得到的。话不多,佛理强烈。其可贵,就在于他善于玄想。此话未成之前,水沫作为一种自然现象,屡见不鲜。然谁也没有想到它会带出此种深邃的道理来。这种悟出,虽以积学为基础,但没有灵性是悟不出来的。所以宗炳说:"圣人含道应物,贤者澄怀味象,至于山水,质有而趋灵。"(宋炳《画山水序》,《全宋文》卷二十二) 道出了灵与山水的深重关系。后者,不妨以刘勰的《文心雕龙》创作为例。其《序志篇》在总结自己的创作经历时说:"夫宇宙绵邈,黎献纷杂,拔萃出类,智术而已。岁月飘忽,性灵不居,腾声飞实,制作而已。"就将灵性作为一种重要创作因素来看待。正因如此,他于书中不时地用上几个灵字以示其意,如《辩骚篇》说:"酌奇而不失其真,玩华而不坠其实;则顾盼可以驱辞力,欬唾可以穷文致,亦不复乞灵于长卿,假宠于子渊矣。"《才略篇》说:"桓谭著论,富号猗顿,宋弘称荐,爰比相如,而集灵诸赋,偏浅无才,故知长于讽论,不及丽文也。"用灵来评价司马相如、扬雄之赋,更表明他对灵的注重。灵是文学创作中不可缺少的内在情愫。在《神思篇》,他讲创作想象,虽未着一灵字,然其所云"文之思也,其神远矣。故寂然凝虑,思接千载;悄焉动容,视通万里;吟咏之间,吐纳珠玉之声;眉睫之前,卷舒风云之色:其思理之致乎?故思理为妙,神与物游。"就隐含着一个灵字于内。缺乏灵性的人,即使"神居胸臆","志气统其关键",也是不善想象的。现实中这种例子很多。萧统在这方面就深存遗憾。他在《答湘东王求文集及诗苑英华书》中说:"夫文典则累野,丽亦伤浮。能丽而不浮,典而不野,文质彬彬,有君子之致,吾尝欲为之,但恨未逮耳。"理论上他深明典与野、丽与浮的关系,而创作上却写不出不典不野,不丽不浮的文章,其根源不在他无学,亦不在他无胸臆无志气,而在他缺乏灵气。由于缺乏灵气,玄想神思亦就跟不上。即使他在《锦带书十二月启》中对每个月的景色描写想象丰富,那只是小家子气。若考之他的整篇文章,这种灵气、想象亦就显得很不够了。再如他的《七契》,写法呆板,从头到尾一个模式,一个腔调,行文无错落,说理无波澜,如此行文,又怎能写出典雅遒丽的作品来呢?若从创作这一层面去观照萧统"性爱山水",他就是想通过山水游赏从中获得更多灵性。这就是他所感悟到的创作之理。

三、悟养生之趣。时空邈远,而人生有限;山水长存,而生命短暂。希望长生,是每个人的欲望,不惟乞求仙药的秦始皇、汉武帝如此。然如何长生,关键在保养。前面讲道家学术文化时就保养之道论说甚详,这里不再复述。对于长生,萧统颇有感叹,前引《陶渊明集序》所云"白云过隙之言,寄寓逆旅之叹;大块盈虚之说,戚戚忧思之谈"便是有感而发。而诗歌中"有命自天,亦徂梦菀","安得紫芝术,终然获难老","一合轩羲曲,千龄如可即","还作三洲曲,谁念九重泉"[①],更是其内心情感的真实表白。这与他一生只活了三十一岁无关,因为他当时咏叹这些诗句时,并不知道自己生命如此短暂。然既发此等感慨,这就意味着他内心积蓄着一股抑郁之气。抑郁是不利于长生的,其破解之方就是投迹山林,依归自然。对此,他也有这方面的体验。他在《钟山讲解诗》中说:"伊予爱丘壑,登高至节景。迢递睹千室,迤逦观万顷。即事已如斯,重兹游胜境。精理既已详,玄言亦兼逞。方知惠带人,嚣虚成易屏。眺瞻情未终,龙镜忽游骋。非曰乐逸游,意欲识箕颍。"写他登钟山后进入辽阔自然界的愉悦之情。这时候,虚嚣不发,心胸为之宁静淡然,又何来抑郁之有?既无抑郁,自然得以养年,得以长生。这种咏叹与《庄子·刻意》所说的"平易恬淡,则忧患不能入,邪气不能袭,故其德全而神不亏",《在宥》讲的"抱神以静,形将自己,心静必清,无劳女精,乃可以长生",意愿是相通的。只不过庄子讲的是如何让忧患不入,萧统讲的是入了如何屏除,如此而已。

四、悟治学之境。这是他从何胤隐居山林,治学授徒中所悟出的一种境界。何胤,齐梁著名学者,其祖何尚之是刘宋尚书令,家信佛,后师从齐时大儒刘瓛,

---

① 《梁诗》卷14,逯钦立《先秦汉魏晋南北朝诗》中册,中华书局1958年版,第1793、1800、1801页。

受《易》及《礼记》、《毛诗》，后入钟山定林寺听内典，其业皆通。未隐居前，任过萧齐的国子祭酒，受萧子良之托，领学士20人撰录过新礼。弃官后，先隐居会稽若邪山，后隐秦望山，过着治学授徒的生活。晚年还吴，居武丘山西寺讲经论，学僧复随之。一生甚得声望，萧统对他甚为礼敬，曾遣何思澄致手令以褒美之。《与何胤书》可能就是这样一封信，信中说："方今朱明在谢，清风戒寒，想摄养得宜，与时休适。耽精义，味玄理，息嚣尘，玩泉石。激扬硕学，诱接后进。志与秋天竞高，理与春泉争溢。乐可言乎！乐可言乎！"话不多，然赞美之情溢于言表，钦慕之志力透纸背。人们常说山水有性情，而萧统信中所言，不唯在性情，还在事理。而事理之乐，不是人人可以得到，所以它才是真乐。而何胤就是一个获得真乐的人。其乐就在他栖山饮谷几十年，所得事理甚丰。一是他从"摄养得宜，与时休适"中得体"年"之理；二是他从"息嚣尘、玩泉石"中得体"物"之理；三是从"激扬硕学，诱接后进"中得体"人"之理。此三理，均为人生之大理，非硕学者不能得，非"志与秋天竞高，与春泉争溢"者不能有，而何胤得之。而得之大方，就在于他将山水、养生、学问结合在一起，将常人的山水之游内化为一种体道、悟道、得道的治学过程，内化为一种逍遥自在，无待有为的境界，因而是乐不可言的。总之，萧统的庄园式山水游赏，所悟所得颇多，其意义价值主要有三个方面：

一、治学上，增强了他钻阅《六经》，泛滥百氏，杂玩文史的热情，尤其何胤隐居、治学、授徒的经历及业绩，对他教育犹大，使他感悟尤深。书斋固然是读书的场所，但研寻物理不一定都在书斋完成。走出书斋，面向广阔的山水自然，所得之多，常为书斋所不及，何胤的事例就说明了这一点。

二、创作上，激发了他渔猎词林，吟咏性情的兴致。大自然的山山水水，花花草草，莺莺鸣鸣，是取之不尽的创作源泉。它们的雄姿、芳香、歌唱，展示了大自然的勃勃生机。善捕者能得其神采，善表现者能展其神韵。萧统本人酷爱文义，酷爱创作，"字无点窜，笔不停纸，壮思泉流，清章云委"，富有一定的才能。然不善玄想，又制约着他创作的发展。而这些体悟则有助于他扬长避短，将创作提升到一种新的境界。

三、选编上，扩大了他选体定篇的视域，有助于他的选编行为。选编中，他依据自然美的标准，非常注意作品中的景物描写与自然风光的刻画，并于赋体特立游览、江海、物色、鸟兽四个小类，于诗歌中特立游览、行旅两个小类，将其有代表性的作品选入其中。他依照玄想、神思的标准，将那些想象丰富、奇特的诗赋,如孙绰的《游天台山赋》,班固的《幽通赋》,张衡的《思玄赋》,宋玉的《高唐赋》、《神女赋》、《登徒子好色赋》、曹植的《洛神赋》,何劭的《游仙诗》,郭璞的《游仙诗》,屈原的《离骚》、《九歌》的部分篇章选入了集中。他崇尚隐士,"欲识箕颍",又于诗歌中特立招隐、反招隐两小类,将左思的《招隐诗》、陆机的《招隐诗》、王康琚的《反招隐诗》选了进来。他得养生之趣,又特将嵇康的《养生论》安放在论文文体内以飨读者。如此依据学术文化的特质,依据对学术文化的体悟来设置文体,设置类别,简选作品,既确保了他选编的科学性,客观性,又突出了选编的特色,是他一大创造。

三、萧统的史学意识

这是萧统建构的研究链条上需要解决的第三个重要问题,即萧统同史学学术文化及《文选》的关系。

与前两种学术文化在研究万物起源中所具有的原生性相比,史学的原生性就在于它自身的学术建构与文化形成。这是一种以人类文明历史作为记载内容的学术文化。也就是说,它是将用"客观实际,公平公正"的态度去记载和反映人类文明的历史进程及其发展变化,总结其有规律性的经验、教训以鉴后人作为自己的原生性。这种原生性支配着历代史学的著述与研究,有着经久不息的意义与价值,至今人们无法改变。自然,它对萧统史学意识之形成,影响尤深。这主要表现在以下几个方面。

一、它培养了萧统的史事意识。没有事实形成不了历史,这是史家之共识,亦是我们在第一章反复论述的一个问题。然事实一经史家著述于史书,亦就具有通识的意义与价值。这在古代长期形成的"古今一也"的学术文化理念中,它是人们用来识古知今的重要依据,具有很大的说服力与表现力。因此,熟悉古事,便成为一种学术需求和知识积累而广为人们所注重。兴起于齐梁之间的隶事之风,就是这种学术好尚作用于人们心灵的结果。萧统亦不例外,受其指染,亦喜欢在平时的属文中援引古事,以点缀其著述之典雅,以装潢其学术之风流。这里不妨列举数例以说明之。比如,他在《答晋安王书》中写道:"昔梁王好士,淮南尚贤,远致宾游,广招英俊,非惟籍甚当时,故亦传声不朽。"开头两句用事,引用的是汉代梁孝王刘武和淮南王刘安的古事。《汉书·梁孝王传》说:"明年,汉立太子。梁最亲,有功,又为大国,居天下膏腴地,北界泰山,西至高阳,四十余城,多大县。孝王、太后少子,爱之,赏赐不可胜道。于是孝王筑东苑,方三百余里,广睢阳城七十里,大治宫室,为复道,自宫连属于平台三十余。得赐天子旌旗,从千乘万骑,出称警,入言跸,拟于天子,招延四方豪杰,自山东游士莫不至。"《汉书·淮南王传》说:"淮南王刘安,为人好书,鼓琴,不喜弋猎狗马驰骋。……招致宾客方术之士数千人,作为《内书》二十一篇,《外书》甚众。"这便是它们的出处。又比如,他在《七契》中写道:"于是辩博君子,词若涌泉,言逾却秦之鲁,辩超稷下之田。"最后两句用事,引用的是战国时期鲁仲连和齐稷下田巴的事,分别见于《史记·鲁仲连邹阳列传》:"鲁仲连者,齐人也。好奇伟俶傥之画策,而不肯仕宦任职,好持高节。……此时鲁仲连适游赵,会秦围赵,闻魏将欲令赵尊秦为帝,乃见平原君曰……鲁仲连见新垣衍而无言。新垣衍曰……鲁仲连曰……于是新垣衍起,再拜谢曰:'始以先生为庸人,吾乃今日知先生为天下之士也。吾请出,不敢复言帝秦。'秦将闻之,却军五十里。"见于《史记·田敬仲世家》:"宣王喜文学游说之士,自如驺衍、淳于髡、田骈、接予、慎到、环渊之徒七十六人,皆赐列第,为上大夫,不沃而议论,是以齐稷下学士复盛,且数百千人。"见于《史记·孟子荀卿列传》:"自驺衍与齐之稷下先生,如淳于髡、慎到、环渊、接子、田骈、驺奭之徒,各著书言治乱之事,以干世主。"见于李善注《与杨德祖书》引《鲁连子》曰:"齐之辩者曰田巴,辩于狙丘而议于稷下,毁五帝,罪三王,一日而服千人。"再比如,他在《七契》中写道:"傅说经受殷爵,吕望遂起齐封。"此两句引用的是殷周时期傅说、吕望之事,分别见于《史记·殷本纪》:"帝武丁即位,思复兴殷,而未得其佐。三年不言,政事决定于冢宰,以观国风。武丁夜梦得圣人,名曰说。以梦所见视群臣、百吏,皆非也。于是乃使百工营求之野,得说于傅险中。是时说为胥靡,筑于傅险。见武丁,武丁曰是也。得而与之语,果圣人,举以为相。"见于《史记·齐太公世家》:"于是武丁已平商而王天下,封师尚父营丘。"又再如他于《七契》中所写的:"斯乃赤也所以去鲁,孟尝所以出秦",亦分别引用孔子弟子西赤和战国时期孟尝君之事。《史记·仲尼弟子列传》说公西赤离鲁去齐,家里缺粮食,冉有为其母请粟,孔子说了一句这样的话:"赤之适齐也,乘肥马,衣轻裘。吾闻君子周急不济富。"《史记·孟尝君传》说齐愍王二十五年,孟尝君入秦,秦昭王想要他为相,遭人反对,于是乃止,且将他囚禁起来,谋欲杀之。孟尝君派人抵昭王幸姬求解,幸姬说她想得到孟尝君的狐白裘。然狐白裘早已献给了秦昭王,这又到哪里找呢?"孟尝君患之,遍问客,莫能对。最下坐有能为狗盗者,曰:'臣能得狐白裘。'乃夜为狗,以入秦宫臧中,取所献狐白裘至,以献秦王幸姬……孟尝君得出,即驰去……夜半至函谷关。……关法鸡鸣而出客……客之居下坐者有能为鸡鸣,而鸡齐鸣,遂发传出。"又再比如,他于《文选序》所言"所谓坐狙丘,议稷下,仲连之却秦军,食其之下齐国,留侯之发八难,曲逆之吐六奇,盖乃事美一时",凡用五事,前二事,已见上述,后三事均见《汉书》郦食其、张良、陈平之本传。《郦食其传》说:"而使食其说齐王曰:'王知天下之所归乎?'曰:'不知也。'曰:'知天下之所归,则齐国可得而有也;若不知天下之所归,即齐国未可保也。'齐王曰:'天下何归?'食其曰:'天下归汉。'齐王曰:'先生何以言之?'曰:'……'田广以为然,乃听食其,罢历下兵守战备,与食其日纵酒。……下齐七十余城。"《张良传》说:"良从外来谒汉王,汉王方食曰:'客有为我计挠楚权者。'具以郦生计告良,曰:'于子房何如?'良曰:'谁为陛下画此计者?陛下事去矣!'汉王曰:'何哉?'良曰:'臣请借前箸以筹之。昔汤武伐桀纣……今陛下能制项籍之死命乎?其不可一矣……今陛下能乎?其不可二矣……今陛下能乎?其不可三矣……今陛下能乎?其不可四矣……今陛下能乎?其不可五矣……今陛下能乎?其不可六矣……陛下谁与取天下乎?其不可七矣……陛下焉得而臣之?其不可八矣……'汉六年封功臣……乃封良为留侯",《陈平传》说:"平自初从,至天下定后,常以护军中尉从击臧荼、陈豨、黥布。凡六出奇计,辄益邑封。奇计或颇秘,世莫得闻也……更封平为曲逆侯。"这些古事来自古代史书,虽经高度浓缩,成为故事,为人们所熟悉,所运用,然对于那些不熟悉史书有如宋彭城王刘义康者,它们仍然是一些尘封于史籍中的陌生之物。因此,熟悉古书才能运用古事,而运用古事,又是作者头脑中有种史学意识之存在,才决定他对古事的关心与留意。正因这样,学术史上才出现有谙熟某一史书史事的专家。它通常是用来衡量一个人知识多少的标尺,素为学人所重。

二、它培养了萧统的时空意识。没有时间空间,即使有事实,历史著述也会头绪不清,杂乱无章,故史家特别注重时空。然历史的时间空间,有些一晃就是数百年上千年。这对于后人来说,是一个茫然无知的未知数。而历史学家的不凡,就在于他们能从这种旷远久渺的时空中为人们理出一条清晰可睹的历史发展线索,并按照这条线索,客观公正地叙述当时发生的历史事实,把读者带回到那悠远的年代,去了解那段历史运行的情况。而这些给萧统的最大感受就是历史是一段一段进行的,又是一段一段衔接的,前一段历史既是后一段历史之源,又是后一段历史之果。整个历史就是在这种因果互动,源流迸发中向前发展的。这种发展的历史观,在他的《文选序》里表现尤为突出。并贯穿于全文的主体部分,尽管其开笔谈时间空间,至"尝试论之曰"之后很少出现过时空的字眼,但他所说的"诗有六义焉","古诗之体,今则全取赋名,荀宋表之于前,贾马继之于末","又楚之屈原"一段;所说的"诗者,盖志之所之也","《关雎》、《麟趾》,正始之道著","自炎汉中叶"以及箴、戒、论、铭、诔、赞、诏、诰、教、令等又一段,无不是按照时间空间的线条,由有巢氏至伏栖氏,至三代,至秦汉,至魏晋,至南朝一气贯注下来,一段一段地说,一段一段地接。这既是一条史的发展线索,又是一条文的发展线索,双线直下,就形成了一个简明的文学发展史纲,表现了他对文学的看法与认识。而这种发展的史学观念,反映在《文选》中,一是选编的时间线索非常清晰,即先周而后秦,而后汉,而后魏、蜀、吴,而后两晋,而后南朝宋、齐、梁,按照历史发展的时段,依次排列,依次简文定篇。然后再于各类文体中,依照作者作品时间的先后进行编排,其间虽出现过作品先后时间颠倒的情况(参见王立群《〈文选〉成书研究》),但整体上还是好的。二是定编的原则非常灵活。这一原则就是"随时变改",即依据各时段作家作品创作的情况,确定该时段选多少作品,根据选编的总体要求,确定古代、近代、现代作品选编的数量与比例。从《文选》所选的七百余篇作品来看,魏以前共选了254篇,晋选了250篇,南朝选了204篇,数量显得适中,比例显得协调,较好地体现了他的选编原则与要求。

三、它培养了萧统的政治意识。古代史书,从内容到功能,无不为政治而写,为政治而用。孔子将这种性质功能通过《书》、《春秋》的考察,概括为"疏通知远,《书》教也","属辞比事,《春秋》教也"(《孔子家语·问玉》)。这一概括后又写进了《礼记·经解》中。其含义,《礼记正义》疏为"《书》录帝王言诰,举其大纲,事非繁宏,是疏通。上知帝王之世,是知远。""属,合也,比,近也。春秋聚合会同之辞,是属辞。比次褒贬之事,是比事也。"孙希旦《礼记集解》注为:"疏通,谓通达于政事。知远,言能远知帝王之事也。""属辞者,连属其辞,以月系年,以日系月,以事系日也。比事者,比次列国之事而书之也。"而孙希旦所言"以月系年"云云,又是从杜预《春秋左氏传序》所说的"记事者,以事系日,以日系月,以月系时,以时系年"中移植过来而作了一些改变。然注释家不论作何解释,都认为孔子对《书》、《春秋》的概括直关帝王政事,都是为政治而写,为政治而用。正因此故,后汉荀悦作《前汉记》,东晋袁宏作《后汉记》就改变了《史记》、《汉书》的体例,只立帝纪而不立传、志,将各帝时期所发生的重大事件记叙该帝纪中,以突出帝王之事之重要,以告谕读者,所谓"通达政事,远知帝王之事",就是指"唯皇建极,经纬天地,观象立法",就是指言法式、鉴戒、废乱、持平、兵略、政化、休祥、灾异、权变、策谋诸事。只有通达、远知这些事,树立一种牢固的政治意识,才能把现实的事情办好,把国家治理好。而这些对于萧统来说尤为重要。他作为梁代的皇太子,特殊的政治身份与地位决定他要紧紧地站在储君的立场上去读书、去治学、去谋事、去行政;要求他在通达政事,远知帝王之事上要多长些心眼,多长些知识。为此,他特重历史天文知识的积累。这反映在《文选》选编上,一是非常注重从宏观上简选那些在总结国家兴亡的历史经验教训时理论性强、知识面广、洞悉精微、析理深刻、高瞻远瞩的文章。如将贾谊的《过秦论》,东方朔的《非有先生论》,王褒的《四子讲德论》,班彪的《王命论》,曹同的《六代论》,李康的《运命论》,陆机的《辩亡论》、《五等论》,班固的《典引》,干宝的《晋纪总论》等选进了《文选》。二是非常注重微观上简选那些在总结朝政治乱得失之经验教训时有着独特眼光,敏锐睿智,识微见著,发人深省的文章,如将班固的《述高纪第一》、《述成记第十》、《述韩英卢吴传第四》,范晔的《后汉书光武记赞》、《后汉书皇后纪论》、《宦者传论》、《逸民传论》,沈约的《恩幸传论》等选进了《文选》。三是非常注重从"彰法式"的层面简选那些在治国安邦过程中最能体现国家典章制度之意蕴精神的文章,如将张悛的《为吴令谢询求为诸孙置守冢人表》,傅亮的《为宋公至路阳谒五陵表》、《为宋公修张良庙教》、《为宋公修楚元王墓教》、《为宋公求加赠刘前军表》,任昉的《为范始兴作求立太宰碑表》、《奏弹曹景宗》、《奏弹刘整》,沈约的《奏弹王源》等选进了《文选》。

其次,他特重君臣关系的辨识。对于君臣关系,前章多有陈述。然作为政治意识之属,历来有说不完的话题。善修史者,则从史学的角度谈两者关系之重要;善作政书者,则从政治学层面讲两者关系之不可缺。然不论二家怎么说,都不如《尚书》称"君为元首,臣为股肱"那样简洁明快,生动形象。正因此故,魏时蒋济作《万机论》,杜恕作《体论》,分别在这句话的基础上,推衍出如下的话来:"夫君正之始,必须贤佐,然后为泰,故君称元首,臣为股肱,譬一体,相须而行也。"(《万机论》,《全三国文》卷三十三)"《书》称君为元首,臣为股肱,期其一体,相须而成也。""凡人臣之于其君也,犹四支之载元首,耳目之为心使也,皆相须而成体,相得而后为治者也。"(《体论》,《全三国文》卷四十二,)如此发挥,使其意思更为完整。萧统同他们一样,特重君臣关系的体认与辨识。这反映在《文选》选编上,就是非常注重从"篇"上简选那些能反映二者关系融洽的文章。如将杨修的《答临淄侯笺》,繁钦的《与魏文帝笺》,陈琳的《答东阿王笺》,吴质的《答魏太子笺》、《在元城与魏太子笺》,魏文帝曹丕《与朝歌令吴质书》、《与钟大理书》,曹植的《与杨德祖书》、《与吴季重书》,吴质《重答东阿王书》等选进了《文选》。当然,这些文章,有出自君臣关系的,也有出自诸侯(王)与臣关系的,但都十分重要。

最后,他特重自家王权政治的张扬。这反映在《文选》选编上,就是非常重视任昉文章的选编。任昉于齐梁是大家公认的笔体文大作手,注重他的文章选编,应是对的。但任昉又是一个善于替萧衍歌功颂德的人。比如,他替宣德皇后作的那篇名曰《宣德皇后令》,替范云作的名为《为范尚书让吏部封候第一表》,对萧衍的歌颂达到了令人肉麻的程度。前篇说:"公实天生德,齐圣广渊。不改参辰而九星仰止,不易日月而二仪贞观。在昔晦明,隐鳞戢翼。博通群籍,而让齿乎一卷之师;剑气凌云,而屈迹于万夫之下。辩析天口,而似不能言;文擅雕龙,而成辄削藁。""爰在弱冠,首应弓旌。客游梁朝,则声华籍甚;荐名宰府,则延誉自高。隆昌季年,勤王始著;建武惟新,缔构斯在。""及拥旄司部,代马不敢南牧;推毂樊邓,胡尘罕尝夕起。""既而鞠旅誓众,言谋王室,白羽一麾,黄鸟厎定。""致天之届,拱挹群后,丰功厚利,无德而称。""元功茂勋,若斯之盛。"后篇说:"陛下应期万世,接统千祀,三千景附,八百不谋。"把萧衍功德吹得如天高,把萧衍本人捧得同天埒,左一个"天生德",右一个"天口";左一个"参辰",右一个"日月",不厌其烦,不惜余力。又比如他自作的《奉答勅示七夕诗启》、《到大司马记室笺》,对萧衍的颂扬也达到了无以复加的地步。前《启》云:"窃惟帝迹多绪,俯同不一;托情风什,稀世罕工。虽汉在四世,魏称三祖,宁足以继想《南风》、克谐《调露》。性与天道,事绝称言。岂其多幸,亲逢旦暮。臣早奉龙潜,与贾马而入室;晚属天飞,比严徐而待诏。惟君知臣,见于讷言之旨;取求不疵,表于辩才之戏。谨辄牵率庸陋,式酬天奖。"后《笺》云:"德显功高,光副四海,含生之伦,庇身有地。况昉受教君子,将二十年,咳唾为恩,眄睐成饰。""明公道冠二仪,勋超遂古,将使伊周奉辔,桓文扶毂,神功无纪,作物何称?"写得何等的露骨!其间虽夹杂着他本人的感遇感恩,但主体上都出于他的自觉自愿。正是这种自觉自愿,使他获得了萧衍的信赖,成就了他的荣华,也使他博得了萧统的好感,成为梁代选文最多的一个作家。在萧统眼里,这些文章,既可补史家之缺,又可开读者之眼,让他们知道,在梁一代竟有这样一位文武双全、博学多智、功德似天、光耀如日，且深得朝廷礼赞的皇帝在！萧统这种阴怀私心的选编行为，虽增强了《文选》的政治色彩，表现了自己的政治愿望，但于选编为公上似乎有失光彩。尤有甚者，他在选编《宣德皇后令》和《百辟劝进今上笺》这两篇为萧衍篡齐建梁大唱赞歌的文章时，更是私心膨胀。一方面，他认为父亲的建梁并非出于篡夺，并非张稷说的"至于陛下不得言无勋，东昏暴虐，义师亦来伐之，岂在臣而已"（《南史·张裕传·张稷附传》）那样大义不道，而是值得大歌大颂的。而任昉的这两篇文章正是大歌大颂的绝妙之辞，将它们选进《文选》，既合理又合情。另一方面，当他进入实际选编时，又感到这样做似乎有点太露骨，应该先选两篇类似的文章为之铺垫，为之蓄势，于是，他想到了曹操，想到了为曹操篡汉而唱赞歌的潘勖的《册魏公九锡文》；想到了司马睿，想到了极力劝司马睿登基的刘琨《劝进表》，并毫不迟疑地将这两篇文章安置在任昉二文的前面。萧统这种苦心孤诣，既来自对父亲的孝敬，又出自对自家王权政治的虔诚，不失太子本色，储君面目。

四、它培养了萧统的贤能意识。崇贤尚能是古代政治固有的传统，亦是史书记载常有的话题。从《尚书》所云"任官惟贤才"、"建官惟贤，位事惟能"、"举贤尚能，庶官乃和"，到《国语》所云"定百事，立百官，育门子，选贤良"、"夫事君者，献能而进贤"，再到《战国策》所云"夫贤人在而天下服"，再到《史记》、《汉书》所记载的大量贤臣，再到荀悦的《汉纪》所云"表贤能"，再到刘知几《史通》所云"忠臣烈士……则书之"，几乎是思维一贯，文脉一气，将史家的贤能思想作了淋漓尽致的表现。在这种思想感召下，萧统"爱贤之情，与时而笃"，对历史上那些贤能之士充满了敬意，对史作中那些赞美贤能之文爱不释手，形成了他的贤能意识。一是于属文中予以赞美。比如，他在《答晋安王书》中说："相如奏赋，孔璋呈檄"。在《答湘东王求文集及诗苑英华》中说："不如子晋，而事似洛滨之游；多愧子桓，而兴同漳川之赏。漾舟玄圃，必集应阮之俦。"在《锦带书十二月启》中说："三冬勤学，慕方朔之雄才，万卷长披，习郑玄之逸气。""持郭璞之毫鸾，词场月白；吞罗含之彩凤，辨圃日新。""歧路他乡，非无阮籍之悲。""每遇秋风振响，鹑惊子夏之衣。""顿怀刘干之劳，镇抱相如之酷。""披庄子之七篇，逍遥物外；玩老聃之两卷，恍惚怀中。""万顷澄波，黄叔度之器量；千寻耸干，嵇中散之楷模。"对司马相如、陈琳、王子乔、曹丕、应场、阮瑀、东方朔、郑玄、郭璞、罗含、阮籍、子夏、刘桢、徐干、庄子、老子、黄宪、嵇康等思想家、学问家、文学家进行了由衷的赞扬。二是为之立传传颂。比如，他对五柳先生陶渊明就情有独钟。或说"寻五柳先生,琴尊雅兴","更泛陶公之酌";或"素爱其文,不能释手。尚想其德,恨不同时",欣然为之诗集作序、作传。其《陶渊明传》是他文作中唯一一篇人物传记。《陶渊明传》于史籍中能见到的有房玄龄《晋史·隐逸·陶潜传》,沈约《宋书·隐逸·陶潜传》,李延寿《南史·隐逸·陶潜传》。此三传,再加萧统之传,是学界研究陶渊明其人其学其诗的著名四传。然仔细对照此四传,便会发现一个有趣的学术问题,即它们所写的内容大多相同,彼此间存在着抄袭的现象。然究竟是谁抄谁?考之《隋书·经籍志》,其著录的《晋书》凡十一家十一种。此外,还有傅畅《晋诸公叙赞》22卷、《公卿故事》9卷和束皙《晋书纪》、《志》二家四种。这十三家十五种晋史中,晋人占五家七种,而较为详尽者为晋著作郎王隐的《晋书》86卷,《隋志》注云:"本九十三卷,今残缺。"余者或为四十四卷,且"讫于明帝";或14卷,且"未成","讫元帝"。若依照史作不录生存者之惯例,王隐作《晋书》,肯定不会为陶渊明立传。既然晋人不立,立者则为宋人。而宋人作《晋书》,有湘东太守何法盛撰《晋中兴书》78卷,《隋志》注云:"起东晋"。临川内史谢灵运撰《晋书》36卷。该二书是否为陶渊明立传,因书早佚,不得而知。而可知者为沈约《宋书》,也就是说,《宋书》是目前尚知的为陶渊明立传最早的史书。《宋书》之后,齐臧荣绪撰《晋书》111卷,梁萧子云撰《晋书》十一卷,《隋志》注云:"本一百二卷"。萧子显撰《晋史草》30卷,郑忠撰《晋书》7卷,沈约撰《晋书》111卷,庾铣撰《东晋新书》7卷。若其中有陶传者,所用资料不外乎从《宋书》中来。这可从房氏《晋书》中见其消息。房氏《晋书》,因沈约《晋书》、郑忠《晋书》、庾铣《东晋新书》已失传,故主要以臧荣绪《晋书》为底本。其所撰《陶潜传》之内容,与沈约《宋书》是大同小异。其小异之处必来自萧统之传。可见臧氏《晋书》所写之陶传,实是沈氏所写之陶传。而沈氏所写之陶传宛转成了房氏所写之蓝本。萧统作《陶渊明传》沿袭的也是沈氏《陶潜传》,但作了如下改变:(一)突出了他的学术长处与性格特点,即在沈传所云"潜少有高趣"后,加上了"博学善属文,颖脱不群,任真自得"一句。在段末又加上了一段有关的文字:"时周续之入庐山,事释慧远,彭城刘遗民亦遁迹匡山,渊明又不应征命,谓之浔阳三隐。后刺史檀韶,苦请续之出州,与学士祖企谢景夷三人,共在城北讲礼,近于马队。是故渊明示其诗云:'周生述礼业,祖谢响然臻。马队非讲肆,校书亦已勤。'"表明陶渊明对这次学术活动是倍加关注的。(二)突出了他的甘贫守志的性格,即于沈传所云"遂抱羸疾"一句后又增添了如下一段情节:"江州刺史檀道济往候之,偃卧瘠馁有日矣。道济谓曰：'贤者处世，天下无道则隐，有道则至。今子生文明之世，奈何自苦如此？'对曰：'潜也何敢望贤，志不及也。'道济馈以粱肉，麾而去之。"（三）突出了他的廉洁自律的品质，即于沈传所云"以为彭泽令"句后又加上一段文字："不以家累自随，送一力给其子书曰：'汝旦夕之资，自给为难，今遣此力助汝薪水之劳。此亦人子也，可善遇之。'"此三段增置，将陶渊明其人其性其学表现得更为完整，显示出萧统于"杂玩文史"中有着非凡的史识史才。由于他加得合情合理，李延寿修《南史》作《陶潜传》时，在沿袭沈传基础上直接将其"江州刺史檀道济往候之"一段，"不以家累自随"一段，引进了传中，以此来表示对萧统的肯定。三是将那些赞美贤能的优秀篇章选入《文选》中。它们是：王褒的《圣主得贤臣颂》，扬雄的《赵充国颂》，史孝山的《出师颂》，陆机的《汉高祖功臣颂》，夏侯湛的《东方朔画赞并序》，袁宏的《三国名臣序赞》，班固的《公孙弘传赞》，曹植的《王仲宣诔》，潘岳的《杨荆州诔并序》、《杨仲武诔并序》、《夏侯常侍诔并序》、《马汧督诔》，颜延年的《阳给事诔》、《陶征士诔》等。

以上就是萧统强烈史学意识及其在属文选编中所起作用的具体说明。由中可以看出，萧统"杂玩文史"，虽是在研阅《六经》之余暇杂而玩之，然所得菲薄，即开拓了自己的历史视野，提高了自己对事物认识的能力，明确了自己选编的目的，故所定篇目都出于过郑重的考虑，而非随意为之。其旨是将《文选》选成具有史识史鉴之性质与功能的书，为后人提供学术文化之帮助。应该说，这一目的是达到了的。

四、萧统的佛学追求

这是萧统建构的研究链条上需要解决的第四个重要问题，即萧统同佛学学术文化与《文选》的关系。

与前三种学术文化相较，萧统同佛学学术文化的关系实则就是同外来学术文化的关系。尽管此时的佛学经过长时间的中国化，融进了大量的中国文化，初步成为中国的佛教，但其教义典藏多是来自国外，非本土所有，因而这种学术文化的原生性更具有异国风情与特色。对崇拜此教的人来说，更具有感召力与吸引力。萧统的佛学追求，就是在这种感召和吸引下，尾随其父，在研寻佛经义理中通过自己的揣摸、体验、感悟而形成的一种文化渴望和宗教情怀，是他学术研究的重要组成部分。我们知道，佛经义理，弘富深玄，欲穷达其幽旨，妙得其言外，没有三复九思的功夫是不行的。因此，它要求研习者控心瞀于三昧，忘日月于二地，拟韵玄门，宅心世表，注诚佛典，孜孜不倦。对此，萧统深有体会。他说："夫释教凝深，至理渊粹。一相之道，杳然难测；不二之门，寂焉无响。自非深达玄宗，精解妙义，若斯之处，岂易轻办？至于宣扬正教，在乎利物耳。弟子之于内义，诚自好之乐之，然勾深致远，多所未悉。"（《答云法师请开讲书》，《全梁文》卷二十）便深深感到佛义难求，佛理难知，虽好之乐之，终难如愿。他又说："伏以非色非欲，二界同坊；匪文匪理，三诠云集。四辩言而未极，八声阐而莫穷。俯应天机，垂兹圣作。同真如而无尽，与日月而俱悬。但观宝春山，获珠大海，臣实何能。"（《《谢敕赉制旨大集经讲疏启》，全梁文》卷十九）仍深深感到得之不易。正是这种不易，激发了他刻苦求学的热情，辩究空微的兴致，"崇信三宝，遍览众经。乃于宫内别立慧义殿，专为法集之所"（《梁书·昭明太子传》），将佛教义理作为追求的目标，研究的对象，进行认真的探索。其研习，由读书、讲经组成。读书的情况，前已叙述。这里，仅就讲经作些说明。

如前章所云，讲经是佛经义理研究中一种重要方法。佛教僧侣重义理讲解，能讲解者，视为高人，受人尊敬，故自佛经翻译以来，凡善义解者，无不有开讲之举。如晋之支孝龙、竺法潜、释道立、于法道、释昙影、释僧朗，宋之释道渊、释僧诠、释昙无成、释僧含、释僧导、释梵敏、释道猛、释超进，齐之释弘充、释僧慧、释慧次、释慧隆、释僧宗、释法度、释僧印，梁之释僧盛、释智顺、释宝亮等，都是佛界讲经高手（事见《高僧传·义解》卷五），从中亦可见六朝讲经风尚之盛。萧统受其所染，于佛经研习中，亦重讲解。他在《谢敕参解讲启》中说："臣某启，主书周昂奉宣敕旨，垂参臣今解讲。伏以至理希夷，微言渊奥，非所能钻仰，遂以无庸，叨兹宣释。将应让齿，反降教胄之恩；允宜尚学，翻荷说经之诏。窃以挟八威之策，则神物莫干；服九丹之华，则仙徒可役。臣仰承皇威，训兹学侣，奉扬圣旨，同晓群儒，鼓冶异师，陶钧久滞，方使惠施恶其短长，公孙罢其坚白。王生挫辩，即尽神气；法开受屈，永隐东峰。中使曲临，弥光函席，仰戴殊慈，不知启处。无任下情，谨奉启事谢闻，谨启。"虽是奉诏讲说，然其意趣之浓厚，依稀可睹。其讲说之精妙，深得当时僧侣之赞赏。释法云说："殿下以生知上识，精义入神。自然胜辩，妙谈出俗。每一往复，阖筵心醉，真令诸天赞善，实使释梵雨华。贫道虽幼知向方，而长无成业。筵之滥吹圣明，而识惄无退者，岂不愿餐幽致。敢祈仰者，诚在希闻妙说。今猥蒙启旨，未许群情。退思轻脱，用深悚惧。渴仰有实，饥虚非假。循思检愿，重以祈闻。唯希甘露当开，用得永祛鄙吝。伏愿四弘本誓,曲允三请,殷勤谨启。"(释法云《上昭明太子启请开讲》,《全梁文》卷七十四)由于讲说精妙,释法云再次邀请他开讲。

萧统讲解佛理,旨在探寻佛理真谛。这可从他对"二谛"、"法身"二义的讲解见其一斑,二谛,指的是真谛(又称第一义谛、胜义谛)和俗谛(又称世谛、世俗谛)。真谛,圣智所见真实之理性;俗谛,迷情所见世间之事。它们是研究"三论"必须研究的重要问题。所谓"三论",是指鸠摩罗什所译的《中论》、《百论》、《十二论》,加上《大智度论》,亦称"四论"。这些本是大乘中观学派的基本著作,在南北朝的流行,则是魏晋以来般若学的变态和延续(杜继文主编《佛教史》)。以南朝而言,般若《三论》,于宋、齐、梁三代,研习者前后相继,唱论不绝。据《高僧传》记载,宋时释僧导就著有《三论义疏》,僧叡、僧庆、智斌、慧整和齐时智林、僧钟、玄畅、慧次、昱度、僧朗,梁时智秀、法通、昱斐等就以擅长般若《三论》称誉于史。其中,于时学所宗者,为僧庆,慧整;于宋人所重者,为僧叡;于义理有所新立者为智林。智林新立之义理,就在于他"申明二谛义,有三宗不同",并著有《二谛论》。当时,发觉此新义者,还有汝南周颙。其所著《三宗论》,与林意相符,因而深为智林所推崇,并致书于颙,以加褒奖。他认为《三论》义者,"中绝六十七载,理高常韵,莫有能传",故"白黑无一人得者",而周颙能"机发无绪,独创方外",实乃檀越中"能深得斯趣者"(《高僧传·释智林传》)之第一人。汤用彤先生说:"《三宗论》者,论二谛。二谛者,三论之骨干[1]。又引《隆兴佛教编年通论》卷五说:"时京邑诸师,立二谛义,有三宗,宗各不同。于是汝南周颙,作《三宗论》,以通其异。"[2]《南齐书·周颙传》说:"著《三宗论》,立空假名,立不空假名,设不空假名难空假名,设空假名难不空假名。假名空难二宗,又立假名空。"这里所云空假名、不空假名、假名空,就是周颙所云"三宗"。三宗排列之顺序,亦有排"不空假名"为第一宗,"空假名"为第二宗,"假名空"为第三宗者,如吉藏的《大乘玄论》[3] 即是。三宗的含义,《大乘玄论》解释说:"不性空假名者,但无性实,有假世谛不可全无,为鼠喽粟。虽得第一义,犹不失世谛。但世是假,无复有实,如鼠喽粟也。""第二空假名,谓此世谛举体不可得,若作假有观,举体世谛;作无观之,举体是真谛。如水中案荎,手举荎令体出,是世谛;手案荎令体没,是真谛。"《中论疏》亦有同样的说法:"第三假名空者,即周氏所用。大意云,假名宛然,即是空也。寻周氏假名空,原出僧肇《不真空论》。《论》

---

①②③　汤用彤:《汉魏两晋南北朝佛教史》,北京大学出版社 1997 年版第 525、531—532 页。

云：'虽有而无，虽无而有。虽有而无，所谓非有。虽无而有，所谓非无。如此即非无物也。物非真物也。物非真物，如何而物。'肇公云：'以物非真物，故是假物。假物故即是空。'大朗法师关内得此义，授周氏。周氏因著《三宗论》也。"（汤用彤《汉魏两晋南北朝佛教史》）依此，所谓"三宗二谛"者，第一宗为世谛，不论其"法无自胜"，还是"但有假名"，都不失世谛。第二宗可为世谛，可为真谛。而决定它是世谛，还是真谛，主要看它是体有还是体无，将苤浮出水面，体有，为世谛；将苤案入水中，体无，是真谛。第三宗为"佛家之正义"，为真谛。这是因为，不论其假名故空，还是空故假名，都是虽有而无，虽无而有。虽有而无，所谓非有；虽无而有，所谓非无。"非有非无，三宗所蕴"，是圣智所见真实之理性。而周颙所立《三宗》，吉藏说是受大朗法师传授所致。大朗法师，即释僧朗。释僧朗为释法度之弟子。释法度"少出家，游学北土，备综众经"，宋末游京师，后隐居琅琊摄山。僧朗，"辽东人，为性广学，思力该普。凡厥经律，皆听讲说，《华严》、《三论》最为命家。今上深见器重，勅诸义士受业于山。"（《高僧传·义解五·释法度传》）此所云"上"，指梁武帝萧衍。江总《摄山栖霞寺碑》云："先有名德僧朗法师者，去乡辽水，问道京华。清规挺出，硕学精诣。早成波若之性，夙植尸罗之本，阐方等之指归，弘中道之宗致。北山之北，南山之南，不游皇都，将涉三纪。梁武皇帝能行四等，善悟三空，以法师累降征书，确乎不拔。天监十一年（521 年），帝乃遣中寺释僧怀、灵根寺释慧令等十僧诣山，咨受三论大义。"（《全隋文》卷十一）僧传寺碑所记，详略有差，然僧朗为齐梁《三论》学之大师，摄山为《三论》学之重镇，梁武帝崇信《三论》而派人前往摄山就学之事实则是相同的。由于僧朗所持《三论》为关中旧义，故周颙《三宗论》所云"三宗二谛"也就是从关中旧义中来。萧统的"二谛"义说亦就在这一时风父学的基础上，经过自己的陶铸冶炼之后形成的。他说：

　　二谛理实深玄，自非虚怀，无以通其弘远。明道之方，其由非一。举要论之，不出境智。或时以境明义，或时以智显行。至于二谛，即是就境明义。若迷其方，三有不绝；若达其致，万累斯遣。所言二谛者，一是真谛，一名俗谛。真谛亦名第一义谛，俗谛亦名世谛。真谛俗谛，以定体立名。第一义谛世谛，以褒贬立目。若以次第言说，应云一真谛，二俗谛。一与二合，数则为三，非直数过于二。亦名有前后，于义非便。真既不因俗而有，俗亦不由真而生，正可得言一真一俗。真者是实义，即是平等，更无异法，能为杂间。俗者即是集义，此法得生，浮伪起作。第一义者，即无生境中，别立美名,言此法最胜最妙,无能及者。世者,以隔别为义,生灭流动,无有住相。《涅盘经》言:"出世人所知,名第一义谛;世人所知,名为世谛。"此即文证褒贬之理。二谛立名,差别不同。真俗世等,以一义说。第一义谛,以二义说。正言此理,德既第一,义亦第一。世既浮伪,更无有义,所以但立世名。谛者,以审实为义。真谛审实是真,俗谛审实是俗。真谛离有离无,俗谛即有即无。即有即无,斯是假名;离有离无,此为中道。真是中道,以不生为体;俗既假名,以生法为体。(《全梁文》卷二十一)

这就是萧统"二谛"义说的主要内容。从中可见他对"二谛"义理的认识主要是建立在一种方法论上。他认为,认识"二谛"深玄义理,需要有一种正确的方法。这种方法,"择要论之,不出境智"。然境智相较,"就境明义",境是主要的。依照这种方法,他去观照"二谛"含义,便发现其含义之确立,一是取决于其名目的由来。二谛名目有真谛、俗谛,第一义谛、世谛两种。然称其为真谛、俗谛,是从定体上立名;呼之曰第一义谛、世谛,是从褒贬上立目;叫它一真谛二俗谛,是从次第上立字。其次第的排列,与传统不同。传统的排列是"一以世俗谛,二第一义谛",将俗谛排在第一,真谛排在第二。萧统将其改变,是因为真俗二谛是统一于真谛的。这在吉藏之前,三论学者普遍都是这样认为的,因此,他沿用的是一种公共的看法。二是取决于义理之不同。这主要表现在真俗二字上,且由真俗之自性决定的。"真既不因俗而有,俗亦不因真而生。"讲的是真、俗各有自性,各自独立,互不相干。"真者实义,俗者集义。"则是对其自性的进一步说明。由于真俗各有自性,故它们也就各有其义,各有其生法。真者,无生境中,最胜最妙;俗者,俘伪起作,生灭流动,无有往相,两者呈现出不同的境界。三是取决于其哲学性质之不同。真谛、俗谛虽都以"审实"为义,但真谛审实,以离有离无为极致;俗谛审实,以即有即无为指归。即有即无是假名,离有离无是中道。真是中道,以不生为体;俗是假名,以生法为性。萧统最终将真谛俗谛归之于中道之说,纳之于有无之境,将其皈依于"三论"的范围。

萧统此论一出,质疑纷纭。既有质疑,便有应答。据《广弘明集》所载,质疑者凡22人,其中有宗室子弟,名臣权贵,僧侣硕德。质疑的问题,凡91个,涉及"二谛"义理诸多方面,其中又以真俗、有无、境智之关系、作用作为分判之重点。对此,萧统一一作了解答或说明。试看萧统同慧琰的问答:

招提寺慧琰咨曰:"凡夫见俗,以生法为体;圣人见真,以不生为体。未审生与不生,但见其异。复依何义,而得辨一?"令旨答曰:"凡夫于无称有,圣人即有辨无。有无相即，此谈一体。"又咨："未审此得谈一，一何所名？"令旨答曰："正以有不异无，无不异有，故名为一，更无异名。"又咨："若无不异有，有不异无，但见其一，云何为二？"令旨答："凡夫见有，圣人见无。两见既分，所以成二。"又咨："圣人见无，无可称谛。凡夫见有，何得称谛？"令旨答："圣人见无，在圣为谛。凡夫审谓为有，故于凡为谛。"（《全梁文》卷二十一）

再看萧统同僧旻的问答：

> 庄严寺僧旻咨曰："世俗心中所得空解，为是真解，为是俗解？"令旨答："可名相似解。"又咨："未审相似为真为俗？"令旨答："习观无生，不名俗解；未见无生，不名真解。"又咨："若能照之智，非真非俗，亦应所照之境，非真非俗。若是非真非俗，则有三谛。"令旨答："所照之境，既即无生。无生是真，岂有三谛？"又咨："若境即真境，何不智即真智？"令旨答："未见无生，故非真智，何妨此智未真。而习观真境，岂得以智未真智，而使境非真境？"（《全梁文》卷二十一）

僧琰、僧旻所咨问题都围绕着有无、境智而展开，具有很强的针对性和倾向性。《中国佛教百科全书·宗派卷》在谈到萧统此文时说："在萧统提到的二谛论二十三家中，或以事理分判二谛，或以境理分判二谛。如毗昙师以事理分判二谛，把真谛说成理，世谛说成事。成实师则或以境判二谛，或以理判二谛。如庄严寺僧旻认为，二谛都属境，都是心识攀缘的对象；开善寺智藏则认为，二谛都属理，都是法性之旨归。《大乘玄义》卷一：'开善云：二谛者，法性之旨归，一真不二之极理。'庄严云：'二谛者，盖是祛惑之胜境，入道之实津。'"这里所引二家，运用的就是这两种方法。由于用事理分判，所以慧琰的质疑就集中在如何分析真与俗、有与无等关系、作用上；由于用境理分判，僧旻的质疑就集中在如何分判境与智、境与真谛、智与真谛等关系上。而对这些质疑，萧统的答辩，一是严分世人与出世人、凡夫与圣人之别。由于他善于把握和分别他们不同的体性，所以他在回答萧纲、慧琰的问题时，能很好地从事理上分判出真与俗、有与无、浮虚与不生等关系和区别。比如，他在回答萧纲第一问的"浮虚之与不生，只是一体，为当有异"时说的"凡情所见，见其起动；圣人所见，见其不生。依人为论，乃是异体，若语相即，则不成异"，就是从凡圣之别着手的。为何"凡情所见，见其起动；圣人所见，见其不出"？这既由凡圣不同的体性所决定，又由萧纲所咨问题的性质决定他只能这样回答。原来，在萧纲的提问中，浮虚与不生，是一对对立的概念。《中观论偈》曰:"诸法不自生,是不从他生,不共不无因,是故知无生。"不生,就是不自生,不他生,不共生,不无因生,就是无生。也就是说,此法尚无,尚寂。既然"不生",尚无尚寂,那么,与"不生"相对立的"浮虚",自然尚有尚动。在有与无、动与寂中,世俗所见,通常是有是动;圣人所见,通常是无是寂,所以萧统作了如是观,如是说。为何"若语相即,则不成异"?这是因为"言辞无迹,缘文字以图音"①,语言文字只是一种表意符号。意有正反,故语言也就有与之相对应的词,也就存在着语言相即的现象。也就是说,既有"不生"之言,便有"浮虚"之词。一对反义词放在同一语境中,便可自成一体,所以萧统说"若语相即,则不成异。"又比如,他在回答慧琰的第三问时所说的"凡夫见有,圣人见无,两见既分,所以成二",以及回答第四问所说的"圣人见无,在圣为谛。凡夫审谓为有,故于凡为谛",也都是从凡圣之别上立意的。由于严别凡圣,故谈有谈无亦就无不称意。二是坚守主旨,不轻易让对方偷换或转移自己的主旨。比如萧统在"二谛"义说中一个重要观点就是"就境明义",即用境作为分判二谛义理,所以当光泽寺法云问他"圣人所知之境,此是真谛,未审能知之智,是谓真谛,是谓俗谛"和僧旻问他"若境是真境,何不智即真智"时,他坚定地说:"能知是智,所知是境,智来冥境,得言即真。""未见无生,故非真智,何妨此智未真。而习观真境,岂得以智未真智,而使境非真境?"也就是说,欲分判智是真谛,还是俗谛,境是真境,智是真智,首先就得分辨智境之别,而分辨的标准就是"能知"、"所知"。其次,就得分清何为真智,而判断的准绳就是"已见"、"未见"。当然,用境来分判"二谛"之义,并非萧统的发明,成实师早就这样做了,他们"或以境判二谛,或以理判二谛",萧统只是沿用了他们的说法。然以境分判"二谛",存有很大弊端。《中国佛教百科全书·宗派卷》说:"吉藏指出,萧统所谓'就境明义',等于承认有真、俗两种独立的真理。它们可以并行不悖,但实际上境就是理,也就是体,不能分别判释。萧统说'真谛、俗谛,以定体立名',从而把真谛看成是实,是'无生境',又把俗谛说成是'俘伪'所作,境是'生灭流动'。这种把"二谛"当做两个对立实体的解释,很容易引导人们抛弃世俗世界,去追求'无生境界'。"尽管如此,萧统《解二谛义令旨问答》在梁代三论学盛行的时候,还是以它睿智的光芒为人们所赞赏。《梁书·昭明太子传》说它"有新意",杜继文《佛教史》称它是"梁代的代表作",

---

① 释僧祐:《出三藏记集·胡汉译经文字音义同异记第四》,中华书局 1995 年版,第 12 页。

便是明证。

萧统《解法身义令旨问答》，是他研究佛理的又一篇重要文章。关于"法身"问题，杜继文《佛教史》作了如下的论述："支谶译《佛说内藏百宝经》谓：'诸佛合一身，以经法为身。''佛身'由诸佛的'生身'，上升到了以佛经所说法为'身'的'法身'。在3世纪的汉译大乘佛经中，'法身'已被普遍地抽象化和神格化，认为'法身'无形无体，无作无言，不可以言说得，不可以思维求，亦不接受众生的供养布施，但它真实、圆满、寂静、永恒，充塞于世界万物之中，并构成万物的普遍本质，平等地仁慈地诸有，悦护一切众生。"杜氏所论，虽是3世纪的汉译大乘佛经中的情况，但人们对法身的认识已十分深刻。这在同萧统相问答的六寺僧侣中也显现了出来。比如，慧琰说的"法身无相，不应有体"，法云说的"止在常往，不应有身"，静安说的"能益众生，便成应化"，等等，就是从"法身无形无体"中蜕化而来的，具有鲜明的思维印记。而对这定型的认识，萧统作义解，又说些什么呢？试看他的诠释：

> 法身虚寂，远离有无之境，独脱因果之外，不可以知知，不可以识识，岂是称谓，所能论辨？将欲显理，不容嘿然，故随从言说，致有法身之称。天竺云达摩舍利，此土谓之法身。若以当体，则是自性之目；若以言说，则是相待立名。法者，轨则为旨；身者，有体之义。轨则之体，故曰法身。略就言说，粗陈其体，是常住身，是金钢身。重加研核，其则不尔。若定是金钢，即为名相；定是常住，便成方所。所谓常住，本是寄名；称名金钢，本是譬说。及谈实体，则性同无生，故云佛身无为，不堕诸法，《涅盘经》说：如来之身非身，是身无量无边，无有是迹，无知无形，毕竟清静。无知清静，而不可为无；称曰妙有，而复非有。离无离有，所谓"法身"（《全梁文》卷二十一）。

其解，既有因循传统的，也有自立新说的。如"法身寂静"、"不可以知知，不可以识识"等，便是因循"法身寂静，不可以思维求"而成的。而所云"法者，轨则为旨；身者，有体之义。轨则之体，故曰法身"，"粗陈其体，是常住身，是金钢身"等，便是自创新词，然与传统的"法身无形无体"相出入，故遭到了诸僧的质疑。可见敢于发前人之未发，越前人之寠臼而另立新义，是此义解的重要特点，也是他追求佛经新义、崇尚新说的体现。

以上就是萧统对佛教义理，尤其是般若学义理研究的大致情况。般若学乃智慧之学，因此，此种佛教义理研究使他感悟之多的，莫若开示其慧路。其《谢敕赉制旨大集经讲疏启》说："垂赉《制旨大集经讲疏》二帙十六卷，甘露入顶,慧水灌心。似暗遇明,如饥获饱。"(《全梁文》卷十九)《开善寺法会诗》说:"法轮明暗室,慧海渡慈航。"《讲席将毕赋三十韵诗》说:"慧义比瑶琼,熏染尤兰菊。""因兹阐慧云,欲使心尘伏。"《玄圃讲诗》说:"虽娱慧有三,终寡闻知十。"[①]表露的均是这一心迹。慧路者,浏览篇目,浅识独见,析奥畅凝,罔弗综练。既择其珠珍,以理相发;又调别众彩,以图晖烈。其学如此,其选亦然。其所选诸多文体,诸多篇目,依其学术文化之旨趣,各有所依,各有所归。然总其大宗,不出意、情、文三个方面。此三者,于佛教虽有意为"众苦之萌基,背正之元本"(谢敷《安般守意经序》)之说,虽有"内外六情之受邪行,犹海受流,饿夫梦饭"(康僧会《安般守意经序》)之谈,虽有"考文则异同每为辞,寻句则触类每为旨,为辞则丧其卒成之致,为旨则忽其始拟之义"[②]之论,颇有微词,甚为诋厉,然去其教旨,将它们还原于自身,运用于文学,则是属文、选编必不可少的三大要件。萧统的不俗,就在于他理智地处理好了三者之间的辩证关系,且将意作为选编之主脑,将情作为择文之血躯,将文作为择篇之骨骼,将它们紧紧地联系在一起,使其选编成为一个生命的活体,朝气勃发,爽朗灿然。这一点不仅于赋、诗、骚、七、表、书、启、奏、笺、檄、序、论等文中能深深地感受到,就是于那些箴言式的《连珠》中亦能见到。比如陆机的《演连珠五十首》,短章杰构,三言两语,然言简意深,启人心扉,使人爱不释手。试看他的第三首说俊才之重要:"臣闻髦俊之才,世所希乏;丘园之秀,因时则扬。是以大人基命,不擢才于后土;明主聿兴,不降佐于昊苍。"第八首讲识察之作用:"臣闻鉴之积也无厚,而照有重渊之深;目之察也有畔,而视周天壤之际。何则? 应事以精不以形,造物以神不以器。是以万邦凯乐,非悦钟鼓之娱;天下归仁,非感玉帛之惠。"第十二首谈忠臣贞士应树之品行:"臣闻忠臣率志,不谋其报;贞士发愤,期在明贤。是以柳庄黜殡,非贪瓜衍之赏;禽息碎首,岂要先茅之田!"无不言简意深,情文并茂,便于学习,便于记忆,表现了作者的睿智,选者的聪慧。同时,也不忘对那些宣扬佛学学术文化意蕴精神的优秀作品如《头陀寺碑文》之类选入《文选》中。萧统就是想通过这种选编行为将《文选》编成一部有智慧有灵性的书。

---

① 《梁诗》,见逯钦立辑校《先秦汉魏晋南北朝诗》,中华书局1983年版,1796—1798页。
② 释道安:《道行经序》,见释僧祐:《出三藏记集》,中华书局1995年版,第263页。

五、萧统的文学理想

这是萧统建构的"研究链条上需要解决的最后一个重要问题,即萧统同文学学术文化及《文选》的关系。

从五家学术文化同《文选》选编的关系来看,前四种属于一种文化规制与建构,后一种则属于一种文学直寻与演绎,一种内在规律的探求与运用。因此,它更贴近选编的实际,为选编所需要。这是由《文选》的文化、文学的双重性质决定的。萧统同文学学术文化的关系是密切的。同他性爱六籍、性爱山水一样,他也性爱文学。由于性爱文学,故有"游思文林"之言说,诗文创作之雅兴,《文选》编撰之盛事。而其文学理想,就是他在这一系列的性爱中,通过自己的心灵感受,实践揣测以及对当时文坛创作实况的审察、思考之后形成的一种文学憧憬与遐想,那就是想将它作为依据,选编出一种既能符合文学发展规律,又能切合创作实际,还能为文人所认同所接受所使用的文学选本,以期通过它将文学创作引向健康勃兴之路。这种理想无以名之,笔者姑且择其支撑这一理想的核心观念——"文质彬彬,有君子之致"而当之。这是选编《文选》的直接理念与依据。

如前所说,五家学术文化在生成的过程中铸炼出了一种极其可贵的开放精神。这种开放,着重表现它能蕴涵百家,允许百花齐放,不尊一家之术,一花之秀。它滥觞于诸子。诸子的可贵就在于这些。它换来的是学术的春天,文化的繁荣,思想的解放与发展。萧统文学理想之形成,学术观念之出现,正如一些学者所说,多是从前人那里结集而成的,自己的东西不多。即便如此,他在《答湘东王求文集及诗苑英华书》中所提出的"夫文典则累野,丽亦伤浮,能丽而不浮,典而不野,文质彬彬,有君子之致",似有着再生的意义。一、这一观念的提出,从其学术精神来讲,就含有吸纳百海之气概。在古今之争中,作为太子与"当今之领袖",他虽持中立的态度,并借用孔子之语作为自己的文学主张,表现自己的立场,不偏向不压抑任何一方,允许双方争辩发展,这不是大有先秦诸子之遗风吗?大有五家学术文化吸纳百海之精神吗?二、这一观念于此时提出,虽有调节双方的意味,但对双方各执一端,各有其弊,他还是有自己的看法,那就是过典累野,过丽伤浮。而要做到不累不伤,最好的办法就是"文质彬彬"。此话虽出自《论语》,然运用得如此适时恰当,实是再生所使然。

"文质彬彬,有君子之致",若溯其源流,实则出于人们对文质二字之认识。

这种认识出现较早。《尚书》就有"文思安安"、"浚哲文明"、"文命敷于四海"的记载。其含义，或云"文谋"，或云"文章"，或云"文德"，指的是一种与野蛮相对立的而又充满睿智光辉的文化。《周易·系辞》亦有"物相杂，故曰文"的说法。文之含义，韩康伯注为"刚柔交错，玄黄错杂"。孔颖达疏为"言万物遂相错杂，若玄黄相间，故谓之文也"，指的是一种交错的文采。《礼记·乐记》也持这种看法，说："五色成文而不乱。"郑玄注曰："五色，五行也。"孔颖达疏曰："五行，五行之色，既有所象，故应达天地五行之色，各依其行色，成就文章而不错乱。"许慎《说文解字》依此而释"文"云："文，错画也，象交文。"段玉裁《说文解字注》说："象两文交互也。"其后，人们依据这一本义和物相杂为文的事实，提出了各种物文之说，如谈天的，亦有天之文说；谈人的，亦有人之文说；谈道德的，亦有道德之文说；谈礼乐者，亦有礼乐之文说，等等。文被广泛地运用于社会生活的各个方面，不仅丰富了文的含义，而且也充分地显示出人们对文的认识与喜爱。在这众说中，作为"文章"的特殊称谓，文自文章这一事物出现之后，便与属文者，论文者结下了不解之缘，成为他们常用的词汇而被广泛运用于文学创作、文学批评中，出现了一大堆诸如"文章"、"文才"、"文华"、"文辞"、"文采"、"文论"、"文评"、"文心"、"文风"等概念，显示其不凡的气息与张力。与文相对，"质"也是一个重要概念，其出现也较早。比如，被称为"旧多古字"的《墨子》就出现了"质"字："令无得擅出入，连质之。""守楼临质宫而善周。""城守司马以上，父母、昆弟、妻子有质在主所，乃可以坚守。""使吏皆有质，乃得任事。"其中，"连质之"的"质"，孙诒让《墨子间诂》注为"质其亲属也"；"质宫"，注为"言质人妻子之处"。后二句，质字无注。其含义与第一句同，作"质其亲属"解，然又有别于《左传·隐公二年》"周郑交质。王子狐有质于郑，郑公子忽为质于周"中的"人质"，而是属于干宝《搜神记》卷八说的"边屯守将皆质其妻子，名曰保质"中的"保质"。又比如，《管子》中也出现了质字："天道人性，通者质，宠者臣，此数之因也。""素也者，五色之质也。""质信极忠。"其含义，第一句，戴望《管子校正》注为"主也"，并说"能通于天道人情者，可以为主，其不能通，但宠贵之者，可以为从，谓臣也，言臣主数因此通而立也。"第二句，无注，然从他将此句解为"无色谓之素，水虽无色，五色不得成，故为五色质也"来看，仍作"主"解。第三句注为"质，主也，谓主能得信，又极忠也"。这样的例子还有很多，其含义都是随文出义，充分显示了其字义的丰富性。待到人们将它作为与"文"相对的概念使用时，其含义也就比较固定了。在古文献中，最先将质与文连缀成词的，似为单襄公，其有"文王质文"（《国语·周语下》）之说。而将质与文作为相对概念使用的是孔子，其有"质胜文则野，文胜质则史，文质彬彬，然后君子"（《论语·雍也》）之言。其含义，包咸注为："野如野人，言鄙略也。史者，文多质少也。彬彬，文质相半之貌。"皇侃疏为："谓凡行礼及言语之仪也。质，实也。胜，多也。文，华也。言若实多而文饰少，则如野人。野人鄙略，大朴也。史记，书史也。史书多虚华无实，妄语欺诈，言人若为事，多饰少实，则如书史也。彬彬者，文质相半也。若文与质等半，则为会时之君子也。"① 其后，邢昺作《论语注疏》，朱熹作《论语集注》，刘宝楠作《论语正义》，均依包注而作疏，都认为孔子质文对举，旨在强调正确处理质文关系，只有质文相半或相盛者才能称为君子。而其所云君子，又认为不是指那些为文之士，而是"专指卿大夫、士"（刘宝楠《论语正义》），是针对政治而言的。也就是说，孔子所论说的对象不在文学，而在政治；重点不在文，而在"齐民"、"长民"（同上），是他为当时政治多文少质所开具的药方。此说一出，世人谈质论文者多了起来，有重质者，亦有重文者，有主张文胜质者，亦有主张质胜文者。比如，《论语·颜渊》所说的"棘子成曰：'君子质而已矣，何以文为？'"《韩非子·解老》所说的"须饰而论质者，其质衰也。何以论之？和氏之璧，不饰以五彩，隋侯之珠，不饰以银黄，其质至美，物不足以饰之。夫物之待饰而后行者，其质不美也"，便是其中之反映。它说明，文质观念日益深入人心，认识日益异化。到汉时，则成为一种普遍观念在政治思想领域大力流行，其中有今文学家董仲舒、何休所提倡的"质救文"说，董云："文著于质，质不居文，文安施质？质文两备，然后其礼成。文质偏行，不得有我尔之名。俱不能备而偏行之，宁有质而无文。"又说："然则《春秋》之序道也，先质而后文，右志而左物。"又云："此《春秋》之救文以质也。救文以质，见天下诸侯所以失其国者亦有焉。"（《春秋繁露》）何云："王者起，所以必改质文者，为承衰乱，救人之失也。天道本下，亲亲而质省。地道敬上，尊尊而文烦。故王者始起，先本天道以治天下，质而亲亲。及其衰敝，其失也亲亲而不尊，故后王起，法地道以治天下，文而尊尊。及其衰敝，其失也尊尊而不亲，故复反之于质也。"（《春秋公羊传注疏》卷五）在这里，质被提升到了空前的高度。此外，《汉书·严安传》所记严安的话："臣闻《邹子》曰：'政教文质者，所以云救也。当时则用，过则舍之，有易则易之，故守一而不变者，未睹治之至也。'"《杜钦传》所记杜

---

① 皇侃：《论语义疏》卷3，见《四部要籍注疏丛刊·论语上》，中华书局1998年版，第199页。

钦之言:"殷因于夏尚质,周因于殷尚文,今汉家承周秦之敝,宜抑文尚质,废奢长俭,表实去伪。"亦持这种看法。至后汉,是说弥甚,其著名的篇章有班固《白虎通》的《三正篇》、《三教篇》。前者云:"王者一质一文者何?所以承天地,顺阴阳。阳之道极,则阴道受,阴之道极,则阳道受。明二阴二阳不能相继也。质法天,文法地而已。故天为质,地受而化之,养而成之,故为文。《尚书大传》曰:'王者一质一文,据天地之道。'《礼三正记》曰:'质法天,文法地'也。帝王始起,先质后文者,顺天地之道,本末之义,先后之序也。事莫不先有质性,后乃有文章也。"后者云:"王者论三教者何?承衰救弊,欲民反正道也。三正之有失,故立三教,以相指受。夏人之王教以忠,其失野,救野之失莫如敬。殷人之王教以敬,其失鬼,救鬼之失莫如文。周人之王教以文,其失薄,救薄之失莫如忠。继周尚黑,制与夏同。三者如顺连环,周而复始,穷则反本。"认为质文相救,质是关键。同时也有王充的"文胜质"说。《论衡·齐世篇》云:"上世何以质朴,下世何以文薄?彼见上世之民,饮血茹毛,无五谷之食;后世穿地为井,耕土种谷,饮井食粟,有水火之调;又见上古岩居穴处,衣禽兽之皮;后世易以宫室,有布帛之饰;则谓上世质朴,下世文薄矣。"认为时不同,文质亦不同。不能用上世质朴救下世文薄。若这样,显然是让人民弃五谷而饮血茹毛,弃宫室而岩居穴处,弃布帛而衣禽兽之毛皮,开历史的倒车,不可取,不可法,最终将立足点落到了文胜质上。至魏晋,是说犹存。应玚的《文质论》、阮瑀的《文质论》就是两篇专论文质的文章。所论非文学的文质,乃政治之文质,认为天地"二政代序,有文有质","文虚质实,远疏近密,援之斯至,动之应疾。两仪通数,固无攸失",为天下治理所兼备。虽然他们主张文质兼备,但论及汉代文质情况时,得出的结论则是"质者之不足,文者之有余",将论述回归到汉人文质相救的老调上。总之,作为一种文化现象,它告诉我们,一种观念一旦定型之后,是不会随着时间的迁移而轻易改变的,其凝聚力之强,抗辩力之大,可以战胜任何外来的干扰,以其不朽的生命存活于世上,存活于人们的心底。即使包咸注《论语》将"文质彬彬"说成是"文质相半",使质、文处于同等的地位,然传统的惯性却使它难以改变,所以,只要人们一谈到文质问题时,大脑皮层呈现出来的第一信号要么是质,要么是文,或质为文之主宰,或文为质之统帅。这种观念不仅影响到人们对道德文质论、礼乐文质论的看法,也影响到对文学文质论的认识。

文学文质论,相对于政治文质论、道德文质论、礼乐文质论来,应该晚出。尽管文学批评史上有将孔子"质胜文则野,文胜质则史,文质彬彬,然后君子"

说成是文学文质论的,然如上所言,历来《论语》注疏者大都将它当做政治文质论认同的。而真正将文质概念运用到文学领域,且将它作为一种批评观念与标准,是汉以后的事。肇其先者,似为扬雄。其《法言·吾子》说:"或问:'景差、唐勤、宋玉、枚乘之赋也,盖乎?'曰:'必也淫。''淫则奈何?'曰:'诗人之赋丽以则,辞人之赋丽以淫。'"又说:"中正则雅,多哇则郑。"这里用"淫"来评价景差等人之赋,用"丽以则"、"丽以淫"来评价诗人、词人之赋,用"中正"、"多哇"来辨雅郑,看似与"文质"无关,实则甚相关联。其后,王充继其前轨,大放厥词,于《论衡·佚文篇》说:"受天之文,文人宜遵五经六艺为文,诸子传书为文,造论著说为文,上书奏记为文,文德之操为文。立五文在世,皆当贤也。造论著说之文,尤宜劳焉。何则?发胸中之思,论世俗之事,非徒讽古经续故文也。论发胸臆,文成手中,非说经艺之人所能为也。""夫文人文章,岂徒调墨弄笔,为美丽之观哉?载人之行,传人之名也。善人愿载,思勉为善;邪人恶载,力自禁裁。然则文人之笔,劝善惩恶也。""况极笔墨之力,定善恶之实,言行毕载,文以千数,流传于世,成为丹青,故可尊也。"于《书解篇》又说:"出口为言,集札为文,文辞施设,实情敷烈。夫文德世服也。空书为文,实行为德,著之于衣为服,故曰:德弥盛者文弥缛,德弥彰者人弥明。大人德扩其文炳,小人德炽其文斑,官尊而文繁,德高而文积。……由此言之,衣服以品贤,贤以文为差。愚杰不别,须文以立折。非唯于人,物亦咸然。龙鳞有文,于蛇为神;凤羽五色,于鸟为君。虎猛毛蚡蜦,龟知背负文。四者体不质,于物为圣贤。且夫山无林则为土山,地无毛则为泻土,人无文则为朴人。土山无麋鹿,泻土无五谷,人无文德,不为圣贤。上天多文,而后土多理。二气协和,圣贤禀受,法象本类,故多文彩。"以巧辩之笔,力判文人与说经艺之人之别。由于文人是神圣的,故由文人所作之文,不论是五经六艺诸子传记,造论著说,还是上书奏记,都是神圣的。而这种神圣,虽论发胸臆,文成手中,然其关键则在于其文辞之设施,实情之敷烈,文德之世服,在于它的文采之炳然。没有文采,蛇不为神,凤不为君,山为土山,地为泻土,文章亦不成其为文章。因此,"物以文为表,人以文为基",便是他由衷的呼唤,总体之认识。这一认识,不仅一改前人重质轻文的倾向,还文以本来面目,而且还开启了后人重文论文的风气。自此之后,论文者日多,代有人出,出现了曹丕的《典论·论文》、陆机的《文赋》、挚虞的《文章流别论》,沈约的《宋书·谢灵运传论》、范晔的《狱中与诸甥侄书》、陆厥的《与沈约书》、沈约的《答陆厥书》、萧子显的《南齐书·文学传论》等一批著名的论家、论著,将文的自身研究推向了一个新的起点,而文学文质论的探讨亦随之走向深入。在这些文论中,他们既看到了文的重要性,提出了文章"乃经国之大业,不朽之盛事"(《典论·论文》),"咏世德之骏烈,诵先人之清芬"(《文赋》),"宣上下之象,明人伦之叙"(《文章流别论》)等著名观点,又看到了文与气、文与意、意与辞、辞与声律的辩证关系,提出了"文以气为主,气之清浊有体,不可力强而致"(《典论·论文》),"情志所托,故当以意为主,以文传意。以意为主,则其旨必见;以文传意,则其词不流"(《狱中与诸甥侄书》),"夫五色相宣,八音协畅,由乎玄黄律吕,各适物宜,欲使宫羽相变,低昂互节,若前有浮声,则后须切响。一简之内,音韵尽殊;两句之中,轻重悉异,妙达此旨,始可言文"(《宋书·谢灵运传论》)等著名论断。同时,还看到了质的地位与作用,提出了"理扶质以立干,文垂条而结繁"(《文赋》),"以情纬文,以文被质"(《宋书·谢灵运传论》),"以情义为主,以事类为佐,……情义为主,则言省而文有例矣;事形为本,则言富而辞无常矣"(《文章流别论》)等著名的说法。当然,在这些论著中,对文质问题研究最全面的还是刘勰的《文心雕龙》。他不仅在《原道》、《诠赋》、《议对》、《通变》、《知音》、《程器》等篇章中将质文并举,出现了诸如"文胜其质"、"文附质也"、"质待文也"、"文不灭质"等一类言论,强调文质的统一,而且对这些概念的含义作了隐形的归纳和说明。郭绍虞先生揭其真相云:"我觉得《文心雕龙》之论文质至少有两种含义。一种是包括刘勰整个理论主张的,一种是就一般的所谓文质讲的。"就刘勰整个的理论主张而言,他认为其《序志篇》所云的"本乎道,师乎圣,体乎经,酌乎纬,变乎骚"中的"道"、"圣"、"经"是属于质一方面的,"纬"与"骚"是属于"文"一方面的。就刘勰对文质看法的另一种意义而言,他又认为《文心·情采篇》所云"夫水性虚而沦漪结,木体实而花萼振,文附质也;虎豹无文,则鞟同犬羊,犀兕有皮,而色资丹漆,质待文也"当属此类。而所云"道沿圣以垂文,圣因文而明道",则是以道为质;所云"为情而造文"和"对文而造情",则又是以情为质,并认为《通变篇》所说的文质,与《情采篇》所说的文质,是有些区别的①。郭先生这种鞭辟入微的分析,深刻地再现了《文心雕龙》文质论的含义,有助于我们的认识与理解。

以上为萧统的"文质彬彬,有君子之致"这一核心观念的提出,提供了深远

---

① 郭绍虞:《〈文选〉的选录标准和它与〈文心雕龙〉的关系》,见《中外学者文选学论集》上,中华书局1998年版,第134—135页。

的文化背景和理论基础。

萧统的文质彬彬论，是种文学文质并重论。注重文的自身特征与意义，是该论的重要特点。因此，看重文之生成，文之发展变化以及语言文采的研究，便成了该论的主要内容，散见于萧统的文论中。比如，他对文之生成之论述，就是如此。其《文选序》说："式观元始，眇觌玄风，冬穴夏巢之时，茹毛饮血之世，世质民淳，斯文未作。逮乎伏羲氏之王天下也，始画八卦，造书契，以代结绳之政，由是文籍生焉。《易》曰：'观乎天文，以察时变。观乎人文，以化成天下。'文之时义远矣哉！"这三句话，分别是从韩非子《五蠹》、王充《论衡·齐世》和孔安国《尚书序》《周易·贲卦》中或集或抄而来，然一经组合，文之生成，文之时义的观念便突现了出来。其生成也，历时渺远，上可追寻到人类初始之时，下可追究到文化、文字生成之日。人类初始之时，由于生产关系、生产力还未形成，人们既不会劳作，又不会言语，过着巢居穴处、茹毛饮血的生活，所以"斯文未作"。正是这种"未作"，人们看到了文之生成与社会生活之联系，没有丰富的社会生活，就失去了文之生成的土壤。这种情况，到了伏羲氏之王天下的时期得到了改变：一是出现了八卦，二是出现了文字，三是出现了比结绳之政更高级更复杂的政治。这"三个出现"，标志着人类社会随着生产关系、生产力的发展已开始告别野蛮走向文明，人类生活开始由简单走向复杂和丰富。于是，作为文之生成必备的文化、文字、生活三大要素已经形成，故"文籍生焉"。在这三大要素中，生活是源头，文字是工具，文化是基础。没有文化的创作不可能长久，故文中所言"始画八卦"，便成了文之生成的关键，值得探寻和玩味。我们知道，八卦素有初卦和重卦之分。初卦由谁而作？既成的答案是伏羲。但最初提出此说的却是《礼纬含文嘉》："伏牺德合上下，天应以鸟兽文章，地应以河图洛书，伏牺则而象之，乃作八卦。"其后，经孔安国、马融、王肃、姚信等辈之推崇，遂使此说成为定论流布学界。重卦则不然，其出自谁手，在孔颖达之前就出现过伏羲画卦、神农重卦、夏禹重卦、文王重卦四种不同的说法。四说中，较为合理的是第一说，此为王弼等人所主张。其理由，孔颖达《周易正义·第二论重卦之人》作了详细的辩证。伏羲初画八卦，万物之象皆在其中，重画八卦，万物通变之理由中显出，这就表明，八卦从初画到重卦所展现的不是一种重复的制作，而是一种由形下到形上的创造，汇集了人们观察、体验、思考的成果，因此，它表现的不是一种符号的变化，而是一种文化的形成和发展。其中，初卦含象的出现，表明着此时人们对天地万物的形态，乃至器用之形状，已有所观察和研究，而这种观察和研究有意无意地培养了人们形象思维的习惯。重卦合理之形成，则表现着此时人们对天地万物变通的道理，如有无相生之类，亦有所思考和探究。这种思考探究同样有意无意地培养了人们抽象思维的能力。这些都是文学创作所必需的，是文之生成必具的要素。因此，八卦的出现，是人类生活中一件大事，也是历史文化一大创举，有助于人类社会的发展，文学创作的兴起。所以，古人论文之生成，好言八卦，就是因为八卦太重要了。自此之后，人们上观天文，下察地理，中观人道，进入了《周易·贲卦》所描述的时代。此时较之前两个时期，人文的色彩更加浓厚，对事物的认识更加成熟，社会生活更加多彩，而文之生成亦随着"二观"的理性化、功能化而走向繁荣。那么"二观"的含义是什么呢？王弼注"天文"云："刚柔交错而成文焉，天之文也。"注"人文"云："止物不以威武而以文明，人之文也。"注"二观"云："观天之文，则时变可知也；观人之文，则化成可为也。"（《周易正义》卷三，《十三经注疏》）它表明人们已进入到了较为文明的时代，观察能力，变通水平都得到了提高，自然物象开始进入到人们的创造视野，随时变改的观念业已形成；文章的社会教化功能得到强化；文学创作已进入到自觉、成熟的阶段。总之，文之生成，源远流长，是随着社会生活的出现而出现，亦随着时代的发展而发展。不同的时代，不同的社会生活有着不同的文。同时，作为为文必备的文化、文字、生活、思维、观察、变通等要素亦随着时代的进化，社会的进步，先后步入写作的行列，为为文者提供了方便。正由于它们作用大，意义深，所以萧统写到这里时，情不自禁地发出了"文之时义远矣哉"的慨叹，以此来表示他对文的赞美与尊重。当然，这里所云文，是种文质合一的文，即文章。此其一。

其二，对文之发展变化的论述，也是这样。如果说，萧统用"时义"一词来总括文的生成规律、意义、作用，那么这个"时义"表达的不止是种文学的陈述，还是种文化的描写和哲理的判断。也就是说，在"时义"的领域中，文是随着文化的兴起而发展变化的。然这种发展变化的状况如何？接下，在该序中他又作了这样的描述："若夫椎轮为大辂之始，大辂宁有椎轮之质？增冰为积水所成，积水曾微增冰之凛，何哉？盖踵其事而增华，变其本而加厉。物既有之，文亦宜然。随时变改，难可详悉。"它告诉我们：第一，发展变化，既是事实，又是观念。事实说明观念，观念离不开事实。然现实生活中，常有事实被观念否定的情况，因此，树立一种正确的观念则是承认事实，了解事实的前提。这里，它所表达的正是这样的理念；要承认文的发展变化，首先要树立起文的发展变化观念。第二,发展变化,既是继承,又是改换。然如何继承改换,历来存在新旧之争,古今之辩。这里,它同样表述了这种意念,发展离不开继承,新是在旧,今是在古的基础上的继承与发展。因此,大辂离不开椎轮,增冰离不开积水,今文离不开古文,二者内在紧密,前后连贯。第三,发展变化,既是质的飞跃,又是文的突变。飞跃、突变十分微妙,须用心体验才能知其然。但因这是种跨越时空的变化,时间之渺远,历史之阻隔,又常使人不知其所以然。为此,他在表述中连用两个问句提醒读者,大辂增冰的文质,绝不同于椎轮、积水的文质,因为它们拥有的形状、结构、资质、文饰已发生了根本的改变。第四,发展变化,既是改革,又是创造。改革创造,乃是事物发展变化的硬道理,也是它们常用的方法和手段。而"踵其事而增华,变其本而加厉",便是这种改革创造所作的形象描述和说明。前者强调的是途径和方法,而重点又在"事"、"华"上。事者,事义也;华者,文饰也。事义属质,文饰属文,文质并重,便是"踵"、"增"两种行为所追求的目标与境界。后者强调的是程度和效果,而重点又在"本"、"厉"上。本,本然也;厉,严重也。改变其本来的面目使其更加发展,便是改革创造的终极目的。而大辂、增冰正是踵事增华,变本加厉这一改革创造所带来的艺术结晶,其行为,只不过一乃人为,一乃天作。人为可知,天作难晓,如此而已。萧子显说:"若无新变,不能代雄"(《南齐书·文学传论》)。注重文学的发展变化,是此时期文学创作和文学批评的重要观念。萧统承其意绪,通过两个比喻及其喻义,从观念、态度、内容、方法、程序、效果等各个方面全面地表述了文学发展变化的思想。其中,尤重观念。在强调整体变化的同时,特别强调"随时变改"。如此一来,"变"经此一呼唤,一张扬,便成了文质论重要观念。而原有的文质亦随着这种随时变改,呈现出新的气象和风采。

其三,对语言的文采论述,更是这样。语言的文采问题,是文学文质论中常说的问题。萧统的文质论就是从这里直接引发出来的。他说:"夫文典则累野,丽亦伤浮,能丽而不浮,典而不野,文质彬彬,有君子之致,吾尝欲为之,但恨未逮耳。"这种言论非感同身受者不能说出,是他融进历史思考和现实认识之后所获得的理论精华。从历史的思考来说,典、丽作为语言文采判值标准之确立,缘于人们对文的崇尚。且不说《尚书》所云"咸秩无文",宋蔡沈注曰:"无文,祀典不载"之意义为何,单以孔子说的"言之无文,行之不远"(《孔子家语·正论解》),扬雄说的"言无文,典谟不作经"(《扬子法言·寡见》),王充说的"文辞善恶,足以观才"(《论衡·佚文》),就足以表明他们的崇尚与爱好。这种爱好极大地刺激了人们崇文的热情,致使一些人全身心地将自己的经历倾注于"文"的打造上。他们或以典为文,或以丽为文,本已典雅了的,还想更典雅;本已艳丽着的,还欲更艳丽,结果竞相攀比,互不相让,将语言之文采引向了偏面,引向了歧途,引向了极端。这一情况,自汉以来就存在。其中,又以尚丽为著。他们倾情于丽的造作,或立言以明心,或属文以观志。其比较突出的人物,一有扬雄。他说:"诗人之赋丽以则,辞人之赋丽以淫。"就直接将丽视为赋的特征。同时,他还认为"辞莫丽于相如",遂刻意模仿相如而作"四赋"(《汉书·扬雄传赞》)。二有世俗学问之士。王充《论衡·自纪篇》引世俗之言说:"文必丽以好,言必辩以巧。"王符《潜夫论·务本》说:"今学问之士,好语虚无之事,争著雕丽之文。"《后汉书·樊宏传·樊准附传》说:"儒者竞论浮丽。"从世俗之士到学问之士再到儒士,反映后汉尚丽的大有人在,争做雕丽之文的大有市场。这比起两汉崇尚典雅来呈现的是另一种风貌。三有张华:"华学业优博,辞藻温丽。"四有陆机:"机天才秀逸,辞藻宏丽。"五有潘岳:"岳美姿仪,辞藻艳丽。"六有夏侯湛:"(湛)文章宏富,善构新词。"七有左思:"貌寝口讷,而辞藻壮丽。"八有成公绥:"少有俊才,词赋甚丽。"九有谢朗:"朗善言玄理,文义艳发。"(《晋书》各人本传或附传)他们均通过自己的实际创作来表现出对丽的喜爱,来向世人提供一些尚丽的范例和样本。这种运作比起那些尚言谈的论说派来更富有感召力。从文学语言的特质来说,尚美应是它的天性。美的语言不仅富有表现力,吸引力,而且还有着鲜活的生命力。木讷无文就缺乏这些力量,"行之不远"便是它必然的结果。所以《说苑·修文》说:"有质而无文,谓之易野,"又说:"简者,易野也。易野者,无礼文也。"当然,这仅是事物的一个方面,其另一面应是丽要有度,要适中,要不淫。用扬雄的话来说则是:"君子不言,言必有中。"不要走向极端,走向反面。"滥于文丽而不顾其功者,可亡也。"(《韩非子·亡征》)那是很危险的。正因为这样,萧统提出了"丽则伤浮"之说以明其志,以诫时人。这是扼制淫丽而使之保持适中的有效办法。言虽短,但管用;随口说出,然思之深沉。

从现实的认识来讲,宋齐文坛基本上承接晋之余绪,在克服玄言诗风之同时,走向了尚丽的一面。其代表人物就是谢灵运和颜延之。他们分别代表了元嘉诗风和大明诗风。两人都尚丽,但又有着清新和古朴的不同。鲍照曾评价他们的诗风云:"谢五言如初出芙蓉,自然可爱,君诗若铺锦列绣,亦雕𪃥满眼。"(《南史·颜延之传》)谢灵运的创作,《晋书·谢安传》曾用"文藻艳逸"来评价,说明他在晋时诗歌创作就以"艳逸"著称。颜延之尚隶事,好典故,喜欢于创作中搬弄故事,以致出现了"铺锦列绣,亦雕䌷满眼"的情况。在他的影响下,大明诗歌形同书抄,将用事引向了歧途。除了这二人外,宋齐文人属文以"丽"著称的还有鲍照、谢朓、袁淑、何偃、柳恽诸人。《南史》各本传曾分别用"文甚遒丽"、"文章清丽"、"文采遒艳"、"辞甚侧丽"、"属文遒丽"来状其容。而这种尚丽之风逶迤而下,至梁萧纲时则愈演愈烈。以萧纲为代表的宫廷诗作将艳丽之风推向了极致,出现了"深心主卉木,远致极风云,其兴浮,其志弱,巧而不要,隐而不深"(《雕虫论》)的偏重形式、忽视内容的倾向。裴子野另辟蹊径,以复古为己任,以典雅为追求,写作出了一些被时人誉为"为文典而速,不尚丽靡之词,其制作多法古,与今文体异"(《梁书·裴子野传》)的作品,与萧纲形成了对立的两极。这种对立待到他的《雕虫论》和萧纲的《与湘东王书》出来之后达到了互不相让、互相攻击的地步。这些给萧统的思考、认识亦是深沉的。其所谓"典则累野,丽亦伤浮"云云,便是这种思考的产物,其文质论的提出,更是其认识深化的智慧显现。面对这场争论,他看似不偏不倚折中调和,实则有他的立场和态度,指责和批评,那就是:在对待典与丽,文与质的关系上,他并不反对典与丽,而是反对"典则累野"、"丽亦伤浮",反对将典与丽对立起来,主张典、丽要适中,要典中有丽,丽中有典,典丽融合。他不反对文,也不反对质,而是反对质胜于文,文胜于质,主张文质相半、并重。正由于不反对典与丽、文与质,所以,他对那些质朴典雅之作、内容充实之文,是推崇备至的。比如,他对陶渊明的诗文,在众人不为之称是,甚至不屑一顾之时,他却以诗人的敏感、文人的热情、学者的睿智予以高度的关注,为其编辑、立传、作序,不仅高度赞美了陶渊明那种"高趣,博学,善于属文"、"颖脱不群,任真自得"、"闲静少言,不慕荣利"、"忘怀得失"、"躬耕自资"(《陶渊明传》)的高尚心态、淡泊情怀和洒脱人格,而且高度评价了陶渊明创作中那种"文章不群,辞采精拔,跌宕昭彰,独超众类,抑扬爽朗,莫之与京,横素波而傍流,干青云而直上"(《陶渊明集序》)的古朴典雅之美。从此,这位沉湎于宋齐而沾沔于后人的伟大诗人便以巍巍之姿,磊磊之怀,淡淡之笔,浓浓之情屹立在诗坛,为世人所瞻仰,成为他重质的见证。同时,他对那些艳丽优美的诗文同样予以赞扬。比如,他对萧纲的一些"辞典文艳,既温且雅"的诗文,就持这种态度。如在《答晋安王书》中对萧纲"五月二十八日疏并诗一首"就以"首尾裁净,可为佳作,吟玩反复,欲罢不能"予以赞美。同时,还刻意学习之,试读《答湘东王求文集及诗苑英华》描写"或日因春阳,其物韶丽"那段文字,就艳丽非常,成为他重文的重要依据。

总之，萧统的"文质彬彬，有君子之致"说，包容丰富，用思深沉，网络了他文论中的重要内容，表达了他文学理念与观点。这种文质说，其范围虽不同于"刘勰整个的理论主张"，而同于其"一般"的文质看法，但所论比较中肯，切合创作实际，选编实际。若反照《文选》所选作品，我们就会发现这种文学理想就成了内容与形式、思想与语言、风格与表现的重要依据。若依照这个依据进一步去检阅他的七百多篇作品，就会发现萧统选文，首先注意"质"的厚度，即作品内容的充实，情感的深厚；注意"质"的广度，即作品内容的时代性、社会性、学术性和文化性；注意"质"的政治、伦理、道德的内涵与表现。他不选那些内容空洞的篇什，不选那些内容不健康的作品，不选那些以描写骄奢淫荡为内容、以男欢女爱为情调的文章。这些虽与他生活严肃，不尚女色的生活情调有关，但更多出于他的"文质彬彬"的理想和"有君子之致"的道德要求。其次，注意"文"的多样性，一是各种文体兼备，各种样式齐全；二是语言形式多样，骈散兼顾；三是文采艳丽，间有质朴；四是文气流畅，运转自如，五是文势或舒缓或遒劲或壮丽，众美并出。而这些都有机地统摄于"文质彬彬"之下，相互作用，相互映衬，表现出萧统欲将《文选》编成一部文质焕发，词义灿然的书。

六、《文选》选编的标准

以上便是萧统建构的"学术文化——萧统——《文选》"这一研究链条上五个重要问题的大致内容，是他研究五家学术文化的一些重要思想观念，表现了他博学的才情，通识的水平和善断的能力，为其选编标准之确立和为《文选》结集的顺利完成提供了重要的学术资源与保证。

确立选编标准，是确保《文选》选编顺利进行的又一关键。选编者选什么，不选什么，最终依凭的是他选文的标准。因此，标准就是权衡，就是尺度，历来为治《文选》者所重。然谈及标准，其重点又放在萧统的文学观念上。文学观念固然重要，但其理论空间极其有限。有些问题放在此空间讲，就难以表述清楚。比如，讲标准，就得讲目的、意图、要求；而讲目的、意图、要求，就得讲萧统的治政、治学、选编等有关事情。这些若放在文学观念上讲，就很难讲清楚。既然讲不清楚，就得寻找那些能够讲清楚的思想观念。而这些思想观念，没有什么比学术文化更为重要的。以政治论，学术文化既是政治家族赖以生存之本，也是他们赖以绵延之根。因此，萧统宗室没有不注重学术文化、研究学术文化的。

正因此故,萧统才在他短暂的一生中不惜余力做这方面的事情。其著述虽然不多,但特色、成就斐然。如选编,其宗室无人做过,他做了。这不仅填补了家族文化的空白,也为后人留下了珍贵的文化、文学遗产。以学术论,《文选》选编是建立在学术感知、文化感受、知识体验和文学鉴赏批评上,以博学为前提,积累为基础,通识善断为条件。而这些既是学术文化的一部分,又为学术文化作用所使然。萧统选编《文选》,正是以此来显示学术文化的张力,来告谕世人,《文选》选编与文学创作同等重要,它既能让创作者优秀的作品保存下来,流传下去,是种重要的文学读本,同时又是种重要的文化。以选编论,萧统一生选编凡二次。第一次选编《诗苑英华》,给他感触最深的是搜采不博,以至"上下数十年间,未易详悉";编纂不周,以至"未为精核"。而这些均因其学术文化研究未为深广所致。后来,随着学术文化研究之深入,古今篇籍了解之广泛,他又开始了《文选》之选编,并吸取了前次的教训,专在"详悉"、"精核"上做文章。为了详悉,他既注意了类的多样性,又注重了面的广泛性。若借用张蓓蓓的话说,既有"类标准",又有"量标准"①。而类的多样性使他于秦汉以来所出现的众多文体中挑选了 37 种 (一说 38 种,另说 39 种) 文体。面的广泛性,使他于周秦以来汗牛充栋不可言计的文瀚中挑选了 130 个作家的 751 篇作品。为了精核,他既注意了作品的时代性、政治性、社会性、学术性,又注意了作品的文化性、文学性和代表性。而时代性使他对周秦以来各个时期的重要作家作品都作了高度的关注,不仅保证了所选文章的文脉渊源,而且保证了所选作品的时代特点,再现了不同时期的创作风貌。政治性与社会性,使他在选编目标上,将那些为家国政治运行所需,社会现实所用,或最能表现家国利益和特征的一些重要文体、文章,如"诏"、"册"、"令"、"教"、"文"、"表"、"上书"、"启"、"弹事"、"笺"、"奏记"等朝廷常用文体及其最能表现该文体写作特点的代表作如汉武帝作的《贤良诏》、潘勖代作的《册魏公九锡文》、任昉代作的《宣德皇后令》、傅亮代作的《修张良庙教》等选入了《文选》;或最能反映皇家气象、生嗣、礼乐以及歌祖德、颂皇恩等一些重要文体文章如京都、畋猎、祭祀、籍田、公燕等诗赋连篇累牍地选入了集中。这些不仅确保了选文的政治性和社会性,而且也确保了选本的学术价值和文化意义。而这些意义、价值,诚如倪其心先生所言,是多方面的:"一

---

① 张蓓蓓:《略谈〈文选〉牵涉的几个中国文学史问题》,见中国文选学研究会编《〈文选〉与"文选学"》,学苑出版社 2003 年版,第 21 页。

是保存了先秦至南朝齐、梁间的许多作者的重要文章，具有古文献价值；二是提供了这一时期的许多作家的重要作品，具有古代文学史料的价值；三是反映了齐、梁间一派重要的文学观点和思潮，具有古代文论的文献和史料价值；四是其中文章保存了许多中古词汇，诗歌韵文可供归纳中古声韵，具有研究中古语言文字的资料价值。"①

　　学术文化在选编目的、意图、要求之确立上既然具有如此重大的作用，那么能否从中抽绎出一个有权衡有说服力的选编标准呢？回答是可以的。学术文化包罗万象，思想宏富，若从其范围上抽绎，非"广"莫属；若从义理上归纳，非"深"莫当；若从"厚德载物"上概括，非"博厚"莫称。博者，大也，广也；厚者，多也，深也，其义与深广同。"厚德载物"，乃《周易》之明训，天下之共识，学术之公理。"博厚所以载物"，乃《中庸》之哲理，学人之共知，文化之真谛。以它们为标准，应该符合学术文化的基本特征，具有广泛的群众基础，能为人们所接受。若以此去观照《文选序》和《文选》选文实际，则又十分吻合。《文选序》说："《诗序》云：'诗有六义焉，一曰风，二曰赋，三曰比，四曰兴，五曰雅，六曰颂'。……若其纪一事，咏一物，风云草木之兴，鱼虫禽兽之流，推而广之，不可胜载矣。又楚人屈原，含忠履洁，君匪从流，臣进逆耳，深思远虑，遂放湘南。耿介之意既伤，壹郁之怀靡愬。临渊有怀沙之志，吟泽有憔悴之容。……颂者，所以游扬德业，褒赞成功……"若从学术文化的角度去解读这些文字，难道不是对厚德载物的具体描述和说明吗？由六义之厚德，到作者之厚德，再到文体之厚德，不是将《文选》作品的基本特征、价值概括无遗了吗？德者，得也。有所得，方有所歌，有所咏，有所赞，有所写。得者愈多，歌者、咏者、赞者、写者则愈厚。多厚之作，其作品所表现出来的思想意义、道德情感、审美趣味亦就愈深厚，愈真挚，愈感人。载者，承运也，器皿也，方法也；物者，一事一物，大至社会人事，小至风云草木，鱼虫禽兽。人事者，人之文也；风云者，天之文也；草木者，地之貌也；鱼虫禽兽，万物之概称也。孔子曰："多识于鸟兽草木之名。"（《论语·阳货》）示以博识也，有义也。博识之人，其识也深；有义之人，其得也厚。试读《荀子·王制篇》所云："圣王之制也，草木荣华滋硕之时，则斧斤不入山林，不夭其生，不绝其长也。鼋鼍鱼鳖鳅鳣孕别之时，罔罟毒药不入泽，不夭其生，不绝其

---

① 倪其心：《关于〈文选〉与"文选学"》，见郑州大学古籍所编《中外学者文选学论集》上册，中华书局 1998 年版，第 295—296 页。

长也。春耕、夏耘、秋收、冬藏，四者不失时，故五谷不绝，而百姓有余食也。污池、渊沼、川泽，谨其时禁，故鱼鳖优多，而百姓有余用也。斩伐养长，不失其时，故山林不童，而百姓有余材也。圣王之用也，上察于天，下错于地，塞备天地之间，加施万物之上，微而明，短而长，狭而广，神明博大以至约。"其得又何其深厚！以如许深厚之识得性情去叙事记物，其意蕴自然深远。遥想当年，萧统同他周围文人商较古今，释疑断篇，不正是以博厚为权衡，以"载物"为准则去评其优劣，定其取舍的吗？

　　若观之于选文实际，其博厚之权衡、载物之准则基本上涵盖了所有的作家作品。作品之博缘于作者之得。作者之得，甚为深广，总其关键，一是得之于博学，二是得之于经义，三是得之于文史。是博学、经义、文史铸造了作者的思想与灵魂。他们就是依凭这些将自己对事物之认识，生活之感验，政治之看法，社会之体会写进了作品中，致使他们的作品，无论叙事、记物、言志、抒情无不充实。这一情况，赋作表现尤为突出，比如，张衡《二京赋》"拟班固《两都》而作"，却"十年乃成"（《后汉书·张衡列传》）。"十年辛苦不寻常"，这是曹雪芹作《红楼梦》所发出的深沉感慨。两人都花费了十年的心血，都以鸿篇巨制称誉于史，然二者相较，无论其篇幅、结构、思想、意义，《二京》都赶不上《红楼》，但张衡还是花费了十年时间！可见，赋作之不易。其不易，不在纪事，而在体物。物有所产，产有所地，地有胜陋，土有肥瘠。论其土地，则有《禹贡》可览；论其制度，则有《三礼》可寻；论其产出，则有《山海经》、方志在前，论其风俗，则有《尚书》、《春秋》、《诸子》、《国语》、《三传》、《战国策》、《史记》等一大堆古籍随后。这么多的典册积案如山，批阅搜寻，钩玄摘要，点点滴滴都用时间堆砌而成。其行文出处，都以史料为证。然犹有陋者，"考之果木，则生非其壤，核之神物，则出非其所。于辞则易为藻饰，于义则虚而无征，"（《三都赋序》，《文选》）遭到左思的讥评。于是，左思作《三都赋》，"其山川城邑则稽之地图，其鸟兽草木则验之方志"，"遂构思十稔，门庭藩溷，皆著纸笔，遇得一句，即疏之"（《三都赋序》，《文选》），同样花费了十年心血。因此，这种以学问为根基，事事求来历的写作，不单字字珠玉，掷地成声，而且思之深沉，足令鬼神感泣。至于物之广博，义之厚实，更非后人所能想象。他们就是用这种物理性情，建筑起自己的知识大厦，铸造起自己的文化精神。物之博识于斯为盛。没有同样的文化积淀、知识积累，读这样的赋很艰难。为此，薛综为之作注，李善为之解读，积数代人之功，才将其文句中所蕴涵之义理揭橥于天下。这是汉赋博厚的特点，也是整个《文选》薄厚的特征。所以说，以厚德载物作为选编的文化标准来决定文章取舍，是萧统选编《文选》的一大特点。

由于《文选》选编标准并非"划一"，故除了文化标准外，还有文学标准。谈文学标准，没有不谈萧统文学思想的。这只要看看近十余年来中华书局出版的《中外学者文选学论集》上下册，学苑出版社出版的《文选与文选学》论文集就不难发现势头之旺，谈论之热。其中，重点又落在"事出于沉思，义归乎翰藻"两句上。在文选学上，最先将这两句当做《文选》选录标准的，是清中期的阮元。他在《与友人论文书》中说："昭明《选序》，体例甚明。后人读之，苦不加意。《选序》之法，于经、史、子三家不加甄录，为其以'立意''纪事'为本，非沈思'翰藻'之比也。"在《书昭明太子文选序后》中又说："昭明所选，名之曰'文'。盖必文而后选也。经也，子也，史也，皆不可专名之为文也。故昭明《文选序》后三段特明其不选之故，必'沈思''翰藻'始名为'文'，始以入选也。"此论一出，应响者风从，其情状，"有赞同者，有驳正者，林林总总，面面俱到"[①]。其后，朱自清先生作《〈文选序〉"事出于沈思，事归乎翰藻说"》一文，赞同阮说，使这一观点更加深入人心。这两句难道真的有那么大的思想容量，能将萧统所有的文学观念都笼罩，将《文选》所有文章都涵盖？事实事理表明，那是完全不可能的。事实上，这两句在序中主要是针对所选的"赞论序述"而言的，申明自己不选经、史、子集而选其中的"赞论序述"的理由，强调的是这类文章的特点，而非指集部赋、诗、辞、骚及"笔"类诸文章都是这样。事理上，这两句的主要含义，据朱自清先生的解释，是就"事义"、"辞藻"而说的。然事义并不等于文章所述之情事即内容，其确切的含义，"实当解作'事义'的事，专指引事引言，并非泛说"[②]。为此，他特从《晋纪总论》一文中抄了一段文字为例作了说明，比如，在"寻以二公楚王之变，宗子无维城之助，而阏伯、实沈之郤岁构"一句中，他认为"阏伯"、"实沈"便属引事。然据《文选》李善注"《左氏传》子产曰：昔高辛氏有二子，伯曰阏伯，季曰实沈，居旷野，不相能，日寻干戈，以相征讨"来看，它们指的是句中所引之事，非文中所写之事。翰藻亦不等于文章语言，而只是语言的一个方面，其基本含义是指以"比类为主"的"辞采"、"辞藻"。比如上引"二公"、"宗子"、

---

① 许逸民：《从萧统的目录学思想看〈文选〉的选录标准》，见中国文选学研究会编《〈文选〉与"文选学"》，学苑出版社 2003 年版，第 72 页。

② 朱自清：《〈文选序〉"事出于沉思，义归乎翰藻"说》，见郑州大学古籍所编《中外学者文选学论集》上册，中华书局 1998 年版，第 77、80 页。

"维城"便属引言。"二公",据李善注引干宝《晋纪》,乃为汝南王亮、太保卫瓘的特称。"宗子""维城",又据李善注,出自《毛诗》"怀德惟宁,宗子惟城",均属句中引言,而非指文中所有语言。句中引事引言,放大一点说,就是隶事,典故;放小一点讲,则是一种修辞形式和方法。既然这两句显示的义理极其有限,而阮元将它作为选文标准,实在有点以偏概全之嫌。那么,在萧统的文学思想里,最能避免此嫌的,莫过于"文质彬彬"这一核心观念。这一观念,沈玉成先生称之为"纲领性意见"①,许逸民先生认为用这一"纲领性意见"作为选文标准,"不但体现了萧统的创作思想,而且体现了他选文的眼光"②。"文质彬彬",是一种动态的发展的文学观念。在它身上,既刻上了文化运作的历史,又烙上了现实中人们进行学术研究和文学创作的印记,是萧统从自己的学术感知、文化感受、知识体验和对当时文坛创作实际的反思中不断磨合而成的,最能反映他既注重作品内容,又注重语言文采的思想或观念。因此,"文质彬彬"在文学选编中具有统摄全局,纲举目张的地位和作用。这是因为:

一、"文质彬彬"具有时空性特点。这种时空性表现在《文选序》中是他对文学生成发展的说明。他告诉我们,从时间、空间上讲,不同时期不同的社会有着不同的文质观念与要求,如三代就不同于秦汉,秦汉就不同于魏晋南北朝,因此,萧统的文质论是一种具有深广时空意义的文质论。他就是用这种文质论去观照周秦汉以来的历代文章,并充分运用文质的历时性与共时性特点,尊重历史,尊重史实,用不同时期的文质去简选不同时期的作品,绝不用梁时的文质作为简选梁以前文章的标准,所以,所选文章大多经得起历史的检验,读者的检验。

二、"文质彬彬"具有多元性特点。这种多元性表现在《文选序》中,是他对作品的政治性、礼乐性、道德性的阐述。如上文所说,文学文质论较之政治文质论、礼乐文质论、道德文质论来,出现较晚,是从政治文质论、礼乐文质论、道德文质论中脱胎出来的。因此,在它身上仍残留着这些文质论的印记,不同程度上兼有这些文质论的色彩。而这些印记、色彩并非一时就能完全去掉,故保持着相当长的一段时间。因此,萧统的文质论又是一种具有多元性质的文质论。在这种文质论的作用下,选编中他非常注重作品质的政治性、礼乐性、道德性。

---

① 沈玉成:《〈文选〉的选录标准》,见郑州大学古籍所编《中外学者文选学论集》上册,中华书局1998年版,第241页。

② 许逸民:《从萧统的目录学思想看〈文选〉的选录标准》,见中国文选学研究会编《〈文选〉与"文选学"》,学苑出版社2003年版,第82页。

一大批政治性、礼乐性、道德性强的作品就是这样选出来的。

三、"文质彬彬"具有判值性特点。这种判值性表现在《文选序》中是他将文同经、史、子划分为二,并给文以独立的地位,表现了他对文的高度自觉。这种自觉与宋文帝刘义隆于元嘉十六年(439 年)设儒、玄、文、史四学,并为文单独立馆授徒是相一致的,且有所发展,那就是宋文帝立四学因缺乏事实的说明与理论的阐析而显得不甚清晰。萧统则不然,他不但为自己的做法作出了说明,而且提供了理论依据,即为何不选经、史、子文章的理由。因此,萧统的文质论又是一种以"文"作为判值标准的文质论,这是因为,文是一个词意甚丰的概念。总其义项凡 31 个,与其他字连缀成复合词的凡六百余条,(见于《汉语大词典》)而与选编相关的词汇,据《文选序》所言,就有文体、文意、文理、文辞、文采、文法、文风等好几个。其中,有就文章体裁说的,如"文体";有就文章的意思、情感、事理说的,如"文意"、"文情"、"文理";有就文章语言说的,如"文辞";有就文章写法说的,如"文法";有就文章风格说的,如"文风";有就文章色彩说的,如"文采"。而这些体裁、意思、情感、事理、语言、写法、风格、色彩,总其归属,都在内容与形式的所辖之中,文质彬彬的统摄之下。尽管《文选序》中见不到文质二字,然其意蕴却十分明显。

在文质意蕴中,"文体"是萧统在《文选序》中所要致力阐述的一个问题,选文中所要着力解决的一个关键。刘勰《文心雕龙·风骨》说:"辞之待体,如体之树骸。"就清晰地认识到"体"之重要。没有"体",辞将焉附?文将焉存?正因为体裁是文章的载体,故古人特重文体的创造与使用,总结与归纳,形成了中国古代文学史上文体多种多样,文章琳琅满目的繁盛景象。刘师培曾在《中国中古文学史》中指出:"文章各体,至东汉而大备。"大备之体,据笔者对范晔《后汉书》所记载的文体粗略统计,有三十八种之多,这三十八种文体,经魏晋文体之辨后,至南北朝或定型,或完善,或淘汰。同时,新的文体又在不断创造、出现,以至任昉编撰《文章缘起》时,选编的文体竟多达八十四种。"八十四种"之说,未必得当,是人们认识存在分歧之反映。而这种分歧自《汉志》以来,就未曾统一过。比如,对赋的看法,《汉书·艺文志》称"不歌而诵谓之赋",班固称"赋者,古诗之流也"(《两都赋序》,《文选》),刘勰称"赋者,铺也,铺采摛文,体物写志也"(《文心雕龙·诠赋》)。同一赋名,说法就不统一。同样,对诗的看法亦如此,如《诗大序》称"诗者,志之所之也",《诗纬含神雾》却称"诗者,持也",刘勰接过话题又称"诗者,持也,持人性情"(《明诗》,《文心雕龙》)。对奏议书论铭诔之类的看法,亦不例外,如,曹丕《典论·论文》称"奏议宜雅,书论宜理,铭诔尚实,诗赋欲丽",陆机《文赋》称"诗缘情而绮靡。赋体物而浏亮。碑披文以相质。诔缠绵而凄怆。铭博约而温润。箴顿挫而清壮。颂优游以彬蔚。论精微而朗畅。奏平彻以闲雅。说炜晔而谲诳",刘勰《文心雕龙》称"颂者,容也,所以美盛德而述形容也","赞者,明也,助也……并扬言以明事,嗟叹以助辞也"(《颂赞》),"铭者,名也;观器必也正名,审用贵乎盛德","箴者,针也;所以攻疾防患,喻针石也"(《铭箴》),"诔者,累也;累其德行,旌之不朽,故曰哀也"(《诔碑》),"吊者,至也。诗云'神之吊矣',言神至也"(《哀吊》),"论者,伦也;伦理无爽,则圣意不坠……论也者,弥纶群言,而研精一理者也","说者,悦也;兑为口舌,故言资悦怿"(《论说》),"章者,明也。诗云'为章于天',谓文明也;其在文物,赤白曰章","表者,标也。礼有表记,谓德见于仪;其在器式,揆景曰表"(《章表》),"奏者,进也。言敷于下,精进于人也"(《奏启》),等等,各有各的说法。说法不同,势必导致繁简失衡,多寡不一。萧统选编《文选》,给文体归类,较之刘勰33种来要多,较之任昉84种来要少,所选亦是当时已定型且广泛使用的鲜活文体。这些文体,至隋唐以后仍有活力,仍被人们使用。这说明,萧统选体眼光很高。这缘于他的认识。比如,他说赋:"古诗之体,今则全取赋名。"(《文选序》,《全梁文》)认为赋是由古诗流变而成,沿用了班固的观点。说诗:"诗者,盖志之所之也,情动于中而形于言。"(《文选序》)认为诗是用来写志抒情的,沿用了《诗大序》、陆机刘勰的观点。说箴、戒、论、铭、诔、赞:"箴兴于补阙,戒出于弼匡,论则析理精微,铭则序事清润,美终则诔发,图象则赞兴。"(《文选序》)或从文体生成立论,或从性质作用着眼,虽有所凭借,多独出心机,是他对文体认识的结果。说诏诰教令等其他文体:"诏诰教令之流,表奏笺记之列,书誓符檄之品,吊祭悲哀之作,答客指事之制,三言八字之文,篇辞引序,碑碣志状,众制锋起,源流间出。"(《文选序》)讲的是这些文体的兴起源流状况,但也寄寓了他对这些文体的熟悉与了解。文章体裁,因其体式不同,而有着各自的性质、特点和作用,有着不同的写法和要求,自然也就有着不同的题材和内容。其创立、成熟、定型,并不是一蹴而就的,而是积数年之功,累众人之力形成的。相对于文章的题材,它有着持久的稳定性,一旦定性,就难以改变。若改变了,它就不是原来的文体而变成新的文体了。因此,它难于创制,易于流传;难于言说,易于接受,是研究《文选》必须研究的重要内容,亦是《文选》必须选择的对象。文体选定了,依体选文也就容易了。萧统于序中花如此多的笔墨来谈这个问题,于选编中花那么多的精力把文体的类分了又分,在他看来,文体犹选编中的纲,纲举目张,焉有弃纲而举目,弃文体而选文章的? 要是这样,那就是本末倒置了。

在文质意蕴中,文意、文情、文理亦是《文选序》选编中所要致力阐析解决的又一重要问题。这是因为,文章体裁并不能游离于题材、内容、语言之外,而须在它们合力支撑之下才能存在的一种活体。对于这个道理,古人是深明通达的。刘勰说:"洞晓情变,曲昭文体,然后能孚甲新意,雕画奇辞。"(《文心雕龙·风骨》)就深刻地揭示了文体、文意、文辞之间的密切关系。所以,他们论文体,就非常注意和强调它同内容、语言的联系。且不说《文心雕龙》中那些文体专论的精彩论述,单以陆机《文赋》所言文体的特点,就是将体、意、辞三者结合在一起说的。对此,郭绍虞先生《中国历代文论选》为之作注时就作了深刻的揭示。比如,他注"诗缘情而绮靡"说:"案陆机论文体均意与辞并重,缘情指意,绮靡指辞。"注"赋体物而浏亮"说:"此句体物指意,浏亮指辞。"注"碑披文以相质"说:"披文相质,兼指意与辞说。"注"诔缠绵而凄怆"说:"缠绵凄怆,兼指意与辞说。"注"铭博约而温润"说:"博约温润,亦兼指意与辞说。"注"箴顿挫而清壮"说:"此亦兼意与辞言。"注"颂优游以彬蔚"说:"优游指意,彬蔚指辞。"注"论精微而朗畅"引刘熙载《文概》说:"精微以意言,朗畅以辞言。"注"奏平彻以闲雅"说:"平彻以意言,闲雅以辞言。"注"说炜晔而谲诳"说:"炜晔谲诳,兼意与辞言。"就将文体不能脱离意与辞而独存的特点揭橥出来了。事实上,只有如此说文体,文体才会有血有肉;只有这样做选编,选编才会客观全面。对此,萧统亦深谙其理,运用自如。他在《文选序》中结合文体谈文意、文情、文理,就是其中之反映。比如,他论赋说:"述邑居则有'凭虚''亡是'之作,戒畋游则有《长林》《羽猎》之制。若其纪一事,咏一物,风云草木之兴,鱼虫禽兽之流,推而广之,不可胜载矣。"此乃将所选篇目、所选题材、内容结合一起讲,讲的是赋之文意。他论骚:"又楚人屈原,含忠履洁,君匪从流,臣进逆耳,深思远虑,遂放湘南。耿介之意既伤,壹郁之怀靡愬,临渊有怀沙之志,吟泽有憔悴之容。骚人之文,自兹而作。"此乃将作家论、作品论、文体论糅合一起说,说的是骚之文情。他论诗,说:"《关雎》、《麟趾》,正始之道著;桑间濮上,亡国之音表。故《风》《雅》之道,灿然可观。自炎汉中叶,厥涂渐异。退傅有'在邹'之作,降将著'河梁'之篇。四言五言,区以别矣。又少则三字,多则九言,各体互兴,分镳并驱。"此乃将诗之流变置于内容、形式中谈。谈内容,重在强调正始、风雅之道;谈形式,重在句式字数的变化,谈的是诗之文理。他论箴戒诸体亦无不如是,然重点在内容。如"箴兴"句中的"补阙"、"戒出"句中的"弼匡"、"论则"句中的"析理"、"铭则"句中的"序事"、"美终"句中的"美终"、"图象"句中的"图象",依郭注陆机赋例,均从"意"上立言,讲的是该体的内容。可见,注重作品的内容,并将那些有内容的作品选入《文选》,是萧统文学思想的重要特点,也是"文质"的重要标准。

在文质意蕴中,文辞与文体、文意、文情、文理处于同样重要的位置,是选编中所要着力阐析解决的又一关键。语言是思想内容的外壳,是用来为表达思想内容服务的。文章不能没有语言,没有语言不成其为文章。语言有典有丽,有雅有俗。凡文质并茂,典丽并盛,雅俗适宜的语言,都可以称为有文采的语言,华丽的语言。文采华丽的语言,令人读而不倦,干瘪枯燥的语言令人望而生厌,此乃读书之常理,人性之常情也。对此,萧统曾用"譬陶匏异器,并为入耳之娱;黼黻不同,俱为悦目之玩"(《文选序》)来加以描绘说明,可见他是感同身受,深知读者之心理的。作品与读者的互动,文字是种重要的媒介。因此,在选编中,只讲内容之质,不讲语言之文,是选不出好文章的,而要文质并重,就不能不注意语言的文采。萧统衡量语言文采的标准,一是"丽而不淫,典而不野",二是"综辑词采,错比文华",三是"沈思"、"翰藻"。此三者看似各异,实则意思相同,强调的是典丽温雅,语义深长,既耐读,又耐嚼,若用扬雄的话来概述,就是"丽以则"。《文选》致力要挑选的就是这样的语言,而这样的语言于《文选》中则处处可见。比如曹植《与吴季重书》中那段描写人生快意而时不我与的文字,就文采斐然,其言曰:"若夫觞酌凌波于前,箫笳发音于后,足下鹰扬其体,凤叹虎视,谓萧曹不足俦,卫霍不足侔也。左顾右眄,谓若无人,岂非吾子壮志哉!过屠门而大嚼,虽不得肉,贵且快意。当斯之时,愿举太山以为肉,倾东海以为酒,伐云梦之竹以为笛,斩泗滨之梓以为筝,食若填巨壑,饮若灌漏卮,其乐固难量,岂非大丈夫之乐哉!然日不我与,曜灵急节,面有逸景之速,别有参商之阔。思欲抑六龙之首,顿羲和之辔,折若木之华,闭蒙汜之谷。天路高邈,良久无缘,怀恋反侧,如何如何!"语言何其壮美,想象何其奇特,气势何其豪迈!这就是文人与文人之间的书信往还。没有这样的语言,不足为文人。总之,既注重文体,又注重内容,还注重语言,并力求三者兼美,这就是文质意蕴下《文选》选编的标准。整个《文选》于文学方面就是依照这一标准去选文定编的。

第三章 《文选》的文化艺术价值

　　这是"学术文化——萧统——《文选》"研究链条中最后一个问题,即《文选》自身的文化艺术价值问题。这同样是个重要问题。研究《文选》,不研究它的作家作品、思想内容、文化艺术价值,则是一种不完整的研究;而研究它的作家作品,思想内容,文化艺术价值,又看不到《文选》同萧统、同学术文化的关系,同样是种不完善的研究。也就是说,在这一研究链条中,三者是相互勾连,彼此照应的。它们虽处于不同的位置,有着不同的研究内容,但作为一个整体,则是密不可分的。因此,继续加强这三个方面的研究,是本章着重要解决的问题。

　　对于《文选》的价值,唐人评价甚高,杜甫用"精熟文选理"来加以称赞,民间用"文选烂,秀才半"来加以描述。话虽短,却反映了人们对它的喜爱,表现它在帮助人们获取功名时所发挥的作用。正由于它是伴随着功名而前行,随着功名而流传,其意义价值亦随着功名而显现。然当它脱离功名外衣而步入学术殿堂成为一门学问之后,其意义价值亦远非功名二字所能概括得了的。骆鸿凯先生说:"文籍日兴,散无友纪,于是总集作焉。或以防放佚,使零篇残什,并有所归;或以存鉴别,使莠稗咸除,菁华毕出;斯固文章之品藻,著作之渊薮矣。总集之存于今者,以《文选》为最古,鸿篇巨制,垂范千秋。"即是从选学史的角度来揭橥其地位与作用的。因此,三十卷在手,灼目之处,令人满目生辉;厚重之中,令人爱不释手。其意义价值之显赫,奠定了它在文学、文化史上崇高的地位。

第一节 《文选》的选文与内容

这里我们对《文选》的选文与内容作些探讨。

一、《文选》的作者

在《文选》研究中,作者应是我们需要研究的重要对象。

《文选》作者凡一百三十人，其中，周秦五人：卜子夏、屈原、荆轲、宋玉、李斯。前汉十八人：汉高帝、汉武帝、淮南小山、贾谊、韦孟、枚乘、邹阳、司马迁、司马相如、东方朔、王褒、李陵、苏武、孔安国、刘歆、杨恽、扬雄、班婕妤。后汉十四人：班彪、班固、曹大家、傅毅、张衡、王延寿、马融、孔融、蔡邕、崔瑗、史孝山、朱浮、祢衡、潘勖。三国十九人：魏武帝、魏文帝、曹植、曹冏、何晏、王灿、刘桢、应场、应璩、阮瑀、陈琳、杨修、繁钦、吴质、缪袭、李康、钟会、韦曜、诸葛亮。两晋四十七人：羊祜、杜预、阮籍、嵇康、向秀、刘伶、张华、陆机、陆云、成公绥、左思、潘岳、潘尼、张载、张协、孙楚、孙绰、傅玄、傅咸、皇甫谧、石崇、欧阳建、郭璞、何劭、夏侯湛、李密、束皙、应贞、张悛、刘琨、卢谌、司马彪、干宝、庾亮、桓温、殷仲文、赵至、木华、曹摅、王赞、枣据、袁宏、张翰、王康琚、郭泰机、陶渊明、谢混。南朝二十七人：傅亮、谢灵运、颜延年、鲍照、谢瞻、谢惠连、刘铄、袁淑、范晔、王微、王僧达、王俭、王融、王巾、谢庄、谢朓、孔稚珪、沈约、范云、江淹、任昉、陆厥、陆倕、虞羲、丘迟、刘峻、徐悱。这些人，除史孝山、潘勖、曹冏、张悛、王康琚、王赞、王巾、郭泰机、木华等史无传记外，余者均可从《史记》、《汉书》、《后汉书》、《三国志》、《晋书》、《宋书》、《南齐书》、《梁书》和《南史》的纪传中见到。读完这些作者的纪传、作品，深感有三个问题值得探讨。

（一）作者的学术文化结构

关于学术文化结构问题，上文讲萧统周围文人时业已涉及，然未做深入研究。这里重提，是因为在作者生平事迹探寻中，它属于一种深层次的研究。作者一生行事，或做官，或隐逸，或布衣，或热衷于功名，或淡泊于名利，或潜身于学术，或执意于著述，或陶然于创作，虽受其思想道德之约束，但更与其生平所受到的学术文化教育有关。这种教育，儿时由父母谆谆教诲和老师的文化知识传授来完成，成人后则由他治学思考来实现。作者治学，从个体上讲，从内容到方法到成就，并不全同，然从整体上看，又有一定的规律存在。纵观中国古代学术文化，从产生形成到发展，呈现的是一种叠加的金字塔型结构。这一结构，若依萧统《文选序》"式观元始，眇觌玄风"等之描述，在有巢氏时代，由于"茹毛饮血，世质民淳"，"斯文未作"，亦就无所谓学术文化。到了伏羲氏时期，因"始画八卦，造书契，以代结绳之政"，"文籍生焉"，学术文化亦就开始产生出现。这一出现，实是中国学术文化史上一件大事，亦是中国古代学术文化新的起点，居于塔的顶端。自伏羲之后，中国古代学术文化由此金光四射，且不断向四周拓展延伸，其塔底亦由小到大，不断迭加，愈到后来积淀愈多，创造愈多，堆砌愈加宽博深厚，以至无涯无际，难以穷尽。这是一种什么样的学术文化？这也只要看看伏栖所画八卦，就不难了解这是种以"天、地、人"为内核的有着无限的想象力创造力的学术文化。伏羲所画八卦，符号虽然简单，而含蕴的智慧、思辨却十分深邃，不仅寄寓了此时期人们对天地人的感悟体认，探赜思索，富有原生的宗教意识、社会意识、政治意识和道德意识，而且表明了中国古代学术文化一诞生就用心深沉，立意高远，境界广阔，富于幻想，富于憧憬，具有很强的生命力和再生力。由于它抓住了人类文化的灵魂，揭示了人类社会发展的方向，符合人们的思维律动与认识习惯，所以自三代以来，经尧舜至周公无数人的不懈努力，这一学术文化很快得到了继承与发展，出现了一大批新的知识、新的学问。以天为例，人们对天的认识既富于神秘性，又具有自然性。神秘性使他们创造了神灵之天说，道德之天说，阴阳之天说以及由此而产生的天命观、天道观、天人合一论、天人感应论。自然性使他们增强了观天察象的能力。羲和氏的观天察象，竟能大致验证东西南北四个方位，春夏秋冬四个季节，春分、夏至、秋分、冬至四个节候，这难道不是奇迹？以人为例，尧舜提出的以人为本的政治理论与以亲和为杠杆的政治方略，皋陶提出的五典、五礼、五服、五刑之说，周公在此基础上提出的礼教礼治，均极大地丰富了这一学术文化的社会性、政治性和道德性。这些，我们在首章多有谈论，这里就无须重复了。三代人所开创的这一塔底，至诸子至汉学至玄学，则愈拓愈宽，愈掘愈细，再生出来的知识学问有如雨后春笋，层出不穷，著述之多，令人目不暇接。它们呈现在人们的面前，愈向前，所要学习的东西愈少；愈靠后，所要学习的东西愈多。在汉代，"三冬一经"，成为读书人的惯例；"三冬勤学"，就能施展胸中之雄才。可到了魏晋南北朝，情况就不同了，由于与一经相关的知识学问多了，读一经所需要的时间非"三冬"就能完了的，这只要看看王僧虔在《诫子书》中说的"专一书，转诵数十家注，自少至老，手不释卷"，亦就明白了。

与此相应，《文选》作者的学术文化结构，呈现的也是一种叠加的金字塔型形状。他们都同源于塔顶的以天地人为内核的学术文化，且时代离塔顶愈近的作者，其所接触到的知识学问愈少；愈远的作者，其所接触到的知识学问愈多，愈到后来，愈为宽博。对于这一点，史书作者似乎也注意到了。早期，他们一般很少记人之学，即使记了，亦很少提到"博学"二字；即使提了，其博学范围亦甚有区别。比如，周秦时期，《史记》记子夏，只记其读《诗》一事，说："子夏问：'巧笑倩兮，美目盼兮，素以为绚兮'，何谓也？子曰：'绘事后素。'曰：'礼后乎？'孔子曰：'商始可与言《诗》也矣。'"（《史记·仲尼弟子列传》）而记荆轲亦只有两句话："好读书击剑。""深沉好书。"（同书《刺客列传》）记屈原，仅十二个字："博闻强志，明于治乱，娴于辞令。"（同书《屈原贾生列传》）用了"博闻"一词。然博闻些什么？是书，是事？没有说。若考之他的《离骚》、《九歌》、《天问》则知他所博闻者就是三代以来的史籍、占卜、神话及其有关天文方面的知识学问。这些，有的是他从读书中得到的，有的是他从别人的占卜中、谈论中得到的，有的是从观天察象中得到的。可见博闻的书并不很多，而博闻的事倒不少。如此一来，就使他有充足的时间去钻研治国之道，去修炼辞令，将自己培养成为一个政治家、外交家、辞令家和诗人。记宋玉，也只有三句话："屈原既死之后，楚有宋玉、唐勒、景差之徒者，皆好辞而以赋见称；然皆祖屈原之从容辞令，终莫敢直谏。其后楚日以削，数十年竟为秦所灭。"（同上）只言及创作，不言及治学。而其治学，因是屈原的学生，亦就不外乎屈原那一套，但考之他的《九辩》、《招魂》，则在屈原之下。记李斯，只有一句话："从荀卿学帝王之术。"（同书《李斯列传》）总算言及了学。由于其学从荀子，专习帝王之术，接受的是儒家的政治教育。其所读的书，从他上书秦王来看，亦不过《诗》、《书》百家语之类。

这种情况，在汉初并未多大改变。这是因为秦始皇焚烧《诗》、《书》百家语之后，天下几乎无书可读。而活跃在这一时期的《文选》作者，如贾谊，《史记·屈原贾生列传》说他"年十八，以能诵诗属书闻于郡中"。《汉书·贾谊传》亦说他"年十八，以能诵诗书属文称于郡中"，"颇通诸家之书"。其所诵所通，是因他生于秦汉之际多从大人们那里学来的，所以一进入汉代，年仅十八岁的他就成了学界的凤毛麟角而被文帝召为博士了。又如邹阳、枚乘，亦是"汉兴，诸侯王自治民聘贤，吴王濞招致四方游士"之时来到吴国的。可见他们少时生活、读书情况与贾谊相类，所以，《汉书》二人本传只说他俩"皆以文辩著名"，而不言及学。然考之他们在《上吴王书》、《狱中上书自明》和《七发》、《上书谏吴王》、《上书重谏吴王》中所谈的"玉人献宝，楚王诛之"、"李斯竭忠，胡亥极刑"、"箕子阳狂，接舆避世"、"樊于期逃秦之燕，籍荆轲首以奉丹事"、"王奢去齐之魏"、"苏秦不信于天下，为燕尾生"、"白圭显于中山，人恶之于魏文候"、"乃发《激楚》之结风，扬郑卫之皓乐。使先施、征舒、阳文、段干、吴娃、闾娵、傅予之徒"、"将为太子奏方术之士有资略者，若庄周、魏牟、杨朱、墨翟、便蜎、詹何之伦"等等，则又知他们所学内容、范围集中在帝王之书、辞令与《诗》、《书》百家语之间。时至武帝，情况有了改变。武帝"卓然罢黜百家，表章《六经》。……兴太学，修郊祀，改正朔，定历数，协音律，作诗乐，建封禅，礼百神，绍周后，号令文章"（《汉书·武帝纪赞》），遂使汉代的学风发生了根本的改变。武帝本人治学的内容、范围也就在以礼乐为核心的《六经》之间。而生活在这一时期以及往后的《文选》作者也就与时相趋，以《六经》为主，兼及其他之学了。其后史家亦就多了学的叙述和"博学"、"博通"的字眼。比如司马迁，《汉书》本传说他"年十岁则通古文"，传赞说他"博物洽闻"，都用上了博通的字眼。然具体情况如何？一部《史记》就是一份最好的答卷。班固说："故司马迁据《左氏》、《国语》，采《世本》、《战国策》，述《楚汉春秋》，接其后事，迄于天汉。其言秦汉，详矣。至于采经摭传，分散数家之事，甚多疏略，或有抵梧。亦其涉猎者广博，贯穿经传，驰骋古今，上下数千载间，斯以勤矣。"（《汉书·司马迁传赞》）给了较高的评价。又比如司马相如，《汉书》其本传用"少好读书"来称赞他。然读何书？考其所作，《上林赋》说："且二君之论，不务明君臣之义，正诸侯之礼。""游于六艺之囿，驰骛乎仁义之涂，览观《春秋》之林，射《狸首》，兼《驺虞》，……悲《伐檀》，乐乐胥，修容乎《礼》园，翱翔乎《书》圃，述《易》道，放怪兽。"《封禅文》说："五三《六经》载籍之传，维风可观也。"读的原是明君臣之义、正诸侯之礼的书，即六经史传。再比如东方朔，《汉书·东方朔传》说："朔初来，上书曰：'臣……年十三学书，三冬文史足用。十五学击剑。十六学《诗》《书》，诵二十二万言。十九学孙吴兵法，战阵之具，钲鼓之教，亦诵二十二万言。'"他读书的范围数目可谓多矣。王褒，《汉书·王褒传》只说他"有俊才"，善作歌、颂，也不言及学。然考其《洞箫赋》所说"于是般匠施巧，夔妃准法"，"钟期牙旷怅然而愕兮，杞梁之妻不能为其气"，"师襄严春不敢窜其巧兮，浸淫叔子远其类"，"嚚顽朱均惕复惠兮，桀跖鬻博儇以顿悴"；《圣主得贤臣颂》所言"《春秋》法五始之要"，"《易》曰'飞龙在天，利见大人'"，"《诗》曰'思皇多士，生此王国'"，以及文中大量使用君主得贤的典故，则又知其所学的就是经史之类的书。扬雄，《汉书·扬雄传》说："少而好学，不为章句，训诂通而已，博览无所不见。""非圣哲之书不好也。"传赞说："（雄）以为经莫大于《易》，故作《太玄》；传莫大于《论语》，作《法言》；史篇莫善于《仓颉》，作《训纂》；箴莫善于《虞箴》，作《州箴》；赋莫深于《离骚》，反而广之；辞莫丽于相如，作四赋。"若再结合他在《甘泉赋》、《羽猎赋》、《长杨赋》、《解嘲》、《赵充国颂》、《剧秦美新》的用事用典，则知他读书之博，已遍及《六经》文史，贯通古今了。至于前汉其他《文选》作者，如孔安国、刘歆、杨恽、班婕妤之属,均能与时相趋,以《六经》为主轴,兼及其他之学。其详细情况,限于篇幅,只好从略了。

时至后汉,《六经》百家之言几乎成为读书人必须研习的课程,必须掌握的知识学问,再加上汉代辞赋之作的大量产生,政治之文的不断出现,《文选》作者的学术文化结构相应地发生了变化。对此,史书多有记载。"博"就成了衡量他们治学好坏的通识标志而加以使用了。比如,班彪、班固、曹大家父子三人,均以史著名家。班彪,《后汉书》本传说他"性沉重好古","才高而好述作,遂专心史籍之间",是后汉著名的史学家。史书著述,涉及面广,天文、地理、社会人事、政治道德、文化变迁、人情世故等等,无所不包,都需要史家掌握。而班彪之学,由此而组成。试读他的《史记论》所言"夫百家之书,犹可法也",则知他对这些书籍的重视。他常用它去从事史作,去传家教子,所以,班固、班昭之治学,就是沿着这一家学传统继往开来的。《后汉书·班彪列传·班固附传》说:"年九岁,能属文诵诗赋,及长,遂博贯载籍,九流百家之言,无不穷究。所学无常师,不为章句,举大义而已。"又说:"太初以后,阙而不录,故探撰前纪,缀集所闻,以为《汉书》,……综其行事,傍贯《五经》,上下洽通,为《春秋》考纪、表、志、传凡百篇。"《后汉书·列女列传》说:"(昭)博学高才。……兄固著《汉书》,其八表及《天文志》未及竟而卒,和帝诏昭就东观藏书阁踵而成之。帝数召入宫,令皇后诸贵人师事焉,号曰'大家'。"又说:"时《汉书》始出,多未能通者,同郡马融伏于阁下,从昭受读。"二人走的就是其父治学的路子。张衡,《后汉书·张衡列传》说:"衡少善属文,游于三辅,因入京师,观太学,遂通《五经》,贯六艺。""衡善机巧,尤致思于天文、阴阳、历算。常耽好《玄经》,谓崔瑗曰:'吾观《太玄》,方知子云妙极道数,乃与《五经》相拟,非徒传记之属,使人难论阴阳之事,汉家得天下二百岁之书也。……安帝雅闻衡善术学,公车特征拜郎中,再迁为太史令。遂乃研核阴阳,妙尽璇机之正,作浑天仪,著《灵宪》、《算罔论》,言甚详明。"是一个以《五经》六艺为经,以史学、天文学、阴阳学、历算为纬,贯通古今及社会科学与自然科学的大学者。马融,《后汉书·马融列传》说:"为人美辞貌,有俊才。""博通经籍。"又说"融才高博洽,为世通儒。"这里连用"博通"、"博洽",可见作者赞美之情溢于言表。然博通之经籍有哪些呢?作者接下又说:"著《三传异同说》。注《孝经》、《论语》、《诗》、《易》、《三礼》、《尚书》、《列女传》、《老子》、《淮南子》、《离骚》,所著赋、颂、碑、诔、书、记、表、奏、七言、琴歌、对策、遗令,凡二十一篇。"范围非常广泛。孔融,《后汉书·孔融列传》说他是"孔子二十世孙"，"幼有异才"，"性好学，博涉多该览"，为北海相，"更置城邑，立学校，表显儒术"。可见他是将儒术作为自己博涉的对象，然儒术深广，典籍繁富，而该览者又是什么呢？他在《与诸卿书》中说："郑康成多臆说，人见其名学，为有所出也。证案大较，要在《五经》四部书。如非此文，近为妄矣。"他是将《五经》甲、乙、丙、丁四部书，当做衡量学问是非的重要标准和他必须该览的内容。蔡邕，《后汉书·蔡邕列传》说他"少博学"，"好辞章、数术、天文，妙操音律"。然从其所撰《戍边上章》、《上始加元服与群臣上寿章》、《让高阳乡侯章》、《为陈留太守奏上孝子程末事表》、《上封事陈政要七事》、《朱公叔谥议》等文章来看，其治学范围除辞章、数术、天文、音律外，还包括经学、礼学、史学等，是一个知识宽博，学问渊深，兴趣广泛，文笔兼备的学者。崔瑗，《后汉书·崔骃列传》说瑗"早孤，锐志好学，尽能传其父业。年十八，至京师，从侍中贾逵质正大义，逵善待之，瑗因留游学，遂明天官、历数、《京房易传》、六日七分"。这一记叙，只说了崔瑗学术文化结构的一部分，另一部分没说，隐含在"尽能传其父业"一句中。崔瑗父崔骃，崔骃曾祖母师氏，是一个"能通经学、百家之言"，深为王莽礼敬的学者。而崔骃本人，"年十三能通《诗》、《易》、《春秋》，博学有伟才，尽通古今训诂百家之言，善属文"，与其曾祖母意气相同，这说明崔骃之学源于祖传，以经学为主，兼及百家之言，擅长训诂，善于属文。瑗"尽能传其父业"，传的就是如此之学，走的就是如此家学路子，同时又有所变化，即在通经学、百家之言、训诂、属文的基础上，明天文、历数与方术。王延寿、傅毅，于史传虽有载，然因他们20岁都死了，故又写得极其简略。《后汉书·文苑列传》说王延寿仅"有俊才，少游鲁国，作《灵光殿赋》。后蔡邕亦造此赋，未成，及见延寿所为，甚奇之，遂辍翰而已"等数语，说傅毅，除所引他的《迪志诗》外，记有"少博学，永平中，于平陵习章句"，"建初中，肃宗博召文学之士，以毅为兰台令史，拜郎中，与班固、贾逵共典校书"等事情，也不过百余字。由于其生年短暂，其博学有限，所学亦不过在《六经》百家语之间。至于后汉其他《文选》作者，象史孝山、朱浮、祢衡、潘勗等人，他们或于史传有载，或无载，因其所学与其他人无甚区别，故这里也就不再细述。

　　到了三国，随着社会动荡，兵火弥烈，学术演变，文化发展，《文选》作者除了学习自三代以来的各种典籍以及今文古文家所传知识学问外，还要根据时势的需要，进一步拓展学术文化的空间，扩大学习的范围，而史传作者，如陈寿作《三国志》素以简约称，在有限的笔墨中，仍不忘学的记载。比如"三曹父子"，

《三国志·武帝纪评》说曹操"揽申商之法术,该韩白之奇策,官方授材,各因其器,矫情任算,不念旧恶,终能总御皇机,克成洪业者,惟其明略最优也"。然其明略从哪里来?从读书中来,从战争中来。在战争中学习战事,既是曹操成为"非常之人""超世之杰"的主要原因,也是他喜欢作《孙子略解》、《兵书接要》、《兵法接要》、《兵书要略》、《兵法》的外在动力。因此,据时择学,不囿于传统,是他有别于汉武帝之所在。《三国志·文帝纪》说曹丕"好文学,以著述为务,自所勒成垂百篇。又使诸儒撰集经传,随类相丛,凡千余篇,号曰《皇览》"。该纪评又说他"天资文藻,下笔成章,博闻强识,才艺兼该",是一个与武帝有着不同治学内容的人,沿袭的是传统的治学路子与方法,即以《六经》百家之言为主,兼及古今史学、阴阳学、刑法学、文章学,以博览群书为其崇高目标。这可从他的《定服色诏》、《以孔羡为宗圣侯置吏修庙诏》、《禁设非礼之祭诏》、《鹈鹕集灵芝池诏》、《典论》、《与朝歌令吴质书》等文章中见其大概。《三国志·任城陈萧王传》说曹植"年十岁余,诵读《诗》、《论》及辞赋数十万言,善属文"。若从这一记载来看,其学术爱好似乎仅在《诗》、《论》、辞赋方面,然考其所撰文章,又不尽然。比如,他在《求自试表》中说:"每览史籍,观古忠臣义士,……未尝不拊心而叹息也。"在《求通亲亲表》中,他引用了不少《书》、《传》、《文子》之言,引用了自三代以来不少圣贤之语、之事,在《辩道论》中引用一些神仙之书,在《周成汉昭论》、《汉二祖优劣论》中论周汉人物之优劣,在《仁孝论》中论孝道,等等,则又说明其学术兴趣十分广泛,涉及了经史传论及神仙之书,既有着其父求实用的特点,又有着传统的因子,与曹丕存有细微的差别。何晏,《三国志·诸夏侯曹传》说他"少以才秀知名,好老庄言,作《道德论》及诸文赋著述凡数十篇。"在魏晋学术史、文学史上,他是以玄学名家的。然考之他所著文论,所撰《论语集解》,则又对儒家经史甚有研究,对建筑学颇感兴趣,是个学贯孔老经史、博学多才的学者。王粲,《三国志·王卫二刘傅传》说他"博物多识,问无不对。时旧仪废弛,兴造制度,粲恒典之";"强记默识",过目不忘;"性善算,作算术,略尽其理。善属文,举笔便成,无所改定,时人常以为宿构","著诗、赋、论、议垂六十篇"。然读何书?只字未提。今考之《全后汉文》卷九十、九十一所录文章,其《荆州文学记官志》所云"遂训《六经》,讲礼物,谐八音,协律吕,修纪历,理刑法,六路咸秩,百氏备矣。夫《易》惟谈天,入神致用……《书》实纪言,而诂训庄昧……,《诗》主言志,诂训《周书》……,《礼》以立体据事,章条纤曲……,《春秋》辩理,一字见义……",对《五经》的理解;其《七释》残文所云"潜虚丈人，违世遁俗。恬淡清玄，浑沌淳朴。薄礼愚学，无为无欲"，其《安身论》所云"盖崇德莫盛乎安身，安身莫大乎存政，存政莫重乎无私，无私莫深乎寡欲"，对玄学的认识，则知其治学是儒玄兼通、文史间发的，百氏之言，礼乐之文是必备的。而陈琳、阮瑀、应玚、刘桢，该传说琳"避难冀州，袁绍使典文章"，说瑀"少受学于蔡邕"，"太祖并以琳、瑀为司空军谋祭酒，管记室，军国书檄，多琳、瑀所作也"，说玚、桢"咸著文赋数十篇"。又引文帝《与吴质书》说应玚"常斐然有述作意，其才学足以著书，美志不遂，良可痛惜"，说陈琳"章表殊健，微为繁富"，说刘桢"有逸气，但未遒耳"，说阮瑀"书记翩翩，致足乐也"。然多未言及学。今考之所存文章，陈琳所云"故唐虞之世，蛮夷猾夏；周宣之盛，亦雠大邦。诗、书叹载，言其难也。……然高宗有三年之征，文王有退修之军，盟津有再驾之役，然后殄戎胜殷，有此武功"（《为曹洪与魏文帝书》，《文选》卷四十一）；阮瑀所云"高帝设爵以延田横，光武指河而誓朱鲔"，"所谓小人之仁，大仁之贼，大雅之人，不肯为此也"，"古者兵交，使在其中，愿仁君及孤虚心回意，以应诗人补衮之叹，而慎《周易》牵复之义"（《为曹公作书与孙权》，《文选》卷四十二），应玚所云"览坟丘于皇代，建不刊之洪制，显宣尼之典教，探微言之所弊"，"今子弃五典之文，闇礼智之大，信管望之小，寻老氏之蔽"（《文质论》，《全后汉文》卷四十二），刘桢所云"扬洪恩于无涯，听颂声之洋洋。四寓奠以无为，玄道穆以普将"（《遂志赋》，《全后汉文》卷六十五）及其所作《毛诗义问》10卷，这些片言只语，或引语或用事，从一个侧面折射出他们所学亦在经史老庄之间。应璩，《三国志·王卫二刘傅传》说："玚弟璩，璩子贞，咸以文章显。"《后汉书·应奉列传·应劭附传》说："（劭）弟子玚、璩，并以文才称。"《南史·王昙首传·王筠附传》说："史传称安平崔氏及汝南应氏并累叶有文才。"安平崔氏，指前所言崔骃家族；汝南应氏，即指应奉之子孙。《后汉书·应奉列传》说："少聪明，自为童儿及长，凡所经履，莫不暗记。读书五行并下。为郡决曹史，行部四十二县，录囚徒数百千人。及还，太守备问之，奉口说罪系姓名，坐状轻重，无所遗脱，时人奇之。著《汉书后序》，多所述载。"又说："及党事起，奉乃慨然以疾自退。追愍屈原，因以自伤，著《感骚》三十篇，数万言。"奉所读书，依后汉学术文化传统，为《六经》百家之言及三代以还历代之文史、前汉之著述。奉所开创的这一家学模式，为其子应劭所绍述。《应劭附传》说："少笃学，博览多闻。""又删定律令为《汉仪》，建安元年乃奏之。""时始迁都于许，旧章堙没，书记罕存。劭慨然叹息，乃缀集所闻，著《汉官礼仪故事》，凡朝廷制度，百官典式，多劭所立。……又论当时行事，著《中汉辑序》，撰《风俗通》以辩物类名号，释时俗嫌疑，文虽不典，后世服其洽闻。凡所著述百三十六篇。又集解《汉书》，皆传于时。"是汉魏之际学贯古今，博通礼仪、官制、文物的著名学者。应场、应璩、应贞生活在这样的学术家庭，他们治学之路向、范围、方法，亦就绍述其父祖了。杨修，《后汉书·杨震列传》说修"好学，有俊才"，"修所著赋、颂、碑、赞、诗、哀辞、表、记、书凡十五篇"。《三国志·王卫二刘傅传》说修"有文采"。杨修与应场、应璩一样出身于一个以经学传家的世宦名族。其高祖震，"少好学，受《欧阳尚书》于太常桓郁，明经博览，无不穷究。诸儒为之语曰'关西孔子杨伯起'"。其曾祖秉，"少传父业，兼明《京氏易》，博通书传，常隐居教授"。其祖赐"少传家学，笃志博闻。常退居隐约，教授门徒"。父彪，"少传家学"。杨氏家学，就是杨氏经学，此种经学因以家法相传，故与一般治经者不同，独具门庭色彩。杨修"好学"，走的就是其父祖辈"少传家学"的路子，以经学相尚，以文章为务。繁钦、吴质、缪袭，《三国志·王卫二刘傅传》略有带叙，说钦"有文采"，说质"以文才为文帝所善"，说袭"亦有才学，多所述叙"。通过这些简短的记叙，再考之他们现存的文章，其治学范围亦以经学为主，兼及文史，其中缪袭尤重礼乐。他的《奏对诏问外祖母服汉旧云阿》、《奏改安世哥为享神哥》、《奏文昭皇后庙乐》、《乐舞议》、《处士君号谥议》、《皇后铭旌议》、《祭议》等，便是他治学重礼乐之反映。当然这一情况的出现，又与魏迁都于许新定朝廷典制、朝仪有关。钟会，《三国志·钟会传》说会"少敏惠夙成……及壮，有才数技艺，而博学精练名理，以夜续昼"。又说"会尝论《易》无互体、才性同异。及会死后，于会家得书二十篇，名曰《道论》，而实刑名家也，其文似会"。若验其《太极东堂夏少康汉高祖论》，则所论才性同异，全以经典为依据。论者若不熟悉大量的经义史实，是无法进行论辩的。因此钟会之学，仍未脱离经史百家言之樊篱。韦曜，《三国志·韦曜传》说曜"少好学，能属文"，曾"依刘向故事，校定众书"，华核称他"自少勤学，虽老不倦，探综坟典，温故知新，及意所经识古今行事，外吏之中少过曜者"，"今曜在吴，亦汉之史迁也"。该《传评》也称他"笃学好古，博见群籍，有记述之才"，是吴国学贯经史的著名学者。

　　两晋，玄学兴起。谈玄、论玄、注玄，便成为此时期的学术思潮耸动天下。然此学仍以经史为根基，脱离了经史的支撑，此学无从展开、深化，形成新的学问。正因此故，此时期的《文选》作者治学亦始于《六经》百家之言，然后再在此基础上向四周蔓延拓展，傍及众学。而两汉三国所出现的各种著述便成为新学，成了他们必学的内容。这可从史家的记叙与他们的文章中见其概略。比如羊祜，《晋书·羊祜传》说："祜，蔡邕外孙，博学能属文。""善谈论。"又说："祜所著文章及为《老子传》并行于世。"祜之博学除《老》《庄》外，据其《诫子书》言："吾少受先君之教，能言之年，便召以典文。年九岁，便诲以《诗》、《书》。"亦是从儒家《六经》典籍起步并成为他终身之学的。杜预，《晋书·杜预传》说："预博学多通，明于兴废之道。""与车骑将军贾充等定律令，既成，预为之注解。""既立功之后，从容无事，乃耽思经籍，为《春秋左氏经传集解》。又参考众家谱第，谓之《释例》。又作《盟会图》、《春秋长历》，备成一家之学，比老乃成。又撰《女记赞》。"杜预《自述》说："少而好学，在官则勤于吏治，在家则滋味典籍。"其读书、做官、著述，亦是以儒家典籍为根基的，而这些典籍，不惟在《春秋》、《左传》、《穀梁》、《公羊》、历数、律令方面，若据《全晋文》卷四十二、四十三所录之文章，还在《三礼》、《丧服》等方面。阮籍，《三国志·王卫二刘傅传》说："瑀子籍，才藻艳逸，而倜傥放荡，行己寡欲，以庄周为模则。"裴松之注《三国志》引《魏氏春秋》曰："籍少时尝游苏门山，苏门山有隐者……籍从之，与谈太古无为之道，及论五帝三王之义，苏门生萧然曾不经听。"《晋书·阮籍传》说："博览群籍，尤好《庄》《老》。""籍能属文，作《咏怀诗》八十余篇，为世所重。著《达庄论》，叙无为之贵。"嵇康，《三国志·王卫二刘傅传》说："时又有谯郡嵇康，文辞壮丽，好言老庄。"裴松之注《三国志》引《嵇氏谱》说："家世儒学，少有俊才，旷迈不群……学不师授，博洽多闻，长而好老、庄之业。"又说："善属文论……撰录上古以来圣贤、隐逸、遁心、遗名者，集为传赞，自混沌至于管宁，凡百一十有九人。"《晋书·嵇康传》说："学不师受，博览无不该通，长好《老》《庄》。"以上就是史籍对阮、嵇两人所作的历史陈述，由中可以看出，二人治学亦是先儒学而后玄学。少年学儒为壮年好言老庄奠定了雄厚的学问基础，而博览群籍又为他们谈玄论玄提供了知识准备。向秀，《晋书·向秀传》说："雅好老庄之学"。《世说新语·文学》说："初注《庄子》者数十家，莫能究其旨要，向秀于旧注外解义，妙析奇致，大畅玄风。"注成，吕安称之为"庄周不死矣"，是魏晋玄学以注名家的学者。然其所学，与阮、嵇一样，亦是在学儒的基础上走向玄学研习之路的。试看他在仅存的《难嵇叔夜养生论》所云"神农唱粒食之始，后稷纂播植之业……周孔以之穷神，颜冉以之树德。贤圣珍其业，历百代而不废"，又何尝于儒学而不顾也！张华，《晋书·张华传》说："华学业优博，辞藻温丽，朗赡多通，图纬方伎之书莫不详览。""华强记默识，四海之内，若指诸掌。武帝尝问汉宫室制度乃建章千门万户，华应对如流，听者忘倦，画地成图，左右瞩目。""晋史及仪礼宪章并属于华，多所损益，当时诏诰皆所草定。""雅爱书籍，身死之日，家无余财，惟有文史溢于机箧。尝徙居，载书三十乘。秘书监挚虞撰定官书，皆资华之本以取正焉。天下奇秘，世所希有者，悉在华所。由是博物洽闻……著《博物志》十篇，及文章并行于世。"其知识之渊博，为学者叹服。束皙博学多闻，学在六籍，为张华所赏识。任著作郎，太康二年，得汲郡人不准盗发魏襄王墓竹书数十车，有《纪年》、《易经》、《国语》、《名》、《师春》、《琐语》、《梁丘藏》、《缴文》、《穆天子传》及杂书凡 75 篇，"随疑分释，皆有议证"，著《三魏人士传》、《七代通记》、《晋书》《纪》《志》、《五经通论》、《发蒙记》、《补亡诗》文集数十篇。陆机，《晋书·陆机传》说："少有异才，文章冠世，伏膺儒术，非礼不动。""闭门勤学，积有十年。""机天才秀逸，辞藻宏丽，张华尝谓之曰：'人之为文，常恨才少，而子更患其多。'""所著文章凡三百余篇，并行于世。"从这些记叙中可知陆机是晋时著名作手。然善作来自善学，其具体学些什么，并未言及。若考之其《文赋》、《赠冯文罴迁斥丘令诗》、《豪士赋序》、《汉高祖功臣颂》、《辩亡论》、《五等论》、《演连珠》、《策问秀才纪瞻等》之引语引事，则知其所学之书，所重之礼，又以《易》、《诗》、《书》、《论语》、《孟子》、《荀子》、《三礼》及三代以来史籍为主，兼及时政，傍及老庄。其弟陆云，《晋书·陆云传》说："少与兄机齐名，虽文章不及机，而持论过之，号曰'二陆'。"又说："初，云尝行，逗宿故人家，夜暗迷路，莫知所从。忽望草中有火光，于是趣之。至一家，便寄宿，见一少年，美风姿，共谈《老子》，辞致深远。向晓辞去，行十许里，至故人家，云此数十里中无人居，云意始悟。却寻昨宿处，乃王弼冢。云本无玄学，自此谈《老》殊进。"所记二事，第一事说他善属文，未言及学。然考之其《书问道》所云"博观载籍"及"就讲经学，先阐大道"；《移书太常府荐同郡张赡》所言"盖闻在昔圣王"云云，则知其学与兄机相类。第二事，纯属奇文异事，然从中可知陆云之学，又兼及玄学，且儒学为先，玄学随后，治学路子亦与时相趋。成公绥，《晋书·文苑传》说他"幼而聪敏，博涉经传"，"少有俊才，词赋甚丽"。考之所作，其《天地赋序》所云"天地至神，难以一言定称，故体而言之，则曰两仪；假而言之，则曰乾坤；气而言之，则曰阴阳；性而言之，则曰柔刚；色而言之，则曰玄黄；名而言之，则曰天地"。对天地之言说可谓穷尽其义，于是作《天地赋》。他由此发端，继而赋云、赋雨、赋大河百川、赋草木飞禽、赋笔、赋啸、赋琴、赋琵琶，进而颂贤明，论钱神，将对天地人之体认，通过赋、颂、论等来加以表现，从而表明他所治之学，就是以天地人为核心的儒学、史学和玄学。左思，《晋书·文苑传》说他"家世儒学"，"少学钟、胡书及鼓琴，并不成。（父）雍谓友人曰：'思所晓解，不及我少时。'思遂感激勤学，兼善阴阳之术。貌寝，口讷，而辞藻壮丽。"考之其《三都赋》，左思所学，除继承家学（即儒学）与善阴阳之术外，还兼及天文、地理、历史、物产等众多学问。潘岳，《晋书·潘岳传》说他"少以才颖见称，乡邑号为奇童"，"才名冠世"，亦未言及学。今考之其《藉田赋》、《笙赋》，其学涉《礼》、《乐》；考之其《西征赋》，其学涉《易》、《诗》、《论语》、《尚书》、《左传》、《战国策》、《汉书》、《国语》、《礼记》、《史记》、《东观汉记》、《孟子》、《淮南子》、《魏志》以及《楚辞》、汉赋、论、注；考之其《秋兴赋》、《登虎牢山赋》、《秋菊赋》、《莲花赋》、《射雉赋》、《沧海赋》，其学涉天地、四时、山川、草木、飞禽；考之其《怀旧赋》、《悼亡赋》、《寡妇赋》、《闲居赋》、《世祖武皇帝诔》、《杨荆州诔》、《杨仲武诔》等，其学又广涉社会人事；考之其《九品议》、《上客舍议》、《许由颂》、《答挚虞新婚箴》，其学涉朝仪，经史。读书之广博，形成了他的以天地人为中心、以经籍文史为内容的学术文化结构。潘尼，《晋书·潘岳传·潘尼附传》说："尼少有清才，与岳俱以文章见知。性静退不竞，唯以勤学著述为事。"然勤学者何？《晋书》本传说"著《安身论》以明所守"。今细检该论全文，支配其安身的主要思想是《老子》的清淡寡欲、无争无伐的人生哲学。因此，其勤学的一个重要内容就是老庄玄学。若再披阅他的《乘舆箴》和《释奠颂》，则又会发现他勤学的另一重要内容，就是儒家经史。由此可见，潘尼之学，学涉儒玄。张载，《晋书·张载传》说他"性闲雅，博学有文章"。张协，《晋书·张协传》说他"少有俊才，与载齐名"。今考张载《蒙汜赋》、《剑阁铭》、《榷论》，张协《七命》、《杂诗十首》，则知二人之学，学在经史、老庄之间。孙楚、孙绰，《晋书·孙楚传》说"楚才藻卓绝，爽迈不群，多所陵傲"，但未言其学。然观其《雪赋》、《菊花赋》、《橘赋》等，则知学涉老庄；观其《为石苞与孙皓书》、《尼父颂》、《颜回赞》、《白起赞》、《韩信赞》，则知学及经史。《晋书·孙楚传·孙绰附传》说楚孙绰"博学善属文"。刘孝标注《世说新语》引《中兴书》说绰"少以文称"，然博学的内容是什么？孙绰在《遂初赋序》所云"余少慕老庄之道，仰其风流久矣"，在《谏移都洛阳疏》、《父卒继母还前亲子家继子为服议》、《父母乖离议》等所言礼仪丧服，在《康僧会赞》、《支孝龙赞》、《康法朗赞》等对佛教僧徒的赞美，又知其博学的内容广涉儒、道、佛三家学术文化。皇甫谧，《晋书》本传说他"博综典籍百家之言"，是晋时著名学者。傅玄、傅咸，《晋书·傅玄传》说玄"博学善属文，解钟律"，"撰论经国九流及三史故事，评断得失,各为区例,名为《傅子》",亦是晋时"言富理济,经纶政体,存重儒教"(《晋书·傅玄传》)的著名人物。其子傅咸,该传说他"识性明悟","好属文论,虽绮丽不足,而言成规鉴"。考其所作《议立二社表》、《重表驳成灿议太社》,则学从《三礼》;考其所撰《上言宜省官务农》、《上书请诘奢》、《上书陈选举》,则经论时政,有其父风,沿袭的是其父治学的路子。余者,如郭璞之"好经术,博学有高才","洞五行、天文、卜筮之术";何劭之"博学,善属文,陈说近代事,若指诸掌";卢谌之"好《老》《庄》,善属文","撰《祭法》,注《庄子》";夏侯湛之"颇窥《六经》之文,览百家之学";庾亮之"性好《庄》《老》,风格峻整,动由礼节";司马彪之"博览群籍","注《庄子》,作《九州春秋》、《古史考》";干宝之"博览书记","著《晋纪》,撰《搜神记》,为《春秋左氏义外传》,注《周易》、《周官》";曹摅之"好学善属文";赵至之游学嵇康,议论精辩;枣据之"善文辞","著诗赋论四十五首";张翰之"有清才,善属文,而纵任不拘",袁宏之"有逸才,文章绝美","撰《后汉记》三十卷及《竹林名士传》三卷,诗赋诔表等杂文凡三百首";陶渊明之"博学善属文,颖脱不羁,任真自得","好读书,不求甚解";谢混之"善属文"(以上见《晋书》各本传),凡此种种,足以显示出这些人平生所学均在儒、道、文、史之间。若细而言之,诚如夏侯湛论其祖辈所学那样,"自三坟、五典、八索、九丘,图纬六艺,及百家众流,罔不探赜索隐,钩深致远。《洪范》九畴,彝伦攸叙。乃命世立言,越用继尼父之大业"(夏侯湛《昆弟诰》,《全晋文》卷六十八),无不孜孜以求,勤力不息。

时至南朝宋齐梁三代,学术文化之愈积愈厚,展现在文人学士面前的各种各样的著述如山林堆砌,数不胜数。因此博涉群书便成为时代的呼唤,治学的要求,驱使他们终生以书为伴,勤学不辍。其博学之普遍,史籍多有记载,我们在前面也多有叙述,这里就不再对二十七位作者一一介绍,仅择个别作者作些简说。比如,傅亮,《宋书·傅亮传》说他"博涉经史,尤善文词"。若考之其所作《感物赋》、《立学诏》、《策加宋公九锡文》、《为宋公修张良庙教》、《为宋公修楚元王墓教》、《为宋公至洛阳谒五陵表》、《为宋公求加赠刘前军表》、《为尚书八座奏封诸皇弟皇子》、《与蔡廓书》、《演慎论》、《故安成太守傅府君铭》,则此说信然。这些文章所涉及的经史,大约有《易》、《诗》、《书》、《三礼》、《论语》、《孟子》、《荀子》、《左传》、《史记》、《汉书》、《魏志》、《晋书》等等,不可谓不博。若再考之他的《弥勒菩萨赞》、《文殊师利菩萨赞》,他的博又涉及佛家经学。谢灵运,《宋书·谢灵运传》说:"少好学,博览群书,文章之美,江左莫逮。"《南史·谢灵运传》说:"太守孟顗事佛精恳,而为灵运所轻,尝谓顗曰:'得道应须慧业,丈人生天当在灵运前,成佛必在灵运后。'"兹考之灵运诗赋文章,其博涉群书约有《易》、《诗》、《书》、《周礼》、《礼记》、《孝经》、《论语》、《韩非子》、《左传》、《战国策》、《史记》、《汉书》、《老子》、《庄子》、《列仙传》、《洞真论》、《洞经》、《博物志》、《四真谛》、《般若法华》、《维摩经》等;前人辞赋文章有:屈原《离骚》、司马相如《子虚赋》、《上林赋》,枚乘《七发》,东方朔《七谏》,扬雄《蜀都赋》、《方言》,张衡《二京赋》,左思《三都赋》,仲长统《昌言》,应璩《乐府》、《琴曲》等,字书有《字林》、《说文》、《尔雅》等。王微,《宋书·王微传》说:"微少好学,无不通览,善属文,能书画,兼解音律、医方、阴阳术数。"又说:"微常住门屋一间,寻书玩古,如此者十余年。"在《报何偃书》中,他自己也说,"自然志操不倍王乐"。小儿时,"常从博士读小小章句",二十左右,"方复就观小说","每见世人文赋书论","吾实倦游医部,颇晓和药,尤信《本草》","又性知画缋",其好学之广博,不惟经史而已。王僧达,《宋书·王僧达传》说他"少好学,善属文","沙门慧观造而观之,僧达陈书满席,与论文义,慧观酬答不暇,深相称美"。观其现存几篇文章,所引又多为汉代史实。王俭,《南齐书·王俭传》说:"幼有神彩,专心笃学,手不释卷。"又说:"上表求校坟籍,依《七略》撰《七志》四十卷……,又撰定《元徽四部书目》。""时大典将行,俭为佐命,礼仪诏策,皆出于俭。""朝廷初基,制度草创,俭识旧事,问无不答。"又说:"是岁,省总明观,于俭宅开学士馆,悉以四部书充俭家。""俭长礼学,谙究朝仪,每博议,证引先儒,罕有其例。"今考之《全齐文》卷九、卷十、卷十一所录他的二十六篇朝仪、丧服文章,深感传记所述甚为可信,比如,其《郊祀议》证引先儒所著所说凡二十四例,其中引用典籍有《礼记·王制》、《礼纬稽命征》、《礼经援神契》、《孝经挟神契》、《大戴礼记》、许慎《五经异义》、《周官》、《郑志》、《史记》、蔡邕《独断》、《礼记》、《尚书》、《诗》、《郊特性》、《白虎通》等。引用的先儒有杜林、蒋济、郑玄、袁孝尼、徐邈、孙奢之、马融、孔晁、缪袭等。这在一篇近千字的文章中,引用如此繁富,不能不说是"罕有其例"。王俭长于礼学,又以其谙熟自三代以来各朝历史、朝仪为支撑,且能精细到事例的具体年月,因此,其议既有理论的阐述,又有具体事实的说明,故能震撼人心。王俭这种建立在历史与朝仪之上的、以礼学为核心的学术文化结构看似单一,实则古今贯通,经史贯通,显示出南朝学术文化向专一方面转化的特点。王融,《南齐书·王融传》说:"融少而神明警惠,博涉有文才。"又说:"融文辞辩捷,尤善仓卒属缀,有所造作,援笔可待。"他自己也说

"每览史传"，然披阅《文选》所选王融两篇策秀才文与一篇诗序及李善注，则知其博涉既有史传，又有经籍诸子之书，如《易》、《书》、《诗》、《礼》、《老子》、《庄子》、《管子》、《鹖子》、《墨子》、《荀子》、《列子》、《吕氏春秋》、《淮南子》、《六韬》、《山海经》、《盐铁论》等三十余种。由于他"每览史传"，故对历史非常熟悉，像他从叔王俭一样，能涉及具体篇章，具体事情，说来如数家珍，表现出琅琊王氏家学的风采。江淹，《梁书·江淹传》说他"少孤贫好学"。然好学些什么？也未作说明。今考之他的一些诗文，如他在《诣建平王上书》中说："退不饰《诗》、《书》以警愚，进不买名声于天下。"则从反面表明他平生好学的是儒家的《诗》、《书》。在《杂三言五首》其一《构象台》中说："耽禅情于云径，守息心于端石。"其二《访道经》中说："珍君之言兮皎无际，悦子之道兮迥不群。"其三《镜论语》中说："味哲人之遗珍，折片句兮忘老。"则又从另一侧面表明他好学的又是佛家道家的经典与儒家的《论语》，在《铜剑赞》中，他广征博引，书有《山海经》、《尸子》、《越绝书》、《周书》、《左传》及杜预注、《诗》、《书》、《韩子》、《博物志》，文有《西京赋》、《皇览·帝王冢墓记》，则又表明他好学的是群书。正因为他好学且面广，故"少以文章显"也就成为必然。刘峻，《梁书·文学传》说他"好学，家贫，寄人庑下，自课读书，常燎麻炬，从夕达旦，时或昏睡，爇其发，既觉复读，终夜不寐"，"齐永明中，从桑乾得还，自谓所见不博，更求异书，闻京师有者，必所祈借，清河崔慰祖谓之'书淫'"。既为"书淫"，读书之博，知识面之广，一可从他参与梁武帝集文人策经史事中见出。《南史·刘峻传》说："武帝每集文士策经史事……会策锦被事，咸言已罄，帝试呼问峻，峻时贫悴冗散，忽请纸笔，疏十余事，坐客皆惊，帝不觉失色。"二可从他为《世说新语》作注见知，该书注征引繁富，用书多达四百余种，既有自三代至汉以来人们常见的典籍如《五经》、《孝经》、《论语》、《家语》、《孟子》、《老子》、《庄子》、《左传》、《战国策》、《吕氏春秋》、《史记》、《汉书》、贾谊《新书》、刘向《别录》、《说苑》及其后人作的注论象《五经要义》、《五经通议》、《五祀传》、《孝子传》、《春秋传》、《春秋考异邮》等，又有自魏晋以来所出现的新作。其中，尤以史书为甚。其史书，有谢承、袁宏、薛莹、张璠诸人作的《汉纪》、《后汉书》等，有王隐、虞预、邓灿、徐广、刘谦之诸人作的《晋书》、《晋纪》等，有檀道鸾诸人作的《晋阳秋》、《续晋阳秋》、《晋阳官记》、《晋中兴书》、《晋中兴士人书》等，有陈氏、荀氏、周氏、王氏、谢氏、吴氏、孔氏、许氏、羊氏、陶氏《谱》、《谢女谱》、《袁氏家传》、《谢车骑家传》等，有孔融、嵇康、向秀、陆机等数十人的《别传》，有《魏书》、《魏志》、《魏略》、《三魏金》、

《魏氏春秋》、《吴记》、《吴录》、《吴兴记》、《蜀志》等，有周祗等人作的《隆安记》、《汉南记》、《襄阳记》、《华阳国志》、《冀州记》、《三秦记》、《丹阳记》、《杨州记》、《南徐州记》、《太康地记》、《会稽土地记》、《荆州记》、《会稽郡记》、《凉州记》、《东阳记》等，有《汝南先贤赞》、《海内先贤赞》、《先贤行状》、《晋诸公赞》、《楚国先贤赞》、《竹林七贤论》等。此外，还有挚虞、丘渊之、宋明帝等人作的《文章志》、《文章叙录》，有《塔寺记》、《尸黎密冢》、《涅槃经》、《大智度论》、《西域人传》、《沙门传》、《列仙传》等，有左思、潘岳、傅咸、王珣等人作的诗、赋、序。凡此等等，足以表明刘峻读书之博，博富如海；后人之学较之前人来要宽博得多。

　　以上就是那些见于史传中有事实可考的《文选》作者博览多学的大致情况。通过它，我们可以看到他们的学术文化结构是由儒、道、文、史、佛（东汉后）五个部分组成，且时代离金字塔顶愈近的作者，其接触的知识、学问愈少，愈远的作者其接触的知识、学问愈多。这种多与少，只是一种数量的权衡，虽能反映出学术文化发展变化以及作者学术文化结构大小的一些情况，但并不能从质量上说明学术文化的深与浅，作者学术文化结构的厚与薄。这是因为，数量与质量有时能成正比，有时则不能。正因为有这个"不能"的存在，我们就不能说离金字塔顶近的学术文化浅，作者学术文化结构薄。而事实则恰恰相反。比如，那些被尊为《五经》的《诗》、《书》、《礼》、《易》、《春秋》，都是在三代至春秋时期出现的，离塔顶很近，然它们知识之丰富，学问之博大，文化之深厚，是其他任何学问所不能比拟的。它们有如一座含量丰富的矿藏，千百年来不知有多少人在那里采掘过，然采来掘去，又有多少人将它们采掘透了？而形成这种情况的原因是什么？据笔者看来，主要是这些作者对天地人的感悟、思考、认识，实在是太深刻，太精辟了。他们当时面临的知识学问就是那么一丁点，然这一丁点给了他们充裕的时间充沛的精力，使他们能全身心地去谙熟钻研那些不多的知识学问，全身心地投入到大自然中去，到社会实践中去。社会是个大学校，很多的知识学问都蕴藏在这个大学校中，蕴藏在人们的智慧中。自然是个大教堂，它的宽阔无垠，滋生万物，倏忽多变，同样蕴藏着很多的知识学问，而这些知识学问，是坐在书斋中不能得到的。只有走出书斋，走向自然，走向社会，贴近自然，贴近社会，勇于实践，勤于思考才能得到。《五经》的作者们之所以能够创造出《五经》来，就是他们走出了书斋，走向了自然与社会，善于将书本学习与自然探索、社会实践紧密地结合在一起，学习——实践——思考，再学习——再实践——再思考，直到创造出新的成果来。他们这种求索的过程，我们今天无法想象，无法言说，但当我们怀着遐思去读《老子》的"道生一，一生二，二生三，三生万物"和"周行而不殆"，"逝而远，远而反"的时候，似乎能体会出一点奥妙。这个时候，呈现在我们眼前的不只是那些简单枯燥的文字，更多的是写出这些文字的主人同大自然相交相融的形象及其仰望天际、冥思苦想的情景。一天二天，一月二月，太阳从东方升起，西方落下。旧的一年从身边过去，新的一年又扑面而来。天体就是这样缓慢而有序地运行着，循环着，无穷无尽。这种由形下的所见到形上的所思到自由王国的出现，不正是老子在长期的观天察象时从两者惊人的相似中所创造出来的一种新的知识与学问吗？哲学如此，文学又何尝不是这样！当我们怀着一种惊奇去阅读屈原的《山鬼》时，同样呈现在我们眼前的不只是那些优美的诗句，更多的也是创作出这些优美诗句的诗人所遭遇到的那段痛苦的经历，所困居的那座大山那块莽莽的森林。他以山为家，以树木花草石泉为伴。白天，他还不觉得怎样，晚上四周黑洞洞的一片，风声雨声叶落声，声声入耳；猿鸣狄鸣飞禽鸣，啾啾刺心。孤独、恐惧，使他首先想到的不是人，而是鬼，想到鬼的可恶，鬼的可爱。人死变成鬼，难道自己死后也要变成恶鬼？不变恶鬼就变善鬼吧！于是诗人以此发端，以此冥想，写下了一曲催人泪下动人心魄的山鬼爱恋的故事。如果屈原没有这段艰难的经历与生活的体验，让他坐在三闾大夫的宝座上，他即使博闻强记，才高八斗，也是写不出这种诗歌来的。因此，善于走向自然，走向社会，善于将书本知识同自然探索同社会实践相结合而创造新的知识新的学问，便是这一时期《文选》作者的一大发明与贡献。而他们创造出来的这些学术文化，由于精美深厚，故经得起时人的检验，时间的陶冶，你能说他们浅薄吗？

既然离金字塔顶近的学术文化及《文选》作者学术文化结构不是浅薄的，那么离它远的学术文化及《文选》作者学术文化结构就更不是肤浅的了。这是因为：一、自三代以来的以六籍百家之言为典范的学术文化以它们对天地人的睿智睿思睿识及其所建构的雄厚的思想理论，既为他们提供了丰富的知识学问，奠定了深厚的理论基础，又为他们如何学如何用如何创造指明了方向。二、新的思想新的观念伴随着新的著述不断涌现，为他们如何治学治身，如何认识事物，如何开拓前进，提供了理论的启迪与帮助。三、自身的聪明才智，勤奋好学，博览强识，成为他们积极进取，不断前进的强大动力。这三者在后世《文选》作者身上都得到了强化与统一，并迸发出极大的再生力与创造性，使他们对事物的认识一代比一代全面周到，著述创作一代比一代丰富多彩，学术文化一代比

327

一代新颖别致。这里不妨举一例说明之。如对诗歌文学的认识，自卜子夏《诗大序》率先对诗歌的艺术特征、功能、体裁、手法进行理论的概括阐析以来，文学批评，作为文学学术文化的重要组成部分，受到了文学爱好者的关注，相应之作断续产生。见于《文选》的就有曹丕的《典论·论文》与陆机的《文赋》，不见于《文选》的最杰出的有刘勰的《文心雕龙》和钟嵘的《诗品》。这些作品都出现于魏晋南北朝时期，都是谈诗歌论文学的。其认识看法，曹丕就不同于卜子夏，陆机就不同于曹丕，刘勰、钟嵘就不同于陆机，而刘钟二人又互不相同。比如曹丕在该文论中，也讲文体，他就不像子夏单讲诗歌，而是列举了包括诗歌在内的奏、议、书、论、铭、诔、赋八种文体，并说"奏议宜雅，书论宜理，铭诔尚实，诗赋尚丽"，对这些文体的特性、写作、美感进行了界定。也讲创作艺术，他不像子夏单讲情志、诗乐的关系，而是通过对孔融、陈琳等七位作家创作得失的具体评述，对"文气"论的具体阐发来表现他的创作论、作家论。其中"文气"论的提出，影响巨大，它源生于哲学的气论，然有别于哲学的气论，而是地道的文学气论，为时人、后人普遍关注。也说文学的功能，他不像子夏一味讲教化，而是提出了"盖文章，经国之大业，不朽之盛事"这一著名观点。这一观点其实也是从儒家的"经夫妇，成孝敬，厚人伦，美教化，移风俗"的理论中蜕化而来，但又别开了这一历史陈说而着上了新的时代内容。又比如陆机于《文赋》也讲文体，但比曹丕更为具体细腻，说："诗缘情而绮靡，赋体物而浏亮。碑披文以相质，诔缠绵而凄怆。铭博约而温润，箴顿挫而清壮。颂优游以彬蔚，论精微而朗畅。奏平彻以闲雅，说炜晔而谲狂。"所说文体凡十种，更贴近他们的写作实际。也说文学创作，其完整系统诚如一些学者所说："全赋从创作前的准备，艺术构思，部局谋篇，一直讲到最后完篇的创作全过程。对想象、构思、风格、才能、灵感等一系列创作的问题，都作了精采地描绘和论述。"① 也说文学之用，然更为生动具体，说："伊兹文之为用，固众理之所因。恢万里而无阂，通亿载而为津。俯贻则于来叶，仰观象乎古人。济文武于将坠，宣风声与不泯。涂无远而不弥，理无微而弗纶。配沾润于云雨，象变化乎鬼神。被金石而德广，流管弦而日新。"说其作用之大虽从曹丕"经国"之说演绎而来，但更为具体全面。而这种论说到了刘勰《文心雕龙》那里，又算不了什么。《文心雕龙》素以体大思周著称。50篇文

---

① 陈宏天、赵福海、陈复兴主编：《昭明文选译注》，《陆机〈文赋〉题解》，吉林文史出版社1988年版，第913页。

章涉及范围、内容之广泛,亘古未有。其中文体论、创作论尤为精细。文体论包括论各种文体的定义、区别、相互关系,各种文体的产生、改革、类别及作家作品、体用方法、共同渊源等九个问题(罗根泽《中国文学批评史》);创作论也包括了"才性"、"文思"、"文法"、"修辞"、"气势"、"音律"、"比兴"、"风格"等九个问题,论述之全面深刻非陆机之所想。钟嵘的《诗品》虽不及《文心雕龙》宏富,但他对诗歌创作艺术的认识,对自《诗经》以还诗人创作得失之品评,还是有其独特之处,亦非陆机"诗缘情而绮靡"所能企及的。在批评理念、方法上虽接受过魏晋人物品评,南朝画品、书品、奕品等影响,但从其绪论到上、中、下三品范围、标准的确立,诗人定品定格之评说都是他有别于人物品评、画品、书品、奕品的,是他独立创造独立完成的,故显得精致别样,是《文赋》所不能比拟的。这种一代有一代之文论,一代胜过一代,一浪高过一浪的演进过程,既表现了学术文化发展的趋势,也反映了《文选》作者学术文化结构的扩张与变化,这种变化不是向着浅薄的方向倒退,而是朝着全面周致、精美深厚的方向挺进,并将金字塔底拓得更加深广,更加坚实。而这些正是作者从事自己的道德修炼与文章著述的主要力量源泉。

(二)作者的道德

关于作者的道德、文章问题,笔者在论述萧统的儒学情结时提出过一个观点,认为萧统选编《文选》还暗藏着一条标准,一种意图,那就是要将历史上现实中那些道德文章有卓异者选入《文选》,并通过他们来为道德立言,为文章立极。然具体情况如何?我们还是先从道德、文章的关系谈起。

道德与文章的关系,自《左传》将"太上有立德,其次有立功,其次有立言"作为"三不朽"以来,道德为上,文章为次,就已有了明确的界定。而这一界定,并不是叔孙豹的发明,叔孙豹自己也说,这是他从前人那里听来的。也就是说,在叔孙豹以前,就已有了"三不朽"之论,就有"道德为上"之说。此说,若论及源流,殆从尧舜始。尧有"克明俊德,以亲九族"之言;舜有"直而温,宽而栗,刚而无虐,简而无傲"之论。此言论之意义价值,前已详叙,而将以德治国,立德治身,是舜帝以来的传统。以德为上,也就在这一传统中得到了确立与强化,且愈到到后来,其呼声愈高,言论愈多。如《尚书·皋陶谟》说的"日宣三德,夙夜浚明有家;日严祗敬六德,亮采有邦",《盘庚》说的"式敷民德,永肩一心",《咸有一德》说的"常厥德,保厥位","厥德匪常,九有以亡","德惟一,动罔不吉。德二三，动罔不凶。惟吉凶不僭在人，惟天降灾祥在德"，《洪范》说的"又用三德，……一曰正直，二曰刚克，三曰柔克"，《康诰》说的"丕则敏德，用康乃心"，《召诰》说的"惟不敬厥德，乃早坠厥命"，《周官》说的："惟俭惟德，无载尔伪"，《诗·大雅·皇矣》说的："予怀明德，不大声以色"，《大学》说的"是故君子先慎乎德"，"德者，本也"，《中庸》说的"故君子尊德性而道问学"，《曲礼》说的"博问强记而让，敦善行而不怠，谓之君子"，均是这一情况的反映。正由于有了这种道德意识的确立与强化，将立德视为三不朽中最为不朽也就成为人们孜孜以求的最高境界与最大荣耀了。在这种思想传统熏陶下，博览多学的《文选》作者将立德立言作为人生的最高目标而不断奋进博取，亦就成为一种必然为萧统所关注；成为《文选》一个亮点为读者所瞩目了。这反映在他们的作品中，就是多道德之言，如扬雄《在甘泉赋》中说："方揽道德之精刚兮，侔神明与之为资。""云飞扬兮雨滂沛，于胥德兮丽万世。"在《羽猎赋》中说："建道德以为师，友仁义与之为朋。""创道德之囿，弘仁惠之虞。"潘岳在《藉田赋》中说："圣人之德，无以加于孝乎！""能本而孝，盛德大业至矣哉！"班彪在《北征赋》中说："慕公刘之遗德，及《行苇》之不伤。"班昭在《东征赋》中说："惟令德为不朽兮，身既没而名存。惟经典之所美兮，贵仁德与仁贤。"潘岳在《西征赋》中说："乾坤以有亲可久，君子以厚德载物。"何晏在《景福殿赋》中说："故将立德，必先近仁。"班固在《幽通赋》中说："守礼约而不贰兮，乃輶德而无累。"张衡在《思玄赋》中说："御六艺之珍驾兮，游道德之平林。"潘岳在《闲居赋》中说："是以资忠履信以进德，修辞立诚以居业。"张华在《励志诗》中说："进德修业，晖光日新。""勉尔含弘，以隆德声。"颜延之在《应诏宴曲水作诗》中说："德有润身，礼不愆器。"在《皇太子释奠会作诗》中说："禀道育德，讲艺立言。"谢瞻在《张子房诗》中说："圣心岂徒甄，惟德在无忘。"郭璞在《游仙诗》中说："愧无鲁阳德，回日向三舍。"谢灵运在《登池上楼诗》中说："进德智所拙，退耕力不任。"曹植在《赠徐干诗》中说："亮怀玙璠美，积久德愈宣。"陆机在《赠冯文罴迁斥丘令诗》中说："我求明德，肆于百里。"李陵在《与苏武诗》中说："努力崇明德，皓首以为期。"曹植在《七启》中说："论变化之至妙，敷道德之弘丽。"傅亮在《为宋公修张良庙教》中说："夫道德不泯，义存祀典。"杨修在《答临淄侯笺》中说："至于修者，听采风声，仰德不暇。"吴质在《答东阿王书》中说："斯盛德之所蹈，明哲之所保也。"司马相如在《难蜀父老》中说："创道德之涂，垂仁义之统。"陆机在《豪士赋序》中说："夫立德之基有常，而建功之路不一。"在《汉高祖功臣颂》

中说:"保大全祚,非德孰可。"袁宏在《三国名臣序赞》中说:"风轨德音,为世作范。"这些言论,集中表现了他们对道德的喜爱,对立德重要性的认识,说明道德作为一种思想规范,品质权衡,精神追求在他们心目中有着重要的位置。而这些既源于他们所拥有的学术文化,又源于他们对历史对现实对政治对人生的感悟与理解,因而赋有新的学术氛芳,新的思想气息,表现了他们的道德观念与水平。

这反映在他们的人生阅历中,就是多道德之举,即通过自己所从事的政治事务,自己的所言所行来确立自己的道德目标,来实现自己的道德愿望,从而做一个有利于天下、益于社会、忠于朝廷、完善自我的道德人。这可以从以下几个时域得以说明。

一、有于天下垂亡,政治混乱之际而挺身赴难,战强暴,平乱阶,救天下于危亡、黎民于水火者,如荆轲、屈原、李斯、刘邦、曹操、曹丕、曹植、王灿、刘桢、陈琳、阮瑀、应场、繁钦、应璩、吴质、钟会、羊祜、杜预、诸葛亮、刘琨、卢谌等均是拥有此种道德的人。荆轲之德,就在于他为反对暴秦,受燕太子丹之请,义无反顾地去刺杀秦王,其临别之际所吟唱的"风萧萧兮易水寒,壮士一去兮不复还"的悲壮之歌,以它响遏行云的旋律将他视死如归的气概,勇往向前的精神表现得十分豪迈。而屈原的伟大,就在于他赤心为国,忠贞不贰。明知楚怀王"不抚壮而弃秽",却还是执意为他"导夫先路";明知他"不察余之忠情兮,反信谗而齐怒",却还是执意为他"忽奔走以先后兮,及前王之踵武",明知他"何桀纣之昌彼兮",却还是执意为他担忧,"恐皇舆之败绩"。显得何等的理智与至诚!而这种理智与至诚由于是建立在他的学术文化结构之上,故不存在"愚"的问题。学术文化使他时时刻刻想到自己的内美与修能,使他对楚国政治应对有方,使他无时无刻不清醒,无时无刻不坚强,无时无刻不热爱自己的祖国。即使后来被驱逐远游,亦无时无刻不挂念楚室的安危。其挂念于《离骚》中得到了真实的表现。《离骚》后部分主要写他对自己未来道路的追求,并上下求索,发苍梧,至县圃,济白水,登阆风,归穷石,入崑崙,涉流沙,赴西海,然当车马经过楚国上空,"忽临睨夫旧乡"时,便驻足停车,不忍离去,对祖国对故乡表现的又是一种何等深厚的感情!这种伟大由于是用其心血铸成的,故其德之高尚是无法言喻的。李斯,他虽无此等伟大,但他师从荀卿学帝王之术以干诸侯,来到秦国,因献愚民之策而使秦始皇焚书坑儒,犯了大罪;伙同赵高废大立少,扶胡亥为太子,犯了大错,但在秦统一天下过程中,运筹划策,竭尽心力,则又功德卓著。

这诚如他被赵高诬陷入狱后,于狱中上书所言"七罪"那样,一件件一桩桩都是他功德大于罪过的自证,亦是一个令人同情与赞叹的人物。刘邦,史称汉高祖者,在创立汉朝过程中除暴秦、灭项羽所表现出来的智慧、心胸、品德有如日月之昭昭,光耀大地。曹操,三国时一位叱咤风云的"非常之人","超世之杰",自汉末天下大乱,雄豪并起以来,举义兵,除暴乱,运筹演谋,鞭挞宇内,统一北方,安抚黎民,功德之大,恰如潘勖《册魏公九锡文》所云:"君有定天下之功,重以明德,班叙海内,宣美风俗,旁施勤教,恤慎刑狱。吏无苛政,民不回慝,敦崇帝族,援继绝世"那样,亦是可以烛照千秋的。曹丕,功德虽不及其父,然登基前跟随其父除乱救亡,招纳人才,南征北讨;即位后,修孔庙,招儒才,立太学,安抚百姓,则又德在魏国,功在文治,同样为人所钦颂。曹植,其地位作用远不如其父兄,又因"任性而行,不自雕励,饮酒不节"(《三国志·任城陈萧王传》)而失父爱;因兄即位,相煎甚急而深遭压抑,于政治上无大作为,但渴望建功立业之愿望则十分强烈。试读其《求自试表》:"固夫忧国忘家,捐躯济乱,忠臣之志也。……若使陛下出不世之诏,效臣锥刀之用,使得西属大将军,当一校之队,若东属大司马,统偏师之任。必乘危蹑险,骋舟奋骊,突刃触锋,为士卒先。虽未能禽权馘亮,庶将虏其雄率,歼其丑类,必效须臾之捷,以灭终生之愧,使名挂史笔,事列朝荣,虽身分蜀境,首悬关阙,犹生之年也。"其豪气之壮,忠诚之烈,令人感奋不已。王灿、刘桢、陈琳、阮瑀、应场、杨修、繁钦、应璩、吴质生逢汉末大乱之秋,弃笔投戎,先后来到曹营,政治上虽不能像三曹那样有很大的作为,于军国事务中仅为一介舞文弄墨的书生,但他们向往功名,情系百姓之德则又十分鲜明突出。试读王灿的《登楼赋》、《七哀诗》、《从军诗》,刘桢的《赠五官中郎将诗四首》其三、《杂诗》,应场的《侍五官中郎将建章台集诗》,阮瑀的《为曹公作书与孙权》、《驾出北郭门行》、《咏史》二首,陈琳的《为袁绍檄豫州》、《檄吴将校部曲文》、《诗》(节运时气舒),繁钦的《远戍劝戒诗》,吴质的《思慕诗》,应璩的《百一诗》,亦会深深地觉得这种情志的强烈,道德的高尚,可以感天地,泣鬼神。钟会,史称"内有异志"者,据强将锐卒,暗结姜维谋反,于君臣之义有缺,使宗族涂地有罪。然从晋平蜀统一西南来看,因他出谋最多,出力最大而又有功于时;从其《檄蜀文》所写而言,因不欲劳役百姓、奢戮士兵而又有德于民。是个德过参半的人物。羊祜,晋一代名臣。其德之卓著,莫过于"起平吴之策"。其平吴,一是"率营兵出镇南夏,开设庠序,绥德远近,甚得江汉之心";二是"进据险要,开建五城,收膏腴之地,夺吴人之资,石城以西,尽为晋有"(《晋书·羊祜传》);

三是"表留（王）浚监益州诸军事，加龙骧将军，密令修舟楫，为顺流之计"，为二年后杜预平吴扫除了各种障碍，做了充分准备。莫过于"贞悫无私，疾恶邪佞"。《晋书·羊祜传》说："从甥王衍尝诣祜陈事，辞甚俊辩。祜不然之，衍拂衣而起。祜顾谓宾客曰：'王夷甫方以盛名处大位，然败俗伤化，必此人也。'"又说："祜立身清俭，被服率素，禄俸所资，皆以赠给九族。"莫过于"常守冲退，至心素著"。对朝廷给他的大小封赏，均谦谦辞让。而其《让开府表》表述的正是这样一种高风亮节，是有晋一代功德辉煌的人物。杜预，同羊祜一样，其功德之卓著亦在平吴上。其平吴，既善于做好总攻前的各项准备，又善于抓住有利时机，还善于谋划指挥，穷寇猛追和怀柔安抚，"以固维持之势"。平吴胜利，使晋结束了三国分裂的局面，实现了天下的短暂统一。诸葛亮，自刘备三顾茅庐走出隆中，便改带写诚，帮助他角逐天下，使他由无立锥之地而建立蜀国。刘备死后，其子幼弱，"事无巨细，亮皆专之。于是外连东吴，内平南越，立法施度，整理戎旅，工械技巧，物究其极，科教严明，赏罚必信，无恶不惩，无善不显。至于吏治不容奸，人怀自厉，道不拾遗，强不侵弱，风化肃然也"（《三国志·诸葛亮传》），是历史上著名的忠诚人物。其《出师表》以其忠诚不贰，鞠躬尽瘁，死而后已为人们所传颂。刘琨，晋朝的一位忠臣。其功德之卓著，一是在并州刺史任上，为官不到一年，就使并州的萧条荒凉、饥无人色得到了初步的改观，使"流人稍复，鸡犬之音复相接矣"。二是战刘聪，讨石勒，为后方的安宁作出了贡献。三是极力支持拥护东晋王朝的创建，其《劝进表》表述的就是这种心声。正由于他忠于晋室，深得边将尊重，亦是有晋一代以忠勇著称的人物。卢谌，永嘉末随父北依刘琨，途中俱为刘灿所房。刘灿被刘琨击败后，卢谌才来到刘琨身边。琨为司空，谌为主薄。建兴末，石季龙破辽西，又为季龙所得，最后被季龙杀害。他虽显名于石氏，任过中书侍郎、国子祭酒、侍中，但恒以为辱。与刘琨一样，忠于晋室，矢志不移。

也有于此际，不慕当世，敢于指斥时政者，如张衡、蔡邕、马融就具有如此的道德。张衡，史称他不慕当世，所居之官，积年不徙，而心胸淡然。他说："君子不患位之不尊，而患德之不崇；不耻禄之不伙，而耻智之不博。是故艺可学而行可力也。天爵高悬，得之在命，或不速而自怀，或羡旃而不臻，求之无益，故智者面而不思。"（《后汉书·张衡传》）当时宦官专权，政事渐损，权移于下，于是他上疏陈事，直指其弊。儒者争学图纬，他又上疏直指其妄。出为河间相，"时国王骄奢，不遵典宪；又多豪右，共为不轨。衡下车，治威严，整法度，阴知奸党名姓，一时收禽，上下肃然，称为政理"（《后汉书·张衡传》）。蔡邕，桓帝时，宦官擅恣，他闲居玩古，不交当世，作《释诲》以戒厉。后被召拜郎中，校书东观，迁议郎，针对朝廷选用艰难，幽、冀二州久缺不补，遂上疏论其弊；针对当时的天灾，又上封事陈政要；针对朝政得失，应诏再上封事，点名道姓直斥宦官之邪。马融，永初二年，大将军邓骘闻其名而召他为舍人，因非其所好，遂不应命。后迫于生计，只好应召。邓太后临朝，邓骘兄弟辅政，为校书中郎，于东观典校秘书。针对一些俗儒所言"文德可兴，武功宜废"所带来的政治弊端与社会危害，他作《广成颂》以讽刺，却得罪了邓后，滞于东现，十年不调。桓帝时为南郡太守，又因忤梁冀旨而被贬谪朔方。遇救还朝，复拜议郎，重在东观著述，以病去官。教书授徒，门生千数。

还有于此际，不慕急进，恬淡守道者，如扬雄、班彪、崔瑗、潘尼、张载、张协、左思等即具有如此道德。扬雄，《汉书·扬雄传》说："哀帝时，丁、傅、董贤用事，诸附离之者或起家至二千石。时雄方草《太玄》，有以自守，泊如也。"其《传赞》说："当成、哀、平间，莽、贤皆为三公，权倾人主，所荐莫不拔擢，而雄三世不徙官。及莽篡位，谈说之士用符命称功德获封爵者甚众，雄复不侯，以耆老久次转为大夫，恬于势利乃如是。"由于他"实好古而乐道，其意欲求文章成名于后世"，故一生将兴趣爱好花在著述属文上。班彪，西汉之际的著名史学家，年二十余，恰值王莽篡汉，天下崩离，所居三辅，因更始败而大乱。为躲避灾难，他首依隗嚣，后依窦融，"行不踰方，言不失正，仕不急进，贞不违人"，悉心著述，专志于史籍之间，"敷文华以纬国典，守贱薄而不闷容"（《后汉书·班彪列传·传论》），恬淡守道，独步当时。崔瑗，年四十余始为郡吏。安帝废太子而立北乡侯为嗣，他深觉不妥，遂将自己的看法告诉了入参政事阎显的长史陈禅。后太子复出即位，是为顺帝，阎显兄弟伏诛而他被斥逐。门生们愤愤不平，欲为他申诉，陈禅亦愿为他作证，均被他劝住。辞归乡里，不复应州郡命。"久之，大将军梁商初开莫府，复首辟瑗。自以再为贵戚吏，不遇被斥，遂以疾固辞。岁中举茂才，迁汲令。在事数言便宜，为人开稻田数百顷。视事七年，百姓歌之"（《后汉书·崔骃列传·崔瑗附传》）。后迁济北相，为杜乔诬奏，"瑗上书自讼，得理出"。"瑗爱士，好宾客，盛修肴膳，单极滋味，不问余产。居常蔬食菜羹而已。家无担石储，当世清之"（《后汉书·崔骃列传·崔瑗附传》）。潘尼，《晋史·潘尼传》说他"性静退不竞，唯以勤学著述为事，著《安身论》以明所守"。出任宛令，"在任宽而不纵，恤隐勤政，厉公平而遗人事"；担任中书令，"时三王战争，皇家多故，尼职居显要，从容而已"。张载，《晋书·张载传》说他为《蒙汜赋》，傅玄见而嗟叹，为之延誉，遂知名。后担任过著作郎、弘农太守、中书侍郎，见世方乱，无复进士意，遂称疾笃告归，卒于家。张协，少有俊才，与兄载齐名。任过秘书郎、华阴令、中书侍郎、河间内史等职，在郡清简寡欲。"于时天下已乱，所在寇盗，协遂弃绝人事，屏居草泽，守道不竞，以属咏自娱。"（《晋书·张协传》）左思，少时不好交游，惟以闲居为事。《三都赋》成，名声大振，为贾谧"二十四友"之一，并为他讲过《汉书》。贾谧诛，则退居宜春里，专意典籍，齐王炯命为记室督，辞疾不就。后举家适冀州，不几年就病死在那里。

还有于此际，高志直情，蔑视权臣，坚守文操，不畏暴君者，如孔融、祢衡、韦曜即是具有此种道德的人。孔融，《后汉书·孔融传》说他负有高气，年轻时，州郡礼命，皆不就。举高第，为侍御史，与中丞赵舍不同，托病归家。后担任虎贲中郎将，会董卓废立，与其对答时，辄有匡正之言。为北海相，更置城邑，立学校，表显儒术，荐举贤良。袁绍、曹操方盛之时，他无所协附，曹操表制酒禁，他"频书争之，多侮慢之辞"。最终被曹操杀害。祢衡，"少有才辩，而尚气刚傲，好矫时慢物"。孔融上疏将他荐之于曹操，曹操亦欲见他，他却"自称狂病，不肯往，且数有恣言"。衡善击鼓，召为鼓史，因大会宾客，曹操令其击鼓以辱之，他却裸身而立，反辱曹操（《后汉书·文苑列传》）。韦曜，吴后期之贤者，官至侍中，以善著述、文德不坠称名于史。他修撰《吴书》，不畏强暴，坚持实录。《三国志》本传说："又皓欲为父和作纪，曜执以和不登帝位，宜名为传。"以此得罪孙皓而遭杀害。

二、有于政治尚为清平之时，忠于职守，热心政务，积极向朝廷、诸侯献策上言进谏者，如贾谊、邹阳、枚乘、东方朔、张华、傅玄、傅咸、袁淑、王俭、王融、孔雅珪等均具有如此之道德。贾谊，《汉书·贾谊传》说他"年二十余，最为少，每诏令议下，诸老先生未能言，谊尽为之对，人人各如其意所出"，有着年轻人的热情与智慧。又说他："以为汉兴二十余年，天下和洽，宜当改正朔，易服色制度，定官名，兴礼乐。乃草具其仪法，色上黄，数用五，为官名悉更，奏之。文帝谦让未皇也。然诸法令所更定，及列侯就国，其说皆谊发之。"又显示出从政的本领与能力。邹阳、枚乘，在吴王刘濞率七国之兵进行反叛之际，为维持汉之大一统，上书直谏以劝阻，这在当时可谓义举，是他们忠诚于汉廷的有力表现。而他们的《上书吴王》、《上书谏吴王》、《上书重谏吴王》，便是他们直谏的真实记录，由中可以见到他们识大体，顾大局，上尊王，下利民，反对分裂，反对战乱，赤心向汉的品德与精神。为了劝阻吴王举兵向西，枚乘在第二篇谏书中，先从秦灭六国说起，以表明天下一统，乃历史之潮流，浩浩荡荡，谁也不能阻挡。谁阻挡，谁就会淹没在历史潮流中，无声无响。今吴叛汉，同样逃不出这一命运。更何况今日之汉与昔日之秦，"地相什而民相百"，国力甚为强盛，以小小七国去碰汉，"譬犹蚊蚋之附群牛，腐肉之齿利剑"，自找灭亡。与其如此，不如率兵归国，那里珍怪、粟米、林苑之富，地势之险胜过天朝，得此足以自乐，为何不知足？不知足而起贪心，而叛乱，只能死无他所。于是，他从汉之军事部署之严密，阵势之强大，进一步告诉他，此次西向必败无疑，不如快快勒兵。话说到如此地步，聪明的人自然会即此却步。然吴王利令智昏，贼心不死，最后国破家亡，葬身于大一统的滚滚洪流中。而枚乘作为他昔日的郎中，既尽君臣之谊，又展赤子向汉之心，用自己的忠诚谱写了一曲维持天下大一统的颂歌。东方朔，在历史上以言语恢谐似优，滑稽之雄著称；又以多智慧，善辩言，无私无畏，直言切谏享誉于时。他的直言切谏常为他人所不敢。比如他谏"董偃有斩罪三"即如此。董偃是汉武帝姑母缩陶公主的男宠，二人死后，合葬在一起，可见关系之特殊。正因此故，"诸公接之，名称城中，号为董君"。后被武帝赐为将军、列侯，贵宠之致，天下莫不闻。在这种情况下进谏说"董偃有斩罪三"，谁敢？然东方朔不但敢，而且还改变了汉武帝的看法，使他疏远了同董偃的关系（《汉书·东方朔传》）。张华，晋一代重臣，其进言之多，超过一般朝臣；其所谏者，又是朝政中之大事。如武帝与羊祜谋伐吴，而群臣多以为不可，唯华赞成之；贾后谋废太子，于帝会群臣时出太子手书，遍示群臣，莫敢言者，唯华谏之；赵王伦谄事贾后，求寻尚书事、尚书令，唯华反对。《晋书·张华传》说，惠帝朝政治混乱，华"尽忠匡辅，弥缝补阙，虽当暗主虐后之朝，而海内晏然，华之功也"，可见作用之大，无与伦比。傅玄，晋一代名臣，所上疏进言者，亦朝中之大事。如武帝即位之初，广纳直言，他上疏献"举清远有礼之臣以敦风节，退虚鄙以惩不恪"之策，深为武帝赏识，说："举清远有礼之臣者，此尤今之要也。"并令他草诏之。于是，他借机又上疏进一步阐发了自己的意见。泰始四年，颇有水旱之灾，他再次上疏陈"便宜五事"，又得到武帝的重视，认为是"此诚为国大本，当今急务也"（《晋书·傅玄传》）。傅咸，亦有父风，善于进言言事。咸宁初，武帝留心政事，诏访朝臣政之损益，他上疏提出了"兴农"的主张；又因世之奢侈，上书提出了"节俭"的建议。惠帝朝，无论杨骏辅政，还是汝南王司马亮掌权，他或面言，或致书，或进谏，其言论之多，有过其父（《晋书·傅玄传》）。袁淑，刘宋陈郡阳夏袁氏之子孙，拓跋氏南侵至瓜步，太祖使百官议防御之术时，他向文帝提出了挑精兵打伏击战的建议。王俭，萧齐重臣，有如贾谊，在齐初立朝仪时多有建树。其所博议，"八坐丞郎，无能异者"。王融于萧齐时，"虏使遣求书，朝议不与"。他出于战略考虑，上书提出了不同的看法，认为"若来之以文德，赐之以副书，汉家轨仪，复入关河"，"可抵它八百之师，十万之众"。孔稚珪于"虏连岁南侵，征役不息，百姓死伤"之时，上表提出了遣使求和与御敌以战备的策略。

也有于此时，向慕通达而不贱义节者，如司马相如、阮籍、嵇康、向秀、刘伶、皇甫谧、束皙、成公绥、孙绰、张翰、陶渊明、颜延之、谢瞻、王微等均具有此种道德。将通达与义节对立起来，是傅玄向司马炎进言时提出的一种观点，他说："魏文慕通达，而天下贱守节。"这种观点将通达与守节对立起来，看似有理，实则片面，其实通达也是一种美德。史家称扬雄"不汲汲于富贵，不戚戚于贫贱，不修廉隅以徼名当世"（《汉书·扬雄传》），讲的就是这种通达之德美。若依此去观照上述作者，象司马相如之"与卓氏婚，饶于财，故其事宜，未尝肯与公卿国家之事，常称疾闲居，不慕官爵"（《汉书·司马相如传》）；皇甫谧之沉静寡欲，以著述为务而不仕；束皙之"性沈退，不慕荣利"；成公绥之"性寡欲，不营资产"，"闲默自守，不求闻达"（《晋书》皇甫谧、束皙、成公绥之本传）；颜延之之"居身清约，不营财利"，上表"乞解所职"；谢瞻所云"吾家以素退为业，不愿干豫时事"；王微"素无宦情，称疾不就"（《宋书》，颜延之、谢瞻、王微本传），表现的也是种通达，与扬雄无异。同时，企慕通达者，未必就贱守节。如阮籍、嵇康、向秀、刘伶、孙绰、张翰、陶渊明，可谓有晋一代通达之致者。然他们于义节并不贱。阮籍母死，悲痛欲绝，一声嚎叫，呕血数升；嵇康《赠秀才入军五首》对兄嵇喜从军所表现出来的友于之情；向秀《思旧赋》，对友人嵇康、吕安死后所表现出来的哀悼之义；刘伶《酒德颂》对利欲所表现出来的鄙视与冷漠；孙绰对桓温欲移都洛阳的愤然上疏；张翰遭母丧而哀毁过礼，陶渊明心系晋室而于著述中不写刘宋年号，无不符合孝道、悌道、友道、忠道的要求，是他们向慕通达而不贱义节的真实反映。

还有于此时将义心义节发挥到了极致者，如司马迁、李陵、苏武、李密、庾亮、谢朓等就是此种美德的楷模。司马迁的义节，既在于他的赤心向皇，又在于史家的实事求是。此二者并不矛盾。然当事情聚焦于急功近利之人主，而其心之奢望与事实大相径庭的时候，强烈的失落与反差不仅令他智昏，视忠为逆，效诚为诬，而且不择手段对进言者予以迫害，遂使不矛盾的二者走向对立，沦为矛盾。李陵遭辱在前，司马迁受辱于后。然事情愈是这样，其耿介愈生光辉。李陵者，武帝之名将也。抗击匈奴，"提步卒不满五千，深践戎马之地，足历王庭，垂饵虎口，横挑强胡，仰亿万之师，与单于连战十有余日，所杀过半当"，终因"转斗千里，矢尽道穷，救兵不至"，而兵败被俘（司马迁《报任少卿书》，《文选》卷四十一）。对此，武帝初则"为之食不甘味，听朝不怡，大臣忧惧，不知所出"，继则"怨陵不死"，并对其老母与妻子实行迫害。面对这种情况，司马迁的赤心向皇，使他"不自料其卑贱，见主上惨怆怛悼，诚欲效其款款之愚"；而史家的实事求是，又使他认为"李陵素与士大夫绝甘分少，能得人死力，虽古之名将，不能过也"，欲为李陵推言其功，"以广主上之意"。然二者最终在武帝"适会召问"之时，"言未尽"，而被武帝所击碎，且招来了腐刑之祸。于司马迁看来，这是士大夫最大的耻辱，既辱先，又辱身，所以痛苦欲绝，生不如死。这种情感，他于《报任少卿书》中反复言及。然痛归痛，愤归愤，痛恨之后，表现出来的仍是一种无比的坚强和磊落的胸怀，那就是坚持史家的职责，发愤而作《史记》，"欲以究天人之际，通古今之变，成一家之言"，"著此书藏诸名山，传之其人，通邑大都"，"偿前辱之责，虽万被戮，岂有悔哉"。苏武的义节，就在于他奉汉武帝之命出使匈奴，因不屈节辱命而被鞮侯单于扣留十九年，啮雪茹毛，食鼠吞草，受尽种种磨难而民族气节始终不变（《汉书·李广苏建传》）。李密的义节，在于他对祖母的百般孝顺。他生下来六个月，父亲去世。四岁，母亲改嫁。祖母刘氏躬身将他抚养成人。祖母年迈有病，他涕泣侧息，未尝解衣，饮膳汤药，必先尝后进。朝廷辟征为官，上表陈情，孝动帝心。庾亮的义节，在于他对东晋的无比忠诚。中兴初，他被拜为中书郎，领著作，侍讲东宫。明帝即位，以为中书监，上表辞让，言辞恳切，"帝纳其言而止"。王敦叛乱，领兵平叛，以功封永昌县开国公，固让不受。明帝崩，太后临朝，庾亮以外戚辅政。苏峻反叛，联合温峤、陶侃进行讨伐，"亮时以二千人守白石垒，峻步兵万余，四面来攻，众皆震惧。亮激厉将士，并殊死战，峻军乃退，追斩数百级"。事平上书自言有罪，欲投迹草泽，被朝廷阻止，并下诏称他有忠义之节（《晋书》李密、庾亮本传）。谢朓的义节，亦在一个忠字。明帝时，他任尚书吏部郎。明帝死后，其子即位，因失德，江祏兄弟伙同遥光欲立江夏王宝玄为帝，百般拉拢他。而他自以受恩明帝，坚决拒绝，最后被江祏、遥光一伙诬陷杀害。

　　以上仅是就其荦荦之大者而言，细枝末节并未追究。所述作者，亦是有卓异可言者，其他亦未涉及。不过还有二类作者是必须要提的，一类是刘歆、潘岳、石崇、欧阳建、陆机、陆云、谢灵运、范晔、王僧达等人，二类是桓温、殷仲文二人。他们在历史的记载中，于义心、义节都不同程度地存在这样那样的问题。象刘歆，《汉书·刘歆传》说："哀帝初即位，大司马王莽举歆宗室有材行，为侍中太中大夫，……迁中垒校尉，羲和、京兆尹，使治明堂辟雍，封红休侯，典儒林史卜之官。……及王莽篡位，歆为国师。"是王莽最器重的人物。《汉书·扬雄传赞》说："刘歆……谓雄曰：'空自苦！今学者有禄利，然向不能明《易》，又如《玄》何？吾恐后人用覆酱瓿耳。'"又是个贪图利禄的人物。潘岳，《晋书·潘岳传》说："岳性轻躁，趋世利，与石崇等谄事贾谧，每候其出，与崇辄望尘而拜。构愍怀之文，岳之辞也。谧二十四友，岳为其首。谧《晋书》限断，亦岳之辞也。"石崇，《晋书·石崇传》说："与潘岳谄事贾谧，谧与之亲善，号曰'二十四'友。广城君每出，崇降车路左，望尘而拜。"欧阳建，事同潘、石。陆机，《晋书·陆机传》说他同弟陆云于太康末来到洛阳，俱为贾谧'二十四友'。赵王伦辅政，又豫诛贾谧被赐爵为关中侯。伦将篡位，以为中书郎。伦诛，被齐王冏所诬而下狱，被成都王颖救理而免祸。自是认为颖可依托，遂委身于他，最后被司马颖杀害，且祸及陆云。对此，该传"制曰"评价甚详，其中云："夫贤之立身，以功名为本；士之居世，以富贵为先。然则荣利人之所贪，祸辱人之所恶，故居安保名，则君子处焉；冒危履贵，则哲士去焉。……观机、云之行已也，智不逮言矣。"谢灵运，《宋书·谢灵运传》说他"既自以名辈，才能应参时政，初被召，便以此自许。既至，文帝唯以文义见接，每侍上宴，谈赏而已"。又见王昙首、王华、殷景仁等名位素不逾已，并见任遇，遂意不平，多称疾不朝直。又说他为临川内史，在郡游放，不理郡务，被有司所纠，且将司徒派来抓他的人进行扣留，"兴兵叛逸，遂有逆志"，后被弃市刑于广州。范晔，《宋书》本传说他累为义康府佐，见待素厚。义康被黜，他便伙同孔熙先谋逆，事涉被诛。王僧达，《宋书》本传说他"自负才地，谓当时莫及。上初践祚，即居端右，一二年间便望宰相。及为护军，不得志，乃启求徐州，上不许。僧达三启因陈，上甚不说……期岁五迁，僧达弥不得意"。后因参与刘义恭谋反，被赐狱死。以上就是这些人所存在的问题。该如何看？直关他们的道德评价。若相信史书所说，则似无道德可言；若将其所说进行辩证分析，则又有可言之处，那就是这些人大多都是文学家而非政治家，其政治眼光、水平、能力较之羊祜、庾亮他们来，不知要差多少倍！因此，他们只长于弄文舞墨，而短于政治运作，故写作中对道德之咏叹都很精美，而实践中却不善于将他们所写的转化为实际行动，以致出现了"智不逮言"的偏差。正因智不足，才使他们分不清政治风云的变换,识不出统治者的真实面貌,盲目自大,盲目躁进,以致一败涂地。由此观照,说他们智不足,是可信的;说他们德不足,是不可信的。事实上,他们多为有德之人,象刘歆,一生主要以治学、著述为务,于学术上多有发明贡献。潘岳长期出任地方官,勤于政绩,对有才艺者,待之甚厚。石崇于杨骏辅政时大开封赏,多树党援,勇于弹劾。欧阳建出任令、守,甚得时誉,及遇祸,时人莫不悼惜。如此等等,均是他们有德可言之处。

至于桓温、殷仲文,此二人在晋史上,一位是政治野心家,一位是政治投机钻营之徒,品行之劣,本无可言,然萧统还是将二人选入《文选》。原其本意,则为人有一言之善,不能因人而废言。让读者读其善言,识其凶险,亦能辨善恶,长理智,立道德,防微杜渐,做个德才兼备的人。

上述种种,就是他们在平生所从事形形色色的政务中,在向慕功名时所建树的道德业绩,其中有大有小,有厚有薄,然不论大小厚薄与否,都是他们凭着自己所拥有的学术文化和对道德的认识理解,用自己的心血、感情创造出来的,都可用"休明"、"重也"来加以评价。正因为他们的道德是休明的,重的,所以他们在历史上并没有被人们所遗忘,史家将他们一个个网络于自己的史籍中,立传言说,予以旌表;文学选家将他们一个个选入自己的选集中,让他们的道德、文章与日月同光。而萧统继晋宋选文之余绪,执意为道德立言,文章立极,表现的就是这样一种爱戴,一种尊重。《尚书》说:"克明俊德。"《大学》说:"在明明德。"有明德而明之,以警世人,以诫读者,殆萧统选文之本欤?此就是《文选》的灼人之处。

(三)作者的文章

道德、文章,道德为上,文章次之。由于立德太难,《文选》作者最看重的还是自己的文章,而前人赞扬的也多是他们的文章,如《文心雕龙·才略》论屈原、宋玉说:"屈宋以楚辞发采。"论李斯说:"李斯自奏丽而动。"论贾谊说:"贾谊才颖,陵轶飞兔,议惬而赋清,岂虚至哉!"论枚乘、邹阳说:"枚乘之七发,邹阳之上书,膏润于笔,气形于言矣。"论司马迁说:"子长纯史,而丽缛成文,亦诗人之告哀焉。"论司马相如说:"相如好书,师范屈宋,洞入夸艳,致名辞宗。"论王褒说:"王褒构采,以密巧为致,附声测貌,泠然可观。"论扬雄说:"子云属意,辞义最深,观其涯度幽远,搜选诡丽,而竭才以钻思,故能理赡而辞坚矣。"论班彪、班固、刘歆说:"二班两刘,奕叶继采,旧说以为固文优彪,歆学精向,然王命清

辩,新序该练,璇璧产于崑冈,亦难得而逾本矣。"论傅毅、崔骃说:"傅毅、崔骃,
光采比肩,瑗寔踵武,能世厥风者矣。"论马融说:"马融鸿儒,思洽识高,吐纳经
范,华实相扶。"论王延寿说:"延寿继志,瑰颖独标,其善图物写貌,岂枚乘之遗
术欤!"论张衡、蔡邕说:"张衡通赡,蔡邕精雅,文史彬彬,隔世相望。是则竹柏
异心而同贞,金玉殊质而皆宝也。"论孔融、祢衡说:"孔融气盛于为笔,祢衡思
锐于为文,有偏美焉。"论潘勖说:"潘勖凭经以骋才,故绝群于锡命。"论魏文帝、
曹植说:"魏文之才,洋洋清绮。旧谈抑之,谓去植千里,然子建思捷而才俊,诗
丽而表逸;子桓虑详而力缓,故不竞于先鸣。而乐府清越,典论辩要,迭用短长,
亦无懵焉。"论王灿说:"仲宣溢才,捷而能密,文多兼善,辞少瑕累,摘其诗赋,
则七子之冠冕乎!"论陈琳、阮瑀说:"琳、瑀以符檄擅声。"论刘桢说:"刘桢情高
以会采。"论应瑒说:"应瑒学优以得文。"论杨修说:"杨修颇怀笔记之工。"论何
晏说:"何晏景福,克光于后进。"论应璩说:"休琏风情,则百壹标其志。"论应贞
说:"吉甫文理,则临丹成其采。"论嵇康、阮籍说:"嵇康师心以遣论,阮籍使气
以命诗,殊声而合响,异翮而同飞。"论张华说:"张华短章,奕奕清畅,其鷦鷯寓
意,即韩非之说难也。"论左思说:"左思奇才,业深覃思,尽锐于三都,拔萃于咏
史,无遗力矣。"论潘岳说:"潘岳敏给,辞自和畅,锺美于西征,贾馀于哀诔,非
自外也。"论陆机说:"陆机才欲窥深,辞务索广,故思能入巧而不制繁。"论陆云
说:"士龙朗练,以识检乱,故能布采鲜净,敏于短篇。"论孙楚说:"孙楚缀思,每
直置以疏通。"论挚虞说:"挚虞述怀,必循规以温雅。"论傅玄父子说:"傅玄篇
章,义多规镜;长虞笔奏,世执刚中。"论成公绥说:"成公子安,选赋而时美。"论
夏侯湛说:"夏侯孝若,具体而皆微。"论曹摅说:"曹摅清靡于长篇。"论张翰说:
"季鹰辨切于短韵。"论张载、张协说:"孟阳、景阳,才绮而相埒,可谓鲁卫之政,
兄弟之文也。"论刘琨、卢谌说:"刘琨雅壮而多风,卢谌情发而理昭,亦遇之于
时势也。"论郭璞说:"景纯艳逸,足冠中兴,郊赋既穆穆以大观,仙诗亦飘飘而
凌云矣。"论庾亮说:"庾元规之表奏,靡密以闲畅。"论干宝说:"干宝,文胜为史,
准的所拟,志乎典训。"论袁宏说:"袁宏发轸以高骧,故卓出而多偏。"论孙绰说:
"孙绰规旋以矩步,故伦序而寡状。"论殷仲文、谢混说:"殷仲文之孤兴,谢叔源
之闲情,并解散辞体,缥渺浮音,虽滔滔风流,而大浇文意。"这些论述就高度地
赞扬了他们的创作与文章。由于他们素以"善属文"称名于史,以"文章秀丽"
获誉于时,故其文章一经问世,便不胫而走,为世传诵。《文选》所选篇什,均是
如是之作。细读这些文章,给人印象最深的莫过于它彰显了文章制作同五家学

术文化之关系。

《文选》所选诗文七百余篇，由130个作者的文章组成。由于作者生活在不同的时期，面对着不同的社会政治，有着不同的境遇、感受，不同的思想、情志，因而它们之生成是因人而异，因时而异，因事而异，并不全同。然不同之中尚有相同在，那就是他们接受传统的儒、道、文、史、佛五家学术文化之影响，从五家学术文化中积学储宝，则是相同的；接受现实生活之影响，从现实生活中研阅穷照，陶钧文思也是相同的。这两种影响，不论是正面的还是反面的，历史的还是现实的，作为一种客观存在，他们是时时遇见过的，而作为文章生成的两大要件，又是缺一不可的。它们共同作用于作者的创作，形成了文章生成的规律，那就是：一、作者离不开学术文化与现实生活的制约与影响。二、现实生活需要学术文化的规制与指导。这两点，相辅相成，最终通过作者来实现。因此，作者处于三者的交叉点上，勾连着学术文化与生活的关系，承担着运用学术文化进行文章制作的重任。作者同学术文化的关系，我们在上述"作者的学术文化结构"时已作了详细的论述。作者同生活的关系，虽未涉及，但史载往往有之。比如，《汉书·邹阳传》说："久之，吴王以太子事怨望，称疾不朝，阴有邪谋，阳奏书谏。为其事尚隐，恶指斥言，故先引秦为谕，因道胡、越、齐、赵、淮南之难，然后乃致其意，其辞曰。"这里讲的是邹阳作《上书吴王》一文时所处的现实背景。从中可见，没有吴王刘濞的怨望，亦就没有反叛之事；而没有邹阳的从吴王游，亦就无"上书"事之发生。因此，此文之制作是离不开邹阳这段生活经历的。该传又说："阳为人有智略，忼慨不苟合，介于羊胜、公孙诡之间。胜等疾阳，恶之孝王，孝王怒，下阳吏，将杀之。阳客游以谗见禽，恐死而负累，乃从狱中上书曰。"这里讲的则是邹阳作《狱中上书自明》一文的生活背景，从中我们更感受到了作者同生活，创作同生活之关系是何等密切！又比如《汉书·枚乘传》说："吴王之初怨望谋为逆也，乘奏书谏曰。"又说："景帝即位，御史大夫晁错为汉定制度，损削诸侯，吴王遂与六国谋反，举兵西乡，以诛错为名。汉闻之，斩错以谢诸候。枚乘复说吴王曰。"这里所记二事，分别为枚乘《上书谏吴王》，《上书重谏吴王》二文之本事。二文就在这样的生活境际中制作出来的。又比如《汉书·司马相如传》说："居久之，蜀人杨得意为狗监，侍上。上读《子虚赋》而善之，曰：'朕独不得与此人同时哉！'得意曰：'臣邑人司马相如自言为此赋。'上惊，乃召问相如。相如曰：'有是。然此乃诸侯之事，未足观，请为天子游猎之赋。'上令尚书给笔札，相如以'子虚'虚言也，为楚称；'乌有先生'者，乌有此事也，为齐难。

'亡是公'者,亡是人也,欲明天子之义。故虚藉此三人为辞,以推天子诸侯之苑囿。其卒章归之于节俭,因以风谏。"这便是《上林赋》写作之由来。没有汉武帝的文学需求,亦就没有司马相如创作之冲动及其该赋结构之设计与布局。该传又说:"相如为郎数岁,会唐蒙使略通夜郎、僰中,发巴蜀吏卒千人,郡又多为发转漕万余人,用军兴法诛其渠率。巴蜀民大惊恐。上闻之,乃遣相如责唐蒙等,因喻告巴蜀民以非上意,檄曰。"这是《喻巴蜀檄》一文写作之根由。作者没有这段特殊的生活经历,也就没有本文的写作。又比如《汉书·东方朔传》说:"时方外事胡越,内兴制度,国家多事,自公孙弘以下至司马迁皆奉使方外,或为郡国守相至公卿,而朔尝至太中大夫,后常为郎,与枚皋、郭舍人俱在左右,诙啁而已。久之,朔上书陈农战强国之计,因自讼独不得大官,欲求试用。其言专商鞅、韩非之语也,指意放荡,颇复诙谐,辞数万言,终不见用。朔因著论,设客难己,用位卑以自慰谕。其辞曰。"这是《答客难》一文写作之缘起。由中不难看出,没有作者这种不寻常的政治经历与不平等的政治待遇,也就没有本文的写作。又比如《后汉书·班固列传》说:"固自以二世才术,位不过郎,感东方朔、扬雄自论,以不遭苏、张、范、蔡之时,作《宾戏》以自通焉。"这便是《答宾戏》写作之原因。《晋书·陆机传》说:"以孙氏在吴,而祖父世为将相,有大勋于江表,深慨孙皓举而弃之,乃论权所以得,皓所以亡,又欲述其祖父功业,遂作《辩亡论》二篇。"又说:"(司马)冏既矜功自伐,受爵不让,机恶之,作《豪士赋》以刺焉。"这是《辩亡论》和《豪士赋》写作之由来。《晋书·张协传》说:"于时天下已乱,所在寇盗,协遂弃绝人事,屏居草泽,守道不竞,以属咏自娱。拟诸文士作《七命》,其辞曰。"这是《七命》写作之本末。凡此种种,不胜枚举。它们集中说明作者所作文章,都是以自己的现实生活为基础。没有这些现实生活的存在,也就没有这些文章的出现。人们常将"缘时而发,缘事而发"作为汉乐府产生形成的重要缘由,若以此观照《文选》作品之形成,又何尝不是以此为重要契机! 因此,现实生活不只是文学创作的源泉,亦是日用文章制作之根源。离开现实生活,也就无所谓写作,无所谓文章。

　　然作者是如何将学术文化同现实生活结合起来的呢? 从其现成文章来看,他们使用最多的一种方法就是运用五家学术文化的思想、理念、意蕴、精神去认识现实生活,反映现实生活,表现现实生活,去叙事,去抒情,去言理,去描绘新的生活图画,去创造新的学术文化。比如,贾谊的《鵩鸟赋》,祢衡的《鹦鹉赋》,张华的《鹪鹩赋》,就是这样写成的。从描写的对象看,三赋都属鸟兽赋。从描写的内容看，三赋又具有情志赋的特点，即作者在突出鹏鸟、鹦鹉、鷦鹩的某些自然属性的同时，寄寓了他们的人生体验与感受。像弥衡写鹦鹉，一方面突出它"体金精之妙质"、"合火德之明辉，性辩慧而能言"、"才聪明以识机"为鸟中之灵物这一自然属性，另一方面又极力描写它被虞人捕捉，被"闭以雕笼，翦其翅羽"，"离群丧侣"，"流飘万里"来到异乡之不幸。作者正是通过这种不幸的刻画，寄寓了他自己生不逢时，怀才不遇的牢愁与愤慨。而这些，虽来自作者的现实处境，但更多的是来自他的学术文化教养。也就是说，是作者的学术文化教养使他像鹦鹉一样始终保持着一种清醒的头脑去应对他生存的环境。或许正是这一缘故，他最终没有逃脱被杀害的命运。因此，这篇小赋，明写鹦鹉，暗写自己，将写物与写人紧密地糅合在一起，从而给人以物中有我，我中有物的艺术美感。而张华写鷦鹩，在突出它的"色浅体陋，不为人用，形微处卑，物莫之害"这一自然特征之同时，亦突出它的"静守约而不矜，动因循以简易，任自然以为资，无诱慕于世伪"的人文特质。而这种人文特质实际是作者内在情志投射于鷦鹩的结果，因而寄寓了作者自身的影子和学术文化的因子。他要用道家的自然学说去营构自己的人生理想和处世哲学。这是他未知名时特有的情志，而这一情志无以表现，于是通过赋鷦鹩以自寄。

又比如王延寿的《鲁灵光殿赋》，何晏的《景福殿赋》，均以宫殿作为描写的对象，但也寄寓了作者心灵的触摸与感受，审美的愉悦与渲渉，因而富有浓厚的学术文化意蕴与精神。作为建筑，二宫殿除砖瓦木石之外，无所谓灵与不灵，异与不异。然在他们笔下二殿无不着上一道灵异的光环。《鲁灵光殿赋》所谓"遭汉中微，盗贼奔突，自西京未央建章之殿，皆见隳坏，而灵光岿然独存。意者岂非神明依凭支持以保汉室者也。然其规矩制度，上应星宿，亦所以永安也。"《景福殿赋》所谓"大哉惟魏，世有哲圣。武创元基，文集大命。皆体天作制，顺时立政。至于帝皇，遂重熙而累盛。远则袭阴阳之自然，近则本人物之至情。上则崇稽古之弘道，下则阐长世之善经"，无不假学术以言政治，借赋作以道灵异。这种将灵异强加于二物的做法，实是作者人造人化的结果。它们原本不存在任何已然性或必然性，即使有，也只是人们精神投射所致。或许正是这一缘故，原本雄伟的二宫殿就显得更不寻常了。在王延寿的笔下，无论其旋室、洞房、西厢、东序、栋宇、楹柱、飞梁、层栌、曲枅、芝栭、天窗、方井、斗拱、短柱、榱椽、壁画等等，无不神奇壮丽，它或缠娟以窈窕，叫窱而幽邃；或踟蹰以闲宴，重深而奥秘；或规矩应天，上宪觜陬；或磊砢相扶，岩嶙以星悬；或偃蹇以虹指，硙崿以岌峨；或要绍而环句，攒罗以戢羣；或绮疏圆渊，反植荷蕖。总总林林，"千变万化，事各缪形，随色象类，曲得其情。"在何晏的笔端，其高基、疏柱、飞檐、反宇、高甍、飞宇、侧堂、修梁、桁梧、绣栭、文㮰、飞柳、双辕、兰栭、栾栱、楹柱、枇栝等也都是雕琢如画，美丽异常。它们再配以各种图案绘画，饰以各种丹青文采，无不寄托着作者美的意念，美的感受，美的劝谕，美的理想——或"永安宁以祉福，长与大汉而久存。实至尊之所御，保延寿而宜子孙"（王延寿《鲁灵光殿赋》，《文选》卷十一）；或"规矩既应乎天地，举措又顺乎四时。是以六合元亨，九有雍熙。家怀克让之风，人咏康哉之诗。莫不优游以自得，故淡泊而无所思"（何晏《景福殿赋》，《文选》卷十一）。因此，它展现给读者的不只是二首赋，更是一种博大精深的学术画廊，美丽神奇的建筑文化。

再比如，孙绰的《游天台山赋》、木华的《海赋》、郭璞的《江赋》，是以自然山水为题材的赋。这类赋所写之山、之海、之江，有如宫殿赋所写之宫殿一样，常常具有自然与超自然的双重属性。前者往往让作者忠实于它们原本的形貌，且用如椽之笔将它们真实地描绘下来，于是山之高大，海之辽阔，江之流长，以及由此而产生的游览攀登之劳，江海波涛之壮，水府物产之盛，随着作者一连串的古字难字的使用而显得神采飞扬，自然逼真。而超自然的属性又常常使作者神思摇荡，浮想联翩，且以神奇之笔去刻画它们的种种灵异。于是，山被称为灵山，海被称为灵海，江被称为灵江，潮被称为灵潮，一个灵字被喧嚣得沸沸扬扬，无以复加。此还不算，他们还煞有其事地将一些灵异的景物匹配其间，灵异的鬼怪点缀其中，灵异的故事安排其里，使之显得灵异莫测。灵异作为一种异化现象，是人们幻想的结果，可在庄子眼里，是种大智的显现。"近智以守见而不之，之者以路绝而莫晓"，是小智之人无法理解的。因此，喜欢于自然山水描写中穿插一些灵异的内容，是作者深受道家大智慧思想影响的产物。有了这种学术理念作依托，其抒情言理亦就着上了这种学术色彩而为读者所接受了。试读孙绰于篇末所写的"于是游览既周，体静心闲。害马已去，世事都捐。投刃皆虚，目牛无全……散以象外之说，畅以无生之篇。悟遣有之不尽，觉涉无之有间；泯色空以合迹，忽即有而得玄。释二名之同出，消一无于三幡。恣语乐以终日，等寂默于不言。浑万象以冥观，兀同体于自然"，你就会觉得这些学术文化已融入了他们的血液中，成为他们日常写作不可分割的部分而大作胜场了。

再比如班固的《幽通赋》，张衡的《思玄赋》、《归田赋》，潘岳的《闲居赋》，较之鸟兽、宫殿等赋来，其最大的不同就在于他们以铺写自己的内在情志作为主要内容。这些情志,由于多为作者不顺时所产生的一种穷愁之志,因而其感人之处较之前几类赋要强烈得多。当然,这种强烈除了情志本身外,还在于作者艺术构思与创造,在于作者以何种思想去表现他们。从其艺术构思来看,前二赋崇虚,后二赋尚实。由于崇虚,无论是作者"致命遂志",还是"宣寄情志",都不愿将自己内心深处的情志写得过于实在,过于露骨,而是力求将它写得委曲周全,耐人咀嚼。于是"幽通"、"思玄"便成为谋篇布局的关节被作者贯穿于全文之始终。在班固的笔下,其"幽通"者,一是他"炳灵"的家世、先人、皇考。由于他们的"纯淑",不论是穷是达,都能保持高尚的节操。二是他"孤蒙眇眇"的自身。由于他弱冠而孤,无阶荣进,便萌发了种种牢愁,种种幽思,以至"靖潜处以永思兮,经日月而弥远",无休无止,连晚上睡觉都梦到与神灵交会,得神灵之助。其梦虽为"吉象",然天地变化无穷无尽,社会人生艰难太多,凶境处处存在,如何化凶为吉,因智慧少而世事变幻无常,能预测其始终者,寥若晨星。于是作者的幽思便在这种无常的世事变幻中辗转、延伸,而它最终能得到通达,凭借的还是学术文化的力量,用作者的话来说,就是"所贵圣人至论兮,顺天性而断谊。物有欲而不居兮,亦有恶而不避。守孔约而不贰兮,乃辖德而无累",表述的是一种以儒道二家学术文化为主体的通达思想。他就是用这种思想去面对现实,面对人生,面对穷愁的,完成了作者年轻时期的人生追求与人格理想。而这些至东汉以后又很快成为一种新的学术文化为时杰后贤所研习所绍述。而径直继其衣钵的就是张衡的《思玄赋》。有的学者认为张赋受屈原《离骚》至深,此说不无道理。但在笔者看来,给张赋影响最大的首先是班固的《幽通赋》,然后再是屈原的《离骚》。与班固的幽思通达之道一样,张衡的"思玄",重在幽思玄远之道。这是一种集天、地、人为一体,融现实、人生、天游为一炉的至大至深至远之道,较之班固的通达来要幽深得多。正是这个缘故,班固用典,多以社会历史典故为主;张衡用事,多以神话传说故事为务。班固幽通,没有脱离社会现实,张衡思玄,而是超越了社会人事,按照周文王"端蓍"所示,"利飞遁以保名","历众山以周流兮,翼迅风以扬声",遨游于天之东方、南方、西方、北方,以求名声之显扬。这种带有鲜明功利性的遨游,虽使他感受到了宇宙的至远至大,但也使他看到了神事之沧桑,处境之险恶,而最终使他觉得这种遨游过于"逸豫"和"淫放"的,还是他所拥有的学术文化,用他自己的话来表述,即是"收畴昔之逸豫兮,卷淫放之遐心。修初服之娑娑兮,长余佩之参参。文章奂以粲烂兮,美纷纭以从风。御六艺之珍驾兮,游道德之平林。结典籍而为罟兮,

驱儒墨以为禽。玩阴阳之变化兮,咏雅颂之徽音。嘉曾氏之归耕兮,慕历阪之
嶔崟。恭夙夜而不贰兮,固终始之所服。默无为以凝志兮,与仁义乎逍遥。不
出户而知天下兮,何必历远以劬劳"。与班固一样,支配他情志的亦是以儒道为
主体的学术文化思想。自然,这些也很快成为一种新的学术文化而被流传下来。
至于后二赋,由于尚实,作者所写之归田、闲居,就无前二赋那样幽深、滞重,显
得明利轻快。所叙情事,亦是实实在在,呈现出截然不同的风貌。尽管作者以
写实为主,写出了归田、闲居的种种生活情趣,然他的内心深处所积压的愤懑与
不平并未消失,表面上显得非常达观,骨子里却十分深沉。而支配作者作如是
观如是举的,仍是他们所拥有的学术文化。"感老氏之遗诫,将回驾乎蓬庐。弹
五弦之妙指,咏周孔之图书。挥翰墨以奋藻,陈三皇之轨模。苟纵心于物外,安
知荣辱之所如?"(张衡《归田赋》,《文选》卷十五)"退求己而自省,信用薄而才
劣。奉周任之格言,敢陈力而就列。几陋身之不保,尚奚拟于明哲。仰众妙而
绝思,终优游以养拙。"(潘岳《闲居赋》,《文选》卷十六)便是他们拥有的学术
文化之显现。他们就是用这种儒道思想、经史学术来撑起自己的湛湛蓝天,来
支配自己的为人处世与日常写作,来实现自己的文章与学术文化的融合,从而
创造出一种新的学术文化。

以上是赋中之例。诗中之例,如束皙的《补亡诗六首》,据其序所说:"皙与
司业畴人肄修乡饮之礼,然所咏之诗,或有义无辞,音乐取节,阙而不备。于是
遥想既往,存思在昔,补著其文,以缀旧制。"是为了使《诗经·小雅》中已遗失
的《南陔》、《白华》、《华黍》、《由庚》、《崇丘》、《由仪》六首诗得以补缀而作的。
这种创作,由于是出于对一种"既往"的遥想,"在昔"的存思,因而与现实生活
是脱节的。然细细想来,这种脱节又似是而非。这是因为,当一种既往、在昔的
人类生活形成一种习俗与模式在社会上广为流传之后,是难以改变的。因此,
今日之人类生活与既往、在昔之人类生活,尽管相距千百年,然相互间还是有着
千丝万缕的联系。以今日之生活去遥想往昔之生活,以今日之礼俗去存思在昔
之礼俗,必定会找到很多的相似处与对应点,所以,这种遥想在思之作看似远离
现实生活,然仍以现实生活为基础。当然,这一基础的建构,关节处在于作者拥
有的学术文化。这一点,对于学术文化根底甚为深厚的束皙来说并不难。正由
于此,他才有补缀遗文之勇气,充分调动他所拥有的学术文化,按照《毛诗小序》
所言之义去进行合理的遥想与存思,把六首诗补著完整。实践证明,其补著是
成功的,试看他的《南陔诗》,此诗二十六句,三次换韵。前两韵写"孝子相戒",

重点落在"馨尔夕膳,洁尔晨飧"上,强调"敬养"之不可缺。后一韵写教养之重要,重点放在"养隆敬薄,惟禽之似"上,强调只养不敬,与禽无别。全诗所流露出来的敬养思想,既来自人类生活,又来自儒家孝道思想。孔子说:"今之孝者,是谓能养。至于犬马,皆能有养,不敬何以别乎?"(《论语·为政》)束皙在这里将敬置于养上,显然是沿用了孔子的说法。可见,儒家孝道思想对其创作、影响是何其深刻。再看他的《白华诗》。此诗之义,《毛诗小序》说是"孝子之洁白也"。何谓"孝子洁白"?是针对孝子之养而言,还是就其思想道德而说?理解不同,补写的内容就不一样。束皙依据儒家的"修身践言谓之善行。行修言道,礼之质也"之思想,将"孝子洁白"定在其思想道德上而补述了这首诗。全诗共十八句,每六句一小节。第一节写孝子行孝要不断反省自己,使恭谨之道永不怠惰。第二节写孝子行孝要竭诚尽敬,勤勉不倦,不辞劳苦。第三节写孝子行孝要无营无欲,一心一意,内心洁白得要像早晨盛开的鲜花那样。三节之重点又放在孝子思想道德的修炼上,并引用了《诗经》"如切如磋,如琢如磨"与孔子"吾日三省吾身"的话作为其理论依据。由于诗人将遗诗补写建立在自己所掌握的学术文化上,并能准确地运用儒家思想去遥想、存思,故所写之诗不仅符合《毛诗小序》的要求,而且作为一种既成的文学作品与学术文化受到了萧统的重视,将它选进了《文选》。又如谢灵运的《述祖德诗二首》,从其诗题与所写内容来看,离现实生活也有一定的距离,但从其诗序所陈"逮贤相徂谢,君子道消,拂衣蕃岳,考卜东山,事同乐生之时,志期范蠡之举"种种缘由观之,则又感慨系之,颇有几分愤懑与不平,因而又有一定的现实依据,且决定了他的创作旨意与倾向,那就是要盛赞其祖谢玄在苻坚大兵压境时所建立起来的丰功伟绩及功成之后,迫于时势而高揖七州,拂衣五湖所表现出来的高情逸趣。谢玄这两种情志意趣的确立,既缘于他的"尊王隆民",又缘于他的"遗情舍物"。这两种思想,若论其学术文化属性,一为儒家,一为道家。儒家使他情系家国,心系君主民众,所以淝水之战,他身为前锋,率领军队,"射伤苻坚,临阵杀苻融"(见该诗李善题注,《文选》卷十九),打败苻坚军队,保卫了国家安全。"万邦咸震慑,横流赖君子",成为东晋有名的人物。道家使他不沉湎于战功的贪婪与流连,而是当退之时,积极身退。"达人贵自我,高情属天云。兼抱济物性,而不缨垢氛","高揖七州外,拂衣五湖里。随山疏浚潭,傍岩艺枌梓",便是这一思想的形象写照与说明。而谢玄将儒、道二家学术文化融合于一身,使之作为自己情志确立的基础与实际行动的依据,则表明他是一个有着深厚学养的人。而谢灵运于创作中如实地将它们作为歌咏赞美的对象,则又表明他对祖父是孝敬有加的,对祖父所立之德,所拥有的学术文化是认同拥戴的。这种认同拥戴给他带来了创作的便利,实现了学术文化同历史同现实的融合,同时又给他提供了理论的帮助,完成了艺术创作同历史真实的契合。

再如韦孟的《讽谏诗》,曹植的《责躬诗》、《应诏诗》、《公宴诗》,王灿、刘桢分写的《公宴诗》,应玚的《侍五官中郎将建章台集诗》,陆机的《皇太子宴玄圃宣猷堂有令赋诗》,陆云的《大将军宴会被命作诗》,应贞的《晋武帝华林园集诗》,谢瞻、谢灵运分写的《九日从宋公戏马台送孔令诗》,范晔的《乐游应诏诗》,颜延年的《应诏宴曲水作诗》、《皇太子释奠会作诗》,丘迟的《侍宴乐游苑送张徐州应诏诗》,沈约的《应诏乐游苑饯吕僧珍诗》,较之束皙的《补亡诗》,谢灵运的《述祖德诗》,其明显的区别就是它们更贴近现实,更贴近生活,是诗人们在特殊的政治场合中或自作或受命而作的特殊诗歌。这些诗歌,尽管萧统将它们分别归入劝励、献诗、公宴类,然从其所写题材、内容来看,则是地地道道的政治诗。政治诗是一种严肃庄重的诗,一种以才学为诗的诗,一种以学术文化规范政治行为,指导诗歌创作的诗。因此,它同学术文化的关系十分密切。这里不妨也举几首诗为例说明之。像韦孟的《讽谏诗》,就其题目本身来讲,就是对政治学术文化的一种张扬与显示。在儒家政治学术文化视域中,谏争就是一种重要的政治行为,一种重要的政治学术文化。而"五谏之说"就是从这种学术文化中产生形成的。孔子说:"忠臣之谏君,有五义焉,一曰谲谏,二曰戆谏,三曰降谏,四曰直谏,五曰讽谏。唯度主以行之,吾从其讽谏乎?"而韦孟径直以"讽谏"命题为诗,除了表明他对孔子的讽谏之说有着深深的倾慕与信奉外,就是为了彰显其诗作是从政治运行中产生出来且按照政治学术文化之要求去写的。这表现在作品中,就其内容说是真,就其情感说是忠,就其风格说是直。而真、忠、直就是谏争常具的品质。而韦孟将这些品质视为学术文化对诗歌的要求运用于创作之中,于是便出现了如下的概貌:全诗凡108句,以四言出之。第一部分用了32句写讽谏之缘起,意在通过其家族自商周以来在政治上所发挥过巨大作用之陈述来说明忠诚于王室之辅翼,是他们家族的优良传统。他就是继承这一传统来任元王傅之职的。因此,向元王刘戊进言讽谏,是他义不容辞的责任。第二部分用了四十四句写讽谏之事实,旨在通过元王刘戊不继其父祖"恭俭静一,惠此黎民"的美德而"不思守保","邦事是废,逸游是娱"之揭露来说明向元王刘戊的讽谏,似箭在弦上,非发不可了。第三部分又用了三十二句写讽谏之意义，要在通过对元王刘戊"弥弥其逸，岌岌其国"，"兴国救颠，敦违悔过"的劝诫，说明向刘戊讽谏是希望他深思鉴镜，为后继者立则，以保王室，以续国统。这三个部分，意念相接，文脉相续，行文平和而又切直，感情忠诚而又专一，内容真实而又集中，较好地体现了政治学术文化对诗作的要求，为讽谏的诗化提供了创作的范例。像曹植的《责躬诗》，是诗人在强烈的求生欲望支配下所写的一首哀伤满面而又破涕为笑的诗。因此，"以罪弃生，则违古贤夕改之劝；忍垢苟全，则犯诗人胡颜之讥"，便水到渠成地成为一种文化指南，指引着诗人的创作行为。其含义，李善注第一句云："《曾子》曰：'君子朝有过，夕改，则与之；夕有过，朝改，则与之。'"注第二句云："即上胡不遄死之义也。"所谓上，就是指注解"窃感《相鼠》之篇，无礼遄死之义"所引之文，即《毛诗·相鼠》说的"相鼠有体，人而无礼。人而无礼，胡不遄死"。可见，这两句都出于儒家之经典，为儒家之学术文化。诗人就是运用这种学术文化，于第一部分用了二十八句写父皇、皇兄的功绩，企图通过歌功颂德以释解同皇兄的怨结，缩短同他的距离，改善同他的关系，以唤醒他的怜悯与同情，并原谅自己的过错。紧接着，第二部分用了四十句写自己的错，以期通过自我谴责，自我鞭挞进一步唤醒他的谅解。同时又不忘对他作进一步的歌颂。"赫赫天子，恩不遗物"以下数句便是这样写出来的。第三部分用了二十八句写自己想通过建功立业来赎罪，来洗垢去浊，来获得皇兄的欢心。只要皇兄高兴，求生的目的也就达到了。诗写得很悲伤，但又写得很巧妙；诗人心情很沉痛，但又很坚强。令人读后，格外压抑与感伤。象颜延年的《皇太子释奠会作诗》，也是一首以政治生活为题材且与学术文化关联甚密的诗。这可从李善注见出。李善题注说："裴子野《宋略》曰：文帝元嘉二十年三月，皇太子劭释奠于国学。《礼记》曰：凡学，春，官释奠于先师，秋冬亦如之。郑玄曰：官，谓《礼》、《乐》、《诗》、《书》之官。《周礼》曰：凡有道者有德者使教焉，死则以为乐祖，祭于瞽宗。此之谓先师也。若汉，《礼》有高堂生，《乐》有制氏，《诗》有毛公，《书》有伏生。释奠者，设荐馔酌奠而已，无迎尸之事。"由于皇太子到国学行释奠之礼直关朝廷礼仪，为政治之重者，故当时影响巨大。"六官视命，九宾相仪。缨笏匝序，巾卷充街。都庄云动，野馗风驰。伦周伍汉，超哉邈猗。"诗中所写，便是这一情景的真实记录。整首诗凡九章，章八句，除此章外，余八章都是围绕太子行释奠礼这一中心，从儒门尊师重道，到太子阐扬文令，到国学儒家炳晔，到释奠源于周制，到释奠之会各司其职，到释奠之礼敬躬祀典等进行浓墨厚彩描述的。它不仅详细地表现了此次释奠的全过程，而且也充分地展示了"释奠"这一学术文化旺盛的生命力。"国尚师位,家崇儒门"的国学教学就是从这里发端的,"大人长物,继天接圣"的太子释典亦是从这里起步的。因此,它既是一种政治行为,又是种学术文化创造。

以上是四言诗的创作情况,至五言诗,则更为普遍。五言诗较之四言诗晚出,然一旦临世,便深得诗人与读者的喜爱。其发展势头之迅猛,至魏晋南北朝时已取四言而代之。其作品数量之多,运用范围之广,单以《文选》所选诗歌而言,则远非四言所能比拟。从形式上看,五言比四言每句只多一个字,就是这一个字,使四言诗的音调、节奏、用词、表现都作了很大的改变,使之更适合于叙事,写景,抒情,言理,更适合于学术文化同文章制作之结合。因此,这一情况在以五言而作的祖钱、咏史、百一、游仙、招隐、反招隐、游览、咏怀、哀伤、行旅、军戎、乐府、挽歌、杂歌、杂诗、杂拟诸诗中比比可见。例证之多,不胜枚举。象曹植《送应氏诗二首》其一所写的洛阳城寂寞荒凉景色以及由此而产生的"念我平常居,气结不能言"的悲愤之情,其二写的与应氏临别之际而萌发的离多会少,嘉会难再,"天地无终极,人命若朝霜"的忧伤之情,孙楚《征西官属送于陟阳侯作诗》所写的歧路之感以及所引发的寿夭、吉凶、忧喜,大小等对立转化的观念,谢灵运《邻里相送方山诗》所写的与邻里方山之别以及所流露出来的"含情易为盈,遇物难可歇。积痾谢生虑,寡欲罕所阙"的深沉感触,谢朓《新宁渚别范零陵诗》所写的送友人范云去潇湘时而产生的"心事俱已矣,江上徒离忧"的依依难舍之情,沈约《别范安成诗》所写的与范岫分别之际而出现的"梦中不识路,何以慰相思"的悠悠之思,曹丕《芙蓉池作》所写的夜游芙蓉池的美景以及抒发的"寿命非松香,谁能得神仙。遨游快心意,保己终百年"的思想感情,谢混《游西地》所写的西池美景以及由此而产生的"美人愆岁月,迟暮独如何"的感慨,谢惠连《泛湖归出楼中玩月》所写的月夜美丽的山湖景色以及产生的"祛幽蕴"、"荡喧嚣"的思想情怀,王灿《咏史诗》、曹植《三良诗》对"殉死"之批评,左思《咏史八首》其一对建功立业的倾慕与向往,其二对"世胄蹑高位,英俊沉下僚"不合理社会制度的控诉,其三对段干木"偃息藩魏君"、鲁仲连"谈笑却秦军"的由衷赞美,其四对京城王侯显赫权势,达官贵人骄奢淫逸的揭露批判,对扬雄甘守寂寞,乐于著述的歌颂赞扬,其五对攀龙客攀龙附凤的鄙视,对隐士生活的向往追求,其六对荆轲一诺千金的赞颂,其七对主父偃、朱买臣、陈平、司马相如四贤未遇之时"忧在填沟壑"的描述及其对"英雄有屯邅,由来自古昔"的慨叹,其八对穷巷之士先隐后显的叹喟,谢瞻《张子房诗》对周秦之灭与张良代天佐汉的深沉感叹，鲍照《咏史》对严君平的赞扬，对现实的讽刺，对个人情思的宣泄等等，均可从儒学、玄学、史学、佛学中找到相应的学术思想、文化因子。诗人们于诗作中，一方面严格地依据自己的所见所感所想，紧紧地扣住同现实生活，同历史感受这两根弦，以突出诗歌创作同现实同历史的联系，以张显生活对创作之重要；另一方面又于诗歌的抒情言志中，极力表现自己对社会现实的认识，对历史的感悟，对生活的理解，并不时写出一些富有学术文化气息的句子以表现自己的认识、感悟、理解既来自生活，又来自自己所拥有的文化知识，来显示自己的叙事、写景、抒情、言理均是建立在生活基础之上，学术文化的根基之上，来表明二者在创作中的地位、作用，以及它们相互间的内在联系。

诗赋之例尚且如此，日用文章如是之作的例子也有不少。比如，李斯的《上书秦始皇》就是其中的名篇。《史记·李斯列传》说："秦宗室大臣皆言秦王曰：'诸侯人来事秦者，大抵为其主游间于秦耳。请一切逐客。'李斯议亦在逐中。"李斯就在这样的政治生活境遇中写了这篇文章并迅即交给秦始皇。秦始皇读后废除了逐客令，恢复了他的官职，"卒用其计谋，官至廷尉"。这篇文章之所以能产生如此大的政治效应，首先，它得之于文章的时效性。反应敏捷是该文制作的一大特点。逐客是种偏激的行为，而偏激者追求的效应就是迅速。"恨不得将诸侯人来事秦者立即驱逐出秦"，便是他们当时的一种偏激心态。李斯深知这种偏激的心态及其后果，所以迅即成文，抢在未逐之前将它上交给秦王，从时间上改变了受制于人的被动局面。其次，它又得之于文章的功利性。这篇文章从头至尾贯穿着一种重要的功利观念，即来秦之人对秦有利而无害。为此，文章一开笔就写道："臣闻吏议逐客，窃以为过矣。"其过在哪里？接下则列举了穆公、孝公、惠王、昭王得客并使秦日益强盛，遂成帝业的事实，说明逐客之错，错在自损国力上。再接下，又从秦之物产与秦人爱好需求所存在的矛盾、秦之音乐与异国音乐所存在的差异等方面进一步说明片面追求功利，将非秦所产的统统驱逐出秦，那只能使秦陷入困境，对老百姓不利。如此之分析、论辩、说理，使秦始皇深感逐客之严重，尤其当他于篇末读到"却宾客以业诸侯，使天下之士退而不敢西向，裹足不入秦。此所谓藉寇兵而赍盗粮者也……今逐客以资敌国，损民以益仇，内自虚而外树怨诸侯，求国无危，不可得也"这些煽动性极强的话时，更是坐卧不宁了。这篇文章之所以写得如此从容不迫，恰到好处，主要得之于作者所掌握的学术文化，即他所操持的"帝王之术"。这是一种图霸天下，统一天下之术，以掌握、了解、研究帝王的心理为其基点，以研究天下大势，山川形势,各国的现状、历史、政治、经济、军事、文化和帝王的人际关系,生活爱好为其内容,以善于分析、论辩、谏说、利诱、怂恿、欺骗为其手段。而这些,对李斯来说是熟悉不过了的。所以,当他自如地运用它们来写这篇文章时,秦始皇能被他说服,亦就在情理之中了。又比如邹阳的《狱中上书自明》,也是这方面的优秀篇什。这篇文章的写作原由,前已言及,说是羊胜、公孙诡嫉妒他而恶之梁王,梁王怒而将他关进监狱,还要处死他。在这生命危急之时,他写下了这篇文章上呈梁王。梁王看后立即释放了他。其政治效应之迅速显著与李斯之文相埒。究其原委,在于作者善于说理言事,并深深地打动了梁王。他说的理就是忠信之理。而忠信之理,是儒家学术文化常说之理。儒家提倡忠信,并将它用来作为衡量君臣关系的重要道德准绳而获得了统治者的高度重视。梁孝王也不例外。邹阳于此节骨眼上向他讲忠信之理,一则为了表明自己对梁王一向是忠诚不贰的,二则为了表明自己并非谄谀之辈,而是忠信耿介之士。所以,他讲忠信之理,并不全是向他献媚取宠,而是说出了一大堆梁王未曾想到过的道理,将儒家忠信之义翻演出一层层新意。其一,他认为忠信之义,是针对行忠信与受忠信双方而言的。它并不只是行忠信者讲忠信,受忠信者不讲忠信。只有双方讲忠信,才能"忠无不报,信不见疑"。其二,他认为忠信是建立在知与不知之上。知,就会移去浮词,剖心析肝,相互信任;不知,即使为故人,亦是"白头如新",相见不相知。其三,他认为忠信是建立在辩与不辩之上。只有善辩,才不会惑于众口,偏听生奸,独任成乱,才会"公听并观,垂明当世";只有善辩,才不会使谄谀之徒玷污正义,损伤德行。为了使这一翻新牢固坚实,作者还调动了自己的知识积累,引用了大量的相关史实进行例证分析,使之成了一篇新的忠信文字而为读者所喜爱。又再比如李陵的《答苏武书》亦是这方面的著名作品。如果说邹阳的《狱中上书自明》将忠信作为全文的主脑,强调推行忠信是君臣双方的事,那么这篇文章则以忠义作为全文之灵魂,认为一方讲忠义,一方不讲,到头来受伤害的只能是行忠义之人。为此,他现身说法,以自己的遭遇为例,以这种认识为指南,将儒家忠义之说进行了新的诠释。他虽不像邹阳那样将忠信作为主线贯穿始终,而是不着忠义二字,然忠义却像幽灵一样飘散在文章的每个角落。试读下面一段文字:

> 自从初降,以至今日,身之穷困,独坐愁苦,终日无睹,但见异类。韦
> 韝毳幕,以御风雨;膻肉酪浆,以充饥渴。举目言笑,谁与为欢?胡地玄冰,
> 边士惨裂,但闻悲风萧条之声。凉秋九月,塞外草衰。夜不能寐,侧耳远听,

胡笳互动,牧马悲鸣,吟啸成群,边声四起。晨坐听之,不觉泪下。嗟乎子卿,陵独何心,能不悲哉!

这段心在汉室身在胡地的血泪交织的倾诉及接下所云"子归受荣,我留受辱,命也如何? 身出礼义之乡,而入无知之俗;违弃君亲之恩,长为蛮夷之域,伤已"的深沉叹息,就有力地展现了他降虏后的悲哀是与日俱增,未尝消失过。这种悲是他忠而获罪,义而见疑所获得的一枚苦果。而制造这枚苦果的是那位不受其忠义的汉武帝刘彻。若武帝受其忠义,不戮其老母妻子,又何来此种悲剧之有? 可见,推行忠义,君臣互动是其关键。接下作者自诉当年率步卒五千同匈奴鏖战的事实说明自己对国家的忠,对皇上的忠竟能使天地为之震怒,战士为之饮血,却不能使皇上为之感动! 可知推行忠义,并非易事。再接下作者通过高祖率雄兵三十万被匈奴围困七日而不得食的史实简述与"何图志未立而怨已成,计未从而骨肉受刑,此陵所以仰天椎心而泣血也"的深情哀叹,通过对"汉与功臣不薄"的多方辨析,集中说明推行忠义是双方的事。只有双方行忠义,那些攻略盖天地,义勇冠三军的功臣义士才能获得应有的封赏。这篇文章,不论是李陵所写,还是后人伪作,明说自己的伤心之事,暗说忠义之理,强调推行忠义不是一方所为而是双方所行,亦是对儒家忠义所作出的新的解释。由于这种解释是建立在自己切身感受上,因而是深刻的。

总之,《文选》中这样的例子还有很多,像孔融的《论盛孝章书》、《荐祢衡表》,桓温的《荐谯元彦表》,任昉的《为萧扬州荐士表》径直将儒家的友道与贤能之义作为荐举的理论依据写进文中,傅亮的《为宋公修张良庙教》、《为宋公修楚元王墓教》、《为宋公至洛阳谒五陵表》、《为宋公求加赠刘前军表》,以及张悛的《为吴令谢询求为诸孙置守冢人表》,又将儒家所提倡的褒贤崇德、感远存往、兴废继绝等礼仪作为文章要表达的重要思想而加以连篇累牍的渲染,班固、干宝、范晔、沈约等人的史论、史述赞将史家对历史的某些感知认识径直通过人物的评价表述于天下,班彪的《王命论》,曹冏的《六代论》,李康的《运命论》,陆机的《辨亡论》、《五等论》又将史家、政论家对历史发展规律的看法,曹丕的《典论·论文》将文学家对文学的认识,嵇康的《养生论》将玄学家对老子的养生之道的真知,王巾的《头陀寺碑文》将佛学家对佛教义理的灼见等告知读者,均是作者将五家学术文化同生活同写作紧密联系在一起的优秀文章。这些文章不仅刻下了他们对五家学术文化积学储宝,对现实生活研阅穷照的深深烙印,而且又通过它们为世人创造出了一种新的学术文化。他们的卓异之处,正是通过这种双重的演示显现出来，因而经得起生活与历史的检验。

二、《文选》的文体

在《文选》研究中，文体是值得研究的又一重要问题。

《文选》所选文体，据上海古籍出版社 1986 年出版的《文选》所标目录，有赋、诗、骚、七、诏、册、令、教、文、表、上书、启、弹事、笺、奏记、书、檄、对问、设论、辞、序、颂、赞、符命、史论、史述赞、论、连珠、箴、铭、诔、哀、碑、墓志、行状、吊、祭文凡三十七种。这个本子，据该出版社《出版说明》所称，是以清嘉庆年间胡克家"重刊本"为底本标点整理出版的。而"胡克家重刊本"又是以"南宋尤袤刻《文选》李善注本覆刻，改正了尤刻本明显的错误数百处之多，并根据几种不同的版本作成《文选考异》10 卷，成为校刊较好和最通行的《文选》李善注本"，因而是深为出版商和广大读者喜爱的本子。37 种之说，深为他们所接受，所熟悉。除尤刻本外，将文体分为 37 种的还有袁褧复宋本，六臣注系统的赣州本、建州本①。此外，也有持 38 种之说的，如骆鸿凯的《文选学·义例第二》，就在 37 类之中增置了"移"体类，即将"书"体中的刘歆《移书让太常博士》、孔稚珪的《北山移文》单独列出，说这两篇文章不是"书"体而是"移"体。还有持三十九种之说的，如游志诚的《论〈文选〉之难体》、傅刚的《〈昭明文选〉研究·〈文选〉的分类》又在 38 种之说的基础上，将"檄"体类的司马相如《难蜀父老》一文单独划出，称为"难"体。此二说，是人们在《文选》研究中发现这三篇文章编排年代失之有序所提出的两种说法。若用这两种说法作为立说的依据，显然是不充分的。为此，笔者曾对"移"、"难"二体自先秦汉魏以来的写作情况进行了一番研寻，发现"移"是种较古老的文体，《全上古三代文》中就有王孙骆的《移记公孙圣》一文的存在。汉以后，以"移"标题的，除刘歆的《移书太常博士》外，还有薛宣的《移书责乐阳令谢游》、《移书劳勉频阳令尹赏粟邑令薛恭》、《移书池阳追署廉吏王立》，方赏的《移书梁傅相中尉》、王昌的《移檄州郡》、隗嚣的《移檄告郡国》等三十余篇，且分作于两汉、晋、宋、齐、梁各个时期。同时，也发现"难"是司马相如作《难蜀父老》开其端后出现的一种文体。继作者有东方朔的《答骠骑难》、《答客难》，张敞的《答两府入谷赎罪难问》，扬雄的《难盖天八事》，

---

① 傅刚：《〈昭明文选〉研究·〈文选〉的分类》，中国社会科学出版社 2000 年版，第 185 页。

蔡邕的《难夏育请伐鲜卑议》，孔融的《难曹公表制酒禁书》等近百篇，分别作于汉、魏、晋、宋、齐、梁各个朝代。这一情况充分说明，"移"、"难"是自汉以来人们常用的有一定生命力的文体。这两种文体与持37种之说的那些文体在"常用"上是相同的。由此观之，说《文选》所选文体为38种或39种，是未尝不可的。

萧统如何选体，一些学者论其原由时，常将视角投放在汉以来所出现的文体辨识与魏晋以来所出现的总集编撰上。这两点，作为萧统选体的考察范围，路径应该是对的。然不尽全面。从总集编撰来说，自挚虞撰《文章流别》41卷，《文章流别志论》2卷，谢混撰《文章流别本》12卷，孔宁撰《续文章流别》3卷，刘义庆撰《集林》180卷，孔逭撰《文苑》100卷以来，谈总集编撰者，无不以此为话题，喋喋不休。然这些大大小小的总集，均因遗佚严重而不知它们的真实面目，致使人们的谈论常常陷入困境。论文体，除了了解到一些片言只语，零章残什之外，其他一概不清楚。而萧统从中学到了什么，更是一个未知数。以文体辨识来讲，从刘向撰《七略》，到班固撰《汉志》，到蔡邕撰《独断》，到曹丕撰《典论·论文》，到陆机撰《文赋》等，在文体研究上，虽能以启山林，开其先河，源流一贯，给人启迪，然不庸讳言，他们当中大多因对汉以来所出现的许多重要文体缺乏具体的研究，而显得并不全面。用这种不全面的研究来辨识文体，来谈论萧统如何选体，其说服力是有限的。为此，有必要改换一下思路，将文体的生成发展，文体的创作，文体的特征与规范作为文体辨识的内容，或许能获得一些新的认识。

本着这种感识，拟从南朝文体勃兴的维度，再结合萧统的文体创作，文体研究，文体简选的一些情况，对这一问题作些探讨。

我们知道，诗文创作历来依体进行，无体之作并不多见，即使像张融作《海赋》，文辞诡激，异于常体，但赋体的基本特征还是无法改变，改变了，那就不是赋，而是别的文体了，正因这样，刘勰著《文心雕龙》，特重创作与文体，强调文体在创作中的地位与作用，说："洞晓情变，曲昭文体，然后能孚甲新意，雕画奇辞。"（《风骨》）话不多，然意义深远。因此，依体为文，乃属文之准式；依体研究创作，乃治学之常规。依此准式常规去观照南朝文体之勃兴，则发现它全得力于此时期人们的大力创作。没有创作这一"活水"在，文体这一"载舟"则是空的，死的；反之，有了这一活水，它是实的，活的，生机盎然的。可见，文体离不开创作，创作需要文体，二者相依相存，共同构筑了南朝文学的繁荣。如是，从创作看文体，南朝文体霞蔚飙起之状，则别具一番特色和风味，它表现在：

一、南朝文体是种依托创作主体和作品而存活的文体。创作主体的大量涌现，作品的大量产生为它们的兴起提供了坚实的基础和条件。这应该是文体产生形成的基本规律，不惟南朝文体是这样。文体作为文章写作的基本程序和规范，并非先于作品而存在，而是先有作品后有程序和规范，是人们不断总结，不断丰富，不断完善形成的。其形成后再反作用于创作，为后人所遵循所沿用。遵循的人愈多，所作愈多，沿用的时间愈长，经历愈久，其生命力就愈旺盛，其存活的时间亦就愈长远。因此，它既寄形体于人们的创作当中，又在人们的创作中起着制约、规范的作用。南朝文体正是依循着这样的生存轨迹而获得了它们应有的时间和空间，为后人所熟悉了解。南朝遵循的人有多少？据严可均辑校《全上古三代秦汉三国六朝文》时之统计，有姓名可考者凡675人。其中，宋278人，齐131人，梁204人，陈62人。又据笔者对逯钦立辑校的《先秦汉魏晋南北朝诗》之统计，此时期知其姓名的诗人有344人。其中，宋59人，齐43人，梁168人，陈72人。在这成百上千的人员中，有帝王将相，有士林才秀，有女流缁羽，有大家，有无名辈，形形色色，林林总总，充分显示出此时期文坛创作之盛，人气之旺。其中，最能体现和反映这一旺盛的，是他们的才气。论其才气，别小看那些龙袍裹体，皇冠挂头的皇帝们，在他们中间，有叱咤风云、定坤江南、霸气十足的宋武帝。刘勰说："宋武爱文。"（《文心雕龙·时序》）有学贯五经，文思钦明的梁武帝。《梁书·武帝本纪》说："少而笃学，洞达儒玄。""天情睿敏，下笔成章，千赋百诗，直疏便就，……诏铭赞诔，箴颂笺奏，……凡诸文集，又百二十卷。"还有"博涉经史，雅重文儒"的宋文帝，"才藻甚美"的宋孝武帝，"好读书，爱文义"的宋明帝，"博学，善属文"的齐高帝，少有诗癖，辞藻艳发的梁简文帝，"笃志文艺"，著述甚丰的梁元帝，昏于诗酒的陈后主（《南史》各帝纪）。他们足以展帝王之才气，显天子之风采。至于士林之秀，更是蔼蔼若云。且不说那"七叶之中，名德重光，爵位相继，人人有集"（《梁书·王筠传》）的琅琊王氏，亦不说"人各有能"（《南史·谢灵运传》），人才济济的陈郡谢氏，就拿崛起于宋齐之际的彭城刘氏来说，其兄弟及群从子侄当时并能属文者，就有70人（《梁书·刘孝绰传》）！此外，其他家族都有如是之才，比如傅亮，其门第不显，因其博涉经史，尤善文辞，得到了宋武帝的赏识，史称武帝"自此之后至于受命，表策文诰，皆亮辞也"（《南史·傅亮传》）。又如，东莞臧氏，在宋齐历史上多以武功立威名，然"臧氏文义之美，传于累代"（《南史·臧焘传》），是一个以文墨传递的家族。再如大家熟知的鲍照、江淹、吴均、丘迟，他们的门第并不高，然辞采丰美则擅名南北。史称鲍照"文辞赡逸,尝为古乐府,文甚遒丽。元嘉中,河济俱清,当时以为美瑞。照为《河清颂》,其序甚工"(《南史·刘义庆传》);称江淹"少以文章显,晚节才思微退,时人皆谓之才尽。凡所著述百余篇,自撰为前后集,并《齐史》十志,并行于世"(《梁书·江淹传》);称吴均"好学有俊才……文体清拔有古气,好事者或敩之,谓为'吴均体'";称丘迟"八岁便属文……时高祖著《连珠》,诏群臣继作者数十人,迟文最美……所著诗赋行于世"(《梁书·文学传》)。这在那注重学术文化,注重属文著述,以此来彰显家族文化优势,人文素质,以提高家族门望和政治社会地位的南朝,真是太平凡太普遍了。那时候,没有才气而浑浑噩噩者,常遭人耻笑;有才气善属文者,备受人尊敬。然才气并非天生的,而是在后天学习、写作中培养形成的。南朝人不只好文,亦好笔,对笔体文,诏表铭赞之属,都很注重。谢朓,南朝一大家也,好奖掖后进。"时会稽孔觊粗有才笔,未为时知,孔珪尝令草让表以示朓,朓嗟吟良久,手自折简写之,谓珪曰:'士子名声未立,应共奖成,无惜牙齿余论。'"(《南史·谢裕传》)由于时人重才笔,不少家族很重视子弟才笔的训练。比如,刘绘齐时掌诏诰,刘孝绰时年十四,绘常使代草之(《南史·刘勔传》)。陆慧晓有子三人,晓初授兖州,令其三子依次第各作一让表(《南史·陆慧晓传》)。朝廷王府亦很注重群臣才笔之施展,比如,梁武帝令群臣数十人继作其《连珠》,丘迟因写得最好而被赏识;敕陆倕撰《新漏刻铭》,其文甚美,迁太子中舍人,诏为《石阙铭》,敕褒美之(《梁书·陆倕传》)。刘义康修东府城,城壍中得古冢,为之改葬,令谢惠连为祭文以展其才华(《南史·谢方明传》)。文章写得好,受人称赞。比如陆云公制《太伯庙碑》,吴兴太守张缵罢郡经途,读其文叹曰:"今之蔡伯喈也。"(《南史·陆云公传》)如此一来,不仅培养了一批著名的作手,如宋之颜竣,齐之王融,梁之沈约、任昉,陈之徐陵,都是此类文体的大家,而且培养了文坛尚笔的风气,致使笔体文与诗、赋、辞、骚一样,成为南朝文学两大主流而支配着文学的发展,其作品之琳琅满目,开一代之壮观。据严、逯两大诗文集之辑录,文共有 182 卷,4096 篇,其中,宋 64 卷,1418 篇;齐 26 卷,653 篇;梁 74 卷,1685 篇;陈 18 卷,340 篇。诗共有 59 卷,4252 首,其中,宋 12 卷,913 首;齐 7 卷,513 首;梁 20 卷,2305 首;陈 10 卷,611 首。而南朝文体亦就在如此众多的作家作品中得以保存、延伸和流传。

二、南朝文体是种承前启后充满活力的文体。其种类之繁多,既为人们的创作提供了各种程序和规范,也为人们的研究提供了各种样式和依据。这一点与前一点相辅相成，为同一问题的两个方面。前者说的是文体对作家作品的依赖，这里说的是文体对作家、研究家之作用；前者说，文体形成之后，循用者愈多，其生命力愈旺盛，这里要继续探讨的是人们如何循用这些文体而使之继往开来。这是一个人人都懂得而又不易说清的问题，原因就是它太复杂。在中国文学史上，大凡一些大型文体，如诗、赋、辞、骚之形成、流传，乃至生命不息，既集中了两千年来人们的智慧和创造，又经受了二千年来时空的磨荡与考验，三言两语说不清，就是一些长篇累牍的专著专论，看似说清了，然质疑者往往有之。当然，说不清的并不等于不能说。这里所云南朝人如何循用这些文体，实际就是说清这一问题的一种途径和方法。正由于他们循用前代文体进行创作，我们也就知道现在南朝存活的文体尚有四十余种，它们是：诗、赋、七、咏、引、诏、敕、制、册、令、教、文、表、章、奏、书、启、笺、奏记、檄、议、论、说、答问、史论、颂、赞、铭、箴、诔、记、传、连珠、序、移、难、哀策、祭文、吊、谏、墓志、碑、行状、祝文、盟文、忏悔文、愿文等。其中，后两种属新创，前四十来种属继承。继承并不是种机械的套用或模仿，而是在学习基础上的活用，寄寓了循用者的认识和思考。这些被继承的文体大多已定型和基本定型，人们对它们的认识应该一致。事实却并非如此。这只要看看刘勰《文心雕龙》所言三十三种文体和萧统《文选》所选三十七种文体，就会发现二者于数量上存在差异，文章归类上存在出入。比如"奏"、"上书"、"弹事"，人们对他们的认识就不一致。《文心雕龙·奏启》说："昔唐虞之臣，敷奏以言；秦汉之辅，上表称奏。"奏与上书原属同一文体，只是称谓略有不同。难道仅是这点区别？若考之奏"陈政事，献典仪，上急变，劾愆谬"的功能，则区别颇大。其因就是所奏之接受者不是别人，而是至高无上的皇帝。向皇帝呈奏，总得要注意点方式方法，讲究点思想感情，更何况所奏"四事"，本身就存在着善恶爱憎的问题。"献典仪"与"劾愆谬"，能说无区别？前者奏善，后者奏恶，爱憎泾渭分明。既有区别，向皇帝呈书，是用奏，还是用上书？深知二者区别的汉人奏善时，用"上书"，劾恶时，用"奏"，并称奏劾、弹奏。"陈政事"和"上急变"，能说一样？二者似乎不存在爱憎问题，然向皇帝"进谏"，是"奏谏皇帝"，还是"上书谏皇帝"？向皇帝"荐贤才"，"乞骸骨"，"言得失"、"言世务"、"理冤狱"、"谢恩"，是用奏，还是用上书？依然存在着情感差异问题。深知二者差异的汉人，如娄敬《上书谏高祖》，司马相如《上书谏猎》，魏相《上书谏击匈奴右地》，枚乘《上书谏吴王》，何武《上书荐傅喜》，师丹《上书言封丁傅》，公孙弘《上书乞骸骨》，贡禹《上书乞骸骨》，马宫《上书谢罪乞骸骨》，禹贡《上书言得失》，徐武《上武帝书言世务》，严安《上书言世务》，蔡义《上书理太子》，辛庆忌《上书理刘辅》，邓昌《上书理盖宽饶》，诸葛丰《上书谢恩》，用的都是"上书"，且无一例外，整部《全汉文》呈现的就是这个样子。这就说明，上书与奏用地有别，感情有异。萧统严分二者之别，将奏分为上书、弹事二体，应该是深知汉人思想感情的。然也有不足，那就是他的"上书"不包括上疏、上言。刘勰说："奏事或称上疏。"（《文心雕龙·奏启》）表明上书、上疏是两种不同的称谓。此外，在汉人公文写作中，还有"上言"。按其功能，与上书、上疏无别，应属于"奏"之列。然《文选》均无上疏、上言。由此观之，刘勰用奏不用上书、弹事，较之萧统全面切实。总之，这一朝臣常用文体，在理论家、选家那里得不到统一，在循用者手里亦就更难趋同，有用奏的，也有用上书、上疏、上言的。然四者相较，用奏的多，其文268篇，用上书、上疏、上言者少，其文分别为53篇，29篇，47篇。

当然，循用者对文体也有认识明确而使用一致的。如对诗、赋、诏、敕、制、册、教、文、章、表、书、启、笺、奏记、论、檄、颂、赞、铭、箴、吊、祭、哀、诔、碑、连珠、记、传等文体就识而不疑，用而不乱。以诏、敕、制、册四体来说，由于诏是用来"诏诰百官"的，敕是用来"敕戒州部"的，制是用来"制施赦令"的，册是用来"册封王侯"（《文心雕龙》）的，其使用范围、对象、性质、作用有着明确的区别，都属于皇帝的专用文书，是最高的政令，具有极大的权威性和时效性，故其制作，不论是皇帝本人，还是他的制作诏诰的大臣，都十分清楚他们的写作特点和要求，都严格地遵循他们的程序和规范，决不会出现诏敕制册混用的事情。这只要看看南朝现存的781篇诏文，88篇敕文，7篇制文和12篇册文，就会深深地感到它们法式森严，一诏一敕，一制一册，都钉是钉，卯是卯，仿佛经过千锤百炼过一般。它们行文虽短，有的就是那么几句话，百来字，但句句铿锵，字字珠玉，掷地成响，激荡似雷，给人温馨，令人震慑。再以章、表、议、启、奏记、笺六种文体来讲，由于行文者都是朝廷官员，而这些又是他们常用的公文，其规范、作用、性质，为他们所惯熟，故该用"谢恩"的章，就决不会用"陈情"的表；该用"执异"的议，就决不会用"启闻"的启；该用向"三公府"的奏记，就决不会用向"郡守"的笺，不会出现栽花移木的情况，犯不该犯的常识性错误。由于皇恩鲜寡，故作谢恩的章少；由于向皇上陈情、议事、启闻是他们应尽的职责，故作表、作议、作启甚为普遍。在南朝四千余篇文章中，表体文有350篇，议体文444篇，启体文372篇，它们共同将笔体文推向了繁荣。

前面说过，继承是种活用。这就意味着它还是种创造。其活用创造，一是表现在诏、敕、制、册、教、文、章、表、奏、启、笺等写作构思和文采上。如何通过自己的巧妙构思和富有煽动性、说服力的优美语言将自己心中块垒、思想情愫惟妙惟肖地表达出来，将要告知的事理说清楚，以达到构思上折服人，辞藻上打动人，便成为他们孜孜以求的境界和目标。为此，他们经过了长期刻苦的训练。前述孔觊、刘孝绰、陆慧晓三子学写诏、表的例子，便是其真实的写照。二是表现在对一些文体的引用上。比如令，是朝廷皇后、太子等专用的文体，庄重严肃。然到了南朝，情况变了，有些人将它拿来用在子孙身上，出现了《遗令》一类文章，像王僧达的《遗令》，萧巋的《遗令》，王秀之的《遗令》，张融的《遗令》等，都将自己死后子孙要做的事情通过"令"昭示出来，表明它具有家法的效力，其子孙只能依令而行，不能违背。又比如颂，"颂者，容也，所以美盛德而述形容也"（《文心雕龙·颂赞》）。它原本是美儒家之盛德的，但在南朝，却成了美佛家之盛德，出现了《佛影颂》、《无量寿佛颂》、《净注子颂》、《菩提树颂》一类文章。同时，又成了述物之形容，出现了《赤槿颂》、《碧芙蓉颂》、《草木颂》之作。再比如赞，"赞者，明也，助也"（同上），原本是用来明赞儒家圣贤的，南北朝人却拿它来明物，象谢惠连的《四海赞》、《琴赞》、《雪赞》，颜延之的《蜀葵赞》，萧统的《弓矢赞》、《蝉赞》，就是其中的代表。也有人拿它来赞佛的，如沈约的《千佛赞》、《弥勒赞》，便是其中的范例。三是表现在游戏为文上。比如册，是用来册封王侯的，潘勖的《册魏公九锡文》，历来被视为册文之佳作。然这种庄重的文体，到了袁淑的笔下却成了《鸡九锡文》、《驴山公九锡文》，给鸡、驴加九锡之礼了。又比如檄，这种用于讨伐敌军的威严文体，到了释宝林的手里，成了《檄太山文》、《檄魔文》、《破魔露布文》，成了讨伐魔怪的战斗动员令了。再比如祭文，是用来哀夭折、慰生者、祭死者的，但在萧纲的写作中却成了《祭灰人》，为那些燃烧成灰的木炭哀悼了。这种游戏文，大大削减了这些文体原有的庄重凝固而变得生龙活虎、诙谐有趣，使"笔"向"文"靠近了。四是表现在新文体的创造上。随着佛教的盛行，皈依佛教的人越来越多，他们于研究佛经之同时，写下《断酒肉文》、《六根忏文》、《悔高慢文》、《千佛愿文》等信佛、崇佛的文章。此外，王僧儒也写《忏悔礼佛文》。这类文章虽然不多，但甚有生命力。因为，在佛教礼仪中，忏悔发愿是礼佛的重要仪式和内容。此类之作，为他人忏悔发愿提供了蓝本。

南朝文体经过这些承创变得朝气蓬勃，生机盎然，成为古代文体发展的一个重要阶段为研究者所注重，成为古代文章或文学的重要样式为循用者所学习所承传。其中,刘勰的《文心雕龙》和萧统的《文选》就是当时研究古今文体的集大成之作;北齐颜之推作《颜氏家训》给子孙谈文章,对诏、命、策、檄、序、述、议、论、咏、赋、颂、祭、诔、书、奏、箴、铭、誓、诰等20种文体的生成、特征、性质、作用作出了明确的辨识,成为这一时期研究古今文体的又一重要成果。嗣后,文体研究基本上沿着这条路子,或论或选,表述了他们对秦汉三国六朝文体的看法与意见。比如,明代吴讷作《文章辩体》和徐师曾作《文体明辨》,就分别对59类和127类文体,从名称、性质、源流作了具体的叙说。宋代姚铉撰《唐文粹》100卷,分文体为22类;吕祖谦撰《宋文鉴》130卷,分文体为59类;元苏天爵作《元文论》70卷,分文体为43类;明程敏政撰《明文衡》98卷,分文体为38类;清姚鼐编《古文辞类纂》75卷,分文体为13类,亦表明了他们的认识,尽管不统一,还是显示了文体研究的进程与实迹,可视为南朝文体承前启后所结出的丰硕果实。

三、南朝文体是种承载充实的文体。其丰富的思想内容,便是其充实的表征,再现了古代文体的承载功能。南朝四十多种文体承载的四千多篇文章、四千多首诗歌,虽含有一些残文断句,简篇断章,但也有不少鸿篇巨制的作品。它们所表现出来的思想内容,上至天文,下至地理,中至人事,无所不有,若逐一追究,几乎无法言尽。这里只能摘要勾玄,说几个大的方面。

1.政治运行方面。这是诏、敕、制、册、教、文、令、章、表、奏、书、启、笺、奏记等文体和侍宴、行旅、军戎等诗歌常写的内容。南朝政治,从总体上讲是混乱的,政局极不稳定,运行极不安全,出轨之事屡有发生。其中最突出的事实就是嫡庶制实行不得要领。要么太子确立不得其人,要么顾命之臣不得其选。前者出现了刘劭弑父,刘子业凶悖,刘昱荒淫,萧昭业鄙愿,萧宝卷残忍,陈伯宗凶淫,陈后主无肝肺的事情,致使继统无序。后者任意废立,遂使移鼎之业形成。开其先者为徐羡之、傅亮、谢晦,踵其后者为萧鸾。徐、傅、谢弑少帝而鼎移文帝;萧鸾弑废帝自立,骨肉相残,而鼎移萧衍。这种混乱的政治局面如何治理? 因其自身的政治局限,使他们找不到解决问题的方法。下诏虽然频繁,却见不到有价值的策略和途径。他们也想兴学招纳贤才,然在门阀士族成为政治中轴的时代,亦找不到他们所需要的贤人。他们也想劝农恤民,但士族庄园经济的存在,亦不能从根本上给老百姓以好处。他们也念家国之情,教诫那些不争气的兄弟奋发图强,但彼此猜忌又使他们走向了反面。他们想理顺同士族的关系,但自身先天的不足与士族的傲慢,使他们处于一种极不和谐的状态。他们宛如病入膏肓的患者，医头而脚疾，不是这里出问题，就是那里有危机，整个朝政就在这种病态中运行，直到它的终结。而那些朝廷官员在这种病态的政治中表现怎样呢？由于士族当轴，清官被他们所垄断，浊官由庶族所充当，士庶天隔，清浊天分，官僚队伍内部的疙疙瘩瘩，使他们难以心往一处想，劲往一处使。士族为官，无所事事，有关署文案，初不审读，以至皇帝征询而不知所对者；有傲慢无忌戴面向天子者；有躁动不已，欲从乱中谋取私利者。凡此种种，真正将心事花在政事上，世家大族唯王俭一人而已。当然，也有一些士族子弟出任朝官后，欲为朝廷做些事情，出现了诸如《请建国学表》、《谏改钱法》、《因旱蝗上表》、《谏北讨表》、《表陈损益三事》、《建言便宜》、《废钱用谷帛议》、《垦起湖田》等有关朝廷用人、北伐和国计民生等方面的表、议。然数量并不很多，给朝廷的贡献有限，靠他们来振兴朝政，很难。以上就是南朝政治运行之大概，亦是诏表一类文体所反映的大致内容。

2. 礼仪创革方面。这是表、议等文体和郊庙、述德、挽歌等诗歌写作的重点，内容集中在丧服上。《礼记·三年问》说："三年之丧，何也？曰：称情而立文，因以饰群，别亲疏贵贱之节，而弗可损益也。"《丧服四制》说："夫礼吉凶异道，不得相干，取之阴阳也。丧有四制，变而从宜，取之四时也。有恩，有理，有节，有权，取之人情。恩者仁也，理者义也，节者礼也，权者知也。仁义礼知，人道具矣。"阐述的是丧服的意义与作用。由于它直接关系到国家、社稷、民人、后嗣之大事，是人情之所致，人道之所具，故朝廷商榷日密，议论日繁，被因此卷入者日多。他们充分利用"朝议"这一特殊的政治文化场所，对丧服中的祭祀、服饰、丧葬、立庙、婚嫁等各种问题进行了研究、讨论。有讨论，就有进言，就有表奏；有议事，就有议事的理由，议论的文章。南朝的大小官员最热衷议论的不是政事，而是学问。谋政不是他们的强项，治学才是他们的特长。他们充分发挥自己的特长，写了近八百篇表、议文章，其内容就主要集中在这些方面。

3. 在人际交往方面。这是书体文和赠答、送别、行旅等诗重点表现的内容。南朝士庶天隔、民族隔阂虽曾严重地阻挠过人们的正常交往，但这并不意味着他们老死不相往来。崇尚才学便是他们用来维系相互关系的纽带，亦是这一时期一大社会风尚。在这一风尚驱使下，无论是家族内部成员，还是士族相互之间，少不了书信往还，故以"与××书"、"报××书"、"答××书"、"寄××书""答××书论××"为题的文章则有四百七十一篇。他们通过书信交往，谈学问，议政事，言家事，表友谊，抒亲情。其间免不了争执笔辩，然争执归争执，笔辩归笔辩,争执笔辩之后,彼此间依然友好亲热。即使有时候笔锋严厉,措辞强硬,但见不到人身攻击,人格侮辱。这就是他们的论辩风格,为人品性。

4.佛教崇拜方面。这是书、序、论、颂、赞、铭、记、碑、忏悔、愿等文体常涉及的内容。在南朝佛教盛行之时,人们崇佛主要表现在佛经研究、佛理探胜和热衷法事、建寺立像上。佛经研究,一是重注疏,二是重讲解。佛理探胜,一是重涅槃佛性,二是重般若实相,其中在有佛无佛、形灭神不灭的问题上,南朝展开了一场空前绝后的大论战。一方以范缜为代表,他主张神灭;一方以萧子良、萧衍为代表,他们主张神不灭。在南齐,二派的争论仅在口舌之间,到了萧梁,则出现了口诛笔伐。萧衍曾组织了一支六十余人的论战队伍对范缜进行围剿,但终因理论的贫乏而未能使范缜屈服。这些均成了书、论写作的重要内容。热衷法事、建寺立像的事例很多,前者最突出的代表人物是萧衍。他从中大通元年 (529 年) 三月至太清元年 (546 年) 三月,二十年间,前后幸寺十六次,入座讲经六次,设无遮、平等、无碍等法会十次,舍身三次。后者以何尚之家族为代表,史称"何氏自晋司空充、宋司空尚之奉佛法,并建立塔寺,至敬容又舍宅东为伽蓝,趋权者因助财造构,敬容并不拒,故寺堂宇颇为宏丽。"(《南史·何尚之传》)既有建立,便有碑记,诸如《头陀寺碑文》、《七隐寺碑》、《龙楼寺碑》、《造定光像记》、《造弥勒像记》、《造像记》之文便应运而生,而他们崇拜佛教的思想感情亦从中得到了淋漓尽致的表现。

5.慰生吊死方面。这是吊、祭、哀策、行状、诔、墓志等文体常写的内容。与礼仪创革相应,南朝人重孝道,重死葬。尽管有些人提倡薄葬,主张死了即埋,然其子孙、朋友还是看重祭奠、哀诔,看重为父母守孝。这样的事例很多,运用这些文体来表达哀伤感情的文章亦有近百篇。他们通过死者生平的追述表达了友朋的怀念。试读颜延之的《宋文皇帝元后哀策文》、谢朓《齐敬皇后哀策文》、任昉《刘先生夫人墓志》、《齐竟陵文宣王行状》、王僧达《祭光禄文》、王筠《昭明太子哀册文》,就会深深感受到这种情谊的存在。当然,这些文体常有追述不实、评价不确的,但实与不实,确与不确,关键在作者,不在文体。从上举几篇来看,大多是平实公允的。比如任昉叙萧子良之行状,王筠对萧统一生的评价,基本上与史书记载相合,或者说,史书所记二人行状与思想,一些材料就来自这两篇文章。

以上所论,虽仅是一些大致情况,但足以说明南朝文体的兴起是伴随着诗文创作的蓬勃发展而出现的。文体、文章,是一根藤上所结出的两枚硕果,以其芳香甜美而久久地萦绕在萧统的脑际,使他看到了文体依赖于创作而兴起而成熟而定型的事实,同时又看到创作严依文体而有条不紊地向前发展的现状。于是,他勃发了创作的欲望与冲动,参与了南朝文体创作的行列,对诗、赋、令、疏、启、书、七、序、赞、传、铭、表、碑、议等文体逐一进行了创作,其结果,诚如萧纲于《昭明太子集序》所说的那样,"登高体物,展诗言志。金铣玉徽,霞章雾密。致深黄竹,文冠绿槐。控引解骚,包罗比兴。铭及盘盂,赞通图像。七高愈疾之旨,表有殊健之则。碑穷典正,每由则车马盈衢,议无失体,才成则列藩击缶。近逐情深,言随手变,丽而不淫",不仅尝到了创作的滋味,成功的喜悦,而且还深深地体会到文体的生成是以创作为依托的。因此,从创作的角度看文体,不但能辩其源流,识其本末,知其变迁,而且还能甄其体例,别其程序,明其规范。而前人识辩文体,虽仁者见仁,智者见智,然多从创作着眼。没有创作这一根本在,其辨识就难以得其全豹。比如"铭",《礼记·檀弓下》说:"铭,明旌也。"《礼记·祭统》说:"夫鼎有铭,铭者自名也,自名以称扬其先祖之美,而明著之后世者也。为先祖者,莫不有美焉,莫不有恶焉。铭之义,称美而不称恶,……功烈、勋劳、庆赏、声名,列于天下,而酌之祭器,自成其名焉,以祀其先祖者也。显扬先祖,所以崇孝也。"《礼记》对铭之辨识,虽只着眼于其性质、功能,然无"鼎有铭"之创作存在,亦无所谓铭的功能、性质之说。又挚虞《文章流别论》说:"夫古之铭至约,今之铭至繁,亦有由也。质文时异,论既论则之矣。且上古之铭,铭于宗庙之碑。蔡邕为杨公作碑,其文典正,末世之美者也。后世以来之器铭之嘉者,有王莽鼎铭,崔瑗杌铭,朱公叔鼎铭,王灿砚铭,咸以表显功德。天子铭嘉量,诸侯大夫铭太常,勒钟鼎之义,所言虽殊,而令德一也。……"(《全晋文》卷七十七) 所论繁富,但点滴都以创作为依据。又刘勰《文心雕龙·铭箴》说:"故铭者,名也。观器必也正名,审用贵乎盛德。盖臧武仲之论铭也,曰:'天子令德,诸侯计功,大夫称伐。'夏铸九牧之金鼎,周勒肃慎之楛矢,令德之事也;吕望铭功于昆吾,仲山镂绩于庸器,计功之义也。……"所论仍离不开创作。这些说法虽然有别,"旌名功德"则是铭文写作的基本程序与要求。在这一程序与要求下,所作之铭是尚质还是尚文,则是作者之事,与铭体无关。又比如诔,《礼记·檀弓上》说:"鲁庄公及宋人战于乘丘,县贲父御,……遂死之,公曰……遂诔之。士之有诔,自此始也。"又该记《曾子问》说:"贱不诔贵,幼不诔长,礼也。维夫子称天以诔之。诸侯相诔,非礼也。"《礼记》论诔与论铭,本意相同,注重其性质功能,而又以其创作为基点。又挚虞说:"诗颂箴铭之篇,皆有往古成文可放依而作。惟诔无定制,故作者多异焉。见于典籍者,《左传》有鲁哀公为孔子诔。"(《全晋文》卷七十七)"诔无定制"这一结论的作出,始于众人之作。没有众人创作的大量存在,又何知有无定制? 又刘勰《文心雕龙·诔碑》说:"周世盛德,有铭诔之文。大夫之材,始丧能诔。诔者,累也。累其德行,旌之不朽也。夏商已前,其词靡闻。周虽有诔,未被于士。又贱不诔贵,幼不诔长,其在万乘,则称天以诔之。读诔定谥,其节文大矣。自鲁庄战乘丘,始及于士。逮尼父之卒,哀公作诔……"追溯源流,仍以创作为基础。如此之例很多,不可一一列举,从中可以看到,辨识文体,既离不开知识学问,又离不开创作实践。在学问知识大致相当的情况下,有无创作实践则成为关键。也就是说,有此实践,他们对文体的辨识感受是不一样的。萧统正由于将自己的辨识建立在文体创作的实践之上,故其所说,与别人有相同之处,更有独到的地方。其辨识反映在《文选序》中,就是对赋、诗、骚、颂、箴、戒、论、铭、诔、赞、诏、诰、教、令、表、奏、笺、记、书、誓、符、檄、吊、祭、哀、答客、指事、辞、引、序、碑、碣、志、状等三十余种文体源流、性质、功能所作的阐析。言语虽然不多,但很精到。比如辩铭,"铭则序事清润";识诔,"美终则诔发"。所说与上述所引全不一样,表明所说是从创作感受中来,若没有"铭及盘盂"的创作体验,则不知铭是以"序事清润"为优的。反映在《文选》选编中,就是对本文开头所说的三十七种文体之简选与分类。它们仍以南朝文体创作为基础。所选文体为南朝文人所熟悉,为当时政治运行,礼仪创革,人际交往,佛教崇拜,慰生吊死所需要,因而具有鲜明的时代性,强烈的功效性,又有着广泛的社会基础,深厚的学术文化渊源。其文体生存情况,笔者曾依据《全汉文》、《全后汉文》、《全三国文》、《全晋文》、《全宋文》、《全齐文》、《全梁文》之所载,对两汉至梁一些文体的创作作过粗略的统计,发现:诏,2179篇;册、策文,156篇;令,289篇;教,100篇;表,593篇;上书,268篇;启,368篇;弹事,128篇;笺,117篇;奏记,22篇;书,1246篇;檄,59篇;对问,65篇;颂,187篇;赞,303篇;箴,98篇;序,265篇;论,344篇;铭,352篇;诔,91篇;哀,46篇;碑,298篇;墓志,40篇;祭文,41篇。其中,篇什多,数量大的为公文中的诏、令、表、启、上书。这说明它们是朝政中常用的文体,而册、策文、弹事、奏记、对问为朝廷公文中一种较为特殊的文体,不常用。而对问有别于答问。对问常用于君臣之间,答问常用于同僚、朋友之间。由于问的对象不同,对答的性质、内容也就有别。从萧统所选的宋玉《对楚王问》来看,重在其文学性,而两汉对问体的实际写作,则在于它的学术性,君王之问常为天变中的奇异事情。两汉后,使用者鲜有,即使偶然出现一二篇文章，所问的内容亦不再是天变方面的事了。另外，篇什多的还有书、论、序、笺等文体。这是随着朋友往来频繁与学术研究频仍所出现所常用的文体。而礼仪类的铭、诔、哀、碑、祭、吊、墓志，其篇什有多有少。铭与诔，照挚虞与刘勰的解释，是两种古老的文体，然实际写作中诔远不如铭，其原因恐与它无定制有关。在这类文体中，行状的篇什尤少，只有七八篇，且多出现在齐梁，为齐梁所兴起的一种新文体。由于这一文体是用来写人的，故显得较为别致。萧统将这种文体选进《文选》，说明他在选体中既注意到了文体的常用性，又注意到了文体的多样性。总之，他所选的文体都是生命力极强的文体，是活体而非死体，因而深为读者所喜爱。杜甫说"精熟文选理"，首先要精熟的就是它的文体理，只有懂得文体的写作程序、规范，写作才会有条不乱。这应是萧统选体的最大意义与价值。

萧统选体的另一重要特色就是编次分类。37种文体，赋居首位，诗次之，骚又次之，皇帝诏、册、令、教又次之。这在皇权至上的时代，如此处理的确是种有识见的做法。它表明，在政治与学术文化上，萧统是先学术而后政治的；在文与笔上，他是先文学而后文章的。这种先后次序的安排，绝非是种随意行为，是选家学术观、文学观、审美观和创作意识的表现。同时，对赋诗进行细致的分类，这既是他的创造，又是他对历史与现实的尊重。他将赋分为京都、郊祀、耕藉、田猎、纪行、游览、宫殿、江海、物色、鸟兽、志、哀伤、论文、音乐、情等15类；将诗细分为补亡、述德、劝励、献诗、公宴、祖饯、咏史、百一、游仙、招隐、反招隐、游览、咏怀、哀伤、赠答、行旅、军戎、郊庙、乐府、挽歌、杂诗、情诗、杂拟等23类。如此细分，是符合作家创作实际的，却招徕了后人的非议。比如清代俞樾于《第一楼丛书》中说："《文选》一书，辞章家奉为准绳，乃其体例，实多可议，如赋、诗宜以时代为次，多为标目，反或拘牵，且特立耕藉一目，而所录止潘安仁《藉田赋》一首；特立论文之目，而所录止陆士衡《文赋》一首，然则耕藉即潘赋之正名，论文乃陆赋之本意？题前立题，犹屋上架屋矣。"这种批评，强人所难，貌似公允，实则不识此种选编是符合作家创作实际的，作家的创作是分散进行的，题材的选用亦是根据各自的认知、观念来取决的。因此，在使用过程中，难免有暗合的地方。既有暗合，就有类的存在，选者在选编时，将这些暗合的编在一起，类亦就自然形成。分门别类，予以标目，实是选者识力所致，创造所得。如此分类，既便于读者批阅比对，深识鉴奥，接受运用，又为后人提供一种眉目清晰、科学可靠的选编模式。事实证明，这一模式得到了人们的认可与继承。何沛雄先生论之云："以题材分类者,为数最伙。此例创自《文选》。昭明分赋为十五类,承其制者,有宋李昉之《文苑英华》分赋为四十六类,……姚铉《唐文粹》分赋为十七类,……清陆棻《历朝赋格》,除依风格分类外,更依题材分类,曰天文、地理、人事、帝治、物质五种。陈元龙《历代赋汇》分正集、外集、逸句、补遗四部。首标天象、岁时……三十类;次分言志、怀思……八类,合共三十八类。近人金秬香撰《汉代词赋之发达》,分赋为抒情、骈词、记事析理三类,坊间文学史书,多析为言情、说理、叙事、咏物四类。"[①]影响甚为深远。

三、《文选》的选编

文体既立,如何选文则成了关键。对此,学界也有不同的意见,有将选文与选文标准联系在一起进行研究的,有将选文与刘勰《文心雕龙》、钟嵘《诗品》所论文章,与挚虞以来所出现的文章总集加以比对进行探讨的。这些无疑能拓宽《文选》的研究视野,有利于萧统选文的认识,但因后二点属于选文中的外围研究,故招来了不少的异议。一些学者认为萧统选文与刘、钟论文、与挚虞以来各种总集不存在必然的联系。这些异议是有一定道理的。从理论上讲,与选文有直接关联的是他的选文标准;从其所选作品来看,又率多贯穿了他的文化标准和文学标准。文化标准使他看重的是文化的博与厚;文学标准使他关注的是文质的典与雅。文化与文学有机结合,博厚典雅的价值取向,使他所选多是周秦以来的优秀篇什,既具有广泛的代表性、历史性,又具有庄重的时代性。对此,笔者在上一章谈萧统的《文选》选文标准时,曾从学术文化的层面作过探讨,指出萧统选文主要依凭的是他的文化标准和文学标准,其中他所拥有的学术文化发挥过重要的作用。但对他选文中一些具体细节并未探讨,比如,当年供他挑选的文集、文章究竟有多少?有文可选之后,他又如何优中选优的?选文之优,优在何处?人们是怎么评价的?文章选定之后,萧统又是怎么编排的?这些便成为本处要说的话题。

我们先从当年供他选择的文集、文章说起。当年,能供他选择的文集、文章究竟有多少?笔者曾将《汉书·艺文志》、《隋书·经籍志》、严可均辑校的《全

---

① 何沛雄:《〈文选〉选赋义例论略》,见《中外学者文选学论集》下册,中华书局1998年版,第699页。

上古三代秦汉三国六朝文》、逯钦立辑校的《先秦汉魏晋南北朝诗》同《文选》文体、文章进行比对，发现数量不少。其中有：周史记《周书》70篇，颜师古注："刘向云：'周时诰誓号令也，盖孔子所论百篇之余也'。今之存者，45篇矣。"汉武帝时《封禅议对》9篇；《汉封禅群祀》36篇；秦时大臣奏事及刻石名山文《奏事》19篇；屈原赋25篇；唐勒赋四篇；宋玉赋16篇；赵幽王赋1篇；庄夫子赋24篇；贾谊赋7篇；枚乘赋9篇；司马相如赋29篇；淮南王赋82篇；淮南王群臣赋44篇；蓼侯孔臧赋20篇；刘隄赋19篇；吾丘寿王赋15篇；蔡甲赋1篇；武帝赋2篇；儿宽赋2篇；张子侨赋3篇；刘向赋33篇；王褒赋16篇；陆贾赋3篇；枚皋赋120篇；朱建赋2篇；庄忽奇赋11篇；严助赋35篇；朱买臣赋3篇；刘辟强赋8篇；司马迁赋8篇；婴齐赋10篇；臣说赋9篇；臣吾赋18篇；苏季赋1篇；萧望之赋4篇；徐明赋3篇；李息赋9篇；淮阳宪王赋2篇；杨雄赋12篇；冯商赋9篇；杜参赋2篇；张丰赋3篇；朱宇赋3篇；孙卿赋10篇；秦时杂赋9篇；李思《孝景皇帝颂》15篇；广川惠王越赋5篇；长沙王群臣赋3篇；魏内史赋2篇；延年赋7篇；李忠赋2篇；张偃赋2篇；贾充赋4篇；张仁赋6篇；秦充赋2篇；李步昌赋2篇；谢多赋10篇；周长孺赋2篇；锜华赋9篇；眭弘赋1篇；别栩阳赋5篇；臣昌市赋6篇；臣义赋2篇；王商赋13篇；徐博赋4篇；王广、吕嘉赋5篇；华龙赋2篇；路恭赋8篇；《客主赋》18篇；《杂行出及颂德赋》24篇；《杂四夷及兵赋》20篇；《杂中贤失意赋》12篇；《杂思慕悲哀死赋》16篇；《杂鼓琴剑戏赋》13篇；《杂山陵水泡云气雨旱赋》16篇；《杂禽兽六畜昆虫赋》18篇；《杂器械草木赋》33篇；《大杂赋》34篇；《成相杂辞》11篇；《隐者》18篇。以上赋凡78家，1004篇。《高祖歌诗》2篇；《泰一杂甘泉寿宫歌诗》14篇；《宗庙歌诗》5篇；《汉兴以来兵所诛灭歌诗》14篇；《出行巡狩及游歌诗》10篇；《临江王及愁思节士歌诗》4篇；《李夫人及幸贵人歌诗》3篇；《诏赐中山靖王子哙及孺子妾冰未央材人歌诗》4篇；《吴楚汝南歌诗》15篇；《燕代讴雁门云中陇西歌诗》9篇；《邯郸河间歌诗》4篇；《齐郑歌诗》4篇；《淮南歌诗》4篇；《左冯翊秦歌诗》3篇；《京兆尹秦歌诗》5篇；《河东蒲反歌诗》1篇；《黄门倡车忠等歌诗》15篇；《杂各有主名歌诗》10篇；《杂歌诗》9篇；《洛阳歌诗》4篇；《河南周歌诗》7篇；《河南周歌声曲折》7篇；《周谣歌诗》75篇；《周谣歌诗声曲折》75篇；《诸神歌诗》3篇；《送迎灵颂歌诗》3篇；《周歌诗》2篇；《南郡歌诗》5篇。以上诗凡28家，314篇。均见于《汉书·艺文志》。见于《隋书·经籍志》的有：应劭撰《汉朝议奏》30卷；《晋杂议》10卷；《晋弹事》10卷；《汉名臣奏事》30卷；《魏王奏事》10卷；《魏王臣奏事》四十卷；《魏台杂

369

访议》三卷；《晋驳事》4卷；荀勖《杂撰文章家集叙》10卷；挚虞《文章志》四卷；沈约撰《宋世文章志》2卷；《诸葛武侯集诫》2卷；《众贤诫》13卷；《汉高祖手诏》一卷；《魏朝杂诏》2卷；《录魏吴二志诏》2卷；《三国诏诰》10卷；《晋咸康诏》4卷；《晋朝杂诏》九卷；《录晋诏》14卷；《晋义熙诏》10卷；《宋初杂诏》13卷；《宋孝建诏》1卷；《宋元嘉副诏》15卷；《齐杂诏》十卷；《齐中兴二年诏》三卷；《碑集》29卷；《杂碑集》29卷；《杂碑集》22卷；《黄芳引连珠》1卷；沈约撰《梁武连珠》1卷；王逸注《楚辞》12卷；郭璞注《楚辞》3卷；《宋玉集》3卷；谢灵运撰《赋集》92卷；宋新渝惠撰《赋集》6卷；宋明帝撰《赋集》40卷；《乐器赋》10卷；《伎艺赋》6卷；梁武帝撰《历代赋》10卷；《皇德瑞应赋》16卷；张衡、左思撰《五都赋》6卷；《杂都赋》11卷；孔逭作《东都赋》1卷；《述征赋》1卷；傅毅撰《神雀赋》1卷；《献赋》18卷；《观象赋》1卷；梁武帝撰《围棋赋》1卷；谢灵运撰《诗集》50卷；张敷、袁淑补谢灵运《诗集》100卷；宋明帝撰《诗集》40卷；江遂撰《杂诗》79卷；谢灵运撰《诗集钞》10卷；《古诗集》9卷；《六代诗集钞》4卷；谢灵运集《诗英》9卷；《今诗英》8卷；有自汉高祖至齐个人诗文总集凡二百九十家二千四百零九卷。上述二志所载文集、篇什、遗失者多，汉时那些赋、歌诗，至《经籍志》时均无记载。谢灵运等人所撰《赋集》、《诗集》，收了多少汉赋、汉诗，今不清楚。正因此故，严可均辑校先秦汉文时，收集的赋仅54篇，较之《艺文志》记载，相差九百五十篇，可见遗失之严重。严氏《全上古三代秦汉三国六朝文》辑校诏、册、教、策文、表、议、书、议、碑、诔、铭、颂、赞等各类文章约一万六千三百余篇，逯氏《先秦汉魏晋南北朝》收集的诗歌约九千余首。这么多的文集、文章、诗篇，是否就是萧统当年选编《文选》所用过的资料，虽谁也说不准，但其中一部分或绝大部分，他应该是见过或利用过的。若果如此，他所选编的759篇诗文，则是经过百里挑一之后选定的，应是先秦汉至梁时最优秀的篇什，具有广泛的代表性。

次说优中选优。有文可选之后，如何优中选优，真正要将它落实到具体篇什，则又非原生、精美、典范之文不选了。比如，骚体类，自屈原作《离骚》后，模仿《离骚》者不乏其人。班固《离骚序》说："汉兴，枚乘、司马相如、刘向、扬雄，骋极文辞，好而悲之，自谓不能及也。"（《全后汉文》卷二十五）王逸《楚辞章句叙》说："屈原之词，诚博远矣。自终没以来，名儒博达之士，著造词赋，莫不拟则其仪表，祖式其模范，取其要妙，窃其华藻。"（《全后汉文》卷五十七）人数之众，可谓多矣。然具体见于史传者，有扬雄。《汉书·扬雄传》说："又怪屈原文过相如，至不容，作《离骚》，自投江而死，悲其文，读之未尝不流涕也。以为君子得时则大行，不得时则龙蛇，遇不遇命也，何必湛身哉！乃作书，往往摭《离骚》文而反之，自岷山投诸江流以吊屈原，名曰《反离骚》；又旁《离骚》作重一篇，名曰《广骚》；又旁《惜诵》以下至《怀沙》一卷，名曰《畔牢愁》。"有桓谭。其《桓子新论·道赋》说："余少好《离骚》，博观他书，辄欲反学。"（《全后汉文》卷十五）有应奉。《后汉书·应奉列传》说："及党事起，奉乃慨然以疾自退。追愍屈原，因以自伤，著《感骚》三十篇，数万言。"模仿者有作品在，萧统为何只选《离骚》，不选《反离骚》、《广骚》、《畔牢愁》和《感骚》？究其原委，他要选的是那些原生、精美、典范之作。又比如，对问体类，自宋玉作《对楚王问》以后，对问作为一种文体在西汉至梁的政坛上流传开来，并将对问的对象定在君王之间，内容多为灾异之问，如董仲舒的《庙殿火灾对》、《雨雹对》，杨兴的《黄雾对》、谷永的《日食对》、《星陨对》、《灾异对》等，都是这方面的典型之作，以申说理由为主，学术性强而文学性弱，所以萧统摒落了此类作品而独选宋玉的《对楚王问》，将文学性作为选文的典范与标准选进了《文选》。又再比如，设问体类，自扬雄作《解嘲》后，崔骃拟《解嘲》而作《达旨》（《后汉书·崔骃列传》），张衡作《应间》（《后汉书·张衡列传》），崔寔作《客讥》（《后汉书·崔骃列传》），蔡邕作《释诲》（《后汉书·蔡邕列传》），其文并非不美。刘勰《文心雕龙·杂文》说："扬雄解嘲，杂以谐谑，回环自释，颇亦为工。班固宾戏，含懿采之华；崔骃达旨，吐典言之裁；张衡应间，密而兼雄；崔寔客讥，整而微质；蔡邕释诲，体奥而文炳。"均给予了高度的评价。然所拟之文，一篇不选，其原因，还是将原生、精美、典范作为取舍的标准。又再如册体类，见于《全汉文》的有元王皇后《策安汉公九锡文》，于《全后汉文》的有潘勖《册魏公九锡文》，于《全三国文》的有魏文帝曹丕《策命孙权九锡文》、魏元帝曹奂《策命晋公九锡文》，于《全宋文》的有傅亮《策加宋公九锡文》，于《全齐文》的有王俭《策齐公九锡文》，于《全梁文》的有任昉《策梁公九锡文》。这七篇册体文，若论其原创，元王皇后文最早，然萧统选文却看中了潘勖的文章。其原因，元王皇后文由于初作，再加上王莽人品很坏，无功德可言，故册封无理由可说，全文写得非常简略。潘文则不然，不仅克服了元王皇后文之不足，写出了册封的理由，而且还创造了一种写作程序，即先写作册之原由，再写册封者之功德，最后写所册九锡之礼。三段中，由于第二段是重点，故潘勖写魏公之功德写得最为具体充分，表现在文中就是作者所说的"十一功"、"九善"，并用"此又君之功也，……此又君之功也，……"的形式来描述。全文感情充沛，一气呵成，成文之美，足为此类之作的典范。其后，傅亮、王俭、任昉无不依照这一程序写出了各自的册体文。如此的例子很多,若一一加以梳理、探寻,可以深化我们对萧统选文的认识。

再次说人们对这些优秀作品的评价。这些作品,我们之所以称它们为优秀篇什,是因它们脱稿问世以后,率多能经得起时间的陶冶,读者的检验。不少作品不仅成为一种文化珍品为人们所传诵所赞美,而且作为一种文学典范为人们所学习所模仿。其事例之多,评价之丰,足令人为之仰慕叹息。比如骚体文,骚体文以《离骚》为优,班固《离骚序》称它为"弘博丽雅,为辞赋宗,后世莫不斟酌其英华,则象其从容"。王逸《离骚经》又以"其词温而雅,其义皎而朗,凡百君子,莫不慕其清高,嘉其文采,哀其不遇,而愍其志焉",予以高度赞扬。刘勰《文心雕龙·辨骚》又用"离骚之文,依经立义","名儒辞赋,莫不拟其仪表"予以赞美。以《九歌》、《九章》、《卜居》、《渔父》、《九辩》为次。对此,王逸于《楚辞章句》作过诠释性的评述,说:"九歌者,屈原之所作也。昔楚国南郢之邑,沅湘之间,其俗信鬼而好祠,其祠必作歌乐鼓舞以乐诸神。屈原放逐,窜伏其域。怀忧苦毒,愁思沸郁,出见俗人祭祀之礼,歌舞之乐。其词鄙陋,因为作九歌之曲,上陈事神之敬,下见己之冤结,托之以风谏。故以其文意不同,章句杂错,而广异义焉。""九章者,屈原之所作也。屈原放于江南之野,思君念国,忧心罔极,故复作九章。章者,著也明也。言己所陈忠信之道,甚著明也。卒不见纳,委命自沈。楚人惜而哀之。世论其词,以相传焉。""卜居者,屈原之所作也。屈原体忠贞之性,而见嫉妒,念谗佞之臣,承君顺非,而蒙富贵。已执忠直,而身放弃,心迷意惑,不知所为。乃往至太卜之家,稽问神明。决之蓍龟,卜已居世,何所宣行,冀闻异策,以定嫌疑,故曰卜居也。""渔父者,屈原之所作也。屈原放逐,在江湘之间,忧愁叹吟,仪容变易。而渔父避世隐身,钓鱼江滨,欣然自乐。时遇屈原川泽之域,怪而问之,遂相应答。楚人思念屈原,因叙其辞,以相传焉。""九辩者,楚大夫宋玉之所作也。辩者,变也。谓陈道德以变说君也。九者,阳之数,道之纲纪也。……屈原怀忠贞之性,而被谗邪,伤君暗蔽,国将危亡,乃援天地之数,列人形之要,而作九歌九章之颂,以讽谏怀王。明已所言,与天地合度,可履而行也。"这些评述,不仅阐明了作品的创作原因、内容、特色,而且对它们在文学史上的地位、价值给予了充分的肯定,既有利于作品的传播,又有利于人们的接受与阅读。刘勰于《文心雕龙·辨骚》也作过这样的评价,说:"故骚经九章,朗丽以哀志;九歌九辩,绮靡以伤情;……卜居标放言之致,渔父寄独往之才。故能气往铄古,辞来切今,惊采绝艳,难与并能矣。"这一评价同样提升了这些作品的品位，使之成为楚辞的优秀篇章而得以广泛流传。

又比如赋体文，象司马相如的《子虚赋》、《上林赋》本为一赋，自萧统将它分开后始成二赋，且《子虚》在前，《上林》在后。《子虚》流入朝廷，汉武帝读而善之；及《上林》成，武帝又"大说"，表明此二赋一产生就因获得天子的喜爱而声价倍增，以至经久不衰，至南朝，刘勰便用"繁类以成艳"来褒扬它。扬雄的《甘泉赋》，是扬雄跟随汉成帝"郊祠甘泉泰畤、汾阴后土，以求继嗣"而作。赋中，"雄聊盛言车骑之众，参丽之驾，非所以感动天地，逆厘三神，又言'屏玉女，却虑妃'，以微戒齐肃之事。赋成奏之，天子异焉"（《汉书·扬雄传》）。说的虽是该赋制作之本事，但"天子异焉"四字，又充分说明该赋写成之后影响甚大，不仅奠定了作者在成帝朝赋作的地位，而且为他后来创作《羽猎赋》、《长杨赋》夯实了基础。所以，刘勰称它为"子云甘泉，构深玮之风"（《文心雕龙·诠赋》）。王延寿的《鲁灵光殿赋》，史说其"少游鲁国，作《灵光殿赋》。后蔡邕亦造此赋，未成，及见延寿所为，甚奇之，遂辍翰而已。"（《后汉书·文苑列传·王逸附传》）蔡邕，东汉一大作手，少博学，好辞章，心精辞绮，"所著诗、赋、碑、诔、铭、赞、连珠、箴、吊、论议、《独断》、《劝学》、《释诲》、《叙乐》、《女训》、《篆艺》，祝文、章表，书记凡百四篇，传于世"（《后汉书·蔡邕列传》），见延寿赋竟为之称奇辍笔，可见该赋一产生因获得名家的称颂而奠定了它在文学史上的地位。后来刘勰亦用"延寿灵光，含飞动之势"（《文心雕龙·诠赋》）来称赞它。左思的《三都赋》，房玄龄《晋书·文苑传·左思附传》说："复欲赋三都，……及赋成，时人未之重。思自以其作不谢班张，恐以人废言，安定皇甫谧有高誉，思造而示之。谧称善，为其赋序。张载为注《魏都》，刘逵注《吴》《蜀》而序之，……陈留卫权为思赋作《略解》，……自是之后，盛重于时，……司空张华见而叹曰：'班张之流也。使读之者尽而有余，久而更新。'于是豪贵之家竟相传写，洛阳为之纸贵。初，陆机入洛，欲为此赋，闻思作之，抚掌而笑，与弟云书曰：'此间有伧父，欲作《三都赋》，须其成，当以覆酒瓮耳。'及思赋出，机绝叹伏，以为不能加也，遂辍笔焉。"从这一详尽的历史叙述中，我们可以看出左思的《三都赋》由"时人未之重"到"洛阳为之纸贵"，虽是名人效应的产物，但没有思赋的"言不苟华，必经典要，品物殊类，禀之图籍，辞义瑰玮"这一内美在，其效应亦是无法显现的。正由于它获得了名家、读者的赏识，刘勰在《文心雕龙·诠赋》中亦就情不自禁地夸它为"策勋于鸿规"了。以上多为历史叙述，这样的叙述还可列举，如《晋书·孙楚传·孙绰附传》说："(绰)绝重张衡、左思之赋，每云：'《三都》、《二京》，五经之鼓吹也。'"这是孙绰对《三都》、《二京》所作的评价。《晋书·张华传》说："(华) 初未知名，著《鹪鹩赋》以自寄，……陈留阮籍见之，叹曰：'王佐之才也。'由是声名始著。"这是阮籍对张华《鹪鹩赋》所作的评价。《晋书·郭璞传》说："璞著《江赋》，其辞甚伟，为世所称。"这是史家对郭璞《江赋》所作的评价。《南史·谢弘微传·谢庄附传》说："孝武尝问颜延之曰：'谢希逸《月赋》何如？'答曰：'美则美矣；但庄始知隔千里兮共明月。'帝召庄以延之答语语之，庄应声曰：'延之作《秋胡诗》，始知生为久离别，没为长不归。'帝抚掌竟日。"这是颜延之与谢庄对彼此作品所作的评价。这是这些作品未进入到文学批评家和选家手里所表现的一种形态，用历史话语来表现，显得既生动又形象。当这种形态高度学术化、理论化之后，其对作品的评价也就更贴近创作实际的了。这可从文学批评家和选家对一些作家的诗歌和日用性文章的评价中见其大概。

比如，他们对诗歌的评价，钟嵘《诗品》评曹操诗云："曹公古直，甚有悲凉之句。"吴淇《六朝选诗定论》评价他的《短歌》、《苦寒》二诗云："魏武雄盖一世，横槊赋诗，其所为《短歌》、《苦寒》二篇，直欲夺汉家两风之座。"沈约《宋书·谢灵运传论》评王粲诗云："子建、仲宣以气质为体，并标能擅美，独映当时。"钟嵘《诗品》云："其源出于李陵，发愀怆之词，文秀而质羸。在曹刘间，别构一体。方陈思不足，比魏文有余。"陆时雍《古诗镜》评其《七哀诗三首》其一云："载事陈情，登歌入雅。千载以下，想见其言之切而事之悲者。"何焯《义门读书记》评其二首云："前诗哀王室之乱，此又自伤羁旅也。'山冈有余映'，余映之在山，比天子微弱，流离播近，光耀不能及远也。'羁旅无终极'与前篇'方遘患'首尾呼应，言乱靡有定也。"刘勰《文心雕龙·体性》评刘桢诗云："公干气褊，故言壮而情骇。"胡应麟《诗薮》云："公干才偏，气过词。"朱嘉征《汉魏诗集广序》评其《赠徐干》诗云："赠友也，情致娓娓，任其缭绕委至，弥见雄逸，却与古诗融于水乳。"陆时雍《古诗镜》评应玚《侍五官中郎将建章台集》诗云："似语不属声，建安中无可置比。"朱嘉征《汉魏诗集广序》云："德琏兴高声亮，建章集诗，并王、刘《公宴》鼎足矣，宜为昭明真赏。"钟嵘《诗品》评曹丕诗云："其源出于李陵，颇有仲宣之体。而所计百许篇，率皆鄙质如偶语。惟'西北有浮云'十余首，殊美赡可玩，始见其工矣。"胡应麟《诗薮》评其《燕歌行》云："子桓《燕歌》二首，开千古妙镜。"王船山《古诗评选》亦云："倾情、倾度、倾色、倾声，古今无两。""从'明月皎皎'入第七解，一经酏适，殆天授，非人力。"陆时雍《古诗镜》评其《杂诗二首》其一云："境不必异，语不必奇，独以其气韵绵绵，神情眇眇，一叹一咏，大足会心耳。"沈德潜《古诗源》评其其二云:"以自然为宗,言外有无穷悲感。"吴淇《六朝选诗定论》评曹植诗云:"子建之诗,隐括《风》、《雅》,组织屈宋,询为一代宗匠,高踞诸子之上。"朱嘉征《汉魏乐府广序》评其《白马篇》云:"歌白马,用世之思也。劲直,犹有汉风。"许学夷《诗源辨体》评其《名都篇》云:"体皆敷叙,而语皆构结,盖见作用之迹。"何焯《义门读书记》评其《公宴》云:"何等兴象。'明月'一联,赋而比也。"陈祚明《采菽堂古诗选》评其《赠徐干》云:"友谊真至。'知已谁不然',亦寓不试之感。'良田'以下,慰勉有古风。"刘克庄《后村诗话》评《赠白马王彪》云:"于时诸王凛凛不自保,子建此诗忧伤慨慷,有不可胜言之悲。"邵长蘅《文选集评》评其《七哀诗》云:"陈思王诗多用比兴,便意味深长。如此篇亦是托讽语耳。"成书《古诗存》评应璩《百一诗》云:"纯用古事,笔力足以运之,故佳。"许学夷《诗源辨体》亦云:"犹近拙朴。"钟嵘《诗品》评缪袭《挽歌诗》云:"熙伯《挽歌》,唯以造哀尔。"陈祚明《采菽堂古诗选》亦评云:"古质哀凉。"刘勰《文心雕龙·体性》评阮籍诗云:"嗣宗倜傥,故响逸而调远。"王船山《古诗评选》评其《咏怀》云:"步兵《咏怀》,自是旷代绝作,远绍《国风》,近出于《十九首》。而以高朗之怀,脱颖之气,取神似于离合之间,大要如晴云出岫,舒卷无定质。"沈德潜《古诗源》亦云:"《咏怀》诗当领其大意,不必逐章分解。"王船山《古诗评选》评傅玄《杂诗三首》其一云:"休奕以遒劲多得浮响,此为蕴藉矣。"沈德潜《古诗源》亦云:"清俊如选体,故昭明独收此篇。"沈约《宋书·谢灵运传论》评孙楚《征西官属送于陟阳侯作》云:"子荆零雨之章,正长朔风之句,皆直举胸情,非傍诗史。"方伯海《文选集评》评郭泰机《答傅咸》云:"前后情词窘迫,总是困于饥寒,千古厚禄故人俱当扪心。千古落魄才人一齐洒泪,是为绝妙好词。"又评张华《杂诗三首》其一云:"通篇即北风雨雪之意,见国家危难将至,气象愁惨,正意于末二句发之。"陈延杰《诗品注》评潘岳诗云:"安仁文藻清绮,所作《河阳》、《怀二县作》及《悼亡》等篇,虽原于仲宣,而采缛过之。"陈祚明《采菽堂古诗选》评其《悼亡诗三首》其一云:"情至凄惨。'望庐'六句,千古悼亡至情,'回遑'句不成语。'春风'二句言愁,愁在声中觉无声,非愁也。"王文濡《古诗评注读本》评石崇《王明君辞》云:"将明君远嫁心事,曲曲描绘。乌孙公主之歌,转觉直而少致。"钟嵘《诗品》评欧阳建《临终诗》云:"平典不失古体。"沈德潜《古诗源》评陆机《短歌行》云:"词亦清和,而雄气逸响,杳不可行。"评《猛虎行》云:"起用六字句,最见奇峭。此士衡变体。"孙鑛《文选集评》评其《塘上行》云:"情思婉妙,怨而不怒,固是乐府佳调。"评其《为顾彦先赠妇诗二首》其一云:"清彻有逸致。"又评其《赴洛道中作二首》其二云:"特精切。"何焯《义门读书记》评左思《咏史八首》云:"题云咏史,其实乃咏怀也。八首一气挥洒,激昂顿挫。真是大手。晋诗中杰出者,太白多学之。"毛先舒《诗辩坻》评张协《杂诗十首》其一云:"虽不及子建、嗣宗之超,而耀艳深婉,结构省净,殆过士衡《拟古》。"王船山《古诗评选》评王赞《杂诗》云:"通首净甚,一结尤净,如片云在空,疑行疑止。"沈德潜《古诗源》评刘琨诗云:"英雄失路,万绪悲凉,故其诗随笔倾吐,哀音无次。读者乌得于语句间求之。"又评郭璞诗云:"游仙诗本有托而言,坎壈咏怀,其本旨也。钟嵘贬其少列仙之趣,谬矣。"毛先舒《诗辩坻》评卢谌《览古》云:"滔滔直书,亦自劲绝。"王士祯于《师友诗传录》评《古诗十九首》与陶渊明诗歌云:"《古诗十九首》如天衣无缝,不可学已。陶渊明纯任真率,自写胸臆,亦不易学。"钟嵘《诗品》评谢灵运诗云:"谢客为元嘉之雄,颜延年为辅,斯皆五言之冠冕,文词之命世也。"严羽《沧浪诗话》亦云:"谢灵运之诗,无一篇不佳。"方东树《昭昧詹言》评谢惠连《西陵遇风献康乐》诗云:"直书即事胸臆,无一字客辞装饰,一往清绮;又步步留迟,真味无穷,亦古今绝境也。"何良俊《四友斋丛说》评其《秋怀》云:"诗自左思、潘、陆之后,至义熙、永明间又一变,然以三谢为正宗。盖所谓芙蓉出水者,不但康乐为然。如惠连《秋怀》,皆有天然妙丽处。"陈延杰《诗品注》评王微《杂诗》云:"景玄《思妇》之唱,清怨有味。"沈德潜《古诗源》评刘铄《拟古诗》云:"颇臻古意。"张戒《岁寒堂诗话》评颜延之诗云:"诗以用事为博,始于颜光禄。"钟惺《古诗归》评其《秋胡行》云:"清真高逸,似别出一手。"邵长蘅《文选集评》评其《北使洛》云:"颜光禄喜作壮丽语,此诗独见悲凉。以壮丽之意,写悲凉之态,令人感慨。"沈德潜《古诗源》评鲍照诗云:"明远乐府,如五丁凿山,开世人所未有,后太白往往效之。"刘熙载《艺概》亦云:"明远长句,慷慨任气,磊落使才,在当时不可无一,不能有二。"王士祯《古诗选凡例》评谢朓诗云:"齐有元晖,独步一代。"谢榛《四溟诗话》评其《暂使下都夜发新林至京邑赠西府同僚》云:"突然而起,造语雄深,六朝亦不多见。"钟嵘《诗品》评江淹诗云:"文通诗体总杂,善于摹拟。"刘克庄《后村诗话》亦云:"名曰拟古,往往夺真。"钟惺《古诗归》许沈约诗云:"沈休文在梁,大家声价,犹宋之有康乐,齐之有玄晖也。然其边幅位置,较二谢稍窄,'平生少年日'一首,声实风雅,《十九首》中所难。似又非康乐、玄晖所能措手。盖颜延年之《五君咏》也。"(以上见黄明等编《魏晋南北朝诗精品》)

又比如对日用文章的评价,李兆洛选辑的《骈体文钞》评班固《封燕然山铭》

云:"宽博。"评陆佐《石阙铭》云:"以典章法度所系,而绝无尊严思。词靡裁疏,不及刻漏铭远矣。录而论之,以示轨辙。"评其《新刻漏铭》云:"铭起盘盂,辨物当名。贵核而肃,文虽失于辟积,而密藻可观。"评扬雄《赵充国颂》云:"质厚。"评史孝山《出师颂》云:"壮观。"评王褒《圣主得贤臣颂》云:"风骨学于诸子,华实化于骚赋。譬之拳勇,纯以筋节运神气,不露声色,所以为高。"评司马相如《封禅文》云:"以允答兢业主意,故极波涌云乱之观,而仍字字有归宿。此意,扬班已不能窥,况其下乎?"评扬雄《剧秦美新》云:"谄善之人其词游,失其守者其辞屈,此文之谓也。然古藻骏迈之气,则与长卿并驱矣。"评班固《典引》云:"裁密思靡,遂为骈体科律。语无归宿,阅之觉茫无畔岸,此其所以不逮卿云。"评司马相如《难蜀父老》云:"语无渗漏,所以吐辞为经。"评王褒《四子讲德论》引张宛邻语云:"往时读此文,病其气靡辞冗,今再读之,始知其气之淳厚,辞之腴畅,从容雅颂,令人渐渍其中而不能自己。"评颜延年《三月三日曲水诗序》云:"隶事之富,始于士衡;织词之缛,始于延之;词事并繁,极于徐庾。而皆骨足以载之。"评王融《三月三日曲水诗序》云:"以意运辞,可以取法。宽博过颜而精练稍逊,至于嫖姚生动,同一机杼。"评张华《女史箴》云:"极醇实,是宋人所宗。"评张载《剑阁铭》云:"精练。"评谢庄《宋孝武宣贵妃诔》云:"工绝。殊有宕逸之气。"评颜延年《宋文皇帝元皇后哀策文》云:"帝增八字,淡语弥悲。"评谢朓《齐敬皇后哀策文》云:"雅赡不缛。"评潘勖《册魏公九锡文》云:"神完气足,朴茂渊懿,扬班俦也。"评傅亮《为宋公修张良庙教》云:"颇近金玉之声,风云之气。"评王融《永明九年策秀才文五首》、《永明十一年策秀才文五首》:"纯以意运,傅任之正则。""意胜,精深骏快,洞见症结。"评李斯《上书秦始皇》云:"是骈体初祖。"评枚乘《上书吴王》云:"欲言难言,愈离奇,愈沉痛。国策之体,离骚之神,后来无继。"评司马相如《上书谏猎》云:"尚是战国遗响。"评诸葛亮《出师表》云:"立诚而后修辞,六艺散矣赖此类文渊源不队。"评张悛《为吴令谢询求为诸孙置冢人表》云:"圣称辞达,此为近之。"评傅亮《为宋公求加赠刘前军表》云:"惊心动魄,不啻口出。"评傅亮《为宋公至洛阳谒五陵表》云:"悱恻慷慨,西平露布所出。"评任昉《百辟劝进今上笺》云:"嫖姚激越,与他人微婉之致异矣。"评刘琨《劝进表》云:"正大光明,固是伟作。"评孔融《荐祢衡表》云:"深美闳约。逸丽奇隽,绝后空前。"评桓温《荐谯元彦表》云:"绝唱。茂密神秀,文家上驷。"评任昉《为萧扬州作荐士表》云:"大臣之言,捉刀者真英雄也。"评邹阳《狱中上书自明》云:"追功之情,出以微婉;呜咽之响,流为激亮。此言情之善者也。"评曹植《求自试表》、《求通亲亲表》云:"忧危愤懑,喷薄而成,言在于此,意在于彼。""师法子政。"评羊祜《让开府表》云:"款款诚言。"评殷仲文《解尚书表》云:"忸怩之言,乃似出以慷慨,不可谓非奇作。"评谢朓《拜中军记室辞隋王笺》云:"巧思。"评任昉《为齐明帝让宣城郡公表》、《为范尚书让吏部封侯第一表》、《为褚咨议蓁让代兄袭封表》"云:"刻挚奋发,气盛言宜。""朝为朋友,暮为君臣,恃旧之言,不无失体。去岁以下,不足为典要。"评江淹《诣建平王上书》云:"无意摹邹而神理自合,写仿司马子长处,则蹊径存焉。"评司马相如《喻巴蜀檄》云:"淳实。"评陈琳《吴将校部曲》云:"反正开合,谋篇甚善。"评任昉《奏弹曹景宗》云:"可谓笔挟风霜。骏迈曲折,气举其辞。"评沈约《奏弹王源》云:"曲勘尽致,笔端甚锋锐。"评司马迁《报任安书》云:"柳宗元言拔地倚天,惟此文足以当之。长江大河,奇峰怪石,而不出于自然,是无意为文。"评阮瑀《为曹公作书与孙权》云:"辞巽意狭。……章法变化,滔滔自运,繁而不厌。"评阮籍《奏记诣蒋公》云:"亦自嫖姚。"评丘迟《与陈伯之书》云:"情生意消然而靡矣。情致绵丽自足,而古来朴健之体,至此无余矣。"评贾谊《过秦论》云:"学传左氏,时近短长,竟无一语出入其间,故奇。"评班彪《王命论》云:"起伏结撰,尽言尽意,遂成东京文体,匡刘而后,此其转捩。所谓顿之山立,导之泉流。"评李康《运命论》云:"可谓浩乎沛然矣。"评曹元首《六代论》云:"一气奔放,尚是西汉之遗,往复过多,则利害切身,不觉言之灌灌耳。义门辨此为陈思之文,信然。"评嵇康《养生论》云:"此等文自论衡出,时有牙慧可取。"评陆机《五等论》云:"运思极密细,意极多,然亦以此累气。"评干宝《晋纪总论》云:"雄俊类贾生,缜密似子政,晋文之杰也。"评刘峻《辨命论》、《广绝交论》云:"疏越。""尚有韩非、吕览遗意。辞胜于理,文苑之粱粱。"评陆机《豪士赋序》云:"此士龙所谓清新相接者也。神理亦何减邹枚。"评其《汉高祖功臣颂》又云:"此士衡所谓文繁理富,意必指适者也。优游彬蔚,精微朗畅,两者兼之。"评王巾《头陁寺碑》云:"辞不泛滥,汉魏义法末沦。"评蔡邕《郭有道林宗碑》云:"陈郭两贤,如见其人,中郎诸碑,皆在此后。"评王俭《褚渊碑文》云:"尚有生气。"评颜延年《陶征士诔》云:"文章之事,味如醇醪,色若球璧。有道之士,知已之言。"评东方朔《答客难》云:"一起九天,一落千丈。李斯邹阳,蹊径若一。枚马之流有敷陈之辙迹矣。"又评其《非有生论》云:"阖辟皆天倪,观其合,知其离。"评扬雄《解嘲》云:"渐趋声色,文章消息,与天比准。"评枚乘《七发》云:"圣人辨士之辞皆具,貌似策士,纯用六义比兴,千古奇作。"评曹植《七启》云:"文士语耳。以意运,遂欲抗手枚生。"评曹植《与杨德祖书》云:"有波澜,有性情。"评杨修《答临淄侯笺》云:"措辞不匮,恍如面语。"评陈琳《为曹洪与魏文帝书》云:"摇笔有滑稽之意,故先后皆不为庄语,而行文迅疾,旋起旋落处可悟。"

以上所引各家评论,仅是众多评论中的一部分。从中可以看到,这些理论家、选家对《文选》所选作品是非常喜爱的。而这种喜爱,既是建立在他们自己的阅读、欣赏、评断之上,又是建立在前人所作出的种种评价之上,更是建立在这些作品刚刚产生时获得名人、名家给予的各种称赞延誉之上。没有他们的第一声喝彩,有些作品一问世,就会夭折在"以人废言"中。因此,名人名家的称赞延誉,不仅决定了这些作品的命运,而且为后来一些理论家、选家的颂扬推廓奠定了基础。我们常说挚虞、李充、刘勰、钟嵘善于鉴赏诗文,恕不知,他们的鉴赏亦是以此为基础的。而这些作为历史的事实和话语,由于时人知道,后人知道,理论家知道,选家知道,萧统选文时也就不存在谁影响谁的问题。因此,过多地奢谈这些影响,既无直接依据,又主观片面,是不利于《文选》深入研究的。

最后说萧统对《文选》作品的编排。萧统对作品的编排,与对文体编排有相同之处,也有不同的地方。萧统编排文体,是先学术后政治。萧统编排文章,则是在"以类相从"的总框架下,再根据读者的阅读习惯、审美要求与接受心理,作了既科学又艺术的处理,即先将那些学术文化深厚,思想内容深刻,艺术表现新颖的作品安排在最前面,以刺激读者的眼球,以撩起他们的求知欲望,使他们迫不及待地去读它。这反映在《文选》中,就是将赋安排在最前面。赋予骚,以它们成文来看,骚在前,赋在后。而萧统编排时,则将赋排在前,骚排在后。为此,一些人感到不解。其实,这是萧统科学、艺术编排的一种表现。萧统要将那些厚重的作品放在最前面,就不能不考虑到作品的数量。而在骚、赋二体中,骚作的数量是远远不如赋的。如前面所说,尽管学骚的人不少,然流传下来的优秀作品却寥寥无几。将那些无几的作品排在最前面,读者还未读上瘾,就没有了,这是不符合读者的接受心理的。所以萧统将赋放在前面,且用了近二十卷的篇幅,选了一大堆在文化、文学史上享有甚誉的作品,以饱读者眼球。当然,这样的作品读多了,有时也会生厌,为了调节读者的情绪,萧统便将诗安排在赋的后面。诗与赋,一宛如清泉,一宛如浓酿。饮清泉全身清爽,饮浓酿浑身厚实。当读者由厚实走向清爽,其阅读心理是愉悦的、轻松的,以愉悦轻松的心情去读书,其得甚多。而诗的艺术感染力量较起赋来,显得更直接更强烈。为此,萧统又用了12卷多一点的篇幅,选了四百余首诗以飨读者。诗读多了,同样令人厌倦。

同样的编排道理与技巧又使他将骚安排在诗的后面。骚与诗,虽同为诗,然骚的学术文化随着它的篇幅加大,比起诗来要丰富得多,给人的感受要深厚得多,因此读短诗一下子可以读完,读长骚并非马上就能读过。它需要耐心。耐心有限,故萧统又在骚之后安排了一短诏以待读者。短诏之后又安排了一篇长册,长册之后再安排了两篇短教。于是后一部分基本上按照"短—长—短"这一形式编排的。这种编排因与读者的阅读、审美、接受相一致,因而是科学的,巧妙的。此乃非常在经史、文义中赏玩的人,不能想到。

四、《文选》的内容与主题

这是《文选》研究中要谈的又一问题。《文选》的内容是由它所简选的七百余篇优秀诗文所咏所写组合而成。这些作品看似空间跨度大,时间绵延长,独自成篇,互不勾连,其实都是围绕着一些共同的题材,共同的主题来写的。这些题材、主题,看似五花八门,实际上都不出天、地、人之左右。天、地、人,如上所说,是秦汉以来五家学术文化常研寻常著述的内容,是它们的核心与灵魂。作者们就常在这种共有的学术文化资源下,在各自的生活时期、生活环境中凭着各自的生活经历,写着大同小异的诗文,作着天、地、人的文章。这些实是经、史、子常写的题材,常有的内容。萧统明言不选经、史、子,实则已将经、史、子包含于其中,是经、史、子的另一种表现形态。这种形态不论是外现也好,内附也罢,在学术文化的继承与传播中,它有着与经、史、子相同的功能与作用,那就是:经、史、子常说的那些事、那些理、那些话,常用的那些词、那些方法,在《文选》中都可见到。这些,亦是杜甫说的"文选理",前人说的"文章渊薮"。它具体包括以下几个方面:

(一)山水游赏方面。在寻常的山水游赏研究中,人们一般都将它作为一种排遣、逍遥来看待,当做一种"越名教而任自然"来认同,板依的虽是老庄自然学说,但对老庄常说的天地未予深究。老庄的天地思想是一个集自然与神灵于一体的大思想、大观念,来自古老的神灵祭祀。这一祭祀的历史是漫长的。随着祭祀的日益增强,人们对神灵的认识亦日益深化,而将天地与神灵相融合便是这种祭祀日益增强的产物。因此,在他们常有的意念中,天地不仅是一种自然存在,而且也是一种神灵存在,是自然之天地与神灵之天地的结合体。这种意念促进了人们对天地的认识。而这一认识又常常伴随着天象的观察、推演、解释来完成。老庄的天地思想实际上也经历了这么一个过程才确立下来的。而这种过程到了汉代则更为突出显目。汉人害怕灾异，而灾异的频繁出现又迫使他们去研究灾异，去研究天地。所以汉人对天地的体认比起其后的各个时期都显得深沉厚实，不仅出现了一批著名的灾异研究专家、研究文章，也影响一代或数代人对天地研究的兴趣与热情。这些人即使不讲灾异，然他们对天地的感悟、体认较之后人都要敏锐，都要深刻。这种感悟、体认伴随着神灵学说而运行，而神灵的若有若无，虚无飘缈，深邃难知，又反作用于他们对事物的认识。于是这种认识从对象到内容到方法，因富有神灵的光辉，宗教的色彩而显得十分深沉。反映在作品中，就是他们所写的东西，不论思想、内容比起后人似乎都要深厚。

有了这种对天地的体认，再加上老庄思想的蛊惑，玄学意识的煽动，人们对天地自然属性的认识亦就增强了。至魏晋，竹林七贤率先投迹山林水滨，为时人越名教而任自然做出了榜样，为当下时风的转变付出了实际的努力。在他们的带领下，山水之游，作为一代风尚蓦然兴起。回归天地，回归自然，发现自我，超越自我，便成为这一时期的学术思潮，文化创造而耸动天下。其影响之深远，至南朝四代而不衰。这一现象反映在文学创作中，就是山水诗、山水赋的大量涌现，自然景色在作品中的大量描写，写景、抒情作为诗文的主要内容被大量进入创作中；反映在《文选》作品中，就是以行旅、游览诗赋为代表的文学作品的大量选入。这些不仅将自然山水的描写推向了广阔的境地和领域，而且也尽情地表现了他们的游兴、游情、山水意识、山水精神。所谓山水精神，就是探险精神，求美精神，包融精神，和乐精神。它主要通过山水对天地、神灵的包容，山水与人的交融，山水给人的审美乐趣，山水之灵异，山水之秀丽等来体现。试读木华《海赋》："且其为器也，包乾之奥，括坤之区。惟神是宅，亦祇是庐。何奇不有？何怪不储？芒芒积流，含形内虚。旷哉坎德，卑以自居。弘往纳来，以宗以都。品物类生，何有何无！"作者以如椽之笔所描绘的那种融天地于其里，宅神灵于其中的大海之器，不正是山水对天地、神灵包融精神的高度体现吗？再试读郭璞的《江赋》："若乃岷精垂曜于东井，阳侯遁形乎大波。奇相得道而宅神，乃协灵爽于湘娥。骇黄龙之负舟，识伯禹之仰嗟。壮荆飞之擒蛟，经成气乎太阿。悍要离之图庆，在中流而推戈。悲灵均之任石，叹渔父之棹歌。想周穆之济师，驱八骏于鼋鼍。感交甫之丧佩，愍神使之婴罗。焕大块之流形，混万尽于一科。保不亏而永固，禀元气于灵和。考川渎而妙观，实莫著于江河。"作者从长江发源之地岷山写起，将它一路滔滔所发生的所关联的各种灵异之事尽寓其中，旨在说明：长江者，"奇相得道而宅神"也，是灵异之所在。正因为它是灵异的，所以它具有"焕大块之流形，混万尽于一科。保不亏而永固，禀元气于灵和"的胸襟与气魄。这种大江精神，不也是山水对天地、神灵包融精神的高度体现吗？再试读孙绰的《游天台山赋》："太虚辽廓而无阂，运自然之妙有，融而为川渎，结而好山阜。嗟台岳之所奇挺，实神明之所扶持。荫牛宿以曜峰，托灵越以正基。结根弥于华岱，直指高于九疑。应配天于唐典，齐峻极于周诗。"寥寥数笔，同样将天台山与天、与自然、与神灵相互交融的情景表现了出来。可见，山水的包容精神是这些赋所执意要表现的精神，作者们企图通过这一精神的咏叹来表现自然天地的秀丽及其丰富的内容。

这种情况到了诗人笔下，则显得更为凝练与精粹。试读曹丕的《芙蓉池作》："乘辇夜行游，逍遥步西园。双渠相溉灌，嘉木绕通川。卑枝拂羽盖，修条摩苍天。惊风扶轮毂，飞鸟翔我前。丹霞夹明月，华星出云间。上天垂光采，五色一何鲜！寿命非松乔，谁能得神仙？遨游快心意，保已终百年。"这是一种庭园式的山水游赏，所描写的景物虽是庭园中的一部分，显得局促而狭小，但诗人夜游的那种喜悦之情，那种从欢乐中所发出的"寿命非松乔，谁能得神仙"的深沉感慨，以及游赏山水能保己终年的深刻认识，又将山水游赏提升到了一种新的境界，将山水的和乐精神作出了新的诠释，是闭门不出者难以理喻的。再试读谢灵运的《石壁精舍还湖中作》："昏旦变气候，山水含清晖。清晖能娱人，游子憺忘归。出谷日尚早，入舟阳已微。林壑敛暝色，云霞收夕霏。芰荷迭映蔚，蒲稗相因依。披拂趋南径，愉悦偃东扉。虑澹物自轻，意惬理无违。寄言摄生客，试用此道推。"这也是一种园林式的游赏，所摄取的景物，所描写的画面，较之曹诗都要开阔。诗人的游兴、游情亦通过景物的转换而最终凝结到养生之道上，并将轻物澹欲作为养生之要妙告诉读者，同样是对山水和乐精神所作出的一种新解释。再试读谢朓的《之宣城出新林浦向板桥》，"江路西南永，归流东北骛。天际识归舟，云中辩江树。旅思倦摇摇，孤游昔已屡。既欢怀禄情，复协沧州趣。嚣尘自此隔，赏心于此遇。虽无玄豹姿，终隐南山雾。"这是诗人往宣城行旅途中所写的一首名诗。写景的笔墨并不很多，但"天际"一联却写尽了"出新林向板桥"一带的优美景色，历来为人们所激赏。方回称它为"古今绝唱"，戴明说称它为"真秀句"，陆时雍称它为"不烦意想，指点自成，品之为上"。评价都很高。而诗人正是在这种即景抒写中，用了八句诗来写自己同大自然相交相融的情怀，来表现自己行旅之孤独，仕途之不顺，隐居山林之愿望。因此，山水之美既是他内心不平的一种宣泄，又是他求得自我平衡的一种慰藉，诗中所表现的仍是一种内心和乐的山水精神。这样的诗歌，《文选》中还有很多，像潘岳的《河阳县作二首》，陆机的《赴洛二首》、《赴洛道中作二首》，陶渊明《始作镇军参军经曲阿作》，殷仲文的《南州桓公九井作》，谢混的《游西池》，谢惠连的《泛湖归出楼中玩月》，谢灵运的《游京口北固应诏》、《晚出西射堂》、《登池上楼》、《游南亭》，颜延之的《应诏观北湖田收》，鲍照的《行药至城东桥》等均是弘扬这种山水精神的优秀诗歌。它们共同表现了山水游赏内容之丰富。

（二）历史追忆方面。如果说，上面所论山水游赏属于"自然天地"要说的话，那么这里同下面所讲的"历史追忆"与"现实表现"则属于"人"要说的内容。人，在哲学天地与社会学领域，是一个广阔的概念。它可以指单个的人，也可以指众多人的集合体，还可以指由众多集合体组成的大大小小的社会及其在这个社会中所进行的各种仪式与活动等。正由于人的概念非常丰富，五家学术文化无不围绕它做着各自的文章，形成各自的人学世界，人学理论，人学内容。它们既可以将已往的涵盖于其中，又可以将正在发生与运行的包括其里。于是，历史与现实，作为两大时空概念又被用来概括这一丰富复杂的人学内容。本处亦欲借用这种简洁的概括方式，对《文选》内容作进一步的归纳。

喜欢对历史进行追忆，是《文选》作品中普遍存在的一个现象。它不仅于纪行赋、咏史诗、拟古诗中所常见，而且于日用文体中也常常能够看到。中国的历史漫长悠久，注重通过历史的记忆与追寻，从中获取有用的思想、理论、经验、教训，以增强人们对事物的认识与效用，是史学学术文化的优良传统。《文选》的作者虽不都以史学名家，但长期的经史并研，使他们对历史十分熟悉，对这一传统十分了解。喜欢追忆历史，用历史说话，用历史鉴今，是他们写作中常用的方法。他们将这种方法运用于诗歌创作中，便促进了咏史诗、拟古诗的产生；运用于赋作中，亦促进了纪行赋的出现。纪行赋肇端于班彪，至潘岳而洋洋挥洒，大放厥词。然论其渊源，似可追溯到《离骚》。纪行赋移步换形，每到一地都喜欢对那里的历史进行追忆。而这种方法是从《离骚》那里学来的。《离骚》写诗人上下求索，每到一地，就是这么写的。比如，写"济沅湘南征"一段："济沅湘以南征兮，就重华而陈词。启《九辩》与《九歌》兮，夏康娱以自纵。不顾难以图后兮，五子失乎家巷。羿淫游以佚田兮，又好射夫封狐。固乱流其鲜终兮，浞又贪夫厥家。浇身被服强圉兮，纵欲而不忍。日康娱而自忘兮，厥首用夫颠陨。夏桀之常违兮，乃遂焉而逢殃。"用的就是这种方法。班彪对此运用自如，且不留痕迹，是因为二者有不少相同点。第一，屈原南征，就是远行；班彪北征，亦是远行，二者在远征上是相同的。第二，中国的地域辽阔，人文历史丰富，故每到一地都能找到相关的人文，相关的历史。这一点，也是相同的。第三，二人都是著名的学问家，班彪还是著名的史学家，在了解现状，熟悉历史上也是相同的。正由于相同的东西很多，这一方法运用起来也就自如。然二者也有区别，那就是班彪每到一地，所写历史，并不像屈原那样铺开，而是写得非常简略，如写"夜宿瓠谷"一段："朝发轫于长都兮，夕宿瓠谷之玄宫。历云门而反顾，望通天之崇崇。乘陵岗以登降，息郇邠之邑乡。慕公刘之遗德，及《行苇》之不伤。彼何生之优渥，我独罹此百殃。"所述历史就是那么两句，旨在形成一种对照。至"越安定"一段，所叙蒙恬筑长城的历史稍为放开了一点，但也不如《离骚》全面。这一情况到了潘岳《西征赋》里得到完全的改变，其对历史的铺写是比较放开的。如写其"税驾西周"："尔乃越平乐，过街邮。秣马皋门，税驾西周。远矣姬德，兴自高辛。思文后稷，厥初生民。率西水浒，化流岐邠。祚隆昌发，旧邦惟新。旋牧野而历兹，愈守柔以执竞。夜申旦而不寐，忧天保之未定。惟泰山其犹危，祀八百而余庆。鉴亡王之骄淫，窜南巢以投命。坐积薪以待然，方指日而比盛。人度量之乖舛，何相越之辽迥！"作者以夹叙夹议的笔法将西周兴起的历史作了颇为充分的描写。不仅给读者留下了完整的印象，而且也增强了作品的表现力。

如果说纪行赋对历史的叙述是种发散型的，那么咏史诗、拟古诗对历史的吟咏基本上是一诗一事（人），比较集中，且对所咏之事大多不全面铺开，而是聚焦于一点，通过这一点的陈述来表达他对这一事情的看法。王灿的《咏史诗》、曹植的《三良诗》、左思的《咏史八首》、张协的《咏史》、卢谌的《览古》、谢瞻的《张子房诗》等基本上都是这样写的。像张协的《咏史诗》，吟咏的乃汉代疏广、疏受辞二傅之职，荣归故里的事。这件事在汉代曾广为流传，成为美谈。至晋代不读汉史，则不知其人其事，张协将这一美事择来咏叹，表现了他对二疏止足遗荣，不为财累，一身清风的称赞。"蔼蔼东都门，群公祖二疏。朱轩曜金城，供帐临长衢。达人知止足，遗荣忽如无。抽簪解朝衣，散发归海隅。"赞扬的笔墨不多，且以夹叙夹议出之，然二疏的形象却历历在目，可见诗人是善于择其光亮点加以歌颂表现的。当然也有铺开来写，并以叙事为主的，如颜延之的《秋胡诗》，就是如此。据李善注，秋胡的事见于《列女传》。传中说，秋胡子纳妻五日而去陈为官，五年归来，见路旁有美妇人采桑，下车调戏之，遭妇人嘻之。秋胡子回到家里，奉金拜见老母，并与妻子相见，方知路旁被调戏者正是其妻，不觉心惭。其妻愤其忘母不孝,投河而死。故事美丽动人。颜延之的诗基本上就是按照这一线索写的,凡九节四百余字。其中也有诗人的想象与创造,表现了作者对这位美妇忠贞、刚烈、明义的赞扬,是一首以叙事为主而又寄寓了诗人强烈情感的好诗。拟古诗也有歌咏历史的,也有不歌咏的。而歌咏历史的,像谢灵运的《拟魏太子邺中集诗八首》、江淹的《杂体诗三十首》,均以历史人物咏叹为主,一诗一人,且选择其闪光点来写,笔墨集中而不分散。如谢诗中的《刘桢》,就是这样写的。诗前所云"卓荦偏人,而文最有气,所得颇经奇"三句,对他一生最闪光之处作了高度概括。诗中所写"贫居晏里闲,少小长东平。河兖当冲要,沦飘薄许京。广川无逆流,招纳厕群英。北渡黎阳津,南登纪郢城。既览古今事,颇识治乱情。欢友相解达,敷奏究平生。矧荷明哲顾,知深觉命轻。朝游牛羊下,暮坐括揭鸣。终岁非一日,传匜弄新声。辰事既难谐,欢愿如今并。唯羡肃肃翰,缤纷戾高冥"22句,则从其早年经历写起,之后写他得到曹操赏识,跟随曹操北征袁绍、南讨刘表所表现出来的博览古今明于治乱的才智。再后写他参与曹丕的宴饮与文学创作活动所表现出来的才情。全诗一气贯注,写得非常集中,表现了拟古诗对历史追忆的特点。

咏史诗、拟古诗这种专于一人一事的情况,至日用文体,除论体之外,又有了较大的改变。它们对历史的追忆,如同隶事一般,常将同类的事组合在一起,叙述简明扼要,只说事实,不讲经过,以此来增强所说之事、所讲之理的说服力与感染力,从而达到以理服人的目的。这种情况随处可见,这里仅举一例说明之。比如邹阳的《狱中上书自明》,其所自明者多用历史事实来表现。"昔玉人献宝,楚王诛之;李斯竭忠,胡亥极刑。是以箕子阳狂,接舆避世,恐遭此患。愿大王察玉人、李斯之意,而后楚王胡亥之听,毋使臣为箕子接舆所笑。臣闻比干剖心,子胥鸱夷,臣始不信,乃今知之。愿大王熟察,少加怜焉。"将历史上不同时期的同类人组合在一起,作为自己要说之理的一个支撑,这就是本文写作的一个特点,亦是日用文体常用的方法,齐梁的隶事亦是由此而来。在这里,值得注意的是,他们所追忆的历史,夏、商、周、秦以来的均是作者们共有的资源,屈原、宋玉、李斯他们可以用,汉人也可以用。然自屈原、宋玉、李斯、汉人成为历史人,他们生前所说的所做的所写的成为历史事实之后,又成了魏晋人、南朝人共享的的资源。资源愈多,史实愈丰富,供追忆,供引用的亦就没有穷尽。这就是《文选》历史追忆内容丰富的原因所在。

(三) 现实沉思方面。喜欢对现实进行思考,通过对社会、对政治、对人生、对人际、对人伦进行叩问、解读,以吃透人学的实质与精神,以加深对它们的认识,从而更好地服务于朝廷,服务于社会,亦是作者们在长期研读《五经》与百家言所养成的习惯与嗜好,所自觉承担的一种道德与义务。请看东方朔《答客难》一段文字:"是故非子之所能备。彼一时也,此一时也,岂可同哉?夫苏秦张仪之时,周室大坏,诸侯不朝,力政争权,相擒以兵,并为十二国,未有雌雄,得士者强,失士者亡,故说得行焉。身处尊位,珍宝充内,外有仓廪,泽及后世,子孙长享。今则不然。圣帝德流,天下震熠,诸侯宾服,连四海之外以为带,安于覆盂,天下平均,合为一家,动发举事,犹运之掌,贤与不肖,何以异哉?遵天之道,顺地之理,物无不得其所。故缓之则安,动之则苦;尊之则为将,卑之则为虏;抗之则在青云之上,抑之则在深渊之下;用之则为虎,不用则为鼠,虽欲尽节效情,安知前后?夫天地之大,士民之众,竭精驰说,并进幅凑者,不可胜数,悉力慕之,困于衣食,或失门户。使苏秦张仪与仆并生于今之世,曾不得掌故,安敢望侍郎乎!传曰:'天下无害,虽有圣人无所施才;上下和同,虽有贤者无所立功。'故曰时异事异。"夏侯湛《东方朔赞》:"先生瑰玮博达,思周变通,以为浊世不可以富贵也,故薄游以取位;苟出不可以直道也,故颉颃以傲世。傲世不可以垂训也,故正谏以明节。明节不可以久安也,故诙谐以取容。"就会深深感受到他们对现实,尤其对朝政的关注与思考,是经过不断的心理磨合而形成的一种自觉行为。它不需要谁来呼唤、督促,而是出于一种责任与使命。而这种人文的自觉,究其原委,又是建基在他们对帝王深深的依附之上的。这种依附,不仅将自己的命运、前程都捆绑上了,而且将自己的九族、家庭、父母、妻子、儿女都捆绑上了。荣,与其俱荣;损,与其俱损。荣,皆大欢喜,笑语歌声。这反映在《文选》中就是以京都、郊祀、耕藉、畋猎等赋为代表的那些文学作品以其歌舞升平之象,清华艳丽之语将朝廷政治之清明,社会之繁荣,国家之昌盛,人民之和乐都表现出来了。损,痛不欲生,憔悴心悲。其最突出的表现莫过于他们的遭际。他们的遭际虽属个人的事,但亦情系朝廷、政治、帝王。三者清明,他们依附的也就无所谓损。三者昏暗,其损之大,轻则伤其本人,重则伤其家族。在这些作家中,受其损者不少,而有文章见世且被选入《文选》的有邹阳、李陵、司马迁、陆机、江淹等人。他们的《狱中上书自明》、《答苏武书》、《报任少卿书》、《谢平原内史表》、《诣建平王上书》,作为损的见证与控诉,刻下了斑斑血泪。试读邹阳的《狱中上书自明》:"臣闻忠无不报,信不见疑,臣常以为然,徒虚语耳!昔者荆轲慕燕丹之义,白虹贯日,太子畏之;卫先生为秦画长平之事,太白食昴,昭王疑之。夫精诚变天地，而信不喻两主，岂不哀哉！今臣尽忠竭诚，毕议愿知，左右不明，卒从吏讯，为世所疑。是使荆轲卫先生复起，而燕秦不寤也。意大王熟察之。"这是该文开头的一段话，直接从忠而见疑写起。分不清忠奸，乃昏暗之表现；相信小人谗言，而把尽忠竭诚的人抓起来关进监狱，并欲诛之，更是昏聩之极。再读司马迁的《报任少卿书》："后数日，陵败书闻，主上为之食不甘味，听朝不怡。大臣忧惧，不知所出。仆窃不自料其卑贱，见主上惨怆怛悼，诚欲效其款款之愚，以为李陵素与士人绝甘分少，能得人死力，虽古之名将，不能过也。身虽陷败，彼观其意，且欲得其当而报于汉。事已无可奈何，其所摧败，功亦足以暴于天下矣。仆怀欲陈之，而未有路，适会召问，即以此指，推言陵之功，欲以广主上之意，塞睚眦之辞。未能尽明，明主不晓，以为仆沮贰师，而为李陵游说，遂下于理。"这是司马迁自述惨遭腐刑之由来，从中也可看出汉武帝有失圣明的时候。急功就利，穷兵黩武，不管将士生死，是他失明为暗的主要原因。因为暗，分不清是非、功过、忠奸、曲直、好坏，将忠诚于他的人损伤到了令人痛不欲生的地步。请再读陆机的《谢平原内史表》："俯首顿膝，忧愧若厉。而横为故齐王冏所见枉陷，诬臣与众人共作禅文，幽执囹圄，当为诛始。臣之微诚，不负天地，仓卒之际，虑有逼迫，乃与弟云……阴蒙避回，岐岖自列。片言只字，不关其间，事纵笔迹，皆可推校，而一朝翻然，更以为罪。蕞尔之生，尚不足吝，区区本怀，实有可悲。畏逼天威，即罪惟谨，钳口结舌，不敢上诉所天。莫大之衅，日经圣听，肝血之诚，终不一闻，所以临难慷慨，而不能不恨恨者，惟此而已。"这种血泪的控诉直将矛头指向齐王。齐王之暗，暗在其政治野心。而政治野心之膨胀，又是时势混乱所使然。所以陆机之损，是时暗主暗双层积压的结果，能不使他恨恨不已吗？请再读江淹的《诣建平王上书》："昔者贱臣叩心，飞霜击于燕地；庶女告天，振风袭于齐台。下官每读其书，未尝不废卷流涕。何者？士有一定之论，女有不易之行，信而见疑，贞而为戮，是以壮夫义士，伏死而不顾者此也。下官闻仁不可恃，善不可依，谓徒虚语，乃今知之。伏愿大王暂停左右，少加怜焉。"这也是此文开头的一段，其运意使辞与邹阳文何其相似！可见这是从邹文中模拟而来。据李善注引《梁书》，江淹此次下狱，是因"广陵令郭彦文得罪，辞连淹"而王不明、信而见疑所致。这些带有斑斑血泪的控诉，都将自己忠而被诬，横加损害的原因指向帝王不明，朝政昏暗，这就不约而同地将人们对明主的呼唤，作为现实社会政治中的重要问题揭示了出来，其思之深沉、自觉可不同一般了。然尽管如此，但他们并不把自己的受害归罪于帝王，只说是诚而见疑，是帝王的误会，而不是帝王的过错。这种有意将自己所遭受的冤屈公布于天下，告知后人，而又有意为王者讳的做法，虽从侧面表现了他们矛盾的心理，但正面表现出来的还是他们对自己所依附的朝廷、政治、帝王之忠诚。

在那样的时代与社会，因朝政不清、帝王不明而给人们带来损害的，不惟是那些自觉依附的人们，有时还是他们自己。最突出的事例莫过于宗室子弟的相互猜忌，相互残杀了。这种痼疾，自三代以来就存在，至春秋则愈演愈烈，直接危害家天下政治的运行，皇权的巩固。这一情况反映在《文选》中，就是曹丕对曹植的迫害。这只要读一读曹植的《上责躬应诏诗表》、《责躬诗》、《赠白马王彪诗》、《求自试表》、《求通亲亲表》，便会知道。它虽未达到兄弟相残的地步，但曹丕父子一些不近情理的做法，给曹植带来的压抑与损害并不亚于司马迁他们。这在其诗文中多有表现。试读《赠白马王彪》中的一段："玄黄犹能进，我思郁以纡。郁纡将难进，亲爱在离居。本图相与偕，中更不克俱。鸱枭鸣衡扼，豺狼当路衢。苍蝇间黑白，谗巧令亲疏。欲还绝无蹊，揽辔止踟蹰。"此段写兄弟中途被迫分手，是谗巧离间所致，故哀伤中充满义愤。曹植也将它归罪于小人，可见小人之恶是无处不在的。而小人竟敢对这些王侯作恶，可知这非一般之徒，而是其皇兄之爪牙了。将自己的亲弟弟交给外人去欺侮，这不只是昏，更是愚了。昏愚之君是不能治理天下的，所以曹氏皇权像烟云过客，很快就被司马氏取而代之了。

一般说来，帝王昏暗多出现在一个朝代的中晚期，而又以晚期为最。这个时期受损的不只是那些帝王的依附者，还有更多的百姓。《文选》的可贵处就在于它很注重这些内容的选入。其篇什之多，主要集中在诗歌中，赋中也有些，如班彪的《北征赋》即是。此赋写的"慕公刘之遗德，及《行苇》之不伤。彼何生之优渥，我独罹此百殃"，则是西汉末年一场战乱的情景。而王灿《七哀诗》所描写的"出门无所见，白骨蔽平原。路有饥妇人，抱子弃草间。顾闻号泣声，挥泪独不还。未知身死处，何能两相完？驱马弃之去，不忍听此言"，又是东汉末年战乱四起的情景。潘岳《关中诗》所描写的"为法受恶，谁谓荼苦？哀此黎元，无罪无辜。肝脑涂地，白骨交衢。夫行妻寡，父出子孤"，乃是晋八王之乱时边塞战乱的情景。这些描写具体真实，令人为之哭泣，为之战栗。它告诉读者，一场战乱来临，连班彪那样的朝臣也要东奔西逃，罹此百殃，那些脆弱的百姓也就只能抛尸原野，白骨交衢了。而这些又都出现在一个朝代的末期，这就说明末期是最混乱最昏暗的时期，是人民深遭痛苦的时期，这个时期，除了兵火吞噬人的生命外,社会的动荡不安,生活的贫困饥寒也严重地威胁着人们的生命安全。出于对死亡的恐惧,生命的热爱,很多重大的社会问题、人生问题,像社会的安定问题,生活的着落问题,人的生命问题,人的强合离散问题,人的相互依赖问题等,都需要解决。于是,他们情不自禁地将目光投向了朝廷,投向了君主。

当人们将所有的问题都集中到某一方面时,它便成为关注的焦点而显得很不一般了。这个焦点就是:帝王的明与暗,智与愚。帝王的明暗贤愚,在家天下政治当轴、帝王成为政治领袖,朝廷统帅,天下主宰,权力象征的时候,的确显得很重要。帝王明,则朝政清,天下得以治理,社会得以安定,百姓得以乐业,依附者得以安然无损。帝王不明,上述种种灾难就会随时而成。所以,渴望明君圣主便成为他们的政治诉求显得异常强烈。然在历史上,真正的明君他们并没有见过,而心中的偶像只有"三后"、尧舜。所以在历史的追忆中,他们念念不忘的就是这些人,热情歌颂赞美的也是这些人。"昔三后之纯粹兮,固众芳之所在。""彼尧舜之耿介兮,既遵道而得路。"屈原的吟唱代表了他们的心声。他们曾以此作为一种权衡诉诸其帝王,然并未成功。于是他们将希望寄寓到贤人身上。贤人之重要,诚如曹洪在《与魏文帝书》中说的"古之用兵,敌国虽乱,尚有贤人,则不伐也"那样,是深得天下人之尊重的。这种效用加速了人们对贤人作用的认识,并建构了一种以"诏贤"、"策文"、"荐贤"、"评贤"为内容的尊贤模式,运用于朝政与日常写作之中。这在《文选》中也可见到,且由以下文章组成:一、汉武帝的《贤良诏》。这是朝廷向社会招纳贤良的法令文件与政策依据。二、王融的《永明九年策秀才文》、《永明十一年策秀才文》,任昉的《天监三年策秀才文》。这是朝廷测试贤良的题目。三、孔融的《荐祢衡表》、桓温《荐谯元彦表》、傅亮的《为宋公求加赠刘前军表》、任昉的《为萧扬州荐士表》。这是朝廷官员响应朝廷号召,向皇帝荐举贤良或请求旌表贤臣的。四、王褒的《圣主得贤臣颂》、陆机的《汉高祖功臣颂》、袁宏的《三国名臣序赞》、范晔的《后汉书二十八将传论》。这是用来评价宣传贤良的。这一模式旨在突出贤良的历史地位与作用,增强帝王用贤意识。帝王用贤是其明的一种表现。帝王贤明的另一种表现就要善于听言。为此,他们极力提倡进谏,不失时机地向皇上讽谏进言。象司马相如的《子虚赋》、《上林赋》,扬雄的《甘泉赋》、《羽猎赋》、《长杨赋》,张衡的《二京赋》等,便是他们利用献赋之机向皇上进行讽谏。而李斯的《上书秦始皇》,邹阳的《上书吴王》,枚乘的《上书谏吴王》、《上书重谏吴王》,司马相如的《上书谏猎》等,是他们利用行政之便向皇上进行进谏。韦孟的《讽谏诗》、枚乘的《七发》，则是他们利用文学形式宣讲进谏之奇思妙用。这些文章尽管它们的文体不同，立意不同，内容不同，但目的愿望是一致的。

同时他们还寄希望于人伦道德，让人伦道德在对社会政治的整合中，在规制君臣行为方面发挥出应有的作用，从而将"人"这一学问做强做好。其言论之丰富，于作品中随处可见。

在此过程中，学术文化发挥了重要作用。儒家学术文化之作用，已于上述。道家佛家的自然无为、清静的思想作为儒家思想之辅翼亦得到了充分的展现。其中，归隐诗所描写的那个境界，就是他们所开出的药方。史学学术文化的历史总结，在帮助人们如何认识历史与现实上提供了理论的指南。文学学术文化在帮助人们如何认识、表现、反映社会现实生活方面，从理论与实践上提出了很好的意见。这些或明或暗、或隐或现地交织在一起，将《文选》作品内容打造得缤纷多彩，异常深厚，形成了如下的主题。

一、爱国主义主题。爱国主义是中国人民的一种传统美德。以关心祖国强盛，献身祖国事业为最高境界。而在中国历史上，屈原就是这一美德的践行者和化身。他的气壮山河，光照千秋的《离骚》，就是传播这一美德的最强音。而他自己那种至死不渝、矢志不移的爱国信念和为实现祖国富强而热烈追求、不懈斗争的精神，以及壮志难酬，报国无门的痛苦与哀伤，就是通过这一强音来表述来传递的。因此，屈原的爱国主义以及传播这一爱国主义的《离骚》便成为民族的绝唱久久回荡在历史的上空，回荡在《文选》中。《文选》有了它，也就有了自己存活的时间与空间，价值与生命。千百年来，凡无缘读到楚辞的人，只要《文选》一册到手，他就可以读到屈原的爱国事迹与精神，就可以感受到《文选》的分量与意义。

二、大一统的主题。大一统也是中国人民固有的思想情结。它以反对民族分裂、实现祖国和平统一为最高追求，是爱国主义思想的另一表现形式。千百年来，不论是战乱时期，还是和平环境，中国人民都将它作为一种强烈的民族意识、国家观念来认同，来支配自己对民族对祖国的热爱之情。《文选》中表现这一主题的作品很多，有热烈赞颂的，有为之努力奋斗的。前者以班固的《两都赋》、张衡的《二京赋》为代表。这四首赋均以西汉定都长安，东汉定都河洛为题材，鸿篇巨制，恣意铺写，将两个不同时期汉朝皇都的巨大规模、地理形胜、物产资源、风土人情、礼乐文化、都市繁荣、人民安居乐业的大场面、大气概、大精神作了淋漓尽致的描写与刻画。作者的旨意在赞美汉之盛德、歌颂皇家气象，但在客观上也展现了汉统一中国后民族的强盛，以及为巩固这种强盛所表现出来的蓬勃向上的民族志气和国家精神。何谓大一统？读完这四首赋，你就知道它大在何方，统在何处，一的内涵与意蕴。这四首赋，创作上虽有张赋模拟班赋的痕迹，但总的来说，各有长处，凡班赋写得详细的，张赋就略写；凡班赋写得简略的，张赋就详写。于是二者长短互补，共同表现了汉大一统的精神。后者以阮瑀《为曹公作书与孙权》、孙楚《为石仲容与孙皓书》、丘迟《与陈伯之书》、司马相如《喻巴蜀檄》、《难蜀父老》、陈琳《为袁绍檄豫州》、《檄吴将校部曲》、《为曹洪与魏文帝书》、钟会《檄蜀文》为代表。这些书、檄，都出现于汉魏这两个特别时期。司马相如的二檄，是因巴蜀的社会不稳定，作者受朝廷之托而作，旨在劝谕巴蜀之民随顺王命，以维持和巩固汉的政权和国家统一。阮瑀、陈琳、孙楚、钟会所写的书、檄，都是魏、蜀、吴三国纷争时期的事。这些看似为某一人、某一集团之私事，反映的则是为了天下统一。统一始于局部，无局部的统一，亦就没有天下的统一；而欲天下统一，就得先将那些分散的各自为政占地为王的割据消灭掉，《袁绍檄豫州》反映的就是这一情况。然后再削弱和消灭那些大的割据，阮瑀、孙楚、陈琳、钟会的檄则属这种情况。尽管这些檄重在揭露对方的"罪行"，说明讨伐的理由，未言及统一之事，然割据被消灭了，不言统一而统一亦在其中。至于丘迟写给陈伯之的那封信，从事理上讲，应具有这种性质，只是萧衍没有统一北方的力量与决心，而其价值也就仅存留在劝陈伯之归顺朝廷上了。

三、渴望建功立业的主题。渴望建功立业，也是古人常有的思想与愿望。班固《答宾戏》说的"故太上有立德，其次有立功"，从正面表现了这种思想。司马迁《报任安书》说的"上之不能纳忠效信，有奇策才力之誉，自结明主；次之又不能拾遗补阙，招贤进能，显岩穴之士；外之又不能备行伍，攻城野战，有斩将搴旗之功；下之不能积日累劳，取尊官厚禄，以为宗族交游光宠"，则从反面表现了这种愿望。在这种强烈的思想愿望感召下，读书人常常将功业当做人生一大目标去追求，也常常在自己的写作中将它当作一大主题来表现。而《文选》所选的大多就是这类作品，且集中在诗赋中，比如王灿的《登楼赋》，班固的《幽通赋》，张衡的《思玄赋》、《归田赋》，张华的《励志诗》，曹植的《责躬诗》、《三良诗》、《求自试表》，应场的《侍五官中郎将建章台集诗》，左思的《咏史八首》其一、其二、其三，卢谌的《览古》，谢瞻的《张子房诗》，虞羲的《咏霍将军北伐》，王灿的《赠士孙文始》、《赠文叔良》《从军诗五首》，陆机的《赠冯文罴诗》、《猛虎行》、《从军行》,潘岳的《河阳县作二首》,曹操的《短歌行》,鲍照的《乐府诗八首》,袁淑的《效白马篇》《效古篇》等,或通过对古代功臣贤士的歌咏来赞美他们建功立业的事迹与精神,或正面抒写自己建功立业的愿望,或反面表现自己徒怀满腔热情而无缘建功立业的苦闷。这些多层次多笔墨的表述,无疑增强了作品的感染力,增大了《文选》的思想容量。

四、人际交往的主题。这也是一个传统的话题。孔子说的"有朋自远方来,不亦乐乎",就将这一话题潜在的意义揭橥无遗。它告诉我们,人际相交,重在感情。以情相待,就会得到对方的以情相报。而出现在诗歌创作中的赠答送别诗和朋友之间的书体文,便是用来表现这一情感的。萧统很注重这类诗文的选择,致使所选的四百余首诗歌中,赠答诗所占的比重超过了其他题材的诗。所选的 33 种日用文体中,书体文就有 24 篇之多。这些诗文所表现的交往对象多为朋友,也有亲人,如嵇康的《赠秀才入军五首》,就是赠给其兄嵇喜的;刘桢的《赠从弟三首》,就是赠给他的堂弟的;曹植的《赠白马王彪》,亦是赠给他的异母弟曹彪的;陆机的《赠弟士龙》和陆云的《答兄机》,即是兄弟二人互为赠答的;应璩的《与从弟君尚君胄书》,就是给其堂弟君尚君胄的。这些诗、书不论赠朋友赠兄弟,都写得很有感情,很有理致,表现了他们以情待人以理晓人的原则。其中,曹丕曹植兄弟同文人吴质、钟繇、杨修的友情,远远超过了一般贵公子同其属下的交往,显得真挚而深厚。除了这两类诗文外,祖饯诗也是用来抒写友情的。而刘峻的《广绝交论》,是作者有感于任昉死后,其生前友好到洽到溉兄弟寡情于其子而作,论中不乏愤懑之辞,不乏人情冷漠、世态炎凉之感。出于这种感愤,作者将社会上存在着的这一交往归纳为"势交"、"贿交"、"谈交"、"穷交"、"量交"而批评之。其持论之精当,析理之透彻,"诚为绝伦"。

五、人生忧伤的主题。忧伤是人类常有的情感,种类很多。其中因别离和功名无望而产生的忧伤极为普遍,为诗人所常咏。论其原由各人情况不一,但社会动荡不安,世道诡谲险恶,政治腐败黑暗,君王愚昧昏庸,则是其总的根源。面对这种情况,有悲苦呻吟者,有逃匿他所以求安宁者。于是,文人创作便有了哀伤和隐逸的描写,绝世游仙的歌咏。而《文选》所选的哀伤赋、哀伤诗、招隐诗、反招隐诗、游仙诗就是这类作品的佼佼者。此外,不以此命题而实写这一情感的诗于选集中比比可见,像《古乐府三首》,班婕好《悲歌行》,张衡的《四愁诗》,曹丕的《燕歌行》、《善哉行》,陆机的《苦寒行》、《悲哉行》等,就是其中的代表。这类诗赋,多以悲壮健朗的笔调向人们诉说他们心中的哀伤与不平。哀莫大于心死,悲莫伤于无望,而忧伤之作渲染的就是这样一类情感,歌咏的也就是这样一种主题。

六、生死主题。生与死是人生的两极,素为人们所重。然生之短长,寿之多少,不只是种数的表示,也是种质的显现。注重数质的统一,便成了生死中又一重大问题。孟子称死"可当大事",表现了他对死的重视,至于死后变成什么?是畜生、饿鬼,是佛教关心的事情,儒道二家均无细究。然不论三家如何说,人们大多关心的是现实问题。于是便有了《古诗十九首》中性命短暂、人生无常的描写,有了曹操《短歌行》"对酒当歌,人生几何"的追问,有了缪袭的"生时游国都,死没弃中野",陆机的"呼子子不闻,泣子子不知",陶渊明的"死去何所道,托体同山阿"的《挽歌诗》的产生,有了诔、哀、碑文、墓志、吊文、祭文的写作,亦有了嵇康的《养生论》,李康的《王命论》,刘峻的《辩命论》的问世。这些都出现在《文选》中,成为《文选》内容一大亮点,吸引读者的眼球;成为一种庄重的表示,为读者所关注。

总之,《文选》内容丰富,主题深刻。它以单篇独什的形式对经、史、子常讲的天、地、人亦分别从山水游赏、历史追忆与现实沉思三个方面作了全面的挖掘与表现,经、史、子所讲的那些,于《文选》都可见到。因此,《文选》在帮助读者如何认识天、认识地、认识人、认识现实、认识历史、认识政治、认识社会、认识百姓、认识人生等方面是一部有益的教科书。《文选》的意蕴、精神也主要是从这些方面予以体现。

五、《文选》的语言

《文选》语言是《文选》研究中谈论颇多的话题。从其形式看,它不全是骈,亦有散,还有骈散结合者。即使是散,亦与先秦之散,既有联系,又有区别。这种语言是如何形成发展变化的,是本文要探讨的问题。

这种语言的形成,源远流长,若论及紧要,屈原"娴于辞令"则是关键,学术文化则是关键。这三者是辩证统一的。屈原的娴于辞令,就是建立他的博闻强志之上。正由于他博闻强志,故其遣词造句与修辞无不得心应手,无不稳妥,因此,学术文化在《文选》语言中的基础作用是很大的。这无须多言,但不能不言。言而适止,以娴于辞令为是。这四个字值得玩味。它是司马迁从春秋战国以来语言发展的历史中,从屈原"出则接遇宾客,应对诸侯"及其作《离骚》、《九歌》用语之特点中所概括出来的一句用意深沉的话。其核心就在"辞令"二字上。辞令者,以辞令使也。以辞令使,既含有工具性的意义,又具有目的性的作用,是工具性与目的性有机结合与统一。因此,以辞令使者,一要善于抓住所谈的问题的实质与关键,不说则已,一说就要一矢中的,击中要害。二要善于揣摸对方的心理,投其所好,迎合所需。三要善于修饰辞采,话要说得动听。为此,要善于择辞、措辞,要注意声音的抑扬顿挫,语气的缓急变化,语言的铺排扬厉,句式的长短配合。而这些尚追其根源,则来自春秋行人。春秋行人多具有这样的特征与本领。行人一词,见于《左传》者,大约有十五、六次之多。其中,最早见于宣公十二年,说:"楚少宰如晋师,曰:'寡君少遭闵凶,不能文。闻二先君之出入此行也,将郑是训定,岂敢求罪于晋?二三子无淹久。'随季对曰:'昔平王命我先君文侯曰:'与郑夹辅周室,毋废王命。'今郑不率,寡君使群臣问诸郑,岂敢辱候人?敢拜君命之辱。'彘子以为谄,使赵括从而更之,曰:'行人失辞,寡君使群臣迁大国之迹于郑,曰:'无辟敌。'群臣无所逃命。"次见于成公十三年(前572年),说:"三月,公如京师。宣伯欲赐,请先使。王以行人之礼礼焉。"成公十六年,说:"今两国治戎,行人不使,不可谓整。"襄公八年,说:"知武子使行人子员对之,曰:'君有楚命,亦不使一介行李告于寡君,而即安于楚。君之所欲也,谁敢违君?寡君将帅诸侯以见于城下。惟君图之。"襄公二十六年,说:"二十六年,春,秦伯之弟针如晋修成,叔向命召行人子员。行人子朱曰:'朱也当御。'三云,叔向不应。子朱怒曰:'班爵同,何以黜朱于朝?'抚剑从之。叔向曰:'秦、晋不和久矣。今日之事,幸而集,晋国赖之。不集,三军暴骨。子员道二国之言无私,子常易之。奸以事君者,吾所能御也。'拂衣从之。人救之。"襄公三十一年,说:"文子入聘,子羽为行人,冯简子与子大叔逆客。……子产之从政也,择能而使之。冯简子能断大事。……公孙挥能知四国之为,……而又善为辞令。……郑国将有诸侯之事,子产乃问四国之为于子羽,且使多为辞令;……"从中我们可以看到,行人这一历史现象的出现,是春秋纷繁外事活动特有的产物。其含义,襄公十一年传作了解释,说:"九月,诸侯悉师以复伐郑。郑人使良霄、大宰石㚟如楚,……楚人执之。书曰'行人',言使人也。""言使人也",就是对行人的解释。所谓使人,就是使者,指被驱使而行使君命的人。其职责就是应对诸侯不失辞,不诬陷,不言而有私。一句话就是以辞令使,不辱王命。为此,行人要研究"四国之为",要"多为辞令"。行人之辞令,最著名的是僖公四年传所记的一段话,说:

四年，春，齐侯以诸侯之师侵蔡。蔡溃，遂伐楚。楚子使与师言曰："君处北海，寡人处南海，惟是风马牛不相及也，不虞君之涉吾地也，何故？"管仲对曰："昔召康公命我先君大公曰：'五侯九伯，女实征之，以夹辅周室。'赐我先君履，东至于海，西至于河，南至于穆陵，北至于无棣。尔贡包茅不入，王祭不共，无以缩酒，寡人是征。昭王南征而不复，寡人是问。"对曰："贡之不入，寡君之罪也，敢不共给？昭王之不复，君其问诸水滨。"师进，次于陉。夏，楚子使屈完如师。师退，次于召陵。齐侯陈诸侯之师，与屈完乘而观之。齐侯曰："岂不谷是为？先君好是继。与不谷同好如何？"对曰："君惠徼福于敝邑之社稷，辱收寡君，寡君之愿也。"齐侯曰："以此众战，谁能御之？以此攻城，何城不克？"对曰："君若以德绥诸侯，谁敢不服？君若以力，楚国方城以为城，汉水以为池，虽众，无所用之。"屈完及诸侯盟。

这里，管仲、屈完虽不以行人称，然出使王命，实乃行人。其以辞令使，既淋漓痛快，又锋芒毕露，这样的辞令于《左传》所记的行人中并不多见，但这种现象的存在，风气的存在，则促进了外交事务的发展，外交语言的繁荣，出现了一批类似上述引文的文字，如《展喜犒师》、《烛之武退秦师》、《齐国佐不辱命》、《吕相绝秦》、《驹支不屈于晋》、《晏子不使君难》等均以辞令通畅，文采斐然，优美动听而显示出以辞令使的特点与魅力，均是行人"多为辞令"的结果，致使当时的语言发生了如下变化：

一、句式变化。句式开始由散趋向整齐，出现了一些二字句、三字句、四字句、五字句。象隐公三年传所云"君义，臣行，父慈，子孝，兄爱，弟敬，所谓六顺也"；隐公五年传所云"故春蒐，夏苗，秋獮，冬狩，皆于农隙以讲事也"，可视为二字句式的范例。象隐公三年传所云"且夫贱妨贵，少陵长，远间亲，新间旧，小加大，淫破义，所谓六逆也"；隐公五年传所云"昭文章，明贵贱，辨等列，顺少长，习威仪也"；成公十八年（前575年）传所云"逮鳏寡，振废滞，匡乏困，救灾患，禁淫慝，薄赋敛，宥罪戾，节器用，时用民，欲无犯时"，可看作三字句的范例。象隐公五年传所云"若夫山林川泽之实，器用之资，皂隶之事，官司之守，非君所及也"；僖公十四年传所云"背施无亲，幸灾不仁，贪爱不祥，怒邻不义"；襄公三十一年传所云"故君子在位可畏，施舍可爱，进退可度，周旋可则，容止可观，作事可法，德行可象，声气可乐，动作有文，言语有章，以临其下，谓之有威仪也"，可当做四字句式的范例。象襄公十二年传所云"凡诸侯之丧，异姓临于外，同姓于宗庙，同宗于祖庙，同族于祢庙"；昭公十二年传所云"深思而浅谋，迩身而远志,宗臣而君图,有人矣哉";昭公十五年传所云"奉之以土田,抚之以彝器,旌之以车服,明之以文章,子孙不忘,所谓福也",可视作五字句式的范例。在这四类句式中,四字句式运用最为频繁,恐与四言诗盛行有关。四言诗形成的语感,不仅使他们体会到了语言的整齐美、浓缩美,而且也使他们学到了造句的方法。这些方法于三字句、五字句虽显得有点别扭,但为五言诗句和四六句式的形成积累了经验。

二、对句使用。句子相对,由来有自。至春秋,对句形式多样,有三字、四字、五字、九字对不等。三字对,如"女有家,男有室"、"经国家,定社稷"等就对得较工整。四字对,如"善不可失,恶不可长"、"室无县罄,野无青草"等也对得较清楚。五字对,如"赠死不及尸,吊生不及哀"、"文物以纪之,声明以发之"等亦对得尚为明白。九字对,如"大隧之中,其乐也融融;大隧之外,其乐也泄泄"、"耳不听五声之和为聋,目不别五色之章为昧"等对得也颇为精致。此外,还出现了隔句对,如"有事而无业,事则不经;有业而无礼,经则不序;有礼而无威,序则不共;有威而不昭,共则不明"(以上见于《左传》桓公十八年,隐公十一年,僖公二十六年,隐公元年,恒公二年,僖公二十四年,昭公十三年),对得非常巧妙。当然,也有对得很勉强、很生硬的,这是经验不足时所出现的现象,但为语言的骈化奠定了基础。

三、修辞应用。这是因增强语言表达效果而出现的一种语言现象。形式很多,而引《诗》、引《虞书》、引《夏书》、引《商书》、引古人言、引史佚之志、引周谚、引周任之言、引童谣等就是一些常见的修辞手法。如:《周诗》有之曰:"俟河之清,人寿几何?兆云询多,职竞作罗。""故《虞书》数舜之功曰:'慎徽五典,五典克从。'无违教也。曰:'纳于百揆,百揆时序。'无废事也。曰:'宾于四门,四门穆穆。'无凶人也。"《夏书》曰:"地平天成。"《商书》曰:"恶之易也,如火之燎于原,不可乡迩,其犹可扑灭?'古人有言曰:"杀老牛莫之敢尸。"史佚之志有之曰:"非我族类,其心必异。'"周谚有之曰:"山有木,工则度之;宾有礼,主则择之。"周任有言曰:"为国家者,见恶,如农夫之务去草焉,芟夷蕴崇之,绝其本根,勿使能殖,则善者信矣。"童谣曰:"丙之晨,龙尾伏辰,均服振振……"(以上见于《左传》成公八年,文公十八年,僖公二十五年,隐公六年,成公七年、四年,隐公十一年、六年,僖公六年)如此引语引言,不仅拓宽了语言的表达形式,扩大了语言的表达效果,而且为后人之使用提供了经验与帮助。

春秋这种行人现象给后人影响最深的是苏秦、张仪、屈原。苏秦、张仪为战国时期著名的纵横家。他们凭着三寸不烂之舌和能将稻草说成金条的嘴巴,挟纵横之术以干诸侯,故在辞令修炼上所表现出来的专业化程度较之春秋行人更高。他们的语言不仅具有极大的煽动性,感召力,而且非常优美动听。试读苏秦同齐宣王的一段谈话:"齐南有泰山,东有琅邪,西有清河,北有勃海,此所谓四塞之国也。齐地方二千余里,带甲数十万,粟如丘山。三军之良,五家之兵,进如锋矢,战如雷霆,解如风雨,即有军役,未尝倍泰山,绝清河,涉勃海也。……临甾甚富而实,其民无不吹竽鼓瑟,弹琴击筑,斗鸡走狗,六博蹴鞠者。临甾之涂,车毂击,人肩摩,连衽成帷,举袂成幕,挥汗成雨,家殷人足,志高气扬。夫以大王之贤与齐之强,天下莫能当。今乃西面而事秦,臣窃为大王羞之。"(《史记·苏秦列传》)这段话以辞令使的特色非常鲜明。苏秦牢牢抓住齐王喜听好话的心理,大量运用四字句、对句和排比、夸张的修辞手法,将齐国势力说得非常强大,从而达到了令使齐王联从的目的。屈原与张仪同时,曾领教过张仪欺诈性辞令的厉害。"于是楚王已得张仪而重出黔中地与秦,欲许之。屈原曰:'前大王见欺于张仪,张仪至,臣以为大王烹之;今纵弗忍杀之,又听其邪说,不可。"(《史记·张仪列传》)对其为人为辞都很鄙弃。然在以辞令使上又与张仪不谋而合,即非常注重语言的修炼,且达到了"娴"的程度,以适应应对诸侯的需要。其外交语言今虽不得见,然"王甚任之"(《史记·屈原贾生列传》),则表明其语言之修炼使他在外事上是游刃有余的。同时,又使他在楚辞创作上树立了一块丰碑。其《离骚》以其独特的语言创造与表现形式,将中国的古代诗歌推向了又一高峰。从古代诗歌发展史上讲,《离骚》是继《诗经》而来,沿用的是《诗经》创作的传统。然从语言发展的渊源来看,它继承的并不是《诗经》的用语习惯,而是春秋行人以辞令使的传统,将行人语言进行了诗化的处理。这一过程实际就是语言的修炼过程,创新过程,分别从句式、修辞两个方面展开。句式上如何将行人语言诗化,是件颇费心机的事。首先,它要确定句子的字数,是用四言、五言、六言,还是七言、八言、九言?这都需要作认真的考虑。然从现成句式看,似乎以六言、七言为主,间或用了八言、九言的句子,字数少则三言,多则十言。字数确定后,一个句子用何句法来表示?则是诗化之关键,为此他大量使用了诸如"皇览揆余于初度兮"、"余固知謇謇之为患兮"、"余既不难离别兮"、"余既滋兰之九畹兮"、"羿淫游以佚田兮"、"浇身被服强圉兮"、"夏桀之常违兮"、"吾令羲和弭节兮"、"吾令帝阍开关兮"等主谓分明的陈述句;诸如"纷吾既有此内美兮"、"汨余若将不及兮"、"何桀纣之昌披兮"、"彼尧舜之耿介兮"等冠以"纷"、

"汩"、"何"、"彼"字样的主谓句;诸如"扈江离与辟芷兮"、"不抚壮而弃秽兮"、"乘骐骥以驰骋兮"、"忽奔走以先后兮"、"忽驰骛以追逐兮"等省略了主语的陈述句。这些陈述句若去掉句中的虚词和为补足音节而加的"兮"字,其基本句式则为五字句。这是上句的情况。下句亦多为主谓分明的陈述句,如"朕皇考曰伯庸"、"路幽昧以险隘"、"夏康娱以自纵"、"浞又贪夫厥家"、"鸩告余以不好"、"余犹恶其佻巧"、"心犹豫而狐疑"、"齐桓闻以该辅"、"荃蕙化而为茅"、"吾将远逝以自疏"、"路修远以周流"等,若去掉其中的虚词,亦多为五字句。也就是说,《离骚》的基本句式就是在五字句的基础上加上适当的虚词或"兮"所组成。由于它大量使用陈述句,间或配以"惟……,恐……"、"岂……,恐……"、"既……,又……"等句式,不仅表明它的诗句是从散文中来,具有散句的特征与性质,而且也富有诗的气势与感染力。

屈原这种娴于辞令,当时给宋玉、唐勒、景差等人以很大影响。《史记·屈原贾生列传》说:"屈原既死之后,楚有宋玉、唐勒、景差之徒者,皆好辞而以赋见称;然皆祖屈原之从容辞令。"宋玉等人祖屈原之从容辞令,是得其精髓,还是得其皮毛? 从他们为官来看,因面对楚国日削而不敢向楚王进谏,眼睁睁看着自己祖国灭亡,则知连皮毛都不曾学到。从好辞以赋来看,则能步其后尘,得其堂奥。这主要表现在语句之确立与修辞之使用两个方面。《文选》选其《九辩》凡四首,其基本句式为上七下六,个别为八字句或九字句。在其基本句式中,兮字一般放在上句句末,而在一些变句中,兮字放在上下句子的中间。这种句式在屈赋中用得最多的是《九歌》。如"吉日兮辰良,穆将愉兮上皇"、"瑶席兮玉瑱,盍将把兮琼芳"(《东皇太一》),"美要眇兮宜修,沛吾乘兮桂舟"、"令沅湘兮无波,使江水兮安流"(《湘君》),"袅袅兮秋风,洞庭波兮木叶下"、"荒忽兮远望,观流水兮潺湲"(《湘夫人》),"若有人兮山之阿,被薜荔兮带女萝"、"怨公子兮怅忘归,君思我兮不得闲"(《山鬼》)等全是。因此,《九辩》这两种句式的使用,显然是从《离骚》与《九歌》中学来的。《离骚》也写善鸟、花草、云霓等,但不曾作正面的描写,而《九辩》则改变了这一写法,对自然景色进行了直接的刻画,故六字句、七字句,或八字句、九字句中有陈述句,但更多的是描绘句,象"悲哉秋之为气也,草木摇落而变衰"、"燕翩翩其辞归兮,蝉寂寞而无声"等均属这种情况。在修辞上,屈原除善于运用比喻、象征外,还善于使用动词、形容词与迭词。宋玉同屈原一样,也长于这些词汇的运用,如《高唐赋》写巫山女神离王而去所说的那些话,宋玉对何谓朝云所作的那些解释与描绘,就充分表现了作者写情状物的能力，但是这些又全得力于动词、形容词与迭词的交会使用。他应是继屈原后擅名一时的楚辞作家。

屈原对后人的影响亦十分深远。依班固、刘勰的说法，汉人中受其影响较大的有贾谊、枚乘、司马相如、刘向、扬雄诸人（《离骚序》，《全后汉文》卷二十五）。然刘勰又说"其衣被词人，非一代也"（《文心雕龙·辨骚》），表明受其影响的除汉人外，还有其他时期其他朝代的人。其影响的内容，不惟在"弘丽温雅"上，还包括句式与修辞。

首先以句式论，屈原"娴于辞令"，给后人影响至深的，是他对行人语言的执着及其创造性的运用。由于他善于创造，才有《离骚》独特的语言形式出现。这一语言形式，既适合于叙事、描写，又适合于抒情；既适合于句子的扩充，又适合于句子的紧缩。扩充了，它就可以变成十一字句、十二字句；紧缩了，它就可以变为四字句、三字句。这种伸缩性，为《诗经》所缺乏。《诗经》的句式只能伸不能缩，一缩就没有了。所以，从文学语言发展变化来看，《诗经》不如《离骚》。王逸称《离骚》为经，于此观之，不无道理。而秦汉人的聪明，就在于他们从这种伸缩性中看到了语言的可塑性与创造性，并将它灵活地运用到了自己的语言中，形成了自己语言整齐与气势交织融会的特点。这一特点于六朝人所少有。六朝人多整齐而少气势。秦汉人则整齐与气势并重。其整齐主要通过对句与一些常用句式的使用来体现。他们对对句很感兴趣，有些人一下笔就以对句出之。如邹阳的《狱中上书自明》："臣闻忠无不报，信不见疑，臣常以为然，徒虚语耳。昔者荆轲慕燕丹之义，白虹贯日，太子畏之；卫先生为秦画长平之事，太白食昴，昭王疑之。"一开笔就用了一个四字对句和一个十七字对句。枚乘的《上书谏吴王》："臣闻得全者昌，失全者亡。舜无立锥之地，以有天下；禹无十户之聚，以王诸侯。汤武之土不过百里，上不绝三光之明，下不伤百姓之心者，有王术也。"同样一落笔就用了一个四字对句，一个十字对句，一个七字对句。《上书重谏吴王》："昔秦西举胡戎之难，北备榆中之关，南距羌筰之塞，东当六国之从。六国乘信陵之籍，明苏秦之约，厉荆轲之威，并力一心以备秦。"一下笔用了四个六字对句，三个五字对句。这些对句，有的对得不甚严密，与刘勰所云"言对为易，事对为难，反对为优，正对为劣"（《文心雕龙·丽辞》）存有差距，但以期通过这样的句式来整饬文中语言的整齐，则是他们共同的心愿。在这种愿望的驱使下，文中好用对句则成了一种普遍的现象。如李斯《上书秦始皇》就用了大量的对句，其中有三字对句："包九夷，制鄢郢。"四方对句："击瓮叩缶，弹筝搏髀。"五字对句:"地广者粟多,国大者人众。"七字对句:"江南金锡不为用,西蜀丹青不为采。"八字对句:"夜光之璧,不饰朝廷;犀象之器,不为玩好。"十一字对句:"大山不让土壤,故能成其大;河海不择细流,故能就其深。"句式显得灵活多样。另外,他大量使用这些偶句的同时,还使用了诸如"致昆山之玉,有和随之宝,垂明月之珠,服太阿之剑,乘纤离之马,建翠凤之旗,树灵鼍之鼓"这样一组五字群对,这种群对的特点就是将相同或相近的事物集合于一起,用来表达同一个意念。由于它们对得工稳,表意集中,因而显得很不一般;由于它们是建立在学术文化的基础上,富有知识性、趣味性,因而对汉人影响甚大。比如,司马迁的《报任少卿书》,在常人看来,它是一篇散文而非骈文。在骈文家眼里,它是一篇地道的骈文而非散文,所以李兆洛将它选进了《骈体文钞》。作为骈文,它的一个重要特征就是对句多,其中有两组长对是从李斯那里学来的,它们是:"上之不能纳忠效信,有奇策才力之誉,自结明主;次之又不能拾遗补阙,招贤进能,显岩穴之士;外之又不能备行伍,攻城野战,有斩将搴旗之功;下之不能积日累劳,取尊官厚禄,以为宗族交游光宠。""太上不辱先,其次不辱身,其次不辱理色,其次不辱辞令,其次诎体受辱,其次易服受辱,其次关木索被箠楚受辱,其次剔毛发婴金铁受辱,其次毁肌肤断肢体受辱。"这两组长对,严格地说不是对子,然前一组的"上之不能"、"次之又不能"、"外之又不能"、"下之不能",后一组的"太上不辱"、"其次不辱"、"其次不辱"、"其次不辱"、"其次……受辱"、"其次……受辱"、"其次……受辱"、"其次……受辱",又以大致相同的句型出现,因而表明它们有成对的趋势。由于这种集句将同一意念、相同或相近的事物组合在一起,因而为后来群对的大量使用奠定了基础,并显示出语言骈化的广阔前景。这种前景在扬雄的《解嘲》中得到了具体的展现。请看他的几组长对:"深者入黄泉,高者出苍天;大者含元气,细者入无间。""三仁去而殷墟,二老归而周炽;子胥死而吴亡,种蠡存而越霸;五羖入而秦喜,乐毅出而燕惧;范睢以折折而危穰侯,蔡泽以噤吟而笑唐举。""或解缚而相,或释褐而傅;或倚夷门而笑,或横江潭而渔;或七十说而不遇,或立谈而封侯;或枉千乘于陋巷,或拥彗而先驱。""故有造萧何之律于唐虞之世,则悖矣;有作叔孙通仪于夏殷之时,则惑矣;有建娄敬之策于成周之世,则乖矣;有谈范蔡之说于金张许史之间,则枉矣。"在一篇不到二千字的文章中竟用了如许多的长对,其前景不是非常广阔吗?这些对句有的虽欠工整,但较之司马迁的要好。此外,他还用了一组"……时也。……适也。……得也。……宜也。"的句式亦将同类历史人物组合在一起,以此来显示这种长对还可以用不同的句型来表现。其后,这种句型在班固的《答宾戏》中也得到了运用。请看他所写:"伯夷抗行于首阳,柳惠降志于辱仕,颜潜乐于箪瓢,孔终篇于西狩。""牙旷清耳于管弦,离娄眇目于毫分;逢蒙绝技于弧矢,般输榷巧于斧斤;良乐轶能于相驭,乌获抗力于千钧;和鹊发精于针石,研桑心计于无垠。"表明这种长对在东汉仍有广阔的市场,且为那些学有造诣而知识渊博的人所喜爱。这种以学问为辞,以知识立句而使偶句成群结队地出现,无疑加快了句式整饬的步伐,为散句向骈句转化提供了有效的途径与方法。

同时,他们对句式整合很感兴趣,致使三字句、四字句、五字句、六字句、七字句、八字句、九字句等大量涌现。这些句式有时几乎在一篇文章中都能见到,有时因作者的挑肥拣瘦见到的就是那么几种。然正是这么几种,则成为常用句式而催生出一种文体的诞生,如五字句式的不断使用,则催生出了五言诗的产生,四字句的大量使用,则催生出了骈文的出现。从六朝骈文来看,它的基本句式就是四字句。四字句形成的历史,我们在追述行人辞令时已经提及。但到了秦汉以后,其使用就更加频繁,这可从下列一些文章统计中见其概貌。如李斯《上书秦始皇》,就用了24句,贾谊《过秦论》用了24句,邹阳《上吴王书》用了21句,《狱中上书自明》用了28句,司马相如《上书谏猎》用了11句,《喻巴蜀檄》用了45句,《难蜀父老》用了54句,枚乘《上书谏吴王》用了33句,《上书重谏吴王》用了20句,司马迁《报任少卿书》用了73句,杨恽《报孙会宗书》用了49句,朱浮《为幽州牧与彭宠书》用了23句,东方朔《答客难》用了71句,扬雄《解嘲》用了74句,班固《答宾戏》用了66句,王褒《圣主得贤臣颂》用了32句,扬雄《赵充国颂》全是用四字句。可见四字句在秦汉是呈发展的趋势,且愈到后来,使用频率愈高。这种句式的频繁使用,与对句相配合,便成了句式由散向骈,由不整齐向整齐的重要转捩处。骈文形成的历史,实际就是从这里开始走向繁盛的。它是一种以四字句与对句为基本骨架而形成的一种文体。

在讲求句式整齐的同时,秦汉人亦很讲求语言的气势。气势盛,可以感染人,打动人,鼓舞人,因此如何解决语言的气势,同样是作者们经常思考的问题。这一问题的解决虽与作者心胸藏气之清浊、厚薄、多寡有关,但也与他们行文时如何将各种不同的句式进行合理的搭配相连。因此这既是一个理论问题,又是一个技巧问题。秦汉人注重的不是理论,而是技巧。技巧来自实践,实践多了,技巧也就有了,所以他们都喜欢属文,善于属文。而其语言气势亦从属文中得到了显现。他们属文的基本技巧就是善于通过长短句式的合理搭配来创造一种气势，既不使短句重叠堆积，也不使长句孤立无依，而是长中带短，短中接长，错落有致，形成一波三折之势，给人以纡回曲折之美。它不直泄无余，虽然直泄无余能给人一种快感，但缺乏一种回怀的韵味；它缠绵婉曲，虽缠绵婉曲能给人一种纡回之美，但缺乏一种明快的意趣。因此，它的错落有致，一波三折，便将二者的长处融会其中，短处摒落于外，从而形成了自己独特的表达方式与气势。这于他们的作品中随处可见，比如李斯的《上书秦始皇》就具有如此之特点，请看它的结尾一段：

> 臣闻地广者粟多，国大者人众，兵强者则士勇。是以太山不让土壤，故能成其大；河海不择细流，故能就其深；王者不却众庶，故能明其德。是以地无四方，民无异国，四时完美，鬼神降福，此五帝三王所以无敌也。今乃弃黔首以资敌国，却宾客以业诸侯，使天下之士退而不敢西向，裹足不入秦。此所谓藉寇兵而赍盗粮者也。夫物不产于秦，可宝者多；士不产于秦，愿忠者众。今逐客以资敌国，损民以益仇，内自虚而外树怨诸侯，求国无危，不可得也。

这段文字凡 28 句。开头三句是一组五字对句，句短而音节急促，若无下文，则一泄无余，故作者接之以三个十一字的对句。这些对句分别由六字句、五字句组成，构成一种纡回之状，舒缓之势，将作者着力要表达的"大不拒小，秦不却众庶"的意思表达完整。再接下五句，是由一个六字句，三个四字句，一个十一字句组成。其中，第一句的"是以"二字，除起连接上下句的作用外，与后四字并未构成意念，而后四字的意念与它下连的三句相同，主要强调"民无异国"思想之重要。这四句在表意上显得简洁明快，但在语势上又显得意未尽而言已竭。为了改变这一状况，作者用了一个十一字长句来衔接。这一接使语势渐趋舒缓。再接下，作者又用了四个长句一个短句来续其势，使其于舒缓中见悠扬。再接下四句，是一组九字对句，分别由五字句和四字句组成。它们名为长句，实为短语，故于语势上改前之舒缓为急促，音节上改前之悠扬为激昂。最后五句，句式仍呈长短错落之势，其气势虽随着两个短句戛然而止，但因其语意之深远，仍显得气宇轩昂。总之，这段文字，句式长短搭配合理，错落有致，语势一波三折，婉曲明亮，完美地表达了作者反对逐客的思想。

再比如，贾谊的《过秦论》也是一篇具有强烈气势的好文章。这种气势似乎一开篇就凝聚在作者的笔端：

> 秦孝公据殽函之固，拥雍州之地，君臣固守，以窥周室，有席卷天下，

包举宇内，囊括四海之意，并吞八荒之心。当是时也，商君佐之，内立法度，务耕织，修守战之具，外连衡而斗诸侯。于是秦人拱手而取西河之外。孝公既没，惠文武昭，蒙故业，因遗策，南取汉中，西举巴蜀，东割膏腴之地，收要害之郡。诸侯恐惧，会盟而谋弱秦，不爱珍器重宝肥饶之地，以致天下之士，合从缔交，相与为一。

感情是何等的饱满，气势是何等强烈。你看他下笔的几个短句，或对偶，或排比，宛如连珠炮一般，不发则已，一发一个接着一个，既令人目不暇接，又使人感到音节响亮，一气贯注，不可阻挡。然强弩之末，终有颓势，而作者却于强末之后接以一个偏长的六字对句以冲其缓，并以一种夸张的语气与之配合，使其强弩之势盛而不衰，所言之辞滔滔雄辩。及其所叙，虽重在事实的表述，不需要像论那样以气势镇人，然作为论的重要组成部分，仍需要有相应的气势与之配合，于是作者运用长短交错的语言布局技巧，在大量使用三、四言短句的同时，间以十字、十二字的长句，言简意赅地将要所述之事叙述出来，以增强论证的力量，以构成一气呵成之势。这样的例子还有很多，善于将语言之整齐与气势进行交织融会，以增强骈文的表现力，是秦汉作者所创造的语言表现方法，是他们送给后人的一份厚礼。正因为有了这份厚礼作基础，骈文之写作也就气旺势盛，为文人所喜爱了。

屈原"娴于辞令"的另一重要表现，就是非常注重词汇的修饰。他擅长比喻、象征，是文学史上大量将自然物象与社会人事联系在一起，以构成某种比喻或象征的诗人。同时，他也擅长夸饰、引用，其引用历史传说、神话故事几乎达到了随手拿来，无不成采的境地。这些同样给秦汉魏晋南朝作者以深刻的影响，使他们看到了修辞在整饬语言上的作用，增强了他们词汇修饰的自觉性。因此，喜欢修辞，尤其喜欢引事引言，便成为他们属文的一大爱好，成为《文选》语言上的一道靓丽的风景线，格外引人注目，其例之多，比比可见。例如，"奉春建策，留侯演成。""节慕原尝，名亚春陵。""下有郑白之沃，衣食之源。""许少施巧，秦成力折。"（班固《西都赋》）"由基发射，范氏施御。"（班固《东都赋》）"昔者大帝说秦缪公而觐之，飨以钧天广乐。""盘庚作诰，帅人以苦。"（张衡《西京赋》）"农祥晨正，土膏脉起。""大丙弭节，风后陪乘。"（张衡《东京赋》）"卜偃前识而赏其隆，吴札听歌而美其风。""则魏绛之贤有令闻也。""则干木之德自解纷也。""则信陵之名若兰芬也。"（左思《魏都赋》）"蚩尤之伦带干将而秉玉戚兮。""想西王母欣然而上寿兮，屏玉女而却宓妃。""选巫咸兮叫帝阍，开天庭兮延群神。"（扬雄《甘泉赋》）"吴札称多君子兮，其言信而有征。"（曹大家《东征赋》）"命共工使作缋，明五采之彰施。""贤钟离之谠言，懿楚樊之退身。"（何晏《景福殿赋》）"善乎宋玉之言曰：'悲哉秋之为气也，萧瑟兮草木摇落而变衰。'"（潘岳《秋兴赋》）"此里仁所以为美，孟母所以三徙也。""周文弱枝之枣，房陵朱仲之李。"（潘岳《闲居赋》）"昔李斯之受罪兮，叹黄犬而长吟。""叹《黍离》之愍周兮，悲麦秀于殷墟。"（向秀《思旧赋》）"钟期牙旷怅然而愕兮，杞梁之妻不能为其气。""师襄严春不敢窜其巧兮，浸淫叔子远其类。"（王褒《洞箫赋》）"于是放臣逐子，弃妻离友。彭胥伯奇，哀姜孝己。""于是乃使鲁般宋翟，构云梯，抗浮柱。""于时也，绵驹吞声，伯牙毁弦。"（马融《长笛赋》）"涓子宅其阳，玉醴涌其前。""于是遁世之士，荣期绮季之畴，乃相与登飞梁。"（嵇康《琴赋》）"毛嫱彰袂，不足程序。西施掩面，比之无色。"（宋玉《神女赋》）等等，是赋作中的大致情况。"段生蕃魏国，展季救鲁人。弦高犒晋师，仲连却秦军。"（谢灵运《述祖德诗二首》）"穆穆天子，照临下土。""追思黄发，秦穆以霸。"（韦孟《讽谏》）"先民有作，贻我高矩。""养由矫矢，兽号于林。"（张华《励志》）"笃生我皇，奕世载德。""明明天子，时惟笃类。"（曹植《责躬诗》）"星陈凤驾，秣马脂车。"（曹植《应诏诗》）"德博化光，刑简枉错。""为法受恶，谁谓荼苦？"（潘岳《关中诗》）"乃眷斯顾，祚之宅土。""钦翼昊天，对扬成命。"（陆机《皇太子宴玄圃宣猷堂有令赋诗》）"陶唐既谢，天历在虞。""天垂其象，地曜其文。"（应贞《晋武帝华林园集诗》）"德有润身，礼不愆器。""昔在文昭，今惟武穆。"（颜延年《应诏宴曲水作诗》）"超乘尽三属，选士皆百金。""戎车出细柳，饯席樽上林。"（沈约《应诏乐游苑饯吕僧珍诗》）"莫大于殇子，彭聃犹为夭。""天地为我炉，万物一何小。"（孙楚《征西官属送于陟阳候作诗》）"漆园有傲吏，莱氏有逸妻。""高蹈风尘外，长揖谢夷齐。"（郭璞《游仙诗七首》）"结绶生缠牵，弹冠去埃尘。""惠连非吾屈，首阳非吾仁。"（左思《招隐诗二首》）"仲连轻齐组，子牟眷魏阙。""请附任公言，终然游天伐。"（谢灵运《游赤石进帆海》）"李公悲东门，苏子狭三河。""昔闻东陵瓜，近在青门外。""被褐怀珠玉，颜闵相与期。""焉见王子乔，乘云翔邓林。"（阮籍《咏怀》）"志在守朴，养素全真。""子玉之败，屡增惟尘。""仰慕严郑，乐道闲居。"（嵇康《幽愤诗》）"人亦有言，靡日不思。""惟彼南汜，君子居之。"（王灿《赠士孙文始》）"班匠不我顾，牙旷不我录。""卞和潜幽冥，谁能证奇璞。"（司马彪《赠山涛》）"密生化单父，子奇莅东阿""桐乡建遗烈，武城播弦歌。"（潘尼《赠河阳》）"伊陟佐商，山甫翼周。""由余片言，秦人是惮。""勾践作伯,祚自会稽。"(卢谌《赠刘琨并书》)等等,是诗作中的大致情况。"君秉国之均,正色处中。""君纠虔天刑,章厥有罪。"(潘勖《册魏公九锡文》)"弘羊潜计,安世默识。""任座抗行,史鱼厉节。"(孔融《荐祢衡表》)"雍门刎首于齐境。""成克商奄而周德著。""匈奴未灭,臣无以家为。"(曹植《求自试表》)"昔少康之隆,夏训以为美谈;宣王之兴,周诗以为休咏。"(刘琨《劝进表》)"故有洗耳投渊,以振玄邈之风。""虽园绮之栖商洛,管宁之默辽海。"(桓温《荐谯元彦表》)"夫听《白雪》之音,观《绿水》之节,然后《东野》《巴人》,岂鄙益著。"(陈琳《答东阿王笺》)"是故子胥知姑苏之有麋鹿,辅果识智伯之为赵禽。""穆生谢病,以免楚难;邹阳北游,不同吴祸。"(阮瑀《为曹公作书与孙权》)"和璧入秦,相如抗节。""高山景行,私所仰慕。"(曹丕《与钟大理书》)"子房之佐汉,接舆之行歌。""且延陵高子臧之风,长卿慕相如之节。"(嵇康《与山巨源绝交书》)"离娄督绳,公输削墨。""王良执靶,韩哀附舆。"(王褒《圣主得贤臣颂》)"允文允武,明诗悦礼。""昔在孟津,惟师尚父。"(史孝山《出师颂》)"三五迭隆,历世承基。""故二八升而唐朝盛,伊吕用而汤武宁。"(袁宏《三国名臣序赞》)"樊姬感庄,不食鲜禽。卫女娇桓,耳忘和音。"(张华《女史箴》)"柔弱生之徒,老氏诫刚强。"(崔瑗《座右铭》)"秦得百二,并吞诸侯。齐得十二,田生献筹。"(张载《剑阁铭》)"是以掩室摩竭,用启息言之津;杜口毗邪,以通得意之路。"(王巾《头陁寺碑文》)等等,是日常文作中的简要情况。尽管我们难以穷尽其貌地将它们一一罗列出来,以展其风采,但它们的普遍存在,亦使我们深深地认识到其重要性有如下三个方面:

一、在众多的修辞手法中,还没有哪种手法使用面有如此之大,发展空间有如此之广。它不但超越了其自身的修辞范围,成为一种重要的语言现象反映了自《左传》以来语言发展的进程,而且作为重要的文化现象,反映了学术同语言融合的历史。这种历史在春秋时期,主要通过行人辞令来体现。行人要知"四国之为",要"多为辞令",就必须研究四国的历史与现状,必项研究语言,必须去读书,去积累知识。正因为他们能将四国的历史、现状之研究同学术研究结合在一起,所以他们出外行使君令,才会以精确明丽的言论去应对诸侯,不辱使命,才会于行使辞令时,通过大量的引事引言来壮其风采,给对方以震慑的力量。当时的书籍并不很多,历史也并不复杂,行人引事引言,亦在《诗》、《书》、古人之言、佚史之志、民谚、童谣之间,格言、俗语之类。由于他们成功地将引事引言同学术研究相结合,这就为战国纵横家语言之产生创造了条件,为秦汉及其以后作者大量引事引言积累了经验。他们"三冬一经",而记忆、背诵、运用便是其最基本最重要的学习内容与任务。没有这一扎实的功夫,引事引言不可能具体到每个典故的细节、词汇。因此,引事引言,作为语言表达,它是种重要的修辞手法;作为学问、知识积累,它又是重要的学术文化行为。当这种行为成为对每个作者的学问知识之考量时,他们所引之书,就不再像行人辞令那样停留在狭窄的知识范围内,而会将它扩大到一个广阔的空间,且愈到后来愈无边无际。他们除了掌握经史百家语外,还要掌握自秦汉以来一系列"古人"的言行著述。当这种行为再进一步发展成为齐梁之隶事,且随着类书不断产生出现时,其引事引言,就以谁掌握典故之多、之新、之偏,作为学问知识之权衡而充斥文坛。新的典故,大家感到新鲜。偏的典故,大家觉得陌生。而陌生的典故不利于语言的传播与接受,于是呼唤"易用事"作为阅读之诉求,便为有识之士所提倡。而应这种要求产生的沈约"三易"之说,又将片面求偏的行为引向了规范。这些都在《文选》中得到了反映。可见,引事引言决非小事,涉及的问题很多,需要我们去研究。

二、引事引言,虽出自各种古籍,然当它们与读者见面时,已经过作者的选择、组织、紧缩、融化与叙述。而从上引例证来看,作者出典多为四字句,个别为长句。不论长句、短句,由于都经过了这一阶段,故选择都很精美,紧缩都很适当,融化都很自然,叙述都很雅致。其中,引事较之引言要难。引言可以加字减字,可以原封不动地照录照抄,如很多作者都喜欢从《诗经》引语,基本上就引用了原话,不加改变,成为引言中较为奇特的现象。引事就不能这样。事有长短,若平直说来,有的事非一两句就能说清。而作者要将这样的事用一两句短语叙述出来,没有一定的语言概括能力和归纳能力是不行的。而《文选》作者由于大多具有这种语言驾驭能力,故其引事无不精美。这是一种了不起的语言成就,为后人做出了榜样。为引用这一修辞手法能长期地被沿用下去提供了经验。同时,它的广泛运用,促进了骈文的兴起。如同好用四字句、对句一样,好引事引言,亦是骈文的重要特征。

三、作为修辞手法,引事引言既可增强文章的说服力,又可使文章显得弘温典雅,含蓄蕴藉,给人以知识与学问。然由于作者引事引言多出自经史百家语,与《左传》相比,经院气太足,生活气太少,弘温典雅、含蓄蕴藉有余,而生动形象、新鲜活泼不足。试读枚乘《上书谏吴王》所写的"夫以一缕之任系千钧之重,上悬之无极之高,下垂之不测之渊,虽甚愚之人犹知哀其将绝也。马方骇鼓而惊之,系方绝又重镇之;系绝于天不可复结,坠入深渊难以复出","必若所欲为,危于累卵,难于上天;变所欲为,易于反掌,安于泰山","欲人勿闻,莫若勿言;欲人勿知,莫若勿为","福生有基,祸生有胎","种树畜养,不见其益,有时而大;积德累行,不知其善,有时而用;弃义背理,不知其恶,有时而亡",曹植于《求通亲亲表》所写的"若葵藿之倾叶,太阳虽不为之回光,然终向之者,诚也",其生动形象,新鲜活泼,是经院式语言所缺乏的。这样的语言因来自生活,是人民群众从生产生活中创造出来的,因而有着旺盛的生命力。生活是语言的源泉,从生活中吸取生龙活虎的语言,较之从书本中吸取弘温典雅的语言,既轻快又富有表现力与生命力,不失为语言发展的重要路子。可惜这条路子为六朝人所轻视,是令人遗憾的。

总之,《文选》以语言端庄、典雅、蕴藉、遒丽为其主要特征与风格而获得了文人学士的喜爱。倪其心先生曾从中古语言文字的角度说《文选》作品保存了"许多中古词汇,诗歌韵文可供归纳声韵",充分肯定了《文选》语言的地位与价值。其实,从语法修辞的角度对《文选》语言进行探讨,同样可以挖掘出许多有价值的东西。它同《文选》的作者、文体、选编、内容与主题一样,都是深入研究《文选》的重要途径,亦是了解《文选》同萧统、同学术文化之关系的重要窗口,有着广阔的前景。

第二节 《文选》的文化价值

如果说,前面的所有研究都属于一种"因"与"过程"的探寻,那么这里的研究则属于一种"果"的追问。有因必有果。事物常常就是按照这种逻辑关系,一步步发展、变化而走向成熟的。《文选》亦是如此。《文选》之果,是由它的文化、文学价值来体现。《文选》的文化价值,若从前面对《文选》选文与内容的研究来看,则又是通过它承载的自周秦至齐梁五家学术文化运行的历史,及其人们所做出的努力与贡献来表现。这些有如长江大河,既源远流长,又蜿蜒曲折。其滔滔波澜,既能载舟,又能覆舟。舟者,政治朝运之谓也。而《文选》内容,说千道万,总不离此四字。作者沉迷于斯,感叹于斯,哀乐于斯,与它结下了不解之缘。因此,朝运兴,他们亦兴;朝运衰,他们亦衰。这种将个人乃至一个家族的命运同政治朝运捆绑在一起的行为,其本身就是一种历史,一种文化,一种用儒、道、文、史、佛铸成的历史,锻造的文化。尽管萧统于《文选序》中明言"姬公之籍,孔父之书,与日月俱悬,鬼神争奥,孝敬之准式,人伦之师友,岂可重以 芟夷,加之剪截?老庄之作,管孟之流,盖以立意为宗,不以能文为本,今之所 撰,又以略诸",不在选编之列,申称坟籍子史,"又亦繁博,虽传之简牍,而事异 篇章,今之所集,亦所不取",被摒落于《文选》之外,但并不表明儒、道、文、史、 佛对历史对作者之影响就不存在。正因为有这些存在,才有了本处进一步要讲 的话题。

一、《文选》的儒学价值

所谓儒学价值,是指儒学在《文选》中所表现出来的价值。而这种价值又 是通过它对作者的思想观念之形成确立,并运用于日常生活、日常写作来体现。 其中对《文选》作者影响深远者,政治上莫过于"仁义礼智"。是仁义礼智培养 了他们的仁政思想、忠君观念、爱国精神。而这些亦是他们于诗文中反复表现 的重要内容。伦理上,莫过于"孝悌之道"。是孝悌之道培养了他们亲亲之情, 手足之念,隆君之感,家国之思。而这些在他们的写作中亦多有吟唱与反映。 文学上,莫过于"兴观群怨"之说、"文质彬彬"之论。是兴观群怨培养了他们"感 发志意"、"考见得失"、"和而不流"、"怨而不怒"(《论语·阳货》)的学术情操 和文学理念;文质彬彬培养了他们庄重的创作作风,内容形式并重的创作精神。 而这些作为一种思想指南,支配着他们的写作行为,是确保其文而优、诗而美的 重要前提。思想哲学上,莫过于天的观念。是天的观念拓宽了他们的心胸与视野, 培养了他们至诚不息的品性和大文化意识,大时空观念,大一统精神。这些表 现在作品中,就是大范围描写,大场面刻画,因此,"大",既是《文选》所表现出 来一种重要文学特征与美感,又是《文选》所具有的一种重要文化意义与价值, 限于篇幅,下面只就天的观念作些探讨。

如前所说,天的观念是种极古的思想观念,儒、道二家未创学派之前,就已 存在。且不说尧舜时期人们"钦若昊天"、"时亮天功"(《尚书·虞书》)所表现 出来的恭敬顺从,以相天事的宗教情感,单以皋陶所说"天叙有典,敕我五典五 惇哉! 天秩有礼,自我五礼有庸哉! 同寅协恭和衷哉! 天命有德,五服五章哉! 天讨有罪,五刑五用哉","天聪明,自我民聪明。天明畏,自我民明威"(《尚 书·皋陶谟》)这些充满神学意味和宗教色彩的言论,就足以反映此时期人们对 天的认识已达到了相当的思想高度。他们不止发现了天与人、天与社会、天与政治的联系，而且依据这一联系制订出了一系列的诸如五典、五礼、五服、五刑这样的典章制度来为社会政治服务，来规范人们日常思想行为。这是人类社会由低级走向高级，由野蛮走向文明必有的阶段，必具的知识和思想，其特征就是通过宗教信仰来整饬社会，提升自我，使之符合天神规制和框架下的文明程度。这种程度至三代得到了继承与延伸。它不单表现在人们对天的敬畏、崇拜、信仰上，还表现在对天的乞求、指望、热盼上。前者，增强了他们谋事的凝聚力，感召力，成为战胜邪恶、战胜自我、调整步伐、统一意志的强大精神支柱；后者，增强了他们对天的依赖与信任，成为推动政治文明，社会进步，自身发展的强大思想力量。这样的例子很多，比如《尚书》记载的夏启讨伐有扈氏所说的"天用剿绝其命，今予惟恭行天之罚"（《甘誓》），商汤伐桀所说的"有夏多罪，天命殛之"，"尔尚辅予一人，致天之罚"（《汤誓》），武王伐纣所说的"今予发，惟恭行天之罚"（《牧誓》），就是以"天罚"相号召来增强人们的凝聚力、感召力，来战胜邪恶，打败敌人的。记载的盘庚迁都所说的"先王有服，恪谨天命"，"今不承于古，罔知天之断命"，"天其永我命于兹新邑"（《盘庚》上），成王命周公东征作《大诰》所说的"天降割于我家，不少延"，"矧曰其有能格知天命"，"天降威，知我国有疵，民不康"，"天休于宁王，兴我小邦周"，"尔亦不知天命不易"亦是以"天命"相鼓动来增强人们的团结，调整人们的步伐，统一人们的意志，以达到迁都、兴邦的政治目的。再比如，甲骨卜辞记载的殷人贞卜雨水所云"帝令雨足年"，"贞帝令雨弗其足年"，"贞其大雨"，"贞不雨，三月"，"贞其雨，三月"，"贞其雨，才四月"；贞卜年岁所云"东土受年"，"南土受年"，"西土受年"，"北土受年"，"甲子卜，贞受黍年"，"贞我受黍年"[1] 等，就是通过对天的乞求、热盼和谋求粮食的增收、生产的发展来推动政治文明、社会进步、自身发展的。当然，也有不足，那就是他们的天人相应，天事相接，天政相绾均是先验的，不需要事实来证明，不需要事理来阐发，似乎自有天地人类以来就是如此；同时又是生硬的，不需要艺术加工，不需要词汇润饰，似乎人类有生以来，便是这样。他们如此不顾其先验与生硬，一味地说，一味地做，除了张扬天的权威之外，就是为了灌输与强化。灌输多了，人们自然也就熟悉了；强化多了，人们自然也就信奉了。这是天的观念尚未圆润时所特有的形态。

---

[1] 胡厚宣：《卜辞中所见殷代农业》，见《甲骨学商史论丛初集》下，河北教育出版社 2002 年版，第 602—603、609、648、733 页。

这种形态待到儒学家手里得到了改变。儒学家的贡献,不但在语言上对它进行润饰加工,而且在理论上对它进行了开拓包装,其表现有四:

一是突出了天的观念的重要性。1.他们认为天是万物之本源。《周易序卦》说:"有天地,然后万物生焉,盈天地之间者唯万物。""有天地,然后有万物;有万物,然后有男女;有男女,然后有夫妇;有夫妇,然后有父子;有父子,然后有君臣;有君臣,然后有上下;有上下,然后礼义有所错。"《周易·乾卦·彖》说:"万物资始,乃统天。云行雨施,品物流形。"《颐卦·彖》说:"天地养万物。"《中庸》说:"天地之道,可一言而尽也:其为物不贰,则其生物不测。天地之道:博也,厚也,高也,明也,悠也,久也。今夫天,斯昭昭之多,及其无穷也,日月星辰系焉,万物覆焉。今夫地,一撮土之多,及其广厚,载华岳而不重,振河海而不泄,万物载焉。今夫山,一卷石之多,及其广大,草木生之,禽兽居之,宝藏兴焉。今夫水,一勺之多,及其不测,鼋鼍、蛟龙、鱼鳖生焉,货财殖焉。"2.他们认为天是政治之本。《礼记·礼运》说:"故政者,君之所以藏身也,是故夫政必本于天。""故圣人作则,必以天地为本。"3.他们认为天是立国之依据。《诗·文王》说:"文王在上,于昭于天。周虽旧邦,其命维新。"《大明》说"天监在下,有命既集。文王初载,天作之合。"4.他们认为天是判断善恶、美丑的标准。《论语·泰伯》说:"大哉尧之为君也!巍巍乎!唯天为大,唯尧则之。"《中庸》说:"大哉圣人之道!洋洋乎发育万物,峻极于天。"《孔子家语·弟子》说:"畏天而敬人,服义而行信,孝于父母,恭于兄弟,从善而教不道,盖赵文子之行也。"5.他们认为天是自我安慰、调适的精神武器。《论语·述而》说:"天生德于予,桓魋其如予何?"《子罕》说:"文王既没,文不在兹乎?天之将丧斯文也,后死者不得与于斯文也。天之未丧斯文也,匡人其如予何?"

二是加强了天的观念的理论阐析。比如"天道"一词,在古文《尚书》中最先见于《大禹谟》:"满招损,谦受益,时乃天道。"次见于《仲虺之诰》:"钦崇天道,永保天命。"又次见《汤诰》:"天道福善祸淫。"末见《毕命》:"以荡陵德,实悖天道。"然未作阐发。孔子说:"贵其不已也,如日月东西相从而不已也,是天道也;不闭而能久,是天道也;无为而物成,是天道也;已成而明之,是天道也。"(《孔子家语·大昏解》)孟子说:"是故诚者,天之道也。"(《孟子·离娄上》)孔子、孟子主张天人合一,荀子主张天人相分,故其《天论》一文对天的解释尤为详尽,说:"不为而成,不求而得,夫是之谓天职。""皆知其所以成,莫知其无形,夫是之谓天。""天职既立,天功既成,形具而神生,好恶、喜怒、哀乐藏焉,夫是之谓天情;耳、目、鼻、口、形,能各有接而不相能也,夫是之谓天官;心居中虚,以治五官,夫是之谓天君;财非其类,以养其类,夫是之谓天养;顺其类者谓之福,逆其类者谓之祸,夫是之谓天政。"(《荀子·天论》)这些解释尽管各异,但毕竟是儒家学者思考所得,比起三代说天,理论性要强多了。

三是拓宽了天的观念的周延。他们在三代天人相应、天事相接、天政相缩的基础上,将天的观念拓展到了众多领域。比如,《周易·说卦》说:"是以立天之道,曰阴与阳;立地之道,曰柔与刚;立人之道,曰仁与义。"将天与阴阳、刚柔、仁义连接了起来。孟子说:"有天爵者,有人爵者。仁、义、忠、信,乐善不倦,此天爵也。公卿大夫,此人爵也。"(《孟子·告子上》)将天与伦理道德连缀在一起。

四是通过礼制来确保天的观念永恒不衰。其中,最重要的礼制就是祭祀,而最大的祭祀就是郊天,即通过皇帝的祭天来彰显天的尊严,来强化人们对天的信奉与崇拜,来确保天的观念永存不衰。

如此包装,无疑是空前绝后,无与伦比的,是儒家学者经过数代人的努力而精心设计的结果。在他们的理论框架中,天不再是只会施令行罚的恶神,而是个和善可亲会生造万物(包括人),会判断善恶的圣帝。由于它能生造万物,故同万物之关系就由过去的"天命"变为"天生","天善"了;由于它能判断善恶,故同万物之间亦由过去的"天罚"变成"天判"了。由于天生、天养,故它一直处于尊位,仍旧主宰一切;由于天判,故它仍然操持着生杀予夺之权,只不过于行事程序上作了改变,即先断其是非,再决之于罚与不罚。而人因其和善可亲,信奉崇拜亦由过去一味敬畏变为心灵上的自觉依赖。如此一改,不仅赋予了天更多的人格、人性、人情,拉近了天与人之间的关系,缩短了天人合一的距离,而且扩大了天的观念的容量,改变了过去天人相应,天事相接,天政相缩简单生硬的状态,使之变得丰润圆滑,运转自如,重塑了天的形象和人的心灵,开拓了更多的语言空间,为后人谈天说地提供了更多的理论资源。而《文选》作者喜于写作中谈天论道,就是从这里受到了教育与启发而打开话闸的。其言论之丰,不胜枚举。比如,班固《两都赋》说的"天人合应,以发皇明","天人致诛,六合相灭","体元立制,继天而作";班昭《东征赋》说的"知性命之在天,由力行而近仁";王延寿《鲁灵光殿赋》说的"规矩应天,上宪觜陬";何晏《景福殿赋》说的"体天作制,顺时立政";颜延年《赭白马赋》说的"惟德动天,神物仪兮";曹植《责躬诗》说的"受命于天,宁济四方";应贞《晋武帝华林园集诗》说的"天垂其像,地曜其文";颜延之《皇太子释奠会作诗》说的"大人长物,继天接圣";王灿

《赠士孙文始诗》说的"天降丧乱，靡国不夷"；陆机《赠冯文罴迁斥丘令诗》说的"受命自天，奄有黎献"，"天保定子，靡德不铄"；《答贾长渊诗》说的"对扬天人，有秩斯祜"，"先天创物，景命是膺"；颜延之《宋郊祀歌》说的"亘地称皇，罄天作主"；《乐府·放歌行》说的"明虑自天断，不受外嫌猜"；《君子行》说的"天捐未易辞，人益犹可欢"；钟会《檄蜀文》说的"应天顺民，受命践祚"；李康《运命论》说的"授之者天也，告之者神也"，"事应于天人"；刘峻《辩命论》说："天之报施，何其寡与"；潘岳《扬荆州诔》说的"天猒汉德，龙战未分"；任昉《齐竟陵文宣王行状》说的"天不慭遗，梁岳颓峻"等，就是其中的一部分。此外，以"天帝"、"天道"、"天命"、"天衢"、"天路"、"天郊"、"天阶"、"天禄"、"天关"、"天秩"、"天性"、"天伐"、"天祚"、"天爵"、"天罚"、"天符"、"天衷"等新老词汇组成的语言亦随处可见，比如，左思《蜀都赋》说："天帝运期而会昌，景福肸蚃而兴作。"《魏都赋》说："箓祀有纪，天禄有终。"司马相如《上林赋》说："顺天道以杀伐，时休息于此。"鲍照《芜城赋》说："天道如何，吞恨者多。"张衡《归田赋》说："谅天道之微昧，追渔父以同嬉。"扬雄《长杨赋》说："于是上帝眷顾高祖，高祖奉命，顺斗极，运天关。"王延寿《鲁灵光殿赋》说："荷天衢以元亨，廓宇宙而作京。"何晏《景福殿赋》说："庶事既康，天秩孔明。"班固《幽通赋》说："所贵圣人至论兮，顺天性而断谊。"王褒《洞箫赋》说："可谓惠而不费兮，因天性之自然。"谢灵运《游赤石进帆海诗》说："请附任公言，终然谢天伐。"陆机《大将军宴会被命作诗》说："四祖正家，天禄保定。"曹植《赠白马王彪诗》说："太息将何为，天命与我违。"刘琨《劝进表》说："天命未改，历数有归。""天祚大晋，必将有主。"钟会《檄蜀文》说："是以命授六师，龚行天罚。"班固《答宾戏》说："慎修所志，守尔天符，委命供己，味道之腴。"颜延之《三月三日曲水诗序》说："然其宅天衷，立民极，莫不崇尚其道。"班固《典引》说："夫图书亮章，天哲也。"这些言论奔涌而至，说明他们心目中总有一块天在，一种观念在。心中有天，信仰为之坚定，心胸为之开阔；心中有观念，思想为之专一，眼睛为之明亮、开阔，使他们能集纳人间沧桑，笑傲社会人生。明亮，使他们能目通万里，让自己的思维穿越茫茫时序，渺渺空间，将过去与现在，历史与将来，个体与整体紧密地连接在一起。而心阔眼明，培养了他们至诚不息的品性和大文化意识，大时空观念，大一统精神。这些表现在《文选》作品中，就是他们的为人与创作。

关于他们的为人与创作，我们于前面已说得很多。这里需要进一步强调的是，他们的为人与创作常被他们的身份所制约。他们的身份比较复杂，大多都是官场中人。官场生涯使他们常心系朝廷，笃情政治。"上尊人君，下荣父母，富国强民，社会安康"，便是他们的最大心愿与理想。为此，他们全身心地投入到朝廷政务之中，与朝廷同枯荣，天下共兴亡。他们无一日不尊君，然君有明暗，主有贤愚。遇圣明之君，才有所施，力有所效，忠有可鉴，君臣一体，国富民强；遇愚暗之主，才无所用，力无所使，忠无所察，君臣异心，国弱民贫。对此，该如何处置？全由他们心胸宽窄、度量大小来决定。心胸宽、度量大者，则会处之坦然；胸襟窄、气度小者，则会郁闷终生。处之坦然者，并非玩世不恭，而是心系朝廷，意系国家，不计较个人得失，不顾及个人安危，以一种明知山有虎，偏向虎山行的智勇，或上疏陈事，献言献策；或直面直谏，指斥政弊。因此，他们表现出来的是种至诚不息的坦然。至诚不息，乃人生一大至境。《中庸》说："不息则久，久则征，征则悠远，悠远则博厚，博厚则高明。"它带来的不只是个体的变化，更是整体的效应，那就是使社会秩序合理化，政治运行规范化，将无序引向有序，所以他们不懈地坚守着，奋斗着，培养了自己的爱国之心，耿介之志，忠诚之德，谱写出了一曲曲道德的颂歌。

当然，在这些颂歌中，除了这一主旋律外，作者们演奏更多的则是他们于仕途中所发出的穷达有命之声，付诸实践的却是穷达自律之举。孟子说过，"达则兼济天下，穷则独善其身"，意思是说，不论仕途通达，还是仕途不顺，都要道德自律。而《文选》的作者基本上是依此准则去面对仕途之境遇的。为官之时，他们是兢兢业业地做事做人，恪于职守；失官之后，或逍遥于田野，于"原隰郁茂，百草滋荣。王雎鼓翼，鸧鹒哀鸣；交颈颉颃，关关嘤嘤"（张衡《归田赋》）中娱情自乐；或"筑室种树，……牧羊酤酪，以俟伏腊之费，孝乎惟孝，友于兄弟"（潘岳《闲居赋》）；或"田家作苦，岁时伏腊，烹羊炮羔，斗酒自劳"，令妻奴鼓琴欢歌，"酒后耳热，仰天抚缶而呼呜呜"（杨恽《报孙会宗书》），以此来独善其身。至于这种"独善"是出于真心还是假意，出于自愿还是出于无奈，那是另一问题，无须细究。若要细究，这总比那些不独善的人要好得多。

总之，为官为民要有心胸和气度。心胸宽，气度大，不管是达还是穷，是顺还是逆，都能随适而安，得人生之真趣。而《文选》作者以自己的生活经历和文章向我们演绎了这种人生之道，这种社会文化。

与胸襟开阔相表里的就是他们视野之开阔，眼光之明亮。创作既系之于人们的心胸，也系之于人们的眼光。眼光宽窄明暗，又来自人们认识事物之多少，学问之大小。学深者其识也博，其见也深，其得也多，其创造也自如。而文化意境与气象的创造,既与艺术境界创造不同,它追求的不是艺术的效果,而是文化的意蕴、精神与力量,又与艺术境界创造有着相似的一面,即要依托于作者的写作,通过他们所写的那些情事来表现。前者以了解文化,熟悉文化为创造之前提,后者以写作为创造之手段。而《文选》中的文化意境与气象的创造,就是从这两个方面展开的。这可于他们所写的那些大范围大场面中见其本末。

《文选》中最能表现这一大范围的莫过于那些大赋。如班固的《两都赋》、张衡的《二京赋》《南都赋》、左思的《三都赋》、木华的《海赋》、郭璞的《江赋》写的都是大范围。都市范围之大,江海范围之阔,或总天、地、人于一体,或集山岳、水域于一炉,浩浩无涯,漫漫无际,读后令人为之心动,为之雀跃,且使人深深感到维持这一"大"的,不惟在于所描写对象的本身,更在于它们所蕴涵的文化。以都市为例,都市本身就是一种深厚的文化。楚国范无宇论城邑建制时说:"地有高下,天有晦明,民有君臣,国有都鄙,古之制也。"(《国语·楚语上》)可见这种文化是伴随着"制"而存在。制为古,则文化亦古,古的文化其意蕴亦厚。这种意厚的文化是什么?依范氏将"天"、"地"、"民"同"国之都鄙"连文,并称"古制",则知在择地、应天、合政、合民四个方面。也就是说,国之都鄙之建立,既要考虑"地之高下","天之晦明",还要考虑"民之君臣",只有将这些综合起来考虑,国之都鄙之建立才会长久,才不会出现盘庚迁都的情况。事实亦表明,其后都城之建立大多是从这四个方面去考虑的。这四个方面就是都市文化最古的内容,亦是都城赋大范围描写的重点。对这些,班固、张衡并不陌生。他们实际就是依照这四个方面去写京都赋的。比如"应天"问题,二人于赋中都作了不同程度的描述。"及至大汉受命而都之也,仰悟东井之精,俯协《河图》之灵,奉春建策,留侯演成。天人合应,以发皇明。乃眷西顾,实惟作京。"这是班固《西都赋》的说法,他是从天之分野来写西汉定都长安的。"往者王莽作逆,汉祚中缺。天人致诛,六合相灭。于时之乱,生人几亡,鬼神泯绝。壑无完柩,郛罔遗室。原野厌人之肉,川谷流人之血。秦项之灾犹不克半,书契以来未之或纪。故下人号而上诉,上帝怀而降监。乃致命乎圣皇。于是圣皇乃握乾符,阐坤珍,披皇图,稽帝文。赫然发愤,应若兴云。霆击昆阳,凭怒雷震。遂超大河,跨北岳。立号高邑,建都河、洛。"此乃班固《东都赋》的说法,他是从天命论来写东汉定都河洛的。"自我高祖之始入也,五纬相汁,以旅于东井。娄敬委辂,干非其议。天启其心,人甚之谋。及帝图时,意亦有虑乎神祇。宜其可定以为天邑。岂伊不虔思于天衢?岂伊不怀归于枌榆?天命不滔,畴敢以渝!"这是张衡《西京赋》的说法，他也是从天人合一来说西汉定都长安的。又比如择地的问题，班固是将它置于"防御之阻"中来写的，不只写出了它的必要性，还写出了它的重要性。这是因为"防御之阻"讲的是都市军事安全问题。作为国家的政治中心，文化重地，都市的军事安全应该是放在第一位的。而要讲安全，讲防御，就不能不考虑它的进攻与防守。既要攻守，京都择地就要考虑到地势的险阻，地盘的开阔。而险阻，要有天然屏障；开阔，要有回旋余地。同时，还要考虑到城内供给之富饶与便利。要富饶，周郊就得有各种各样的出产与资源；要便利，就得有宽敞的陆路与水路。对此，班固写得最充分具体。其《西都赋》云：

> 汉之西都，在于雍州，实曰长安。左据函谷、二崤之阻，表以太华、终南之山。右界褒斜、陇首之险，带以洪河、泾、渭之川。众流之隈，汧涌其西。华实之毛，则九州岛之上腴焉。防御之阻，则天地之隩区焉。

这是说长安地势之险要。

> 封畿之内，厥土千里，逴跞诸夏，兼其所有。其阳则崇山隐天，幽林穹谷。陆海珍藏，蓝田美玉。商、洛缘其隈，鄠、杜滨其足。源泉灌注，陂池交属。竹林果园，芳草甘木。郊野之富，号为近蜀。其阴则冠以九嵕，陪以甘泉，……下有郑、白之沃，衣食之源。提封五万，疆埸绮分。沟塍刻镂，原隰龙鳞。决渠降雨，荷插成云。五谷垂颖，桑麻铺棻。

这是说长安郊甸辽阔，出产丰富。

> 东郊则有通沟大漕，溃渭洞河。泛舟山东，控引淮湖，与海通波。西郊则有上圃禁苑，林麓薮泽，陂池连乎蜀汉，缭以周墙，四百余里。离宫别馆，三十六所。神池灵沼，往往而在。

这是说长安交通便利。张衡《东京赋》也这样写道：

> 审曲面势，泝洛背河，左伊右瀍。西阻九阿，东门于旋。盟津达其后，太谷通其前。回行道乎伊阙，邪径捷乎轘辕。大室作镇，揭以熊耳。底柱辍流，镡以大岯。

说的是河洛地势之险峻。又比如合政合民，班张二人是从宫殿、林苑之建筑布局方面立意的。这是因为，宫殿是皇家政治的象征，是京都的标志性建筑，是朝廷办公的地方，国家的重要方针、政策、号令都是从这里发出，是国家的政治重地，帝王居住的场所。由于帝贵为天子，都贵为天邑，宫殿贵为天居，所以它们常常作为天人感应的产物出现于人们的面前。对此，班固写道："其宫室也，体象乎天地，经纬乎阴阳。据坤灵之正位，仿太紫之圆方。"正由于它们是体天据坤仿太紫而成,故其建筑务以雄壮华丽为是,于是班固紧扣这一特点对长安的宫殿作了全面的铺写,其中写未央宫尤为详细,现引其一段文字云:

> 树中天之华阙,丰冠山之朱堂。因瑰材而究奇,抗应龙之虹梁。列棼橑以布翼,荷栋桴而高骧。雕玉瑱以居楹,裁金璧以饰珰。发五色之渥彩,光焰朗以景彰。于是左城右平,重轩三阶。闺房周通,门闼洞开。列钟虡于中庭,立金人于端闱。仍增崖而衡阃,临峻路而启扉。徇以离殿别寝,承以崇台闲馆,焕若列宿,紫宫是环。清凉、宣温,神仙、长年。金华,玉堂,白虎,麒麟。区宇若兹,不可殚论。增盘崔嵬,登降炤烂。殊形诡制,每各异观。乘茵步辇,惟所息宴。

林苑,作为"一种重要的社会空间"和"皇家场所之一,成为话语生产的场址,就权力展示的意义而创造出挑战性的话语"①,是帝王用来游玩的地方。在西汉,最大的林苑无过于上林苑。尽管司马相如的《上林赋》对它作了穷形极貌的描写,张衡作《西京赋》时,还是将它写进了文中,其中云:

> 上林禁苑,跨谷弥阜。东至鼎湖,邪界细柳。掩长杨而联五柞,绕黄山而款牛首。缭垣绵联,四百余里。植物斯生,动物斯止。众鸟翩翻,群兽骇骙。散似惊波,聚以京峙。伯益不能名,隶首不能纪。林麓之饶,于何不有?

这种概述虽不及司马相如的全面铺写,但上林苑"四百余里"的辽阔景象还是得到了一定的表现。这些连同上述的壮丽宫殿,辽阔郊甸,丰盛物产,险峻河山,共同将大范围的基本特点、面貌表现了出来。非但如此,它还将天人合一、天人感应作为"大"的核心置于首位,使之统领着其他的描写,从而创造出一种气势浩大的文化意境与气象。

而最能表现大场面描写的是畋猎赋。司马相如的《子虚赋》、《上林赋》,扬雄的《羽猎赋》《长杨赋》,潘岳的《射雉赋》,以及京都赋所写的畋猎,写的都是大场面。作为一种文化,在追求同大自然和谐的今天,畋猎已失去了存在的空间,但在古代却甚有市场。民间的老百姓喜欢打猎,统治者也喜欢猎物。由于喜欢的程度不同,所表现出来的意义也就完全不一样。比如夏启之子太康喜欢畋猎,以致"盘游无度,畋于有洛之表,十旬弗反"(《尚书·五子之歌》),畋猎便成了他荒于政事一大罪证。楚庄王喜欢畋猎,其大夫进谏阻止,他却说:

---

① [美] 奚如谷:《奇观、仪式、社会关系:北宋御园中的天子、子民和空间建构》,见 [法] 米歇尔·柯南、[中] 陈望衡主编:《城市与园林》,武汉大学出版社 2006 年版,第 63、77 页。

吾猎将以求士也。其榛丛刺虎豹者，吾是以知其勇也。其攫犀搏兕者，吾是以知其劲有力也。罢田而分所得，吾是以知其仁也。因是道也，而得三士焉，楚国以安。（《说苑·君道》）

畋猎则成了他善于识人得才的重要标志。而更多的统治者借畋猎进行军事演习，畋猎则成了他们训练军队，增强国力的重要方式。然不论意义怎样，畋猎以勇猛称雄，善射称能，捕获称胜，失手为憾则是相同的。这些都利于我们认识这种文化。而《文选》赋中的畋猎，有的是虚构的，如司马相如《子虚》《上林》；有的是写实的，如扬雄赋。它们表现出来的文化意义也不一样。《子虚赋》借子虚、乌有的问答，以齐楚对比，旨在批评楚国游戏之乐，苑囿之大，不合诸侯之制。《上林赋》则重在张扬天子之威以压倒诸侯之盛，张显皇权至上。扬雄赋意在讽刺汉成帝的奢侈，但客观上又宣扬天子畋猎之盛。于是，写出畋猎的大场面成了他们赋中相同的地方。其场面之大，既表现在苑囿大、人数多，声势猛上，又表现在动作大，收获多，欢娱盛上。在他们的笔下，猎者纵横，"车骑雷起，殷天动地"，"淫淫裔裔，缘陵流泽，云布雨施"，貔豹、豺狼、熊罴、野羊、野马等各种走兽飞禽，或生擒，或博取，或格杀，"箭不苟害，解脰陷脑。弓不虚发，应声而倒"，"不被创刃而死者，他他籍籍。填坑满谷，掩平弥泽"。面对这场大捕杀大收获，畋猎者欢欣鼓舞。"千人唱，万人和，山陵为之震动，川谷为之荡波"。这就是司马相如所写的大场面，大文化，大气势。其后，扬雄《羽猎赋》《长杨赋》写成帝两次畋猎，场面、气势亦非常大，内容也是由大苑囿、多人马、猛声势、大动作、大收获、大欢娱所组成，较之司马相如更具体、更细致，其中云：

帝将惟田于灵之圃，开北垠，受不周之制，以奉终始颛顼玄冥之统。乃诏虞人典泽，东延昆邻，西驰阊阖。储积共偫，戍卒夹道。斩丛棘，夷野草。御自汧渭，经营丰镐。章皇周流，出入日月，天与地沓。尔乃虎路三嵕以为司马，围经百里而为殿门。外则正南极海，邪界虞渊。鸿蒙沆茫，揭以崇山。营合围会，然后先置乎白杨之南，昆明灵沼之东。贲育之伦，蒙盾负羽，杖镆邪而罗者以万计。其余荷垂天之罼，张竟野之罦。靡日月之朱竿，曳彗星之飞旗。青云为纷，红蜺为缳，属之乎昆仑之虚。涣若天星之罗，浩如涛水之波，淫淫与与，前后要遮。欃枪为闉，明月为候，荧惑司命，天弧发射。鲜扁陆离，骈衍似路。……若光若灭者，布乎青林之下。

这里写的只是有关苑囿、人马、声势等情况。其气宇之轩昂，场面之阔大，通过他的精雕细刻之后，已表现得淋漓尽致。

那么,这一大场面大范围所展现的是一种什么样的文化意境与气象呢?概言之,就是以天人合一、天人感应为其基本内核,以京都的地理形胜、物产资源、宫殿林苑为其骨架,以人的活动为其主体,以勇猛顽强、纵横驰骋为其气质,以貔豹、豺狼、熊罴、野獐、野马为其格斗对象,组成了大汉帝国不可一世的图画,表现出天人合一大一统政治局面所带来的社会安宁、快乐,所带来的强国意识、奋发精神,所具有的皇家气象。而这些由于都是通过京都这一特殊的政治场所和文化中心来表现,因而,这种创造亦就具有鲜明的政治意图,即宣扬天的观念,宣扬王权的威严,用班固的话来表示,就是"以强干弱枝,隆上都而视万国也"。这一意图通过大场面、大范围的描写,应该是达到了的。

二、《文选》的玄学、佛学价值

玄、佛二学,虽一为本土历史悠久的学术文化,一为涉足未深的外来文化,但学理上却有暗通之处,故魏晋玄学家谈玄,论本末有无,常常援佛入道;佛徒作论,亦常常援道入佛。汤用彤先生说:"玄学兴起之原因,兹姑不详论,但道家老庄与佛家般若均为汉晋间谈玄者之依据。其中心问题,在辩本末有无之理。"[1]说的就是这种情况。

不论玄学,还是佛学,都是两种具有严密思想体系的伟大学说,它们有着自己的文化载体和表现形式,非《文选》所能充当。因此,我们讲《文选》的玄佛二学价值,不是从它的纯理论去考虑,而是从它的影响去着意。玄学、佛学对人们的影响,表现在《文选》中就是二学的思想光辉给作者带来的人生快乐和精神超越,并在这种快乐、超越的作用下,获得了自己的人生价值。

既云人生快乐,则意味着人生有不快乐的时候,既讲精神超越,就表明有不能超越的地方。这是什么呢?从其作品反映的情愫来看,主要表现在身心之苦上。苦,作为一种客观的事实,常伴随着社会动荡、人生离乱而存在。正因此故,佛教曾将社会人生判定为苦,并说它有生苦、老苦、痛苦、死苦、忧悲恼苦、怨憎会苦、恩爱别离苦、所欲不得苦之说[2]。若剔开其原始教义不讲,单从社会人生本身来说,其苦之种类也不外乎这些。其中,"生苦"、"死苦",于寿命短促的人是

---

① 汤用彤:《魏晋玄学论稿·魏晋玄学流别略论》,上海古籍出版社 2005 年版,第 39 页。
② 《增一阿含经·四谛品》,引自杜继文:《佛教史》,中国社会科学出版社 1991 年版,第 13 页。

一道不可逾越的鸿沟，使他们在感叹"人生几何"的同时，倍感生命的凄怆；"忧悲恼苦"、"怨憎会苦"、"恩爱别离苦"，于羁旅行役、失去爱情与久戍服役之人亦是一座难以攀登的高山，使他们在"悠悠行迈远"、"悠悠怀所欢"的悲吟中，倍觉人生的忧伤；而"所欲不得苦"，于热衷事功，渴望功名之人亦是一大苦因伴随他们人生之始末，使他们在"佳期何由敦"的怅惘中，深叹人生的悲凉。如是，众苦奔会，乱人心思，身心之苦亦成为除生死之外又一人生重大主题，出现于诗人的笔下，奏响了社会人生的哀歌，而其旋律最先在《诗经》中回荡。如《子衿》说："青青子衿，悠悠我心"。《草虫》说："未见君子，忧心忡忡"。"未见君子，忧心惙惙。""未见君子，我心伤悲。"《晨风》说："未见君子，忧心靡乐。""未见君子，忧心如醉。"《甫田》说："无思远人，忧心忉忉。"《泽陂》说："寤寐无为，中心悁悁。"《月出》说："劳心悄兮。""劳心慅兮。""劳心惨兮。"《羔裘》说："岂不尔思，劳心忉忉。"《燕燕》说："瞻望勿及，实劳我心。"《伯兮》说："愿言思伯，使我心痗。"《匪风》说："顾瞻周道，中心怛兮。"《大东》说："既往既来，使我心疚。"《鼓钟》说："淮水汤汤，忧心且伤。"便是这种回荡所留下的余响。它们以心忧、心伤、心劳、心忉、心悄、心惨、心怛、心惮、心痗作为这种余响的主调，诉说着诗歌中不同经历不同身份的主人公内心深处的苦闷与烦恼，将人们带入到那荒漠的原野，那古老的情场，告诉人们说，在人生之苦中没有什么比心苦更苦的，心苦才是人生最大的悲伤。其后，《楚辞》也有这样的吟唱。象《怀沙》说的"伤怀永哀兮，汩徂南土"，《招魂》说的"目极千里兮，伤春心"，《哀郢》说的"心不怡之长久兮，忧与愁其相接"，《抽思》说的"心郁郁之忧思兮，独咏叹乎增伤"，"忧心不遂，斯言谁告兮"，《涉江》说的"哀吾生之无乐兮，幽独处乎山中"，同样以心伤、心忧、心郁为主调，向人们诉说着同样的心绪。然文化的传承并非简单地重复着那已消失的历史，而是以其开拓的姿态宣告它已进入了新的时代。楚辞与诗经，虽同称为诗，然文体的不同，则又标明它同诗歌存在着明显的区别。这不仅表现在句式上，也表现在体制的大小上。他们就是用这种新的载体记载了他们内心的凄楚与悲凉。当这种凄楚、悲凉传入到汉魏晋南朝，便出现了一系列的悲吟与哀唱。像束皙《补亡诗》所云"眷恋庭闱，心不遑留"，曹植《责躬诗》所云"心之云慕，怆矣其悲"，《应诏诗》所云"长怀永慕，忧心如酲"，《杂诗》所云"形影忽不见，翩翩伤我心"，《情诗》所云"慷慨对嘉宾，凄怆内伤悲"，潘岳《关中诗》所云"徒愍斯民，我心伤悲"，《悼亡诗》所云"沾胸安能已，悲怀从中起"，《金谷集作诗》所云"亲友各言迈，中心怅有违"，谢朓《新亭渚别范零陵》

所云"心事俱已矣,江上徒离忧",《暂使下都夜发新林至京邑赠西府同僚》所云"大江流日夜,客心悲未央",颜延年《秋胡诗》所云"义心多苦调,密比金玉声","明发动愁心,闺中起长叹",谢惠连《秋怀诗》所云"如何乘苦心,矧复值秋晏",嵇康《幽愤诗》所云"惩难思复,心焉内疚",《赠秀才入军五首》所云"心之忧矣,永啸长吟",王灿《七哀诗》所云"方舟溯大江,日暮愁我心",《赠蔡子笃诗》所云"中心孔悼,涕泪涟洏",《从军诗》所云"悠悠涉荒路,靡靡我心愁",陆机《赠冯文罴诗》所云"分索古所愁,志士多苦心",《赠冯士罴迁斥丘令诗》所云"非子之念,心孰为悲",《赴洛二首》所云"载离多悲心,感物情凄恻",曹操《苦寒行》所云"我心何怫郁,思欲一东归",陆机《猛虎行》所云"恶木岂无枝,志士多苦心",《豫章行》所云"曷为复以兹,曾是怀苦心",《悲哉行》所云"游客芳春林,春芳伤客心",鲍照《东门行》所云"野风吹秋木,行子心肠断",江淹《杂体诗三十首》所云"百年信荏苒,何用苦心魂",张华《情诗》所云"抚枕独啸叹,感慨心内伤",张协《杂诗》所云"感物多所怀,沈忧结心曲",等等,以更清晰的笔触、更明确的意念、更艳丽的语言表现了他们内心难以承受的痛苦忧愁。而"苦心"一词的出现标志着他们对心苦的感受已进入了一种更深的层面。同时,他们还通过一些具体情事的描写,来表现心苦的无所不在。比如韦孟《讽谏诗》说的"咨命不永,惟王统祀","不惟履冰,以继祖考",说的是续统之苦;曹植《送应氏诗》说的"天地无终极,人命若朝霜",《赠白马王彪诗》说的"人生处一世,去若朝露晞",陆机《叹逝赋》说的"嗟人生之短期,孰长年之能执",郭璞《游仙诗》说的"临川哀年迈,抚心独悲咤",司马彪《赠山涛诗》说的"感彼孔圣叹,哀此年命促",《古诗十九首》说的"人生天地间,忽如远行客",说的是生命短促之苦;王灿《赠蔡子笃诗》说的"人生实难,愿其弗与",《赠文叔良》说的"人谁不勤,无厚我忧",说的人生之苦;左思《咏史》说的"世胄蹑高位,英俊沉下僚","何世无奇才,遗之在草泽",说的是不平等之苦;王灿《七哀诗》说的"羁旅无终极,忧思壮难任",陆机《苦寒行》说的"剧哉行役人,慊慊恒苦寒",说的是奔波之苦。可见,吟苦之作层出不穷。他们吟苦、憎苦、怨苦,虽不为苦所累,不为苦吓倒,不为苦放弃生存的权利与愿望,有着战胜痛苦的勇气,然过多的心理积怨、忧伤,终不利于身心健康,不利于寿命的延长。因而,长寿者少,短寿者多。比如,曹魏时期,据《三国志·魏志》及其注所载,知其姓名与年寿者约40人,其中年寿八十以上者7人,七十以上者4人,六十以上者3人,余则分别为五十岁、四十岁、三十岁、二十岁。寿命短,既不利于事业的发展,也不利于家庭的幸福。如何改变这一状况，让更多的人从心苦中解脱出来，使他们幸福快乐，健康长寿，便成为时代的主题，历史地落到了道、佛二学身上，落到玄学家们肩上。他们当时最流行的做法就是吃药，饮酒，皈依道佛二学。

吃药、饮酒是魏晋以来最时髦的行为。魏时吃药的创始人是何晏。鲁迅先生说："何晏有两件事我们是知道的。第一，他喜欢空谈，是空谈的祖师；第二，他喜欢吃药，是吃药的祖师。"他吃药的原因，是"他身子不好，因此不能不服药"。他服的是种名叫"五石散"的药，由"石钟乳、石硫黄、白石英、紫石英、赤石脂"五味药和合而成。这种药价钱昂贵，"何晏有钱，他吃起来了；大家也跟着吃"，于是成了一种风气。鲁迅先生又说："吃这药是非常麻烦的，穷人不能吃，假使吃了之后，一不小心，就会毒死。先吃下去的时候，倒不怎样的，后来药的效验既显，名曰'散发'。倘若没有'散发'，就有弊而无利。因此吃了之后不能休息，非走路不可，因走路才能'散发'，所以走路名曰'行散'。""走了之后，全身发烧，发烧之后又发冷。普遍发冷宜多穿衣，吃热的东西。但吃药后的发冷刚刚要相反：衣少，冷食，以冷水浇身。倘穿衣多而食热物，那就非死不可。因此五石散一名寒食散。"他还说："吃散发源于何晏，和他同志的，有王弼和夏侯玄两个人，与晏同为服药的祖师。有他三人提倡，有多人跟着走。"吃这种药能强身延寿吗？鲁迅先生没有说。何晏、夏侯玄死于非命，吃药能否延寿，于他俩也看不出。能看出的只有王弼，他死时才二十余岁，吃药并未延长他的寿命。吃药如此麻烦又无延寿之效，于是，人们转向了饮酒。鲁迅先生说："魏末，何晏他们以外，又有一个团体新起，叫做'竹林名士'，也是七个，所以又称'竹林七贤'。正始名士服药，竹林名士饮酒。竹林的代表是嵇康和阮籍。"竹林七贤为何饮酒？鲁迅先生说是反抗旧礼教。[①] 王瑶先生认为是为了活命。他说："放弃了祈求生命的长度，便不能不要求增加生命的密度。《古诗十九首》说：'服食求神仙，多为药所误，不如饮美酒，被服纨与素。'范云《赠学仙者》诗云：'春酿煎松叶，秋杯浸菊花。相逢宁可醉，定不学丹砂。'《当对酒》诗云：'对酒心自足，故人来共持。方欲罗衿解，谁念发成丝。'这都可说明汉末魏晋名士们喜欢饮酒的动机。"他又说："曹操《短歌行》叹息'对酒当歌，人生几何！'而办法即是'何以解忧，惟有杜康。'《世说新语·文学篇》言'刘伶著《酒德颂》，意气所寄'，

---

① 鲁迅：《魏晋风度及文章与药及酒之关系》，见王元化主编《鲁迅学术论著》，浙江人民出版社1998年版，第376—379页。

注引《名士传》说'常乘鹿车,携一壶酒,使人荷插随之,云死便据地以埋。土木形骸,遨游一世。'对死的达观正基于对死的无可奈何的恐惧,而这也正是沉湎于酒的原因。"① 酒的寻乐解忧功能究竟如何?刘伶"死便据地以埋"一语已作了回答。他告诉人们,酒除了给人以刺激麻醉,解一时之痛外,并无他能。酒喝多了,不仅无益于活命,而且还会伤身致命。于是人们将兴趣爱好转向了道、佛二学,以期从那里获得生命的真谛。

于是,有了贾谊的《鵩鸟赋》和嵇康的《养生论》。

贾谊是文学家而非道学家,信黄老之术而非以黄老之术作为人生之根本学问。其根本学问是儒家经学。他的《鵩鸟赋》也不专是就本文所云问题而发,然所发又无不与本文所云问题相合,是《文选》中用道家学说来谈论生死寿夭最为完整的文章。此文是作者被贬谪长沙,"因长沙卑湿",自"以为寿不得长"而发。其发,诚如《西京杂记》所云"谊作《鵩鸟赋》,齐生死,等荣辱,以遣忧累焉",何焯于《义门读书记》所云"此赋皆原本道家之言,多用老庄诸论"那样,是以老庄道家之"齐生死,等荣辱"思想来排遣内心"寿不得长"之忧累,以延伸生命之长度的。所以,他起笔陈述"鵩集于舍"这件事后,集中笔墨通过万物之运转推移,循环反复,变化无穷,发展无尽而无所休息之论述,"畅谈吉凶祸福之理",说:"祸兮福所倚,福兮祸所伏。忧喜聚门兮,吉凶同域。"并用吴越强弱变化,李斯傅说穷达转化等事实,说明"祸福相与为表里,如绳索相附合",此理之真实可信。再接下,又以冶铜为喻,通过"合散消息没有常则,千变万化未始有极"之论述,小智与达人、贪夫与烈士、夸者与众庶、怵迫之徒与大人、愚人与至人等不同"情识"之比较,阐述了自己对生死、荣辱之看法,说:"释智遗形兮,超然自丧。寥廓忽荒兮,与道翱翔。乘流则逝兮,得坻则止。纵躯委命兮,不私与己。其生兮若浮,其死兮若休。澹乎若深泉之静,泛乎若不系之舟。不以生故自宝兮,养空而浮。德人无累,知命不忧。"表现出一种达观的人生态度。而这种达观又以顺天委运、宁静沉寂为境界。任其自然,不喜不惧,人们自然就会长生。这无疑是给渴望长生者以理论的指导与精神之安慰。

而嵇康的《养生论》,是《文选》中唯一一篇玄学家的理论文章,专论养生之道。此论由来已久。据《全上古三代文》所录,有彭祖的《摄生养性论》、《养寿》、和老子的《养生要诀》三篇文章。这虽为后人伪托,然严可均辑校《全上古

---

① 王瑶:《文人与酒》,见《中古文学史论》,北京大学出版社 1986 年版,第 157—158 页。

三代秦汉三国六朝文》时还是将它们收入集中,表明他是相信彭祖、老子有养生言论存在的。这三篇文章讲养生延寿,与嵇康所说大多相似。比如,《摄生养性论》说:"神强者长生,气强者易灭。柔弱畏威,神强也;鼓怒骋志,气强也。凡人才所不至,而极思之,则志伤也。力所不胜,而极举之,则神伤也。积忧不已,则魂神伤矣。积悲不已,则魄神散矣。喜怒过多,神不归室。憎爱无定,神不守形。汲汲而欲,神则烦。切切所思,神则败。久言笑而脏腑伤,久坐立则筋骨伤,寝寐失时则肝伤,动息疲劳则脾伤,挽弓引弩则筋伤,沿高涉下则肾伤,沈醉呕吐则肺伤,饱食偃卧则气伤,骤马步走则胃伤,喧呼诘骂则胆伤。"讲得非常具体。它所说的"这伤"、"那伤",并非要人什么都不做,而是要适中、合度、自然,不要强求强欲。这与道家说的自然无为相一致。而嵇康讲养生,也从自然无为立论。他认为,人欲自然无为,首先就要处理好精神与形骸之关系,然实际情况如他所说,"夫服药求汗,或有弗获;而愧情一集,涣然流离。终朝未餐,则嚣然思食;而曾子衔哀,七日不饥。夜分而坐,则低迷思寝;内怀殷忧,则达旦不瞑。劲刷理鬓,醇醴发颜,仅乃得之;壮士之怒,赫然殊观,植发冲冠","神躁于中,而形丧于外",神不附体,伤了根本。因此,欲保根扶本,就须去躁、去忧、去怒。同时,他还指出,切勿以为"一怒不足以侵性,一哀不足以伤身,轻而肆之,是犹不识一溉之益,而望嘉谷于旱苗者也",其危险很大。只有懂得"一过之害生",才能得解过之方。此方就是:"修性以保神,安心以全身,爱憎不栖于情,忧喜不留于意,泊然无感,而体气和平。又呼吸吐纳,服食养身,使形神相亲,表里俱济也。"其次,要处理好性命与辅养的关系。而现实情况如何呢?他说:"世人不察,惟五谷是见,声色是耽。目惑玄黄,耳务淫哇。滋味煎其府藏,醴醪鬻其肠胃。香芳腐其骨髓,喜怒悖其正气。思虑销其精神,哀乐殃其平粹。"结果换来的是"饮食不节,以生百病;好色不倦,以致乏绝;风寒所灾,百毒所伤,中道夭于众难",中年就丧命黄泉了。因此,加强平时饮食的调节,性欲的控制,心情的调养,防微杜渐,才能永保天年。最后,要处理好心躁与心静的关系。心躁的危害就是使人无法安静,急于事成。然由于客观事物与主观愿望的抵牾,"意速而事迟,望近而应远,故莫能相终"。于是,"悠悠者""以未效不求,而求者以不专丧业,偏恃者以不兼无功,追术者以小道自溺",终究"万无一能成"。本欲成而无成,心为之急,神为之躁,心急神躁,无益养生,有害寿命。因此,欲得养生之善,就须明"清虚静泰,少私寡欲"之理。只有懂得此理,才会"知名位之伤德,故忽而不营,非欲而强禁也。识厚味之害性,故弃而弗顾,非贪而后抑也。外物以累心不存,神气以醇白独著,旷然无忧患,寂然无思虑,又守之以一,养之以和,和理日济,同乎大顺",再"蒸以灵芝,润以醴泉,晞以朝阳,绥以五弦",就会"无为自得,体妙心玄,忘欢而后乐足,遗生而后身存",得羡门之寿,王乔之年。嵇康这种以自然无为为核心理念的养生之道,较之单纯的吃药饮酒来要理智得多,深刻得多,现实得多,踏实得多。这是因为养生之道的主要秘诀在于保养。保养,不只是对身而言,更是对心而说。心保养得道,调适得理,身就少出毛病。没有毛病就不会去吃药,而吃药多因身体不好。身体不好,主要来自心病。吃药的祖师何晏就是如此。何晏的心病就在于他欲望太大,性情太躁,陷于曹魏政治太深。因此要治心病须从去欲始。清淡寡欲,自然无为,心就自然静,心静则心安,心安则心定。心定如磐石,则外物不能移,内忧不能易。既无心病,又何必去喝酒?每天总是平平和和的,又何来疾病之有?无疾病,焉能不长生?可见,摄生之道,要在养心。善养心者,才是真正善于养生的人。而嵇康的养生论,就是建立在这种认识起点上,并依照"心好则身好,身好则长生"这一思维逻辑和卫生规律,建构了他的以老庄自然无为思想为灵魂的养生理论,为我们论述了养生的道理。这对于那些长期挣扎在心忧心苦煎熬中的人们,无疑是金玉良言,指路明灯。

于是有了王巾的《头陁寺碑文》。

这同样是《文选》中唯一一篇有关佛教方面的文章。文章虽名曰碑文,且依照碑文的写法,以记载头陁寺创建、修复、扩充之经过为主,但同时也向我们介绍了一些重要的佛理,其言云:

> 是以掩室摩竭,用启息言之津;杜口毗邪,以通得意之路。然语彝伦者,必求宗于九畴;谈阴阳者,亦研几于六位。是故三才既辨,识妙物之功;万象已陈,悟太极之致。言之不可以已,其在兹乎!然爻系所筌,穷于此域;则称谓所绝,形乎彼岸矣。彼岸者引之于有,则高谢四流;推之于无,则俯弘六度。名言不得其性相,随迎不见其终始,不可以学地知,不可以意生及,其涅盘之蕴也。夫幽谷无私,有至斯响;洪钟虚受,无来不应。况法身圆对,规矩冥立;一音称物,宫商潜运。是以如来利见迦维,托生王室。凭五衍之轼,拯溺逝川;开八正之门,大庇交丧。于是玄关幽捷,感而遂通;遥源浚波,酌而不竭。行不舍之檀,而施洽群有;唱无缘之慈,而泽周万物;演勿照之明,而鉴穷沙界;导亡机之权,而功济尘劫。时义远矣!能事毕矣!然后拂衣双树,脱屣金沙。惟恍惟惚,不皦不昧,莫系于去来,复归于无物。因斯

而谈，则栖遑大千，无为之寂不挠；焚燎坚林，不尽之灵无歇。大矣哉！

话语不多，而佛理旺旺。其中就有关于彼岸无为之论述。佛教所云"彼岸"，亦称"波罗密"，指觉悟的境界。佛教以迷惑生死的现实为此岸，以能解脱烦恼的境界为彼岸。同时，又认为通过六种实践方式，可以达到彼岸。这六种方式，就是文中所云"六度"。"六度"又叫"六度无极"、"六波罗密"，指布施、持戒、忍辱、精进、禅室、智慧六种修行方式。其中，布施又称檀那，意指捐给寺院或僧人财物等；持戒又称尸罗，意为持守戒律；忍辱，又称羼提，意为忍受外来侮辱而不动心；精进又称毗黎耶，意指努力、勤奋、刻苦修行；禅室又称禅那，意指专一静虑，达到觉悟的佛境；智慧即般若，意为通向彼岸的智力。这六种修行方式，从六个不同的方面，给信仰彼岸者指明了前行的方向、方法，自然也适合于此时期那些烦恼缠身、陷入心忧心苦而不能自拔的文人。不论这些人是相信彼岸有，还是怀疑彼岸无，若"引之于有，则高谢四流；若推之于无，则俯弘六度"。高谢四流，则引有而现无，俯弘六度，则推无而明有，都会从有无之辩中找到自己合适的位置和需要的东西。这就是后面所说的"凭五衍之轼，拯溺逝川；开八正之门，大庇交丧"。所谓"五衍"，就是五乘，即人乘、天乘、声闻乘、缘觉乘、菩萨乘。而人乘，指修三归五戒，可以使来生免于轮回于畜生、饿鬼、地狱，生于人世间。天乘，指修十善、四禅、八定，来生可以转降天界。声闻乘，指修四谛法门，来生可以超越三界，达到有余和无余涅槃，成为阿罗汉和辟支佛。缘觉乘，指修十二因缘，借自己的觉悟和智慧，使来生超越三界，达到有余与无余涅槃，成为阿罗汉和辟支佛。菩萨乘，指修六度法门，可使来生超越三界，达到无上觉悟的四大涅槃而成为佛。所谓八正，就是指八正道，八种可以使人们达到觉岸与涅槃境界的正确之途。它们具体为：正见，指对四谛有正确的理解；正思维，指对四谛有正确的思维、想法；正语，指说话注意不违反佛理；正命，指生活皆受佛理戒规约束；正业，指从事清净的身业、行为符合佛理；正精进，指不断地勤奋修业；正念，指思无邪；正定，指专心修习禅定[①]。只要能够按照这些条规去修炼，就会从茫茫苦海中出溺而逝川，获得自己来生的归宿；从"世丧道，道丧世"的交相丧中，获得一片安静的绿洲，"栖遑大千，无为之寂不挠；焚燎坚林，不尽之灵无歇"，或来生为人，或为阿罗汉、辟支佛，或为佛。总之，佛教的这些义理，这些

---

① 以上"六度"、"五衍"、"八正"之解释，分别见于佛学书局编纂、上海古籍出版社出版的《实用佛学辞典》和任道斌主编的《佛教文化辞典》的有关条目。

修行言论,不论是形而上学也好,诡谲神秘也罢,其最终旨意是劝人从善,帮助那些心忧心苦的人们早日得到解脱,过上属于自己的无忧无虑的生活,而这些对于作者们来说,无疑是春风春雨,柳暗花明。

于是便有了心虚之言,游仙、招隐之作,游赏山水之篇。

这是《文选》中所表现出来的另一类言行、诗作与文篇,是作者们从学习研究道、佛二学得其旨意,明其自然无为、本末有无之后所写下的体会,留下的心迹。其言论虽散见于一些诗文中,但将它们采撷、连缀成篇,则成了一种重要的文化现象,一种绝妙的体道崇佛的文字。处于文字中心的是两家的自然无为思想、有无恬淡观念。他们说:"清风协于玄德,淳化通于自然。"(张衡《东京赋》)"可谓惠而不费兮,因天性之自然。"(王褒《洞箫赋》)"任自然以为资,无诱慕于世伪。"(张华《鹪鹩赋》)"播匪艺之芒种,挺自然之嘉蔬。"(郭璞《江赋》)"太虚辽廓而无阂,运自然之妙有。""浑万象以冥观,兀同体于自然。"(孙绰《游天台山赋》)"因其自然,用安静退。"(卢谌《赠刘琨并书》)"慷慨亦焉诉,天道良自然。"(陆机《长歌行》)"器范自然,标准无假。"(袁宏《三国名臣序赞》)"夫通生万物,则谓之道;生而无主,谓之自然。自然者,物见其然,不知所以然。"(刘峻《辩命论》)又说:"默无为以凝志兮,与仁义乎逍遥。"(张衡《思玄赋》)"养真尚无为,道胜贵陆沈。"(张协《杂诗》其九)又说:"骋神变之挥霍,忽出有而入无。""散以象外之说,畅以无生之篇,悟遣有之不尽,觉涉无之有间。"(孙绰《游天台山赋》)"既贵不忘俭,处有能存无。"(何劭《赠张华》)"品物类生,何有何无。"(木华《海赋》)在这样的思想指引下,他们认为欲心虚就须轻物,说:"虑澹物自轻,意惬理无违。"(谢灵运《石壁精舍还湖中作》)"遗情舍尘物,贞观丘壑美。"(谢灵运《述祖德诗》)"至人不婴物,余风足染时。"(张协《杂诗》其三)"泛此忘忧物,远我达世情。"(陶渊明《杂诗》二首)"双情交映,遗物识心。"(陆机《赠冯文罴迁斥丘令》)"委命顺理,与物无患。"(张华《鹪鹩赋》)就须遗荣寡欲,说:"达人知止足,遗荣忽如无。"(张协《咏史》)"高尚遗王侯,道积自成基。"(张协《杂诗》其三)"寡欲不期劳,即事罕人功。"(谢灵运《田南树园激流植援》)"千秋万岁后,荣名安所之。"(阮籍《咏怀》)"甄有形于无欲,永悠悠以长生。"(木华《海赋》)就须安心,说:"安心恬荡,栖志浮云。"(张华《励志诗》)就须乐道,说:"归身蓬荜庐,乐道以忘饥。"(傅咸《赠何劭王济诗》)"养真衡茅下,庶以善自名。"(陶渊明《辛丑岁七月赴假还江陵夜行涂口作》)只有这样,才会"心虚体自轻,飘飘若仙步"(何劭《杂诗》),"虚己应物,必究千变之容;挟情适事,不观万殊之妙"（陆机《演连珠》其三十五），"俯仰自得，游心泰玄"（嵇康《赠秀才入军五首》），"迈心玄旷，矫志崇邈"（陆机《赠冯文罴迁斥丘令》），"澹乎至人心，恬然存玄漠"（卢谌《时兴》），"游心于浩然，玩志乎众妙"（张协《七命》）；才会"眷言采三秀，徘徊望九仙"（沈约《早发定山》），"采菊东篱下，悠然望南山"（陶渊明《杂诗二首》）。心胸达到如此之境界，焉有心忧心苦不能排遣的？既能排遣，焉有不长生的？可见道佛二家自然无为论，本末有无说，是医疗心痛的最佳药方，是帮助文人们将长期积压在内心中的种种苦闷进行彻底释放，从儒家构筑的思想牢笼中解脱出来的不二法门。

然究竟如何操作，其诗作文篇作了回答，那就是"矧乃归山川"（谢灵运《斋中读书》），"逍遥乎山川之阿，放旷乎人间之世。悠哉游哉"（潘岳《秋兴赋》）。他们认为，人只要进入到了那个世界，就会从山水之美中获得愉悦而顿即"心迹双寂寞"（谢灵运《斋中读书》）。在那里，山水之美，美不胜收。无论是西岑的"连鄣迭巇崿，青翠杳深沉"（谢灵运《晚出西谢堂》），南亭一带"密林含余清，远峰隐半规"（谢灵运《游南亭》），石门山的"疏峰抗高馆对岭临回溪"（谢灵运《登石门最高顶》），钟山的"发地多奇岭，干云非一状。合沓共隐天，参差互相望。郁律构丹巘，崚嶒起青嶂"（沈约《钟山诗应西阳王教》），还是七里濑的"石浅水潺湲"（谢灵运《七里濑》），长江的"江路西南永，归流东北鹜。天际识归舟，云中辨江树"（谢朓《之宣城出新林浦向板桥》），"余霞散成绮，澄江静如练。喧鸟覆春洲，杂英满芳甸"（谢朓《晚登三山还望京邑》），"云日相辉映，空水共澄鲜"（谢灵运《登江中孤屿》），定山的"归海流漫漫，山浦水浅浅"（沈约《早发定山》），新安江水的"洞澈随深浅，皎镜无冬春。千仞写乔树，百丈见游鳞"（沈约《新安江水至清浅深见底》），都令人为之心旷神怡，"嚣尘自兹隔，赏心于此遇"（谢朓《之宣城出新林浦向板桥》），"皎皎明发心，不为岁寒欺"（谢灵运《初发石首城》）。于是有志于山林隐栖者，即使那里"荒涂横古今"，"岩穴无结构"，然"白云停阴冈，丹葩曜阳林。石泉漱琼瑶，纤鳞亦浮沉"的优美环境，常常给人一种"丘中有鸣琴"，"山水有清音"（左思《招隐诗二首》其一）的快乐。有飘飘欲仙者，他们也会从那里"临源挹清波，陵岗掇丹荑。灵溪可潜盘，安事登云梯。"（郭璞《游仙诗七首》其一）中感受到庄子、老莱子的风采，从"云生梁栋间，风出窗户里"中体会到鬼谷子、许由"翘迹企颍阳，临河思洗耳"（郭璞《游仙诗七首》其一）的清高，从"吞舟涌海底，高浪驾蓬莱"中见到"神仙排云出，但见金银台"（郭璞《游仙诗七首》，其二）的壮美，嫦娥、洪崖"升降随长烟，飘飘戏九垓"（郭璞《游仙诗七首》,其六)的仙姿,从王子乔"迢递陵峻岳,连翩御飞鹤"中"杨志玄云际"、"眇然心绵邈"(何劭《游仙诗》),做一个远离尘世的仙人。这些均是诗人们从山水游赏中萌发出来的玄想,是用来自我调适、自我排解、自我超越的重要手段,是道佛二家学说、思想作用于作者的价值体现,表现的是与儒家不同的文化意义与面貌。

三、《文选》的史学价值

在文史哲不分家的时代,文学、史学、哲学通常是合为一体的。若按章学诚"六经皆史"的说法,三者统归为于史。可见,在一些人眼里,史学地位很高。《文选》作为文章渊薮,结集时虽明言不选"记事之史",只选其中的赞论,但并不等于它没有史学价值。《文选》的史学价值,除了上述作者在历史追忆与现实表现中通过对历史、现实的歌咏以帮助读者树立正确的史学意识史学观念之外,就是运用自己所特有的史学立场,对周秦以来的历史进行认识、总结、评价,为人们如何服务于朝政提供理论的帮助与支撑。而这些表现在所选的的文章中,以史论赞出之,缺乏《纪》《传》那种完整性,但正是这些寄寓了作者们的史识、史才、史胆的论赞,将作者对历史的真知灼见,淋漓尽致地表现了出来,且常常闪烁着智慧的光芒。虽或用一些政论文来表现,缺乏史的学科性,但它们对现实对历史的认识与看法,同样寄寓了他们满腔的史学热情和崇高的历史责任。他们说今论古,缘事而发,绝非空谈,言必有实,切中肯綮,表现了史学价值的另一种形态。比如东方朔的《非有先生论》就是这样一篇优秀之作,骆鸿凯先生赞之云:

> 此篇假仕吴之事,明君臣之义,以讽武帝者也。入后'正明堂之朝,齐君臣之位,……薄赋税,省刑罚',句句切指武帝时弊,讽刺之意至显。刘向称'朔之文辞,《客难》、《非有先生论》二篇最善。'良然。①

非唯如此,其他所选的几篇论文,如王褒的《四子讲德论》,班彪的《王命论》,李康的《运命论》,刘峻的《辩命论》等又何尝不是如此!他们同样以自己对现实对历史的敏锐认识,与史赞论相表里,共同构筑了一道逻辑严密、语言优美的评价链条,对秦汉魏晋的历史兴亡,政治得失进行了严肃的总结。这些评价、

---

① 骆鸿凯:《文选学·文选分体研究举例·论》,中华书局 1989 年版,第 436—437 页。

总结虽时过千年，现仍不失其历史的光辉。最后，从秦汉以来文人治学特重经史的传统来看，他们都有研究史籍的经历，都有史学的修养。有这种学术积累和文化修养的人，思维的惯性常使他们对事物的认识多了几个心眼。而这些都将作用于他们的诗文写作，或明或暗地表现在他们的作品中。更何况他们一些著名作品，如贾谊、王褒、扬雄、班固、张衡等人的赋、文都是随着他们的史传保存下来的，其本身就是一种重要史料，重要价值。总之，《文选》的史学价值是多方面的。这些价值不在乎它的史学原理、人物记载，而在乎它以史学的立场、观点去认识历史事实，总结历史兴亡的经验教训，揭示政治成败得失的原因，让读者明白其中道理，以便在日后的戒往知来、经世致用中发挥其积极的作用。

在中国历史发展进程中，凡有良知的文人都养成了一种优良的政治学术传统，即他们常常自负着一种庄重的历史责任感和社会意识，站在历史的前沿和社会的浪尖上，俯视着现实的发展变化，沉思着历史的成败得失，总想为它说些什么，做些什么。尤其当一场大的社会变故出现之后，这种责任和意识就显得愈加强烈。比如明末清初时期出现的以总结明亡教训，唤醒国人民族意识、民族精神的那场思想启蒙运动，就是其中最突出的事例。这种戒往知来、经世致用的传统，若溯其源流，实滥觞于秦汉之际汉人对秦亡的反思与总结。汉人肇其始，魏晋南朝人继其绪，从而将这种反思、总结引向了历史的深处。而开创于《史记》的"太史公曰"，继之以《汉书》，《后汉书》的论、赞、颂之类，便是受这一启发所出现的一种新生事物。这类史论、史评、史赞、史颂，或切时事，或道古今，均是作者于正史中想说而又不能说的话，其中就包括了他们对历史的成败得失的慨叹、总结与评价，是传记中的重要组成部分。

上述情况之出现，均以他们的知识结构为基点。若论其结构，不外乎性命、事功、道德、学问四事。四者中，头两件既是种思想呈现，又是种价值追求，贯注于他们的人生理想与实践操作之中；后两者则是实现这一思想、价值所必备的品德与才能，更为他们平生所注重。他们就在这种知识结构中开启了对历史的探讨与研究，形成了自己的史学立场与观点。这种立场、观点以性命、事功为主线，以天命、天道为核心。这在那"知性命之在天"、"顺天性以断谊"的认知时代，是他们必然的选择。章学诚说："盖圣人于天人之际，以谓甚可畏也。《易》以天道而切人事，《春秋》以人事而协天道。其义例之见于文辞，圣人有戒心焉。"[1] 圣人

---

① 章学诚：《文史通义·易教下》，见叶瑛校注《文史通义校注》上，中华书局 1985 年版，第 20 页。

尚且如此，而在圣人羽翼下并吸吮着他们的知识学问而成长起来的文人又焉能超越这一樊篱而有新创？试看班彪的《王命论》的一段文字：

昔在帝尧之禅曰："咨尔舜，天之历数在尔躬。"舜亦以命禹。暨于稷契，咸佐唐虞，光济四海，奕世载德。至于汤武，而有天下。虽其遭遇异时，禅代不同，至于应天顺人，其揆一焉。是故刘氏承尧之祚，氏族之世，著于《春秋》。唐据火德，而汉绍之。始起沛泽，则神母夜号，以彰赤帝之符。由是言之，帝王之祚，必有明圣显懿之德，丰功厚利积累之业，然后精诚通于神明，流泽加于生命。故能为鬼神所福飨，天下所归往。未见运世无本，功德不纪，而得倔起在此位者也。世俗见高祖兴于布衣，不达其故，以为适遭暴乱，得奋其剑，游说之士，至比天下于逐鹿，幸捷而得之。不知神器有命，不可以智力求。悲夫！此世之所以多乱臣贼子者也。若然者，岂徒闇于天道哉？又不睹之于人事矣！

李康《运命论》的一段话：

夫治乱，运也；穷达，命也；贵贱，时也。故运之将隆，必生圣明之君。圣明之君，必有忠贤之臣。其所以相遇也，不求而自合；其所以相亲也，不介而自亲。唱之而必和，谋之而必从，道德玄同，曲折合符，得失不能疑其志，谗构不能离其交，然后得成功也。其所以得然者，岂徒人事哉？授之者天也，告之者神也，成之者运也。

干宝《晋纪论晋武帝革命》的论述：

史臣曰：帝王之兴，必俟天命。苟有代谢，非人事也。文质异时，兴建不同。故古之有天下者，柏皇栗陆以前，为而不有，应而不求，执大象也。鸿黄世及，以一民也。尧舜内禅，体文德也。汉魏外禅，顺大名也。汤武革命，应天人也。高光争伐，定功业也。各因其运而天下随时，随时之义大矣哉！古者敬其事则命以始，今帝王受命而用其终，岂人事乎？其天意乎？

他们所遵循的不就是这一认识路线吗？又何来新创？不但无新创，且于文中反复强调天命重于人事，并将其意蕴发挥到了极致。当然，他们也知道，只讲天命，不讲人事，是没法将历史说清楚的，于是，班彪在后文中花了大量笔墨转向了人事的论述，而干宝于《晋纪总论》中亦将人事作为论述的重点。试看他对晋宣帝的一段"人事"的论述：

史臣曰：昔高祖宣皇帝以雄才硕量，应运而仕，值魏太祖创基之初，筹画军国，嘉谋屡中，遂服舆轸，驱驰三世。性深阻有如城府，而能宽绰以容纳，行任数以御物，而知人善采拔。故贤愚咸怀，小大毕力，尔乃取邓艾于农隙，引州泰于行役，委以文武，各善其事。故能西禽孟达，东举公孙渊，内夷曹爽，外袭王陵，神略独断，征伐四克。维御群后，大权在已。屡拒诸葛亮节制之兵，而东支吴人辅车之势。

文字虽然简略，然司马懿于曹氏三世所建立的功勋却跃然于纸上。而这为"世宗承基，太祖继业"打下了基础，亦为司马炎篡魏立晋创造了条件。

如果说班彪、李康、干宝"四论"，再加上刘峻《辩命论》沿用的是"《易》以天道而切人事"的思维模式与认识路线，那么像贾谊的《过秦论》，曹冏的《六代论》，陆机的《五等论》、《辩亡论》，范晔的《皇后纪论》、《二十八将论》、《宦者传论》、《逸民传论》、《光武纪赞》、沈约的《恩幸传论》等沿用的则是"《春秋》以人事而协天道"的路子。这些文章，有的从头至尾看不到一个"天"字，也见不到"人事"、"人道"一类字眼，然它们不言天而天在，不言人事而人事犹存，将他们对秦、汉、魏、晋兴亡得失的认识与看法，鲜明地表现了出来。

这些认识包括如下内容：

一是对政治制度的认识。他们认为政治制度推行过枉过正，都直接关联着朝廷的兴衰。在《文选》中，最先从制度层面来总结秦、汉、魏衰亡的是曹冏的《六代论》，其后是陆机的《五等论》。《五等论》的理论性强于《六代论》，故我们先从《五等论》说起。五等，即指公、侯、伯、子、男，是家天下政治实行分封时所形成的产物，陆氏用它来代指分封制，并说它"始于黄唐"。黄，指黄帝；唐，指唐虞，即尧。黄唐设立这一制度的旨意是均其地利，藩屏王室。用陆机的话来说，就是"夫先王知帝业至重，天下至旷。旷不可以偏制，重不可以独任；任重必于借力，制旷终乎因人。故设官分职，所以轻其任也；并建五长，所以弘其制也。于是乎立其封疆之典，财其亲疏之宜，使万国相维，以成盘石之固"。就是"分天下以厚乐，而己得与之同忧；飨天下以丰利，而我得与之共害。利博则恩笃，乐远则忧深"。就是"世治足以敦风，道衰足以御暴。故强毅之国，不能擅一时之势；雄俊之士，无所寄霸王之志。然后国安由万邦之思治，主尊赖群后之图身"。然在其具体推行过程中，往往不得法，究其所以，是由于人们对分封缺乏正确的认识而出现了过枉的行为，即分封时，因封国大，厚下多，出现了诸侯势力强盛，末大本折，王室难以控制的局面，出现了诸侯秉权而王室被侵凌的事情。其结果，阻挠了家天下政治的运行，加速了王室的灭亡，与当时分封的旨意相悖离。所以，秦统一天下后，"弃道任术，惩周之失"，废分封而立郡县，走向了更枉的一端。一种新的政治制度产生形成，从历史的发展变化来看，应该是好事，关键是看人们怎样去推行它。然由于秦只看到了王室"陵夷之可患"，没有看到其"土崩之可痛"，故统一天下后，"自矜其得，寻斧始于所庇，制国昧于弱下"，使自己处于孤立无依的地步，致使"颠沛之衅"出现后，只能受人宰割，眼睁睁地看着自己的政权丧失，土崩之形成。在陆机看来，这就是秦迅速灭亡的主因，故他总结这段历史之后认为："借使秦人因循周制，虽则无道，有与共弊，覆灭之福，岂在曩日"，又何来土崩之痛？

秦亡汉兴，汉矫秦枉，恢复分封，然又走上了"过正"的错误道路。所谓过正，就是矫枉时超过了应有的程度而走向相悖的一面。其表现就是：他们在分封时"大启侯王，境土踰溢，不遵旧典"，大大地超过了周制的规模。比如，周实行分封时，周公、康叔封于鲁、卫，各数百里，而汉封九国，"自雁门以东，尽辽阳，为燕、代。常山以南，太行左转，度河、济，渐于海，为齐、赵。穀、泗以往，奄有龟、蒙，为梁、楚。东带江、湖，薄会稽，为荆吴。北界淮瀕，略庐、衡，为淮南。波汉之阳，亘九嶷，为长沙"，"夸州兼郡，连城数十，宫室百官同制京师"（《汉书·诸侯王表第二》），形成了末大本折之势。这种过正的行为，最终导致了藩国的反叛，"六臣犯其弱纲，七子疧其漏网"。好不容易将这场异姓王的叛乱平息下来，而"西京病于东帝"，东帝刘濞果然又率宗室子弟进行反叛。孝武时，他接受主父偃的"推恩"策，实行大规模削藩，制订了"附益之法"，规定"诸侯惟得衣食税租，不与政事"（《汉书·诸侯王表第二》），大肆"割削宗子"，遂使分封"有名无实"，从一端走向了另一端，复袭亡秦之轨迹，待到"五侯作威"，"新都袭汉"，潜在的危机爆发了出来，此时万邦虽在，然因他们手中无政权，无兵权，欲救无力，也只好白白地看着他们移鼎而去。东汉崛起，"纂隆皇统，而犹遵覆车之遗辙，养丧家之宿疾。仅及数世，奸轨充斥，卒有强臣专朝，则天下风靡，一夫纵衡，则城池自夷"，走上了西汉衰亡的老路。

这种过正的行为，也常使烈士扼腕。汉初大启侯王，"贾生忧其危，朝错痛其乱"；武帝、光武大弱宗子，匡合之士"雄心挫于卑势"，"终委寇雠之手"，欲救不能，中兴无计。即使"时有鸠合同志，以谋王室，然上非奥主，下皆市人，师旅无先定之班，君臣无相保之志。是以义兵云合，无救劫弑之祸；民望未改，而已见大汉之灭矣"。其影响之恶劣，危害之惨重，在陆机看来，是罄竹难书的。而这种从制度层面去考察、总结秦汉灭亡之教训，给后人的启迪应该是深刻的。

较之《五等论》来，曹冏的《六代论》重在事实的分析，其所云六代，是指夏、殷、周、秦、汉、魏。而文中所言，重点又放在秦、汉二代上。他认为秦之亡，是因其观周之弊而废五等之爵，立郡县之官。由于立郡县，不给子弟、功臣分封，遂使其"子弟无尺寸之封，功臣无立锥之土，内无宗子以自毗辅，外无诸侯以为蕃卫"，再加上"弃礼乐之教，任苛刻之政"，"仁心不加于亲戚，惠泽不流于枝叶"，"关中之固，金城千里"，然一旦奸臣作乱，就会祸及自身；一旦外人揭竿而起，就会土崩瓦解。而赵高杀胡亥，"胜广唱之于前，刘项毙之于后"，是其明证。对于刘邦立汉实行分封，亦认为"地过古制。大者跨州兼城，小者连城数十，上下无别，权侔京室，故有吴楚七国之患"。而武帝矫枉，又走向了另一偏端，"从主父之策，下推恩之命，自是之后，齐分为七，赵分为六，淮南三割，梁代五分，遂以陵迟，子孙微弱，衣食租税，不豫政事，或以酎金免削，或以无后国除"，致使"枝叶落"，"本根无所庇荫"，为异姓秉权乱政，王莽高拱而窃天位创造了条件，成为西汉灭亡的主要祸根。光武中兴，"不鉴秦之失策，袭周之旧制，踵亡国（即西汉）之法"，大力削弱宗子，形成了"朝无死难之臣，外无同忧之国，君孤立于上，臣弄权于下，本末不能相御，身手不能相使"的局面，并最终于"奸凶并争"中走向了灭亡。至于魏政之弊，他认为与夏、殷、周、秦、汉同，即"子弟王空虚之地，君有不使之民：宗室窜于闾阎，不闻邦国之政。权均匹夫，势齐凡庶，内无深根不拔之固，外无盘石宗盟之助"，亦不利建万代之业。这一看法，对于正在运行中的曹氏政权来说，虽未明言其灭亡的命运，然前五代一个个因于推行分封制过程中犯了这样那样的错误而受到了历史的惩罚，走上了毁灭的道路，聪明人一看，就知道他未明言灭亡而灭亡已含蕴其中了，因此，曹氏也很难逃此一劫而绝处逢生。戒往知来，这是曹冏开给曹氏政权的一剂药方。它生动地说明，制度作为政治运行的法则、规范、准绳，对政治既有指航导向的作用，又有规制人们思想言行的价值。依规行事，是政治运行的基本原则，不可任意违背与更改。违背、更改，或许能收一时之利，却要遭长久之败。孰轻孰重，决之于人们的思想、眼光和对历史的认识。而《文选》给我们提供的正是这样的一种价值与意义。

二是对各代政弊的认识。他们认为这是酿成各代政治混乱、朝廷灭亡的祸根所在。在《文选》中，这几乎是史家、政论家一致的看法。比如，对秦亡的认识，除上述曹、陆二人从政治制度层面进行总结外，其余多从秦的弊政来看待这一问题。率先做出这一评判的是贾谊的《过秦论》。该论认为秦政之弊，弊在"暴"上。暴不仅使它丧失了政治理智，"废先王之道，燔百家之言，以愚黔首"，而且使它灭绝了人性，"隳名城，杀豪俊，收天下之兵聚之咸阳，销锋镝铸以为金人十二，以弱天下之民"，将自己推上了与历史对立，与人民为敌，孤立无援的绝境，为自己的迅即灭亡埋下了祸根。其后，王褒作《四子讲德论》，对秦亡的教训也进行了总结，他说：

> 先生独不闻秦之时耶？违三王，背五帝，灭《诗》《书》，坏礼义；信任群小，憎恶仁智。诈伪者进达，佞谄者容入。宰相刻峭，大理峻法。处位而任政者，皆短于仁义，长于酷虐，狼挚虎攫，怀残秉贼。其所临莅，莫不肌栗慴伏，吹毛求疵，并施螫毒。百姓征彸，无所措其手足，嗷嗷愁怨，遂亡秦族。

这些也深刻地指出了秦政之弊，弊在道德沦丧。再后，杨雄作《剧秦美新》，以"剧秦"的鲜明态度表现了他对秦亡的看法，说：

> 独秦屈起西戎，邠荒岐雍之疆，因襄、文、宣、灵之僭迹，立基孝公，茂惠文，奋昭庄，至政破纵擅衡，并吞六国，遂称乎始皇。盛从鞅、仪、韦、斯之邪政，驰骛起、翦、括、贲之用兵，划灭古文，刮语烧书，弛礼崩乐，涂民耳目。

所言也重在对其弊政的指弃上，内容虽与贾、王大同小异，事实虽然有详有略，但对秦亡之认识基本上趋向一致，那就是弊政将秦送上了灭亡之路。

又比如对两汉灭亡的认识，亦认为与汉的弊政有关。对这个问题，汉人自己也有看法。象东方朔于《非有先生论》说的"深念远虑，引义以正其身，推恩以广其下，本仁祖谊，褒有德，禄贤能，诛恶乱，总远方，壹统类，美风俗，……上不变天性，下不夺人伦"，"正明堂之朝，齐君臣之位，举贤才，布德惠，施仁义，赏有功；躬亲节俭，减后宫之费，损车马之用；放郑声，远佞人，省庖厨，去侈靡，卑宫馆，坏苑囿，填池堑，以与贫民无产业者；开内藏，振贫穷，存耆老，恤孤独，薄赋敛，省刑罚"，像王褒在《四子讲德论》所言"圣主冠道德，履纯仁，被六艺，佩礼文，屡下明诏，举贤良，求术士，招异伦，拔俊茂"，就是其中最有代表性的看法。这些看法的立论角度与后人不一样，他们不是直斥时弊，而是通过进策进言来"谈怎么做"，其中就隐含了弊政之所在。他们指出弊政的目的，是希望统治者去弊从善，使自己成为"圣王"；把国家治理好，使之不亡，绵绵连连，世世不绝。后人则不同，当时人不敢说的，他们敢说；当时人不敢明言的，他们直言不讳，而且切中要害，似惊雷，如匕首。其中，最切实际的，是范晔的几篇史论。比如，他在《后汉书皇后纪论》中对母后临政，外戚掌权这一弊政的指斥就是如此。这一弊政困扰了中国封建政治两千年，顽固不化，治而不灭。范晔于斯发此论,表明了他识见之深远有逾常人。他通过"母后"这一历史现象的考察之后,首先对西汉"高祖帷薄不修",武元之后"世增淫费,至乃掖庭三千,增级十四。妖婥毁政之符,外姻乱邦之迹"提出了批评,然后笔锋直下,对东汉"孝章以下,渐用色授"进行了严厉的指斥,说:"东京皇统屡绝,权归女主,外立者四帝,临朝者六后,莫不定策帷帟,委事父兄,贪孩童以久其政,抑明贤以专其威,任重道悠,利深祸速,身犯雾露于云台之上,家缧缧继于圄犴之下。湮灭连踵,倾辀继路。而赴蹈不息,燋烂为期,终于陵夷大运,沦亡神宝。"文字虽然不多,但句句击中要害。这种弊政的最终危害就是大运陵夷,神宝沦亡,王室毁灭,天下归于他人之手,认识何其深刻。他在《宦者传论》对宦官蠹政败国的指斥也是这样。这是与母后临政相表里的又一弊政,素为朝廷忠良之士所痛恨。然其积习太深,屡禁不绝,尤其政治衰微之时,它表现得尤为活跃,是加速政权解体,神宝沦亡的重要祸根。于斯之前,《汉书·佞幸传》对宦者专权之事有过披露,但不如范晔《后汉书·宦者传》集中突出,这表明范氏对这一重大政治弊端认识亦是眼光独到的。论中,他通过"宦者"这一现象产生形成的历史追寻和现实考察,认为他们的危害不但在政治上,也在经济上。经济上,他们贪得无厌,"府署第馆,基列于都鄙;子弟支附,过半于州国。南金、和宝、冰纨,雾縠之积,盈牣珍藏;嫱媛、侍儿、歌童、舞女之玩,充备绮室。狗马饰雕文,土木被缇绣。皆剥割萌黎,竞恣奢欲",成了一群为恶多端的害群之马。政治上,他们阴险毒辣,"构害明贤,专树党类,其有更相援引,希附权强者,皆腐身熏子,以自衒达。同弊相济,故其徒有繁,败国蠹政之事,不可殚书。所以海内嗟毒,志士穷栖,寇剧缘间,摇乱区夏。虽忠良怀愤,时或奋发,而言出祸从,旋见孥戮。因复大考钩党,转相诬染。凡称善士,莫不罹被灾毒",成了残害忠良,制造党祸,将东汉王朝推向深渊的罪魁祸首。

再比如,对西晋衰亡的认识,干宝的《晋纪总论》说之尤详。他说:

二祖逼禅代之期,不暇待参分八百之会也。是其创基立本,异于先代者也。又加之以朝寡纯德之士,乡乏不二之老。风俗淫僻,耻尚失所,学者以《庄》《老》为宗,而黜《六经》,谈者以虚薄为辩,而贱名俭,行身者以放浊为通,而狭节信,进仕者以苟得为贵,而鄙居正,当官者以望空为高,而笑勤恪。是以目三公以萧杌之称,标上议以虚谈之名,刘颂屡言治道,傅咸每纠邪正,皆谓之俗吏。其倚仗虚旷,依阿无心者,皆名重海内。……由是毁誉乱于善恶之实,情愿奔于货欲之涂,选者为人择官,官者为身择利。而秉钧当轴之士，身兼官以十数。大极其尊，小录其要，机事之失，十恒八九。而世族贵戚之子弟，陵迈超越，不拘资次。悠悠风尘，皆奔竞之士，列官千百，无让贤之举。……先时而婚，任情而动，故皆不耻淫逸之过，不拘妒忌之恶。……又况责之闻四教于古，修贞顺于今，……礼法刑政，于此大坏，……国之将亡，本必先颠，其此之谓乎！

又说：

故观阮籍之行，而觉礼教崩弛之所由；察庾纯贾充之事，而见师尹之多僻。考平吴之功，知将帅之不让；思郭钦之谋，而悟戎狄之有衅。览傅玄刘毅之言，而得百官之邪；核傅咸之奏，《钱神》之论，而觇宠赂之彰。民风国势如此，……范燮必为之请死，贾谊必为之痛哭。……故贾后肆虐于六宫，韩午助乱于外内。……怀帝承乱之后得位，羁于强臣。愍帝奔播之后，徒厕其虚名。……天下之政，既已去矣，非命世之雄，不能取之矣。……及国家多难，宗室迭兴，以愍怀之正，淮南之壮，成都之功，长沙之权，皆卒于倾覆。

这些论述涉及了学术、思想、道德、作风、风俗、宗室斗争等各个方面。其中，对学术、思想、道德谈论较为细致、全面。这些批评，措辞严厉，表明了他对这一事件的政治态度，亦有助于我们对当时官场玄学与学术玄学的认识。

总之，通过上面的分析，我们可以看出，从秦至晋，乃至南朝，不同的朝代不同的时期有着不同的政治弊端。而这些，或出现于国力鼎盛之时，或出现于国势衰微之中，或产生在开国之主上，或出现于贤明之君上，或发生在昏庸之帝上。然不论以何种形式何种场合出现，它给政治带来的影响都是恶劣的。它们就像腐蚀剂，腐坏政体，腐坏人心。政体一旦受损，人心一旦受害，要想恢复其元气，那就非得动大手术、大调养不可。而历代政治表明，那些凭家天下以传子而获得帝王资格的人，愈到后期愈腐朽不堪，愈昏庸不已。指望这样的人来动大手术、大调养，既不现实，又不可能。于是，有些历史学家将这种现象称为"运移"，有些称为"气衰"，然不论称什么，都逃不脱这一历史规律。再加上奸臣的蛊惑、作祟，弊政不但得不到克服，反而愈变愈坏，直到他的终场。这是家天下政治的悲剧，也是值得令人深思的地方。

三是对朝政出路的认识。他们认为这是解决政治衰败不可缺少的环节，又是防患于未然的必要手段。而要使之成为一种"必然"，一种"不可缺少"，关键要明确出路在何方，以及如何去对待。对于这个问题，《文选》中的史学家、政论家谈论最多的有两个方面：一是用人，二是听言。以用人而论，言论集中在用人之重要性上。这原本是个老生常谈的话题，自三代以来，谈者甚多，无甚新意。然他们还是滔滔不休，以至于王褒作《圣主得贤臣颂》集中笔墨来讲它，可见自汉以来它的确是一个值得一谈的问题。造成这种情况的原因，一是统治者本身不重视这个问题。"世乱则圣哲驰骛而不足，世治则庸夫高枕而有余。"（《解嘲》）扬雄的这两句话活画了他们用人的心态和用人的准则，以为世治之时，用贤与不用贤无害大局。二是政治的衰微，朝廷的灭亡加深了人们的思考，使他们发现，政治之衰，主要衰在用人不当上。庸夫充斥朝廷，贤人自然无用武之地。贤人得不到重用，政治只能日旷愈下。这是政治运行的基本规律。基于这样的考虑，史家政论家不得不旧题重谈，并告诉这些帝王说，天下之治理，是因"百姓不能自治，故立君以治之；明君不能独治，则为臣以佐之。然则三五迭隆，历世承基，揖让之与干戈，文德之与武功，莫不宗匠陶钧而群才缉熙，元首经略而股肱肆力"（袁宏《三国名臣序赞》），因此，"得士者强，失士者亡"（东方朔《答客难》），"士无常君，国无定臣，得士者富，失士者贫"（《解嘲》），"夫贤者，国家之器用也。所任贤，则趋舍省而功施普；器用利，则用力少而就效众"，"贤人君子，亦圣王之所以易海内也"，"君人者勤于求贤而逸于得人"（王褒《圣主得贤臣颂》），如果帝王们弃群才贤士而不用，其国家治理是不能成功的。同时，他们还告诉帝王们说，"遭离不同，迹有优劣"，"古之君子，不患弘道难，遭时难；遭时匪难，遇君难。故有道无时，孟子所以咨嗟；有时无君，贾生所以垂泣"（袁宏《三国名臣序赞》），因此他们希望帝王们都做这种的明君，少给那些贤人之士以遗憾，多给他们提供一些施展才华的时间与机会。而要做到这一步，还得处以公心，"居上者不以至公理物，为下者必以私路期荣；御园者不以信诚率众，执方者必以权谋自显"（同上），仍然达不到目的，其结果只能择人不当、用人无方，穷达悬殊，"贤与不肖无异"，"尊之则为将，卑之则为虏；抗之则在青云之上，抑之则在深渊之下；用之则为虎，不用则为鼠"（《答客难》），使他们不能发挥应有的作用。这些问题不解决，朝廷出路仍然无望。无出路的朝廷，只能日夜萎缩灭亡。以听言而论，班彪《王命论》在谈到汉高祖之所以能功满天下的原因时讲了五点理由，其中谈到他"知人善任使"时用"加之以信诚好谋，达于听受，见善如不及，用人如由己，从谏如顺流，趋时如响起"予以赞扬。这种赞扬，对其子孙以及后来君主，实际就是教育。善不善于用人，是衡量君主贤与不贤的重要标准，同样，善不善于听言，亦是衡量君主是明与不明的重要尺度。朝政的治理，弊政的革除，均取之于帝王一人，有无政治出路，亦取决于其政治态度如何，用人听言怎样。实际上这就是《文选》作者通过历史成败得失总结之后给统治者所指引的出路与方向。这既符合政治运行的规律，又符合广大统治者的利益，故素为开明的帝王所重，其意义价值亦就在此种戒往开来，经世致用中得到经久不衰的显现。

第三节　《文选》的文学艺术价值

一、《文选》"文"的艺术价值

《文选》中，"文"的种类虽只有赋、诗、骚、七，然入选的作家作品所占的比重甚大，若要一一加以探讨，则有说不尽的话题，写不完的文章，因此，这里只能择其中的某个方面，某个问题作些探讨。如赋，拟择《文选》所选的南朝赋作为研究对象，从物情美方面谈它的艺术价值；诗，拟择《文选》所选的郊庙诗作为研究内容，通过它的形成来揭示它的艺术价值；骚，以《文选》所选的《离骚》为研究主体，兼及其他，通过屈原内美与《九歌》浪漫主义情调与风格的探讨来揭示其艺术价值。这样做，似乎显得不够完整，但以点带面，仍不失一种探讨的途径与方法。

（一）《文选》赋的文学艺术价值

在南朝四十余种文体中，赋是种重要的文体。在中国赋史上，南朝是个重要的创作阶段。这是个崇学尚美的时代，又是个文学自觉的时期。文学的自觉与崇学尚美时风的融合，不仅激发了文人创作的热情，加速了文学发展的进程，而且催生出了"赋"这朵艺术鲜花。赋之美，不惟在其外，还在其内。外之美在体式，内之美在物情。体式属形式，物情属内容，形式为内容服务，内容离不开形式。因此本文在讲物情美之前，对赋之体式略作介述。

刘勰《文心雕龙·诠赋》论赋的体式主要有四：一是"铺采摛文"，二是"体物言志"，三是"述主客以首引"，四是"序以建言，乱以理篇"。这四点，诚如马积高先生所指出的那样，是刘勰从"自汉至宋齐赋的内容和形式特色"中"概括"出来的[①]，因而符合赋的实际。南北朝的赋，据严可均辑校的《全上古三代秦汉

---

① 马积高：《赋史·导言》，上海古籍出版社 1987 年版，第 1 页。

三国六朝文》的记载，共有 245 篇，作者 80 人。这些赋虽有一些残文断句，有题无文，但大部分保存完整。其中，长赋有谢灵运的《撰征赋》《山居赋》、梁元帝的《玄览赋》、沈约的《郊居赋》、张缵的《南征赋》，其文字均在 2800 字以上。稍次一些的有张融的《海赋》、萧詧的《游七山寺赋》、李谐的《述身赋》、沈炯的《归魂赋》，其文字都在 1300 字以上。余者多为小赋。而被《文选》选入的鲍照《芜城赋》《舞鹤赋》、谢惠连《雪赋》、谢庄《月赋》、颜延之《赭白马赋》、江淹《恨歌》《别赋》，以及没有被选入或来不及选入的诸如傅亮的《感物赋》、谢朓的《思归赋》、萧纲的《秋兴赋》《采莲赋》、萧绎的《荡妇思秋赋》《采莲赋》、沈约的《悯衰草赋》《高松赋》、江淹的《江上之山赋》、何逊的《穷鸟赋》、吴均的《八公山赋》、张正见的《石赋》、鲍照的《尺蠖赋》《飞蛾赋》、孔璠之的《艾赋》、卞彬的《蚤虫赋》等，都是其中的优秀篇章。其体式之小，文字多的也不过七百余字，少的只有八九十个字，其余多在三四百字、一二百字之间。小赋体式美在灵巧。比如，赋之结构，多主客问答；赋之描写，以铺为主，六合之内，面面俱到。小赋却不这样，下笔就从所咏之物写起，既不讲究主客对话，也不讲究歌乱理篇，而是铺写完了，赋也就结束了。试看傅亮的《芙蓉赋》：

> 考庶卉之珍丽，实总美于芙蕖。潜幽泉以育藕，披翠莲而挺敷。泛轻荷以冒沼，列红葩而曜除。徽旭露以滋采，靡朝风而肆芳。表丽观于中沚，播郁烈于兰堂。在龙见而葩秀，于火中而结房。岂呈芬于芷蕙，将越味于沙棠。咏三闾之披服，美兰佩而荷裳。伊玄匠之有瞻，悦嘉卉于中渠。既晖映于丹墀，亦纳芳于绮疏。

不惟傅赋，南北朝赋率多如此。它们不论写什么，立意都不在深，而在美；择材不在全，而在精；铺写不在多，而在巧。开笔直赴主题，结尾不用"歌"、"乱"，显得小巧玲珑，自由灵活。当然，也有例外。比如，谢惠连的《雪赋》开头写梁王不悦时昏风寒云繁而召邹阳、枚乘、相如于庭，待"微霰零，密雪下"，便授简于相如令他作赋；中写相如"避席而起，逡巡而揖"写下了这篇咏雪的文字；末写邹阳"有怀妍唱，敬接末曲，赋《积雪》之歌"，枚乘起而为"乱"，作乱辞，便采用了类似主客问答的结构，但作了很大改变。谢庄的《月赋》也是这样，它以"陈王初丧应刘，端忧多暇"开篇，以"临浚壑而怨遥，登崇岫而伤远"，见"白露暧空，素月流天"而令王灿作赋，以"仲宣跪而称曰"写下这篇《月赋》，以陈王曰"善"云云收束全篇，其结构方式亦与主客问答相类似，并吸取了惠连的经验，然变得更加灵巧。

　　体式的小巧灵活,为内容的自由抒写提供了一种美的载体。赋是种"体物言志"的文体。体物是它的本质特征。《汉书·艺文志》说:"《传》曰:'不歌而诵谓之赋,登高能赋,可以为大夫。'言感物造端,材知深美,可与图事,故可以为列大夫。"便是对这一本质特征的最古老的历史陈述。其所言感物,就是体物。胡经之先生说:"感物是艺术创造的门户。"它不仅"直接影响到艺术家创造性灵感('感兴')的勃发,想象('神思')的展开,构思('凝虑')的深化,情感('情理')的渗透,形象('意象')的孕育等",而且"又是艺术家创造的基础和材料,艺术家由感物获得审美经验,才可进行意象创造,使审美经验转化为艺术形象"①。说的是文学艺术感物的普遍意义与价值,适用于音乐、诗歌、散文,也适用于赋。赋家就是通过感物这一门户,从社会生活,从自然万物中获取自己的创作情感与题材进行创作的,汉魏晋赋是这样,南北朝赋亦如此。南北朝的赋,以咏物为著。赋中咏物,早在汉初已出现,如孔鲋就作有《杨柳赋》、《鸮赋》、《蓼虫赋》,贾谊作有《旱云赋》、《虡赋》、《鹏鸟赋》,枚乘作有《柳赋》,路乔如作有《鹤赋》等。东汉时得到了继承,出现了应场的《杨柳赋》、《鹦鹉赋》,张衡的《鸿赋》,王逸的《荔枝赋》,赵壹的《穷鸟赋》等。魏晋时,咏物勃兴,作家迭出,像曹丕、曹植、王灿、陈琳、左芬、李颙、成公绥、嵇含、夏侯湛、挚虞、张载、潘岳、潘尼、陆机、郭璞等就是其中的名家。而咏物种类之多,又莫过于傅玄、傅咸父子。此二人现存赋八十八篇,虽多为残文断句,然从其赋作标题、文句来看,所咏之物共有五十六种,涉及范围有春、夏、秋、冬四时,草木、鸟兽、小虫、器皿、音乐、书法、绘画、弈棋诸类,且依类一物一咏。南北朝时,咏物赋得到进一步发展。作家们如傅氏父子那样集中笔墨咏物的并不多见,然由于九十六人多有咏物之作,故所咏之物较之傅氏种类更全,其中,咏天时者,则有春、秋、暑、晴、雨、雪、风、月、星、虹;咏草木者,则有松、桐、芍药、芙蓉、萱草、杜若、木瓜、橘、葵、桃、李、枣、栗、柳、菊、荠、梅、竹、兰、苔、水仙、艾;咏鸟兽者,则有鹤、山鸡、马、鹜、牦牛、鸿、鹭、鹦鹉、野鹅、翟、雉、鸳鸯、鹔、鹊、鹿、鼠;咏小虫者,则有蝉、尺蠖、飞蛾、蚤虫、蝇;咏山水者,则有山、石、溪、壑、江、海、池、井;咏器皿者,则有灯、烛、香炉、竹杖、车、镜;咏音乐者,则有箜篌、筝、金錞、笛、笙、琴、舞、拍张,咏弈棋者,则有围棋、象戏;咏书画者,则有书、彩画、丹砂、笔格、绣;咏宫殿者,则有华林清暑殿;咏寺庙者,则有浙右七山寺等。物类如此之多,实乃作家咏物

---

① 　胡经之主编:《中国古典美学丛编·创作》,中华书局1988年版,293页。

兴致浓烈所使然。而感物之细腻更使他们对物之描写刻画如列采铺锦,美不胜收。其美,形神兼备。

形之美,美在"像"上。所谓像,就是咏山要像山,咏水要像水,使人一看就知道咏某物。咏物有如绘画,"画鬼魅最易,画犬马最难"。咏物要咏得像,也很难。这除了察物要细之外,还需要手法高明。事实表明,南北朝赋作者是具备了这些条件的,其手法之高明,一是善于抓住物的总体特征作全方位的描写,力求从"全"字上把其形貌写"像"。比如,刘义庆的《鹤赋》就是如此之作。其言云:"其状也,绀络颈而成饰,赪点首以表仪。羽凝素而雪映,尾舒玄而参差。趾象蚪以振步,形亚凤以擅奇。"凡六句,从首写到颈、羽、尾、趾,对鹤的形貌进行了全方位的刻画。他用绀络形其颈,用赪点其首,用凝素描其羽,用舒玄画其尾,用蚪状其趾,再分别接以"成饰"、"表仪"、"雪映"、"参差"、"振步",不仅把一只头上有撮红毛、颈上绒毛呈天青色、羽毛呈白色、尾毛呈黑色、足趾呈蝌蚪型之鹤的形貌全部画了出来,而且把鹤有别于其他飞禽的气质、品性也作了具体的表现,不谓不像。

二是善于扣住物的个性,并按照立意的需要,对物之形貌或整体描写,或部分刻画。这在咏草木、鸟兽、器皿等赋中都能见到。比如咏桐赋,南北朝有刘义恭的《桐树赋》、袁淑的《桐赋》、萧子良的《梧桐赋》、王融的《应竟陵王教桐树赋》、沈约《桐赋》凡五篇。其中,能扣住个性对桐作全面刻画的是刘赋,其辞云:

> 伊桐树之灵材,蔚竦林而擢秀。玄根通彻于幽泉,密叶垂蔼而增茂。
> 挺修干,荫朝阳,招飞鸢,鸣凤凰。甘露洒液于其茎,清风流薄乎其枝。丹
> 霞赫奕于其上,白水浸润于其陂。

共十一句,把一棵生长在竦林中汲幽泉、饮甘露、披清风、沐丹霞而发荣生长的桐树形貌完整地描画了出来。而这些又通过其根、茎、干、枝、叶来表现。写树木,不写这些就不像树;只写这些而不写其个性就不像桐树。而桐树的个性,在古人看来,就是高雅不俗,就是灵。这与桐树是制造琴的优质材料有关。由于"琴者,禁也,所以禁止淫邪,正人心也"(《白虎通·礼乐》),"琴之言禁也,君子守以自禁也。大声不震哗而流漫,细声不湮灭而不闻,八音广博,琴德最优"(桓谭《新论·琴道》,《全后汉文》卷十五),是传递礼乐文明的重要乐器,所以人们一直将它当做一种高雅文化,一种精神道德的象征来认同。由是,桐也就成了一种高雅不俗的树木,亦是刘义恭称之为"灵木"的重要原因。刘赋就是紧扣"灵"字来写它的根、茎、干、枝、叶的。正因为个性重要,袁、萧、王、沈四人

无不以此立意谋篇,写桐之形貌的。在他们的笔下,桐是一棵"越众木之熏狗,胜杂树之藻缛。信爽干以弱枝,实裹素而表绿","根夷条茂"(袁赋)的树;一棵"抽叶于露始,亦结实于星流,耸轻条而丽景,涵清风而散音,发雅咏于悠昔,流素赏之在今"(萧赋)的树;一棵生于"邸岫之曾隈","仪龙门而插干,伫凤羽以袖枝","直不绳而特秀,圆匪规而天成"(王赋)的树;一棵"枝封暮雪,叶映昼虹","喧密叶于凤晨,宿高枝于鸾暮","绕齐彩于碧林,岂惭光于若木"(沈赋)的树。这些形貌不甚完整,但都围绕着桐高雅不俗这一个性写其干、枝、叶、实,因而形貌多样,内容丰富。

神之美,美在韵上。所谓韵,就是韵味,就是气质精神,就是咏山是山,不全是山;咏水是水,不全是水,若即若离,既在物外,又在物内,以内为最高境界,为赋作之上品。这是种"物物而不物于物"(《庄子·山木》)的艺术创作,建立在对物性的深刻认识与感悟上。其艺术之精湛,著名的作品有谢惠连的《雪赋》、谢庄的《月赋》、颜延之的《赭白马赋》和鲍照的《舞鹤赋》等。四赋中,颜延之的赋是篇典型的将咏物与写人事结合起来的赋,其内容含量之大,构思之新奇,意义之不俗,为纯咏物小赋所不及,是对咏物赋创作的开拓与发展。这种赋写作的关键是要处理好咏物与写人事的关系。既要咏物,就不能不顾及物的形貌与特性。而要写人事,就不能不将人事置于咏物之中。也就是说,它写的是咏物中的人事,而非人事中的咏物,因此,写人事是为咏物服务的。其妙处就在它能将物的静态描写化为动态的刻画,通过动态的刻画来展现它的内在气质与精神。我们知道,状物以静态易工,动态难工,而又以跳跃变化为最难。然细读颜延之这篇赋,这些难处似乎不存在。赋以"序以建言"开篇,夹叙夹议,简略地交代了作赋的缘由,并总说马是种灵物,值得一赋;而赭白马为武帝所赠,文帝所爱,再加上它"特禀逸异之姿,妙简帝心","服御顺志,驰骤合度",为马中之异,更值得一赋。如是,咏物与写人事巧妙结合。正文则依照这种结合,先写赭白马之由来,而重点又落在与马有关的人事上,说明有盛烈者才能得良马,将赞扬帝业与赞扬良马、咏物与写人事相融合。再接下写赭白马之不凡,重点又落在马的形貌、气势上。写马之形貌,只写其筋骨、毛发、双瞳、两权,旨在突出其"异体峰生,殊相逸发",与一般马不同。写其气势,则笔墨细腻,既有其奔腾跳跃之刻画,又有其车驾驰驱合乎礼度之形容,还有其竞技校场威武雄壮之描绘。三者的有机统一,将赭白马之神韵写得活灵活现。其后者云:"至于露滋月肃,霜戾秋登。王于兴言,阐肆威棱。临广望,坐百层。料武艺,品骁腾。流藻周施,和铃重设。睨影高鸣,将超中折。分驰迥场,角壮永埒。别辈越群,绚练复绝。捷趭夫之敏手,促华鼓之繁节。经玄蹄而雹散,历素支而冰裂。膺门沫赭,汗沟走血。跤迹回唐,畜怒未泄。"赭白马之神韵便在校场跳跃奔腾中表现无遗。

鲍照的《舞鹤赋》是首典型的咏物写志赋。其咏物,既重物之形貌,又重物之神韵。写形貌,处置灵活。由于作者立意是表现鹤的自由与不自由,幸与不幸,故赋一开篇就从鹤的仙性写起,说它"伟胎化之仙禽","锺浮旷之藻质,抱清迥之明心。指蓬壶而翻翰,望昆阆而扬音。匝日域以回骛,穷天步而高寻。践神区其既远,积灵祀而方多"。所谓仙性,就是鹤的自然本性,未为人圈养前的原初之性。由于性之自然,故其于天宇翻翰、扬音、回骛亦就自由自在,无拘无累。这是鹤最快乐的时期,亦是它英姿焕发,神采奕奕的时期。这时期,它"顶凝紫而烟华","引员吭之纤婉,顿修趾之洪娉。叠霜毛而弄影,振玉羽而临霞",形貌异常美丽。然由于它"厌江海而游泽",被人捕获,失去了"朝戏于芝田,夕饮乎瑶池"的欢乐与自由,进入了"掩云罗而见羁"的时期,成了一种"唳清响于丹墀,舞飞容于金阁"为人驱使供人赏乐的凡鸟俗禽。尽管此时它仍保持一股天性,善于飞腾,然与昔日相比,已大不相同。作者写道:

> 踯躅徘徊,振迅腾摧。惊身蓬集,矫翅云飞。离纲别赴,合绪相依。将兴中止,若往而归。飒沓矜顾,迁延迟暮。逸翮后尘,翱翥先路。指会规翔,临岐矩步。态有遗妍,貌无停趣,奔机逗节,角睐分形。长扬缓骛,并翼连声。轻迹凌乱,浮影交横。众变繁姿,参差洊密。烟交雾凝,若无毛质。风去雨还,不可谈悉。既散魂而荡目,迷不知其所之。

除最后两句,整段文字以四言出之,将鹤失去自由后飞翔的情景作了全方位的铺写,不仅表现了它飞翔的形态,而且表现了它散魂荡目,迷不所之的神韵。这种神韵,实是作者生不逢时的自我写照。

而谢惠连的《雪赋》、谢庄《月赋》体物之细腻,手法之巧妙,将咏物赋创作带入了又一新的境界。这两人都是陈郡谢氏的后代,深厚的家学渊源让他们从小就受到了良好的文学熏陶,培养了他们善于属文的才能,所以他们对自然景观的感受、表现都不一样。比如同一自然物的雪和月,前人赋中早已出现,如晋李颙、夏侯湛、孙楚等人的《雪赋》,汉公孙乘、晋周祗等人的《月赋》,已开咏雪、咏月之先,却未达到此二赋之境界,故二赋文情之美、神韵之高,既令前人为之动容,又使时人为之叹绝。两人体物各有千秋。惠连赋重在对雪本身的描写,并将写雪写人相融合。雪,丰年之瑞兆也。自姬周以来多有歌咏。赋中所云"岐昌发咏于来思，姬满申歌于黄竹。曹风以《麻衣》比色，楚谣以《幽兰》俪曲"，其事或出于《诗经》，或出于《楚辞》，都是周以来的吟唱。作者如数家珍，一一列出，旨在表明"雪之时义远矣哉"：咏雪既是文学传统，又是赋家性情流露。雪，寒气之所为也。而气寒凛冽之状，无有如惠连之夸饰者："若乃玄律穷，严气升。焦溪涸，汤谷凝。火井灭，温泉冰。沸潭无涌，炎风不兴。北户墐扉，裸壤垂缯。"寥寥数笔便把天寒地裂之状，全盘托出。天气寒冷到了如此的程度，大雪纷飞亦就势在必然。于是，作家以如椽之笔写道："其为状也，散漫交错，氛氲萧索。蔼蔼浮浮，瀌瀌弈弈。联翩飞洒，徘徊委积。始缘甍而冒栋，终开帘而入隙。初便娟于墀庑，末萦盈于帷席。既因方而为珪，亦遇圆而成璧。眄隰而万顷同缟，瞻山则千岩俱白。于是台如重璧，逵似连璐。庭列瑶阶，林挺琼树。皓鹤夺鲜，白鹇失素。纨袖惭冶，玉颜掩嫭。"状者，雪之状也。文人有用盐喻雪者，有用絮拟雪者，然其所比拟的仅是雪的个体，而非整体。而惠连所雕画的则是整体而非个体。个体易写，而整体难写，作者于难写之整体中，先用"联翩"等八句描其飞舞之状，后用"始缘甍"等四句绘其无孔不入之神。而于易写之个体中，用"珪"、"璧"、"缟"、"璐"，或显其形，或示其色，又用"皓鹤"、"白鹇"、"纨袖"、"玉颜"等夸其白，于是一幅漫天飞舞银装素裹的瑞雪图画便完美地刻画出来了。照一般咏物赋的写法，雪写到这里就该结束了，可作者意兴未尽，用"若乃积素未亏"一转，转向了雪停日出，雪融冰成的描写，再次将一幅晶莹明亮的冰雪图呈现于读者面前。其后，又用"若乃申娱玩之无已"一接，将咏雪与写人结合起来云："风触楹而转响，月承幌而通晖。酌湘吴之醇酎，御狐貉之兼衣。对庭鹍之双舞，瞻云雁之孤飞。践霜雪之交积，怜枝叶之相违。驰遥思于千里，愿接手而同归。"这种结合，不仅增添了咏景的情趣，扩大了赋的意蕴，而且也丰富了赋的写法，增强了赋的美感。

谢庄的赋以虚见长。所谓虚，是指他将月这一实体作了虚化的处理。其表现就是不着力于月形的描写，而致力于月之神韵的刻画。试读下列文字：

> 若夫气霁地表，云敛天末。洞庭始波，木叶微脱。菊散芳于山椒，雁流哀于江濑。升清质之悠悠，降澄辉之蔼蔼。列宿掩缛，长河韬映。柔祇雪凝，圆灵水镜。连观霜缟，周除冰净。君王乃厌晨欢，乐宵宴。收妙舞，驰清县。去烛房，即月殿。芳酒登，鸣琴荐。

> 若乃凉夜自凄，风篁成韵。亲懿莫从，羁孤递进。聆皋禽之夕闻，听朔管之秋引。于是弦桐练响，音容选和。徘徊《房露》，惆怅《阳阿》。声林虚籁，

沧池灭波。情纤轸其何托，愬皓月而长歌。

这两段文字，真正写月形月色的就是"升清质"八句，余下都是写景写人，其中又以写人为重点。咏月八句，文字不多，而刻画精细。由于月圆如镜，色白如缟，皎洁如冰，柔和如雪，故普天之下都沐浴在明亮的月色中。写景写人，又重在其情趣。情趣因月而生，因人而定。惊喜者有如那些君王，废乐离房，即殿饮酒，鸣琴赏月，乐在其中。悲哀者有如那些羁客，长年奔波于外，孤独无依，见月色而思故人，闻朔管而增添悲伤。作者就这样通过秋景的衬托和人的活动穿插，将月之形、神生动地表现了出来。情趣虽然多为哀伤，然"隔千里兮共明月"，又以清新健朗的情调将人们带入了一种达观的境地。

总之，这四首赋以巧妙的艺术构思，生动的景物描写和优美的语言，将马、鹤、雪、月四物写得如神似化，情趣盎然。物之美，莫美如斯。

南北朝赋作之情美，主要通过抒情赋来体现，通过情之真实动人来表达。高明《琵琶记》说："论传奇，乐人易，动人难。"不唯传奇如此，其他文学样式率多这样。动人难，难在真实，难在深刻，难在哀伤凄楚。南北朝是个多哀伤的时代。南北分离，民族失统，凡有良知的文人无不感到这是民族的不幸，时代的悲剧。在这一大悲剧的氛围下，不论出身显贵还是低微，作家心灵上常常笼罩着一团凄凉的迷雾。一有所触，其哀伤之情便喷薄而出。这样的例子很多。比如谢灵运，其门第之显赫，政治、经济地位之一世无忧，本使他不知哀伤为何物。然在奉使慰劳北伐长安的刘裕途中，感时令之"昏明殊位，贞晦异道"，念国家之"乱多治寡"，"升平难于恒建，剥丧易以横流"，想"皇晋河汾，来迁吴楚。数历九世，年踰十纪。西秦无一援之望，东周有三辱之愤。可谓积祸缠衅，固已久矣"，便不竟悲从心来，愤从哀起，展纸挥毫，洋洋洒洒写下了长达四千余字的《撰征赋》。赋中虽不乏对刘裕北伐的歌颂，对其祖父谢玄的赞美，但总的倾向是抒其"家永怀于故壤，国愿言于先茔"的幽愤。因此哀伤凄楚便成了此赋的主要情调而洋溢全篇。谢灵运尚且悲不自胜，其他文人如鲍照、江淹之辈就更是忧伤满怀了。如此一来，哀伤凄楚便成了南北朝抒情赋的重要主题而广为咏叹，作品之多，不下40篇。这可从它的标题见出。赋直接以"哀"、"伤"、"怨"、"恨"、"愁"、"泣"、"悔"、"愍"、"悯"等命题的就有二十多篇，不明言哀伤而实写哀情且以"征思"、"归途"、"撰征"、"行壖"、"秋羁"、"思归"、"述羁"、"秋思"、"卧疾"、"郊居"、"南征"、"归魂"、"述身"等为题的又有十几篇。作家们以如此多的篇章来写哀情，不仅说明他们在理论上懂得"动人者莫如哀伤"的道理，而且于实践上亦认识到只有将哀伤作为抒情的主题和审美要求，其作才会动人，才会有艺术生命力。这些均可从他们赋中见到。而鲍照的《芜城赋》，江淹的《恨赋》、《别赋》就是其中的代表。

鲍照的《芜城赋》被《文选》列入游览赋类。从表面看，它与游览有关；从内容看，则是作者借登广陵故城之机，通过广陵古今繁盛荒凉的鲜明对比来抒发自己对历史人生的哀伤之情。作为对历史的哀伤，此赋的不凡之处，不但描写了广陵城由盛而衰、由繁华而荒芜的历史变化，而且也表现他对人的认识。由于人是分层次的，不同层次的人对历史态度作用不同，故其歌咏批判也就存有差异。若按荀子的分层理论，依其知识学问，可分为俗人、俗儒、雅儒、大儒；依其道德品行，又可分为通士、公士、直士、悫士、小人。"上则能尊君，下则能爱民，物至而应，事起而辨，若是则可为通士矣。不下比以暗上，不上同以疾下，分争于中，不以私害之，若是则可谓公士矣。身之所长，上虽不知，不以悖君，身之所短，上虽不知，不以取赏，长短不饰，以情自竭，若是则可谓直士矣。庸言必信之，庸行必慎之，畏法流俗，而不敢以其所独甚，若是则可谓悫士矣。言无常信，行无常贞，唯利所在，无所不倾，若是则可谓小人矣。"（《荀子·不苟篇》）历史若由小人来主宰，这种历史当然是值得哀伤的。而广陵的历史正是由小人（按：广陵城为吴王刘濞所筑）主宰的历史，故其盛也，虽"车挂轊，人架肩，廛闬扑地，歌吹沸天"，但终究不能掩饰他"孳货盐田，铲利铜山。才力雄富，士马精妍"的政治野心。也就是说，他不是拿这些来造福人民，保卫人民，而是用来分裂国家，实行叛乱，挑起战端，将人民推向兵燹之中。他广修城池，甚至"侈秦法，佚周令。划崇墉，刳浚洫"，"板筑雉堞之殷，井干烽橹之勤。格高五岳，袤广三坟。崒若断岸，矗似长云。制磁石以御冲，糊赪壤以飞文"，看似为了"图修世以休命"，"将万祀而一君"，实则是为自己叛乱留下一处进退可守之所，武装割据之地。如是以来，这种繁华的背后已经潜伏着衰亡的危机。所以不及汉魏晋三代五百年，便随着小人的败亡，野心家的覆灭而瓜剖豆分，留下了一片凄楚的回忆。这种回忆反过来又加深了作者对广陵的哀伤，对人的认识。至于作者对广陵瓜剖豆分后的荒芜描写和凭吊芜城的"凝思寂静"，便是这种哀伤认识的必然结果，因而"心伤已摧"，悲恸不已。而这些盛已好，衰也罢，均是人为的结果。人既可创造历史，也可毁坏历史。"成也萧何，败也萧何"。民间的谚语形象地说出了人的这种两面性，因而有助于他们对人的认识。而鲍照将对历史的哀伤归结于人的认识，加深了他对人生的理解。人之一生，若言无常信，行无常贞，唯利所在,无所不倾,像吴王刘濞那样,即使拥有"藻扃黼帐,歌堂舞阁之基。璇渊碧树,弋林钓渚之馆。吴蔡齐秦之声,鱼龙爵马之玩",享尽了人间荣华富贵,但到头来,还是黄土一抔,这样的人生难道不值得深思与哀伤吗?这种哀伤应该是积极的,而非消极的。哀伤加深了他对历史的认识,对人的认识,同时也增强了作品的表现力、抒情美。

江淹的《恨赋》、《别赋》,被《文选》列入哀伤赋类。此二赋之哀伤,虽能凄楚动人,然其意蕴却远不如《芜城赋》那样深厚。这恐怕与作者的构思立意有关。江淹的构思立意,不像鲍照那样通过某一事物的追寻和怀想来抒发自己的哀伤之情,而是想通过某一类事物的铺写来表现一种普遍的情绪,折射出一种普遍的心理。如此一来,其铺写务求面广而不执意于深刻,以致因思想性不强而遭到今人的指责。尽管这样,这二赋自面世以来,还是深受读者喜爱。究其原因就在于它们哀伤写得好。哀伤作为一种日常生活情感,既不可没有,又不可多有;既有其普遍性,又有其特殊性。然最能表现这一情感的莫过于死亡与离别。生与死,乃人生两大主题。尽管孔子说"未知生,焉知死"(《论语·先进》),不愿谈死之事,然死的客观存在,是任何人不可逾越,不可回避和改变的。孔子不言死,并不等于死不重要。"可作大事",便表达了人们对死的注重和对亡者的哀悼。死是悲伤的,饮恨而死则更令人撕心裂肺。江淹写哀伤,选择死这一题材,并将饮恨而死当做死亡之尤来表现,且将自己的赋定名为《恨赋》,可见他对饮恨之死的重视。为了表现好这一情感,他从历史上选择了几位饮恨而死的人物作为自己的歌咏对象。其中有叱咤风云的秦始皇。作者说秦始皇的饮恨在其按剑而坐则"诸侯西驰","削平天下,同文共规"之后,"雄图既溢,武力未毕",欲长生不死,却在巡海求不死药的归途中,黯然死去,以致"宫车晚出"。有被秦俘虏的赵王张敖。作者说张敖的饮恨在其"迁于房陵"时"别艳姬与美女,丧金舆及玉乘"的悲愤填膺。有降臣李陵。作者说李陵的饮恨在其"名辱身冤",欲"裂帛系书,誓还汉恩"而不能。有主动下嫁匈奴的王昭君。作者说王昭君的饮恨在其得不到汉皇的赏识,以致"紫台稍远,关山无极","望君王兮何期,终芜绝兮异域"。有生不逢时的冯衍。作者说冯衍的饮恨在其才学遭到汉明帝的压抑,"罢归田里","闭关却扫,塞门不仕。左对儒人,顾弄稚子。脱略公卿,跌宕文史。赍志没地,长怀无已。"有傲骨嶙嶙的嵇康。作者说嵇康的饮恨在其情志高昂,神气激扬,不为时所识,致使"郁青霞之奇意,入修夜之不畅"。这六人之死,饮恨之由有别,而哀伤动人一致。不论读者有无此种经历和感受，都会从他们死时愤恨难休的面色中体恤出他们内心的凄楚和哀伤，都会情不自禁地为之掬一把同情之泪。至于赋中所云"或有孤臣危涕，孽子坠心。迁客海上，流戍陇阴"，写的是社会上常存常见的情况，表现的是种饮恨而死的普遍性。普遍性与特殊性的有机结合，以及赋末"春草暮兮秋风惊，秋风罢兮春草生。绮罗毕兮池馆尽，琴瑟灭兮丘垄平"的写景吟叹，有力地表现了"自古皆有死，莫不饮恨而吞声"的主题。这既是作者的总体认识，又是他留给读者美的回味。

离别，也是人生中常有的事。然在交通极不发达，信息极不灵通的古代，亲人、朋友的离别，常意味是永诀。江淹用"黯然销魂者，唯别而已矣"来表现离别的哀伤与深恨，来说明离别的意义与价值，则是抓住了别的凄楚之处，是种形象经典的说法。《别赋》亦以此发端，以此来提纲挈领领起全文，则更是种精审的做法。在此纲领的统摄之下，赋共写了富贵者之别，刺客之别，从军者之别，远赴绝国者之别，游宦者之别，学道成仙者之别，恋人之别。一别一景，一景一情，留下的是当事人的斑斑血泪，历史的习俗与文化。试看他写的从军者之别："或乃边郡未和，负羽从军。辽水无极，雁山参云。闺中风暖，陌上草熏。日出天而曜景，露下地而腾文。镜朱尘之照烂，袭青气之烟煴。攀桃李兮不忍别，送爱子兮沾罗裙。"这是七别中的第三别。子从军，母送子。母子之别，乃骨肉之离也。较之其他六别，此则更悲，意义更非一般。从军上战场，生还者有之，暴骨沙场者亦比比可见。爱子此去，生死未卜，是生离还是死别，只有天知。所以此种送别，其哀伤凄楚之状常常令人目不忍睹。然此处所写似乎大相径庭，除了开头二句点明从军之由，三四二句点明从军之地，说明从军戍边之地极其偏远之外，五至十句都是写景，且写的是艳丽春景，既见不到肃杀凄凉的描写，又缺乏黯然销魂的氛围，呈现的则是对明媚春光的赞美。这是怎么一回事？我们先看第十句。李善注该句"青气"云："《易通卦验》曰：'震，东方也，主春分日出。青气出震，此正气也。'"依此，则此次是在"春分"从军。春分，二十四节气之一，时在二月中。《礼记·月令》说："仲春之月，……是月也，安萌芽，养幼少，存诸孤。择元日，命民社。命有司省囹圄，去桎梏，毋肆掠，止狱讼。""是月也，……以太牢祠于高禖，天子亲往，后妃帅九嫔御。""是月也，耕者少舍，……毋作大事，以妨农之事。""是月也，……命乐正习舞释菜，……又命乐正入学习乐。"此外，《吕氏春秋·仲春纪》亦有相同的说法，只是个别文字稍有出入。郑玄注《礼记》"安萌芽"云："助生气也。"注"民社"云："社，后土也,使民祀焉,神其农业也。"陈澔注"高禖"曰:"先媒之神也。"郑玄注"大事"云:"大事,兵役之属。"注"命乐正"云:"乐正,乐官之长也,命习舞者,顺万物始出地鼓舞也,将舞必释菜于先师以礼之。"据此,则知仲春二月,是万物萌芽,充满生气的月份,也是百姓农事繁忙,朝廷安民生,重祭祀,习礼乐的月份,更是不作军旅兵役以妨农事的月份。因此,在这样的月份,集募壮丁,送往边地,不仅有违政制,也有背人心。作者于此虽非实写,然决非事出无因。既有因,则说明,时处乱世,什么都乱;人处乱世,处处遭殃。所以,此时春光虽好,却不属于农家,亦不属于爱子;闺中风暖,却不属于"诸孤",亦不属于慈母。听得道一声去也,慈母"攀桃李兮不忍别,送爱子兮沾罗裙",其悲痛欲绝便在一"攀"一"送"中得到了尽情的刻画,骨肉分离之哀伤亦在泪湿罗裙中得到了尽致的描写。如此观照,其景色描写越艳丽,其悲伤之情越强烈。此乃以乐景写哀情,其情倍增其哀之谓也。《别赋》所写的其他六种分别场面,也具有如许的哀伤色彩,别者、送者都笼罩在"黯然销魂"的氛围中,欲拔不能,欲哭无泪。

总之,南北朝赋之情美,就是通过这些有代表性的情事之歌咏抒写并借助景物描写来体现的。情景交融是赋中常用的手法。情之哀伤,景之艳丽或凄怆的有机融合,再加上语言的华美,常使这些小赋生气流动,文采斐然。这是南北朝人留给后人的珍贵遗产,值得学习和研究。

(二)《文选》诗的文学艺术价值

诗,是《文选》"文"的一大宗,种类多,作品多。其中,不少作品,如游览、行旅类的诸家山水诗,祖饯、赠答类的诸家赠别诗,乐府类的诸家乐府诗,杂诗类的《古诗十九首》、王灿、刘桢、曹丕、曹植、嵇康、张华、陆机、左思、张协、陶渊明、谢灵运、鲍照、谢朓、沈约等人的杂诗、情诗,多为大家熟悉且经常谈论。这些诗都是《文选》中最优秀的篇什,亦最能表现和说明诗缘情以达志的艺术特点和面向现实、面向生活、面向自然的价值追求,是值得深入研究的。但也有几类诗,如补亡、述德、劝励、献诗、百一、郊庙,不仅选诗少(各类只有一两首),而且于今人看来并不那么重要,然萧统还是将它们选入《文选》中。这样做,原因何在?价值何在?笔者基于这种考虑,选择了郊庙诗作为研究对象,写下了以下文字。

其实,在古代,郊庙诗歌是一类文化渊源深厚题材独特的诗。郭茂倩于《乐府诗集·郊庙歌辞序》中论之云：

> 《乐记》曰：'王者功成作乐，治定制礼。是以五帝殊时，不相沿乐，三王异世，不相袭礼。'明其有损益也。然自黄帝已后，至于三代，千有余年，而其礼乐之备，可以考而知者，唯周而已。《周颂·昊天有成命》，郊祀天地之乐歌也，《清庙》，祀太庙之乐歌也，《我将》，祀明堂之乐歌也，《载芟》《良耜》，藉田社稷之乐歌也。然则祭乐之有歌，其来尚矣。

从中可以看出，此类诗歌伴随祭祀而产生，其内容与形式由祭祀的对象、目的、作用所决定。离开了祭祀，亦就无所谓郊庙乐歌，因此，它同祭祀文化有着深远的渊源关系，同时，它又是郊庙祭祀中的重要项目，是用来感天地通神明的。一场祭祀如果没有乐的出现，是不成其为祭祀的。祭祀之后，它是大司乐教国之胄子的教材，后代君王未作乐时，又因之以教化百姓，因此，它又是祭祀文化的组成部分。

在古代文化中，祭祀文化是种古老的文化。而支配这一文化的理论基石是它的天命观、孝道观和功利观。天命观显示了它的神学性，孝道观则显示了它的伦理性，功利观显示了它的目的性。它们像三根大柱支撑着这座大厦的建构，显示了祭祀活动的内容，历来为统治阶级所注重，是郊庙乐歌要反映的重要思想。

天命观是上古先民在长期征服自然的过程中，出于对大自然的恐惧和对天、上帝的崇拜而形成的神学观念。这种观念随着祭祀的频繁进行而得到强化。从《尚书·舜典》记载的舜正月上日受终文祖所举行的祭上帝、六宗、山川，到《周礼·大司乐》所说的冬至日祀天于地上之圆丘，《大宗伯》所讲的以禋祀祀昊天上帝，再到《礼记·祭法》所言的燔柴于泰坛祭天，无不显示人们对郊祭的重视，对天、上帝的敬仰与崇拜。就在这种连绵不断的祭祀中，人们对天的认识，由"天垂象，圣人则之"，到承天之序，到"郊所以明天道"，到就阳义，即阴象，别幽明，亦无不朝着形而上学的方向转变。天命也就由天的意志、命令的原初意义转向了天人融合的政治内涵。在此过程中，沟通天人关系的是"天子"。这虽是统治者煞费苦心营造的谎言，然而，这谎言一经被用于祭祀之中，便成了毋庸置疑的真理而为人们所接受。如《周颂·时迈》说的"时迈其邦，昊天其子"；《商颂·长发》说的"允也天子，降也卿士"，就是祭祀场上演唱的歌词，也是这种情况的真实记录。其影响之深远，直接开启了董仲舒"天为君父，君为天子"的神学出现。由于统治者视自己为天子，这在以血缘关系为纽带的宗法制社会里就具有非凡的意义：一是它确保了自己政治地位的至高无上，不可逾越，亦不可动摇；二是它确保了自己行为的合法性，即替天行道，秉承天命，他人不能违背。而这些由于都得益于郊天之祭，所以热衷于祭天祭上帝，并让郊祭中演唱的郊庙乐歌礼赞天神、歌颂天命，也就成了顺理成章的事。

　　诗人们在创作郊庙乐歌时，秉承了统治者的意志，有意加强了对天神的歌颂，将天命观作为一种思想观念写进了诗中，像《周颂》所写的"明昭上帝，迄用康年，命我众人，庤乃钱镈，奄观铚艾"（《臣工》）、"绥万邦，娄丰年，天命匪解"（《桓》）、"畏天之威，于时保之"（《我将》）等诗句就是其中之反映。天神是人们幻想的产物，然而在周人的宗教观念和祭祀之中已成为实体而存在，它包容了诗人对这个至上神的无限敬畏之情。为了表现好这一实体，使之活灵活现，诗人们常常将对它的歌颂与叙述联系起来，所以，他们在组织篇章结构时，常常将这些抽象概述的诗句置于篇首，让它成为全篇之纲，并统摄下文事功的描述。比如，六乐中的《大武》就很具有这些特色。《左传》宣公十年、《吕氏春秋·古乐》、《荀子·效儒》、《礼记·乐记》都认为它是武王克商之后写的。《周礼·大司乐》说它是用来"享先祖"的。聂石樵先生依据《乐记》"自武始北出"至"复缀以崇"共分"六成"之说，认为它由《昊天有成命》、《武》、《赉》、《般》、《酌》、《桓》六首诗组成[①]。这组记载事功的史诗，写得非常真实。第一首以"昊天有成命，二后受之"发端，其作用，既是该诗之纲，又是诗组之魂。舍此，文王生前为伐纣惨淡经营之事，就违反了君臣之礼，失掉了为臣之节；武王伐纣更有大逆不道之罪。然而，季扎于鲁听乐观舞，对《大濩》有微词，说商汤有"惭德"，而对《大武》啧啧称道（《左传》襄公二十九年），其原因，是得助于这两句。若再观照历史，这两句与史相合，《史记·周本纪》记载文王从羑里释放后，受命征伐，屡有战功，纣曰："不有天命乎，是何能为！"武王初会八百诸侯于盟津，"诸侯皆曰：'纣可伐矣。'武王曰：'女未知天命，未可也。'"居二年，伐纣时机成熟，于盟津再会诸侯，说："今予发维共行天罚！"这与诗人说"昊天有成命，二后受之"，意思全同。接下，诗人叙述了一系列事功：《武》总写"武王伐纣的业绩"，《赉》写"武王征伐南国之事"，《般》写"武王征服了南国并经营南国的喜悦"，《酌》写武王伐纣，周召二公分陕而治，《桓》写武王诛灭殷纣平定南国班师回朝的太平景象"以此来印证昊天的崇高伟大、天命之不可违，来突出颂天威、祖德的主题。值得

---

① 聂石樵：《先秦两汉文学史·先秦卷》，北京师范大学出版社 1994 年版。

注意的是,第六首再次出现了"天命匪解","于昭于天"的诗句,结构上与开篇呼应,意义上再次表明武王之功非人力所为,其对天命之敬畏始终如一。

孝道观是宗法制社会私有家庭为维系父子关系而建立起来的伦理道德观念,为保证家庭和睦相处、家族团结发挥过重要作用,这种观念伴随着人类社会的出现而产生,又随着祖宗神祭祀的兴起而强化。关于祖宗神祭祀的情况,《国语·鲁语》作了具体的介绍,说它始于有虞氏,其后,夏后氏、商人、周人继之不绝,并用郊祭的形式来祭祀,把始祖、祖父列到与天同位的高度。祭祖祀父的目的,后儒叙述尤详。比如《祭统》说:"祭者,所以追养继孝也。孝者畜也。顺于道,不逆于伦,是之谓畜。是故孝子之事亲也,有三道焉:生则养,没则丧,丧毕则祭。"《郊特牲》说:"万物本乎天,人本乎祖,此所以配上帝也。郊之祭也,大报本反始也。"这些言论都把报本反始,昭示祖德,颂扬祖勋当做推崇孝道的直接体现。旨在让子孙后代认祖归宗,不忘宗族的血亲感情,不违父子之道。

这一观念反映在郊庙乐歌中,就是要求诗人们把昭孝示祖,称美不称恶当做必循的原则来应用,把颂扬祖德作为重要的内容来表现。这可从古乐中见其端倪。《乐记》云:"《大章》,章之也。《咸池》,备矣。《韶》,继也。《夏》,大也。殷周之乐尽矣。"郑玄注曰,《大章》,"尧乐名也,言尧德章明也"。《咸池》,"黄帝所作乐名也,尧增修而用之……言德之无不施也"。《韶》,"舜乐名也,言禹能大尧舜之德"。殷周之乐谓《大濩》、《大武》。郑玄注《周礼·大司乐》说《大濩》是汤乐,"汤以宽治民而除其邪,言其德能使天下得其所也"(《十三经注疏》)。《大武》,前已详述。上述五乐均失传,但从郑注中可以看到,颂扬先圣之德是它们表现的共同主题,并成为一种模式,代代相传,至《周颂》、《商颂》已成常体,如《思文》歌颂后稷播植百谷,丞民乃粒,《天作》歌颂太王治理歧山,《清庙》、《维天之命》歌颂文王德显德纯,《维清》、《我将》歌颂文王造征伐之法和仪式之典,《执竞》歌颂武王伐纣定天下,《闵予小子》赞美成王谋政于庙,《那》赞扬汤武的功德,《烈祖》、《玄鸟》分别赞颂中宗、高宗立身修德,复兴殷道,等等,便是如此。这些篇篇颂德的诗,并非千人一面,而是各具特色。这是因为诗人并不全是从抽象的概念去进行图解,而是根据他们各自的贡献,以凝练之笔,以少概多写出来的。

功利观是人们在社会实践中为谋求某种福利而产生出来的一种思想观念,既支配着人们的最初行为,又支配着人们的最终愿望,有着很大的诱惑力。费尔巴哈说:"宗教的整个本质表现并集中在献祭之中。献祭的根源就是依赖

感——恐惧、怀疑，对后果对未来的无把握……而献祭的结果、目的则是自我
感——自信、满意，对后果的有把握、自由和幸福。"① 中国的祭祀也具有这样的
特点，人们除了满足政治、伦理的需要外，就是满足某种功利的需要。而能给祭
祀者带来功利的，是各种各样的神。比如武王克商二年，天下局势未定，他便重
病在身，命危旦夕。为了使他转危为安，周公设坛祭祖，祈求庇护，欲以身代武
王死（《周书·金縢》）。又如《国语·鲁语上》说："加之以社稷山川之神，皆有
功烈于民者也；及前哲令德之人，所以为明质也；及天之三辰，民所以瞻仰也；及
地之五行，所以生殖也；及九州名山川泽，所以出财用也。"神有如此之能耐，统
治者焉能不向它祈祷？寻常百姓焉能不向它跪拜？所以《祭统》说："祭者，泽
之大者也。是故上有大泽，则惠必及下。"视祭祀为求功利之主要手段。当然，
功利观不只是主张向神索取，也主张对神报谢，认为只有报谢神的大恩大德，才
能于今后获得更大的利益。

祭祀文化这一思想深深地植根在古人的心灵里，亦深深地渗透在郊庙乐歌
的创作中，致使这类诗歌散发出一股浓厚的香火味，有着强烈的功利色彩。如
《周颂》云："烈文辟公，锡兹祉福，惠我无疆。"（《烈文》）"燕及皇天，克昌厥后，
绥我眉寿，介以繁祉。"（《雍》）《鲁颂》云："俾尔昌而炽，俾尔寿而富。"（《閟宫》）
《商颂》云："自天降康，丰年穰穰。来假来飨，降福无疆。"（《烈祖》）便真实地表
现了他们祭祀时渴望天下安宁、国家昌盛、年岁丰穰、眉寿永长的心情。这种欲
望，在祈神诗里表现得更为集中。比如《噫嘻》，今人说它是首反映周初大规模
农业生产的诗，但毛鲁两家都把它看做是春夏祈谷于上帝的祭歌。春夏祈谷于
上帝，据《月令》，指的是"孟春祈谷"和"仲夏，大雩帝，以祈谷实"。于此看来，
这是一首分别在孟春、仲夏举行的祈谷祭祀的乐歌。孟春是垦地播种季节，种
子刚下泥，将来的收成是好是坏，毫无把握，所以此时举行第一次祭祀，祈求上
帝保佑庄稼有个好"长势"。仲夏是庄稼结实季节，也是北方雨水缺乏之时，庄
稼长势喜人，茎苗壮盛，扬花抽穗，需要雨水滋润。这是决定丰产还是歉收的关
键时候，所以举行第二次祭典，祈求上帝普降喜雨。两次祭祀，都名为"祈谷上
帝"，其实内容不同。而诗中反映的是万人耕耘播种的场面，与祭祀无关。对此，
王先谦《诗三家义集疏》曰："《左传》孟献之曰：'夫郊祀后稷，以祈农事也。故
启蛰而郊，郊而后耕。'"原来，郊在前，耕在后，次序不同；祈谷言耕，耕是基础。

---

① 费尔巴哈：《费尔巴哈哲学著作选集》下卷，商务印书馆 1984 年版。

耕,并非一次性行为,除了始耕之外,当庄稼长势形成,还需要中耕。诗中所言耕者,实含有这两层意思。始耕要"骏发尔私","十千维耦",中耕亦然。乐歌以如此壮阔的耕种场面,反映了当时大规模生产的情况,但作为祈祷诗,诗人企图通过农民的大规模的勤恳劳动,致其诚意来感动上帝,以求得上帝的爱怜和保佑。至于报谢方面的内容,《周颂》的《丰年》、《良耜》作了反映。《丰年》,《毛序》云:"秋冬报也。"《郑笺》:"报者,谓尝也,烝也。"秋祭曰尝,取物成尝新之义;冬祭曰烝,取品物备进之义。它们可用于郊祭,也可用于庙祭。这里,则属于后者,是用来报享先祖先妣的。诗共七句,前两句向祖神报告丰收的喜讯,中二句点明报祭礼仪与对象,末二句写报祭之后的最终愿望,祈求祖妣今后再为子孙遍降大福。《良耜》体式增大,共21句,毛鲁两家说"秋报社稷"。艺术上,诗人从春耕春播写起,写出了农民们勤苦劳作的情形。卓有成效的田间管理,致使"荼蓼朽止,黍稷茂止"。黍稷长得茂盛可爱,硕果累累,获得了特大丰收:"获之挃挃,积之栗栗,其崇如墉,其比如栉,以开百室。"粮食盈室,"妇子宁止",于是"杀时犉牡",祭祀社稷,感谢它的庇佑、恩赐,祈求它"嗣前岁,续往事",让天下丰年相继,民安相续。整首诗充满着劳动的欢乐、丰收的喜悦和对社稷神的感激与祈求,具有较高的文学价值。

郊庙乐歌不是徒歌,它有声有容,是集诗歌、音乐、舞蹈于一体的综合艺术,有着感天地、通神明的重要作用,因此,其音乐、舞蹈必须具有"闻其音而德起,论其数而法立"(《汉书·礼乐志》)的特点,其制作,不能不与祭祀文化观念的要求相适应,与诗歌的内容形式相一致。首先,从内容上讲,它们同诗歌一样,要突出"德"的内容,使自己成为德音。德的反面,一是乱与慢。以音乐为例,"宫乱则荒,其君骄;商乱则陂,其臣坏;角乱则忧,其民怨;征乱则哀,其事勤;羽乱则危,其财匮。五音皆乱,迭相陵,谓之慢。"(《乐记》)二是淫溺。子夏说:"郑音好滥淫志,宋音燕女溺志,卫音趋数烦志,齐音敖辟乔志。此四者皆淫于色而害于德,是以祭祀弗用也。"(《乐记》)可见乱音、慢音、溺音,是不能用于祭祀的。以舞蹈而言,古代的舞蹈很讲究演员人数之多少,舞台队形之调度,舞者姿势之设计。天子八佾,诸侯六佾,卿大夫四佾,士二佾。违背这个规定,就是僭越,就是乱。队形调度也有严格规定。以《大武》为例,"武始北出,再成而灭商,三成而南,四成而南国是疆,五成而分,周公左,召公右,六成复缀以崇"(《乐记》),讲的就是舞台队形调度。据孔疏,"武始而北出",谓"初舞位最在于南头,从第一位而北出者,次及第二位"。这是第一成。"再成"谓"舞者从第二位至第三位",

"三成"谓"舞者从第三位至第四位,极北而南反"。"四成"谓"舞者从北头第一位却(退也)至第二位"。"五成"谓舞者"从第二位(却)至第三位,分为左右"。"六成"谓"南头初位,舞者从第三位南至本位"(《十三经注疏》)。这里的"位",似指舞台方位。每一成,舞者在舞台的方位都要进行调度变化,以象征武王伐纣南征的每一过程,与诗歌所描写的内容相协调。《大武》是天子用于祭祀先祖的大乐,八佾,六十四人。六十四人的队形,若调度不当,变化无序,势必散乱无文,不成舞容。调度时,还要考虑队伍的长短,因为"其治民劳者,其舞行缀远;其治民逸者,其舞行缀短"(《乐记》)。若验之《大武》,从一成至四成,都属于"舞行缀远者",此是伐纣南征烦劳民之故;"五成"分成左右,舞行缀短,此为周公召公分陕而治之容,象征民已得安逸。"六成"复缀以崇,"象武王之德充满天下"(《乐记》孔疏)。这种井然不乱,长短适宜,蕴涵丰富之舞,才能谓之德舞。此外,舞者表演的姿势也须合德。《乐记》:"夫乐者,象成者也,总干而山立,武王之事也,发扬蹈厉,太公之志也。武乱皆坐,周公之治也。"所谓"总干而山立",言"舞人总持干盾以正立似山不动摇";所谓"坐",跪也,言舞蹈结束时,"舞者跪以右膝至地而左足仰起"(《乐记》孔疏)。这两种动作表现的是一种威武雄壮、优美而有礼节的姿态,象征武王伐纣时士兵们英勇坚定和凯旋之后的有礼之形。如何防止音乐舞蹈中的"乱、慢、溺"之现象,这就要求制作者必须正心正志,必须明天地阴阳之变、君臣父子之义、尊卑贵贱之别。明天地阴阳之变,作乐时才可应天配地,使乐与天地同和。明君臣父子之义,作乐才能五音各安其位,君臣民事物不相夺伦。若发以声音,文以琴瑟,动以干戚,饰以羽旄,从以箫管,就会"五色成文而不乱,八风从律而不奸,百度得数而有常,大小相成,终始相生,倡和清浊,迭相为经"(《乐记》),荐之于宗庙,则先祖是听;用之于教化,则能"以和邦国,以谐万民,以安宾客,以悦远人"(《大司乐》)。其次,从形式上讲,它们也要与诗歌的篇章相适应。比如音乐,据《乐记》说的"大乐必易"的原则和《周颂》不分章、章六七句的事实,则知其音乐也并不复杂。这种并不复杂的音乐,与"大礼必简"相适应,便于同祭祀行为相协调,也便于乐工操作。

最后,从艺术效果上讲,祭祀文化认为决定祭祀效果好坏在于祭者的态度,因此很强调祭者尽心、诚敬和尽物。《祭统》云:"外则尽物,内则尽志,此祭之心也。""身致其诚信,诚信之谓尽,尽之谓敬,敬尽然后可以事神明,此祭之道也。"这些观念虽是对祭者而言,但对诗人、乐师、乐工同样重要。诗人的致诚就在于保证歌词创作要具有感心正志的祭祀功能,乐师乐工的致诚就是要保证音乐舞蹈的制作、演奏能神人敦和。制作的情况因《乐经》失传不得而知，但演奏的效果，从《周颂》、《商颂》有关音乐的诗句描写和《周礼》、《乐记》有关演奏情况的零星记载来看，是达到了的。演出前，他们先展乐器，"设业设虡，崇牙树羽。应田县鼓，鞉磬柷圉"（《有瞽》）。乐器陈数之后，"既备乃奏"。奏前须"先鼓以警戒"，以耸动众听；然后，舞者"三步以见方"，准备起舞；乐工"箫管备举"，准备奏乐。当各种乐器大作之后，整个祭祀场上，都可听到"钟鼓喤喤，磬管锵锵"（《执竞》）、"鞉鼓渊渊，嘒嘒管声"（《那》）的悦耳动听的音乐。参加祭祀的人都会沉浸在"喤喤厥声，肃雍和鸣"（《有瞽》）的热烈而肃敬的气氛之中，激动不已，浮想联翩："钟声铿，……君子听钟声则思武臣。石声磬，……君子听磬声则思死封疆之臣。丝声哀……君子听琴瑟之声则思志义之臣。竹声滥……君子听竽笙箫管之声则思畜聚之臣。鼓鼙之声欢……君子听鼓鼙之声则思将帅之臣"。舞者进入舞池，"再始以著往，复乱以饬归，奋疾而不拔，极幽而不隐"（《乐记》）。周旋进退自如，拔来赴往有节，虽若奋疾而不过速，若深幽而又鲜明，给人以亢奋不疲之感。

这种庄重肃穆的艺术效果之出现，是以祭祀文化提出的合和之说为前提。《周礼·大司乐》提出"以六律六同五声八音六舞，大合乐"，《大师》、《小师》也提出六律六同之和，以合天地四方阴阳之声，《鼓人》亦提出六鼓四金之音声，以节奏乐，皆强调众乐之合和。否则，一旦乐器大作，歌者齐歌，舞者齐舞，就会各行为是，呕哑嘈杂，不堪入乐。因此，大合乐必须大合和，大合和才能保证艺术上的整体效果。而要这样，演奏者须"审一以定和，比物以饬节，节奏合以成文"，《乐记》讲的是校正八种乐器的声音，使之合律合调合节奏。音乐和谐匀称，舞者才能"进旅退旅，和正以广，弦匏笙簧，会守拊鼓，始奏以文，复乱以武，治乱以相，讯疾以雅"（《乐记》），跳出有板有眼的舞蹈来。

可见，郊庙乐歌是一种综合性很强的艺术。郊庙歌辞配上这些优美和谐的音乐和舞蹈，便是一种非常优美的诗歌。正由于它非常优美，故自《诗经》以还，此类创作亦随着历代统治者郊天祀祖之不绝而不断出现，其作品之多，据《乐府诗集·郊庙歌辞》之著录，凡十二卷七百八十七首。其中，一部分是隋唐的作品，大部分则是汉魏晋南北朝的。而《文选》所选的颜延之《宋郊祀歌二首》亦编入其中第一卷。其诗云：

> 烝哉宝命，严恭帝祖。炳海表岱，系唐胄楚。灵监叡文，民属叡武。奄
> 受敷锡，宅中拓宇。亘地称皇，罄天作主。月竁来宾，日际奉土。开元首正，

礼交乐举。六典联事，九官列序。有牷在涤，有洁在俎。荐糁王衷，以答神祜。

维圣飨帝，维孝飨亲。皇乎备矣，有事上春。礼行宗祀，敬达郊禋。金枝中树，广乐四陈。陟配在京，降德在民。奔精昭夜，高燎炀晨。阴明浮烁，沈荣深沦。告成大报，受厘元神。月御案节，星驱扶轮。遥兴远驾，曜曜振振。

这两首诗，依沈约《宋书·乐志》所云"二十二年，南郊，始设登哥，诏御史中丞颜延之造哥诗，庙舞犹阙"，则知是用来郊天迎送神的。从"惟圣飨帝，惟孝飨亲"，"奔精昭夜，高燎炀晨"，"月御案节，星驱扶轮"，"遥兴远驾，曜曜振振"这些诗句所描写的范围与内容来看，亦与沈约所说相合。沈只说颜延之造歌诗而未列及作品，想必此二诗便是颜延之当年所选郊天之歌。诗是用来迎神祭神的，故内容上以颂天恩，赞神威为主，没有淫放之辞，淫荡之气，显得雍容典雅。它是用来供乐工歌唱的，故每首诗只有二十句，以四言出之，简章杰构，让人易记易唱。尽管它"庙舞阙"，无舞容，缺乏周时庄重肃穆，震心动魄的感人力量，但"开元首正，礼交乐举，六典联事，九官列序"，人们还是能从那郊天的盛大场面中，从礼赞天神的乐歌中受到教育与鼓舞。南朝重礼学，郊天实是礼的一种张扬与展现。而郊庙乐歌的制作虽属朝廷行为，但它的出现，多少给当时以求新变的诗坛带来了一丝庄重的气息。而萧统于众多的诗歌中特立此类诗歌以飨读者，亦多少给他的文集着上了一层古老的色彩，厚重的意味。

（三）《文选》骚的文学艺术价值

"骚"是《文选》中一种重要的文体，入选的作品有屈原的《离骚》、《九歌》中的《东皇太一》、《云中君》、《湘君》、《湘夫人》、《少司命》、《山鬼》，《九章》中的《涉江》、《卜居》，宋玉的《九辨》五首、《招魂》，刘安的《招隐士》等。《九歌》中的作品前已详叙，这里只说《离骚》。"《离骚》者，犹离忧也。夫天者，人之始也；父母者，人之本也。人穷则反本。故劳苦倦极，未尝不呼天也；疾痛惨怛，未尝不呼父母也。屈平正道直行，竭忠尽智以事其君，谗人间之，可谓穷矣。信而见疑，忠而被谤，能无怨乎？屈平之作《离骚》，盖自怨生也。《国风》好色而不淫，《小雅》怨诽而不乱，若《离骚》者，可谓兼之矣。上称帝喾，下道齐桓，中述汤武，以刺世事。明道德之广崇，治乱之条贯，靡不毕见。其文约，其辞微，其志洁，其行廉，其称文小而其指极大，举类迩而见义远。其志洁，故其称物芳。其行廉，故死而不容。自疏濯淖污泥之中，蝉蜕于浊秽以浮游尘埃之外，不获世之滋垢，皭然泥而不滓者也。推此志也，虽与日月争光可也。"这是司马迁于《史记·屈原贾生列传》中一段解读评价性的文字，文约而旨明，将屈原其行，《离骚》其意，置于广阔的社会文化背景之中考究，既能揭其底蕴，又能见其价值。其底蕴就在其"忧愁幽思"上，其价值就在其"不淫"、"不乱"中。究其原委，均由屈原道德所致。其道德就是他的"内美"。其后，解读《离骚》者往往有之。王逸《九思》说："自屈原终没之后，忠臣介士，游览学者，读《离骚》《九章》之文，莫不怆然，心为悲感，高其洁行，妙其丽雅。至刘向王褒之徒，咸嘉其义，作赋骋辞，以赞其志。"（《全后汉文》卷五十七）志者，志欲楚国复兴强盛。置个人得失于不顾，一心为王，执意楚国，这是何等高尚的道德，何等高尚的内美。他说："纷吾既有此内美兮，又重之以修能。"他是将内美、修能看作自己立身之本，为人之基的。无基无本，焉能置身于国家民族之中与它同呼吸共患难？焉能替它献忠效力？然内美者，何也？朱熹说是"天赋我美质于内"[1]，汪瑗说是"祖父家世之美，日月生时之美，所取名字之美"[2]，王夫子说是"得天之美命，为亲所嘉"[3]，游国恩说是"内美自以德性言，謇谔忠诚始终不渝是也。"[4]赵逵夫说是"内在的美，指思想、精神、情操之美"[5]，金开诚说是"内在的美好品质"[6]，袁梅说是"固有的内在的美好品质"[7]，凡此种种，不一而足。除古人外，自游国恩以下，作注立言多从"德性"上引申开来，可见"德性"一说最切实际。然未作阐析，故有待进一步探讨和研究。

究竟该如何从德性上把握住屈原的内美，笔者认为，只有将它放到屈原整个一生与整个诗赋中去考察，放到他生活的时代及楚民族的传统道德中去探讨，才能得其真趣，揭其底蕴。屈原生于楚长于楚，与楚民族生命相依血缘相连，是楚之后代，楚国一员，故其《离骚》开篇亦云："帝高阳之苗裔兮，朕皇考曰伯庸。"从自己的民族谈起、父亲说起，以示自己此身之不俗，其所云"帝高阳"者，据《史记·楚世家》"楚之先祖出自帝颛顼高阳。高阳者，黄帝之孙，昌意之子也"之记载，乃楚之始祖，屈原便是这一始祖之后代。楚自高阳之后，在自己成长、发展、

---

① 朱熹：《楚辞集注·离骚经第一》，中国人事出版社1996年版，第3页。

② 金开诚等著：《屈原集校注》，中华书局1996年版，第10页。

③ 王船山：《楚辞通释》见《船山全书》第14册，岳麓书社1988年版，第214页。

④ 转引自田耕滋《内美与屈原的美学思想》，《云梦学刊》2005年第1期。

⑤ 赵逵夫：《屈骚探幽·离骚新注》，巴蜀书社2004年版，第248页。

⑥ 金开诚等：《屈原集校注》，中华书局1996年版，第10页。

⑦ 袁梅：《屈原赋译注》，齐鲁书社1984年版，第23页。

壮大的过程中,形成了自己的道德意识、道德理想、道德原则与道德标准,尽管这些意识、理想、原则、标准同整个中华民族的伦理道德有着必然的联系,是中华民族伦理道德的一部分,但仍有着自己的特色、含义和要求,仍在楚民族的道德生活中起着深刻的影响与作用。它们不仅培养了楚国人民的道德人格,而且也铸就了屈原的灵魂,形成并完善了他的"内美",使之成为楚国,成为我们中华民族历史上一位著名的忠国、忠君、爱民,讲仁义、讲信用、坚强不屈的人物。因此,屈原的"内美"是一个有着广泛的道德含义的概念,包含着较多的道德因素,其形成既有着楚民族道德意识的熏陶,又有着自己的继承与发展,既有其鲜明的共性,又有其独特的个性,大致说来,含有下列内容:

一、"忠国忠君,壹心不豫"的德操。这是屈原继承和发扬楚民族"忠社稷忠君"的道德传统的结晶。楚民族居于蛮夷之乡,自称"蛮夷之人",他们同北方民族一样,也提倡"忠"。北方民族视"忠"为下事上,臣事君要尽一切能力。荀息说:"昔君问臣事君于我,我对以忠贞。君曰:'何谓也?'我对曰:'可以利公室,力有所能,无不为,忠也。'"(《国语·晋语二》)而楚民族则视"忠"为事社稷事君要竭尽心力。比如,庄王时,令尹子文之孙箴尹克黄奉命使齐,完命归楚途中,听到家族若敖氏被庄王所灭的消息,跟从的人劝他"勿入",他却说:"弃君之命,独谁受之? 君,天也,天可逃乎?"于是回到了楚国。复命之后,又"自拘于司败"(《左传·宣公四年》)。又比如,申公巫臣聘夏姬为妻,出使途中逃往晋国。子反请共王厚赂晋国把巫臣禁锢起来,共王不同意这样做,说:"其自为谋也则过矣,其为吾先君谋也则忠。忠,社稷之固也。"(《左传·成公二年》)视"忠君"为忠天,视"忠"为社稷之固,旨在希望楚国人民对社稷对君要忠诚不贰,竭尽心力。楚民族在这种忠社稷忠君观念影响下,出现了不少忠诚之士。如楚文王时的鬻拳,初以兵谏君,君一旦采用自己的主张,便马上"自刖"以谢罪;后楚王同巴人战,大败于津,率兵逃回,鬻拳不开城门,希望他在战场上取得胜利再回来。楚王被迫率兵伐黄,取得了胜利,可回国途中,得了重病,不久便死去。鬻拳安葬楚王后,随即自杀(《左传·庄公十九年》)。此外,象屈完、令尹子文、申包胥、蒙毅等,都以忠社稷、忠君闻名于史。

受其影响,屈原也是一个对社稷对君无限忠诚的人。他继承和发扬了楚民族"忠"的道德传统,以自己的躬身践行,写下了一曲光辉的爱国诗篇。他在《惜诵》中说:"思君其莫我忠兮,忽忘身之贱贫。事君而不贰兮,迷不知宠之门。"对君之忠,竟能达到如此忘我之程度;事君专一,竟能做到如此痴迷之状态,这就是蛮夷之人特有的蛮性！然他又是如何忠君事君的？他在《离骚》中又说："乘骐骥以驰骋兮，来吾导夫先路！""岂余身之惮殃兮，恐皇舆之败绩。忽奔走以先后兮，及前王之踵武。"他这样做，目的很清楚，一是导君夫先路，二是导君及前王踵武，三是"恐皇舆之败绩"。为此，他奔走不息，勤恳忠诚。这不是取宠私王而事君，而是以国事为重，为了忠于祖国。由于屈原懂得事君性质如此，所以他在担任左徒时，与王图议国事，制订号令，接遇宾客，应对诸侯，帮助楚怀王象先王那样，把楚国治理得强盛起来；同时，还非常注意人才的培养。一句话，他在能够为国出力的时候，竭忠事君，壹心不豫，是不惜奉献自己的聪明才智的。

屈原竭忠事君还表现在进忠言以谏君上。"余固知謇謇之为患兮，忍而不能舍也。"（《离骚》）对君进言，有些话是不便说的，讲了之后，反而会带来更多麻烦。可他性格耿直，不说不快，不能不说。他说了些什么呢？屈原在《离骚》中写了许多怨辞，比如"灵修浩荡"，"不察人心"，"信谗齐怒"，不"抚壮弃秽"等等，就是针对怀王而发的。怀王这些缺点，不利于国家治理，所以，他进谏时毫不犹豫地说了出来。然而，怀王并不相信他的话，反相信谗言，把他疏远了。屈原进谏无效，心中难免产生一种怨情，然绝非私怨，终极目的还是希望怀王幡悟过来，一改前度。因此，这还是他忠直的一种表现。

屈原竭忠事君的内美，自始至终坚守着，毫不因地位的变化而改变。担任左徒是这样，失去左徒之职，甚至被黜逐之后，也是如此。他在诗赋中反复表述自己对怀王的怀念和忠诚，迫切希望怀王能明察自己的中情，辨识谗言，给自己事君报国的机会。对于屈原这种心迹，司马迁在《史记》中作过精辟的论述，说："屈平既嫉之，虽放流，眷顾楚国，系心怀王，不忘欲反，冀幸君之一悟，俗之一改也。其存君兴国而欲反复之，一篇之中三致志焉。"一语破的，道出了屈原系心怀王的实质。

屈原竭忠事君，归根结蒂是对社稷之忠，祖国之爱。他对祖国有着深厚的感情，即使身陷困境，饱受精神与生活的痛苦，其感情也不改变。他始终留在楚国，不适他土，不愿隐居，愿与祖国同生死共存亡。他在诗赋中虽然流露出隐居、远集他方的想法，并运用女嬃规劝，灵氛占卜等方式说明这种隐居，远走高飞的可行性、合理性。但这种想法常常是随生随灭，没有占据他的心灵，他对女嬃的规劝、灵氛的占卜也一一予以否定，表示了自己坚守故土矢志不移的决心。我们可以这样说，屈原对祖国之忠爱大大超过了鬻拳、令尹子文等人，成为楚国历史上最伟大的爱国主义战士。

二、"重仁袭义,谨厚为丰"的品德。这是屈原继承和发扬楚民族仁义观念的结果。在漫长的历史发展进程中,楚民族形成了自己的仁义观念,这一观念较之北方民族来,有着自己的特点。他们虽都提倡仁,但北方民族将仁同"爱亲"、"利国"联系在一起,说:"为仁者,爱亲之谓仁;为国者,利国之谓仁。"(《国语·晋语一》)而楚民族讲仁,其含义有别。比如子高评价王孙胜云:"其为人也……爱而不仁,……爱而不谋长,不仁也。"又云:"唯仁者可好也,可恶也,可高也,可下也。好之不逼,恶之不怨,高之不骄,下之不惧。不仁者则不然。"(《国语·楚语下》)这两句话,前一句仁爱相联,说明楚与北方民族有一致的地方。北方民族提倡"爱亲",而楚民族爱的对象是什么? 子高又说:"其爱也足以得人。"(《国语·楚语下》)这里的人,是个复合的概念,不是指单个的人。它爱的是大众,而非某个人。后一句话着眼于人的道德行为,是前一句意思的延伸与补充。就是说,仁者要得人,就必须做到"好之不逼,恶之不怨,高之不骄,下之不惧。"这又与北方民族不尽相同。楚民族在这种"仁"的观念指导下,重视对百姓抚恤,并实行了一些行之有效的抚民政策。比如邓曼劝武王"抚民以信"(左传·桓公十三年);然丹奉楚平王之命抚恤百姓所采取的分贫、振穷、长孤幼、养老疾、收介特、救灾患、宥孤寡、息兵五年等措施,就是其中著名的事例(《左传·昭公十四年》)。他们这样做,目的是为了"得人"、"靖国"。

他们也提倡"义"。北方民族常把"义"同礼联在一起,认为等级制度是用来规定义的,有了义才有各种礼节条文。因此他们把"义"解释为"宜",即等级差别要各得其宜。又解释为服从等级差别的意识。以后推而广之,义的意思扩大到人伦大义,内心品德。楚民族对"义"虽没作明确的解释,但史书记载中却偶有言及。比如《国语·楚语》引申叔时的话说:"明度量以导之义。"这里的"义",就是宜,指人的内心度量要合宜,即合乎规范。白公致乱,叶公埋怨子西、子期不听劝告,后来听说他们二人被杀死,又难过地说:"以小怨置大德,吾不义也。"(《国语·楚语下》)这里的"义",既可看作"宜",即内心度量所要达到的规范标准;也可看做一种内心品德,即以小怨置大德是种"不义"。春秋时期,楚国一般将义同德连用得多,同礼连用得不多,这与北方民族义礼连用是不同的,具体的道德含义也不一样。楚民族以自己"义"的观念影响和陶冶了自己的人民。

楚民族的仁义观念对屈原的影响甚为深远。这首先表现在他对仁义者的赞美和对违仁违义之徒的批判上。在《离骚》中，他"前瞻往古，后顾今兹，再四思维"，对古人今人作了评判。他瞻视往古，从心底佩服"三后"之仁义，表示自己要"依前圣以节中"（《离骚》），"重仁袭义，谨厚为丰"。（《怀沙》）同时，也从心底里憎恶那些残暴荒淫的君臣，对夏康放纵，后羿淫游，寒浞贪婪凶狠，寒浇强暴纵欲，夏桀违常，纣王无道等不仁不义的行为，进行了严厉的谴责。他审视今兹，对世俗工巧，党人好朋，倒颠黑白进行了无情的揭露。在《离骚》中，他愤怒地写道："固时俗之工巧兮，偭规矩而改错。""世溷浊而不分兮，好蔽美而嫉妒。"对这个黑暗污秽的世界，蔽善称恶的社会，不按规矩办事，追求工巧的时俗，进行了全面的批判，笔锋之犀利，溢于言表。这种状况是谁造成的？屈原将它归罪于群小，说"众皆竞进以贪婪兮，冯不厌乎求索；羌内怒己以量人兮，各兴心而嫉妒。"（《离骚》）屈原对这些小人竞进求利、贪婪得不知满足的嘴脸，将他们嫉妒别人，暗算别人的丑恶心灵都作了入木三分的剖析。这些小人要满足私欲，要往上爬，就不得不挤垮别人，不得不采取卑劣的手段，无中生有，造谣中伤，诋毁别人；就不得不把真的说成假的，正确的说成错误的，美的说成丑的，加害别人。这种种卑劣的行径，将是非混淆了，视听扰乱了，造成了政治上的黑暗，社会上的黑暗，结果"阴阳易位"（《涉江》）国运不亨，百姓遭殃。总之，屈原对群小的揭露是全面的，批评是深刻的，表达了自己的仁义观念和疾恶如仇的感情。

其次，表现在他对自己道德行为的约束上。他对黑暗污秽的社会既然有着如此清醒的认识，故在行动上就决不会去做有损于自己德行的事，决不会与小人同流合污，即使濯淖于淤泥之中，也要皎然泥而不滓。为了表示这一决心之坚定，他在诗赋中多次写道，即使死或流亡，也不愿嫉妒别人，堙诼别人。这铮铮誓言，生动地说明他在这个问题上是铁了心的。

最后，表现在他对人民的高度关怀和同情上。他在《离骚》中说："长太息以掩涕兮，哀民生之多艰。"对人民的艰难生活予以深切同情。在《哀郢》中，他对百姓因战争流离失所，逃往他乡的凄凉之景更是"涕淫淫其若霰"。屈原对人民这种深厚的感情是他的前人所不及的。在楚国的历史上不失然丹施仁爱抚恤百姓的士大夫，但像屈原这样从自己的内心深处来关怀人民，同情人民，为人民的疾苦而哀痛呼喊的人却绝无仅有。屈原这种"仁爱"情操是纯洁而深厚的。

三、"守信"的品质。这也是屈原继承和发扬楚民族"诚信"观念的产物。春秋时期，战争频繁，诸侯国为了各自的利益，常常相互牵制，相互约束，或败者向胜者求成，或强者与弱者歃血同盟，彼此都强调"信"，把"信"看得特别重要。同时，在诸侯国内，上下之间，君臣之间，君民之间，臣民之间，也强调信。北方民族把"信"理解为"信任"和"信用"，要求上下之间，朋友之间，都要诚实不欺。所以晋文公说："信，国之宝也，民之所庇也。"（《左传·僖公二十五年》）楚民族同北方民族一样，也提倡"信"，也把"信"当做本民族重要道德规范来对待。其含义若用申叔时的话来说，就是"明久长以导之信"（《国语·楚语上》）。这里的"信"亦含有守信用、守信任两层意思。用观射父的话来说，就是"民是以能有忠信"（《国语·楚语下》）。信忠相联，旨在信用、诚实。其含义与北方民族相同。楚民族重"信"，表现在三个方面：一是君要信用于民。如邓曼规劝武王说："君抚小民以信"。二是臣对君要讲信用。晋解杨如宋，使无降楚，途中被郑人捉住并送给楚国，楚庄王企图用金钱收买他，要他向宋人说晋人不来相救了。解杨被迫佯装答应，可在对宋喊话时，传达了晋君的话，完成了晋君交给的使命。楚王气急败坏，扬言要杀死他。他说："君能制命为义，臣能承命为信，信载义而行之为利……"（《左传·宣公十五年》）庄王听了这番话，便把他放了。这说明庄王对那些"承命为信"的人是赞赏的，对他的行信之举是鼓励的。三是民要守信。《国语·楚语》说："民事忠信"。以上三个方面，从范围来看，若君、臣、民都要讲"信"，那么整个民族就自然重信；从规范来看，若君、臣、民都能承命为信，那么整个民族就会视信如命。总之，楚民族是一个重信的民族。

　　楚民族重信传统对屈原影响甚深，也表现在三个方面：一是承命为信，诚实不欺。他在担任左徒时，做了大量的工作，壹心不豫，惟君而无他，表现他对君命之忠信。同时，他耿言不妄，以心相见，诚实不欺。二是说真话。他对那些进谗言，讲假话的群小恨之入骨，对不守信的怀王深有微言，他在《离骚》中说："初既与予成言兮，后悔遁而有他。"被逐流亡南夷、江湘之地后又说："与予言而不信兮，盖为予而造怒。"（《抽思》）对失信的怀王充满怨言。他这种思想在《湘君》和《湘夫人》中亦有反映。一对恋人约期相见，可湘君犹豫不前；后转道去了洞庭湖，以致佳期又误。对此湘夫人不胜感慨地说："交不忠兮怨长，期不信兮告余以不闲。"（《湘君》）二诗虽为祭祀湘水神的乐歌，富有神话色彩，但表现的却是现实的生活和思想。他是反对不守信的人。而自己说话是算数的。"初既与予成言兮"，正面指责怀王失信，反面却表白自己坚信怀王说的话，表示自己说话算数。三是要"情信质正"。屈原在《怀沙》中写道："内厚质正兮，大人所盛。"要求自己内厚重而质正直。一个人只有做到内质厚正，才能言行一致，情貌统一，才能对人对己都守信。对此,他在诗赋中反复作了强调,这说明屈原对"信"的观念不但有继承,而且亦有自己独特的理解。他的"内质厚正"说充实和完善了楚民族的"信"的观念。这不能不说是屈原的一大贡献。

四、勇决与坚韧的战斗精神。这是屈原继承和发扬楚民族坚韧勇敢、坚强不屈精神所写下的颂歌。楚民族的始祖颛顼高阳在开创楚民族过程中经历过许多艰难困苦的斗争。这可从《列子·汤问篇》一则神话见其一斑。神话说:颛顼同共工氏争帝展开了一场恶战。共工氏力气大,能以摧山。颛顼同他作战,斗得他"怒而触不周之山,折天柱,绝地维。"这则神话描写了这场战争的激烈情景,塑造了两位顶天立地、叱咤风云的英雄形象。神话是现实生活的曲折反映,透过它我们可以想象到当时现实中的颛顼在开创楚民族过程中所经历的种种困难及其在困难中所表现的勤劳勇敢、不畏强暴、顽强不屈的斗争精神。这种精神得到了他的子孙的继承和发扬,他们在开拓楚域,安置子孙,创建家园,发展生产,维持生计等方面,历尽千辛万苦,"筚露蓝蒌,以处草莽;跋涉山林,以事天子"(《史记·楚世家第十》)。他们这种不怕困难,乐于吃苦,坚定不移,勤劳恭敬的品质陶冶了楚国人民,使楚民族成为一个意志坚强,勇决敢斗的民族。

屈原一生中继承和发扬了这种优良传统。他在《国殇》中以热情之笔,描写了战士们在战场上争先恐后冲向敌人,勇而忘死,刚强不屈的英雄形象,讴歌了他们为民族为国家勇于献身的精神,抒发了自己的崇敬之情,爱慕之志,表达了自己对楚民族传统精神的赞美;同时,他在实践中发扬了这种精神。他在《离骚》中叙述了自己遭受怀王疏远,谗臣诽谤,学生叛离的艰难处境,叙述自己在这个艰难处境中的心迹,抒发了"虽九死而未悔"的胸怀和"上下"求索、追求真理、顽强不息的斗志。"深林杳以冥冥兮,乃猿狖之所居。山峻高以蔽日兮,下幽晦以多雨。霰雪纷其无垠兮,云霏霏而承宇。"环境如此荒凉僻陋,他却没有丝毫的畏惧,"吾不能变心而从俗兮,固将愁苦而终穷。"(以上《涉江》)表现出一种勇决与坚韧的斗争精神。屈原就是这样去对待凶恶势力和险恶处境的。这与楚民族的在创建家园时"筚露蓝蒌,以启山林"所表现出来的品质是一致的,是相承的。

以上就是我们从德性上把握屈原"内美"的大致内容,亦是《文选》骚体文学所表现出来的重要思想。这种重要思想,既来自生育他的民族,又来自他平生的主观努力,是整体与个体、继承与发扬相互交织的产物。它不仅培养了一代民族英豪,一位气贯山河的爱国主义战士,而且也塑造了一位可歌可泣的圣贤志士的艺术形象。文学的基本功能就是艺术形象的塑造,并通过形象的塑造以达到教育人、感染人、团结人、改造人,使之完善自我,实现核心道德价值观,服务于人民,服务于社会,服务于国家的目的。这一目的于屈原的《离骚》中是达到了的。萧统将屈原这些重要作品选进《文选》中,又进一步帮助了这一目的实现。这是《文选》一种重要的文学艺术价值的显现,是值得称道的。

屈原的骚体文学,从总体上讲,属于浪漫主义作品。其浪漫主义作品,除《离骚》外,还有《九歌》。《九歌》的浪漫主义情调与风格主要通过神人之和的歌咏来表现,与《周颂》、《商颂》、《鲁颂》有着异曲同工之妙。其异曲,一是指《九歌》祭祀的性质有别于《三颂》。《三颂》属郊庙祭祀,主祭者为天子诸侯;《九歌》属民间祭祀,主祭者为巫觋。王逸《楚辞章句》卷二说:"昔楚国南郢之邑,沅湘之间,其俗信鬼而好祠,其祠必作歌乐鼓舞,以乐诸神。屈原放逐,窜伏其域,怀忧苦毒,愁思沸郁。出见俗人祭祀之礼,歌舞之乐,其词鄙陋。因为作《九歌》之曲。上陈事神之敬,下见己之冤结,托之以风谏。"认为《九歌》为沅湘民间祭祀,主祭者为俗人,词为屈原作。其后,朱熹接过话题,于《楚辞集注·九歌序》中说:"《九歌》者,屈原之所作也。昔楚南郢之邑,沅湘之间,其俗信鬼而好祀,其祀必使巫觋作乐,歌舞以娱神。蛮荆陋俗,词既鄙俚,而其阴阳人鬼之间,又或不能无亵慢淫荒之杂。原既放逐,见而感之,故颇为更定其词,去其泰甚,而又因彼事神之心,以寄吾忠君爱国眷恋不忘之意。"将主祭者由"俗人"改为"巫觋",将"屈原作《九歌》"改为"更定其词,去其泰甚"。二是指创作内容与演唱形式不同。《三颂》礼神,重在对神的歌颂赞美,无迎神送神娱神的描写。《九歌》则不同,它将颂神赞神与迎神送神娱神紧密地结合在一起,且将后者作为描写的重点,从而形成了它独特的浪漫主义情调与风格,即"巫觋乐神人"。何谓巫觋?《国语·楚语下》说:"在男曰觋,在女曰巫。"王国维《宋元戏曲考》说:"歌舞之兴,其始于古之巫乎?巫之兴也,盖在上古之世。……巫之事神,必用歌舞,《说文解字》(五):'巫,祝也,女能事无形,以舞降神者也。象人两褎舞形,与工同意。'故《商书》言:'恒舞于宫,酣歌于室,时谓巫风。'……是古代之巫,实以歌舞为职,以乐神人者也。""以乐神人",便是巫觋之职,并使他们成了祭祀场中的活跃人物。由这样的人物来祭祀,其亵慢淫荒在所难免;由他们作乐歌舞以娱神,其词之鄙俚亦在必然之中。这些虽于被整理过的《九歌》中见不到了,但"乐神人"这一原初形态与目的仍鲜活地保留了下来。由于参加祭祀的是女巫男觋,观看祭祀的是当地百姓,一场以歌舞娱神为目的的祭祀下来,得其乐者不单是神,更多的是百姓。然神乐与不乐,谁也不知道,为了增强其真实性,他们沿用三代"尸礼"的传统,祭祀中由巫装尸以象神。《礼记·郊特性》说:"古者尸无事则立,有事而后坐也。尸,神象也。"如此一来,原本虚无缥缈的事情因为有了"尸"这一客观对象的出现顿觉明朗真实起来。装尸(神象)之巫笑,人们以为神笑;装尸(神像)之巫乐,人们以为神乐。如是,神乐与不乐,全在装尸之巫笑与不笑之间。在《九歌》中,作者对于这一特殊的表现形式用了一个特殊的语言符号"灵"字来显示,也就是说,《九歌》中的"灵",兼有尸(巫)神双重意思。王国维于该《考》中又说:"《楚辞》之灵,殆以巫而兼尸之用者也。其词谓巫曰灵,谓神亦曰灵。盖神巫之中必有象神之衣服形貌动作者,而视为神之所冯依,故谓之曰灵,或谓之灵保。"这个"灵"便成了人神合一的象征出现在祭场上,出现在《九歌》中,起着关联神人的作用。而衣服形貌动作像神之巫亦成为祭祀之主巫,为作者浓墨厚彩所描绘,如《东皇太一》所云"抚长剑兮玉珥,璆锵鸣兮琳琅"者,乃象神之主巫也。朱熹《楚辞集注》说:"此言主祭者,卜日斋戒,带剑佩玉,以礼神也。""灵偃蹇兮姣服,芳菲菲兮满堂"者,亦乃象神之主巫也。洪兴祖《楚辞补注》说:"古者巫以降神,灵偃蹇兮姣服,言神降而托于巫也。"《云中君》所说"浴兰汤兮沐芳,华采衣兮若英"者,同样为象神之主巫。朱熹《楚辞集注》说:"言使灵巫先浴兰汤,沐香芷,衣采衣,如草木之英,以自洁清也。"此外,《大司命》所言"灵衣兮被被,玉佩兮陆离"者,《少司命》所谓"荷衣兮蕙带"者,《东君》所说"青云衣兮白霓裳"者,《山鬼》所写"被薜荔兮带女罗"者,均属此类。这些象神主巫之出现,为诗篇描绘人神相交相和提供了方便。

《九歌》是一组祭歌,由十一首诗歌组成。对这十一首诗歌的内容编排,闻一多曾作过如下解说:"案:《九歌》十一章皆祀东皇太一之乐章,就中'吉日兮辰良'章(旧题'东皇太一'非是)为迎神曲,'成礼兮会鼓'章(旧题'礼魂'非是)为送神曲,其余各章皆为娱神之曲也。诸娱神之曲,又各以一小神主之,而此诸小神又皆两两相偶,共为一类。今验诸篇第,《湘君》与《湘夫人》相次,《大司命》与《少司命》相次,《河伯》与《山鬼》相次,《国殇》与《礼魂》相次,都凡四类,各成一组。此其义例,皆较然易知。惟东君与云中君,皆天神之属,宜同隶一组,其歌词宜亦相次。"① 依其解说,《东皇太一》属迎神曲。既属迎神,就须庄重热烈,何况太一神乃最高之天神耳!于是,诗人紧扣这两点写出了《九歌》

---

① 闻一多:《楚辞校补·东君》,巴蜀书社 2002 年版,第 33 页。

中最隆重的欢乐场面。"吉日兮辰良，穆将愉兮上皇。"这两句，一从时间着笔，一从态度立意，寥寥十一字便将其庄重的色彩全盘托出。其中"愉"是个最能表现该祭祀特点的字眼，它的含义就是"乐"。联系后面"上皇"二字，讲的就是"乐神"。然只乐不敬，容易走向反面，所以它用一"穆"字进行修饰、限制，使之合符礼度。穆，敬也。"穆将愉"，就是"即将恭敬地娱乐"。可见，"穆"讲的是态度。接下，用了七句话来刻画其热烈的气氛："瑶席兮玉瑱，盍将把兮琼芳。蕙肴蒸兮兰藉，奠桂酒兮椒浆。扬枹兮拊鼓。疏缓节兮安歌，陈竽瑟兮浩倡。"其意思亦分两层：一为献祭，一为鼓乐。写献祭，主要突出其祭物之丰盛与芳香，用朱熹的话来表示，就是"四者皆取其芬芳以飨神。"写鼓乐，重在音乐之齐全：演奏乐器有鼓有竽有瑟，表演内容有歌有舞。乐、歌、舞三者齐备，足见迎神礼重。而这些，或饰之以"拊"，或缀之以"缓节"、"安详"、"浩倡"，不仅绘形而形见，摹声而声鸣，淡淡几笔，便将祭祀场上迎神的热烈气氛活画了下来。待神降临祭堂，"五音纷兮繁会，君欣欣兮乐康"，宫、商、角、徵、羽交会，将迎神的热烈推向极致，将对神的赞美、祝愿推向高潮。而神人相交相和便在这充满欢乐芳香的情境中得到完美的体现。

与此相次，《东君》写迎神的场面也很热烈。其诗句云："缒瑟兮交鼓，萧钟兮瑶簴。鸣鱄兮吹竽，思灵保兮贤姱。翾飞兮翠曾，展诗兮会舞。应律兮合节，灵之来兮敝日。"构成这一热烈场面的也在乐器演奏和歌舞表演两个方面，但描写得更为具体细致。由于众乐齐鸣，歌舞翩翩，应律合节，日神被感动得率领随从诸神纷纷降临到祭祀场上，其神之多，竟把太阳遮住了。这一夸张，生动地再现了迎神场上神人雀跃的狂欢景象，反映了人们对日神的崇敬和日神对人的尊重。正由于日神尊重人，故他升上天空后，"举长矢兮射天狼"，为人们诛凶灭灾去了[①]。而神人之和亦就在这一相敬相重中留下了难忘的一页。

《东皇太一》之外的其他篇什属娱神之曲。而写娱神，则重在其情的表达与宣泄。比如，《湘君》与《湘夫人》这对爱神，就因其佳期又误相互不能见面厮守而留下了众多的遗恨，以致唱出了"采薜荔兮水中，搴芙蓉兮木末。心不同兮媒劳，恩不甚兮轻绝"和"袅袅兮秋风，洞庭波兮木叶下"，"鸟萃兮苹中，罾何为兮木上"这种优美的歌词来表达自己内心的忧愁，来宣泄自己缘木求鱼，徒劳无益的感伤。其中虽有"君不行兮夷犹，蹇谁留兮中洲"这样的追疑，"望

---

① 　金开诚等撰：《屈集校注·九歌》，中华书局 1996 年版。

夫君兮未来,吹参差兮谁思"这样的埋怨,然内心深处烙下的却是"隐思君兮悱恻"这样的思念,表现的是神人之和的真思想真情感。又比如《山鬼》,同样通过山神与恋人相见无期而苦苦心盼的描写,表现了她对真诚美好的爱情生活的强烈追求。情溢全篇是它的重要特点。其所写之情,既表现在对山神楚楚动人的形象刻画上,又表现在她对恋人忠诚不贰的描写上。如"若有人兮山之阿,被薜荔兮带女萝。既含睇兮又宜笑,子慕予兮善窈窕",或正面或侧面,或静态或动态,寥寥几句便将山神之美刻画无遗。"表独立兮山之上,云容容兮而在下。杳冥冥兮羌昼晦,东风飘兮神灵雨",或写人或写景,或渲染或烘托,三言两语亦将山神望人来而人不来之惆怅、怨恨、失望、沮丧描写殆尽。然这些不着一情字而情四现,不写神人之和而和力透纸背。至于《国殇》对那些为国事而英勇献躯的将士,作者通过祭场上装神主巫的独唱和群巫的合唱,以及战场上两军交战短兵相接的描写,表达了对他们的崇敬与爱戴。"出不入兮往不反,平原忽兮路超远。带长剑兮挟秦弓,首身离兮心不惩。诚既勇兮又以武,终刚强兮不可凌。身既死兮神以灵,子魂魄兮为鬼雄。"情之真挚深厚,可以泣天地,感鬼神。

艺术追求不同。《三颂》旨在通过道德教化来提升和的体用功效,故尤重礼的张扬。《九歌》旨在通过审美来增加和的体用价值,故特重情的抒发文的表现。情文相映,是它最大的艺术追求。这十一篇作品,由于是用来迎神送神娱神的,特殊的祭祀要求它非写情不可。不写情,无以致神娱,难以达到祭祀目的。因此,写情是它的主要任务,出现了"广开兮天门,纷吾乘兮玄云。令飘风兮先驱,使涷雨兮洒尘。君回翔兮以下,逾空桑兮从女。纷总总兮九州,何寿夭兮在予"(《大司命》)这种以叙事兼抒情的描写,"袅袅兮秋风,洞庭波兮木叶下"(《湘夫人》),"悲莫悲兮生别离,乐莫乐兮新相知"(《少司命》)这种抒情性很强的吟咏。而这些又主要通过文来体现。其文之美,不惟在它广泛使用了诸如"兮"、"蹇"、"遭"、"搴"、"羌"之类的具有浓厚楚民族色彩的方言,更在于它善于运用诸如蕙、兰、桂、椒、薜荔、荪、芙蓉、苹、茝、辛夷、药、杜衡、疏麻、麋芜、菊之属的香花异草来编织意象,构筑意境,来增强作品的美感和抒情的分量;善于运用大量的诸如昭昭、皇皇、浅浅、翩翩、渺渺、袅袅、总总、被被、冉冉、粼粼、菲菲、青青、皎皎、杳杳、滔滔、邻邻、容容、冥冥、磊磊、填填、啾啾、飒飒、萧萧之类的叠词来增加状物的生动性,节奏的音乐性;善于通过诸如"雷填填兮雨冥冥,猿啾啾兮又夜鸣。风飒飒兮木萧萧,思公子兮徒离忧"(《山鬼》)之类的景物描写来抒发感情。

屈原的浪漫主义作品之所以能气盖山河，千古流传，与诗人心胸之开阔，视野之宽阔息息相关。而铸就这种"双阔"的，虽离不开当时那种沸腾多变，战云四起的时代与环境，但更离不开支配他的以"内美"为核心的道德思想与观念。由于作者始终将自己的"内美"同民族的道德紧密焊接在一起，同楚国的兴衰紧密地捆绑在一起，因而其"内美"并非是一种狭隘的自私的思想与理念，而是一种"大我"的以民族利益为根本价值取向的道德思想与观念。在这种道德思想与观念的支配下，他志存高远，迫切希望自己的民族，自己的国家兴旺发达，繁荣富强，希望主宰楚国天下的楚怀王能圣明通达，远群小而亲贤人，把楚国治理好。他目通万里，仰视天穹，萌发了天是怎样生成的玄想，发出了"日月安属，列星安陈"的追问，迸发了远游的遐想。"朝发轫于苍梧兮，夕余至乎县圃；欲少留此灵琐兮，日忽忽其将暮；吾令羲和弭节兮，望崦嵫而勿迫；路曼曼其修远兮，吾将上下而求索。"（《离骚》）将远游化为体道的心路历程，化为对真理追求不舍的尝试，自我超越自我完善的表现，来实现他的人生价值，国家观念。他思接千载，"上称帝喾，下道齐桓，中述汤武"，将千古以来人世之善恶，社会之美丑，总摄于自己笔下，表现自己对真、善、美的向往，对伪、恶、丑的扬弃。这种集天上、地下、人间为一体，古今往昔，历史现实于一炉的大手笔、大篇章，千百年来，并不多见。因此，它的出现，既是文学史上一笔丰厚的财富，又是人类史上一笔丰富的遗产。其文学艺术价值之高，可与日月同辉，山河共存。

二、《文选》"笔"的艺术价值

相对于文章的编纂、版本、注释、音训、词义的研究来说，《文选》作品的研究尚属于薄弱的环节；然对于《文选》赋、诗、骚、七等文学作品的研究而言，诏、册、令、教、（策）文、表、启、弹事等又属于更薄弱的地方。造成这种状况的原因，大致说来有三：一是受清代朴学研究的影响，研治《选学》者大多热衷于"甄明异同，是正违失"的考据之学，且将毕生精力贯注于《文选》的编纂、版本、注释、音训、词义的考证上，而无意于其作品本身的研究。二是受南北朝以来"文笔之辨"的影响，爱"文"者多，重"笔"者少，谈作品，于赋、诗、骚、七则滔滔不绝，论诏、册、令、教、（策）文、表、启、弹事则兴趣索然。三是受辛亥革命以来忽视传统政治的影响，把"秦以后政治传统用'专政黑暗'四字一笔抹杀"。这种对传统政治的忽视导致了对传统文化的忽视，进而导致了对那些产生于传统政治之中的上述日用文体的轻视和否定，探途问津者寥若晨星。如此种种，都不利于《文选》的整体研究，更不利于上述实用文体的探讨。为此，笔者谨择册、文、表三种文体作为研究对象，力求通过其源流探赜来加深对它们的认识与理解；通过作品的解读来揭示它们的艺术价值。

(一)《文选》册(策)书源流及体制

古人治学素重源流。这一传统，表现在文论上，则挚虞的《文章流别论》开其端，刘勰的《文心雕龙》继其后；表现在文章选录上，亦以挚虞的《文章流别集》肇其始，萧统的《昭明文选》续其绪。然挚虞论集早已散佚，而《文心雕龙》、《昭明文集》却独存至今。《文心雕龙》夫以"原始以表末，释名以章义，选文以定篇，敷理以举统"(《序志》)为评论文体之纲领，《昭明文选》亦以识源辨体为选录之指归。其《序》论诏诰等源流云："又诏诰教令之流，表奏笺记之列，书誓符檄之品，吊祭悲哀之作，答客指事之制，三言八字之文，篇辞引序，碑碣志状，众制锋起，源流间出。"便明确地表示了这一点。为此，他依体分类，依类选文，其册(策)书类则选录了潘勖的《册魏公九锡文》一篇，以示其意。然这篇文章的源流是什么？这便是本文要探讨的内容。

欲研究册(策)书源流，还须从刘勰《文心雕龙·诏策》说起。《诏策》云：

> 皇帝御宇，其言也神。渊嘿黼扆，而响盈四表，唯诏策乎？昔轩辕唐虞，同称为命。命之为义，制性之本也。其在三代，事兼诰誓。誓以训戒，诰以敷政，命喻自天，故授官锡胤。易之姤象，后以施命诰四方。诰命动民，若天下之有风矣。降及七国，并称曰令。令者，使也。秦并天下，改命曰制。汉初定仪则，则命有四品：一曰策书，二曰制书，三曰诏书，四曰戒敕。敕戒州部，诏诰百官，制施赦命，策封王侯。策者，简也。制者，裁也。诏者，告也。敕者，正也。《诗》云"畏此简书。"《易》称"君子以制度数。"《礼》称"明君之诏。"《书》称"敕天之命。"并本经典以立名目。

这段论诏册源流的重要文字，既有其精审之处，也有其疏漏的地方。其精审处，主要得之于他的宗经思想和所掌握的资料。其宗经思想，用他的话说就是"《书》称敕天之命"，"并本经典以立名目"；其掌握的资料，一是《史记·秦始皇本纪》说的"臣等昧死上尊号，王为泰皇，命为制，令为诏，天子自称曰朕"，二是蔡邕《独断》说的"汉天子正号曰皇帝。自称曰朕……其言曰制诏,史官记事曰上……其命令,一曰策书,二曰制书,三曰诏书,四曰戒书。"① 这两条资料虽然讲的是秦汉命令改用、分品的情况,但却给人以启迪,那就是秦汉以前帝王用的公文主要是命与令,因此命与令就是秦所说的制、诏,汉所说的策、制、诏、戒的直接源头。人们欲"振叶以寻根,观澜而索源",就应该从命与令着手。刘勰于是根据这一提示,将它们的源流按"轩辕唐虞"、"三代"、"七国"、"秦"、"汉"五个时期来论述,这样,不仅讲清楚了它们的缘起、发展、变化的经过,显得条理井然,脉络有序,给人以清晰明确的印象,而且对它们在不同时期的性质和作用及其使用范围进行了中肯的分析和论述。读者按照这种分析、论述去考察《书》经,就会感到他所言精到。比如,他说"轩辕唐虞,同称为命",考之《尧典》、《舜典》,尧之"五命",舜之命"夔典乐",命"龙作纳言",就是二帝根据当时国事治理的情况和朝臣的性格爱好有针对性地下达的命令。由于"命字的意义,本在制约性情"②,故二帝之命在讲清工作的性质、任务之同时,还提出了一些道德要求,以此来制约他们的性情。这就是刘勰说的"命之为义,制性之本"的含义。又比如,他说"其在三代,事兼诰誓",考之《夏书》、《商书》、《周书》,帝王除了继续用"命"之外,就是诰誓并用,且情况较普遍,象夏之《甘誓》,商之《汤誓》、《汤诰》,周之《泰誓》、《大诰》、《康诰》、《酒诰》、《召诰》、《洛诰》等,均以誓诰命篇。其中,三篇誓书,都用于战争讨伐,六篇诰书都用于朝政治理,所以刘勰用"誓以训戒,诰以敷政"来揭示其意。再比如,他说"降及七国,并称曰令",考之《国语》、《战国策》、《左传》、《史记》等,诸侯用命用令虽无定规,但"令"字使用频率极高。这些令字虽不全是指"命令",或含有其他的意义,但这一话语现象的出现,与此时统治者的爱好和行文习惯有着一定的联系,它从一个侧面证明"并称曰令",是七国的一个总的趋向。若考之其令文,它们形式短小,语言明快,一字一义,重若千钧,如齐愍王《令》:"杀人者死,伤人者刑。"魏无忌《下令军中》:"父子俱在军中,父归;兄弟俱在军中,兄归;独子无兄弟,归养。"③ 显得十分干净利索,果断明快。刘勰称"令"为使,从语义上讲,信然,从公文性质作用讲,亦十分精要。总之,刘勰的这些论述是十分精辟而深刻的,与

① 《百子全书》第4册,岳麓书社1994年版,第3183页。
② 周振甫注:《文心雕龙·诏策》,人民文学出版社1981年版,第217页。
③ 严可均校辑:《全上占三代秦汉三国六朝文》第1册,该册共收录令文58首。

史书的记载也十分吻合，不失为研究诏策的一篇重要文献。

然而，其疏漏之处，亦十分明显，那就是他忽视了先秦册（策）书存在的事实，故其论述先秦命、誓、诰、令时不提册（策）书，而将册（策）书放到汉代论述，这给人以先秦无册（策）书的错觉。究其所以，是他将蔡邕说的汉改命为四品误认为册（策）书出现于汉。对于这种疏漏，我们有必要加以订正。

刘师培说："欲溯文章之源起，先穷造字之源流。"从造字之源流来探讨文章之缘起，不失为一种高见。依此高见，考之册字造字前后的变化，则发现甲骨文、金文和小篆册字之字形，诚如杨伯峻先生说的："皆象长短竹简连编之形。"①这种字形与蔡邕《独断》说策书的形状"其制长二尺，短者半之。其次一长一短两编，下附篆书"完全相同。可见，从造字上讲，册，就是册书。从字义上讲，册指的是一种晋爵言功的册书。《说文》曰："册，符命也，诸侯进受于王，象其札。一长一短，中有两编之形。"针对这一解释，《文选》六臣注作了进一步的说明："册，符命也，诸侯进爵受于王，册书其功绩。"

颜之推说："诰命策檄，生于《书》者也。"视《书》经为诏命策檄一类文章之源头，也不失为一种高见。依此高见，考之《尚书》，就发现如下一些有关册书的记载：

1.《周书·多士》："惟殷先人，有册有典。"孔传："殷先世有册书典籍。"

2.《周书·金縢》："为坛于南方北面，周公立焉，植璧秉珪，乃告太王、王季、文王，史乃册祝。"孔传："史为册书祝辞。"《正义》曰："史乃为策书，执以祝之。"

又："公归，乃纳册于金縢之匮中。"案，此"册"即上"史乃册祝"之"册"，指册书。

3.《周书·洛诰》："戊辰，王在新邑，烝祭岁，文王骍牛一，武王骍牛一，王命作册，逸祝册。"《正义》曰："王命有司作策书，乃使史官名逸者祝读此策。"

又："王命周公后，作册逸诰。"孔传："王为册书，使史逸诰伯禽封官之书。"

4.《周书·顾命》："越翼日乙丑，王崩。太保命仲桓、南宫毛、俾爰齐侯吕伋，以二千戈、虎贲百人，逆子钊于南门之外。延入翼室，恤宅宗。丁卯，命作册度。"孔传："三日，命史为册书法度。"

又："太史秉书，由宾阶隮，御王册命。"《正义》曰："训御为进。大史持策书顾命，欲以进王，故与王同升西阶。"

---

① 杨伯峻：《左传·隐公十一年》注，中华书局 1981 年版，第 78 页。

此外,《周礼》、《左传》等也有一些记载,如:

5.《周礼·春官·大祝》:"大祝掌六祝之辞,以事鬼神示,祈福祥,求永贞,一曰顺祝,二曰年祝,三曰吉祝,四曰化祝,五曰瑞祝,六曰筴祝。"筴为策之异文。此策祝与"史乃册祝"之"册祝"相同,然意义有别,郑玄注云:"筴祝远罪疾。"

6.《周礼·春官·内史》:"凡命诸侯及孤卿大夫,则策命之。"郑玄注云:"策谓以简策书王命。"

7.《左传》僖公二十八年传:"王命尹氏及王子虎、内史叔兴父策命晋侯。"杨伯峻注:"策命者,以策书命之。"

以上资料、注释表明,册〔策〕书在商周二世就已出现并被帝王运用于各种重大的政治生活之中,呈现出不同的性质与作用。象《多士》所云"册书"已转化为一种历史档案成为商殷社会文明的某种象征。《金縢》、《洛诰》第一条、《大祝》所言"册书",是帝王用来祭告天地鬼神的文书;《顾命》、《洛诰》第二条、《内史》、《左传》所说之"册书",是帝王用来册立、册封的诏书。它们都属于当时朝廷的重要公文,是帝王命令的另一种表现形式。

不惟如此,商周册书还初具体制。一是,册书只用于国家大事上。《春秋左传序》云:"大事书之于策、小事简牍而已。"《正义》曰:"策,简也;方,版也。是其字少则书简,字多则书策。此言大事、小事,乃谓事有大小,非言字有多少也。大事者,谓君举告庙及邻国赴告,经之所书皆是也;小事者,谓物不为灾,及言语文辞传之所载皆是也。"二是有具体的字数要求。《仪礼·聘礼》云:"百名以上书于策,不及百字书于方。"贾公彦疏:"经云名名者,即今之文字也。"所谓百名,即百字,百字以上书之于策,不及百字书之于方。方,版也。若验之册文,无不信然。如《金縢》:

> 惟尔元孙某,遘厉虐疾。若尔三王,是有丕子之责于天,以旦代某之身。予仁若考,能多材多艺,能事鬼神。乃元孙不若旦多材多艺,不能事鬼神。乃命于帝庭,敷佑四方。用能定尔子孙于下地,四方之民,罔不祗畏。呜呼!无坠天之降宝命,我先王亦永有依归。今我即命于元龟,尔之许我,我其以璧与珪,归俟尔命。尔不许我,我乃屏璧与珪。

这是武王病危,周公设坛祭祖,祈求祖宗保佑武王的一首著名册书文。君举告庙,乃事之大者,故用册书。全文129字,符合"百命以上书于策"的要求,可见,商周册书颇具体制,且在周公之时已完备。

总之，商周册书是一种与誓、诰并行的用于国家大事、由帝王授命、大史制作且粗具体制的重要文书。其出现，与这个时期的人们崇尚鬼神祭祀、注重分封有关，与周人实行嫡长制亦有联系。

两汉，册（策）书以它独特的形态和功能继续被帝王所沿用，并从命令中细分出来，成为与制书、诏书、戒书并行的御用公文，从而获得了较大的发展。

两汉册（策）书，据《全汉文》和《全后汉文》的辑录，有作者和篇名可考的53篇。这53篇册（策）书按其功能可分为册封（24篇）、诔谥（6篇）、罪免（23篇）三类。这三类册（策）书，从使用范围上看，比商周要宽；从使用对象上看，比商周要广；从呈现出来的渊源关系上看，与商周既有联系又有区别。

一是两汉册（策）书严依"大事书之于策"的原则和传统，将其使用范围锁定在皇子的安置、重臣的任免和功臣的诔谥上。皇子如何安置、重臣如何任免，有功之臣如何旌奖，均系治国方略之大事，直接关系到政权的巩固，社会的稳定和国家的强盛，用高帝的话说就是为了"欲其长久，世世奉宗庙亡绝"（《求贤诏》，《汉书·高帝纪》）。所以，自刘邦以后，其子孙欲有作为者无不战战栗栗，"夙兴以求，夜寐以思，若涉渊水，未知所济"（《诏贤良》，《汉书·武帝纪》）。在此过程中，册（策）书虽不能直接成为他们的方略和手段，但却是他们使用其方略、手段后安置王子、重臣必用的重要凭证，是一个不可缺少的环节，所以，他们常常依循"大事书之于策"的古制，有意用册（策）书来显耀其荣，来警策其过，这抑或是两汉任免册（策）书增多的重要原因所在。当然，也有例外。比如，封立王侯，武帝《封皇子制》、元帝《封王禁制书》，用的便是制书；而高帝《择立吴王诏》、宣帝《益封张安世诏》，用的都是诏书。这种情况反映了秦时的"命为制，令为诏"在汉初已经约定俗成，影响并左右着他们的公文制作。

二是两汉册（策）书严依其自身的发展规律，既承其源，又变其流，将继承和创新结合起来。这一特点在三类册（策）书中均有反映。比如册封类，是由封立王侯和晋升重臣两种册（策）书组成的，其篇目，前者七篇，后者十七篇。这个数字表明两汉帝后是慎于王侯册封，而宽于重臣擢拔的。若论及它们的源流，前者是对商周册立册封的承续，且脉络清楚，骨肉分明，后者则是对它的引申和拓展，属于一种新创。而《文选》所选的《册魏公九锡文》虽属于册封王侯一类，然其发展源流有别，是直承元王皇后的《策安汉公九锡文》而来的。安汉公即王莽。这首册书是王莽称帝前假天子之令玩弄的一种欺世盗名的把戏。这种把戏，二百余年后为曹操所承袭，自然此册成为册封曹操九锡的最近源头。然而，这种把戏亦非王莽发明创造。在王莽之前,周王东迁之后,"周室衰微,诸侯强并弱,齐、楚、秦、晋始大,政由方伯"(《史记·周本纪》)。在这些方伯中,制造和玩弄这一把戏的人就有晋文公。《史记·周本纪》说:"十七年,襄王告急于晋,晋文公纳王而诛叔带。襄王乃赐晋文公珪鬯弓矢,为伯,以河内地与晋。二十年,晋文公召襄王,襄王会之河阳、践土,诸侯毕朝,书讳之曰:'天子狩于河阳'。"由此可见,十七年的襄王册封,虽事出有因,然究其实,则是晋侯一手炮制的一场沽名钓誉的闹剧,闹剧最后以册封"九锡"宣告结束。《左传》僖公二十八年传叙其事云:"己酉,王享醴,命晋侯宥。王命尹氏及王子虎、内史叔兴父策命晋侯为侯伯,赐之大辂之服,戎辂之服,彤弓一,彤矢百,玈弓矢千,秬鬯一卣,虎贲三百人。"当然,这还算不上地道的"九锡",地道的"九锡"是指"一锡车马,二锡衣服,三锡虎贲,四锡乐器,五锡纳陛,六锡朱户,七锡弓矢,八锡鈇钺,九锡秬鬯"(李善注引《韩诗外传》,见《文选》)。但不管怎样,这次册赏直接开启了册封王莽九锡一事的出现,成为《册安汉公九锡文》的直接源头。自王莽、曹操九锡之后,晋、宋、齐、梁在朝代更换之际都有册封九锡之事出现,亦有册封九锡文之产生,如陈留王曹奂的《策命晋公九锡文》、傅亮的《策加宋公九锡文》、王俭的《策齐公九锡文》、任昉的《策梁公九锡文》就是这方面的典型作品。它们面目相似,风格相近,充分表明了这类作品渊源有自。又比如罢免类,乍看似乎与册立册封无甚瓜葛,然有封就有免,有免就有封,封免并行,实际是商周册立册封流变的一种显现。再比如,诔谥类,是两汉帝后旌奖并纪念有功之臣所赐的一类册(策)书,似乎无源可依,然细览其文,也会发现它们是从商周告神之册演变而来的,是一种活用。如顺帝的《策祠杨震》:"故太尉震,正直是与。俾匡时政,而青绳点素。同兹在藩,上天降威,灾眚屡作,尔卜尔筮,惟震之故。朕之不德,用彰厥咎,山崩栋折,我其危哉。今使太守丞以中牢具祠,魂而有灵,悦其歆享。"(《全后汉文》卷七)此策为祭奠杨震亡灵而作,其性质与周公祭祀祖神是一样的。

三是两汉册(策)书严依字多则书策的古制,因情立体,建构并确定了一种简便易行的体制。这种体制,蔡邕《独断》介绍说:"策书,策者,简也。《礼》曰:'不满百文,不书于策。'其制长二尺,短者半之。其次一长一短两编,下附篆书,起年月日,称'皇帝曰',以命诸侯、王、三公。其诸侯王三公之薨于位者,亦以策书诔谥其行而赐之。如诸侯之策,三公以罪免,亦赐策文,体如上策。而隶书以尺,一木两行,唯此为异者也。"它不仅具有一定的字数要求,一定的建制款式,一定的行文格式,而且对不同的册书亦有不同的规定,这些都表明两汉册书具有因情立体、简便易行且具有程序化的特点。这些特点在现存的册书如著名的武帝"册封三王"中可见一斑,其《册封齐王闳》云:

> 惟六年四月乙巳,皇帝使御史大夫汤庙立子闳为齐王,曰:于戏,小子闳,受兹青社!朕承祖考(《汉书》作"天序"),维稽古建尔国家,封于东土,世为汉藩辅。于戏念哉!恭朕之诏,惟命不于常。人之好德,克明显光。义之不图,俾君子怠。悉尔心,允执其中,天禄永终。厥有愆不臧,乃凶于而国,害于尔躬。于戏,保国艾民,可不敬与!王其戒之。(《史记·三王世家》)

全文 120 个字,在字数上符合"不满百文,不书于策"的要求;在行文款式上,实行的是三段式,即开头以"起年月日,称皇帝曰"领起,正文叙述册封的有关事项,它包括册封的王号、领地、受封后该做些什么等内容,表述上训诫兼备,结尾提出希望。由于这种程序化是建构在百字以上的短章中,这就在制作者、宣示者和受封者之间形成了一道简捷的链条,即制作者受命之后便能挥笔立就,宣示者受命后亦能马上宣读完毕,而受封者伏首瞻听时能声声入耳,记住训诫。在当时来说,这的确是一种新的创造。然而,接下的问题是,这种简便的体制是什么时候建构定型的呢?若将蔡邕所说当做其建构定型的时间,则显然不对,因为在他说那段话时两汉册(策)书已经运行了三百余年;三百余年之后,呈现在他面前的已经是一种成熟的东西了。若将武帝"册封三王"当做建构定型的时间,其依据是什么?这就需要作一番考证了。刘勰是将时间定在"汉初定仪则"时。汉初定仪则,据《史记·刘敬叔孙通列传》的记载,是在汉五年至十二年稍后。汉五年至六年,叔孙通奉高帝旨率鲁儒生三十人、弟子百余人演习礼仪。汉七年,长乐宫成,诸侯群臣循叔氏礼仪见天子。事后,叔氏被擢为太常。汉十二年,高帝崩,惠帝立,叔氏又徙为太常,"定宗庙仪法,及稍定汉诸仪法,皆通所论著也"。汉仪则虽定于此时,然考之汉五年至孝惠帝一段时间,朝廷中重大的人事变革,使用的是制书与诏书。直到文帝前十五年作《策贤良文学诏》,才有册(策)文见于史籍,然而文帝此策,与传统册书相比,实属新创,且与蔡邕说的体制不合。文帝之后是景帝,景帝在位十六年,亦未见有册书施行。景帝之后乃武帝,武帝现存册书四篇,三篇是册封皇子的,即前面所说的"册封三王",一篇是策废陈皇后的。"册封三王"作于同年同月同日,故行文格式全同,即都以"起年月日,称皇帝曰"开头,以"于戏,保国艾民,可不敬与,王其戒之"

结束。据《史记》"索隐"的说法,三篇"皆武帝手制"。这三篇册书的体制,除其建制款式不明外,其行文格式与蔡邕说的全合。武帝《策废陈皇后》仅二十四个字,其体制,"隶书以尺,一木两行",时人称之为异体。武帝之后直至东汉,作此二类册(策)书者时有出现,行文基本上是依照武帝所确立的格式去写的,没有什么改变,故写出来的模样全同。据此,似乎可以得出这样的结论:两汉册(策)书体制在武帝时大都具备,虽不一定都是由武帝建构的,但其行文格式则是武帝创造确立和定型的,蔡邕说的"起年月日,称皇帝曰"就是从武帝"册封三王"中抽象出来的;所说的免册,亦是源于武帝的《策废陈皇后》。

综上所述,两汉册(策)书上承商周,下启魏晋南朝,在古代册(策)书发展过程中作出了杰出的贡献。魏晋以后,至《文选》结集,册(策)书的数量亦不过二三十篇,其使用范围和体制基本上与两汉无异,也就是说,它们是沿着两汉的路子走下去的,与两汉有着直承的渊源关系。

(二)《文选》策诏文源流及艺术价值

在《文选》33种笔体文中,策诏是种重要文体,选文3篇,即《永明九年策秀才文》、《永明十一年策秀才文》和《天监三年策秀才文》。它们分别是齐武帝萧赜、梁武帝萧衍用来策试选拔秀才的,由当时的大手笔王融和任昉代作。

作为文体的策和文虽然都属于皇帝的命令,但因使用的性质不同,其作用也不一样。册,为册书,产生于商周,兴盛于两汉,其作用,一是"册封王侯"(《文心雕龙·诏策》),二是"诸侯王三公薨于位者,亦以策书诔谥其行而赐之"(《独断》),三是"三公以罪免,亦赐策文"(《独断》)。纵观两汉册书,用于"册封王侯"的少,用于重臣擢拔与罪免的多。这种现象之产生,反映了两汉治国的重心已由初期的封王建国转向了对重臣贤才的依赖和使用。高帝曾说"贤士大夫有肯从我游者,吾能尊显之"(《汉书·高帝记》),哀帝亦云"夫三公者,朕之腹心也,辅善相过,匡率百僚,和合天下者也"(《策免师丹》,《全汉文》卷九),分别从不同的角度表述了他们对贤大夫、三公的重视。正因此故,他们常用册书的形式将那些尸位素餐,"上不能匡主,下亡以益民"(《汉书·朱云传》)的庸臣从重要的位置上罢免下来;同时又将那些有德有才能直言极谏之士从草莱之中选拔出来以登朝位,这样便出现了皇帝亲自主持策试之举,便产生了为测试所需要的策诏文。策诏文虽缘起于对贤良方正的征用,其性质作用有别于册书,但其书之于册的外在形式和表达皇帝旨意、命令这一根本属性,则又表明它同册书有着一定的内在联系，是册书的一种演变或创新，具有“尊显”的意义和作用。

策诏文之作，始于汉文帝。刘勰《文心雕龙·议对》说：“汉文中年，始举贤良。”徐师曾《文体明辩》说：“夫策士之制，始于汉文。”均认为汉文帝是其创始人。考之史籍，亦如二人所言。《汉书·文帝纪》说：“九月，诏诸侯王公卿郡守举贤良能直言极谏者，上亲策之，傅纳以言。”此处所说的“傅纳以言”，是指被策试者要“敷陈其言”而文帝要“纳用之”，既然要敷陈其言，亦自有对策文之产生。由此观之，完整的测试是由策诏文和对策文组成的。它们如同联璧玑珠，相互生辉，共同展示策试的全过程，为我们以下的考证提供了依据和方便。文帝此次策诏贤良文学，《汉书·晁错传》也有记载，说：“后诏有司举贤良文学士，错在选中，上亲策诏之。”“时贾谊已死，对策者百余人，唯错为高第，由是迁中大夫。”其景况之盛，亘古未有。晁错本传全文录入了文帝的策诏文和晁错的对策文，文帝的策诏文是这样写的：

> 惟十有五年九月壬子，皇帝曰：昔者大禹勤求贤士，施及方外，四极之内，舟车所至，人迹所及，靡不闻命，以辅其不逮；近者献其明，远者通厥聪，比善戮力，以翼天子。……故诏有司、诸侯王、三公、九卿及主郡吏，各帅其志，以选贤良明于国家之大体，通于人事之终始，及能直言极谏者，各有人数，将以匡朕之不逮。二三大夫之行当此三道，朕甚嘉之，故登大夫于朝，亲谕朕志。大夫其上三道之要，及永惟朕之不德，吏之不平，政之不宣，民之不宁，四者之阙，悉陈其志，毋有所隐。上以荐先帝之宗庙，下以兴愚民之休利，著之于篇，朕亲览焉。

这是一篇陈政的策诏文。文章以“起年月日，称皇帝曰”（《独断》）。发端，行文简洁明快，遒劲有力，不失为一篇佳作。如果说，晁错的对策可称为“蔚为举首”（《文心雕龙·议对》），那么文帝此策亦可誉为“开山之作”。自文帝之后，历代欲有作为的君主无不“踵其事而增华，变其本而加厉”，以至一次策诏连下数首策文，将测试的范围和内容引向了开阔的境地。比如汉武帝建元元年策诏贤良，就明确表示要“垂听而问焉”，后策试董仲舒，真的连策了三文，由一策的“求天命与性情”，到二策的“求帝王之道”，再到三策的“求天人之应，治乱之术”，一问一答，步步紧追，将策试引向了深入。董仲舒的对策文，刘勰用“祖述春秋，本阴阳之化，究列代之变，烦而不慁者，事理明也”（《文心雕龙·议对》）给予了高度评价。

据现有文献记载，汉魏晋宋齐梁，有策诏文和对策文可考的篇目并不很多。

西汉，武帝的策诏文，除上述一篇三首外，还有《元光五年策贤良制》一文。这次策诏，《汉书·公孙弘传》记载说："时对者百余人，太常奏弘第居下。策奏，天子擢弘对为第一。"该传全文录入了武帝的策制文和公孙弘的对策文。武帝的策制文与前篇相比，重点仍放在天文地理人事上，设置的问题其容量之大，可谓无所不包，既令人目不暇接，又让人跃跃欲试，以展才智风采、学术风流。其设置之妙，亦可垂示千古。而公孙弘的对策以简要著称。刘勰称之为"简而未博，然总要以约文，事切而情举"（《文心雕龙·议对》），也是一篇光照千古之作。有魏相的《贤良对策》，此为残文，见于《汉书·韩延寿传》，说："是时昭帝富于春秋，大将军霍光持政，征郡国贤良文学，问以得失，时魏相以文学对策，以为赏罚所以劝善禁恶，政之本也。日者燕王为无道，韩义出身强谏，为王所杀。义无比干之亲而蹈比干之节，宜显赏其子，以示天下，明为人臣之义。"昭帝的策诏文史无记载，故不可考。有杜钦的《举贤良方正对策》、《白虎殿对策》和谷永的《建始三年方正对策》。杜钦的《贤良方正对策》和谷永的对策为同时之作，《汉书》两本传都作了记载。建始三年是汉成帝的年号，成帝本纪有此次策诏贤良的诏书记载，而无策诏文的记录，两首对策文亦只字未提，故成帝此策亦无从考寻。杜钦的《白虎殿对策》，其本传全文录入。成帝的策诏文亦见于对策文中，说："天地之道何贵？王者之法何如？六经之义何上？人之行何先？取人之术何以？当世之治何务？各以经对。"可见，这也是一篇残文。杜钦的对策文，刘勰用"略而指事，辞以治宣，不为文作"（《文心雕龙·议对》）予以称赞。

后汉，有申屠刚的《举贤良方正对策》。《后汉书·申屠刚传》云："平帝时，王莽专政，朝多猜忌，遂隔绝帝外家冯、卫二族，不得交宦。刚常疾之，及举贤良方正，因对策曰……""书奏，莽令元后下诏曰：'刚所言僻经妄说，违背大义，其罢归田里。'"再细披原文，则知此策为疾世愤恶之辞，与常规的对策文相比，另具特色。而平帝的策诏贤良方正亦成为王莽收买士心，玩弄权术的一种乎段，其策诏文失而不可考。有鲁丕的《举贤良方正对策》。《后汉书·卓鲁魏刘列传·鲁丕附传》云："建初元年，肃宗诏举贤良方正，大司农刘宽举丕。时对策者百有余人，唯丕在高第。"丕之对策文，《后汉书》本传不载，而严可均《全后汉文》依据袁宏的《后汉纪》收录了全文。刘勰称此文为"辞气质素，以儒雅中策"（《文心雕龙·议对》），认为是后汉对策中唯一一篇可肯首的文章。肃宗章帝的策诏文因对策文只字未提，现也不知其所云了。有养奋的《贤良方正对策》，此策不见于《后汉书》，《全后汉文》依据《续汉五行志三》注补引《广州先贤传》作了收录，同时又据《广韵》引《孝子传》叙其生平说："奋，字叔高，郁林人。永元六年举贤良方正。"永元是汉和帝的年号。《后汉书·和帝纪》记述了永元六年策举贤良的诏书，并说帝要"亲临策问"。和帝策诏文，养奋的对策文只录用了一句话："策问：阴阳不和，或水或旱。"余者无记载。有皇甫规两篇《举贤良方正对策》，二文均见于《后汉书》其本传，并说："冲、质之间，梁太后临朝，规举贤良方正，对策曰……梁冀忿其刺己，以规为下弟，拜郎中。""永康元年，征为尚书，其夏日食，诏公卿举贤良方正，下问得失，规对曰……对奏，不省。"这里说的"冲、质之间"，是指冲、质二帝之间。冲帝是建康元年八月即皇帝位的，时年二岁，第二年便去世了。质帝即位，年仅八岁，然第二年被梁冀鸩杀。据《后汉书·冲帝纪》记载，建康元年曾进行过策举贤良方正，故皇甫规的第一次对策应在此年。永康是汉桓帝的年号。《后汉书·桓帝纪》："壬子晦，日有食之。诏公、卿、校尉举贤良方正。"时间与本传合。然二次策诏文既不见于二纪传，又不见于二对策文，故其面貌不可知。有荀爽的《延熹九年举至孝对策》，《后汉书》本传收录了全文，并叙其事云："延熹九年，太常赵典举爽至孝，拜郎中，对策陈便宜。"《后汉书·桓帝纪》也说："九年春正月辛卯朔，日有食之，诏公、卿、校尉、郡国举至孝。"二纪传所叙相同，然策诏文均无记载，今亦不可考。

魏晋，有挚虞的《泰始四年举贤良方正对策》，见于《晋书·挚虞传》。这次诏举贤良方正，《晋书·武帝纪》略有记述，说："泰始四年……十一月……己未，诏王公卿尹及郡国守相，举贤良方正直言之士。"武帝的策诏文与挚虞的对策文，其本传作了记载，策试结果，挚虞被擢为太子舍人，除闻喜令。有武帝的《策问贤良郄诜等》、《策问贤良阮种等》，《策问秀才华谭等》三篇策诏文和郄诜、阮种的《策贤良对策》、华谭的《举秀才对策》三篇对策文。这六篇文章均见于《晋书·郄诜阮种华谭列传》。列传分别记载了三人举贤良秀才始末，如说郄诜，"泰始中，诏天下举贤良直言之士，太守文立举诜应选"，"以对策上第，拜议郎"。说阮种，"是时西虏内侵，灾眚屡见，百姓饥馑，诏三公、卿尹、常伯、牧守各举贤良方正之士。于是太保何曾举种贤良"，"时种与郄诜及东平王康俱居上第，即除尚书郎。然毁誉之徒，或言对者因缘假托，帝乃更延群士，庭以问之"，"策奏，帝亲览焉，又擢为第一，转中书郎"。说华谭，"太康中，刺史嵇绍举谭秀才……谭至洛阳，武帝亲策之曰……又策曰……又策曰……又策曰……时九州秀孝策无逮谭者"。对于郄、阮二人对策的时间，二本传，一说是"泰始中"，一说是"是时"，严可均辑校的《全晋文》却将时间定为"泰始七年"，不知何据。但据阮传说的"俱上第",则又可以肯定二文作于同时。此外,还有陆机的《策问秀才纪瞻》和纪瞻的《策秀才对策》。《晋书·纪瞻传》说:"后举秀才,尚书郎陆机策之曰……"详细记载了二人一策一对的情况,其时间大约在元康年间。《晋书·陆机传》说:"至太康末,与弟云俱入洛。"又说:"吴王晏出镇淮南,以机为郎中令,迁尚书中兵郎,转殿中郎。赵王伦辅政,引为相国参军。"吴王晏出镇淮南在前,赵王伦辅政于后,其时大约在元康年间。元康是晋惠帝的年号,晋惠帝是个白痴。白痴不能策问,执政的贾后不便策问,于是,只好由尚书郎陆机来策问了。

刘宋,有颜延之的《策秀才文》,《宋书》、《南史》均无记载,仅见于李善注任昉《天监三年策秀才文》,说:"颜延之《策秀才文》曰:'废兴之要,敬俟良说。'"这首策诏文作于何时,今无从考知。刘宋以后至《文选》结集,这段时期除见于《文选》的三篇策诏文外,其他的无从知晓了。

总之,自两汉至梁,今天能见到的策诏文和对策文,就是这么一些。这显然不是它们的全部,它们的全部应该比现在见到的要多。这可从马端临《文献通考》卷三十三《选举考六·贤良方正》见其大概。该卷考稽此时段各代君主诏举贤方良正共三十四次,其中西汉十七次,东汉十四次,魏晋三次。诏举上第授官者除上述贤良外,西汉还有严助、朱云、王吉、贡禹、盖宽饶、孔光、杜邺、何武、辕固、黄霸、朱邑等 11 人,东汉还有苏章、李法、崔骃、周燮、刘瑜、荀淑、张奂、刘源、刘焉等十一人。

通过以上考证,我们不难发现诏策文的出现并不是孤立的,它是伴随着朝廷政治运作和治国需要而产生形成的一种特殊文体。像公文而又非纯粹的公文,似命令而又非地道的命令。由于它的功能主要是作用于对贤良方正的策试和选拔,因此它仅使用于测试者与被测试者之间,是测试者用来考察人、了解人的一种重要媒介和手段。它俨然像一架端庄的天平,既能给测试者上架测试的机会,又能让测试者在它那严正的砝码下测试出各自的分量。它既是秘密的,又是公开的;既是现实的,又是历史的。作为现实的举措,历史的经验,它给隋唐以后科举取士以莫大的启迪,为读书人的"学而优则仕"提供了一个灿烂的平台,因此历来为读书人所看重。或许正因此故,《文选》才将此类文体选录出来以飨后人。由此可见,选录者的眼光是远大开阔的。

《文选》选录的三篇十三首策秀才文,与两汉以来的策诏文有着密切的渊源关系,因此,欲论述它们的艺术特色,既要考虑它们自身的特点,又要考虑它们同两汉以来策诏文的联系,这样论述才能全面。基于此,笔者认为其艺术价值

主要有以下三点:

一是立意上高度体现了治国之要道。谭献曾对王融、任昉三文之妙用了一个"意"字来进行概括,说永明九年策"纯以意运",永明十一年策为"意胜",天监三年策为"有主文谲谏之意"(《骈体文钞》)。这一评价大体是对的。然此"意"指什么,前二评未加申说,后一评仅说到了问题的一个方面。笔者认为这个"意"主要是指君主之要道。傅玄《傅子·治体》说:"治国有二柄,一曰赏,二曰罚。赏者,政之大德也;罚者,政之大威也。"袁准《袁子正书·用贤》说:"治国有四:一曰尚德,二曰考能,三曰赏功,四曰罚罪。四者明则国治矣。"傅、袁所说的治国之柄,与汉文帝提出的"明于国家之大体,通于人事之终始,及能直言极谏者"的治国之道是有所不同的。傅、袁之说是站在为臣为民的角度对君主提出的希望,文帝之说是站在为君的立场对手下贤臣提出的要求。因此,前者理想的成分多,后者实践的意味浓。理想的成分多则显得空泛而稍欠实际,实践的意味浓则显得实在而切中政要,所以自文帝创这种策诏之意,立这种策诏文体之后,各代策诏文无不加以承袭并根据国中情况进行适当的变更,如晋武帝三策,策问郤诜,旨意在治国之道是尚礼乐还是重刑罚,及如何"建不刊之统,移风移俗,使天下洽和,何修而向兹?"策问阮种,旨意则在陈述"王道之本",策问华谭,一策边事,谋求弭息边患之术;二策治理内乱,索求"绥静新附,何以为先";三策武备,以破轻敌之想;四策法令,理顺无为与律令之关系;五策求贤,弄清"未获出群卓越之伦"的原委。策试的内容如此林林总总,然仍未超出"三道"之樊篱。王融、任昉之作,因顺的也是这个传统。其永明九年策五首,一策治国之"三道",这是对文帝策的直接沿用;二策兴农之术,三策狱事,四策财贷,五策天文阴阳,均是对"国体"之道的细化。其中策狱事,与晋武帝策法令有着某些联系;策天文阴阳,又与汉武帝策董仲舒有着某些相似。其永明十一年(493 年)策五首,一策布政,意在谋求安民之术;二策简政,旨在索取整治游堕之方;三策吏治,意在得网络人才之道;四策文治教化,欲辩王道治理之得失;五策边事,以识武备与辞辩之是非。这五策之旨意仍然未超出国体、人事之左右,又与汉代以来各朝策诏文有某些相似之处。其天监三年策三首,一策赋敛,欲从"三道"之理;二策求贤,欲开弘奖之路;三策直言纳谏,欲扬弘长之道,依循"三道"之迹尤为显著。

历来文家提倡为文须立"主脑",称"意者,帅也"。从上所析,可以看出意也是策诏文制作的灵魂和核心,是它的主要艺术特色所在。策诏之作,只要以意为主,它就能将制作者心中之块垒,古今治国之事理统于一端,熔于一炉,打造成一个完美的整体。否则,也会成为一盘散沙,不知所云。王融、任昉之作之所以被《文选》收录,就因为它们立意明确,得治国之要道。这虽是因袭前人,无甚新创,但它们的出现,为我们了解齐梁时期策诏文的制作情况既具有珍贵的史料价值,又具有美的欣赏价值,是策诏文苑中迟开的三朵鲜艳之花。

二是审美上给人以智慧之启迪与愉悦。一首杰出的策诏文实际就是一件精巧的艺术品,能给人以审美的情趣和愉悦。然而,要达到这一步,关键在于策诏者是否具有高瞻远瞩的政治目光,囊括四海、气吞宇内的浩大气魄和深谙经籍、渊博精通的学问;在于策诏文是否具有深广的信息含量和启人智慧、开人疑窦的问题设计,而这些则又是由策诏贤良的主旨所决定的。从上述的策诏文中,可以发现它们都具备了这两个要素。这些文章在行文上有一套陈陈相因的程序和模式,即开端引述相关的史实,继而转向联系现实,阐述二者相通点,然后再提出问题和要求以收束全文。这种三段式之建构,便将制作者对经史的了解,典故之掌握,学问渊博之程度,以及对国家政况存在弊端之分析和对治国方略谋求全都囊括进去了。篇幅虽小而含量很大,再加上制作者行文的变化,令人读后并不感到陈陈相因,生硬呆板。因此,这是制作者高度智慧的结晶。王融、任昉的这三篇文章,无不具备了这些特征,试看王融《永明九年策秀才文》五首其二:

> 又问:昔周宣惰千亩之礼,虢公纳谏;汉文缺三推之义,贾生置言。良以食为民天,农为政本。金汤非粟而不守,水旱有待而无迁。朕式照前经,宝兹稼穑。祥正而青旗肃事,土膏而朱纮戒典。将使杏花菖叶,耕获不愆;清畖泠风,述遵无废。而释耒佩牛,相沿莫反。兼贫擅富,浸以为俗。若爰井开制,惧惊扰愚民,鸟卤可腴,恐时无史白。兴废之术,矢陈厥谋。

全文134个字,囊括了多少内容!从典故方面来说,几乎是一句一典,字字有来历。从引用的经史子集来说,据李善注,有《国语》、《礼记》、《汉书》、《尚书》、《泛胜之书》、《范子计然》、《吕氏春秋》、《盐铁论》、《风俗通》、《周礼》、《史记》等十余种。从涉及的国事政要之弊端来说,有"释耒佩牛"的堕农问题,有"兼贫擅富"的差异问题,有"爰井开制"的耕作制度的变更问题,有"鸟卤可腴"的土地改良问题。这些历史与现实的问题,纷繁沓来,奔辏荟萃,交织互鉴,将要测试的重点,需要解答的问题,通过优美的语言,便如花似锦地呈现在秀才们的面前,令他们去思考,去回答。这与其说是皇帝对秀才的策试,毋宁说是秀才同秀才的学问智力的较量,这种较量的最终美感就是给人以智慧的启迪和愉悦。

三是语言上给人以匀称、整齐、流宕之感。西汉时的策诏文,语言多用散体,如前引汉文帝的策诏文,其语言就是长短句错落参用,自然流畅;亦间或骈句俪语者,如汉武帝的《元光五年策贤良制》就基本上是用这种语言写成的,试看第一部分:

> 制曰:盖闻上古至治,画衣冠,异章服,而民不犯;阴阳和,五谷登,六畜蕃,甘露降,风雨时,嘉禾兴,朱草生,山不童,泽不涸;麟凤在郊薮,龟龙游于沼,河洛出图书;父不丧子,兄不哭弟;北发渠搜,南抚交址,舟车所至,人迹所及,跋行喙息,咸得其宜。

作者一开笔就连下了十二个三字句,接着用了三个五字句稍作改变后,又连用八个四字句加以承接,致使这段文字一气贯注,音节短促而朗朗上口,偶句迭出而整齐流宕。范文澜曾经说"魏晋以前篇章,骈句俪语,辐辏不绝者此也"(《文心雕龙·丽辞》注),于斯观之,所言极是。魏晋时期,语言更趋向骈丽化,"析句弥密,联字合趣,剖毫析厘"(《文心雕龙·丽辞》),几成魏晋群才一大嗜好。作为此时期的一种文体,策诏和对策二文的制作亦染上此风。如陆机的《策问秀才纪瞻》六首其三:

> 庶民亮采,故时雍穆唐;有命既集,而多士隆周。故《书》称明良之歌,《易》贵金兰之美。此长世所以废兴,有邦所以崇替。夫成功之君勤于求才;立名之士急于招世。理无世不对,而事千载恒背。古之兴王何道而如彼?后之衰世何阙而如此?

全文从头至尾,皆由偶句组成,显得匀称、工整,是首典型的骈丽之作。齐梁之世,仍然是骈体文兴盛发展的时期,故王融、任昉的三篇策文,也是用骈文俪句写成的,如任昉的策文其一:

> 问秀才:朕长驱樊邓,直指商郊,因藉时来,乘此历运,当宸永念,犹怀惭德,何者?百王之弊,齐季斯甚,衣冠礼乐,扫地无余。斲雕刓方,经纶草昧。采三王之礼,冠履粗分;因六代之乐,宫判始辨。而百度草创,仓廪未实。若终亩不税,则国用靡资;百姓不足,则恻隐深虑。每时入乌薰,岁课田租,愀然疚怀,如怜赤子。今欲使朕无满堂之念,民有家给之饶,渐登九年之畜,稍去关市之赋。子大夫当此三道,利用宾王,斯理何从?伫闻良说。

文中除了一些关联词外,凡三十四句,其句式分配,前十二句均为四字句,中二句用上五下四字句,又中二句用四字句,又中二句用上四下五字句,又中四句用四字句,又中四句改为六字句,末四句用四字句。这种句式安排,给人于匀称之中以长短错落之美,于整齐之列以跌宕变化之感。其对偶形式,无论短句,长句,均两两相对,字无雷同,句无错杂,大都对得工稳妥贴;同时,作者好用典故,这些典故一经编织成对句,便于腐朽之中顿生神奇之美,于陌生之中给人以亲切之感。总之,这种对句的大量使用,给这类庄重的文体带来了某些勃勃生机,着上了一层"文"的色彩。

(三)《文选》表体文源流及艺术价值

表体文出现于何时?纵观古今一些学者的看法,大致有两种不同的意见。一是说它产于尧舜之世,一是说它生于秦汉时代。持前一种看法的有刘寔和刘勰。刘寔《崇让论》说:"人臣初除,皆通表上闻,名之谢章,所由来尚矣。原谢章之本意,欲进贤能以谢国恩也。昔舜以禹为司空,禹拜稽首,让于稷契及咎繇;使益为虞官,让于朱、虎、熊、罴;使伯夷典三礼,让于夔龙。唐虞之时,众官初除,莫不皆让也。谢章之义,盖取于此。"(《全晋文》卷三十九)就认为它缘起于唐虞之世朝廷命官的谢让。刘勰《文心雕龙·章表》说:"夫设官分职,高卑联事。天子垂珠以听,诸侯鸣玉以朝。敷奏以言,明试以功。故尧咨四岳,舜命八元,固辞再让之请,俞往钦哉之授,并陈辞帝庭,匪设书翰。然则敷奏以言,则章表之义也;明试以功,即授爵之典也。"认为它缘起于尧舜时代"设官分职"时的"固辞再让之请"。持后一种意见的有褚斌杰先生,其《中国古代文体概论·公牍文》说:"在中国古代文体中,有一种名为表的文章。表,就是'奏表',又称'表文',是臣属给君王的上书。古代给君王的上书,有各种名称,不同的名称与上书内容有关。刘勰《文心雕龙·章表》云:'章以谢恩,奏以按劾,表以陈情,议以执异。'……当然,关于这些上书的名称和功用,随着不同的时代也有变化。单以'表'来说,是秦汉时代开始有的。"这两种意见都持之有故,然又渊源相仍。前一种意见依持的是《尚书》的尧舜二典。刘寔所言"三让",刘勰所云"舜命八元",则出自《舜典》;所云"尧咨四岳"则出自《尧典》。然细考二典原文,二人所说与二典所记略有出入。比如《舜典》记载舜命凡九次,即命的是九元,而非刘勰所云"八元"。九元中谦让者四人,即"四让",非刘寔所说"三让",亦非刘勰所云"八让"。这些虽有出入,然一瑕不足掩瑜,他们毕竟看到尧舜时代朝廷命官(谢让)的事实。

褚先生的意见依据的是他所掌握的各种资料，但从他引入的部分来看，主要来自刘勰的《文心雕龙·章表》。《章表》说："至太甲既立，伊尹书诫，思庸归亳，又作书以赞。文翰献替，事斯见矣。周监二代，文理弥盛，再拜稽首，对扬休命，承文受册，敢当丕显，虽言笔未分，而陈谢可见。降及七国，未变古式，言事于主，皆称上书。秦初定制，改书曰奏。汉定礼仪，则有四品：一曰章，二曰奏，三曰表，四曰议。章以谢恩，奏以按劾，表以陈请（一作情），议以执异。"这一段文字说的是三代、七国和秦汉时期表体文的流变情况。在刘勰看来，三代出现了上书，并列举伊尹的书诫、书赞、周监二代受册者"陈谢"上书为证；至七国，凡"言事于主，皆称上书"；至秦"改书曰奏"；至汉，改书为四品。而褚先生说的"奏表"、"上书"、"章以谢恩"等等，均由这段文字而来，但他不提它们生成的时间，这就无意将上书（案：《文选》是将上书作为一种文体来选文定编的）的源流掐断了。源流已断，说表生于秦汉时代也就不足为信了。

通过以上辨析，可知刘寔、刘勰说表生成于尧舜之世朝廷命官的谢让（辞让）是可以成立的。但在笔者看来，还不够完善，还须从表、章、奏、上书四者的关系及尧舜时期朝臣谢让（或辞让）选表用意上作进一步的探讨，才能增强它的说服力。

我们先探讨第一个问题。要弄清这个问题，须对中国古代公用文体的生成要有所了解。中国古代的公用文体的生成，与诗歌、散文的生成并不相同。诗歌、散文缘起于劳动人民的生产、生活的需要，是劳动人民在生产生活中创造出来的。而公用文体则是国家政治制度建立起来之后，为了便于政治事务的运行与管理，由君臣们所创设出来的。由于上古之世朝政事务并不繁琐，君王命令，朝臣上书也就并不复杂，再加上当时言笔未分，皇帝的一般命令，朝臣的一般上书都未书之于册。所以，朝廷常用公文都缺乏科学的界定，缺乏规范的写作要求，以致普遍存在公文名目不清，或有名目而分工不严的情况，出现一体多目同用或多目同体混用的状况。这种情况在诏策中就有反映。册、制、诏、敕四书，在轩辕唐虞之世是"同称为命"；至三代是"事兼诰誓"；至七国是"并称曰令"；至"汉初定仪则"，才由"命"分化出来，独立成目（见《文心雕龙·诏策》）。实际上，这四品之目，均可在商周找到它们的称谓，如册书就是如此。如果我们看不到这一史实，而紧依"汉初定仪则"将命分为四品，而硬说四书出现于汉，那就混淆了这四书的源流关系，是不利于对中国古代公用文体生成规律的认识的。同样的道理，表、章、奏、上书在初成的时候，也处于这种一体多目同用的情况。它们名目虽异，但意义、使用相同。所以刘寔讲章表，下笔就说"人臣初除，皆通表上闻，名之谢章"，将章表联文并称。其后，他虽然只讲章，不说表，实际上说的章就是"通表上闻"的章，即表，讲的是章、表同用的原初形态。刘勰也是如此，将章表并称，将它们同"奏"、"上书"连缀成文。讲的就是它们多目同体混用的情况，即都是用来"敷奏以言"，呈进朝廷的。在这里，值得我们玩味的是"敷奏"二字。从语义上看，敷者，布也，陈述也；奏者，进也，意义是不相同的。但从公文上呈的性质看，敷，指的是公文的陈述之辞，即内容；奏，指的是公文呈进的行为，即手段、途径，二者又是紧密相连，不可分割的。所以后人有将表、章、议、疏等同奏联系起来，称之为"奏表""奏章""奏议""奏疏"的；有的则干脆将它们统称之为"奏"。"上书"之义，与奏无异。所谓"书"，指的是公文的内容；所谓"上"，指的是呈进的行为、程序，所以刘勰说："上书称奏"（《文心雕龙·奏启》）。总之，四者之义与使用，在"呈进""上闻"上是一致的。这种呈进、上闻，在言笔未分之前，是"匪设书翰"的，所以，三代前后的表、章、奏、上书均属于口头陈述，而口头陈述由于缺乏一种固定的物质形态，因而显得极不稳定，常常随着语言的消失而消失，这就是那个时期无此四品传世的主要原因所在。

至于第二个问题，亦须从表的含义及其有关的文化去寻找答案。何谓表？《说文》曰："表，上衣也，从衣从毛，古者衣裘，以毛为表。"表的本义就是上衣。段玉裁《说文解字注》说："上衣者，衣之在外者也。《论语》：'当暑袗絺绤，必表而出之。'孔曰：'加上衣也。'皇云：'若在家则裘葛之上亦无别加衣，若出行接宾客，皆加上衣。当暑絺绤可单，若出不可单，则必加上衣也。嫌暑热不加，故特明之。'《玉藻》：'表裘不入公门。'郑曰：'表裘，外裘也。禅絺绤，外裘二者形且亵，皆当表之乃出。'引伸为凡外箸之称。"据此，可知表义之出现，与当时的礼仪服饰文化有关。古代重礼仪，重服饰。《礼记·王制》云："命典礼，考时月，定日，同律礼乐制度，衣服正之。"元·陈澔注曰："法律礼乐制度衣服，皆王者所定，天下一君，不容有异。异则非正矣。"非正，是要受到讨伐的。《王制》又曰："变礼易乐者为不从，不从者君流，革制度衣服者为畔，畔者君讨。"流者，窜于远方；讨者，声罪致戮。为此，衣服之制，规定甚严，"天子龙衮，诸侯黼，大夫黻，士玄衣纁裳。"（《礼记·礼器》）外出入公门，衣着讲究，"衣正色，裳间色。非列采不入公门，振絺绤不入公门，表裘不入公门，袭裘不入公门。"（《礼记·玉藻》）陈澔注："振，读为袗，禅也。禅则见体，裘上必有裼衣。表裘，是无裼衣而裘在外也。袭裘,谓撍其袭衣而不露裼衣也。"这样做,旨在明上下之礼,君臣之别,富贵之异,以示肃穆诚敬之忱。由此,表的词义又可引申为外表、仪容、标记、标明、正直、表率、准则等多种意义。由于表的意义如此丰富,尧舜之世朝臣谢让,选用它来作为表达对天子的敬意,对同僚的情谊,既符合礼仪要求,又能在政治运行中起到表率作用。所以,刘勰说:"表者,标也。《礼》有表记,谓德见于仪。"(《文心雕龙·章表》)《文选》注说:"表者,明也,标也,如物之标表。言标著事序,使之明白,以晓主上,得尽其忠。"二说是深识表的文化意蕴和用表三昧的。

总之,表体文的出现绝非偶然现象,是历史运行过程中所出现的产物,是朝臣们用来表达"尽忠"的方式和手段,其产生于尧舜之世,既符合史实,又符合此类文体生成的规律,还符合古代礼仪文化的要求。故二刘之说是值得相信,毋庸置疑的。

表体文自汉初定礼仪从上书中分化出来,独立名目之后获得了迅速的发展,出现了繁荣的局面。一是作者作品数量可观。这可从以下文集、史籍、书论中见其大概。如严可均的《全上古三代秦汉三国六朝文》就辑录了自汉至梁各类表文 645 篇,作者 283 人;《后汉书》说东汉善作表文的有崔骃、崔寔、杨彪、马融、左雄、朱张、李固、杜乔、吴延、卢植、皇甫规、张奂等十余人;曹丕《典论·论文》与《与吴质书》说陈琳、阮瑀皆为魏时作表高手。二是使用范围广泛。它远远超出了尧舜三代时期朝廷命官的范围,把笔触伸向了纷繁的政治事务之中。三是种类繁多。除先秦时期出现的辞、谢、让、请、荐五种表文之外,新增了陈事、征戍、劝进、贡物、进谏、弹劾、议论、庆贺、自理、自解、拜谒等表。四是行文规范。那就是蔡邕所说的"表者不需头,上言'臣某言',下言'臣某诚惶诚恐,顿首顿首,死罪死罪',左下方附曰'某官臣某甲上'。文多用编两行,文少以五行。诣尚书通者也。公卿校尉诸将不言姓,大夫以下有同姓官别者言姓。"[①] 表体文这种繁荣局面,给《文选》选文带来了方便。《文选》自东汉末始至萧梁中止,共选了十九篇文章。这些独自成编的作品,虽不能清晰地展示两汉以后表体文发展变化的脉络,但其种类的多样性,作品的典型性却为我们考察表体文的流变提供了帮助。

为了行文的方便,我们将其流变置之于它所选的作品种类中来考察。依据作品的标题和内容,这十九篇表文可以分为如下几类。

---

① 蔡邕:《独断》,见《百子全书》第 4 册,岳麓书社 1994 年版,第 3185 页。

1.请求表。《文选》选了曹植的《求自试表》、《求通亲亲表》,张悛的《为吴令谢询求为诸孙置守冢人表》、傅亮的《为宋公求加赠刘前军表》、任昉的《为范始兴作求立太宰碑表》。请求表是尧舜时期出现的用于朝廷命官的常用表。两汉以后,请求表发展很快,其篇什居其它十五类表文之首,共有110篇。观照这百余篇表文的制作,其发展态势,自曹操首作《请爵荀彧表》、《请封荀攸表》、《请增封荀彧表》、《请追赠郭嘉封邑表》(《全三国文》卷一)之后,一发而不可收。三国存表23篇,两晋45篇,宋15篇,齐14篇,梁12篇。本来,该表是受命者让官不成而请求朝廷再让的,但至曹操写此表时,转为请求朝廷替其谋臣封爵封邑了。这种转换,开启了请求表广泛的写作空间,凡朝廷政务中可以请求的,大至封爵,小至个人情事都可以用它来写。这是请求表数量增多的原因所在,也是曹操作出贡献的地方。此外,曹操的贡献还在于他开创了一种"述功言劳"的格局,将要陈述的理由说得楚楚动人。这种格局影响至深,其后凡作此类表文的无不在这四个字上谋求篇什。比如,张悛、傅亮、任昉所作的三篇表文,从标题上看,傅亮表与曹操《请追赠郭嘉封邑表》是大同小异;张悛表、任昉表将曹表的封爵改为求置守冢人和立碑。然守墓立碑、且上表朝廷,其墓中人决非平庸之辈,而是有身份,有地位的人。他生前的身份地位是什么?不将这些说清楚,朝廷焉能接受请求?因此,陈述他们生前的身份、地位和功德,便成了此二表制作的重点。由此可见,该二表因循的还是曹操创制的"述功言劳"的格局。至于傅亮表的制作内容,自然与曹表八九不离十了。以上是请求表写作范围之大者。范围之小者,以曹植为代表。曹植是三国的制表高手,现存的36篇表文中,请求表就有9篇。这9篇文章,请求的都是个人情事,其中《求自试表》、《求通亲亲表》,是历代表文的名篇,刘勰用"体赡而律调,辞清而志显,应物掣巧,随变生趣"(《文心雕龙·章表》)来称赞它们。细披二文,的确如刘勰所言,他将自己在政治上长期遭受压抑的苦闷和汲汲于王事,欲为国家效力的雄心壮志,通过委婉的笔触,清丽的语言陈述得恻恻动人。因此,"言情显志"便成了这类表文制作的内在要求。

除了上述两种类型外,请求表随着内容之不同,而制作也不一样,因此,它的类型是多样的。

2.谦让表。《文选》选了羊祜的《让开府表》、庾亮的《让中书令表》、任昉的《为齐明帝让宣城郡公第一表》、《为范尚书让吏部封侯第一表》、《为褚谘议蓁让代兄袭封表》等五篇文章。与请求表相比,谦让表沿袭的是尧舜时期朝廷命官谦让的传统，无作多大改变。由于命官封爵是朝廷中常有的事情，故此类表之制作也就常存不衰，其保存的作品所占比例也很大，共有98篇。这98篇作品，以曹操的《让还司空印绶表》、《让九锡表》开其端。它们虽都是残文，但从保存的内容来看，还鲜明地保留了"表以陈请"的特点。试看《让还司空印绶表》："臣文非师尹之佐，武非折衡之任。遭天之幸，干窃重授。内踵伯禽司空之职，外承吕尚鹰扬之事。斗筲处之，民其瞻观。水土不平，奸宄未静。臣常魄辱，忧为国累。臣无智勇，以助万一。夙夜惭惧，若集水火，未知何地，可以殒越。"（《全三国文》卷一）表文以陈述他让还司空印绶的理由为主，并运用一种"自贬自逊"的形式来表达，因此，很适合统治者的口味，同时也深得后人的赏识。这是因为他在"自贬自逊"时，既注意了说话的分寸，不把自己说得太平庸；又注意了说话的技巧，把自己的"无能"置于当时的时世国运来说，就显得恰到好处。其后，凡作是表者无不引为范式。如上述五表，除《为褚谘议蓁让代兄袭封表》陈述的内容稍有区别外，其余四表均是按照这一范式去谋篇布局的，如羊祜的《让开府表》，首陈自己才智不高，功德未为众人归服，仅因外戚身份而荷厚禄，为此常常战栗不安；次述自己受任以来，不能推有德，进有功，致使天下德才默默无闻，曲居草莱，心中甚为惭愧；又次说朝廷文武之臣中有洁身高亮之士未获提拔，而自己却超越他们，有塞天下之望；最后请求朝廷放还屯所，让自己离开京城。全文将"自贬自逊"作为一条主线贯穿始终，其方法同曹操表文是一脉相承的。

3. 荐举表。《文选》选此类表三篇，即孔融的《荐弥衡表》、桓温的《荐谯元彦表》、任昉的《为萧扬州荐士表》，这类表文的出现与朝廷命官有关。朝廷命官有辞让者，亦有荐举者。尧咨四岳治水，四岳就荐举鲧；欲禅让，师便荐举虞舜。既有荐举之行为，必有荐举的理由和言辞。这种理由和言辞就是荐举表的雏形。因此，它与辞、谢、让、请四表一样，是产生于尧舜时期的一种古老的表。这种古老的表至西汉以后，随着朝廷荐举方正贤良风气之兴盛而获得了较快的发展，至今保留的篇什还有51篇。这五十余篇作品，又以蔡邕的《荐皇甫规表》（《全后汉文》卷七十一）出现最早，且保存最完整，余者多为残篇。观其制作，颇具规模，即以"述功言劳"为主，旁及学识才智。由于陈述理由得体，故深为时人所标榜，并纷纷加以承袭，如何进的《荐董扶表》（《全后汉文》卷八十一）、刘焉的《荐任安表》（《全后汉文》卷八十二）、孔融的《荐弥衡表》就是从中蜕化而来的。这具体表现在，凡被荐举的有功劳可提者，便"述功言劳"；无功劳可提而有才学可称者，便"述学言才"。孔融表因被荐举的人祢衡时为布衣秀才，故其制作是从"学识才性"方面展开的。孔融之后，魏晋至梁作荐举布衣秀士的都沿袭了这种方法。桓温、任昉的荐表就是其中的代表。

4.谢恩表。《文选》仅选了陆机的《谢平原内史表》。该类表自两汉以来的发展态势比辞表好，却不及请、让二表那么迅速，现存文仅有58篇。其中，蔡邕的《巴郡太守谢表》（《全后汉文》卷七十一）是制作最早的一篇。此表的制法，主要以"自贬自逊"和"感恩戴德"以示谢忱为范式。前者与谦让表制作相同；后者是从其内在属性中生发的，为新创。这一范式后被曹操、曹植、王昶、桓范、孙策和陆机等人的谢表所绍述。纵观这些人的表文，前五人比起陆机来都显得逊色，究其所以，是因为陆机将自己被诬入狱这种特殊经历融入了朝廷委以内史的诏命之中，因而其"感恩戴德"也就显得真挚动人。这种陈述个人情事的制作方法，虽源于曹植，但由于他运用灵活，故能给人们以耳目一新之感。

5.陈事表。《文选》选了李密的《陈情事表》。这是一种用表的形式向皇上陈述国事、家事以尽忠的公文。陈述国事的，以曹操的《陈损益表》（《全三国文》卷一）开其端。该表向皇上共陈事十四条。事虽寝寂，然其开创的条分缕析的格局，可在段灼的《上表陈五事》（《全晋文》卷六十六）、徐豁的《表陈损益三事》（《全宋文》卷二十七）和刘善明的《上表陈事》（《全齐文》卷十八）中见其全貌。陈述家事的，以李密的《陈情事表》导其先路。该表所说"陈情"，实乃陈述家事以道情。其所言家事，又集中在幼孤门衰，自少与祖母相依为命，以及年长之后祖母年老多病，"臣侍汤药，未曾废离"之上。事情虽小，但关乎天理常情，因而尽为鼓吹孝道的晋武帝所赞赏，亦深得后人之喜爱，有的人还着意在自己的奏表中去模仿，如段灼《上表陈五事》的首段言其五恨时便出现了"哀二亲早亡陨，兄弟并凋丧，孝敬无施于家门，此臣之恨四也"这样模仿的字眼，可见对时人影响之深。

6.征戍表。诸葛亮的《出师表》应属此类，并由他所创制。诸葛亮现存表十篇，中有征戍表三篇，此表所陈述的内容似乎无关征戍，然却因征戍而起。率师北伐，心存魏阙，后顾之忧不除，出师未必先捷，故特上此表，以进劝诫。其后，是类之作，有直袭题意而稍作改变者，如刘潜的《为临川王奉诏班师表》（《全梁文》卷六十一）；有直言征戍之事者，如庾翼《北伐至夏口上表》（《全晋文》卷三十七）；有为朝廷策划武备谋略的，如杜预的《陈伐吴至计表》（《全晋文》卷四十二）。如此种种，都源于诸葛表而成。

7. 劝进表。《文选》选了刘琨的《劝进表》。这是一种特殊的表，是混乱之世用来劝人登基称皇的。始作俑者为曹魏的苏林。他的《劝进表》（《全三国文》卷二十九）是敦劝曹丕称帝的，其陈述理由的逻辑起点是建立在天命符瑞的君权神授论上，旨在表明登基称皇的合理性和合法性。苏氏这个创制，对后世颇有影响。刘琨于晋愍帝被俘、国家政权失控的情况下，连上四篇《劝进表》敦劝晋元帝即位，也沿用了这一写法，但有很大的改变。作者陈述理由时，更着眼于当时的政治形势，着眼于国家的前途命运，强调"天祚大晋，必将有主"，否则，国无宁日，"九服崩离"，并将自己忧于国事，忠于朝廷的拳拳之情融于其中，从而给这类表的制作注入了一种生机。刘勰用"文致耿介，并陈事之美表也"（《文心雕龙·章表》）加以赞赏。其后，刘义恭写了《上世祖劝进表》（《全宋文》卷十一）、谢朓写了《为百官劝进齐明帝表》（《全齐文》卷二十三），但因这两篇表文没有很好地吸纳刘琨表的长处而鲜为人知。

8. 自解表。《文选》选了殷仲文的《解尚书表》。这是一篇自创表。文章的标题，《全晋文》改为《罪衅解尚书表》。从李善注引檀道鸾的《晋阳秋》说的"桓玄僭位，仲文以佐命亲贵"和他自己于文中说的"宴安昏宠，叨昧伪封，锡文篡事，曾无独固"来看，作者写此表，的确是因"罪衅"而起。由于有罪，不得不主动请求解去所任之职。可见，此类表与请求、谦让诸表是两种性质不同的表，其制作范式则以"自谴自责"为主，同时还要对朝廷"感恩戴德"。殷氏创制的这一作法，在其后的傅亮《为刘毅军败自解表》（《全宋文》卷二十六）、萧惠开《求解职表》（《全宋文》卷三十九）、王僧达《上表解职》（《全宋文》卷十九）等中得到了沿用。

9. 拜谒表。《文选》选了傅亮的《为宋公至洛阳竭五陵表》。这既是开端的一篇，又是齐梁无人沿袭续作的一篇，故从略。

通过以上的逐类考察，我们似乎可以得出这样的结论：表文是一种朝臣向皇上呈进的频频运用于各种政务的重要文体。它缘起于尧舜时代朝廷命官，盛行于西汉至梁的各个历史时期。由于不同时期的朝廷政治运行的情况不同，即使写同一种类的表文所呈现出来的面貌也不一样。其中，制作方法上虽有继承沿袭，但更有自己的开拓、创造与发扬。叶燮说："若无新变，不能代雄。"作为创作的规律，既适合于诗体，也适合于文体，自然亦适合于公牍文的写作。表体文就是依循这样的规律，经过一个漫长的历程而日臻成熟。尤其随着语言的骈丽化和作者唯美意识的强化，其文采得到了加强，使这一种本属于"笔"的文体，多了几分"文"的色彩,将文、笔之间的距离拉近了。这是公文写作史上的一大进步。

作为一种实用文体,表文在写作中有它自身的要求,艺术上也有它自身的标准,那就是忌讳空洞虚假,反对诡情伪意。这是由它"敷奏以言"的特征决定的。敷奏以言,就须写真写实;缺乏真实,就会像孔融说的"受面欺之罪"。欺君之罪,历来为封建官宦所忌讳。出于这样一种道德情愫的要求,出于对君主朝廷负责,表文写作必以写真写实为生命。为此,它必须处理好以下三种关系。

一是与文德的关系。文之言德,始见于《易·小畜大象》:"君子以懿文德。"以文德罪上书奏记,则始见于王充《论衡·佚文篇》:"上书陈便宜,奏记荐吏士,一则为身,二则为人。繁文丽辞,无上书文德之操。"将"繁文丽辞"与"文德之操"并举,则知其"德"是指作品的思想内容,它包括"记时事"、"陈政事、献典仪、上急变、劾愆谬。"王充这一批评,虽然是针对某种现象而发,但为奏书之一体的表文写作如何处理写真写实与文德的关系指明了方向:它对所记时事所陈政事要真实准确,对所献的典仪要有史可证,对所按劾的愆谬要合乎事实,对所上的急变措施要切实可行,对所荐举的吏士要实事求是。纵观十九篇表文的写作基本上合乎这些要求,即在事义情理的审校上,它大多是谨慎的。比如其记时事陈政事,《求自试表》所说的"方今天下一统,九州晏如,顾西尚有违命之蜀,东有不臣之吴",《劝进表》所讲的"自元康以来,艰祸繁兴;永嘉之际,氛厉弥昏,宸极失御,登遐丑裔,国家之危,有若缀旒",与《三国志·魏书·明帝纪》、《晋书》的《惠帝纪》、八王本传、刘曜本传所记史实是相吻合的。在所献典仪方面,如《为吴令谢询求为诸子置守冢人表》所云"承前绪、继绝世"列举的"晋修虞祀,燕祭齐庙"的典仪,据李善注,它们分别来自《左传》、《傅子》,是言有根而叙有据的。在荐举吏士方面,如《荐谯元彦表》具体叙述了桓温得谯之经过,说:"臣昔奉役,有事西土,鲸鲵既悬,思宣大化。访诸故老,搜扬潜逸。"表明是通过专访、查询、搜寻得到的,因而谯元彦的事迹是实实在在,经得起时评和复核的。如此种种,无不表明他们的写真写实是以文德相标榜的,因而其作品亦经得起时间的考验而流芳百世。

二是与文体的关系。刘勰论文尤重体,如《文心雕龙·定势》说:"夫情致异区,文变殊术,莫不因情立体,即体成势也。"又说:"圆者规体,其势也自转;方者矩形,其势也自安;文章体势,如斯而已。"《镕裁》说:"立本有体,意或偏长;趋时无方,辞或繁杂。"又说:"是以草创鸿笔,先标三准:履端于始,则设情以位体；……"或立体定势，或以体镕裁，是深得文论三昧的。不惟如此，他在《文心雕龙》中自《辨骚》以下至《书记》，以二十一章之篇幅对当时的重要文体立专章进行细论。正由于体之于文重要无比，为文设辞就不能不明体、辨体。而表文欲写真写实，亦不能不虑及其体。

不同文体对内容安排的要求不甚相同。比如章、奏、表、议四品，都是直呈皇上的，然直呈的内容亦有明确的分工："章以谢恩，奏以按劾，表以陈请，议以执异。"（《文心雕龙·章表》）既然表以陈请为务，其陈应以情事为主；其请，应以言理为当。既要陈述情事，又要陈说理由，二者的关系该如何处理？若言理过甚，论议太多，其体与"议"无异；若言理过少，理由欠充分，又达不到"请"的目的。面对这种矛盾，聪明的做法是寓理于所叙之事所陈之情中，且情事写得越充分越感人，其说服力就越强，故此中叙事又兼有说理之性质。如《出师表》、《求自试表》、《求通亲亲表》、《陈情事表》等就是这样做的。这里仅以《陈情事表》为例说明之。李密之所以能顺利地躲过晋武帝诏书的征召、郡县的逼迫，就因此表所陈情事所言事理深深地打动了武帝。文章从自己"夙遭闵凶"，"生孩六月，慈父见背。行年四岁，舅夺母志"写起，随后将自己被祖母抚养，家境困顿，接到征辟之诏时祖母年事已高，且"病日笃"，"常在床蓐，臣侍汤药，未曾废离"等情事一路娓娓道来，给人以先声夺人之感，同时也为下文的"臣无祖母，无以至今日；祖母无臣，无以终余年，母孙二人，更相为命"的情理兼备的议论奠定了坚实的基础。面对这样一对一老一少的孤苦无依的家庭，谁能忍心去拆散它呢？武帝读完此表后，感动不已，说："密不空有名者也。"并嘉其诚款，赐奴婢二人，使郡县供其祖母奉膳（李善注《文选》第四册）。由此可见，紧扣文体的特点，巧妙地运用陈述手法，写真写实就能达到完美至善的境界。

三是与文采的关系。孔子说："言之无文，行之不远。"刘勰接过这一话语，极力主张言之有文，说："先王圣化，布在方册，夫子风采，溢于格言。是以远称唐世，则焕乎为盛；近褒周代，则郁哉可从：此政化贵文之征也。郑伯入陈，以文辞为功，宋置折俎，以多文举礼：此事迹贵文之征也。褒美子产，则云言以足志，文以足言；泛论君子，则云情欲信，辞欲巧，此修身贵文之征也。"（《文心雕龙·征圣》）这里所云政化、事迹、修身，以其所属文体而言，多属非文学作品；用六朝的文笔之说，属于"笔"体。笔体贵文，经刘标举，便赫然在目。然笔体贵文，并不意味着"文"可以淫放无度，而是要适得其宜。适得其宜才能文情并茂，长留史册，为人所爱。因此，凡有眼光的作家于斯无不巧运心思，严加剪裁。

这可于十九篇表文中见其一斑。刘勰在《文心雕龙·章表》中曾通过对孔融等表文写作风格的评价，对他们的写法进行了高度的总结，说："至于文举之荐弥衡，气扬采飞；孔明之辞后主，志尽文畅；虽华实异旨，并表之英也。……陈思之表，独冠群才。观其体赡而律调，辞清而志显，应物掣巧，随变生趣，执辔有余，故能缓急应节矣。……及羊公之辞开府，有誉于前谈，庾公之让中书，信美于往载；序志显类，有文雅焉。刘琨劝进，……文致耿介，并陈事之美表也。"刘勰在这里运用了一大堆诸如"气"、"志"、"文"、"采"、"华"、"实"、"体"、"律"、"辞"、"趣"、"义"、"事"等文学批评常用的概念，这些概念如"气"、"志"、"义"、"事"等讲的是作品内容，余者讲的是作品的形式。这就告诉我们，他是从内容和形式两个方面去进行总结和评价的。然二者如何结合？在语汇上，他主要运用了主谓结构的构词方式，如"气"与"扬"连，"采"与"飞"配等，便将内容之妙与形式之美有机地结合起来了。内容上既能达到气扬，志尽、志显、事美之境界，这就表明孔融等人在内容安排上是以文为贵的，再加上词采之飞扬，文笔之流畅，音律之和谐，那么整篇文章也就美不胜收。这种巧于内容布控润色，妙于言辞藻饰雕琢，并将二者紧密结合的手法，是他们于写真写实中的一种创造。这种创造不仅将笔体贵文理性化、实践化，而且大大增长了敷奏以言的效果。

　　总之，表文的文化、艺术价值是多元，且是其自身所具有的。加强对它的研究，不仅有利于对《文选》实用文体的认识，而且亦能加深对《文选》的整体了解。其意义之大，令人深究。

参考文献

1.《十三经注疏》，中华书局 1980 年版。

2.《诸子集成》，中华书局 1954 年版。

3.《诸子集成》，岳麓书社 1996 年版。

4.《百子全书》，岳麓书社 1994 年版。

5. 严可均辑校《全上古三代秦汉三国六朝文》，中华书局 1958 年版。

6. 四部要籍注疏丛刊《论语》，中华书局 1998 年版。

7. 四部要籍注疏丛刊《老子》，中华书局 1998 年版。

8. 杜佑:《通典》，岳麓书社 1995 年版。

9. 马瑞临:《文献通考》，中华书局 1986 年版。

10. 逯钦立辑校:《先秦汉魏晋南北朝诗》，中华书局 1983 年版。

11. 蔡沈:《书经集传》，中国书店 1994 年版。

12. 陈澔:《礼记集说》，中国书店 1994 年版。

13. 朱熹:《四书集注》，岳麓书社 1987 年版。

14.《吕氏春秋·淮南子》，岳麓书社 1987 年版。

15.《国语·战国策》，岳麓书社 1987 年版。

16. 朱熹:《诗集传》，上海古籍出版社 1958 年版。

17. 洪吉亮:《春秋左传诂》，中华书局 1987 年版。

18. 杨伯峻:《春秋左传注》，中华书局 1981 年版。

19.《春秋繁露义证》，中华书局 1992 年版。

20.《白虎通疏证》，中华书局 1994 年版。

21. 孙诒让:《墨子间诂》，中华书局 2001 年版。

22. 陈坚等著:《初学记》，中华书局 1962 年版。

23. 北京大学《荀子》注释组:《荀子新注》，中华书局 1979 年版。

24. 马瑞辰:《毛诗传笺通释》，中华书局 1989 年版。

25. 王利器:《颜氏家训集解》，上海古籍出版社 1980 年版。

26. 刘义庆:《世说新语》，上海古籍出版社 1982 年版。

27. 刘劭:《人物志》，红旗出版社 1996 年版。

28. 皮锡瑞:《经学通论》，中华书局 1954 年版。

29. 马宗霍:《中国经学史》，上海书店 1984 年版。

30. 胡适:《中国哲学史大纲》,东方出版社 1996 年版。

31. 容肇祖:《魏晋的自然主义》,东方出版社 1996 年版。

32. 蒙文通:《经学抉原》,上海人民出版社 2006 年版。

33. 钱穆:《国学概论》,商务印书馆 1997 年版。

34. 钱穆:《两汉经学今古文本议》,商务印书馆 2001 年版。

35. 李安宅:《〈仪礼〉与〈礼记〉之社会学的研究》,上海人民出版社 2005 年版。

36. 朱自清:《经典常谈》,上海古籍出版社 2006 年版。

37. 陈克明:《群经要义》,中国人民大学出版社 2006 年版。

38.《梁启超学术论著》,浙江人民出版社 1998 年版。

39.《王国维学术论著》,浙江人民出版社 1998 年版。

40.《刘师培学术论著》,浙江人民出版社 1998 年版。

41.《胡适文存》,黄山书社 1996 年版。

42. 张岱年:《中国哲学史大纲》,中国社会科学出版社 1997 年版。

43. 任继愈:《中国哲学发展史》,人民出版社,1983 年版。

44. 张岱年:《中国哲学发微》,山西人民出版社 1982 年版。

45. 周策纵:《弃园文粹》,上海文艺出版社 1997 年版。

46. 周谷城:《中国政治史》,中华书局 1982 年版。

47. 钱穆:《中国历代政治得失》,三联书社 2001 年版。

48. 王亚南:《中国官僚政治研究》,中国社会科学出版社 1984 年版。

49. 陈茂同:《中国历代职官沿革史》,百花文艺出版社 2005 年版。

50. [英] 边沁:《政府片论》,商务印书馆 1996 年版。

51. 吕思勉:《中国文化史》,新世纪出版社 2008 年版。

52. 钱穆:《中国文化史论集》,商务印书馆 1996 年版。

53. 梁漱溟:《东西文化及其哲学》,商务印书馆 2003 年版。

54. [美] 孙隆基:《中国文化的深层结构》,广西师范大学出版社 2004 年版。

55. 余英时:《文史传统与文化重建》,三联书店 2004 年版。

56. 刘蔚华、赵宗正:《中国儒家学术思想史》,山东教育出版社 1996 年版。

57. 葛兆光:《中国思想史》,复旦大学出版社 2001 年版。

58. 李零:《中国方术正考》,中华书局 2006 年版。

59. 司马迁:《史记》,中华书局 1982 年版。

60. 班固:《汉书》,中华书局 1962 年版。

61. 范晔:《后汉书》,中华书局 1965 年版。

62. 荀悦、袁宏:《两汉纪》,中华书局 2002 年版。

63. 陈寿:《三国志》,中华书局 1959 年版。

64. 房玄龄:《晋书》,中华书局 1974 年版。

65. 李延寿:《南史》,中华书局 1975 年版。

66. 沈约:《宋书》,中华书局 1974 年版。

67. 萧子显:《南齐书》,中华书局 1972 年版。

68. 姚思廉:《梁书》,中华书局 1973 年版。

69. 姚思廉:《陈书》,中华书局 1972 年版。

70. 刘知己:《史通》,江苏广陵古籍刻印影社 1991 年版。

71. 章学诚:《文史通义校注》,中华书局 1985 年版。

72. 周一良:《魏晋南北朝史论集》,中华书局 1963 年版。

73. 唐长孺:《魏晋南北朝史论丛》,商务印书馆 2010 年版。

74.《李亚农史论集》,上海人民出版社 1962 年版。

75. 田余庆:《东晋门阀政治》,北京大学出版社 1996 年版。

76. 韩国盘:《魏晋南北朝史纲》,人民出版社 1983 年版。

77. 赵光贤:《周代社会辨析》,人民出版社 1980 年版。

78. 胡宝国:《汉唐间史学的发展》,商务印书馆 2003 年版。

79. 晁福林:《夏商西周的社会变迁》,北京师范大学出版社 1996 年版。

80. 赵淡元:《中国历史要籍介绍与选读》,高等教育出版社 1988 年版。

81. [英] E·H·卡尔:《历史是什么》,商务印书馆 2007 年版。

82. [英] 柯林武德:《历史的观念》,商务印书馆 1997 年版。

83. 柯斯文:《原始文化史纲》,人民出版社 1955 年版。

84. [德] F·缪勒利尔:《家族论》,商务印书馆 1990 年版。

85. 翟同祖:《汉代社会结构》,上海人民出版社 2007 年版。

86. 龚鹏程:《汉代思潮》,商务印书馆 2005 年版。

87. 胡宣厚:《甲骨学商史论丛初集》,河北教育出版社 2002 年版。

88. 张光直:《中国青铜时代》,三联书店 1999 年版。

89. 顾颉刚:《秦汉的方士与儒生》,上海古籍出版社 2005 年版。

90.《弘明集》,上海古籍出版社 1991 年版。

91. 释慧皎《高僧传》,中华书局 1997 年版。

92. 释僧佑《出三藏记集》,中华书局 1975 年版。

93.《道行般若经》,大众文艺出版社 2004 年版。

94.《宝积经》,大众文艺出版社 2004 年版。

95.《无量寿经》,大众文艺出版社 2004 年版。

96.《金刚经》,大众文艺出版社 2004 年版。

97.《大般若经》,大众文艺出版社 2004 年版。

98. 汤用彤:《汉魏两晋南北朝佛教史》,北京大学出版社 1997 年版。

99. 杜继文:《佛教史》,中国社会科学出版社 1991 年版。

100. 方立天:《魏晋南北朝佛教论丛》,中华书局 1982 年版。

101. 方立天:《中国佛教哲学要义》,中国人民大学出版社 2010 年版。

102. 赖永海:《中国佛教文化论》,中国人民大学出版社 2007 年版。

103. 涂尔干:《宗教生活的基本形式》,上海人民出版社 1999 年版。

104. 汤用彤:《魏晋玄学论稿》,上海古籍出版社 2005 年版。

105.《文选》,上海古籍出版社 1986 年版。

106.《昭明文选译注》,吉林文史出版社 1988 年版。

107. 梁章钜:《文选旁证》,福建人民出版社 2000 年版。

108. 黄侃:《文选平点》,上海古籍出版社 1985 年版。

109. 骆鸿凯:《文选学》,中华书局 1989 年版。

110. [日] 冈村繁:《文选之研究》,上海古籍出版社 2002 年版。

111.《中外学者文选学论集》,中华书局 1998 年版。

112.《文选与文选学》,学苑出版社 2003 年版。

113. 穆克宏:《昭明文选研究》,人民文学出版社 1998 年版。

114. 傅刚:《〈昭明文选〉研究》,中国社会科学出版社 2000 年版。

115. 王立群:《〈文选〉成书研究》,商务印书馆 2005 年版。

116. 陆侃如:《中国诗史》,人民文学出版社 1958 年版。

117. 罗泽振:《乐府文学史》,东方出版社 1996 年版。

118. 刘麟生:《中国骈文史》,东方出版社 1996 年版。

119. 刘大杰:《中国文学发展史》,上海古籍出版社 1982 年版。

120.《鲁迅学术论著》,浙江人民出版社 1998 年版。

121. 王瑶:《中古文学史论》,北京大学出版社 1986 年版。

122. 聂石樵:《先秦两汉文学史稿》,北京师范大学出版社 1994 年版。

123. 谭家健:《中国古代散文史》,重庆出版社 2006 年版。

124. 马积高:《赋史》,上海古籍出版社 1987 年版。

125. 褚斌杰:《中国古代文体概论》,北京大学出版社 1990 年版。

126. 朱东润:《中国文学批评史大纲》,上海古籍出版社 1983 年版。

127. 顾易生、蒋凡:《先秦西汉文学批评史》,上海古籍出版社 1990 年版。

128. 王运熙、杨明:《魏晋南北朝文学批评史》,上海古籍出版社 1989 年版。

129. 郭绍虞:《中国文学批判史》,上海古籍出版社 1979 年版。

130. 李兆洛:《骈体文钞》,上海书店 1988 年版。

131. 许槤评选、黎经诰笺注:《六朝文絜笺注》,上海古籍出版社 1982 年版。

132. 范文澜:《文心雕龙注》人民文学出版社 1958 年版。

133. 周振甫:《文心雕龙注释》,人民文学出版社 1981 年版。

134. 刘熙载:《艺概》,上海古籍出版社 1978 年版。

135. 郭绍虞主编:《中国历代文论选》,上海古籍出版社 1980 年版。

136. 郁元、张明高:《魏晋南北朝文论选》,人民文学出版社 1996 年版。

137. 宗白华:《艺境》,北京大学出版社 1999 年版。

138. 叶朗:《中国美学史大纲》,上海人民出版社 1985 年版。

139. 陈望衡:《中国美学史》,人民出版社 2005 年版。

140. 李泽厚、刘纲纪:《中国美学史魏晋南北朝编》,安徽文艺出版社 1999 年版。

141. 袁济喜:《六朝美学》,北京大学出版社 1989 年版。

142. 胡经之主编:《中国古典美学丛编》,中华书局 1988 年版。

143. [美] 戈布尔:《马斯洛心理学》,上海译文出版社 1987 年版。

144. 朱熹:《楚辞集注》,中国人事出版社 1996 年版。

145. 金开诚等:《屈原集校注》,中华书局 1996 年版。

146. 闻一多:《楚辞校补》,巴蜀书社 2002 年版。

147. 胡念贻:《楚辞选注及考证》,岳麓书社 1984 年版。

148. 郭茂倩:《乐府诗集》,中华书局 1979 年版。

149. 赵逵夫:《屈原与他的时代》,人民文学出版社 1996 年版。

150. 刘跃进:《门阀士族与永明文学》,三联书店 1996 年版。

151. 钟仕伦:《金楼子研究》,中华书局 2004 年版。

152. 钱志熙:《魏晋诗歌艺术原论》,北京大学出版社 2005 年版。

153. 李士彪:《魏晋南北朝文体学》,上海古籍出版社 2004 年版。

责任编辑：赵圣涛
封面设计：肖　辉
责任校对：吴晓娟

图书在版编目（CIP）数据

南朝学术文化与《文选》/周唯一 著 . – 北京：人民出版社，2015.6
ISBN 978 - 7 - 01 - 014871 - 7

I. ①南…　II. ①周…　III. ①《昭明文选》- 关系 - 学术 - 文化 - 中国
　- 南朝时代 - 文学研究　IV. ① I206.2

中国版本图书馆 CIP 数据核字（2015）第 108821 号

南朝学术文化与《文选》
NANCHAO XUESHU WENHUA YU WENXUAN

周唯一　著

人民出版社 出版发行
（100706　北京市东城区隆福寺街 99 号）

北京汇林印务有限公司印刷　新华书店经销

2015 年 6 月第 1 版　2015 年 6 月北京第 1 次印刷
开本：710 毫米 ×1000 毫米 1/16　印张：31.5
字数：525 千字　印数：0,001 – 3,000 册

ISBN 978 - 7 - 01 - 014871 - 7　定价：88.00 元

邮购地址 100706　北京市东城区隆福寺街 99 号
人民东方图书销售中心　电话（010）65250042　65289539